초상들

Portraits

초상들
Portraits

존 버거의 예술가론

톰 오버턴 엮음 | 김현우 옮김

열화당

베벌리와 개러스 에번스에게

책머리에

나는 미술평론가로 불리는 것이 늘 싫었다. 십 년 남짓한 기간 동안 언론에 정기적으로 예술가나 전시회, 박물관의 행사 등에 대한 글을 썼던 것은 사실이니까, 그런 호칭이 잘못된 거라고는 할 수 없다.

하지만 십대 이후로 내가 성장한 환경에서는, 누군가를 미술평론가로 부르는 것은 그 사람에 대한 모욕이었다. 미술평론가는 자신이 아주 조금만 알거나 전혀 모르는 어떤 것에 대해 판단하고, 거드름 피우며 이야기하는 사람이었다. 물론 미술평론가가 미술상(美術商)만큼이나 나쁜 존재들이었다고 할 수는 없지만, 엉덩이에 낀 물건처럼 거추장스러운 사람들이었다.

어떻게든 살아남아서, 최소한의 명성이나 사람들의 찬사를, 혹은 현명한 안목이 없는 상황에서도 자신들 일생의 역작을 만들어내려 했던 모든 시대 화가나 조각가, 그래픽 아티스트 들 사이의 분위기가 그랬다. 예술가들은 영리했고, 높은 기준을 지니고 있었으며, 겸손했다. 과거의 대가들이 그들의 동반자였고, 당사자들끼리는 형제애에 기반한 비판을 아끼지 않았지만, 미술 시장이나 그 시장의 호객꾼들에게는 전혀 관심을 두지 않았다. 그들 중 많은 이들이 정치적 이민자였고,

자연스럽게 법의 테두리 밖에 존재했다. 그런 남녀 예술가들이 나를 가르치고, 내게 영감을 주었다.

그들이 준 영감 덕분에 작가로서 오랫동안 활동하면서 이따금씩 미술에 대해 글을 써 왔다. 그렇게 내가 미술에 대해 글을 쓰는 동안, 혹은 써 보려고 애쓰는 동안 어떤 일이 벌어지는 걸까.

미술작품을 본 후에 나는 그것이 전시되어 있던 미술관이나 갤러리를 나와, 잠시나마 그 작품이 만들어진 작업실로 들어간다. 거기서 그 작품이 만들어지던 때의 이야기를 듣기를 희망하면서 기다린다. 그 이야기 안에 담긴 희망과 선택과 실수와 새로운 발견들을 말이다. 나는 혼잣말을 한다, 작업실 바깥의 세상을 떠올리고, 예술가에게 말을 건다. 내가 아는 사람일 수도 있고, 몇 세기 전에 세상을 떠난 사람일 수도 있다. 가끔, 그가 해낸 작업 안의 무언가가 응답한다. 단 하나의 결론은 없다. 이따금씩 우리 둘을 모두 혼란에 빠뜨리는 새로운 영역이 펼쳐지기도 한다. 또 이따금씩은 우리 둘을 숨 막히게 하는 어떤 비전이 떠오르기도 한다. 마치 신의 계시 앞에서 숨이 막히는 것처럼.

그런 접근과 실천이 어떤 것을 내어 줄 수 있는지는, 나의 글을 읽게 될 독자들의 판단에 달려 있다. 내가 직접 말할 수는 없다. 나는 늘 의심스러웠다. 하지만 한 가지, 확신할 수 있는 것은, 그 과정에서 모든 예술가들이 보여 준 환대에 대해 내가 감사하는 마음을 지니고 있다는 것이다.

이 책에 실린 도판들은 모두 흑백이다. 요즘 같은 소비주의 시대에, 광이 나는 천연색 복제화는 그 이미지를 통해 전달되는 대상을 백만장자들을 위한 장식품으로 축소시켜 버리는 경향이 있기 때문이다. 그에 반해 흑백으로 된 복제화는 단순한 기록이라고 할 수 있다.

2015년 3월 24일
존 버거

차례

엮은이의 말

과거와의 동행

톰 오버턴

"심지어 미술에 대해 글을 쓰고 있는 동안에도, 그것이 사실은 이야기하기의 한 방식이 아닐까 하는 생각을 자주 합니다. 이야기꾼은 자신의 정체성은 잊어버리고 다른 사람들의 삶에 열려 있는 사람들이니까요." 존 버거는 1984년에 이렇게 말했다.

제프 다이어나 수전 손택 같은 버거의 친구들은 그 말을 믿지 않았다. 이것은 버거가 자신에 대해서 말하고 있는 이야기 아닐까. '이야기하기'란 구전의 형식인데, 버거 같은 작가는 인쇄된 글을 다루는 사람 아닌가. 그럼에도 존 버거는 위의 자세를 고집했고, 이는 부분적으로는 '이야기하기'라는 표현이, 단편소설에서 희곡, 시, 장편소설, 라디오 대본, 시나리오, 전시, 에세이 그리고 뭐라 분류하기 어려운 공동 작업에 이르기까지, 그의 작업이 지닌 폭을 포괄하는 것이었기 때문이다. 마리나 워너(Marina Warner)가 지적했듯이, 1972년 공동 작업했던 비비시(BBC) 텔레비전 프로그램 「다른 방식으로 보기(Ways of Seeing)」에서 버거가 가정에 있는 시청자들에게 직접 말을 걸었던 방식은, 이전의 사회참여 방식들보다는 훨씬 더 직접적이고 구어적인 접근 방식이었다.

13

1944년 군 복무 중에, 버거는 글을 모르는 군인들을 대신해 편지를 써 주면서 이야기꾼으로서의 자신의 모습을 처음 보게 되었다고 했다. 자신을 보호해 주는 대가로 그는 편지의 문장에 이런저런 장식들을 덧붙여 주었다. 그것은 소설가나 평론가들에게서 볼 수 있는 전형적인, 화려한 고독과는 거리가 먼 모습이었다. 오히려 버거는 자신을 주변 사회와 동급으로, 혹은 거기에 종속된 존재로 보았다.

1962년 버거는 영국을 떠나 유럽을 전전하며 몇 년을 지냈다. 그리고 1970년대 중반, 프랑스에 속한 알프스 산악지역의 캥시에 정착한 후에야 그동안 썼던 글들 중 살아남은 것들을 그의 아내 베벌리가 안정적으로 정리할 수 있었다.[1] 2009년, 그 문서들이 간단하게 편집된 형태로 런던의 대영도서관에 전달되었을 때, 그 구성은 '이야기하기'의 논리를 따르고 있었다. 버거 본인의 말에 따르면 그의 관심을 가장 크게 끌었던 건 자신이 했던 메모나 초고가 아니라, 다른 사람들이 그에게 보내온 편지나 간략한 전갈들이었다.

런던에서 태어난 버거가 그 문서들을 더 비싼 경매에 내놓지 않고 대영도서관에 기증했다는 것 자체가 의미심장한 사실이다. 전례도 있었다. 1972년 부커 매코널 상을 받았을 때, 그는 그 상이 노예무역과 관련이 있음을 알게 되었다. 노예무역은 수상작인 『G』의 주제와 부분적으로 관련이 있는 소재이기도 했다. 그는 상금의 절반을 흑인인권단체 블랙 팬서(Black Panthers)에 기부하고, 나머지 절반으로 다음 작품 『제7의 인간(A Seventh Man)』(1975)에 착수했다. 사진가 장 모르와의 공동작업이었던 그 프로젝트는 유럽 내에서 벌어지고 있는 이민노동자 착취에 관한 조사였다. 2009년에도 그는, 1972년에 그랬던 것처럼 문제는 자선이나 인류애 같은 것이 아니라, "여전히 진행 중인 작가로서 나 자신의 발전, 즉 나와 나를 형성해 온 문화와의 관계"라고 밝혔다.

대영도서관의 이 아카이브는 이미지보다 텍스트가 많고, 간혹 보이는 드로잉은 부수적인 취급을 받고 있다. 하지만 박사 논문을 쓰던

2010년에서 2013년까지, 그 자료들을 읽고, 분류하는 동안 나는 버거가 어떤 이야기를 전하고 있을 때에도, 미술에 대해 뭔가를 쓰고 있는 것 같은 인상을 점점 더 크게 받게 되었다.

초기 자료들은 화가로서 활동하던 버거가, 첼시와 센트럴아트스쿨에서 공부하고, 런던 곳곳에서 전시회를 열고, 자신의 작품을 미술위원회에 접수하던 시절에 쓴 글들이다. 그에 대해 본인은 2010년에 이렇게 말했다.

> 회화(드로잉이 아니라)를 그만두고 글을 쓰기로 한 것은 의식적인 결정이었다. 화가는 바이올린 연주자와 비슷해서, 하루도 빠짐없이 연주해야지, 드문드문 할 수는 없는 직업이었다. 정치적인 다급함이 너무 절박하다고 생각한 나는 그림만 그리며 인생을 보낼 수는 없었다. 당시 가장 다급했던 일은 핵전쟁의 위협, 당연히 모스크바와 워싱턴에서 전해지던 위협이었다.

그는 예술에 대한 비비시 프로그램의 대본을 쓰고, 『트리뷴(Tribune)』과 『뉴 스테이츠먼(New Statesman)』에 기사를 썼다. 1952년이 되자, 미술학교 친구들은 그를 작가로 여기기 시작했다. 그의 첫번째 책은 이탈리아 화가 레나토 구투소(Renato Guttuso)에 관한 연구로, 1957년 독일 드레스덴에서 출간되었다. 대영도서관의 아카이브에는 그의 첫번째 평론집 『영원한 빨강: 본다는 것에 관한 에세이(Permanent Red: Essays in Seeing)』(1960)와, 그 평론집에 실린 것과 같은 주장들을 허구화한 첫 소설 『우리 시대의 화가(A Painter of Our Time)』(1958)에 대한 자료들도 포함되어 있다.

그리고 이제, 버거는 공산당에 가입한 적은 없지만, 스스로를 '다른 무엇보다 마르크스주의자'로 여기고 있다. 그가 예술에 요구하는 첫번째 비평적 조건, 프레데릭 안탈(Frederick Antal)이나 막스 라파엘(Max Raphael)의 글을 통해 그리고 이민자 미술가들과 교류하면서 익혔던 그 조건은 "이 작품이 사람들로 하여금 자신들의 사회적 권리를 알고, 그것을 주장할 수 있게 도와주거나, 북돋워 주는가" 하는 점이었다. 스타하노프(Stakhanovite)류의 소비에트 노동자들의 사회주의 리얼리즘 작품은 상투적인 선전물에 불과하게 되었고, 다른 기능은 상실한 채 자본 자체만을 대변하는 미국의 추상표현주의 역시 마찬가지라는 입장을 견지했다.[2] 거의 십여 년 동안 그는 구상 작품, 하지만 모더니즘의 추상화를 통해 발견한 요소들을 기초로 한 구상 회화나 조각 작품들을 옹호했다.

1959년, 버거는 「사회주의자로 남는다는 것(Staying Socialist)」이라는 글에서 다음과 같이 인정했다. "이 나라의 젊은 예술가들에 대한 그동안의 나의 평가는 잘못된 것이었다. 그들은 내가 예언했던 방향으로 흘러가지 않았다." 대신 그는 다른 영역에서 희망을 보았고, 이렇게 덧붙였다. "회화 영역에서 내가 예측했던 것들이 문학과 연극 영역에서 정확히 입증되었다."

그때쯤 그는 전업 평론가의 길에서 벗어났지만, 시각 예술은 그의 소설 안에서 여전히 존재감을 유지했다. 『우리 시대의 화가』(1958)에 등장하는 두 주요 인물은 내셔널갤러리에서 고야의 〈이사벨 포르셀 부인의 초상〉을 함께 보았던 경험 덕분에 친해진다. 또한 『코커의 자유(Corker's Freedom)』(1964)에서는, 초콜릿 상자 안에서 고야의 〈벌거벗은 마하〉의 복제화를 우연히 발견하는 장면을 통해 코커 씨의 영국스러움, 즉 그를 짓누르는 억압과 불만을 전달하고 있다.

아마도 자신이 받은 교육 때문에 어쩔 수 없이, 버거는 시각 예술을 단순히 영감의 원천으로만 볼 수는 없었을 것이다. 그것은 실제적인 안내의 역할도 해 주었다. 1956년 그는 이렇게 공언했다. "내가 정치 선동가라면, 나는 그 사실을 자랑스럽게 생각한다. 하지만 나의 마음과 눈은 여전히 화가의 마음과 눈이다." 그리고 그 공언을 실천하려는 듯, 그는 예술가**이자** 이야기꾼으로서 세상을 바라본 경험들을 통해 배워 나가기 시작한다. 1978년 『뉴 소사이어티(New Society)』에 쓴 글에서 그는 학자인 린다 노클린(Linda Nochlin)[3]과 클라크(T. J. Clark)[4]가 '쿠르베의 리얼리즘에 담긴 이론과 그것들을 구성하는 요소들'을 사회적 역사적 관점에서 설명한 것에 동의한다고 밝혔다. 하지만 그럼에도 풀리지 않는 의문이 있다고 그는 생각했다. "하지만 그는 어떤 식으로 자신의 눈과 손을 활용해 그것을 실천했던 걸까. 대상들의 외양을 드러냈던 그만의 독특한 방식은 어떤 의미를 지니는 걸까. 그가 예술은 '존재하고 있는 것들의 가장 완전한 표현이다'라고 했을 때, 그는 **표현**이라는 단어를 어떻게 이해하고 있었던 걸까." 그는 계속해서 〈오르낭의 매장〉(1849-1850)에서 쿠르베가 보여 준 작업을 살펴본다.

쿠르베는 마을 장례식에 모인 남녀의 모습을, 그런 장소에서 보이는 모습 그대로 그렸고, 더 높은 의미, 잘못된(심지어 진실한 것이라 하더라도) 더 높은 의미를 위해 그 외양들을 유기적으로 조직하기를(조화를 만들어내기를) 거부했다. 대신 그는 21제곱미터 크기의 캔버스에, 묘지에 모인 사람들의 모습을 실물 크기로 그렸다. 이 그림이 전하는 말은 하나뿐이다. "이것이 우리가 보이는 모습입니다."

당시 그는 삼부작 『그들의 노동에(Into Their Labours)』(1979-1991)를 쓰고 있었다. 캥시와 주변 산악지대를 배경으로 농부의 삶을 이제는 사라져 가는, 품위있는 인간적 삶의 형태로 묘사한 이야기들을 모은 작품집이다. 대영도서관의 아카이브에 있는 초고를 보면, 버거가 〈오르낭의 매장〉을 삼부작의 첫번째 책 『끈질긴 땅(Pig Earth)』(1979)에 삽화로 활용하려는 생각을 가지고 있었음을 알 수 있다. 그림 속의 장례식이 진행 중인 곳은 캥시에서 북쪽으로 세 시간 정도 거리에 있는 쥐라 지역이다. 1849년에서 1850년 사이에 제작된 그림인데, 『끈질긴 땅』에 실린 '바람도 울부짖는다'편에 등장하는, 한쪽 눈의 시력을 잃은 증조부가, 그림 전면의 복사(服事) 소년과 비슷한 나이였다는 뜻이다. 아마 이 그림은, 버거가 자신의 소설 속 인물들의 역사를 상상하는 데 도움을 주었을 것이다.

이런 식으로 살아 있는 연관 관계에 대한 감각이야말로 버거가 이야기꾼으로서 자신의 소명에서 가장 중요하게 생각하는 점이었다. 그것은 막스 라파엘(Max Raphael)에게서 물려받은 것으로, 라파엘에 대해 버거 본인은 "지금까지 다른 작가들은 보여 주지 못했던 방식으로, 과거로부터 물려받은 작품 그리고 미래에 결국은 창작될 작품들의 혁명적 의미를" 보여 준 작가라고 생각했다. 자본주의는 우리를 역사로부터 단절시킴으로써 작동한다는 이 인식(『다른 방식으로 보기』에서 표현했듯이) 덕분에 버거는 1950년대의 사회주의 리얼리즘에서 벗어나, 산 자와 죽은 자가 공존하는 마술적 리얼리즘으로 기울었다. 그래서 2009년 자신의 초고들을 기증하면서 했던 인터뷰에서 그는 다음과 같이 암시했다.

(기록보관소란) 과거에 살았던 이들, 어쩌면 지금도 살아 있는, 또 어쩌면 이제는 죽어 버린 이들이 현존하는 또 다른 방식입니다. 제게는 바로 그 점이 인간들이 처한 조건의 핵심적 특징인 것 같습니다. 사실 바로 그 점이 인간과 다른 동물들을 구분해 주는 것이겠지요. 앞서 살았던 이들과 함께 살아가는 것, 이제 더 이상 살아 있지 않은 이들과의 공존 말입니다. 개인적으로 알고 지내던 이들과의 공존만을 말하는 것이 아닙니다. 그들의 업적, 그들이 남긴 것을 통해서만 알고 있는 누군가와의 공존입니다. 이 과거와의 공존이라는 문제, 저는 거기에 관심이 있습니다. 그런 의미에서 기록보관소란 일종의 고고학적 유적지와 비슷하다 하겠습니다.

버거가 이야기꾼으로 발전하는 내내 시각예술을 감상하는 경험은 나름의 역할을 유지했다. 두 사람의 편지를 묶은『티치아노: 님프와 목동(Titian: Nymph and Shepherd)』(2003)은 베네치아의 전시장에서 버거의 딸이 티치아노의 유령을 보았던 이야기로 시작한다.『여기, 우리가 만나는 곳(Here Is Where We Meet)』(2005)에 반복해서 등장하는 '존'이라는 인물은『우리 시대의 화가』의 그 존을 떠올리게 한다. 파이윰 초상화의 복제화들은『A가 X에게(From A to X: A Story in Letters)』(2008)의 초고는 물론, 초판의 면지에도 등장한다.『벤투의 스케치북(Bento's Sketchbook)』(2011)은 마르크스가 가장 좋아했던 철학자 바뤼흐 스피노자의 드로잉 작품들을 발견하는 상상에서 시작한다. 그렇게 버거의 글쓰기 중 많은 부분이 미술에 대한 응답이었다면, 그것들을 지금 이 책에서는 어떻게 효과적으로 담을 수 있을까.

제프 다이어(Geoff Dyer)는『존 버거의 에세이 선집(Selected Essays of John Berger)』(2001)의 머리말에서, 버거의 글쓰기를 예로 삼아 현대 문학을 평가하는 "지도를 다시 그려 보라"고 권하고 있다. 특히 소설을 쓰는 일이 논픽션을 쓰는 일보다 더 고귀하고 소중하다는 생각을 재고해 보라고 말이다. 1923년 피카소가 했던 다음과 같은 말과 같은 셈이다. "할 말이 있을 때마다, 나는 꼭 그 말에 적합하다고 생각되는 방식으로 말했다. 서로 다른 동기라면 필연적으로 서로 다른 표현 방법을 필요로 하는 것이다."[5]

이 책에서는 미술에 대한 존 버거의 응답이 지닌 폭을 보여 주려고 했고, 그 목적을 위해 에세이들도 포함시켰다. 전시회에 대한 관습적인 평론도 있고, 가장 비관습적인 글로서는, 조각가 후안 무뇨스(Juan Muñoz)의 사망을 애도하기 위해 오래전에 사망한 터키 시인 나짐 히크메트(Nazim Hikmet)에게 쓰는 편지의 형식을 빌린 글이 있다. 그리고 그 둘 사이에 시, 소설이나 희곡, 혹은 대화의 일부를 발췌한 글들이 있다. 대화들은, 버거가 활동 초기부터 공동 작업에 상당히 헌신해 왔음을 보여 주는 자료들이기도 하다. 각각의 글들은 개별적인 예술가, 그리고 맨 처음 두 편의 글에서는 익명의 여러 예술가들의 삶과, 그들의 작품, 그리고 그 시대에 대한 면밀한, 그리고 감정이입이 동반된 응답이라는 점에서 하나의 초상이라고 할 수 있다.[6] 예를 들어 한 쌍의 예술가인, 리 크래스너와 잭슨 폴록을 다룬 경우에, 버거가 해당 글에서 추구했던 것을 감안한다면 두 사람의 초상은 서로 떼어낼 수 없다.

버거의 1967년 에세이 「초상화는 이제 그만(No More Portraits)」은 국립초상화미술관에 전시된 전통적 초상화들에 대한 일종의 부검이었다. 그 글에서 그는 초상화 장르가 사라지게 한 요소 세 가지를 지적했다. 첫번째 요소이자 가장 분명한 요소는 사진의 등장이었다. 두번째는 초상화 예술이 그림을 통해 확정적으로 표현하려 했던 모델의 사회적 역할을 더 이상 믿을 수 없게 되었다는 점이다. 예를 들어 할스(F. Hals)가 그린, 주변의 돈 많은 중산 계급들의 초상화를 한번 생각해 보자. 심지어 그 작품들에 대해서도 존 버거는, 초상화를 그린 할스가 자신의 작업에 대해 실망하였을 거라고, 자신이 그리고 있는 남성과 여성 임원들에 대한 적대감이 있었을 거라고 상상한다.

세번째 이유는, 현대에 이루어진 기술적 정치적 그리고 예술적 변화 때문에 "우리가 어떤 인물을 한 장소에서 하나의 시점으로 보고 기록한 모습이 그 인물의 정체성을 정확하게 보여 주는 것임을 받아들일 수 없게 되었기 때문"이다. 여기서 우리는 『G』에 등장하는 유명한 문장, "앞으로는 그 어떤 이야기도 유일무이한 이야기처럼 들리지 않을 것이다"라는 문장의 맹아(萌芽)를 볼 수 있다.

이 책은 초상화의 전통을 되살리려는 시도가 아니라, 버거의 글이 밀도있는 집중력과, 상상을 통한 감정이입을 얼마나 자주 보여 주는지를 확인하려는 시도이다. 파이윰 초상화를 그린 사람이든 (버거가 그에 대해 썼던 글의 다양성과 통찰, 그리고 빈도 등을 감안할 때) 렘브란트든 마찬가지다. 리언 코소프(Leon Kossoff)와 주고받은 편지에서 버거는 진정한 초상화라는 장르가 겪은 변화에 대한 자신의 생각을 다음과 같이 밝혔다.

> 창조자로서의 예술가라는 낭만적 개념은(오늘날 유행하는 스타로서의 예술가라는 개념 역시) 받아들이는 역할, 예술가의 열린 태도를 지워 버립니다. 이것이 바로 그러한 협업의 전제 조건임에도 말입니다.

이런 관점이야말로 이 선집에 대해 공정하게 접근할 수 있는 유일한 관점이다. 그렇게 하지 **않는** 것이 오히려 불가능해 보일 정도인데, 그 과정을 거치며 이 책은 자화상이 되기도 한다.(다이어는 『존 버거의 에세이 선집』에 대해 일종의 '자서전 대용'이라고 평가했다) 버거는 에세이와 자화상 사이의 연관 관계, 몽테뉴가 "내가 그림을 그리는 것은 나 자신을 위해서다"라는 말로 표현한 그 연관 관계와는 일정한 거리를 유지해 온 작가이다. 하지만 1978년에 쓴 에세이 「이야기꾼(The Storyteller)」에서 그는 초상화와 이야기하기 사이의 유사함이 그렇게 복잡하게 뒤틀린 것은 아님을 확인했다.

> 마을에서의 삶을 남다른 것으로 만들어 주는 것은, 그 삶이 또한 '자신에 대한 살아 있는 초상'이라는 점이다. 공동의 초상화, 그 안에서 모든 것이 묘사되고 또한 모두가 묘사를 하고 있는 그런 삶, 이는 모두가 모두를 알고 있는 곳에서만 가능하다. 로마네스크 양식의 교회 기둥머리에 새겨진 조각처럼, 보이는 것과 그 대상이 보이는 방식 사이에, 조각으로 묘사되는 대상과 조각가 사이에 정신의 일체감이 있다. 한 마을에서 이루어지는 삶의 초상은 돌이 아니라 말로 세워 나가는 것이다. 지금 하고 있는 말과 기억 속의 말, 주장들, 이야기들, 목격했던 것들, 전설, 이런저런 의견이나 소문들. 또한 그것은 계속 이어지는 초상화, 절대 멈추지 않는 진행형의

초상화다.

    이 책에 실린 글들이 처음부터 이런 형태로 묶일 것을 염두에 두고 씌어진 것들이 아니기 때문에, 이 선집은 『다른 방식으로 보기』의 유명한 오프닝 장면과 비슷한 효과를 가지게 될 것이다. 보티첼리(S. Botticelli)의 〈비너스와 마르스〉 중 비너스의 머리 부분을 보여 주던 화면에 갑자기 버거가 등장해서는, 일종의 **전환**을 알리며 다음과 같이 말한다. "복제는 전체 회화 작품에서 일부를 떼어내는 역할을 합니다. 부분이 변화를 겪게 되는 거죠. 우화 속 인물을 표현했던 그림이 이제 한 소녀의 초상이 되어 버린 것입니다."

    선집에 들어갈 글들을 선정함에 있어 그것들을 유기적으로 묶어 내는 작업이 필요했다. 데이비드 실베스터(David Sylvester)의 작업이 가까운 본보기가 되어 주었다. 『현대 예술에 관하여: 1948–2000년 에세이 선집』을 편집하면서 그는 주제에 따른 구분을 택하며 그 구조를 회고전 전시회에 비유했다. 머리말에서 실베스터는 1950년대 런던의 언론을 통해 버거와 논쟁을 벌였던 일을 떠올리며, 그가 프랜시스 베이컨이나 알베르토 자코메티 같은, 자신이 옹호했던 예술가들을 자신과 같은 열정으로 알아보고 적극적으로 알리지 않았던 것에 대해 공격했다.[7]

    이미 1959년에 버거는 "나는 미술 비평을 너무 오랫동안 써 왔고, 그것은 잘못된 작업으로 판명이 났다"고 시인했다. 오랫동안 이어진 그의 글쓰기 특징을 가장 잘 드러내는 요소는 바로 재고(再考) 혹은 재고의 **필요성**이라고 할 수 있다. 이 점을 가장 잘 보여 주는 에세이는 「두 번의 콜마르 방문 사이에(Between Two Colmars)」(1976)인데, 1968년의 혁명과 그에 이은 실망을 겪기 전과 후에 각각 그뤼네발트(Grünewald)의 이젠하임 제단화를 보러 갔던 일화를 적은 그 에세이에서, 버거는 이렇게 적었다.

콜마르를 방문했을 때는 두 번 다 겨울이었다. 동네에서는 두 번 다 비슷한 추위가 느껴졌고, 평원을 지나온 그 추위에는 배고픔을 떠올리게 하는 어떤 기운이 담겨 있었다. 같은 마을, 비슷한 물리적 환경에서 나는 다르게 보았던 것이다. 예술작품이 세월을 겪으며 그 의미가 달라지는 건 흔히 있는 일이다. 하지만 보통 이런 인식은, (과거의) '그들'과 (지금의) '우리'를 구분할 때 사용된다. **그들**과, 예술에 대한 그들의 반응은 이미 역사에 포함되어 있다고 생각하려는 경향이 있다. 그와 동시에 **우리 자신**은 전체를 조망하는 위치에서, 우리가 역사의 정점이라고 여기는 지금의 시점에서 바라보는 거라고 가정한다. 그때 살아남은 예술작품은 그러한 우리의 우월한 위치를 확인시켜 주는 역할을 한다. 우리를 위해서 그렇게 살아남아 준 것이다.

이것은 환상이다. 역사에 면제는 없다. 그뤼네발트의 작품을 처음 봤을 때 나는 **그 작품**에 역사적인 자리를 마련해 주기 위해 안달이었다. 중세 종교, 전염병, 의학, 나환자병원 등등. 하지만 지금 나는 나 자신에게 역사적인 자리를 마련해 주어야만 한다.

이는 한 점의 그림이 보여 주는 관점 앞에서 스스로 형태를 만들어 가는 역사적 전망이다. 「두 번의 콜마르 방문 사이에」 전후로 씌어진 많은 글들은 한 작가의 같은 작품을 여러 번 다시 보며, 매번 뭔가 다른 점을 발견하고 있다. 헨리 무어의 작품이 냉전 시기 문화정치학과 어떻게 얽혀 있는지를 분석한 글이나, 나이 들어 가는 인간의 이미지를 그린 렘브란트의 작품에 대해 평생에 걸쳐 수차례 써 내려간 글 같은 것들이 좋은 예이다. 모네가 같은 성당 건물을 반복해 그리며 굴복했던 회화의 원칙, '빛이 바뀜에 따라 달라지는 모습을 캔버스 한 점한 점에 포착'해낸 그 원칙은, 버거 본인의 글쓰기에도 그대로 적용할 수 있을 것이다.

버거가 전작(前作)들에서 이미지를 배치하면서 했던 협업들, 장 모르, 리처드 홀리스, 존 크리스티 등과의 그 협업들은 높은 수준의 성취를 보여 주었고, 사진으로 제시되는 복제화기 그 자체로 혁명적인 언어가 될 수 있음을 보여 주었다. 『다른 방식으로 보기』를 디지털 복제 시대에 맞게 업데이트하려는 다양한 시도들은, 비록 오래전의 방송이지만, 본질적인 주제들은 여전히 유효하다는 것을 보여 준다. 그 방송 영상이 디브이디로 발매되지 않은 이유도 바로 방송에서 제기한 예술과 재산권의 문제 때문이었다. 하지만 바로 그 문제 때문에 독자들은 이제 그 방송을 온라인에서 무료로 볼 수 있으며, 인터넷 검색을 통해 버거의 방대한 시각적 어휘들을 차곡차곡 확인할 수 있다.

이 책에 실린 도판들을 배치하면서는 버거가 말한 단어와 이미지의 '동어반복' '커피테이블의 장식용 책자' 같은 분위기를 피하려고 애썼다. 모두 흑백으로 혹은 버거가 책머리에서 말한 '단순한 기록' 수준으로 삽입된 이미지들은, 각각의 글에서 서로 다른 방식으로 활용되었다. 어떤 글에서는 작품의 특정 부분을 강조하는 역할을 하고, 다른 글에서는 예상치 못한 비교를 곧잘 하는 버거의 특징을 드러내는 역할을 하기도 한다. 종합해서 말하자면, 이미지들은 버거의 작품에 존재하는 텍스트와 이미지 사이의 본질적으로 변증법적인 관계를 보여 준다. 특정한 이미지가 특정한 텍스트를 구체화하고, 그런 다음엔 그 이미지에 대한 우리의 이해까지도 구체화하는 패턴인 것이다.

이 책의 구성은 크게 보면 버거의 글에 등장하는 다양한 역사적 시기의 예술가들에 대한 연대기 형태를 띠고 있다. 그런 면에서 이 책은 버거식의 미술사라고 할 수도 있다. 하지만 각각의 글마다 다양한 개입들이 가능한 여지를 남겨 두었다는 점에서, 또한 그 글들이 씌어진 순서를 고려할 때, 이 책은 일련의 초상들, 다른 이의 삶에 열려 있는 이야기꾼이 글로 써 내려간 초상들에 더 가깝다고 해야 할 것이다. 이런 구성에 위험성이 없는 것은 아니다. 버거 본인도 1978년에 "미

24

술사를 비범한 재능들의 경주처럼 대하는 것은 개인주의자들의 환상일 뿐이다. 이 환상은 르네상스기, 사적 자본의 원시적 축적이 이루어지던 때와 겹치는 그 시기에 생겨난 것이다"라고 적었다.

그는 이러한 태도, 이야기꾼의 총체적 정신과 양립할 수 없는 그 태도가 『다른 방식으로 보기』에서 제대로 다루어지지 않았다고 인정했다. 그런가 하면 다른 글에서는 "구체적인 시기를 공부하지 않는 것은 재앙이다. 시기를 비교하는 것이 사고에 자극이 될 수 있다"라고 적었다. 이 책의 구성은 작품들의 역사적 범위에 대한 즉각적인 인상을 전해 줌으로써, 독서의 흐름을 조금 더 쉽게 만들어 줄 것이다. 책의 어느 부분을 펼치든 거기에는 특정한 예술가를 사진으로 찍은 듯한 글들이 있다. 또한 처음부터 순서대로 읽어 가다 보면, 역사화를 향한 버거의 직감적인 욕망을 알아볼 수 있다. 그는 어떤 예술가든 다른 예술가와 동시대인이라고 지적했는데, 이 책의 경우에, 그 다른 예술가는 이어지는 글에 바로 등장하고 있다.

어떤 식으로 읽든, 쇼베 동굴의 벽화에서부터 동시대 팔레스타인 사람들을 표현한 란다 마다의 작품까지 다루고 있는 이 책은 하나의 미술사가 된다. 하지만 그것은 구분을 위한 미술사가 아니라, 이어짐을 위한 미술사이며, 그 이어짐이란 예술가들 사이의 이어짐일 뿐 아니라, 예술가들과 우리 사이의 이어짐이다. 그리고 마지막으로, 이 책은 비범함에 대한 정의, 버거의 작품과 딱 맞아떨어지는 그 정의로 우리를 이끌 것이다. 버거 본인도 제리코의 초상화를 설명하며 시몬 베유(Simone Weil)의 1942년 글에서 인용한 다음의 정의로 말이다.

이웃을 사랑하는 것은, 창의적인 집중력에서 나오는 것이므로, 비범함과 유사한 면이 있다.

1. 공식문서에 따르면 그는 그 글 모음을 베벌리의 별명을 따 '동고비 아카이브

(Nuthatch Archive)'라고 불렸다. 베벌리는 그 문서들이 새로 정리되는 것을 보지 못한 채 2013년에 세상을 떠났다.

2. 동시대인들에게는 이런 주장이 편집증적인 것처럼 들렸지만, 훗날 프랜시스 스토너 손더스(Frances Stonor Saunders) 같은 작가가 당시 문화활동에 대한 시아이에이(CIA)의 지원을 폭로했다. 그러한 지원은 특히 '문화적 자유를 위한 회의(Congress for Cultural Freedom)'를 통해 이루어졌다.

3. *Realism*, 1971.

4. T. J. Clark, *Image of the People: Gustave Courbet and the 1848 Revolution* (London: Thames and Hudson, 1973); *The Absolute Bourgeois: Artists and Politics in France 1848–1851* (London: Thames and Hudson, 1973).

5. 버거 본인도 『피카소의 성공과 실패』에서 이 문장을 직접 인용했다.

6. 이런 조건에서 벗어나서, 버거는 좀 더 광범위한 역사적 시기에 대한 개괄을 시도한, 더 이론적인 글들 또한 폭넓게 써 왔다. 「큐비즘의 한때」나 「르네상스의 명쾌함」 같은 글들이 그 예이며, 영어권 독자들을 대상으로 브레히트나 베냐민, 바르트 같은 작가들을 옹호하기 위해 썼던, 다소 과소평가된 글들도 있다. 이 글들은 선집의 두번째 책인 『풍경들(Landscapes)』에서 만날 수 있다.

7. James Hyman's *The Battle for Realism: Figurative Art in Britain During the Cold War, 1945–1960*(2001)는 여전히 실베스터와 버거의 초기 관계에 대한 권위있는 자료이다. 후기의 글에서 버거는 종종 실베스터의 통찰을 존중하고 옹호했다.

쇼베 동굴벽화 화가들
The Chauvet Cave Painters

기원전 30,000년경

마리사(존 버거의 친구이자 화가인 마리사 카미노—옮긴이), 수많은 생명체를 그렸고, 돌멩이를 뒤집어 보고는 그 자리에 웅크리고 앉아 몇 시간 동안 무언가를 응시했던 당신이라면, 내 이야기를 따라올 수 있겠지요.

오늘은 파리 남부의 교외에 있는 길거리 시장에 갔어요. 거기선 장화에서 성게까지 뭐든 살 수 있죠. 내가 먹어 본 최고의 파프리카를 파는 여인도 거기 있고, 자기가 보기에 유난히 예쁜 생선이 들어올 때마다 큰 소리로 나를 불러 세우는 생선 장수도 있어요. 내가 그 생선을 사서 드로잉을 할 거라고 생각하는 거죠. 벌꿀과 와인을 파는, 수염을 기르고 마른 남자도 있어요. 요즘 들어 그 남자가 시 쓰기에 빠졌는데, 자기가 쓴 시를 복사해서 단골들에게 나누어 준답니다. 손님들은 실제보다 훨씬 놀란 듯한 표정을 지어 보이죠.

오늘 아침에 그가 내게 준 시 중에 이런 게 있었어요.

누가 이 삼각형을 내 머리 위에 두었을까?
달빛이 만들어낸 삼각형이

쿠에바 데 라스 마노스(Cueva de las Manos, 손의 동굴). 아르헨티나 산타크루즈. 기원전 11,000-7,500년.

나를 건드리지 않은 채 통과하고
한밤의 바위에서
깊은 잠자리 소리를 만들어내지.

　이 시를 읽은 후에, 당신에게 인류가 맨 처음 그린 동물 이야기를 해 주고 싶어졌습니다. 내가 하고 싶은 이야기는 분명해요, 구석기 시대 동굴 벽화를 본 사람이라면 누구나 느꼈을 감정, 하지만 단 한 번도 명확하게 말해지지 않은(혹은 아주 드물게만 말해진) 이야기예요. 적절한 어휘를 찾는 것이 어려웠겠죠, 어쩌면 우리는 완전히 새로운 것들을 참조해야 할지도 모르겠습니다.

　미술이 시작된 시점은 계속해서 더 먼 과거로 밀려나고 있습니다. 호주 쿠누누라에서 최근 발견된 조각 바위는 칠만 오천 년 전에 만들어진 것으로 여겨집니다. 1994년 프랑스 아르데슈 지방의 쇼베 동굴에서 발견된 말, 코뿔소, 야생 염소, 맘모스, 사자, 곰, 들소, 표범, 순록, 야생 소, 올빼미 벽화는 라스코 동굴에서 발견된 것들보다 일만 오천 년 전의 것이라고 하죠! 그런 작품을 남긴 예술가와 우리 사이의 시간은, 전(前) 소크라테스 학파와 우리 사이에 놓여 있는 시간보다 적어도 열두 배 이상 깁니다.

그 시간이 더욱 놀랍게 느껴지는 것은 작품에서 드러나는 지각이 무척이나 섬세하기 때문입니다. 움찔거리는 동물의 목, 입의 모양, 혹은 웅크린 자세에서 느껴지는 에너지를 관찰하고 재현해낸 예민함과 통제력은, 프라 리포 리피나 벨라스케스, 혹은 브란쿠시의 작품에서 보이는 특징들에 비견할 만하죠. 미술의 시작은 투박하지 않았던 것 같습니다. 맨 처음 그림을 그리고 조각을 했던 이들의 눈과 손 역시 훗날의 화가나 조각가들의 그것처럼 정교했던 거죠. 우아함은 처음부터 있었어요. 이것이 수수께끼입니다. 그렇지 않나요?

그때와 지금의 차이는 정교함과 관련된 게 아니라 공간과 관련된 것입니다. 즉 이미지들이 이미지로서 존재하던 공간, 혹은 이미지들을 상상하던 공간. 우리가 새로운 화법을 찾아야만 하는 것도 바로 그 공간을 이야기하기 위해서입니다. 아주 큰 차이가 있으니까요.

다행스럽게도 쇼베 동굴의 벽화들을 찍어 놓은 훌륭한 사진들이 있습니다. 현재 동굴은 닫혔고, 일반인들의 출입은 통제되고 있습니다. 옳은 결정이었어요. 그렇게 해서 벽화들을 보존할 수 있으니까요. 바위에 그려진 동물들은 그들이 태어났고, 아주 오랫동안 머물렀던 어둠 속으로 돌아갔습니다.

우리에겐 이 어둠을 지칭할 단어가 없습니다. 그건 밤도, 무지도 아니죠. 종종 우리 모두는 이 어둠을 건너며, 모든 것을 봅니다. 모든 것이기 때문에 그 안에선 어떤 것도 구분할 수 없죠. 아마 이 어둠에 대해선 마리사 당신이 나보다 더 잘 알겠네요. 그건 모든 것이 생겨나는 그 내부를 말하니까요.

〰

칠월의 어느 여름 저녁, 나는 고원으로 올라갔습니다. 루이스의 소 떼를 데리러 농장 위로 올라간 거죠. 건초를 만드는 시기에는 종종 그렇게 합니다. 트레일러가 마지막으로 창고에 건초를 내려놓을 때쯤엔 이미 늦은 시간이고, 루이스는 정해진 시간까지 저녁 우유를 배달해야만 하죠. 우리는 모두 지쳐 있고, 그래서, 그가 착유기를 준비하는 동안 내가 소 떼를 데리러 가는 거예요. 나는 절대 마르는 일이 없는 개천을 따라 언덕을 오릅니다. 길에는 그림자가 드리우고, 공기엔 아직 열기가 남아 있지만 그리 무겁지는 않죠. 그날은 전날만큼 말파리가 많지는 않았어요. 그 길은 나뭇가지 아래로 뚫어 놓은 터널처럼 이어지고, 곳곳이 질퍽거렸습니다. 진흙에 찍힌 셀 수 없이 많은 소들의 발자국 사이로, 나의 발자국도 남았죠.

길 오른쪽은 개천으로 이어지는 급경사입니다. 너도밤나무와 마가목이 있어 위험하지는 않아요. 짐승들이 굴러도 그런 나무들에 걸려 멈출 수 있죠. 왼쪽에는 관목 덤불 사이로 이따금 참나무가 서 있습니다. 나는 덤불 사이로 소들의 붉은 털이 보이는지 살피며, 아주 천천히 걸어요.

소 떼가 보이기 전부터 녀석들을 부릅니다. 그러면 내가 모습을 드러낼 때쯤엔 녀석들도 모퉁이에 모여 기다리고 있거든요. 소 떼를 부르는 방식은 사람들마다 달라요. 루이스는 마치 자식들에게 말을 걸듯이 합니다. 정작 본인은 자식을 가져 본 적이 없지만요. 달래고, 화를 내고, 웅얼거리고, 욕을 하죠. 내가 소 떼에게 어떻게 말을 하는지는 알 수 없지만, 이젠 소들도 압니다. 녀석들은 나를 보지 않고도 내 목소리를 알아듣는 거죠.

내가 도착하면 소들이 기다리고 있습니다. 나는 철조망의 전기를 내리고 소리치죠. "이리 와, 내 새끼들, 어서." 소들은 유순하지만 서두를 마음은 없습니다. 인간의 하루가 소에겐 닷새쯤 되죠. 사람들이 소를 때리는 건, 백이면 백 조바심 때문입니다. 인간의 조바심이요. 매를 맞은 소는 긴 고통을 담은 표정으로 올려다보죠. 그건 무례함의 한 형식입니다.(네, 녀석들도 알고 있습니다!) 그건 그저 닷새 정도가 아

쇼베 동굴 벽화, 기원전 30,000년경.

니라 다섯 번의 영겁을 암시하는 표정이니까요.

소 떼는 목초지를 나와 언덕을 내려가는 길에 들어섭니다. 매일 저녁 델핀이 맨 앞이고, 매일 저녁 이롱델이 맨 뒤입니다. 무리의 다른 녀석들도 늘 같은 순서로 합류하죠. 그런 한결같음이 왠지 녀석들의 인내심과도 잘 맞는 것 같네요.

다리를 저는 소의 엉덩이를 밀어서 녀석을 움직이게 합니다. 매일 밤 그런 것처럼, 어떤 묵직한 온기가 어깨에서부터 속옷 안으로 전해지죠. "가자" 내가 말합니다. "가자, 튈리프"라고, 탁자 모서리처럼 툭 튀어나온 녀석의 엉덩이에 손을 댄 채 말하죠.

진흙탕을 지날 때도 녀석들은 거의 소리를 내지 않습니다. 소들은 아주 섬세하게 발을 내딛으니까요. 하이힐을 신은 모델이 방향을 바꿀 때처럼 발을 내딛죠. 나는 가끔 소들을 밧줄 위로 걷게 하는 훈련을 시켜 볼까 하는 생각도 합니다. 이를테면 개천을 건널 때요!

개천을 흐르는 물소리는 언제나 저녁 하산의 일부입니다. 그 소리가 멀어지면 이제 소들은 축사 옆의 여물통에 물이 채워지는 소리를 희미하게 들을 수 있습니다. 거기서 녀석들은 목을 축이죠. 소 한 마리가 이 분 만에 삼십 리터의 물을 마십니다.

그렇게 그날 저녁, 우리는 천천히 언덕을 내려오고 있었습니다. 똑같은 나무들을 지나죠. 각각의 나무는 서로 다른 모양으로 길을 침범합니다. 샤를로트가 풀이 난 곳에서 걸음을 멈춥니다. 내가 손바닥으로 툭툭 치고, 녀석은 다시 걸음을 옮기죠. 매일 저녁 반복되는 일입니다. 골짜기를 지나면 이미 풀을 깎아 놓은 평원이 보입니다.

이롱델은 한 걸음씩 옮길 때마다 고개를 떨굽니다, 오리처럼요. 녀석의 목에 팔을 걸치는 순간, 갑자기 수천 년쯤 떨어진 곳에서 그 저녁을 바라보고 있는 듯한 느낌이 드는 거예요.

조심스럽게 걸음을 옮기는 루이스의 소 떼, 길옆으로 재잘대듯 흘러가는 개천, 서서히 식어가는 한낮의 열기, 들쭉날쭉한 나무들, 소들의 눈가에서 윙윙거리는 파리, 골짜기와 멀리 보이는 산등성이에 늘어선 소나무, 델핀이 싼 오줌 냄새, 라 플렌 핀(La Plaine Fin, 마지막 평원이라는 뜻의 프랑스어—옮긴이) 벌판 위를 맴도는 대머리수리, 여물통에 채워지고 있는 물, 나, 나무 터널에 널린 진흙탕, 헤아릴 수도 없는 산의 나이, 갑자기 그 모든 것이 보이지 않고, 그저 하나가 됩니다. 잠시 후엔 그 모든 것들이 각자의 자리로 다시 나뉘겠지만, 그 순간엔 하나로 뭉쳐 있습니다. 밧줄 위의 곡예사처럼 자그마하게요.

"내가 하는 말이 아니라 **섭리**에 귀를 기울여야 합니다. 현명한 자는 만물은 곧 하나라는 것에 동의할 것입니다"라고, 쇼베 동굴의 벽화가 그려지고 이만 구천 년쯤 흐른 후에 헤라클레이토스가 말했습니다. 이러한 일체성과 지금 이야기하고 있는 어둠을 기억해야만, 최초의 회화가 있는 그 공간으로 들어갈 방법을 찾을 수 있습니다.

그 회화에선 아무것도 틀 안에 있지 않습니다. 더 중요한 것은, 아무것도 서로 만나지 않고 있다는 것이죠. 그 동물들이 달리고 있고, 옆모습으로만 보이기 때문에(빈약한 무기를 든 사냥꾼이 사냥감을 바라보는 시점입니다) 가끔은 서로 마주칠 것 같은 인상을 주기도 하지만, 좀 더 면밀히 살펴보면, 그들은 서로 마주치지 않은 채 교차하고 있습니다.

이들이 있는 공간은 무대와는 아무런 공통점이 없습니다. 이 회화에서 '원근법의 시작'을 볼 수 있다는 식으로 말하는 전문가들은 아주 깊은, 시대착오적인 덫에 걸린 거예요. 원근법이라는 회화적 체계는 건축물 혹은 도시와 관련이 있는 것입니다. 창문 혹은 문과 관련이 있는 개념이죠. 유목민들의 '원근법'은 거리가 아니라 공존과 관련이 있습니다.

동굴 깊은 곳, 즉 땅속 깊은 곳에는 모든 것이 있습니다. 바람, 물, 불, 먼 장소들, 죽은 이들, 천둥, 고통, 길, 동물, 빛, 아직 태어나지 않은 이들… 그 모든 것들이 바위 안에서 자신들을 불러 주기를 기다리고 있지요. 그 유명한 손자국들(이걸 보고 있으면 그게 곧 우리의 손이라고 할 수도 있습니다), 황토색으로 찍힌 그 손들은 그렇게 하나가 되어 드러나는 모든 것, 그러한 존재가 머무르고 있는 공간의 경계를 만져 보고, 표시했던 흔적입니다.

하나하나의 그림들이, 차례대로, 가끔은 같은 자리에서, 몇 년의 간격, 아니 몇 세기의 간격을 두고 그려졌고, 그림을 그렸던 손가락은 모두 다른 화가의 손가락이었습니다. 훗날의 미술에서는 극적인 일들이 반듯한 표면 **위에** 어떤 장면으로 그려지지만, 여기서는 바위에서 스며 **나오듯** 드러난 형상에 모두 함축되어 있습니다. 석회암 바위가 그 장면을 열어 주고, 여기저기 툭 튀어나온 곳과 움푹한 곳을 만들어 주고, 깊게 파인 곳도 만들어 주면서, 동물들의 입이 돌출되고, 옆구리가 꺼지게 되었습니다.

그러한 형상이 화가의 눈앞에 나타날 때는, 거의 보이지 않았습니다. 그저 먼, 분간할 수 없는 소리처럼 다가왔겠죠. 하지만 그것을 알아챈 화가가 바위 표면을 뚫고 올라온 그 기운을 따라 그림을 그렸고, 이제, 그 형상들이 다시 커다란 전체 속으로 되돌아가 버린 후에도, 표면에는 그 흔적들이 남게 됩니다.

수천 년 후의 사람들은 좀처럼 이해할 수 없는 일들이 벌어졌던 거죠. 몸통 없는 머리. 하나의 몸통에 차례대로 와서 붙은 두 개의 머리. 이미 네 개의 다리가 붙어 있는 몸통에 다시 와서 붙는 뒷다리. 머리통 하나에 붙은 여섯 개의 뿔 같은 것들.

표면으로 올라올 때 크기 같은 건 중요하지 않아. 아주 거대할 수도 있고, 작을 수도 있겠지. 중요한 건 우리가 바위 속 얼마나 깊은 곳에서 올라왔는가 하는 것뿐이야.

최초로 그려진 이 생명체들이 담고 있는 극적인 이야기는 측면이나 정면에 관한 것이 아닙니다. 그건 언제나 뒷면에 관한 이야기죠. 바위 속, 그들이 지나온 그 길이요. 우리 역시 그렇겠지요….

파이윰 초상화 화가들
The Fayum Portrait Painters

1세기-3세기

이 작품들은 지금까지 남은 초상화 중 가장 오래된 것이다. 그러니까 『신약성서』가 씌어지던 때에 그려진 작품들이다. 그럼에도 이 작품들이 오늘날 우리에게 이렇게 가깝게 느껴지는 이유는 뭘까. 작품 속 인물들의 개성이 마치 우리 자신의 것인 듯 느껴지는 건 왜일까. 왜 이들의 표정이, 그 후에 이천 년 동안 그려진 유럽의 다른 미술 작품들 속 인물들보다 더 동시대적으로 느껴지는 걸까. 파이윰 초상화는 마치 지난달에 그려진 것처럼 우리를 자극한다. 왜일까. 이것이 수수께끼다.

짧게 답하면 이 작품들이 잡종, 즉 완전히 근본 없는 예술 형식이기 때문에, 그러한 이종혼합성이 현재 우리가 처한 상황의 어떤 점과 일치한다는 것이다. 하지만 이 대답을 이해하려면, 우리는 아주 천천히 다가가야 한다.

이 작품들은 목판(그중에는 보리수 목판도 있다)에 그려졌고, 몇몇 작품은 천에 그려졌다. 비율을 보면 실제 사람의 얼굴보다는 조금 작다. 일종의 템페라화(아교 또는 달걀노른자 등으로 안료를 녹인 불투명한 물감을 사용한 고대 회화 기법—옮긴이)인데, 이 작품들에 사

35

용한 용매는 밀랍이었다. 그러니까 순수한 밀랍 상태에서는 물감이 뜨거웠고, 유화(乳化)가 진행된 후에는 차가웠을 것이다.

지금까지도 화가의 붓질이나 안료를 깎아낸 칼의 흔적을 알아 볼 수 있다. 초상화가 그려지기 선의 목판은 어두운 색이었다. 파이윰 화가들은 어두운 바탕 위에 밝은 이미지를 만들어내는 식으로 작업 했다.

복제화만 봐서는 이 작품들에 사용된 고대의 안료들이 얼마나 자 극적인지 알 수가 없다. 화가들은 금색 외에 검은색, 빨간색 그리고 두 가지 갈색까지 모두 네 개의 색상을 사용했다. 이 안료들을 활용해 그 려낸 인물들의 피부는 말 그대로 '생명의 양식'을 떠올리게 한다. 초상 화를 그린 화가들은 이집트에 살고 있는 그리스인들이었다. 몇 세기 전 알렉산더 대왕의 이집트 정복 이후 이집트에 정착한 그리스인들이 있었다.

이 그림들은 지난 세기 말 파이윰 지역에서 발견되었기 때문에 파이윰 초상화라고 불린다. 파이윰은 멤피스와 카이로의 남쪽, 나일 강에서 80킬로미터쯤 떨어진 곳에 있는, 이집트의 정원이라고 불리 는 호숫가의 비옥한 땅이다. 발견 당시 상인들은 프톨레마이오스와 클레오파트라의 초상화가 발견되었다고 호들갑을 떨기도 했지만, 그 소문은 사실이 아닌 것으로 밝혀졌다. 실제로는 도심의 전문직 중산 계급(교사, 군인, 운동선수, 세라피스(고대 이집트의 오시리스와 아 피스를 합한 신―옮긴이) 사제, 상인, 화초 상인 등)을 그린 진짜 초 상화였고, 몇몇 작품에는 인물들의 이름도 적혀 있다. 알리네, 플라비 안, 이사루스, 클라우디네….

초상화들은 공동묘지에서 발견되었는데, 초상화 속 인물들이 죽 은 후, 미라와 함께 묘지에 묻힌 것들이다. 몇몇 작품은 인물의 생전에 그려졌을 테고(유난히 생생한 몇몇 초상화는 틀림없이 그랬을 것이 다), 나머지는 주인공이 갑작스럽게 죽는 바람에, 사후에 그려졌을 것 이다.

이 그림들은 두 가지 시각적 기능을 수행한다. 먼저 이 그림들은, 여권 사진처럼, 그림 속 인물들이 누구인지 확인해 주는 역할을 한다. 죽은 이들은 자칼의 얼굴을 한 신 아누비스와 함께 오시리스의 왕국으로 가는 여행을 해야 하기 때문이다. 그다음으로, 좀 더 단순하게는, 이 그림들은 남아 있는 가족들에게 죽은 이를 떠올리게 하는 기념물이 된다. 미라를 만드는 데 칠십 일이 걸렸고, 그 후에도 사체는 얼마간 집 안에 머물러 있었다. 공동묘지로 옮기기 전에 미라를 벽에 세워 두고 가족들은 동그랗게 주위에 둘러섰다.

형식적인 면에서 보면, 이미 말했듯이 파이윰 초상화는 잡종이다. 당시 이집트는 로마에서 파견한 지사가 통치하는 로마의 한 지방이었다. 그 결과 초상화 속 인물들이 입고 있는 옷이나 머리 모양, 장신구들은 로마의 최신 유행을 따르고 있다. 반면 초상화를 그린 그리스인 화가들은 기원전 4세기경 그리스의 위대한 화가 아펠레스(Apelles)가 확립한 자연주의적 전통을 충실히 따르고 있다. 그리고 마지막으로, 이 초상화들은 이집트 고유의 특별한 장례의식에 쓰인 성스러운 소품이었다. 이 작품은 역사적 전환기에도 살아남아 우리에게까지 전해졌다.

그 시기의 불확실함이 인물들의 얼굴에서도 느껴지는데, 그건 인물들의 표정과는 다른 것이다. 고전적인 이집트 회화에서 인물들의 얼굴 전체가 보이는 경우는 없었다. 정면을 보여 준다는 건 그 반대의 가능성, 즉 누군가는 뒷모습을 보이며 떠나갈 수도 있음을 암시하는 것이기 때문이었다. 이집트 회화 속의 인물들은 언제나 옆모습으로 그려졌고, 이는 사람이 죽은 후에도 삶은 계속 이어진다는 고대 이집트 특유의 선입관에 따른 것이었다.

하지만 그리스 전통에 따라 그려진 파이윰 초상화에서 남자들, 여자들 그리고 어린이들은 완전 정면 혹은 사분의 삼 정도의 얼굴을 드러내고 있다. 이 형식은 모든 작품에 예외 없이 적용되었고, 덕분에 그림 속 인물들은 마치 사진관에서 찍은 사진처럼 모두 정면을 바라

젊은이를 그린 파이윰 초상화.

보고 있다. 그들의 얼굴을 마주하는 우리는, 정면 이미지가 지닌 어떤 어색함을 느낀다. 마치 그늘이 삼시 우리 앞에 한 발짝 다가선 것만 같은 느낌이다.

지금까지 출토된 몇 백 점의 파이윰 초상화들의 완성도는 천차만별이다. 대가의 작품이라고 할 만한 것도 있고, 그저 먹고살기 위해 그림을 그렸던 시골화가의 작품도 있다. 어떤 화가는 늘 하던 대로 간략하게 할 일만 했고, 어떤 화가는(사실 이쪽이 놀랄 만큼 많다) 호의를 담아 모델들의 영혼을 표현하려 했다. 하지만 화가들이 택할 수 있는 회화적인 선택지는 그리 많지 않았다. 그만큼 형식적인 주문사항이 엄격했던 것이다. 바로 그런 이유 때문에 역설적이게도, 그림을 보는 이는 이 위대한 작품들 앞에서 화가들이 품었던 어마어마한 에너지를 알아볼 수 있다. 위험은 아주 컸고, 에너지를 담아낼 수 있는 여지는 제한적이었다. 예술에서는 바로 그런 조건이 에너지를 불러일으키는 것이다.

이제 딱 두 가지 행위만 살펴보기로 하자. 첫째, 파이윰 초상화를 그리고 있는 행위, 그리고 둘째, 오늘날 그 초상화를 바라보는 우리의 행위.

초상화를 주문했던 사람이나 직접 그렸던 사람들 모두, 훗날 후손들이 이 그림들을 보게 될 거라고는 상상할 수 없었을 것이다. 이 작품들은 미래에 대한 기약 없이, 그냥 땅속에 묻기 위해 그렸던 이미지들이다.

이 말은 화가와 모델 사이에 특별한 관계가 형성되었음을 의미한다. 모델은 아직 완전한 의미에서 **모델**이 되지 못했고, 화가 역시 훗날의 영광을 알지 못하고 있었다. 대신 두 사람은, 그림을 그리고 있는 바로 그 순간을 살았던 두 사람은, 죽음을 앞둔 준비과정에서 협력했다. 그건 생존을 계속 보장하기 위한 준비과정이었다. 그림을 그리는 행위는 이름을 지어 주는 것이었고, 이름이 주어졌다는 건 그 연속성에 대한 보장이었다.[1]

다른 말로 하면, 파이윰 초상화를 그렸던 화가는 우리가 이해하고 있는 의미의 초상화를 그리기 위해 불려 온 게 아니었다. 그는 자신의 고객이, 그게 남자든 여자든, 자신을 바라보는 모습을 기록으로 남기기 위해 불려 왔다. 그는 화가였다기보다는 고객의 시선을 받는 '모델' 쪽에 가까웠다. 각각의 초상화는 그러한 관계를 인정하는 것에서부터 시작되었다. 우리는 이 그림들을 초상화가 아니라, 시선을 받는 경험에 대한 그림으로 생각하고 보아야 한다. 알리네, 플라비안, 이사루스, 클라우디네의 시선을….

이런 요청, 이런 접근은 후에 이어진 그 어떤 초상화들과도 다르다. 훗날의 초상화들은 후손들에게 보여 주기 위해, 한때 누군가 살았다는 증거를 다음 세대에 알리기 위해 그린 것들이다. 초상화들이 그려지고 있던 그 순간에도, 이미 그 그림들은 과거 시제로 상상되었고, 화가들 역시, 그림을 그리면서 모델에게 삼인칭으로 다가갔다. 모델이 한 명이든 여러 명이든, 그들은 화가가 관찰한 **그, 그녀, 혹은 그들**이었다. 그런 이유로 초상화 속 인물들은 실제로 나이 든 사람이 아닌 경우에도 모두 나이가 들어 보인다.

파이윰 초상화가 그려지는 상황은 달랐다. 이 그림을 그렸던 화가들은 앞에 앉은 인물의 시선을 받아들였고, 모델들에게 화가는 죽음을 대변하는, 혹은 더 정확하게는, 영원함을 대변하는 사람이었다. 그리고 모델의 시선, 화가가 받아들였던 그 시선은 이인칭 단수의 시점으로 말을 걸었다. 따라서 그의 응답(즉 그림을 그리는 행위)도 이인칭 대명사를 사용했다. **투아, 튀, 에시, 티**(Toi, Tu, Esy, Ty, 각각 프랑스어, 그리스어, 슬로바키아어에서 '당신'을 뜻하는 이인칭 대명

사―옮긴이)…**지금 여기에 있는.** 이 그림들이 이렇듯 친숙한 것도 부분적으로는 그 이유 때문일 것이다.

우리를 위해 그려진 것이 아닌 이 '초상화'들을 보고 있으면, 보는 이는 아주 특별한 계약관계에 따른 친밀함이 지닌 마법에 걸린 것 같은 느낌이 든다. 지금 우리가 그 계약관계를 이해하는 건 어려운 일이 겠지만, 인물들의 표정이 우리에게, 특히 오늘날을 살고 있는 우리에게 말을 건다.

파이윰 초상화가 좀 더 일찍, 예를 들어 18세기에 출토되었다면 그저 호기심을 불러일으키는 정도에 그쳤을 거라고 나는 믿는다. 확신에 차 있고, 점점 더 확장하고 있던 문화에서는 천이나 목판에 그려진 이 작은 그림들이 다르게 보였을 것이다. 아마 서투르고, 피상적이고, 반복적이며, 영감을 주지 못하는 작품들로 여겨졌을 것이다.

우리가 살고 있는 20세기 말의 상황은 다르다. 지금 이 순간, 미래는 작아져 버렸고, 과거는 끊임없이 되풀이되고 있다. 그사이 미디어는 전례가 없을 정도로 많은 이미지로 사람들을 포위하고 있는데, 그중 많은 것들이 사람들의 얼굴이다. 얼굴들이 끊임없이 열변을 토하며 시기심과 새로운 욕망 그리고 야망을 불러일으킨다. 종종 동정심도 불러일으키지만 늘 무력감을 동반한다. 뿐만 아니라, 이 모든 얼굴 이미지들은 가능한 한 시끄럽게 말을 걸게끔 제작되고 선택되는데, 왜냐하면 특정한 이미지가 지닌 호소력이, 이어질 다음 이미지의 호소력을 잠재우고, 그것보다 더 설득력이 있어야 하기 때문이다. 결국 사람들은 이러한 비인격적인 소음을 들으며 자신들이 살아 있음을 확인한다!

그런 상황에서 누군가 이 파이윰 초상화의 침묵을 마주하고 그 자리에 멈춰 섰다고 가정해 보자. 그 어떤 호소도 하지 않고, 아무것도 요구하지 않지만, 자신들이 살아 있음을 말하는, 그리고 자신들을 바라보고 있는 이도 살아 있음을 말하는 남녀들. 그들, 비록 아주 약하긴 하지만, 지금은 잊혀 버린 자존감을 보여 주는 화신들이다. 그들은, 어

40

찌 되었든, 삶이란 축복이었고, 여전히 축복임을 확인해 준다.

파이윰 초상화가 오늘날 사람들에게 말을 거는 이유는 또 있다. 20세기는, 이미 많이 지적되었듯이, 자의에 의한 것이든 타의에 의한 것이든, 이민의 시대였다. 즉 끊임없는 이별의 시대, 그 이별의 기억이 유령처럼 사람들의 머릿속을 떠나지 않는 시대였다.

이젠 더 이상 그곳에 없는 것을 그리워하는 갑작스러운 비통함은, 산산조각 나 버린 화병을 갑자기 마주하는 것 같은 기분이다. 당신은 혼자서 조각을 모으고, 어떻게 다시 이어 붙일지 생각하고, 조심스럽게 하나씩 하나씩 붙여 나간다. 마침내 화병은 다시 완성되지만, 이전의 모습은 아니다. 어딘가 흠이 났고, 전보다 더 깨지기 쉬운 물건이 되어 버린다. 이별 후에 기억 속에서 다시 떠올리는 사랑했던 장소 혹은 사랑했던 이들의 이미지에도 그와 비슷한 일이 일어난다.

파이윰 초상화는 비슷한 상처를 비슷한 방식으로 건드린다. 여기에 그려진 얼굴들, 밀랍 냄새가 가득한 화가의 작업실에 앉아 있었을 그 얼굴들은 어딘가 흠이 났지만, 그럼에도 살아 있을 때의 얼굴들보다 더 소중하다. 인간의 손으로 그린 것이기 때문에 흠이 있을 수밖에 없지만, 그림 속의 시선은 언젠가 끝나고야 말 삶에 온전히 집중하고 있기 때문에 더 소중하다.

그렇게 파이윰 초상화의 시선은 우리를 향한다, 우리가 우리의 세기에 잃어버린 것들처럼.

---

1. 장 크리스토프 베일리가 쓴 파이윰 초상화에 대한 주목할 만한 글이 *L'Apostrophe Muette* (Paris: Hazan)라는 제목으로 1999년에 출간되었다.

피에로 델라 프란체스카

Piero della Francesca

c.1415-1492

나는 브레히트(B. Brecht)의 『갈릴레이의 생애』를 읽은 후 과학자의 사회적 곤경에 대해 생각해 보았는데, 그것이 예술가의 곤경과 얼마나 다른지 확인하고 놀랐다. 과학자는 자신의 새로운 가설을 뒷받침하기 위해, 진실에 좀 더 가까이 다가갈 수 있게 하는 사실들을 드러내거나 숨길 수 있다. 싸워야 할 때면, 과학자는 증거에 의지해서 싸울 수가 있다. 하지만 예술가에게 진실이란 가변적인 것으로, 그것은 그가 스스로 선택한, 바라보기의 어떤 특정한 방식이다. 예술가에게는 자신의 결정 이외에는 등을 기댈 곳이 없다.

예술의 이러한 임의적이고 개인적인 요소 때문에, 우리는 어떤 작품을 보며 예술가 본인의 계산을 제대로 따라가고 있는지 혹은 그의 생각의 흐름을 완전히 이해하고 있는지 확신할 수 없다. 대부분의 예술품 앞에서 우리는, 마치 나무 한 그루를 앞에 놓고 섰을 때처럼, 전체의 일부분만 볼 수 있고 거기에만 다가갈 수 있다. 뿌리는 보이지 않는다. 오늘날 이 신비한 요소는 착취당하고, 남용되고 있다. 동시대의 많은 미술작품들은 전적으로 작품의 의도를 작품 표면에 드러내지 않는다. 그런 의미에서, 역사상 그 어떤 화가들보다 숨김이 없었던 화가의 작품을 한번 살펴보는 것은 신선하고 자극이 되는 일일 것이다. 바로 피에로 델라 프란체스카 말이다.

베런슨(B. Berenson)은 피에로의 작품에서 보이는 '눌변'을 높이 평가했다.

결국 가장 만족스러운 예술품은, 피에로나 세잔의 작품처럼, 계속 눌변으로 남아 있는 작품들, 말이 없고, 성급하게 무언가를 전하려 하지 않고, 표정으로든 몸짓으로든 우리를 깨우치려 하지 않는 작품들이다.

이 눌변은 피에로의 작품에 등장하는 주인공들에게만 해당한다. 그의 작품들은 극적인 면에서 말을 아끼는 것과 반비례해, 화가의 머릿속에서 일어난 일에 대해서는 아주 많은 말을 하고 있다. 그의 심리를 드러내고 있다는 의미가 아니다. 그것들은 그의 의식적 사고의 흐름을 드러내는데, 마치 창조가 이루어지는 순서에 대한 공개강의를 보고 있는 듯하다. 드러나는 것과 극적인 면이 반비례인 것은 아마도, 수고스러움을 줄이기 위해 기계를 발명해낸 것과 마찬가지로, 체계적 사고를 위한 노력이 생각 자체를 줄여 주었기 때문일 것이다. 어쨌든 피에로의 작품에서 발견되는 요소들 간의 호응이나 우연의 일치는 모두 의도적인 것이다. 모든 것이 계산에 따라 그려졌다. 해석은 바뀌어 왔고, 앞으로도 바뀔 것이다. 하지만 작품 안의 요소들은 영원히 고정되어 있으며, 이는 포괄적인 예측에 따른 것이었다.

피에로의 주요 작품들을 샅샅이 살펴보면, 작품의 내적 요소들이 이런 결론에 이르게 한다. 하지만 외적 요소도 있다. 우리는 피에로가 아주 느리게 작업했다는 것을 알고 있다. 또한 우리는 그가 화가일 뿐 아니라 수학자이기도 했으며, 말년에 시력을 잃고 화가로 활동을 할 수 없게 되자 두 편의 수학 논문을 발표했다는 것도 알고 있다. 그의 작품을 그의 조수들의 작품과 비교해 보면, 조수들의 작품도 과시하지 않기는 마찬가지지만, 그런 과시 없음이 무언가를 암시하기보다는 그저 생기 없는 작품으로 느껴지게 한다. 피에로의 작품에서 전해지는 생명력은 그만의 특별한 계산 능력에서 나온다.

이런 말은 아마도 지적인 차원의 이야기로 들릴 것이다. 하지만 그의 고향인 산 세폴크로에 있는 〈부활〉을 좀 더 깊이 들여다보기로 하자. 작다 못해 초라한 느낌까지 드는 공회당이 처음 문을 열었을 때, 이 작품은 두 개의 장식 기둥 사이에 있었다. 아마 눈앞에 펼쳐진 벽화 앞에서 당신은 온몸의 감각이 얼어붙는 듯한 느낌이 들 것이다. 예술작품이나 그리스도의 형상 앞에서 으레 느껴야 한다고 생각했던 그런 경외감과는 아무 상관이 없는 적막감이다. 그건 두 기둥 사이로 그림을 바라보는 당신이, 시간과 공간이 완벽하게 평형을 이룬 채 닫혀 있음을 인식하기 때문이다. 밧줄 위를 걸어가는 사람을 구경할 때 몸을 움직일 수 없는 것과 같은 이유인데, 작품 안에서 그만큼 섬세하게 평형이 맞춰져 있는 것이다. 하지만 어떻게? 왜 그런 걸까? 수정 결정체에서 보이는 도형들을 볼 때와 같은 반응일까? 아니다. 이 작품에는

피에로 델라 프란체스카, 〈부활〉, 1467-1468.

추상적 조화로움 이상의 무언가가 있다. 그림 안의 이미지들은 확고하게 사람과 나무, 언덕, 투구, 돌 등을 나타낸다. 곡예사가 떨어질 수도 있다는 걸 관객이 알고 있듯, 당신은 그림 속 대상들이 자라고, 변화하고, 자신만의 생명을 지니고 있음을 알고 있다. 그 결과, 이 작품에서 대상들의 형태가 완벽한 상관성을 이루고 있는 것을 보면서, 당신은 지금까지 그 대상들에게 일어난 일들이, 바로 지금의 상태가 되기 위해서 일어난 것만 같은 느낌을 받게 된다. 이런 작품은 지나간 모든 과거들의 정점으로서 현재를 제시한다. 시의 가장 기본적인 주제가 시간의 흐름인 것과 마찬가지로, 회화의 가장 기본적인 주제는 순간을 영원으로 만드는 것이다.

바로 피에로의 계산이 그렇게 차갑게 느껴지지 않는 이유이다. 덕분에 우리는 왼쪽의 병사가 쓰고 있는 투구가 뒤편의 언덕을 닮았다든지, 불규칙한 방패 문양이 그림 전체에 열 번쯤 등장한다든지,(한번 세 보시라) 그리스도가 들고 있는 깃대가 나무들이 만들어내는 두 선의 각도와 어떻게 호응을 하고 있는지 등을 발견하고는, 단순히 매혹되는 것이 아니라 깊은 감동을 받게 된다. 하지만 그것만이 이유는 아니다. 피에로가 말없이 끈기를 가지고 해냈던 계산은 그저 조화로운 디자인보다 훨씬 깊은 것이었다.

예를 들어 이 작품의 전체 구도를 한번 보자. 작품의 중심에는, 물론 정확히 중심은 아니지만, 그리스도의 손이 있다. 그리스도는 손으로 예복을 잡고, 막 일어서려는 중인데 예복에 골이 생길 정도로 세게 쥐고 있다. 이것은 우연한 동작이 아니라, 아마도 무덤에서 일어나려는 그리스도의 움직임에서 가장 중심이 되는 동작처럼 보인다. 또한 무릎 위의 손은 첫번째 언덕의 능선이 지나는 선에 걸쳐 있고, 거기서부터 옷의 주름이 냇물처럼 흘러내린다. 이제 아래로 가서, 아주 평범하게 걱정 없이 잠들어 있는 병사들을 보자. 오른쪽 끝에 있는 병사만 자세가 어딘가 이상해 보인다. 두 다리 사이에 한쪽 팔을 끼운 것이나 등의 곡선만 보면 납득이 갈 것도 같다. 하지만 어떻게 한쪽 팔에만 의

피에로 델라 프란체스카, 〈부활〉(부분).

지해서 저렇게 잠들 수 있었을까. 눈에 띄게 어색한 그런 자세가 단서를 제공한다. 그는 마치 보이지 않는 해먹에 누워 있는 것만 같다. 어디에 걸려 있는 해먹일까. 여기서 다시 그리스도의 손을 보면, 네 명의 병사가 모두 그 손이 쥐고 있는, 보이지 않는 그물에 걸려 있음을 알 수 있다. 그렇다면 그 손에 힘이 잔뜩 들어가 있는 것도 완벽하게 말이 된다. 잠이 든 네 명의 무거운 병사들은 부활하는 그리스도가 지하세계로부터, 죽음으로부터 함께 데리고 온 포획물이다. 이미 말했듯이, 피에로는 단순히 조화로운 디자인보다 훨씬 깊이 생각했던 것이다.

그의 모든 작품에서 계산 뒤에는 목적이 있다. 이 목적은 앙리 푸앵카레(Henri Poincaré)가 언젠가 말한 수학의 목적과 같은 것이라고도 할 수 있다.

수학은 서로 다른 사물에 같은 이름을 지어 주는 기술이다…. 언어만 잘 선택하면, 알려진 어떤 대상에 대한 증명이 그 즉시 다른 많은 대상들에도 그대로 적용된다는 것을 알고 놀라게 된다.

피에로의 언어는 수학적 언어가 아니라 시각적 언어였다. 그 언어가 잘 선택된 것은 훌륭한 드로잉에 기반을 두고 있기 때문이다. 그럼에도 그가 구성을 통해 그 드로잉들을 연결할 때, 그러니까 나무 밑동에 놓인 발, 축소된 인물의 얼굴이나 언덕, 죽은 듯한 잠 같은 것들을 그릴 때 그는 대상들의 공통 요소를 강조하는 식으로 그린다. 더 정확히 말하자면, 대상들이 동일한 물리적 법칙을 얼마나 따르고 있는 지를 강조한다. 공간이나 원근법에 그가 특별한 관심을 기울이는 것도 이런 목적 때문이다. 공간 안에 존재하고 있어야 한다는 것이 첫번째 공통 요소였고, 바로 그것이, 피에로의 작품에서 원근법이 깊이있는 **내용** 자체가 되는 이유이다. 반면 그의 동시대 화가들 대부분에게 원근법은 그저 회화의 기술일 뿐이었다.

그의 '눈변' 또한, 이미 암시했듯이, 같은 목적으로 이어져 있다. 그는 모든 작품을 같은 방식으로 그리기 때문에 그 작품들을 지배하는 공통 법칙들도 쉽게 눈에 띈다. 피에로의 작품에서 요소들 사이의 상관성은 셀 수 없이 많다. 그건 그가 만들어낸 게 아니다. 그는 그저 그것들을 찾아냈을 뿐이다. 옷과 살, 머리카락과 나뭇잎, 손가락과 다리, 천막과 무덤, 남자와 여자, 의복과 건축, 주름과 물살 같은 것들의 상관성. 하지만 이런 목록은 뭔가를 놓치고 있다. 피에로는 비유를 다루는 것이 아니라 (이 점에서 시인들은 과학자들과 많이 다르지 않은 셈이다) 공통의 원인을 다루고 있다. 그는 세상을 설명한다. 모든 과거가 지금 이 순간을 있게 했다. 그리고 이렇게 모든 것을 한 점에 모이게 하는 법칙이 그의 예술이 담고 있는 진짜 내용이다.

혹은 그렇게 보인다. 하지만 실제로 이런 것이 어떻게 가능할까. 회화는 논문이 아니다. 그 둘은 세상을 파악하는 논리가 다르다. 15세기 후반의 과학은 오늘날 우리가 당연하고 필수적인 것이라고 생각하는 개념이나 정보들을 모르고 있었다. 그렇다면 피에로는 어떻게 그의 동시대 천문학자들도 가질 수 없었던 이런 확신을 가질 수 있었던 걸까.

다시 한번 피에로가 그린 얼굴들, 우리를 지켜보는 그 얼굴들을 보자. 그들의 눈과 호응하는 대상은 아무것도 없다. 그 눈은 따로 떨어져서, 홀로 있다. 그 눈을 둘러싼 모든 것, 풍경, 얼굴, 두 눈 사이의 코, 그 위의 머리칼은 설명될 수 있는 세계, 이미 설명된 세계에 속해 있다. 마치 이 눈은 외부 세계에서 이쪽 세계로 난 두 개의 틈을 통해 바라보고 있는 것만 같다. 그리고 거기, 흔들림 없이 깊은 생각에 잠긴 채 지켜보는 그림 속 인물들의 눈에 우리의 마지막 단서가 있다. 피에로가 그리고 있는 것은 사실 어떤 정신의 상태인 것이다. 그는 우리가 세상을 완전히 설명할 수 있다면, 우리가 완전히 세상과 하나가 된다면 그 세상이 어떻게 보일지를 그린다. 그는 **앎**을 그린 최고의 화가다. 과학적 방법을 통해 얻은 앎이거나 행복의 상태에서 얻은 앎이다. 후자처럼 보인다기보다는, 후자가 더 말이 된다고 해야 할 것이다. 과학과 예술은 정반대라고 여겨졌던 시대, 또한 예술은 행복한 삶의 정반대라고 여겨졌던 시대를 거치며 피에로는 무시되었다. 오늘날, 우리는 다시 그를 필요로 하고 있다.

안토넬로 다 메시나
Antonello da Messina

c.1430-1479

2008년 성금요일(聖金曜日)에 나는 런던에 있었다. 아침 일찍 내셔널 갤러리에 가서 안토넬로 다 메시나가 그린 예수의 십자가 처형 장면 그림을 보기로 마음먹었다. 그 장면을 표현한 작품 중에 가장 외롭고, 가장 덜 우화적인 작품이다.

안토넬로의 작품(분명하게 그의 것으로 밝혀진 작품은 사십 점이 되지 않는다)에는 시칠리아 특유의 현장성에 대한 감각이 있는데, 그 감각이란 제한이 없어서, 절제나 자기보호 따위를 거부한다. 몇 십 년 전 다닐로 돌치(이탈리아의 시인이자 사회운동가—옮긴이)가 『시칠리아의 삶』(1981)에서 기록한 팔레르모 근처 해안의 어부들의 말에서 똑같은 감각을 확인할 수 있다.

밤에 별을 볼 때가 있어요. 장어를 잡으러 나갈 때면 특히 그렇죠. 그럴 때면 머릿속에 이런 생각이 떠오릅니다. '이 세상, 이게 정말 진짜일까?' 저는, 믿을 수가 없어요. 이렇게 고요할 때면 예수를 믿게 되죠. 예수님을 욕되게 하기만 해, 죽어 버릴 테니. 하지만 믿지 못할 때도 있어요. 심지어 하나님

49

도 못 믿어요. '정말 하나님이 있다면, 왜 나한테 휴식과 일자리를 주지 않는 거야?'

안토넬로가 그린 〈피에타〉(현재는 프라도미술관에 있다)를 보면 죽은 그리스도의 몸을 천사 혼자 무기력하게 받치고 있는데, 천사는 자신의 머리를 그리스도의 머리에 대고 있다. 회화 역사에서 가장 측은한 천사일 것이다.

시칠리아는 열정을 인정하고 환상은 거부하는 섬이다.

트래펄가 광장행 버스를 탔다. 광장에서 내셔널갤러리로 올라가는 계단을 지금까지 몇 번이나 걸었는지, 그리고 입구로 들어가기 전 내려다보이는 분수를 몇 번이나 봤는지 알 수 없다. 트래펄가 광장은, 대도시의 유명한 집합장소들, 예를 들면 파리의 바스티유와 달리, 그 이름에도 불구하고 이상하게 역사에 무심하다. 이곳에선 기억도 희망도 흔적을 남기지 않는다.

1942년 나는 내셔널갤러리에서 개최한 마이라 헤스의 피아노 리사이틀을 듣기 위해 이 계단을 올랐다. 공습 때문에 그림들은 대부분 치운 상태였다. 헤스는 바흐를 연주했다. 공연은 한낮에 있었다. 음악을 듣는 우리 관객들은, 벽에 걸린 몇 점 남지 않은 그림처럼 조용했다. 피아노의 소리와 화음이 죽음의 철조망으로 묶은 꽃다발처럼 느껴졌다. 우리는 생생한 꽃다발만 받고 철조망은 무시했다.

같은 해, 1942년에 런던 사람들은 처음 라디오를 들었다. 나는 여름으로 기억한다. 함락된 레닌그라드에 바친다는 쇼스타코비치의 7번 교향곡이었다. 1941년 쇼스타코비치가 포위된 레닌그라드에서 썼다는 곡, 우리 중 누구에게 그 교향곡은 하나의 예언이었다. 그 곡을 들으며, 우리는 레닌그라드의 저항군이, 스탈린그라드의 저항군에 이어, 러시아 붉은 군대를 도와 독일군을 패배로 이끌 것이라고 스스로에게 말했다. 그리고 실제로 그렇게 되었다.

이상하게도, 음악은 전시에도 파괴할 수 없는 극소수의 몇 가지

존 버거의 드로잉, 『벤투의 스케치북』(2011).

중 하나이다.

안토넬로의 십자가 그림은 쉽게 찾을 수 있었다. 전시실 입구의 왼쪽 눈높이에 맞춰 걸려 있었다. 그림 속 인물들의 머리와 몸통에서 놀라운 점은, 단순히 그 외로움뿐만 아니라, 주변의 공간이 몸에 가하는 압력과, 몸이 압력에 저항하는 방식이다. 그 몸에서 전해지는 거부할 수 없는 물리적 존재감은 바로 이 저항 때문이다. 한참을 본 후에, 나는 그리스도의 모습만 그려 보기로 마음먹었다.

그림 오른쪽, 입구 옆에 의자가 하나 있었다. 모든 전시실에 그런 의자가 있는데, 미술관 직원을 위한 자리다. 관람객들을 살피며, 그림에 너무 가까이 갈 때 경고를 하거나, 질문에 대답해 주는 사람들.

가난한 학생 시절에 그런 직원은 어떻게 뽑는지 궁금했던 적이 있었다. 나도 지원할 수 있을까? 아니었다. 모두 나이가 지긋한 사람들이었다. 여자도 없진 않았지만 남자가 더 많았다. 정년을 앞둔 시 공무원들이 하는 일일까. 자원봉사자들일까. 어쨌든 그들은 마치 자신들의 뒷마당에 대해 알아 가듯, 몇몇 작품들을 알아 갔다. 이런 대화를 엿들은 적이 있다.

벨라스케스의 작품이 어디 있나요?

네, 네. 스페인 학파요. 23번 전시실입니다. 곧장 가서, 저 끝에서 오른쪽으로 꺾으면 거기 왼쪽 두번째 전시실입니다.

벨라스케스의 수사슴 머리 그림을 보고 싶은데요.

수사슴이요? 사슴 수컷 말이죠?

네, 머리만 그린 작품이요.

펠리페 4세의 초상화가 두 점 있기는 합니다. 그중 한 작품에서 황제의 수염이 멋지게 위로 휘었는데, 사슴뿔처럼 보이기도 하죠. 하지만 수사슴 그림은 없습니다. 죄송합니다.

이상하네요!

아마 찾으시는 수사슴 그림은 마드리드에 있을 겁니다. 저희 미술관에서는 〈마르다의 집에 들른 그리스도〉를 놓치시면 안 되죠. 마르다가 생선요리에 쓸 소스를 만들고 있는 그림입니다. 마늘을 빻고 있죠.

프라도에 갔었는데 수사슴 그림은 거기도 없었어요. 이런!

그리고 〈거울의 비너스〉도 놓치시면 안 됩니다. 뒤에서 본 왼쪽 무릎이 정말 대단하죠.

직원들은 두세 개의 전시실을 함께 살펴야 하기 때문에 늘 전시실 사이를 돌아다닌다. 십자가 그림 옆 의자는 그때 마침 비어 있었다. 나는 스케치북과 펜, 손수건을 꺼낸 다음 가방을 조심스럽게 의자 위에 올려놓는다.

드로잉을 시작한다. 실수들을 보완하고 또 보완한다. 작은 실수도 있었고, 그렇지 않은 것도 있었다. 핵심은 십자가를 어느 정도 크기로 그릴 것인가 하는 점이다. 그걸 제대로 잡지 못하면, 주변 공간이 아무런 압력도 주지 못하게 되고, 저항도 없을 것이다. 잉크를 쓰고, 검지에 침을 묻혀 가며 그린다. 시작이 나빴다. 다음 장으로 넘겨 새로 시작한다.

같은 실수는 두 번 하지 않는다. 물론 다른 실수를 한다. 그리고, 수정하고, 그린다.

안토넬로는 모두 넉 점의 십자가상을 그렸다. 반면, 그가 가장 많이 그렸던 장면은 '보라, 이 사람이도다', 즉 그리스도가 본디오 빌라도에게 풀려나 사람들 앞에서 모욕당하고, 유대 고위성직자들이 큰 소리로 그리스도의 십자가 처형을 요구하는 장면이었다.

그는 그 장면을 모두 여섯 번 그렸다. 모두 그리스도의, 고통이 가득한 얼굴을 가까이에서 그린 초상화다. 그림 속 얼굴이나 그 얼굴을 그린 작품 모두 단호하다. 감상이나 겉치레 따위 없이 사물을 가늠하는, 역시 명쾌한 시칠리아식 전통이다.

의자 위의 가방이 선생님 것입니까?

나는 곁눈질로 살핀다. 무장한 경비원이 가방을 가리키며 나를 노려보고 있다.

네, 제 겁니다만.

선생님 의자가 아닙니다!

압니다. 앉아 있는 사람이 없어서 올려놓았습니다. 치울게요.

가방을 집어 들고, 한 발 왼쪽 그림 앞으로 와서 두 다리 사이에 가방을 내려놓은 다음, 다시 작업 중이던 드로잉을 바라본다.

선생님, 가방을 바닥에 두시면 안 됩니다.

원하면 뒤져 보셔도 됩니다. 지갑이랑 그림도구밖에 없어요.

나는 가방을 열어 보이지만, 그는 등을 돌린다.

가방을 내려놓고 다시 그림을 그린다. 십자가 위의 단단해 보이는 몸은 야위었다. 직접 그려 보기 전에 상상했던 것보다 더 야위었다.

경고했습니다. 가방을 바닥에 두시면 안 됩니다.

그냥 이 그림 베끼려고 온 겁니다. 성금요일이잖아요.

안 됩니다.

나는 계속 그린다.

계속 이러시면 경비 책임자를 부르겠습니다, 경비원이 말한다.

경비원이 볼 수 있게 그림을 들어 보인다.

경비원은 사십대, 몸집이 작고 단단해 보이고, 눈이 작다. 혹은 머리를 앞으로 쭈욱 내밀며 눈을 가늘게 뜬 것인지도 모른다.

십 분, 내가 말한다. 십 분만 있으면 마칩니다.

지금 책임자를 부르겠습니다, 그가 말한다.

저기요, 내가 대꾸한다. 사람을 부를 거면 미술관 직원을 불러 주세요. 운이 좋으면, 그 사람들이 괜찮다고 설명해 줄 겁니다.

미술관 직원은 이 일과 아무 상관없습니다, 경비원은 퉁명스럽게 말한다. 저희는 독립적으로 일하고, 저희 일은 보안과 관련된 것입니다.

내 똥구멍이나 잘 지키라고! 그 말은 하지 않는다.

경비원은 보초처럼 천천히 주변을 오간다. 나는 계속 그린다. 이제 발을 그리고 있다.

여섯까지 세고 경비 책임자 부르겠습니다, 그가 말한다.

휴대전화를 입에 갖다 댄다.

하나!

나는 손가락에 침을 묻혀 회색을 만든다.

둘!

손가락으로 잉크를 문질러 오른손의 움푹 꺼진 짙은 상처를 표시한다.

셋!

다른 손.

넷! 경비원이 내 쪽으로 성큼성큼 다가온다.

다섯! 가방을 어깨에 메십시오!

나는 스케치북의 크기 때문에 가방을 멘 상태로는 그림을 그릴 수 없다고 설명한다.

가방을 어깨에 메세요!

54

경비원이 가방을 집어 내 눈앞에 들어 보인다.

나는 펜 뚜껑을 닫고, 가방을 받아 든 다음 큰소리로 욕을 한다.

이런 씨팔!

그가 눈을 크게 뜨고 미소를 띤 채 고개를 가로젓는다.

공공장소에서 비속어를 쓰셨습니다, 경비원이 또박또박 말한다.
그뿐입니다. 경비 책임자가 곧 도착할 겁니다.

이제 긴장을 푼 경비원은 천천히 전시실을 돌아다닌다.

나는 가방을 바닥에 내려놓고, 펜을 꺼내 다시 드로잉을 살핀다.
하늘의 경계를 만들어 줄 땅이 있어야 한다. 손을 몇 번 움직여 땅을

안토넬로 다 메시나, 〈십자가에 못 박힌 그리스도〉, 1475.

표시한다.

안토넬로의 〈수태고지〉에서, 성처녀는 성서가 놓인 독서대 앞에 있다. 천사는 보이지 않는다. 마리아의 머리와 어깨를 그린 초상화. 가슴 앞으로 겹친 두 손의 손가락이 마치 펼쳐진 예언서의 책장처럼 벌어져 있다. 예언이 그 손가락을 지난다.

전시실에 도착한 경비 책임자는, 손을 허리춤에 댄 채 내 조금 뒤쪽에 서서 또박또박 말한다. 저희와 함께 미술관에서 나가 주셔야겠습니다. 업무 중인 저희 직원에게 모욕을 주셨고, 공공장소에서 비속어를 쓰셨습니다. 곧장 정문으로 향해 주시기 바랍니다. 제가 안내해 드리겠습니다.

경비원들이 나를 광장으로 이어지는 계단까지 데리고 나온다. 거기서 나를 놓아준 경비원들은, 힘찬 걸음으로 다시 계단을 올라간다. 임무 완수.

안드레아 만테냐
Andrea Mantegna

1430/1-1506

(존 버거) 어떻게 시작하지?

(카트야 버거) 망각에 대해 이야기해 봐요.

망각은 무(無)로 돌아가는 건가?

아뇨. 무는 형태도 없는 건데 망각은 순환하니까요.

색깔은? 파란색?

망각은 그림을 그리지 않아요, 그건 조각하죠. 망각은 흔적을 남겨요, 작고 하얀 조약돌처럼. 무는 그런 조약돌, 혹은 기억들 전이나 후에나 존재하는 거예요.

망각이 있은 후에야 비로소 모든 것이 전체로 파악되는 거지. 이점이 망각이, 그저 기억나지 않는 상태와 달리, 나름의 정확성을 가지는 이유일 테고.

망각은 생존이죠.

망각은 깨어 있는 상태에서 잠을 자는 건가?

아뇨, 망각은 잠에서 빌려 오는 게 아니에요. 잠은 창조적인 활동이지만, 망각은 뼈까지 갈아 버리는 일, 관통하고, 보존하고, 다시 먼지로 돌려 버리는 일이에요.

어쩌면 망각이 지워 버리는 건 선택이 아니라 인과관계일지도 모르지. 그리고 우리는 종종 잘못된 선택을 하는 게 아니라 잘못된 이유를 찾는 거고.

우리는 우리 부모들이 잊어버릴 수 없었던 것들이 모인 침전물이에요. 남은 것들이죠. 세상은, 그리고 지금 여기서 우리가 하고 있는 말들도 흩어져 사라진 모든 것들이 남긴 것이고요. 망각은 그렇게 남은 본질로 떠나는 여정이에요. 조약돌이요.

망각이 미래를 보장하는 거지. 각자는 그걸 인식하지 못한 채 각자로 지내는 거야. 그러니까 이 망각이라는 현실을 파악할 수 있을 만큼 겸손해질 때까지는 괴로워할 운명이지. 각자는 그냥 각자인 거야.

기억과 망각은 서로 반대가 아니에요. 둘이서 함께 전체를 만드는 거죠.

원형 천장벽화 속의 구름도 망각이랑 비슷할까?

안드레아 만테냐, 신혼의 방에 있는 천장 프레스코, 1465-1474.

네.

이 방의 **그림들은 이제 막 잠에서 깬 사람** 혹은 막 잠자리에 들려는 사람들을 향한 거야.

만투아의 대공이 살았던 궁전이지. 권력의 중추. 압도적이고, 심지어 야만적이었던 권력. 그와 반대로 이 방은 친밀하지. 손님들을 맞이하는 사적인 방이었고, 사랑을 나누기 위한 침대까지 있었으니까. 루도비코 곤자가 공작의 주문에 따라 안드레아 만테냐가 십 년(1465-1474)에 걸쳐 완성한 작품이란다.

작품이 완성되었을 때 사람들은 '세상에서 가장 아름다운 방'이라고 했죠.

침대는 방의 남서쪽 모퉁이에 놓여 있었지. 왼쪽 벽에는 여러 인물들이 등장하는 바깥 풍경을 그렸고, 제목이 '만남'인데, 루도비코 곤자가 공작이 아들인 프란체스코 추기경을 만나 편지를 전해 받는 장면을 그렸지.

침대 맞은편 벽은 궁정 내부의 장면이에요. 공작이 방금 받은 편지를 손에 쥐고 읽어 본 다음 아내에게 보여 주고 있어요.

침대 위 천장에는 파란 하늘로 이어지는 돔이 있는데 '눈'을 뜻하는 '오쿨루스(Oculus)'라고 부르지.

방 전체에 그림이 그려져 있어요. 우리는 그림 안에 있는 셈이죠. 나머지 두 벽에도 그림이 그려져 있는데, 꽃 장식들이에요. 그 장면들을 나누고 있는 커튼이나 기둥, 벽의 빈자리까지도요. 모든 곳에 그림이 그려져 있어요.

모든 게 재현이지. 우린 그게 커튼 그림이라는 걸 아는 거야. 사람들 그림이고, 하늘 그림이고, 언덕 그림이라는 것도 알지. 모두 표면에 불과해.

커튼 그림을 쳐서 풍경 그림을 가릴 수도 있어요.

다음 날 아침엔 커튼 그림을 열고 풍경 그림을 다시 볼 수도 있겠고.

만테냐는 그림의 방에 서명을 하고, 한쪽 구석을 장식한 두루마리 그림 안에 자화상도 남겼어요.

그 방에선 모든 것이 드러나 있으면서, 동시에 그림 안에 숨어 있지.

그러니까 내 옆에 누운 사람의 몸처럼 확실한 건 아무것도 없어요.

5세기 후에 오든(W. H. Auden)은 이렇게 썼지.

그대 잠든 머리를 눕히세요, 내 사랑,
이 믿음 없는 품에 안긴 사람,
시간과 열정은
사려 깊은 어린이에게서
그이만의 아름다움을 소진시키고, 무덤은
그 아이도 덧없는 존재임을 증명하죠.
하지만 동이 틀 때까지 내 품 안에서
살아 있는 이가 눕게 할게요,
유한하고, 죄있는 존재지만, 내겐
온통 아름답기만 한 것을.

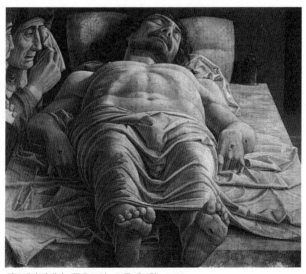

안드레아 만테냐, 〈죽은 그리스도를 애도함〉, 1480.

이 그림 방의 의도는 뭐였을까? 우리를 어떤 식으로 놀라게 하고 싶었던 걸까?

(카트야가 오쿨루스를 끈다)

만테냐는 단축법이나 원근법을 혁신시킨 걸로 유명했죠.(지금도 그렇고) 가장 놀라운 예는 〈죽은 그리스도를 애도함〉일 거예요.

(오쿨루스에 밀라노 브레라미술관의 〈죽은 그리스도를 애도함〉이 투사된다)

이 그림, 함께 봤던 거 기억나니?

밀라노의 브레라미술관에서 이 그림 앞에 함께 누웠잖아요. 화가의 눈높이, 그러니까 관람객이 그림을 보기에도 적합한 눈높이를 찾기 위해서요. 한 명이 시체 역할을 하고 다른 한 명이 화가 역할을 했죠. 그 결과, 만테냐의 작품에서 인물의 머리가 좀 크고, 발은 작은 것 같다고 했어요.

제대로 해낸 거지, 그때 우리가 작품의 원근법에는 아무 문제가 없다는 것, 그리고 화가는 모든 것을 내려다보는 위치에 있었다는 걸 알아냈잖아. 그의 눈높이는 그 자리에 있었던 소박한 애도객의 눈높이, 그러니까 왼쪽에 있는 두 명의 마리아보다 조금 높은 곳에 있었다는 것도 확인했지. 그리스도의 머리와 못 자국이 있는 두 발바닥(영어에서 발바닥(sole)과 영혼(soul)의 발음이 비슷한 건 참 이상하지)을 잇는 삼각형을 그린다면, 그 삼각형의 꼭짓점에 제삼의 애도객의 눈이 있는 거야.(존이 말하는 동안 카트야가 점의 위치를 가리킨다)

(〈죽은 그리스도를 애도함〉이 꺼지고, 존이 다시 오쿨루스를 투사한다)

공간 특히 신체와 관련된 원근법에 대한 만테냐의 선입관, 혹은 집착이 시간의 흐름, 즉 그의 시간관과도 연관이 있을까요? 오쿨루스에 있는 아기천사들이요, 토실토실한 배가 볼에 닿을 것 같은 천사, 젖꼭지가 입술에 닿을 것 같은 천사, 곱슬곱슬한 머리칼 아래 어깨뼈와 엉덩이밖에 보이지 않는 이 천사들이, 이렇게 천진난만한 모습을 하고 있음에도, 역사에 대한 전망과 관련이 있는 걸까요?

그럼. 만테냐가 공간적 원근법에 매혹되고, 그 문제를 잡고 씨름했던 것은 그가 주장했던 시간관과 떼어서 생각할 수 없겠지.

벽에 그려진 그림 속의 얼굴들을 한번 보세요. 주름살이요, 얼굴의 주름살을 이보다 잘 표현해낸 작품 보셨어요? 이렇게 생생한, 아니 생생했던 주름살을 본 적 있으세요? 시간이 사람의 이마와 눈꺼풀, 턱 밑 살이나 볼에 저지른 일을 이보다 더 정확하게 표현한 작품은 못 본 것 같아요.

시간이 사람의 얼굴에 저지른 일들이, 그가 그린 초상화들에서는, 이보다 더 적대적일 수 있을까 싶을 정도로 생생히 묘사되고 있지. 다른 화가들도 그림의 소재나 주제가 '노년'일 때는 종종 그런 식으로 표현하곤 했지만, 만테냐가 인물의 얼굴을 그릴 때는 모델의 나이에 상관없이 시간이 얼굴에 저지른 일들을 제대로 보여 주었으니까.(동시대인들 중에는, 만테냐가 자기를 그리는 걸 불편해하는 사람들도 있었다고 하더구나)

〈만남〉이라고 제목을 붙인 프레스코화를 보면 풍경 속의 건물들,

그러니까 하늘 아래 폐허가 된 탑과 지금 막 지어지고 있는 탑이 나란히 서 있잖아요. 짓고 있는 탑 주변에 설치된 비계(飛階)에 일꾼들이 아주 작게 그려져 있고요. 어디를 봐도 과거의 유산과 미래를 위한 계획이 함께 있는데, 이것 역시 일종의 **원근법** 아닐까요? 저는 다른 단어가 떠오르지 않아서…. 화가가 되지 않았다면 만테냐는 건축가나 역사가, 혹은 노인병 전문의나 산파가 되었을 것 같아요!(카트야가 말하는 동안 존이 그림 속 건물들을 가리킨다)

만테냐는 아마 그 어떤 르네상스 화가들보다 고대라는 개념에 깊이 천착하고, 거기에 사로잡혔을 거야. 그게 어떤 의미인지를 이해하기 위해서 우리는 상상력을 발휘해야겠지. 근대성이라는 것, 영원한 진보에 대한 약속 같은 건 잊어버리고 말이야.

고대에 대한 르네상스의 집착에 향수 같은 건 없었어요. 당시 고대는 완벽하게 인간적인 행위를 성취하는 데 도움이 되는 모델을 제공했을 뿐이죠. 말 그대로 본보기에 불과했던 거예요. 거기 이야기가 있고, 깊은 생각들이 있고, 예술이나 인간의 지혜, 정의 그리고 품위가 있었던 거죠. 그건 따라야 할 예였지만, 잊힐 위험 또한 늘 있었어요.

과거가 현재에 주는 약속들이, 미래가 주는 것보다 더 컸다고 해야겠지. 다른 말로 하면, 세상이 창작 활동의 결과물을 많이 남기면 남길수록, 그 세상은 더 혼란스럽게 느껴지는 거야. 그저 시험 삼아 만들어 본 것들도 시간이 지난 지금은 모두 따라야 할 원형처럼 보이니까.
만테냐는 고대 조각상들을 개인적으로 소장하고 있었지. 그걸 그렸을 거야. 아마 그가 단축법(foreshortening)에 매혹되는 데도 영향을 미쳤겠지. 조각상을 이리저리 옮기거나, 바닥에 눕혀 놓고, 어느 시점에서든 그려 볼 수 있었을 테니까.

하지만 그런 경험이나 관찰에도 불구하고, 침대 옆에 서 있는 실물 크기의 인물들은 어쩔 수 없이 정적으로 보여요.

처음부터, 그러니까 만테냐가 거장으로 인식될 때부터 사람들은 그가 바위와 인간의 몸을 똑같은 마음으로 다루고 있다고 말했죠. 그에게 있어 존재하는 것은 우선, 그리고 본질적으로 광물이라고요.

그렇지, 만테냐의 작품엔 광물의 느낌이 나지. 하지만 나는 그가 그린 인물들이 뭔가 커다란 용광로에 녹인 뒤 주물로 찍어낸 것 같다고는 생각하지 않아. 그보다는 돌이나 금속의 표면에서 닳고, 찌그러지고, 긁힌 자국, 그런 것들을 견뎌낸 흔적들이 보이더구나. 시간이 흐름에 따라 인간들이 겪을 수밖에 없는 이런저런 요소들을 그대로 반영하고 있는 표면이지. 그에게 자연의 4대 요소는 공기, 흙, 물, 불이 아니라 돌이었던 것 같아. 혹은 좀 더 정확히 말하자면, 금속이라고 해야 할까. 철, 구리, 양철, 금 같은 것들 말이다.

만테냐에게 있어 사물의 표면에서 가장 자연스러운 건 녹이었죠. 15세기 이후로 시간도 그를 도와주었어요. 그가 사용했던 물감들 밑에는, 심지어 천오백 년에도 그랬고, 이천 년쯤 되자 더욱더 그랬는데, 녹슨 금속의 색이 스며 있어요.

아니, 늘 그런 건 아니지. 그가 그린 인간들의 풍경에서는 그 말이 맞아. 하지만 천사들, 오쿨루스 속 하늘에는 녹이 끼어들 여지가 없으니까. 인간은 금속이 지닌 무게와 그 금속이 겪는 시간까지 모두 견디고 있는 거야. 금속의 상태는 나빠지지만, 그렇게 나빠지는 과정 덕분에 어떤 아름다움이 생기기도 하는 거지. 만테냐는 얼굴의 주름을 그렸지, 얼굴 위의 선과 그것이 산화하는 과정 말이다. 그 선은 아주 특별한 색조, 녹색과 오렌지색의 중간쯤 되는 색, 시간이 지나면서 금속 표면에 생겨나는 바로 그 색으로 표현된 거고.

녹슨 색 외에, **무게도 있죠**. 금속은 무거우니까.

(존이 화면을 다시 흰색으로 바꾼다)

만테냐와 그의 처남이었던 조반니 벨리니를 비교해 보면 시사점
이 있겠구나.

(흰 화면에 조반니 벨리니의 〈성모자〉 투사)

조반니 벨리니와 안드레아 만테냐는 거의 같은 나이였지. 만테냐
는 조반니와 젠틸레 형제의 누이와 결혼했는데, 그들은 서로의 작품
을 참고해 가며, 서로 영향을 미쳤단다. 하지만 둘은 달랐지. 조반니는
여든여섯 살까지 살았는데, 그가 그린 작품들은 모두 아주 젊었으니
까. 성숙하지 못하다거나, 확신이 없다거나, 독립적이지 못하다는 의
미가 아니라, 욕망, 혹은 욕망들이 넘치고 있다는 의미에서 말이다.
　하지만 안드레아는 열일곱 살의 천재 청년일 때부터 이미 노인처
럼 그림을 그렸지. 그가 그린 작품들은 심사숙고 후에, 끈기있게 계산
하고, 측정한 후에 그린 것들이었으니까. 유럽 미술사에서 그보다 더
나이 든 화가는 없을 것 같구나.

(〈성모자〉 투사 끝)

만테냐의 조각 작품은 이십 년쯤 전에 발견되었지. 파도바 근처
의 대리석으로 조각한, 성 유피미아(Saint Euphemia)의 실물 크기 입
상이었단다.
　유피미아는 사자 입에 손을 넣고 있는데, 사자는 그 손을 깨물지
않고 그저 손가락만 핥고 있지. 그녀는 열다섯 살로 우아한 옷을 입은
젊은 여성이란다. 얼굴은 매끈하고, 주름은 하나도 없지. 그 표정은 방

금 들은 혹은 목격한 어떤 소식의 나머지 부분을 기다리고 있는 사람의 표정이고.

성 유피미아는 3세기 소아시아 지방의 성인이지. 기독교도들의 편에서 로마 총독에 맞섰던 인물인데, 총독이 기독교도들을 고문한 뒤 사자 우리에 던져 넣으려고 하자, "저부터 던져 넣으세요"라고 요구했다더구나. 그 모습이 어찌나 단호했던지 다른 기독교도들도 침착하게, 용기를 다시 얻을 수가 있었지. 전설에 따르면, 총독이 그녀를 사자 우리에 던져 넣자, 사자들이 잡아먹기는커녕 서로 꼬리를 이어 해먹을 만들어 줬다고 하지.

조각으로 표현한 열다섯 살 소녀 성인의 표정과, 우리가 지금 이야기하고 있는 화가 만테냐에게 어울리는 노인의 표정 사이에 공통점이 있단다. 동일한 관조의 시선과 집중이지. 세세한 면에 관심을 보이고, 모든 이야기들이 결국 이르게 되는 결말을 알고 있는 이의 표정. 그 침착함이 비슷한 거야.

(화면에 성 유피미아의 조각상 투사)

루브르에서 있었던 만테냐 전시회에서 이 조각상의 실물을 봤잖아요. 〈성 유피미아〉, 조금 놀란 듯 하지만 확고한 표정을 짓고 있는 그녀의 모습, 사자의 입 안에 고요하고 안전하게 놓여 있는 그녀의 손, 사실 손에 가려 거의 보이지 않는 사자의 턱은 아무런 해도 끼칠 수 없을 것처럼 보였어요. 우리의 시선은 온통 그녀의 손가락과 길게 늘어진 그녀의 옷을 향했죠. 아니, 온통이라곤 할 수 없겠어요. 저는 서서히 시선을 내려 두 피조물(성처녀와 짐승)이 진정 하나가 되는 그 지점까지 훑었으니까요. 발 말이에요. 네 발의 기다란 발가락이 서로 너무 닮아 있었어요. 낯선 방식으로 제어된 야만의 광경 속에 놓인 발의 존재감 자체가.

(성 유피미아의 조각상 투사 끝)

그래서 루브르의 그 전시회를 전부 구경했어요. 직감이 이끄는
내로요. 만테냐는 어떤 식으로든 발에 집착했던 것 같아요. 4세기 뒤
빈이었다면, 발에 집착하는 성도착자라고 했겠죠. 왜 발이었을까요.
발은 직립보행이라는 인간의 조건과 관련이 있기 때문이겠죠. 발에
는 관절이 있고, 발 덕분에 인간은 물건을 옮기거나 이동을 할 수 있으
니까.

인간의 몸에서 맨 아래에 있는, 인간만의 서명 같은 거지.

서류 맨 아래에 있는 서명 같은 거겠죠.
〈유디트와 그녀의 하녀 아브라〉도 봤어요. 두 여성은 막 홀로페
르네스(Holofernes)의 막사에서 나오는 중이죠. 주머니의 입구를 벌
린 채 기다리고 있는 하녀에게 유디트가 장군의 잘린 머리를 건네요.
그러니까 작품 왼쪽에는 남자의 머리가 보이죠, 머리칼이 길고 피에
젖어 있어요. 오른쪽엔 뭐가 있을까요? 침대예요, 홀로페르네스가 습
격을 당하기 전에 자고 있었을 걸로 짐작되는 침대죠. 그런데 그 침대
에서 보이는 건 발뿐이거든요. 홀로페르네스의 발이요. 그러니까 한
남자의 몸에서 보이는 건 머리와 발뿐인데, 그 둘이 떨어져 있는 거예
요. 영적인 부분과 지상의 부분. 하나는 천상의 세계에, 다른 하나는
광물의 세계에 속하죠.
그 전시회에는 없었던, 다른 작품도 생각이 나요. 우선 〈죽은 그
리스도를 애도함〉에서도 그리스도의 발이 작품 중앙에, 머리만큼이
나 비중있게 그려져 있죠.

(존이 다시 오쿨루스 천장 벽화를 화면에 투사한다)

발과 다리가 유난히 눈에 들어왔던 천상의 천사들도 생각나고, 올리브산에서 잠든 그리스도의 제자들도 생각났어요. 원근법과 단축법에 능숙했던 만테냐는, 수직선을 기울여서 아래위에 대한 우리의 선입견에 질문을 던지는 것도 잘했죠!

고대에 관심이 많았기 때문에 종종 과거를 현재와 미래보다 앞에 배치하기도 했지. 이때 미래는 화면의 배경에 있는 건물들을 통해서만 상징적으로 전달되는 거야. 그는 사물의 일상적인 순서를 뒤집는 걸 좋아했단다. 물구나무서기처럼!

발은, 인간과 지면을 이어 주죠, 천국과 지옥 사이의 경첩이고, 고정 장치, 기둥 받침, 균형점 같은 것, 인체의 다른 어떤 부분보다 동물적인 특징을 잘 보여 주는 곳이에요.
제가 센 게 맞다면, 〈신혼의 방〉에 있는 프레스코 벽화 두 점의 아랫부분에는 인간과 동물의 발이 모두 스물다섯 개 있어요. 전면에 보이는 것만 그렇고 뒤에 더 있죠. 그림 속 장면과 실제 사람이 지내는 공간의 경계에 그렇게 발들이 있는 거예요. 그뿐만이 아니죠, 그림에서 인간의 발은 모두 (공작에게 편지를 전하러 온 전령만 빼면) 신발을 신지 않고 있죠. 양말을 신은 발과 개의 다리, 말발굽만 보이죠.

이 침실은 사람들이 몸을 눕히는 침대가 있는 곳, 머리와 발이 같은 높이에 놓이게 되는 곳이기도 하지!(존과 카트야가 자리에서 일어난다)

(둘은 침대 위에 누워 천장을 바라본다)

이젠 무게가 없어. 광물의 묵직함도 지나간 이야기고. 중력이 느껴지지 않는 거야. 아니면 중력은 그대로 있지만(우리의 등이 여전히 매트리스를 누르고 있으니까), 우리를 끌어당기는 어떤 힘이 중력을 넘어선 거라고 해야겠지. 천상에서 부르는 힘이라고나 할까.

이 방은 사람들이 잠자는 방인데, 잠이라는 게 뭔가 특별한 걸 제 공하는 게 아닐까요? 어떤 순간이 지닌 총체성을 한데 모으는 거요.

하나의 순간.

과거의 유산, 새로 지어지는 건물들, 그림 속의 다양한 활동들, 밤과 낮이 공존하는 풍경, 식물들, 움직이는 동물들, 그림 속 인물들의 서로 다른 사회적 지위, 그들이 입고 있는 옷, 얼굴의 표정들, 주름살 들, 그들의 속삭임, 두리번거리는 시선, 그 모든 것들, 그 전체가, 아기 천사와 구름 아래서 하나의 순간이 되는 거예요.

이 방에서 잠드는 사람은 그런 광경을 보면서 눈을 감는 거지, 끝 없이 복잡한 현실의 그 모든 층들과 화해하는 거야.

또 그는 주변의 용기있는 화가의 본보기를 보며 잠드는 거죠. 네, 용기요, 동시에 보이는 그 수많은 층들을 고려하고, 그걸 받아들이고, 담아낼 용기를 가지고 있었던 화가예요.
만테냐는 마주치는 식물들을 모두 표본으로 수집하는 식물학 자 같아요. 그걸 네 벽에 그려 넣었죠. 살구, 오렌지, 레몬, 배, 복숭아, 사과, 석류나무, 삼나무, 플라타너스, 아칸서스, 소나무. 만테냐는 어떤 주어진 순간에 세상이 보여 주는 그 모든 것을 포괄하고 싶었던 거예요.
다양한 층위와, 과정과, 시간의 흐름을 구분하고, 거기에 서열을 부여하는 건 인간이죠. 그 과정에서 인간이 활용하는 도구는, 그로 하여금 그렇게 구분하도록 시키는 것은 그의 자아고요. 이 자아라는 도

70

구는 자연이 인간에게만 생존의 도구로 부여한 거예요. 나머지 자연 어디에도 그 자아라는 건 없죠. 그게 인간이 가장 유한한 이유이기도 하고요. 한 인간이 죽으면 바로 그 부분만, 조각난 도구 같은 그 부분만 사라지니까요. 나머지는 순환하는 거예요. (존과 카트야가 동시에) 각자는 그냥 각자로.

어젯밤에 꿈을 하나 꿨구나. 내가 커다란 가방을 들고 있었지. 우체부들이 우편물을 담고 다니는 그런 가방. 가죽 가방이었는지 천 가방이었는지는 기억이 안 나는구나. 아마 비닐이었던 것 같기도 하고. 그 가방 안에 만테냐의 작품이 모두(백이십 점이지) 들어 있었단다. 벽화는 제외하고 말이야. 그걸 가방에서 하나하나 꺼내서, 유심히 들여다보는데, 아주 가벼웠어.(그림은 물론 가방도 전혀 무게감이 없더구나) 즐거운 마음으로, 어떤 결정을 내리기 위해 혹은 결론에 이르기 위해 그러고 있었지. 무슨 결정이었냐고? 그건 모르겠구나. 어쨌든 행복한 마음으로 잠에서 깼지.

지금 우리가 보고 있는 오쿨루스 천장화는 도피나 회피를 암시하는 게 아니야. 만테냐는 고통스러울 정도의 근면함과 평생 유지했던 용기를 가지고 현실을 직면해야 한다고 주장했지. 지금 벌어지고 있는 일을 외면하면 안 된다고 말이다. 그의 작품은 그 안으로 녹아들어 가라고 제안하는 거야.

이 방이요, 침실로 지어진 이 방에는 뭔가 죽음과 관련된 것도 있어요. 그건 뻣뻣하거나 병적인 게 아니에요. 이 세계를 구성하는 무한한 사건과 순간들을 관찰하기 위해, 용감하게, 네, 용감하게 자신을 거기에서 떼어낼 수 있었던 화가의 본보기와 관련이 있는 것 같아요.
만테냐는 그 사건들과 순간들을 세고, 고집스럽게 그것들을 한데 모두 담아서 전체를 보여 주죠. 총합계. 그는 그것들을 녹여내는 법을 알았어요. 그는 자신도 녹여냈고, 우리도 자연 안에 녹여냈죠. 여기 이렇게 누워 영원히 눈을 감는 상상을 해요, 지상에 있는 모든 것들을 대담하게 담아낸 네 개의 벽에 둘러싸인 채, 인간의 지각을 넘어선 곳에서요.

히에로니무스 보스

Hieronymus Bosch

c.1450-1516

회화의 역사를 보면 종종 낯선 예언자들과 마주치게 된다. 화가가 의도적으로 예언을 하려던 건 아니다. 그건 마치 보이는 것들이 그 자체로 나름의 악몽을 갖고 있는 것만 같다. 예를 들어 1560년대에 그려지고 현재는 프라도박물관에 소장된 브뤼헐의 〈죽음의 승리〉에는, 이미 나치의 강제수용소에 대한 끔찍한 예언이 담겨 있다.

대부분의 예언은, 그것이 구체적인 예언이라면, 나쁘기 마련이다. 왜냐하면 역사를 통해 봤을 때, 늘 새로운 두려움이 있어 왔고(그중 몇몇이 사라진다고 해도, 새로운 행복 같은 건 없다) 행복은 늘 오래된 것이었기 때문이다. 변화란 이러한 행복을 지키기 위한 투쟁의 형식이다.

브뤼헐보다 반세기 앞서, 히에로니무스 보스는 〈밀레니엄 삼부작〉을 그렸다. 이 작품 역시 프라도박물관에 소장되어 있다. 삼부작 제단화(祭壇畫)의 왼쪽 그림은 천국에 있는 아담과 이브의 모습을 보여 준다. 커다란 가운데 그림은 쾌락의 정원을 묘사하고 있고, 오른쪽 그림은 지옥을 묘사하고 있다. 그리고 이 지옥이 세계화와 새로운 경제 질서로 대변되는 현세기 말의 세계가 처한 정신 상태를 낯선 방식으로 예언하고 있다.

어떻게 그렇게 되는지 살펴보자. 그 예언은 작품에 사용된 상징과는 아무 관련이 없다. 보스가 사용한 상징들은 15세기 후반의 몇몇 지복천년(至福千年) 교파에 퍼져 있던 은밀하고, 세속적이며, 이단적인 생각들과 관련이 있다. 그들은 사악함을 극복할 수 있다면, 지상에 천국을 세우는 일도 가능하다는 이교도적인 믿음을 가진 사람들이었다! 보스의 작품에서 발견되는 비유에 대해서는 많은 글들이 있다.[1] 하지만 보스가 보여 준 지옥의 모습이 예언적인 것은, 그 세부 때문이 아니라 (이 세부들이 좀처럼 잊히지 않고, 끔찍한 것은 사실이지만) 전체 광경 때문이다. 다른 말로 하자면, 지옥이라는 **공간**의 구성 때문이다.

그림 속 지옥에는 지평선이 없다. 행동들 사이의 연속성도 없고, 휴식도 없으며, 길이나 패턴도 없고, 과거도 미래도 없다. 거기엔 서로 다른, 조각난 현재들이 내지르는 괴성밖에 없다. 모든 곳에서 놀랍고 자극적인 광경이 펼쳐지지만 그 어떤 것도 결과를 낳지 않는다. 흘러가는 건 하나도 없고, 모든 것이 갑자기 끼어든다. 이것이야말로 일종의 공간적 광란 상태다.

이 공간을 보통의 광고 화면이나 시엔엔(CNN)의 전형적인 뉴스 화면 혹은 흔한 매스미디어의 뉴스 화면과 비교해 보자. 그런 화면들에도 보스의 작품에 비견될 만큼 앞뒤가 맞지 않고, 따로 떨어진 자극들이 만들어내는 비슷한 황폐함과, 비슷한 광기가 있다.

보스의 예언은, 세계화의 영향 아래 있는, 그리고 끊임없이 무언가를 팔아야 하는 탈법적 미디어에 의해 오늘날 우리에게 전달되는 세계상에 대한 것이었다. 둘 다 조각들이 서로 맞아 들어가지 않는 퍼즐 같은 화면인 것이다.

그리고 이는 마르코스 부사령관〔멕시코 치아파스 지역의 반정부무장조직 '사파티스타 민족해방군(EZLN)'의 지도자이자 반세계화 투쟁의 상징적 인물—옮긴이〕이 지난해 쓴 편지에서, 새로운 세계

히에로니무스 보스, 〈밀레니엄 삼부작〉, 1500-1505.

질서에 대해 이야기하며 썼던 표현과 정확히 일치한다…. 그는 이 편지를 멕시코 서남부의 치아파스에서 썼다.[2] 그는 오늘날의 세계를 사차세계대전이 벌어지고 있는 전장이라고 했다.(삼차세계대전은 소위 말하는 냉전이다) 교전국들의 목표는 시장을 통해 전 세계를 정복하는 것이다. 그들이 사용하는 무기는 금융이지만, 그럼에도 매 순간 수백만 명의 사람들이 불구가 되거나 사망하고 있다. 전쟁을 일으킨 사람들의 목표는 새로운, 추상적인 권력의 중심에서 세계를 지배하는 것인데, 그 중심은 시장이라는 거대한 극점이며, 투자의 논리 외에 어떤 통제도 받지 않는다. 그 사이 지구상의 90퍼센트를 차지하는 남녀는 들쭉날쭉해서 맞아 들어가지도 않는 조각들을 가지고 살아야 한다.

보스의 그림에서 보이는 들쭉날쭉함이 너무 익숙해서, 마르코스가 명명한 일곱 개의 조각을 그 안에서 알아볼 수 있을 것만 같았다.

마르코스가 명명한 첫번째 조각은 달러 표시가 있는 녹색 조각이다. 이 조각은 전 세계의 부가 점점 더 소수에게 집중되고, 절망적으로 가난한 사람들의 숫자가 유례없이 늘어나는 것과 관련이 있다.

두번째 조각은 삼각형이며, 거짓말로 이루어져 있다. 새로운 질서는 생산과 인간의 노력을 합리화하고 현대화하는 것이라고 주장하지만, 실제로는 산업혁명이 시작될 무렵의 야만적인 상태로 되돌아가는 것이다. 중요한 차이점은 지금의 야만성은 제약할 만한 윤리적 고려나 원칙들이 전혀 없다는 점이다. 새로운 질서는 광적이고, 전체주의적이다.〔그 체제 안에서는 어떤 항의도 먹히지 않는다. 전체주의는 정치도 무시하는데(정치는 치밀한 계산에 의해 밀려났다) 신경 쓰는 것은 오직 금융의 전 지구적인 지배뿐이다〕아이들을 한번 보자. 전 세계 일억 명의 아이들이 길거리에서 지내고 있으며, 이억 명은 곳곳에서 노동에 동원되고 있다.

세번째 조각은 악순환처럼 둥글다. 그것은 강제 이민과 관련이 있다. 가진 것이 없는 사람들 중 좀 더 진취적인 사람들은 생존을 위해 이민을 가려고 노력한다. 하지만 생산하지 않는 자, 소비하지 않는 자, 은행에 예치할 돈이 없는 자들은 잉여에 불과하다는 원칙에 따라 새로운 질서가 밤낮으로 작동하고 있다. 따라서 이민자, 땅이 없는 사람, 집이 없는 사람은 체제 내의 노폐물 취급을 당하고 있다. 제거해야 할 존재인 것이다.

네번째 조각은 거울처럼 직사각형이다. 그것은 상업은행과 세계적 갱단의 계속되는 거래와 관련이 있다. 이제 범죄 또한 세계화되었기 때문이다.

다섯번째 조각은 약간 팔각형 모양을 하고 있다. 그것은 신체적인 억압이다. 새로운 질서에서 민족국가는 독립성과 정치적 주도성, 그리고 통치권을 잃어버렸다. (대부분의 정치인들이 사용하는 새로운 수사법은, 자신들의 정치적 무력함, 시민으로서 느끼는 억압적인 무력감과는 구분되는 그 무력감을 가리기 위한 것이다.) 민족국가에게 떨어진 새로운 임무는 자신들에게 부여된 것을 잘 유지하는 것, 시장에서 거대기업체의 이익을 지키고, 무엇보다 잉여들을 통제하고 경찰력으로 그들을 다스리는 것이다.

여섯번째 조각은 휘갈겨 쓴 낙서를 닮았는데, 이것은 균열과 관

련이 있다. 새로운 질서는 한편으로 즉각적인 통신수단을 통한 교환
이나 거래를 통해, 그리고 강제로 지정한 자유무역지대(NAFTA)를
통해, 또한 시장의 법칙이라는, 질문을 허락하지 않는 단 하나의 법칙
을 강요함으로써 국경이나 거리를 없애 버렸다. 하지만 다른 한편으
로 그 질서는 민족국가의 기반을 흔들면서 끊임없이 분열시키고, 새
로운 국경을 **만들어낸다.** 예를 들어 구소련이나 유고슬라비아가 그랬
다. 마르코스는 이렇게 적었다. "깨진 거울을 통해 보는 세계는, 신자
유주의라는 쓸모없는 일체감을 비출 뿐이다."

일곱번째 조각은 주머니 모양을 하고 있는데, 전 세계적으로 일
어나고 있는, 새로운 질서에 대한 다양한 저항의 주머니들로 이루어
져 있다. 멕시코 서남부의 사파티스타는 그런 주머니들 중 하나다. 서
로 다른 저항들이, 상황이 다르기 때문에, 꼭 무력 저항이어야 할 필요
는 없다. 그 많은 주머니들이 공통의 정치적 프로그램을 가지고 있을
필요도 없다. 깨진 조각 안에 살고 있는 그들이 어떻게 공통의 프로그
램을 가질 수 있겠는가. 하지만 그들이 지닌 그 이종성(異種性)이 하
나의 약속이 될 수 있다. 그들의 공통점은 잉여, 즉 곧 제거될 존재들
을 지키려고 하는 자세, 그리고 사차세계대전은 인간성에 대한 범죄
임에 분명하다는 신념이다.

일곱 개의 조각이 서로 맞아 들어가서 어떤 의미를 만들어내는
일은 절대로 없을 것이다. 이런 의미의 부재, 이런 부조리함이 새로운
질서에 내재되어 있다. 지옥도에서 보스가 예언했듯이, 거기엔 지평
선이 없다. 세계는 불타고 있고, 모두들 눈앞에 있는 자신만의 필요,
혹은 생존에만 집중하면서 그저 살아남으려고 애쓰고 있다. 밀실공
포증은, 가장 심한 경우에도, 단지 과밀화된 공간 때문에 생기는 것이
아니다. 그것은, 손에 닿을 듯 가까이 있는 두 행동들 사이에 연속성
이 결여되어 있을 때 찾아오는 증상이다. 그런 상황이 바로 지옥인 것
이다.

우리가 속한 문화는 아마 역사상 밀실공포증에 가장 심하게 시달

리는 문화일 것이다. 세계화가 지배하는 문화에서는, 보스가 묘사한 지옥처럼, 어딘가 **다른 곳** 혹은 **다른 방법**을 전혀 엿볼 수 없다. 주어진 것은 감옥뿐이다. 그리고 그런 단순함에 직면했을 때, 인간의 지성 또한 탐욕으로 단순화된다.

마르코스는 다음과 같은 말로 편지를 끝맺었다. "새로운 세계를 건설해야 한다, 다양한 세계를 담을 수 있는 세계, 모든 세계를 담을 수 있는 세계를."

보스의 그림이 우리에게 환기시켜 주는 것은 (만약 예언이 환기하는 역할까지 할 수 있다면) 대안적 세계를 건설하려는 첫걸음을 내딛기 위해서, 우리의 정신에 각인된 세계상을 거부하고, 무언가를 팔아야 한다는 만족할 줄 모르는 위법적 요구를 정당화 혹은 이상화하는 세계 도처의 거짓 약속들을 거부해야만 한다는 사실이다. 다른 공간이 절대적으로 필요하다.

먼저 어떤 지평을 발견해야만 한다. 이를 위해 새로운 질서가 어떤 가면을 쓰고, 무슨 짓을 하든 거기에 맞서 희망을 다시 찾아야만 한다.

하지만 희망은 믿음에 따른 행위이며, 구체적 행동을 통해 계속 유지되어야만 한다. 예를 들면 **다가가는** 행동, 거리를 측정하고 **그쪽을 향해 걸어가는** 행동 같은 것. 그런 행동이 비연속성을 거부하는 협력으로 이어질 것이다. 저항의 행동이란 단지 작금의 세계상이 우리에게 보여 주는 부조리함을 거부하는 것만이 아니라, 그것을 고발하는 것이다. 그리고 지옥의 내부에서 그것을 고발할 때, 그곳은 더 이상 지옥이 아니다.

오늘날 존재하는 저항의 주머니에서, 보스가 그린 삼부작 제단화의 다른 두 그림, 아담과 이브 그리고 쾌락의 정원을 보여 주는 그 그림을, 어둠 속에 횃불을 든 채 유심히 들여다볼 수 있을 것이다…. 우리에겐 그런 것들이 필요하다.

다시 한번 아르헨티나 시인 후안 헬만의 시를 인용하고 싶다.[3]

죽음이 직접 증거서류를 들고 찾아오면
우리는 다시 한번
투쟁에 나서지
다시 한번 시작하지
다시 한번 우리 모두 시작하지

세상에서 가장 위대한 패배에 맞서는
절대 끝나지 않는 작은 동행
혹은
기억 속에서 불처럼 타오르는
다시
또다시
또다시.

1. 가장 독창적이고 논쟁의 대상이 되는 글은 빌헬름 프랑거(Wilhelm Fränger)의 *The Millennium of Hieronymus Bosch*다.
2. 이 편지는 1997년 8월 전 세계 언론, 특히 파리의 『르몽드 디플로마티크』에 발표되었다.
3. 조안 린드그렌(Joan Lindgren)이 스페인어를 영어로 번역했다. Juan Gelman, *Unthinkable Tenderness* (California: University of California Press, 1997).

대 피터르 브뤼헐

Pieter Bruegel the Elder

c.1525-1569

레오나르도 다 빈치를 생각하면 우리는 모두 기분이 좋아진다. 레오나르도는 신비(비슷한 의미의 다른 단어를 써도 좋다)에 싸인 인간적 영감의 고귀함을 대변한다. 렘브란트는 그 반대라고 할 수 있는데, 그는 천재의 우울한 괴로움을 대변한다. 렘브란트를 생각하면 우리 모두는, 우리를 오해했던 사람들을 용서할 수 있을 것 같다. 그렇게 우리는 예술에서 위로를 얻고, 그 작품에 대한 찬사로 보답한다.

위대한 화가들 중에서 이러한 목적에 가장 어울리지 않는 작가가 브뤼헐이다. 그가 종종 농민들의 흥겨운 춤과 소박한 화이트크리스마스 정경을 그린 화가로 여겨진다는 것은 사실이다. 하지만 그가 보여준 천재성을 빌려 오거나, 그의 열정을 인용하는 것은 불가능하다. 사실, 그의 천재성이나 열정에 대한 언급은 거의 없었고, 우리 머릿속에는 어떤 희미한 생각만이, 감히 용기내어 언급할 수 없는 어떤 생각만이 남아 있다. 어쩌면 브뤼헐이 지나치게 단순했던 것인지도 모른다.

한 가지 거북한 진실은, 지금까지 생존했던 화가들 중에 그가 용서와는 가장 거리가 먼 화가였다는 점이다. 그림을 한 점 한 점 그릴 때마다 그는, 제대로 제기될 거라고 본인도 확신할 수 없었던 어떤 고

80

발을 위한 증거를 수집했다.

그가 고발하고 싶었던 것은 무관심이다. 추락하는 이카로스를 보면서 쟁기질만 하고 있었던 농민들의 무관심, 입을 벌리고 십자가형 앞에서 구경만 하는 농민들의 무관심, 간청하는 플랑드르 사람들 앞에서 약탈과 살육을 자행하는 스페인 병사(그들은 명령을 따르고 있을 뿐이다)들의 무관심, 역시 눈먼 자들이 이끄는 대로 따라가고 있다는 말을 들은 다른 눈먼 자들의 무관심, 아까운 시간이 흘러가고 있는데 그저 놀이에만 집중하고 있는 사람들의 무관심, 죽음에 대한 신의 무관심.

이런 무관심을 고발하는 일이 실제로 일어날 거라고 브뤼헐이 믿을 수 없었던 것은, 누구에게 고발을 해야 할지 몰랐기 때문이다. 추락하는 이카로스를 보지 못한 것이 허리를 굽히고 쟁기질을 하고 있는 농민들만의 탓이라고는 할 수 없다. 그리고 이는 브뤼헐이 자신의 생각을 바꿀 만한 상황을 상상할 수 없었기 때문에 나온 결과라고 할 수 있다. 그는 역사적으로 볼 때, 그 생각을 정당화해 줄 지식이 미처 생겨나기 전에 지나치게 빨리 형성되어 버린 양심을 지니고 있었던 셈이다. 그가 할 수 있는 것이라고는 대답을 모른 채, 질문을 하는 것뿐이었다. 하지만 확실하게 질문을 던지는 것은 즉각적인 정치적 위험을 낳았을 뿐 아니라, 오만이라는 도덕적 죄를 범하는 일이었다. 그는 유난히 그 죄의식에 시달렸는데(〈바벨 탑〉〈사울의 자살〉〈루시퍼의 추락〉), 자신이 아무리 에둘러 표현한다고 해도 결국은, 자신이 중세 시대의 정전(正傳)에서 해석하는 하나님의 말씀에 따르면, 오만의 죄를 범하는 것이 아닐까 두려웠던 것이다.

이런 모순이 브뤼헐로 하여금 독창적이고 예언적인 세계관을 가질 수 있게 해 주었다. 그는 어떤 희생양도 제시하지 않았다. 무고한 자와 죄인을 확실히 구분하지 않았고, 도덕적 비난을 자제했다. 그의 그림 속 인물들 중 분명한 악인이나 분명한 선인은 없다. 그의 도덕적 열망은 사실들을 심판 앞에 제시하려는 흔들림 없는 결심에서 드러난

대 피터르 브뤼헐, 〈죽음의 승리〉, 1562.

다. 어떤 행위나 인물을 비난하는 것은 그의 능력을 벗어나는 일인데, 왜냐하면 사람들이 그런 행동 외에 어떤 다른 행동을 할 수 있을지 그도 모르기 때문이다. 따라서 그는 염세적이지 않았다. 다만 다르게 행동하지 못한다는 이유로 모든 이에게 죄를 물었던 것뿐이다.

이런 식으로 브뤼헐의 작품에서는 평범한 사실들이 그 자체로 죄가 되고 있다. 거지는 거지라는 이유로 죄인이고, 눈먼 자는 눈이 멀었다는 이유로 죄인이다. 병사들의 죄는 군대에 소속되어 있기 때문이고, 눈은 길을 덮어 버렸기 때문에 죄를 지은 것이다. 브뤼헐은 브레히트가 가장 좋아했던 화가였다. 브레히트는 어떤 시에서 '자연의 공손함'에 대해 이렇게 적었다.

아뿔싸 개들은
관심을 받고 싶어서
살인자의 다급한 다리에
몸을 비비며 알랑거리네.

아뿔싸 녹색 그늘을 드리운 느릅나무는
마을 끝에서 어린아이를 강간한
범인에게 숨을 곳을 제공하고
눈이 먼 친절한 먼지는
이제 우리에게 살인자의 흔적을
잊으라 하네.

브뤼헐과 브레히트는 비록 사 세기의 시차를 두고 살았지만, 같은 것을 이해시키려고 애썼다. 브뤼헐은 직감적으로 그렇게 했고, 브레히트는 사람들이 자신들의 무력감 속에서 안도감을 느낀다는 걸 좀 더 분명히 알게 되었기 때문에 그렇게 했다. 두 사람 모두 저항하지 않는 것이 곧 무관심이라는 점을, 잊어버리거나 모르고 있는 것 역시 무관심이라는 점을 이해시키려 했다. 무관심하다는 것은 눈감아 준다는 것과 다르지 않다는 점을.

이 점이, 소재 따위의 우연한 일치가 아니라, 브뤼헐의 작품들이 그보다 나중에 그려진 다른 어떤 작품들보다 현대의 전쟁이나 난민수용소에 대해 시사하는 바가 더 많은 이유이다.

조반니 벨리니

Giovanni Bellini

1459년경에 활동, 1516년 사망

1430년대에 태어난 조반니 벨리니는 최초의 위대한 베네치아 화가였
다. 나는 그가 그린 네 점의 성모자상에 대해 이야기할 텐데, 작품들이
그려진 시기는 그의 일생 중 삼십오 년에 걸쳐 있다.

첫번째 작품은 1470년에 그렸고, 당시 그의 나이는 사십 세였다.
두번째 작품은 그로부터 십 년 뒤에 그렸는데, 그가 오십대에 접어들
었을 때였다. 세번째 작품도 다시 십 년 뒤에 그렸고, 마지막은 1505
년, 벨리니가 칠십대의 노인이 되어서 그린 작품이다.

네 작품 사이에 큰 차이점은 없는 것처럼 보일 수도 있다. 모두 같
은 주제를 다루고 있으며, 같은 목적으로 그린 작품들이다. 각각의 그
림 속에서 성모가 입고 있는 옷도 거의 똑같다. 하지만 이 작품들에서
보이는 변화의 이면에는 미술사에서 가장 대담한 혁신이 암시되고 있
다. 소재는 동일하다. 하지만 그 소재에 대한 화가의 태도, 그가 소재
를 바라보는 방식은 혁명적인 변화를 겪고 있다.

첫번째 작품과 마지막 작품의 차이는, 미술사에서 한 화가의 다
른 두 작품에서 보이는 차이들 중에 가장 큰 것이라고까지 할 수 있다.

벨리니의 일생에 걸친 열정의 대상 혹은 관심사는 빛이었다. 그

가 베네치아에서 베네치아에 대해 그림을 그렸던 화가임을 감안하면 놀라운 일은 아니다. 물론 빛이 없으면 그림 자체가 없다고 할 수 있다. 빛이 없으면 아예 볼 수도 없다. 하지만 벨리니의 관심을 끌었던 빛은 어둠을 물리치고, 한 대상을 다른 대상과 구별할 수 있게 해 주는 그런 빛이 아니었다. 그보다는 빛이 퍼질 때, 그 빛을 받은 대상들 사이에 만들어지는 어떤 일체감에 대한 관심이었다. 바로 그 점이 어떤 방 전체 혹은 풍경 전체가, 오전 열한시에 봤을 때와 오후 세시에 봤을 때 완전히 달라 보이는 이유이기도 하다. 그런 의미에서 빛은 공간을 암시한다. 그건 그저 한순간의 반짝임이나 불꽃이 아니라, 하루 온종일이다. 따라서 벨리니의 평생에 걸친 노력은, 우리가 '햇빛'이라는 말로 표현하는 그 무언가를 모두 포착해서 담고 있는 공간을 자신의 작품 속에 만들어내려는 것이었다.

첫번째 작품에는 공간이 거의 없다. 두 인물은 거의 평평한 벽에 돋을새김을 해 놓은 형상처럼 보이고, 그 벽은 다른 모든 것을 차단하고 있다. 이 그림에서 낮 풍경은 겨우 한 걸음 정도의 깊이밖에 없다.

두번째 작품부터 그는 대담하게 인물들을 야외에 배치하기 시작했다. 그는 벽을 허물고 그림 양쪽에 낮 풍경을 그려 넣었지만, 이건 임시적인 방법일 뿐이었다. 두 인물 뒤에는 여전히 하나의 막이 이상하게 하늘에 걸린 형태로 드리워져 있다. 내가 보기에는 그의 작품에서 공간이 양쪽에서 스며들기 시작했을 뿐이다.

세번째 작품에서는 막이 훨씬 뒤로 물러나 있다. 이제 인물들도 정면을 똑바로 마주하지 않는다. 두 인물은 옆으로 살짝 몸을 튼 자세로 있는데, 이 각도, 이 기울임 덕분에 우리는 뒤에 있는 풍경, 낮 풍경으로 눈을 돌릴 수 있다. 그럼에도 두 인물은 아직은 보호를 받고 있고, 무언가에 막혀 있다. 그저 막 때문만은 아니다. 아기가 앉아 있는 선반도 있다. 마치 무대 끝에 있는 것처럼 보이는데 이 무대 때문에 그림 속 인물들은 우리와 분리되고, 그들이 행동할 수 있는 공간 자체도 제한된다.

조반니 벨리니, 〈그리스의 성모〉, 1470.

하지만 마지막 그림에서 (첫번째 그림을 그리고 삼십 년이 지나서야) 그는 마침내 성취해냈다. 인물들은 이제 한 낮의 빛을 온전히 받으며 야외 에 있다. 우리도 그들 주위를 걸어 다닐 수 있다. 그림 전체 혹은 풍경 전체가 낮의 길이만 큼 넓어졌다.

이 공간의 정복(이것이 바 로 벨리니의 업적이다)에 대해 여러분은, "그게 그렇게 어려 운 일이었나?"라고 물을 수도

있다. 벨리니 이전에는 원근법이 알려져 있지 않았던 걸까. 물론 알려 져 있었다. 하지만 벨리니가 거리감에 대한 환상을 만들어내는 일에 는 관심이 없었던 것뿐이다. 그는 물탱크에 물을 채우듯, 그의 작품에

조반니 벨리니, 〈성처녀와 아기 예수〉,
1480-1490.

들어오는 공간 전체에 빛을 채우고 싶어 했다. 그는 그저 가까이 있는 대상을 크게 그리고 멀리 있는 대상 을 작게 그리는 것만으로는 만족할 수 없었다. 그는 가까이 있는 대상과 멀리 있는 대상 사이를 빛이 어떻게 고르게 비추고 있는지를 보여 주고 싶어 했고, 매 그림마다 빛이 자연에 전해 주는 어떤 질서와 일체감에 상 응하는 무언가를 표현해내려 했다. 따라서 자신의 작품 속에서 새로운 종류의 질서와 일체감을 창조해내려

는 두번째 노력이 있었다.

첫번째 그림에는 아이 오른쪽에 직선이 보인다. 위를 향해 뻗은 이 직선은 성모가 쓰고 있는 머리 장식과 딱 맞아 들어간다. 이 작품에는 이런 계산과 계획이 가득한데 그 덕분에 작품에서 일체감과 질서가 느껴진다. 이 그림은 공간이 없고 평면적이기 때문에, 그러한 조직적인 느낌을 표현하는 것은 결국 선을 활용하는 문제였다. 예를 들어 성처녀의 손을 한번 보자. 손가락 하나하나가

조반니 벨리니, 〈성처녀와 아기 예수〉, 1480-1500.

따로 떨어져 있고, 모두 또렷한 외곽선으로 구분되어 있는 것이, 마치 피아노의 건반처럼 보인다. 과연 이 작품에 일체감을 부여하는 패턴, 작품의 전체 패턴은 평평한 어둠에 비치는 평평한 빛의 대조에 기반하고 있다. 피아노 건반처럼 말이다.

두번째 그림 역시 선(평면적이다)을 통해 작품의 일체감을 조직해내고 있다. 확실히 아기 예수가 이제 공간을 향해 약간이나마 발길질을 하고 있지만, 그림 양쪽에 두 줄로 들어간 하늘을 한번 보자. 이 두 하늘이 실제로는, 어떤 식으로든, 일종의 평면적인 패턴으로 작용하고 있다. 하늘은 차라리 아래쪽에 놓인 대리석의 무늬와 비슷해 보인다. 하지만 세번째 그림에서 변화가 나타나기 시작한다. 이제 더 이상 선이 아

조반니 벨리니, 〈목초지의 성모〉, 1500.

니라 공간의 부피감을 어떻게 조직해내는가 하는 것이 문제가 된다. 성모의 손가락은 더 이상 구분되지 않고 있음을 알 수 있다. 대신 손 전체가 아기 예수의 손과 사과를 감싸 쥐고 있는데, 마치 배경의 언덕 까지 (비율은 다르지만) 그대로 감싸 쥘 수 있을 것만 같다. 언덕의 모 양 자체가 성모의 손에 꼭 맞아 들어가게 생겼기 때문이다. 또한 동그 랗게 그녀의 머리를 감싸는 망토가 만들어내는 공간감은, 언덕을 덮 은 짙은 색 나무들이 만들어내는 공간감과 유사하다. 그리고 마침내 마지막 그림에서, 벨리니는 인물과 전체 공간, 빛으로 가득한 한낮 사 이의 일체감을 성취해냈다. 양손 손가락이 닿을 듯 말 듯한 성모의 손 바닥 안 공간은 언덕 위 탑이 차지하는 공간과 같은 공간이다. 풍경 속 빈 공간을 빛이 채우고 있듯이, 성모의 무릎을 아기 예수가 채우고 있 다. 그리고 자연 또한 이제 조직적으로 어떤 일체감을 만들어내고 있 다. 왼쪽 배경에 있는 나무는 그저 그림 속의 하나의 선이 아니다. 나 무들 역시 풍경 안에, 공간 안에 어엿하게 존재하고 있다. 하지만 나무 위에 앉은 새 한 마리가 우리의 시선을 조금 오른쪽으로 돌리게 하고, 이는 오른쪽으로 살짝 기울어진 성모의 자세와 완벽하게 호응을 이루 고 있다.

그러니까 햇빛에 대한 관심이 벨리니로 하여금 자신의 작품 속에 서 공간을 정복하게 했고, 전에는 볼 수 없었던 방식으로 인간과 자연 사이의 관계를 만들어내게 했다. 그런 성취가 암시하는 바는 사실 예 술에만 해당하는 것은 아니다.

비잔틴 예술에 가까운 첫번째 성모자 그림은 중세에 속한 작품이 다. 그러니까 모든 변화나 바깥세상의 흐름으로부터 차단된 교회의 벽에 걸려 있던 그림이다. 이 그림은 정면에서 존경심을 표하기 위해 서만 바라보는 그림이었다. 하지만 마지막 그림은 평원에 있는 한 명 의 어머니 그림이다. 그녀의 머리에 후광이 없어서만은 아니다. 이제 모든 방향에서 (심지어 뒤에서도) 그녀에게 다가갈 수 있게 되었고, 이는 그녀가 자연의 일부가 되었다는 의미이다. 모든 방향에서 바라보고, 질문하고, 조사할 수 있는 자연 말이다. 더 이상 고정된 관점, 고정된 중심은 없다. 인간이, 마치 르네상스 시기에 재발견된 고전 시대에 그랬던 것처럼, 중심이 되었고, 어디든 용기내어 가 볼 수 있게 되었다.

첫번째 그림과 마지막 그림 사이에 크리스토퍼 콜럼버스가 아메리카 대륙을 발견했고, 바스쿠 다 가마는 희망봉을 돌아 인도로 갔다. 그리고 벨리니가 활동했던 파도바에서는 코페르니쿠스가 지동설을 증명할 최초의 연구에 착수했다. 따라서 벨리니가 자신의 회화를 통해 선보인 공간은 당시 인류가 조금씩 성취해 가고 있던 자유에 대한 정확한 척도였던 셈이다. 바로 이 점이 같은 소재를 다루고 있는 네 작품들의 차이가 혁명적이라고 할 수 있는 이유다.

마티아스 그뤼네발트

Matthias Grünewald

c.1470-1528

콜마르에서 그뤼네발트의 제단화를 처음 본 것은 1963년 겨울이었다. 그로부터 십 년 뒤에 다시 한번 보았다. 그렇게 계획했던 것은 아니었고, 그사이에 아주 많은 변화가 있었다. 콜마르만 달라진 게 아니라, 일반적으로 말해서 세계가 변했고, 내 삶에도 많은 변화가 있었다. 극적인 변화의 순간은 정확히 중간쯤 되는 시점에 일어났다. 1968년, 몇 해 전부터 보이지 않는 곳에서 조금씩 자라고 있던 희망이 세계 곳곳에서 서로 다른 이름으로 모습을 드러냈다. 그리고 같은 해, 그 희망들은 철저히 패배했다. 지금 돌아보면 그 점이 더 분명해진다. 당시에는 많은 이들이 가혹한 진실로부터 스스로를 지켜내려고 노력했다. 예를 들어 1969년이 시작될 때만 해도 우리는 제2의 1968년이 여전히 가능할 거라고 생각했다.

이 자리에서 당시 전 지구적인 차원에서 정치력이 어떻게 재편되었는지를 분석할 일은 없다. 훗날 **평준화**라고 불리게 될 과정이 진행되기 좋은 길이 닦였다고만 말하면 충분할 것이다. 수천 명의 삶도 그에 따라 변화를 겪었지만, 이런 것은 역사책에 기록되지 않는다.(성격은 매우 다르지만 1848년에도 이에 비견할 만한 분기점이 한 번 있었

마티아스 그뤼네발트, 〈이젠하임 제단화〉, 1512-1516.

다. 당시 세대의 삶에 일어난 변화는 역사책이 아니라 플로베르의『감
정교육』에 기록되어 있다) 내 친구들만 살펴봐도 (특히 정치적 자의
식이 있었고, 지금도 있는 친구들의 경우에) 그들의 삶은 바로 그 순
간을 기점으로 방향을 틀거나 꺾였다. 그건 마치 와병(臥病)이나 갑
작스러운 퇴원, 혹은 파산 같은 개인적 사건처럼 보인다. 그 친구들이
나를 봐도 아마 비슷한 생각을 할 것이다.

　　평준화란 전 세계를 분할해서 통치하고 있는 서로 다른 정치적
체계들 사이에 무엇이든 교환될 수 있다는 의미이며, 그건 세계 어느
곳에서든 급진적인 변화는 없어야 한다는 것을 전제로 한다. 현재가
지속되어야 하고, 그런 지속성 위에서 기술 개발이 가능하다.

　　기대 섞인 희망을 지닌 이는(1968년 이전에 그랬듯이) 스스로 대
담해질 수 있다. 그는 모든 것을 직시한다. 유일한 위험은 회피 또는
감상적 태도밖에 없다. 가혹한 진실도 해방에 도움이 될 수 있다. 개인
의 사고에 원칙이라는 것이 너무나 확고하게 들어서 있기 때문에, 그

원칙은 아무런 의문 없이 받아들여진다. 그렇지 않은 경우에 대해서도 인지는 하고 있지만, 희망이라는 것이 놀랄 만큼 집중력을 가지게 한다. 그의 눈은 거기에만 집중하고, 무엇이든 검증할 수 있다.

이 제단화는 그리스 비극이나 19세기 소설처럼 원래는 삶의 총체성 그리고 세상에 대한 설명을 모두 포괄할 수 있는 작품으로 계획되었다. 작품은 경첩으로 이어진 나무판에 그려졌다. 나무판이 닫혀 있을 때, 제단 앞에 선 사람은 중심의 십자가형 장면과 양 날개에 있는 성 안토니오와 성 세바스티아누스를 볼 수 있다. 나무판을 열면 음악을 연주하는 천사와 성모자의 모습이 나타나고, 양쪽에는 각각 수태고지와 부활의 장면이 있다. 한 번 더 열면 그리스도의 열두 제자와 교회 고위 성직자 양옆으로 성 안토니오의 일생을 담은 장면이 나타난다. 이 작품은 안토니오회 계율에 따라 이젠하임의 환자용 숙박시설에 둘 목적으로 그려진 것이다. 역병이나 매독에 걸린 환자들을 위한 숙박시설이었다. 그림의 목적은 환자들이 자신이 겪고 있는 고통을 받아들이는 데 도움을 주려는 것이었다.

처음 콜마르를 찾았을 때, 나는 십자가형이 이 제단화의 핵심이며, 십자가형의 핵심은 질병이라고 생각했다. "그림을 오래 들여다보면 볼수록, 그뤼네발트에게는 질병이 인간의 실제 상황을 대변하는 것이었다고 확신했다. 그에게 질병은, 현대인들이 두려워하는 것처럼 죽음의 전 단계가 아니라, 삶의 조건 자체였다"라고 1963년의 나는 적었다. 당시엔 제단화의 경첩은 완전히 무시했다. 희망이라는 돋보기를 쓰고 있던 나에게, 희망을 그린 그림은 필요가 없었다. 당시 내가 보기엔 부활하는 그리스도는 '죽음의 빛깔로 창백'했고, 수태고지 그림에서 천사에게 소식을 전해 듣는 성처녀도 마치 '불치병 선고를 받는 사람처럼' 보였다. 성모자 그림을 보면서도 나는 그 배내옷이 나중에 십자형에서 그리스도의 허리를 감쌌던 지저분한(감염된) 천일 거라는 사실만 떠올렸다.

그런 관점은 완전히 자의적인 것만은 아니었다. 유럽의 많은 지역에서 16세기 초는 천벌을 받는 시대로 느껴졌고, 그렇게 경험되었다. 그러한 경험이 이 제단화에도 **있다**는 것에 대해서는 의심의 여지가 없다. 하지만 그것만 있는 것은 아니다. 1963년의 내가 단지 그 점만, 그 황량함만 보았던 것이다. 당시 나는 그 외에 다른 것은 필요가 없었다.

십 년 뒤, 십자가에 매달린 그리스도의 몸은 여전히 주위의 애도객과 그림 앞에 선 관람객을 작아 보이게 했다. 두번째로 그 작품을 볼때 나는 이런 생각을 했다. "유럽의 회화 전통에는 고문이나 고통을 묘사한 장면이 많은데, 대부분은 가학적이다. 그런데 이 작품은 아주 잔혹하고 고통으로 가득한 그림임에도 불구하고, 그런 전통에서 벗어나 있다. 어떻게 그런 걸까?"

이 작품은 한 땀 한 땀 그린 그림이다. 인물의 외형이나 빈 곳 혹은 외형 안의 굴곡 어디를 봐도 묘사의 집중력이 조금이라도 흐트러진 곳이 발견되지 않는다. 점으로 찍듯 고통을 묘사해 나갔는데, 그리스도의 몸 어느 곳도 고통스럽지 않은 데가 없기 때문에 묘사 또한 그 어디서도 느슨해질 수가 없었던 것이다. 고통의 이유가 무엇이든 상관없다. 중요한 것은 묘사에 담긴 충실함이었다. 이런 충실함은 사랑이라는 감정이입에서 나온다.

사랑은 순수함을 제공한다. 거기엔 용서할 것이 아무것도 없다. 사랑받는 이는 길을 건너거나 낯을 씻는 이와 같지 않다. 자신의 삶을 살고, 무언가를 경험하는 이와도 같지 않은데, 그렇게 하면서 순수함을 지킬 수는 없기 때문이다.

그렇다면 사랑받는 이는 누구인가. 그건 어떤 신비이며, 그 정체는 오직 사랑하는 사람만이 확인해 줄 수 있는 것이다. 도스토옙스키는 그 점을 정확히 파악했다. 사랑은 함께 있을 때도 고독한 거라고.

사랑받는 이는 본인의 행동과 자기 본위가 사라진 뒤에도 지속되는 존재다. 사랑은 어떤 행동이 있기 전에 이미 그 이를 알아보고, 행동 후에도 **같은** 사람을 본다. 사랑이 사랑받는 이에게 부여하는 가치는 그 어떤 덕목으로도 번역이 불가능하다.

자식을 향한 어머니의 사랑이 전형적으로 그런 사랑이다. 열정은 사랑의 한 양식일 뿐이다. 하지만 거기에는 차이점이 있다. 아이는 무언가 되어 가는 과정에 있다. 아이는 불완전하다. 물론 그 모습 그대로, 몇몇 순간에는 놀랄 만큼 완전한 존재가 될 수도 있다. 하지만 그런 순간들 사이에 아이는 의존적이고, 그 불완전성은 분명히 드러난다. 어머니의 사랑은 아이의 그런 불완전함을 못 본 척한다. 어머니는 아이가 완전하다고 상상한다. 두 사람의 바람이 뒤섞이고 혹은 교차한다. 걸음을 옮기는 두 다리처럼.

이미 만들어져 있고, 완성된, 그런 사랑받는 이를 발견하고 나면 욕망이 작동한다.

사랑하지 않는 이에 대해서라면, 사람들은 그의 업적을 보고 알아본다. 개인이 중요하다고 생각하는 업적은 사회에서 일반적으로 중요하다고 생각하는 업적과 다를 수도 있다. 그럼에도 우리는, 사랑하지 않는 사람들을 판단할 때 그들이 자신이라는 외형을 어떻게 채우고 있는지를 고려하고, 그 외형을 묘사할 때면 비교급 형용사를 사용한다. 그들의 '형태'는 그런 업적들, 형용사로 묘사되는 업적들의 총합이다.

사랑받는 이는 정반대로 보여진다. 그들의 외형 혹은 형태는 눈앞에 있는 표면이 아니라 그가 접해 있는 지평선까지 펼쳐진다. 사랑받는 이는 업적이 아니라, 그를 만족시킬 수 있는 **동사**를 통해 알아볼 수 있다. 사랑받는 이의 요구가 사랑하는 이의 요구와 아주 다를 수도 있지만, 그 요구들이 가치를 만들어낸다. 사랑의 가치를.

그뤼네발트에게 그 동사는 **그리다**였다. 그리스도의 삶을 그리는 것.

감정이입은, 특히 그뤼네발트가 수행했던 수준까지 올라간 감정이입이라면, 객관적인 것과 주관적인 것 사이의 어떤 진실의 영역을 드러내 준다. 고통의 현상학을 연구하는 현대의 의사나 과학자라면 당연히 이 작품을 연구해야 할 것이다. 왜곡된 형태와 비율(확대된 발, 터질 것 같은 몸통, 늘어난 팔, 나뭇가지처럼 뻗은 손가락)이 고통의 **실감**을 해부하듯 묘사하고 있다.

1973년의 내가 1963년보다 더 많은 것을 보게 되었다는 이야기를 하려는 것은 아니다. 다르게 보았을 뿐이다. 그게 전부다. 십 년의 세월이 꼭 더 나아졌음을 의미하는 것은 아니다. 오히려 여러 가지 면에서 그것은 패배였다.

이 제단화는 지붕이 높고, 고딕식 창문이 있는 미술관에 전시되어 있고, 미술관 옆에는 강을 따라 몇몇 공장들이 있다. 두번째 방문에서 나는 메모를 하며, 가끔씩 음악을 연주하는 천사를 올려다보았다. 전시실은 경비원 한 명을 제외하고는 아무도 없었다. 나이가 많은 경비원은 난로 위로 장갑을 낀 손을 비비고 있었다. 고개를 든 나는 뭔가 달라져 있음을 인식했다. 하지만 아무 소리도 들리지 않았고, 전시실은 완전히 고요했다. 잠시 뒤에야 뭐가 달라졌는지 보였다. 해가 나온 것이다. 겨울 하늘에 낮게 뜬 해가 고딕식 창문을 정면으로 비추자, 반대편의 하얀 벽에 창문의 아치 모양이 선명하게 드러났다. 나는 벽에 비친 '창문 빛'에서 고개를 돌려, 그림 속의 빛을 다시 보았다. 수태고지가 일어나고 있는 왼쪽 그림 속의 창문과, 가운데 그림에서 성모 뒤의 산 위로 쏟아질 듯 내리쬐는 빛, 그리고 오른쪽 날개 그림에서 부활한 예수의 머리 뒤로 오로라처럼 일어나는 빛까지. 세 개의 빛은 그림으로 그려진 뒤에도 여전히 빛이었다. 그것들은 채색된 그림에 녹아들지 않았다. 해가 다시 들어가고 하얀 벽에 비치던 빛도 사라졌다. 그림은 자신만의 광채를 되찾았다.

그때 이 제단화 전체가 어둠과 빛에 관한 그림임을 깨달았다. 십자가 뒤의 광활한 하늘과 평원은 (전쟁 중에, 혹은 기근이 들 때마다 수천 명의 난민들이 지나곤 했던 알자스 평원이다) 버려진 채, 최후의 어둠처럼 보이는 암흑에 잠겨 있다. 1963년에는, 양쪽 날개 그림에 있는 빛은 너무 약하고, 인공적인 것으로 보였다. 혹은 더 정확하게는,

약하고, 지상의 것이 아닌 것처럼 보였다.(그러니까 어둠 속에서 꿈꾸는 그런 빛 같았다) 1973년에 다시 보았을 때는, 이 제단화의 빛이 빛에 대한 본질적 체험을 잘 구현해낸 것이라고 생각했다.

빛이 균질하고 일정하게 비치는 경우는 매우 드물다.(가끔 바다나 높은 산에서 그런 빛을 볼 수 있다) 보통 빛은 변하고, 움직인다. 그림자가 그 빛을 가로지른다. 어떤 표면은 다른 것들보다 빛을 더 많이 반사한다. 빛은, 종종 도덕주의자들이 강요하는 것처럼, 어둠의 정반대에 있지 않다. 빛은 어둠에서 분출되는 것이다.

성모와 음악을 연주하는 천사가 있는 그림을 한번 보자. 빛이 완전히 균등하지 않을 때, 그 빛은 공간의 일상적 척도를 뒤집어 버린다. 빛은 우리가 감지하는 대로 공간을 재구성한다. 우선 빛을 받은 대상은 그림자 안에 있는 대상보다 더 가깝게 보인다. 밤에 어떤 마을에서 나오는 불빛을 보면, 그 마을이 더 가까워 보인다. 그 현상을 좀 더 면밀히 살펴보면, 그것이 미묘한 것임을 알 수 있다. 빛이 집중되는 어떤 지점은 그것을 바라보는 상상력 안에서 중심의 역할을 한다. 따라서 그런 상상력으로 보는 이는 그 중심으로**부터** 그림자나 어둠까지의 거리를 측정하게 된다. 그러니까 빛이 집중되는 곳의 숫자와 눈에 띄는 곳의 숫자는 일치한다. 실제로 빛이 자리잡은 그곳이 평면 공간을 계획하는 데 있어 가장 주된 위치가 된다. 하지만 그와 별도로 빛이 있는 각각의 지점들 사이에 대화가 이루어지고, 아무리 멀리 떨어져 있다 해도 각각의 지점은 다른 공간과, 다른 공간적 표현을 제시한다. 눈부신 빛이 있는 장소를 보는 이는 자신이 거기 있는 상상을 한다. 마치 빛이 집중된 곳을 볼 때마다 보는 이는 그 빛에서 자기 눈빛의 반향을 보는 것 같다. 이런 다중성은 일종의 즐거움이다.

눈이 빛에 끌리는 것, 유기체가 양분의 근원인 빛에 끌리는 것은 기본적인 현상이다. 상상력 또한 빛에 끌린다는 것은 좀 더 복잡한데, 왜냐하면 상상력의 끌림은 정신 전체가 관여하는 것이고, 따라서 경험들 사이에 비교를 하게 만들기 때문이다. 빛이 물리적으로 달라질 때, 우리의 영혼 또한 아주 조금씩, 하지만 분명하게 변화를 겪는다. 기운이 나는 상태, 기운이 빠진 상태, 희망, 두려움 같은. 대부분의 장면 앞에서 빛에 대한 개인의 경험은 공간적으로 말하자면, 확신과 의심 사이를 오간다. 시각은 마치 징검다리를 건널 때처럼 하나의 빛에서 다른 빛으로 나아간다.

앞에서 살펴본 두 개의 관찰을 하나로 묶어 보자. 희망은 끌어당긴다. 그것은 하나의 점으로 빛나고, 사람들이 그 점에 가까이 다가가려 하고, 그 점을 기준으로 공간을 측정한다. 의심은 중심이 없고, 그래서 어디에나 있다.

그렇기 때문에, 그뤼네발트의 연약한 빛이 힘을 가지게 된다.

콜마르를 방문했을 때는 두 번 다 겨울이었다. 동네에서는 두 번 다 비슷한 추위가 느껴졌고, 평원을 지나온 그 추위에는 배고픔을 떠올리게 하는 어떤 기운이 담겨 있었다. 같은 마을, 비슷한 물리적 환경에서 나는 다르게 보았던 것이다. 예술작품이 세월을 겪으며 그 의미

마티아스 그뤼네발트, 〈이젠하임 제단화〉, 1512-1516.

가 달라지는 건 흔히 있는 일이다. 하지만 보통 이런 인식은, (과거의) '그들'과 (지금의) '우리'를 구분할 때 사용된다. **그들**과, 예술에 대한 그들의 반응은 이미 역사에 포함되어 있다고 생각하려는 경향이 있다. 그와 동시에 **우리 자신**은 전체를 조망하는 위치에서, 우리가 역사의 정점이라고 여기는 지금의 시점에서 바라보는 거라고 가정한다. 그때 살아남은 예술작품은 그러한 우리의 우월한 위치를 확인시켜 주는 역할을 한다. 우리를 위해서 그렇게 살아남아 준 것이다.

이것은 환상이다. 역사에 면제는 없다. 그뤼네발트의 작품을 처음 봤을 때 나는 **그 작품**에 역사적인 자리를 마련해 주기 위해 안달이었다. 중세 종교, 전염병, 의학, 나환자병원 등등. 하지만 지금 나는 나자신에게 역사적인 자리를 마련해 주어야만 한다.

혁명에 대한 기대가 팽배했던 시절, 나는 오랜 시간을 살아남은 예술작품을 절망적이었던 과거에 대한 방증으로 보았다. 현실을 견뎌야만 하는 시절이 되고 보니, 똑같은 작품이 절망을 가로지르는 좁은 길을 기적적으로 보여 주고 있는 것처럼 보인다.

알브레히트 뒤러

Albrecht Dürer

1471-1528

우리는 뒤러가 태어난 지 오백 년도 더 지난 시점에 살고 있다.(그는 1471년 5월 21일, 뉘른베르크에서 태어났다) 그 오백 년은 생각하는 이의 관점이나 기분에 따라 길어 보일 수도 있고, 짧아 보일 수도 있다. 짧아 보인다면, 뒤러를 이해하는 것이 가능하고 그와 나누는 상상 속의 대화도 실감이 날 것이다. 길어 보인다면, 그가 살았던 세계와 그 세계에 대한 그의 의식이 아주 멀게 느껴지고, 어떤 대화도 불가능할 것이다.

　뒤러는 자기 자신의 이미지에 집착했던 최초의 화가였다. 뒤러 이전에 자화상을 그렇게 많이 그린 화가는 없었다. 그의 초기 작품 중에 자신의 열세 살 때 모습을 은필(銀筆)로 그린 드로잉이 있다. 이 작품만 봐도 그가 신동이었음을 알 수 있으며, 또한 본인 스스로 자신의 모습을 놀랍고 잊을 수 없는 것으로 여겼다는 것도 알 수 있다. 놀라운 점은 그가 자신의 천재성을 인식하고 있다는 점이다. 그의 모든 자화상에서는 자존심이 드러난다. 마치 매번 걸작을 창조해낼 때마다 작품 안에 자신의 눈으로 목격한 천재의 표정도 담으려고 의도했던 것 같다. 이런 점에서 그의 자화상은 렘브란트의 자화상과는 정반대다.

사람은 왜 자신의 모습을 그리는 걸까. 여러 동기들이 있겠지만, 그중에 하나는 자신의 초상화를 주문하는 사람들의 동기와 같을 것이다. 자신이 한때 존재했음을 알리는 증거, 자신보다 오래 세상에 남을 증거를 만들어 놓으려는 생각이다. 그의 외모/눈빛은 남을 것이고, 이 단어(look)의 이중적 의미가 (외모와 눈빛, 둘 다를 의미한다) 그런 생각에 담긴 신비 혹은 수수께끼를 암시하고 있다. 그의 외모/눈빛은 초상화 앞에 선 우리에게 질문을 던지고, 화가의 삶을 상상해 보게 한다.

마드리드와 뮌헨에 있는 뒤러의 초상화 두 점을 떠올리면, 나는 (다른 수천 명의 관람객들과 함께) 뒤러가 사백팔십오 년 전에 궁금해했던 상상 속 미래의 관람객이 된 것 같은 느낌이 든다. 하지만 그와 동시에 나는, 내가 쓰고 있는 이 말들의 현재적 의미가 얼마만큼이나 뒤러에게 전해질 수 있을지 자문하게 된다. 그림 속 그의 얼굴과 표정을 가까이에서 들여다보고 있으면, 그의 경험 중 많은 부분이 지금은 사라지고 없다는 사실을 믿기가 어렵다. 뒤러를 역사 속에 자리매김하는 일과 그의 경험을 알아보는 일은 같은 것이 아니다. 그의 시대와 현재 사이에 자의적으로 연속성을 부여하려는 시도들에 맞서 이 점을 지적하는 것이 중요하다. 그런 시도가 자의적인 이유는 그 연속성을 강조하면 할수록 그의 천재성에 편승해서 이상한 방식으로 우리 스스로를 축하하려는 경향을 보이기 때문이다.

동일인이지만 완전히 다른 정신 상태의 모습을 보여 주는 이 두 작품 사이에 이 년이란 시간이 있었다. 현재 마드리드의 프라도 미술관에 소장된 두번째 작품에서, 스물일곱 살의 화가는 베네치아의 궁정관리처럼 차려입고 있다. 확신에 차 있고, 거의 군주처럼 자존심이 넘친다. 그렇게 거창하게 차려입은 모습에는 약간의 과장도 있었을 것이다. 예를 들어 장갑을 끼고 있는 손을 보면 알 수 있다. 눈빛 또한 명랑해 보이는 모자와는 조금 어울리지 않는다. 마치 뒤러 본인이 연극에서 새로운 역할을 맡기 위해 이런 의상을 입은 것임을 고백하는

알브레히트 뒤러, 〈모피 코트를 입은 자화상〉, 1500.(왼쪽)
알브레히트 뒤러, 〈자화상〉, 1498.(오른쪽)

그림 같기도 하다. 그는 이탈리아를 방문하고 사 년 후에 이 그림을 그
렸다. 그 방문에서 조반니 벨리니를 만났을 뿐 아니라, 베네치아 회화
를 발견했다. 또한 화가들이 얼마나 독립적인 생각을 갖고 있는지, 얼
마나 큰 사회적 명예를 지니고 있는지 처음으로 깨달았다. 그의 베네
치아식 복장과 창 너머로 보이는 알프스 산맥을 볼 때, 이 그림은 확실
히 젊은 시절에 겪었던 베네치아에서의 경험을 암시하고 있다. 정말
속된 표현으로 옮기자면, 이 그림은 "베네치아에서 나는 나 자신의 가
치를 확인했다. 그리고 이곳 독일에서도 그 가치를 알아봐 주기를 기
대한다"라고 말하고 있다. 독일에 돌아온 후 그는 작센의 제후였던 현
자 프리드리히에게 중요한 후원을 받았고, 나중에는 막시밀리안 황제
를 위해 작업을 하게 된다.

　　뮌헨의 자화상은 1500년에 그린 것이다. 그림 속에서 화가는 무
거운 색의 코트를 입고 어두운 배경 앞에 서 있다. 손으로 코트 앞섶을
쥐고 있는 자세나 늘어뜨린 머리 모양, 표정까지 모두, 당시의 회화 관
습에 따라 보자면 그리스도의 초상화를 닮았다. 증명할 수는 없지만,

아마 뒤러 스스로 그런 비교를 의도했거나 적어도 그런 생각이 관람객의 머리에 떠오르기를 바랐던 것 같다.

그가 신성모독적인 작품을 의도했던 것은 분명 아닐 것이다. 그는 신실한 신자였고, 어떤 점에서는 과학과 이성에 대한 르네상스의 새로운 견해가 있었지만, 전통적인 종교관도 가지고 있었다. 말년에는 루터를 도덕적으로나 지적으로 존경하게 되지만, 본인 스스로는 가톨릭교회와의 관계를 단절할 수 없었다. 이 작품을 "내가 그리스도다"라고 말하는 작품이라고 할 수는 없다. 이 작품은 "나는 내가 아는 고통을 통해, 그리스도를 모방하기를 열망한다"라고 말하고 있는 것이 틀림없다.

그럼에도 다른 초상화들과 마찬가지로 이 작품에도 연극적 요소가 있다. 그 어떤 자화상에서도 뒤러는 자신을 있는 그대로 받아들일 수 없었던 것 같다. 자신이 아닌 어떤 모습, 자신보다 큰 어떤 모습이 되려는 야망이 늘 끼어들었다. 유일하게 일관성있는 기록이라면, 뒤러가 제작한 거의 모든 작품에 빠짐없이 들어간 서명 모노그램인데, 이는 이전 작가들의 작품에서는 볼 수 없는 것이다. 거울을 볼 때마다 그는 거울 속 모습에서 보이는 가능성들에 매혹되었다. 어떤 경우에 그 모습은, 마드리드의 초상화에서처럼 화려하고, 또 어떤 경우에는, 뮌헨의 초상화에서처럼 불길한 예감으로 가득 차 있다.

두 작품 사이의 이 놀랄 만큼 큰 차이를 어떻게 설명할 수 있을까. 1500년 당시, 수천 명의 남부 독일 사람들은 세상이 곧 멸망할 걸로 믿었다. 기근이 있었고, 역병이 돌았으며, 매독도 퍼졌다. 머지않아 농민전쟁으로 이어질 사회적 갈등도 격화되고 있었다. 수많은 노동자와 농민 들이 먹을 것을 찾아 고향을 떠나 유목민이 되었다. 그들은 신의 분노가 포화처럼 하늘에서 떨어져 태양이 사라지고, 하늘이 마치 두루마리 문서처럼 말린 후 사라져 버리는 날의 복수 혹은 구원을 기다리고 있었다.

점점 다가오는 죽음을 평생 의식하며 지냈던 뒤러도 이런 일반적인 두려움을 갖고 있었다. 바로 그런 시기에 그의 초기 목판화 연작이 사람들 사이에 널리 알려졌다. 목판화 연작의 주제는 묵시록이었다.

목판화의 절박한 메시지는 말할 것도 없이, 그 스타일 자체가 이미 우리가 그로부터 얼마나 멀리 떨어져 있는지를 보여 준다. 현재 우리가 알고 있는 분류법을 적용하자면, 그 작품들에는 고딕 양식과 르네상스 양식, 그리고 바로크 양식이 뒤죽박죽 섞여 있다. 우리는 그런 양식이 서로 다른 세기 사이의 가교 역할을 하고 있는 것으로 보고 있다. 뒤러에게 있어, 역사의 종말이 다가오고 있고, 또한 베니스에서 꿈꾸었던 미(美)에 대한 르네상스의 꿈이 서서히 쇠퇴하고 있던 그 시점에, 이런 식의 목판화 양식은 즉각적인 선택이었을 것이다. 그건 자신의 목소리만큼이나 자연스러운 것이었다.

하지만 나는 어떤 특정 사건이 두 자화상의 차이를 설명할 수 있다고 생각하지 않는다. 어쩌면 두 작품은 같은 해의 같은 달에 그려졌을 수도 있다. 그러니까 상보적인 관계의 작품인 셈이다. 두 작품은 함께, 뒤러의 후반기 작품으로 이어지는 길 입구의 아치 같은 역할을 하고 있다. 두 작품은 어떤 딜레마, 그가 예술가로서 고심했던 자기 질문의 영역을 암시한다.

뒤러의 아버지는 뉘른베르크 시내에 정착한 헝가리 출신의 대장장이였다. 당시 대장장이 일을 하려면 도안이나 조각에도 경쟁력을 갖추고 있어야 했다. 하지만 일에 대한 태도나 마음가짐에 있어서는 전형적인 중세의 기술자였다. 작업과 관련해 그가 묻는 질문은 '어떻게?' 뿐이었다. 다른 질문은 그의 머리에 전혀 떠오르지 않았다.

그 기술자의 아들이 스물세 살이 되었을 때, 그 아들은 중세 기술자의 정신 상태에서 한참 멀리 떨어져 나온 유럽의 화가가 되었다. 뒤러는 아름다움을 성취하기 위해, 예술가는 우주의 비밀을 발견해야만 한다고 믿었다. 이제 예술과 관련해 (여행과 관련해서도 마찬가지다. 그는 어디를 가든 여행을 했다) 맨 먼저 물어야 할 질문은 '어느 쪽으로?'였다. 이탈리아를 가지 않았다면, 뒤러는 절대 그런 독립성과 자기주도적인 태도를 가질 수 없었을 것이다. 하지만 역설적이게도, 그는 그 어떤 이탈리아 화가들보다 더 독립적인 화가가 되었는데, 이는 그가 바로 근대적인 전통 바깥에 있는 외부인이었기 때문이다. 당시 독일의 전통은, 그가 바꾸어놓기 전에는, 여전히 과거에 머물러 있었다. 그는 최초의, 그것도 홀로 활동했던, 아방가르드였다.

마드리드 초상화에서 표현된 것이 이 독립성이다. 이 독립성을 그가 완전히 포용하지 못했다는 점, 그런 자질은 그가 입어 보려고 애썼던 무대 의상 같은 것이었다는 점은, 아마 그가 결국은 자기 아버지의 아들이었다는 사실로 설명될 것이다. 1502년에 있었던 아버지의 사망이 그에게 큰 영향을 미쳤다. 아버지에게 깊은 애착을 느끼고 있던 그였다. 아버지와 자신의 차이에 대해, 뒤러는 그것이 피할 수 없는 운명 같은 것이라고 생각했을까. 아니면 그 차이 때문에 자신의 자유로운 선택, 하지만 완전히 확신할 수는 없었던 그 선택에 대해 질문하게 되었을까. 아마도 시기에 따라 둘 다였을 것이다. 마드리드 자화상은 그런 작은 의심을 표현하고 있다.

그의 독립성은, 예술을 다루는 그의 방식과 결합하며 뒤러에게 남다른 힘을 주었던 것이 틀림없다. 그의 예술은 이전의 어느 화가도 시도하지 못했던, 자연을 재창조하는 단계에 가까워졌다. 대상을 묘사하는 그의 솜씨는 사람들이 보기에는 아마 기적처럼 보였을 것이다. 심지어 지금도 그렇게 보인다.(꽃과 동물들을 묘사한 수채화 드로잉들을 생각해 보라) 그는 자신의 초상화들에 대해 이야기할 때 종종 '콘테르페이(Konterfei)'라는 단어를 사용했는데, 이는 **정확히 같아 보이게 만드는** 과정을 강조하는 표현이었다.

그런 묘사 혹은 그가 눈으로 본 것이나 꿈에서 본 것을 다시 창조해내는 방식은, 어떻게 보면 하나님이 세상과 그 안의 모든 것을 창조했던 방식과 비슷하지 않을까. 어쩌면 그 자신도 그런 질문을 해 봤을 것이다. 그렇다면 자신을 신의 머리에 비유한 것은 자신이 가진 미덕을 지각해서가 아니라, 자신만의 창의성처럼 보이는 무언가를 인식했기 때문이다. 하지만 그런 창의성에도 불구하고, 그는 고통이 가득한 세상, 자신의 창의적인 능력이 결국엔 아무 소용이 없는 세상을 살아야 하는 운명이었다. 그리스도처럼 보이는 그의 자화상은 잘못된 창조에 직면한 창조자, 스스로를 창조해내는 일에서는 아무 역할도 하지 못한 창조자의 초상이다.

예술가로서 뒤러의 독립성은 종종 반쯤은 중세적인 종교적 신념과 양립할 수 없었다. 하지만 이런 말은 너무 추상적이다. 우리는 아직 뒤러의 경험 안으로 들어가지 못한다. 그는 죽은 고래의 시체를 과학자처럼 면밀히 관찰하기 위해 작은 배를 타고 엿새나 여행한 적이 있었다. 그와 동시에 그는 묵시록에 나오는 기사의 존재도 여전히 믿고 있었다. 그는 루터가 '하나님의 도구'가 될 것이라 여겼다. 거울에 비친 자신의 모습을 보며 그는 얼마나 구체적인 질문을 던졌을까. 또 실제로 어떤 답을 찾았을까. 지금 자화상 속 그의 얼굴을 응시하면 그 질문이 어떤 것이었는지 짐작할 수 있다. 가장 간단하게 표현하자면 그 질문은, "나는 무엇을 위한 도구입니까?"이다.

미켈란젤로

Michelangelo

1475-1564

목을 길게 빼고 시스티나 성당의 천장을 올려다보며 〈아담의 창조〉
를 관람하고 있습니다. 당신도 나처럼 한때 그 손가락이 어떤 질감일
지, 그 비범한 망설임의 순간이 어떤 질감일지 혼자서 꿈꿔 본 적이 있
겠지요? 저런! 당신이 먼 갈리시아의 부엌에서 동네 교회에 쓸 성모
마리아 그림을 복원하고 있는 모습이 상상이 되네요. 네, 여기 로마
에서는 복원이 아주 잘 되었습니다. 반대했던 사람들의 주장은 잘못
된 것이었는데, 지금부터 그 이유를 말해 볼까 합니다.(시스티나 성당
의 천장 벽화는 1980년에서 1994년 사이에 대규모 복원이 이루어졌
다. 복원 전에 보이지 않던 세세한 면이나 색감이 나타나면서 많은 예
술애호가들이 복원 결과를 반겼으나, 몇몇 미술평론가는 원본의 가치
를 훼손하는 일이라며 복원 작업에 반대하기도 했다. 존 버거는 이 글
을 친구이자 화가인 스페인의 마리사 카미노에게 보내는 편지 형식으
로 썼으며, 천장 벽화의 복원이 완료된 후인 1995년에 발표했다. ―옮
긴이)

　미켈란젤로는 천장을 네 공간으로 나누어 작업했습니다. 얕게 돈
을새김한 공간, 높게 돈을새김한 공간, 그가 그림을 등지고 있을 때,

예수님이 말한 여덟 가지 행복을 꿈꿀 수 있게 스무 명의 남성 누드를 그려 넣은 몸의 공간, 그리고 천상이라는 무한한 공간이 그것들입니다. 그런 공간의 구분이 놀랄 만큼 분명하게 이루어졌는데 이는 복원 전에는 알 수 없던 것이지요. 마리사, 그 구분은 노련한 당구 선수에게나 어울릴 침착함을 가지고 이루어졌어요. 천장 청소 작업이 서툴렀다면, 아마 이 구분이 가장 먼저 손상되었을 겁니다.

다른 것들도 발견했어요. 곧장 눈에 들어오는 차이지만 아무도 그걸 직시하지는 못하는데, 아마 바티칸이 부여하는 형식적인 위압감 때문이겠죠. 바티칸은 한 손에 세속적인 부를 쥐고 있고, 다른 손에는 영원한 단죄의 목록을 쥐고 있기 때문에, 이곳을 방문하는 이는 스스로 작아질 수밖에 없습니다. 교회가 지닌 과도한 부와, 역시 교회가 내리는 과도한 단죄는 상보적이죠. 지옥이 없다면 부자들은 모두 도둑놈처럼 보일 겁니다! 어쨌든 오늘날 전 세계에서 이곳을 찾아오는 사람들은 경외감 때문에 작은 것들을 잊어버리게 됩니다.

미켈란젤로는 그렇지 않았어요. 미켈란젤로는 그것들을 그렸고, 뿐만 아니라, 사랑을 담아 그렸기 때문에 그것들이 작품의 중심이 되었죠. 그래서 그의 사후 몇 세기에 걸쳐 교회 당국은, 시스티나 성당 그림에서 남성 성기를 하나씩 몰래 지우거나 덧칠을 했던 겁니다. 아직 꽤 많은 숫자가 남아 있다는 건 다행이죠.

생전에 미켈란젤로는 '숭고한 천재'로 불렸습니다. 사람들은 티치아노보다도 그가 탁월한 창조자라는, 르네상스 시기 특유의 어떤 역할을 (그런 역할이 가능했던 마지막 시기이기도 했고요) 더 잘 대변하는 인물이라고 생각했죠. 그가 다루었던 소재는 주로 인간의 몸이었고, 그에게 몸의 숭고함이란 남성 성기에서 드러나는 것이었습니다.

도나텔로의 조각 〈다비드〉에서 젊은이의 성기는 있어야 할 자리에 얌전히 있습니다, 마치 손가락이나 발가락처럼요. 미켈란젤로의 〈다비드〉에서 성기는 몸의 중심일 뿐 아니라, 무슨 기적이라도 일어난 것처럼, 몸의 다른 부위들은 모두 그 성기에 복종한다는 듯 그곳만 가리키고 있죠. 그렇게 간단하고, 그렇게 아름다운 것입니다. 이 작품에서만큼 뚜렷하게 드러나지는 않지만, 〈브뤼주의 성모자상〉에서 아기 예수의 성기도 마찬가지예요. 그건 색욕이 아니라 숭배의 한 형식입니다.

이러한 편애를 감안할 때, 그리고 르네상스 시기 천재의 자존심을 고려할 때, 미켈란젤로가 상상했던 천국은 어떤 모습이었을까요. 그건 남자가 출산을 하는 환상이 아니었을까요.

천장 전체는 실제로 창조에 관해 말하고 있습니다. 그리고 그에게 있어, 그의 열망 가장 깊은 곳에서는, 창조란 상상할 수 있는 것이 모두 남자의 두 다리 사이에서 태어나는, 거기서 쑥 튀어나와 날아오르는 그런 것이었습니다!

밤과 낮, 황혼과 새벽을 대변하는 조각상이 있는 메디치가(家)의 무덤 기억하시죠? 비스듬히 누운 두 명의 남자와 두 명의 여자가 있죠. 여자들은 점잖게 다리를 모으고 있는 반면, 남자들은 다리를 벌리고, 마치 출산이라도 준비하듯 아랫배에 힘을 주고 있습니다. 피와 살을 지닌 생명의 출산도 아니고, (하느님, 용서하시길) 어떤 상징적인 출산도 아닙니다. 그들이 기다리고 있는 출산은 설명할 수 없는 무엇, 남자들의 몸이 육화하고 있는 끝없는 신비입니다. 바로 그들의 벌어진 다리 사이에서 생겨나는 것이지요.

시스티나 성당의 천장 벽화도 마찬가지입니다. 성당에 들어선 방문객은 예언자의 두 발 사이에서 혹은 무당의 치마 밑에서 이제 막 떨어진 인물들 같아요. 네. 무당은 여자들이죠. 하지만 꼭 그렇지만은 않습니다. 작품을 가까이서 보면 알 수 있죠. 그들은 장옷을 걸친 남자들이에요.

그 너머에 창세기를 다룬 아홉 개의 장면이 있는데, 바로 거기, 각각의 장면 네 모서리에 놀라운 남성 누드가, 몸을 뒤틀고, 몸집이 크고, 잔뜩 힘을 쓰고 있는 남성 누드(이누디(ignudi))가 자리잡고 있죠.

이 남성 누드를 설명하는 데 평론가들은 참 애를 먹었습니다. 어떤 이들은 이 남성 누드가 이상적인 미를 나타낸다고 주장했는데, 그렇다면 왜 남자들은 이렇게 애를 쓰고 있는 걸까요. 왜 이렇게 뭔가를 갈망하고, 힘을 쓰고 있는 걸까요. 아닙니다. 발가벗은 스무 명의 젊은 남자들은 무언가를 잉태했고, 이제 막 눈에 보이는 모든 것, 상상할 수 있는 모든 것, 우리가 그 천장에서 보고 있는 모든 것을 낳은 직후입니다. 천장에 있는, 사랑받은 남자의 몸은 모든 것의 **척도**입니다. 플라토닉 러브까지, 이브까지 그리고 심지어 당신까지도요.

미켈란젤로는 벨베데레 토르소(기원전 50년)를 만든 사람에 대해 이런 말을 했죠. "이것은 자연보다 더 많이 알았던 사람의 작품이다!"

바로 그 말에 꿈이 있고, 가장 깊은 열망과, 비애와, 환상이 담겨 있습니다.

1536년, 천장 벽화가 완성되고 이십 년 후, 그는 이제 제단 뒤의 커다란 벽에 〈최후의 심판〉을 그리는 작업에 착수합니다. 아마 유럽에서 가장 큰 프레스코 벽화겠죠? 수없이 많은 인물들이 등장하는데, 모두 발가벗고 있고, 대부분 남자입니다. 다른 작가들은 이 작품을 렘브란트나 베토벤의 후기 작품과 비교하기도 하는데, 나는 동의할 수 없습니다. 내가 본 것은 순수한 공포고, 그 공포는 바로 위의 천장과 아주 밀접한 관련이 있습니다. 벽화 속의 남자들도 모두 발가벗고 있지만, 이제 이들은 더 이상 그 어떤 척도도 되지 못하니까요!

모든 것은 변합니다. 르네상스와 그 정신도 끝을 맞이했죠. 로마는 약탈당했고, 엄한 종교재판이 막 시작될 참이었습니다. 어디서나 두려움이 희망을 대신하고 있었고, 그는 늙어 가고 있었습니다. 어쩌면 지금 우리 세상과 비슷했을지도 모르죠.

문득 세바스치앙 살가두(Sebastião Salgado)의 사진이 떠오르네요. 브라질 금광과 인도 비하르 석탄 광산의 광부들을 찍은 사진들이요. 미켈란젤로와 살가두는 둘 다 자신들이 묘사해야만 하는 대상에 경악했죠. 그리고 둘 다 거의 부서지기 직전에 이를 만큼 억눌린 몸을 보여 주었습니다. 그 억눌림을 어떻게든 견디고 있는 몸을요!

하지만 유사점은 거기까지입니다. 왜냐하면 살가두의 사진 속 인물들은 일을 하고 있는 반면, 〈최후의 심판〉 속의 인물들은 끔찍할 정도로 할 일이 없으니까요. 그들의 에너지, 몸, 커다란 손과 감각은 쓸모없는 것이 되어 버렸습니다. 인류는 불모의 존재가 되어 버렸고, 구원받은 자와 심판받은 자 사이에는 큰 차이도 없습니다. 한때 그 몸들이 얼마나 아름다웠든 상관없이, 그 몸에는 어떤 꿈도 남아 있지 않아요. 있는 것은 분노와 회한뿐이죠. 마치 신이 인간을 자연에 버렸는데, 자연은 눈이 멀어 버린 상황 같다고 할까요! 눈이 멀었다고? 결국 그건 사실이 아닙니다.

그는 〈최후의 심판〉을 완성하고 나서도 이십 년을 더 살았습니다. 그리고 여든아홉의 나이로 사망할 때는 대리석으로 피에타상을

미켈란젤로, 〈론다니니의 피에타〉, 1564.

세바스치앙 살가두, 〈홍합 따기〉, 1988.

제작하던 중이었죠. 바로 미완성 작품이라고 불리는 〈론다니니의 피에타〉입니다.

절뚝거리는 아들의 몸을 붙잡고 있는 어머니의 모습은 대충만 깎아 놓은 상태입니다. 하지만 아들의 두 다리와 한쪽 팔은 완성되었고, 광택까지 나죠.(어쩌면 이 작품은 부분적으로 없애 버린 다른 작품의 잔재일 수도 있지만, 그런 건 중요하지 않습니다. 지금 상태로도 그의 에너지와 고독은 그대로 전해지니까요) 그 교차선, 매끈하게 다듬은 대리석과 아직 거친 돌덩이 사이, 인간의 살과 바위 덩어리 사이의 경계에 그리스도의 성기가 자리잡고 있습니다.

이 작품에서 전해지는 커다란 비애는 몸이, 사랑을 통해, 다시 돌덩이 속으로, 어머니의 품으로 되돌아가고 있다는 사실에서 기인합니다. 마침내 모든 탄생의 반대가 되는 거죠!

살가두의 사진 한 장을 보냅니다. 시월, 밀물로 얕아진 비고(Vigo) 앞바다에 홍합을 채취하러 들어간 갈리시아 여성이에요….

티치아노

Titian

1490?-1576

카트야 안드레아다키스와 그녀의 아버지 존 버거가 오늘날 티치아노의 그림을 보는 의미에 대해 우편으로 주고받은 대화.

1991년 9월
베네치아, 산마르코 광장

존,

티치아노에 대한 제 생각이 궁금하시다고요? 엽서에 한 단어만 적자면 '살'이에요.

사랑해요,
카트야

쿠트,

그래, 살. 먼저, 화가 본인의 살이 보이는구나, 노년의 티치아노.
왜 나이 든 티치아노를 먼저 떠올렸냐고? 내 나이를 생각해 볼 때
그건 연대감 때문일까? 아니, 내 생각은 다르다. 그건 우리가 살고
있는 이 시대와, 그 안에서 겪는 경험들의 씁쓸함 때문이지. 이
시대는 언제나 조화보다는 분노나 지혜를 찾고 있으니 말이다. 후기
렘브란트나 후기 고야 혹은 베토벤의 마지막 소나타나 사중주곡 같은
것들…. 젊은 라파엘로를 최고의 거장으로 여기는 사회의 열망이라면
상상이 될까?

나는 티치아노가 육칠십 대에 그린 자화상들을 생각하고 있단다.
혹은 그가 팔십대에 그린, 자신을 성 히에로니무스로 표현한 그림
말이다.(이 작품은 자화상이 아니지. 내 짐작일 뿐이지만, 나는 그가
이 작품을 그릴 때 스스로에 대해 아주 많이 생각했을 것 같은 느낌이
드는구나)

내가 발견한 게 뭘까? 위압감이 드는 신체와 상당한 권위를 지닌
남자의 모습이었단다. 자유를 잃은 그의 모습은 상상할 수가 없구나.
기력이 쇠한 후기 렘브란트라면 쉽게 상상할 수 있는 모습이겠지.
티치아노라는 화가는 힘이 어떻게 작동하는지 알고 있었고, 그 힘을
스스로도 활용했지. 그는 화가라는 밥벌이를 전문적인 직업으로 바꿔
놓은 사람이란다. 장군이나 외교관, 은행가처럼 말이야. 그가 맨 처음
그걸 해낸 거야. 또한 그는 그런 업적에 버금가는 확신이 있었지.

뿐만 아니라 회화에 대한 확신도 있었어. 후기 작품을 보면,
그는 유럽 최초로 캔버스에 물감을 바를 때 자신의 손동작을 그대로

보여 주기 시작한 (숨기거나 위장하지 않고 말이다) 화가였음을 알 수 있단다. 그 결과 그의 작품에서는 전과 다른 물리적인 확신이 전해지지. 그림을 그리는 손과 팔이 그 자체로 무언가를 표현하게 된 거란다. 렘브란트나 반 고흐 혹은 빌렘 데 쿠닝 같은 작가들이 그의 선례를 따르게 되고 말이다. 그와 동시에 그런 그의 독창성이나 과감함이 무모하지도 않았어. 베네치아에 대한 그의 태도는 모든 면에서 현실적이었지.

하지만, 하지만… 그의 자화상을 보면 볼수록, 두려워하고 있는 남자의 모습이 점점 더 크게 보이는구나. 그가 겁쟁이라는 뜻은 아니야. 함부로 위험을 감수하는 짓은 하지 않았지만 그는 용기있는 사람이었다. 보통은 자신의 두려움을 드러내지 않았지. 하지만 그의 붓끝은 그런 마음을 숨길 수 없었던 모양이구나. 특히 그의 손에서 그 점이 가장 분명히 보인단다. 그 손들은 돈을 빌려준 사람의 손끝처럼 긴장해 있지. 물론 그의 두려움이 돈 문제에 대한 걱정 때문은 아니었을 거라고 생각하지만 말이다.

죽음에 대한 두려움이었을까? 당시 베네치아에 역병이 퍼져 있었지. 아니면 회개로 이어지는 두려움이었을까? 최후의 심판에 대한 두려움? 어떤 두려움이었든, 그 두려움은 너무 일반적이어서 우리가 그를 이해하고, 그에게 가까이 다가갈 수 있게 해 준단다. 그는 아주 오래 살았으니까, 그 두려움도 오랫동안 이어졌겠지. 오랫동안 품고 있던 두려움은 의심이 되는 거란다.

그 의심을 깨운 것은 뭐였을까? 나는 베네치아의 상황과 밀접한 관련이 있을 거라고 생각한단다. 그 도시만의 부와 상업과 권력 말이다. 모두, 네가 말했듯이, '살'과 관련이 있는 것들이었지.

사랑한다,

존

ᴠᴠ

1991년 9월 21일
베네치아, 주데카

존,

전시회장을 돌아다니는 동안 어떤 노인 한 분과 자주
마주쳤는데, 따라다니고, 놓쳤다가, 다시 나란히 서곤 했어요. 노인은
혼자였고, 뭔가를 계속 중얼거렸죠.

처음 노인을 봤을 때 그는 전시장 끝방에서 나오는 길이었고,
마음을 먹은 듯 〈십자가를 지고 가는 그리스도〉를 향해 다가왔어요.
그리고 제 옆에 멈춰 섰죠.

"사람이 그림을 그리는 건", 그가 갑자기 입을 열었어요. "뭔가를
걸치기 위해서지, 몸을 따뜻하게 하려고⋯."

짜증이 난 저는 인상을 찌푸리며 돌아봤지만, 노인은 아무 일도
없다는 듯 계속 말했어요.

"예수님은 십자가를 지고, 나로 말하자면, 나는 회화 작품을 지고
가지. 양피처럼 그림들을 걸치는 거야."

결국 전 그에게 넘어갔어요. 노인은 다음으로 〈출애굽기〉 쪽으로
향했죠. 어쩐지 제가 그를 짜증나게 했던 것 같았어요, 노인이 화가 난
것처럼 앞뒤가 맞지 않는 말들을 내뱉었거든요.

"털, 이런! 내 그림의 털들⋯ 소재들, 소재들⋯."

〈남자의 초상〉 앞에서 노인은 그림에 거의 닿을 듯 얼굴을
들이밀고는, 그림 속 인물을 향해 말했어요.

"처음에는 옷을 다 입히고 그렸다가, 다시 동물 가죽으로 온
그림을 덮었지!"

그는 뒤돌아보지 않았지만 제가 따라가고 있다는 건 알고 있었을
거예요. 안내자의 설명에 귀를 기울이는 방문객들 사이를 지날 때

티치아노 115

그가 저를 향해 흘리듯이 말했죠, 마치 농담을 하는 것처럼요.

"개, 토끼, 양, 모두 몸을 따뜻하게 해 줄 털을 가지고 있잖아, 나로 말하자면, 붓으로 그 동물들을 흉내내고 싶은 거야!"

노인의 다음 말, 약간 자신감 섞여 있던 그 말을 했던 게 추기경 그림 앞이었는지, 아니면 〈젊은 영국 남자〉 앞이었는지는 확실하지 않아요.

"남자 수염을 저렇게 그린 화가는 아무도 없었어!" 그가 말했어요. "원숭이 털처럼 부드럽잖아."

그다음엔 노인을 놓쳤어요. 그리고 잠시 후 전시실의 경보가 울렸죠. 제 친구가(이제 노인과 저는 서로 미소를 지어 보이는 사이가 되었거든요) 현대 미술관의 규정이나 지켜야 할 것들 같은 건 모르는 게 확실해 보였기 때문에, 저는 즉시 그를 떠올렸죠. 그러자마자, 제복을 입은 직원들이 노인을 나무라며 작품 앞에서 유지해야 할 거리를 알려 주는 모습이 보였죠. 노인이 말했어요.

"확실히 보이지, 벨벳 말이야, 꼭 봐야 해. 벨벳은 내가 제일 좋아하는 재료지. 그 촉감은 거부할 수가 없어."

그때부터 노인은 저와 함께 있기로 마음먹은 것 같아요. 어디를 가든 저를 따라다녔죠. 하지만 그의 말은 여전히, 대화의 의도라곤 전혀 없는 독백이었어요.

제가 〈다나에(Danäe)〉를 보고 있을 때, 그가 갑자기 저를 끌고는 베를린 〈자화상〉 앞으로 갔어요.

"두 작품을 같은 방에 전시하지 않은 게 유감이군", 그가 말했죠. "털을 봐 봐, 머리칼이랑 모피의 털, 이보다 더 벌거벗을 수는 없어…. 나는 물감이 동물의 가죽처럼 보일 때까지 희석하고 또 희석하니까. 옷을 그릴 때는 해어지고, 빛이 나고, 몸에 딱 달라붙은 것처럼 보이게, 그 자체로 살결처럼 보이게 해야 해."

그렇게 강조하듯 말한 후에 노인은 의기소침해진 것 같았어요. 거의 삼십 분 동안 아무 말이 없었죠. 〈비너스와 아도니스〉 앞에서도 그저 제가 그림을 제대로 보고 있다고 확인만 해 주는 정도였어요.
저는 또 저대로, 눈을 크게 뜨고 입을 떡 벌려 작품에 대한 존경심을
표현했고요.

노인은 자신이 할 일을 거의 마친 것 같았어요.

하지만 〈살가죽이 벗겨지는 마르시아스〉 앞에서 다시 말들이
쏟아졌죠.

"동물 가죽을 벗기다 보면, 살과 관련된 진실을 알게 되지."

〈피에타〉 앞에서 그는 아주 오랫동안 앉아 있었어요. 처음에는
그저 기다려야 할지, 아는 척을 해야 할지, 아니면 제 인상을 말해야
할지 몰랐죠. 그가 가까이 오라고 손짓을 했어요. 모피에 대한 그의
말에 내가 감명을 받았다는 걸 알고 있었던 게 확실해요. 왜냐하면
성인들의 조각상 앞에 펼쳐 든 그 유명한 손에 (그는 그 손을
뚫어지게 바라보고 있었죠) 대해 이야기하는 대신 자기 이야기를 한
번 더 했거든요.

"몸에 털이 있듯이 세상에는 그림이 있는 거지!"

그런 다음, 노인이 웃음을 터뜨리며 한 말 때문에 아빠가
생각났어요.

"그 안에 몸을 숨길 수도 있고, 그 아래를 들여다볼 수도 있고,
들어 올릴 수 있고, 뽑을 수도 있지. 하지만 깔끔하게 밀어 버릴
생각은 안 하는 게 좋아. 언제든 다시 자라니까!"

노인과 헤어지기 전에, 제가 발가벗은 채 전시회의 그림 속에
누워 있는 모습이 또렷하게 떠올랐어요. 이끼 긴 바닥과 옆에 앉은
강아지, 제 몸의 윤곽선을 주변 풍경과 떼어서 생각할 수 없었죠.
나중에 쿠르베가 물려받게 되는 그런 풍경이었어요. 잔디밭과 구름,
흙이 있는 그 풍경에선, 제 살이 대지를 감싸는 옷이 될 수도 있겠죠.

사랑해요,

카트야

                                              ～

쿠트,

털에 대해 네가 한 이야기를 읽으니 노인의 개가 생각나는구나.
혹시 그 노인이 개를 데리고 다니지는 않았니?

그 노인은 개를 좋아했을 것 같구나. 마음을 가라앉게 하고
용기도 주고 그랬겠지. 혹은 개들이 증인이 되어 주지 않았을까?
그가 신뢰할 수 있는 증인 말이다. 말이 없는, 말 못하는 증인들.
어쩌면 가끔은 오른손으로 그림을 그리는 동안 왼손으로는 자신의
개를 열심히 쓰다듬는 일도 있지 않았을까. 털들이 그의 손가락을
맞이하고, 개는 그의 팔이 움직일 때마다 몸을 뒤척였겠지!

당시에는 그림에 개를 그려 넣는 게 유행이었단다. 루벤스,
벨라스케스, 베로네세, 크라나흐, 반 다이크 등등의 작품에서 개들이
등장하는데, 무엇보다도 개들은 남자와 여자 사이의 중개자였지.
욕망을 전하는 사자(使者)였다고 할까. 그 개들은, 어떤 종인지, 혹은
몸집은 얼마나 되는지에 따라 여성성과 남성성을 동시에 상징했지.
개들은 거의 사람과 다름없었지만 (아니면 인간들의 은밀함을
공유했다고 할까) 사람과 달리 아무것도 숨기지 않았단다. 뿐만
아니라 아주 소란스럽기도 했다. 그렇게 소란스러웠지만 아무도 그
점에 대해 화를 내지 않는데, 왜냐하면, 결국은 개니까 그런 거야!

티치아노의 작품에서도 개가 자주 등장하지. 남녀의 초상화나
신화적 주제를 다룬 작품에서 말이다. 하지만 개의 등장이 가장
낯설고 신비스럽게 느껴지는 작품은 후기 작품인 〈개와 함께 있는
남자아이〉이지. 그 어떤 작품과도 다른 작품인데, 나 역시 다른
전문가들과 마찬가지로 이 작품이 더 큰 그림에서 떼어낸 일부라는

118

주장에는 동의하지 않는 편이다. 우리가 보고 있는 장면이, 바로 노화가가 보여 주려고 했던 그 장면인 거지. 남자아이(몇 살일까? 세 살? 기껏해야 네 살?)가 혼자 어두운 곳에서 성견(成犬) 두 마리와 강아지들(아마 사 주쯤 됐을까?)과 함께 있는 모습이야. 아이는 옆에 있는 흰색 개를 (내 생각엔 수컷일 것 같구나) 안심시키려는 듯 등을 쓰다듬어 주고 있지. 관객을 바라보고 있는 건 강아지들의 어미인 암캐뿐이고, 강아지들은 젖꼭지를 찾아 어미의 배에 코를 처박고 있단다.

어둡지만 이 광경은 차분하고, 평화로운, 프랑스어로는 '콩블레(comblé, '가득 찬'이라는 뜻—옮긴이)'라고 하는 상태를 보여 주지. 아무도 뭔가를 더 바라지 않는 상태.

이 개들은 아이의 가족이야. 심지어 부모라고도 할 수 있을 것 같구나. 소년의 두 다리와 그림에 보이는 흰색 개의 두 다리가 마치 같은 탁자의 네 다리처럼 보이는데, 서로 바꿔도 큰 상관은 없을 것 같구나. 그림 속에선 모두가 뭔가를 기다리고 있단다. 기다림은, 삶의 다른 이름이기도 하지.

기다림은 개들의 가장 본질적인 특징 아닐까. 인간과 가장 가까운 동물이 되면서 후천적으로 익힌 습성이겠지. 다음 사건 혹은 다음에 올 누군가를 기다리는 일. 이 작품에서 가장 최근에 있었던 중요한 일은 출산이었겠지. 강아지들이 그리고 소년이 이 빌어먹을 세상에 태어난 일. 그렇게 태어나 죽음을 기다리는 것뿐이겠지만, 그 사이에 따뜻함이 있고, 젖이 있고, 신비로운 털들이 있고, 말없이 바라보는 눈들이 있으니까.

그 노인은 물론 네가 공감해 주기를 원했겠지. 아니, 공감이 아니라 흥미였을지도 모르겠구나. 네가 흥미를 보이면 그를 위해 모델이 되어 주었을 테고, 그는 그렇게 너를 그려 보고 싶었겠지! 여자를 그리는 동안에는 그도 자신의 의심을 잊을 수 있을 테니까. 하지만 그렇게 의심을 잊을 때마다 걱정거리는 커져 갔단다. 그가 그렸던 여인들은 모두, 아리아드네부터 후회하는 막달레나까지 그의 근심을 대변하는 인물들이었으니까. 여인들 각각은 그를 위로하면서 동시에 그의 근심을 깊어지게 했지.

개가 등장하는 그림은 위로에 관한 작품들이란다. 당의정(糖衣錠)을 씌운 그림이라고 할까, 축복에 관한 작품들이지. 강아지들은 어미의 배에 있는 털에서 축복(제우스가 다나에에게서 얻지 못했던 것, 거꾸로 다나에도 제우스에게서 얻지 못했던 그것)을 얻는 거야. 그러는 동안 나머지 셋(남자아이와 두 마리의 성견)은 기다리는 거란다…. 그 모습을 지켜보며 기다리는 두 마리의 개는 노인의 친구인 셈이지. 그 두 마리 개가 노인이 그리고 싶었던 대상들 중 가장 가까이 있는 존재였고, 또한 그림을 그리는 동안 함께 있어 준 존재들인 거야.

사랑한다,

존

ᵛᵛᵛ

1991년 11월
아테네

존,

"무엇이 그로 하여금 그림을 그리게 했나"라는 질문에 답을 찾아보려고 애쓰는 중이에요. 제가 들을 수 있는 건 단 한 단어뿐이네요. 우물의 검은 밑바닥에서 올라오는 것처럼, 물질세계의 그 모든 혼란에서 나온 한 단어.

욕망이요. 그의 욕망은 (활력이 넘치는 유명 화가에게 어울리는 욕망이요) 외양을 가르고 들어가는 것까지는 아니더라도, 사물의 표면을 관통하여 그 안에서 자신을 잃어버리는 것이었어요. 하지만

120

인간이면서 화가였던 그는 그 일이 불가능함을 알게 되었죠. 자연의
핵심, 인간 안의 동물성, 세상을 감싼 가죽 같은 것들. 그런 건 손에
잡히지 않을뿐더러, 무엇보다도 반복되지 않고, 재생산할 수도 없는
것들이니까요. 그래서 처음에는 동시대의 다른 화가들과 마찬가지로
그 역시 자신의 기술을 활용해서 모든 것이 헛됨을, 헛되고 헛됨을
보여 주었던 거예요. 아름다움이든, 부든, 예술이든.

　　그의 작품에 등장하는 여성들(아주 단순화된 순결한 모습의
여성들)은, 그에게는 자신의 예술적 무능함과 패배를 일깨워 주는
인물들이었죠. 그런 대가에게 말이에요! 어쩌면 여성들은 아빠가
말한 그의 의심을 체화하고 있었던 것 아닐까요? 발가벗은, 맨살의 그
색감은 빠져들기 딱 좋은 것이었을 테죠. 그림 속 여성의 몸이 그처럼
만지고 싶고, 손으로 눌러 보고 싶게 그려진 적은 없었던 것 같아요.
막달레나가 머리칼을 지나 자신의 가슴에 손을 대고 있는 것처럼요.
하지만 전 세계 모든 회화에 그려진 몸들이 그렇듯이, 티치아노가
그린 그림 속 몸들도 만지거나, 그 안에 빠져들 수는 없는 몸들이죠.

　　시간이 지나며 그는 자신의 무능력한 예술 안에 (남성의
왕성한 정력을 끊임없이 강조했던 그 예술 안에) 어쩌면 기적이
숨겨져 있을지도 모른다는 걸 이해하게 되었죠. 그는 이제 현란한
붓놀림으로, 세상의 표면이 지닌 질감을 표현하는 대신 그 팔다리를
뒤틀 수 있었어요! 재생산할 수는 없었지만, 변형시키고, 변신시키는
건 할 수 있었던 거죠. 외양의 노예가 되어 그 신발 밑창을 핥는 대신,
그 외양에 자신의 의지를 담아낼 수 있었던 거예요. 단 한 번도 존재한
적이 없었던 팔과 손을 만들어내는 일, 자연스럽지 않은 방식으로
팔다리를 구부리는 일. 알아볼 수 없을 때까지 대상을 흐릿하게
표현하는 일. 마구 흔들리는 대상을 표현함으로써 그 윤곽선을
알아볼 수 없게 만드는 일. 살아 있는 몸과 시체 사이의 차이를
무시하는 일(마지막에 그린 〈피에타〉가 생각나네요) 같은 것들이요.

　　제가 권력이나 특권, 심지어 개에 관한 질문들을 모두 하나의

질문 안에 우겨 넣은 것 같네요, 좀 추상적인 질문이죠. 사실
티치아노의 예술 자체가, 손댈 수 없고, 침범할 수 없는 것이겠죠.
뭔가를 불러낸 다음, 다시 금지시켜 버리는 것. 우린 그저 입을 벌린
채 바라볼 수밖에요.

　사랑해요,

　카트야

티치아노, 〈개와 함께 있는 남자아이〉, 1570-1575.

1991년 12월

파리

　쿠트,

　헛되고 헛되도다. 1575년 베네치아에 역병이 돌면서 도시
주민의 거의 삼분의 일이 사망하는 일이 있었지. 1576년에 거의 백
살이 된 노인이 역병에 걸려 사망하고, 그의 아들도 뒤를 따랐단다. 두

사람이 죽은 후 그들의 비리 그란데 저택에 있던 회화 작품과 값비싼 물건들이 약탈당한 거야. 그리고 다음 해엔 두칼레 궁전에 화재가 발생해서 벨리니와 베로네세, 틴토레토 그리고 우리가 이야기하는 이 노인의 작품들이 파손되는 일이 있었단다. 네 모습이 그려지는구나, 산 마르코 광장이 아니라 아테네에 있는 네 아파트의 테라스에 있는 모습 말이다. 기지(Gyzi)는 모든 집의 주방과 침실이 다 들여다보이고, 전화선과 히비스커스 꽃 사이에 빨래가 널려 있는 동네지. 어쩌면 아테네는 베네치아와 정반대인 도시가 아닐까? 건조하고, 모든 것이 임시로 세워진, 통치할 수 없는 곳. 상인들과 국가적 영웅들과 영웅의 미망인들이 있는 도시, 아무도 옷을 차려입지 않는 도시.

그리고 나는 파리의 교외에서 이 글을 쓰고 있구나. 오늘은 일요일에만 열리는 시장에 다녀왔단다. 젊은 부부들이 많더구나. 창백하고, 비가 오는 날씨에 대비하지 못한 차림들이었어. 청바지에, 머리는 헝클어지고, 지친 도시인의 피부에, 서로 손을 잡거나 유모차를 밀며 자신들만의 은어로 이야기하는 것이, 자신들만의 행복을 위한 빈약한 비법을 지니고 있는 것처럼 보이더구나. 그들을 지켜보며 속으로 생각했다. "이 사람들이 〈살가죽이 벗겨지는 마르시아스〉를 보면 뭐라고 할까. 모르지, 사람들은 누구나 자기 방식대로 전설을 받아들이니까."

〈살가죽이 벗겨지는 마르시아스〉에서 무릎에 닿을 만한 크기의 개가 마르시아스가 거꾸로 매달린 자리에 떨어진 피를 핥고 있지. 오른쪽에 개가 한 마리 더 있는데, 남자아이와 함께 있는 그림에서 봤던 개와 무척 닮았구나.

이야기에 따르면 반인반수의 예술가 마르시아스는 아폴론과 음악 시합을 벌여 패했다고 하지. 시합 전에 정한 대로, 이긴 사람은 진 사람을 마음대로 할 수가 있었고, 아폴론은 마르시아스의 가죽을 산 채로 벗기기로 한 거야. 이 그림에 대해서는 설득력있는 해석들이 여럿 있었지. 하지만 내 관심을 끈 것은 왜 노화가가 이 주제를 택했냐는

티치아노, 〈살가죽이 벗겨지는 마르시아스〉, 1570-1576.

거야. 아마도 전시회에서 노인이 네게 한 말과 비슷할 것 같구나.
반인반수는, 정의에 따르면, 피부와 털이 다르지 않음을 보여 주는, 둘
다 하나의 신비를 감싸고 있는 외피임을 보여 주는 존재니까 말이다.
목숨을 앗아 가는 칼을 쓰지 않으면, 단추를 풀거나 지퍼를 내리는
것만으로는 벗길 수 없는 옷이라고나 할까.

　　마르시아스 그림에서 칼을 들고 정교하게 작업하는 두
남자는,(농민들이 양의 가죽을 벗기는 걸 본 적이 있는데, 정확히 같은
자세로 하더구나) 캔버스 뒤에 뭐가 있는지 알아보겠다며 자신들이
그린 그림을 난도질했던 20세기 화가 폰타나와 사우라의 전신이라고
할 수 있겠지. 상처 깊은 곳에 뭐가 있는지 알아보기 위해서.

　　하지만 그 주제를 받아들이고, 또 해석한 후에도, 그림을 보는
이는 뭔가 놀라운 것을 직면하고 있는 듯한 기분이 들겠지. 그림 속
장면 전체가(실제로 현실에서 이런 장면이 벌어진다면 그건 꽤나
혐오스러운 고문 장면일 텐데) 아주 따뜻한 조명을 받으며, 마치
애틋하지만 성취감이 감도는 분위기를 연출하고 있으니 말이다.

같은 시기에 그려진 〈님프와 목동〉에서도 똑같은 분위기를
알아볼 수 있을 거야. 하지만 〈님프와 목동〉은 사랑에 관한
장면이고,(워크맨에서 흘러나오는 사랑에 관한 대중가요처럼) 그
작품에서도 목동은 피리를 불고 있지. 마르시아스의 목숨을 앗아간
바로 그 피리를!

아테네에서 그 노인을 찾아서 작품의 의도를 한번 물어보렴.

석류가 열리는 계절이겠구나.

사랑한다,

존

〰〰

1993년 1월
기지, 아테네

존,

맞아요, 석류가 열리는 계절이에요. 지금 석류 한 알을 바라보고
있어요. 익어 가면서 생긴 원심력 때문에 가운데가 벌어졌죠. 그러면
그 생생한 수액과 알갱이들이 가득한 속살을 그릴 수 있었겠죠.
물론 그가 그리기엔 너무 이국적이고 너무 동양적인 소재지만요.
그러면 복숭아씨가 어울릴 것 같아요. 아주 크고 납작한 복숭아씨.
그런 것들이 그의 작품의 기초가 되었을 거라고 생각해요, 캔버스의
밑그림 같은 거라고 할까요.

여기 아테네에서 그 노인을 만났는지 물으셨죠. 저도
찾아봤어요. 거친 벽을 만나면 그 벽에 그의 그림자가 비치지 않는지
살피고, 건물 안이 보이지 않는 유리창이 나오면 그 뒤에 그가 숨어
있지 않은지 살피고, 이런저런 옷들을 많이 만져 보았어요. 혹시 그가
그런 옷으로 자신의 몸을 가리고 있는 게 아닌지 알아보려고요. 다

소용없었죠.

이젠 노인의 모습을 한 그는 다시 만날 수 없을 거라는 걸 알아요. 베네치아에서 그는 여러 가지 변장한 모습 중 하나로 나타났을 뿐이었던 거죠. 제우스가 다나에를 차지하기 위해 황금빛 양으로 변신했던 것처럼, 그 노인도 자신의 모습을 계속 바꾸어 가는 거예요, 상황에 따라, 장소나 욕망에 따라서요.

만약 그가 이곳에서 제 앞에 모습을 드러낸다면, 그건 실제로는 아테네의 지저분한 공기로 더러워진 벽이나, 흙 (비에 살짝 젖은 마른 땅이죠) 혹은 마치 솜털처럼 둥글게 말린 회색 구름, 오토바이 소리나 방구 소리, 기침 소리, 침 뱉는 소리 같은 것들 안에서일 거예요.

저는 매번 그를 알아볼 수 있어요. 왜냐하면 늘 같은 목소리로 같은 이야기를 하니까요. 흠집을 내야 해, 흠집을, 흠집을 낼 수 있는 건 모두 빠짐없이 흠집을 내야 해! 단어들이 그의 목 깊은 곳에서 끓어오르는 것 같아요.

기지에서 침대에 누워 지내던 여섯 달 동안은 거의 매일 그의 목소리를 들었어요. 침대 옆 벽에 그의 다나에 그림 포스터가 있었죠.(지금도 있어요) 침대에 누워 있는 지루한 시간 동안 저는 창밖을 내다봤어요. 창은 이중창이었고, 그 너머엔 다른 삶들이 펼쳐지고 있었죠. 아니면 텔레비전을 보거나, (텔레비전 너머엔 다른 삶인 척하는 것들이 펼쳐지고 있었죠) 그의 그림을 봤어요. 여인, 벌거벗은 여인이, 늘 같은 모습으로 쿠션에 기댄 채 침대 위에 누워 있는 모습을.

이 여인은 마치 안에서부터 그려지기 시작해서, 살갗은 단지 마지막에 옷처럼 걸쳐 준 것 같아요. 고야가 마하의 옷을 벗긴 것과는 정반대의 과정인 셈이죠. 노화가는 처음엔 캔버스 안에 혹은 뒤쪽에 자리를 잡았다가, 거기서부터 여인의 몸이라는 눈에 보이는 표면으로 서서히 굴을 파고 나온 거예요. 두 화가의 작품에서 가장 많은 말을 하고 있는 건 가슴이죠. 티치아노의 작품에선, 그녀의 오른쪽 가슴의 풍만함을 느끼려면 몸 안으로 들어가야만 해요. 보일 듯 말 듯 표현된 가슴 그림자가 너무 작아서, 안에서가 아니면 아무것도 느낄 수가 없으니까요. 하지만 그 덕분에 그 가슴은 더 현실적이고, 더 떨리고, 더 탐스럽죠. 반면 고야의 그림에서는 가슴이 돌출되고 부풀어 오른 정도가 너무 잘 보이고, 입지도 않은 속옷으로 받치고 있는 듯해서 현실의 몸처럼 보이지 않아요. 그렇지 않나요?

　노인은 원하는 게 많았죠. 돈, 여자, 권력, 오래 사는 일 같은 것들. 그는 신을 질투했어요. 화가 났겠죠. 그래서 그는 신을 흉내내기 시작했어요. 다른 많은 화가들처럼, 그저 신이 창조한 것들의 외양을 재생산하는 데 그치지 않고, 마치 신이 했던 것처럼, 그 대상들에 살갗과 가죽이나 털가죽, 털, 살덩어리, 외피, 주름, 주름살 같은 것들을 부여하기 시작했죠.(아니면 그 반대였을지도 몰라요. 그는 살갗이라는 표피를 벗겨냈죠, 〈살가죽이 벗겨지는 마르시아스〉에서처럼요. 살갗을 가르고, 맨살을 다루는 자신만의 기술을 보여 준 거예요)

　그림을 통해 펄떡이는 생명력을 이 정도로 실감나게 표현해낸 화가는 없어요. 그가 그렇게 할 수 있었던 건 자연을 모방하는 데 그치지 않고, 보는 이의 정신을 일깨우는 방법도 알고 있었기 때문이죠. 그는 우리가 그의 작품 속에 그려진 몸을 보면서 생명력이나 따뜻함, 부드러움 같은 것들을 어디에서 느끼게 될지 알았어요. 그의 작품 앞에 서면 하나의 팔뚝이나 단 한마디의 말이 모든 것을 말할 수도 있음을 알게 되죠. 왜냐하면, 마치 마법처럼, 그 작품들은 인간의 정신이 어디에 빠져드는지를 정확히 알고 있으니까요. 그런 점에서, 동료 인간에 대한 것을 모두 알고 있다는 점에서, 이 작품들은 신보다도 위대해요. 그건 신에 대한 복수예요.

　언젠가 아빠가, 존재하지 않는 프란스 할스의 그림을 상상했던 것처럼 저는 티치아노가 그렸을 법한 그림을 상상해 봐요. 아담의 갈비뼈에서 이브가 창조되는 모습을 그린 그림이에요. 누군가의 살에서 다른 누군가의 살이 만들어지는 광경, 신이 살덩어리에 자신의 손길을 더해 또 하나의 생명을 불어넣는 장면이요. 배경은 잘린 나무 둥치가 있고 이끼가 많은 숲이 되겠죠. 두 개의 잠잠하고 벌거벗은 형태가 진흙 속에 있는데, 그것들은 살아 있는 것처럼 보여요. 그리고 마침내 그림을 그리는 행위를 통해, 간음(姦淫)처럼 반복되는 그 행위를 통해, 그 형태는 몸이 되죠. 피그말리온이 만든 여인상처럼 매끈한 모습은 아니에요. 여기서 만들어지는 몸은, 외설적인 것까지 모두 포함한 모습이죠. 아담에게서 이브가 태어나는 거예요. 우주가 신에게서 태어나고, 작품이 티치아노에게서 태어나듯이, 삶이 예술에서 태어나듯이, 제가 아빠에게서 태어나고, 클로이가 저에게서 태어났듯이요.

그러니까 저는 어디서든 그를 만나고 있다고 말할 수 있어요. 그 노인이요, 빛보다 아름답고, 불보다 달콤하고, 물보다 부드러운 아빠의 손녀딸에게서도 그의 모습을 봅니다. 그 아이는 이미 우리의 죽음을 넘어선 곳에 있으니까요….

사랑해요,

카트야

∿

1993년 1월 19일
제네바-파리 기차 안

쿠트,

우리가 '살'이라고 부르는 건 모두 여성적이라고 할 수 있을까? 심지어 남자들의 살도?

특별히 남성적인 것들이라면 남자들의 환상이나 야망, 이상, 집착 같은 것들이겠지. 그리고 어느 정도는 그들의 살결도 그렇다고 할 수 있겠지. 하지만 남자의 살결이 여성적일 수도 있을까? 〈살가죽이 벗겨지는 마르시아스〉에서 남자들은 그걸 확인하려고 기다리고 있는 게 아닐까?

〈매장〉에서 그리스도의 몸도 다나에의 몸처럼 안에서부터 떨리고 있단다. 하지만 그 몸은 욕망이 아니라 연민을 불러일으키지. 연민과 욕망, 둘 다 몸의 속성이니까. 둘 다 상상할 수 있는 가장 직접적인 방식으로 생겨나고, 둘 다 비슷한 어떤 접촉으로 이어지게 마련이지.

사랑한다,

존

〜〜

1993년 2월
아테네

존,

티치아노, 살과 내장을 그린 화가, 그 소란함과 축축함을 그리고, 털과, 인간 안에 잠자고 있는 야수성을 그린 화가. 그에게 살은 입구 혹은 출구였죠. 다이버를 기다리는 반짝이는 수면 같은 살결, 인간의 몸과 그 안에 숨은 기관들까지 깊이 들어갔던 그는 살결이라는 표면을 통해 다시 밖으로 나왔고, 그렇게 나오며 개인성이라는 비밀을 드러내 주었죠.(그가 그린 남자들의 초상화에서 그들 내면의 삶이 어떻게 드러나고 있는지 한번 보세요)

당연히 살은 여성적이기만 한 게 아니에요! 지난 세기를 통틀어 여성들이 줄곧 욕망의 대상으로 여겨져 왔고, 지금도 사람들이 그런 생각에서 벗어나지 못하고 있다면, 그건 부분적으로는 어떤 거짓말이 계속 먹혀 왔기 때문이에요. 이 세상만큼이나 오래된 거짓말, 바로 살이 여성적인 거라고 암시하는 거짓말이요. 그건 여성들의 몸을,

여성들의 수동적인 욕망을 표현하는 도구로만 활용해 온 남자들이 만들어낸 관습에 불과해요. 자포자기한 심정으로 행동하려는 욕망, 침대 위에 애원하는 표정으로 눕게 만드는 욕망이요. 남성들이 여성에겐 그런 욕망만을 **부여한** 거죠. 여성의 몸은 대상이 되었을 뿐 아니라, 남성의 욕망을 대변하는 역할까지 한 거예요. 어쩌면, 성별(gender)에 상관없이 그저 욕망을 대변하는 역할이라고 해야 할지도 모르겠네요. 남자의 살갗도, 몇몇 부드러운 부분은 (알아차리셨어요?) 여자의 살갗보다 훨씬 부드럽죠.

그가 그려낸 살들은 초대하기보다는 명령하는 살들이었죠. "나를 가져. 나를 마셔 봐"라고 그 살들은 명령하죠. 그는 노인이나 강아지로 변신했고, 여자로도 변장할 수 있었을 거예요. 마리 막달레나로 변장한 티치아노, 아프로디테로 변장한 티치아노!

이제 그의 힘과 관련한 어떤 것에 가까이 다가간 느낌이 들어요. 그는 자신이 그린 모든 것들로 변장할 수 있었던 거예요. 어디든 가려고 했던 거죠. 신과 경쟁하려고요. 그는 자신의 팔레트를 통해 삶을 빠짐없이 창조하고, 우주를 통치하기를 원했어요. 그리고 그의 절망은(전에 물어보셨던 그 절망이요) 자신이 판(Pan, 그리스신화에 등장하는 목양의 신—옮긴이)처럼, **모든 것이** 될 수는 없다는 사실에 기인한 것 아닐까요. 자신은 그저 그림으로 표현하고, 변장할 수 있을 뿐이라는 사실. 자신이 그저 한 명의 남자일 뿐이라는 사실, 신이 아닐뿐더러, 여자도 아니고, 안개도 아니고, 한 줌 흙도 아니라는 사실에서 두려움을 느꼈던 것 아닐까요. 그저 한 남자일 뿐이라는 사실에서요!

다나에의 가슴, 아주 놀랍고, 함축적이고, 손에 잡힐 것 같지 않은 그 가슴이 바로, 그가 그림으로 만들어낸 것들이 신이 만들어낸 것들에 맞서 이룬 승리와 그 한계를 동시에 보여 주고 있어요.

사랑해요,

카트야

한스 홀바인 2세

Hans Holbein the Younger

1497/8-1543

"사람이 죽으면 180미터 밖에서도 알 수 있다. 그의 윤곽이 차가워지기 때문이다"라고 고야는 자신이 쓴 희곡에서 적었다.

홀바인의 죽은 그리스도 그림이 보고 싶었다. 그가 스물다섯 살이던 1522년에 그린 작품이다. 아주 가늘고 긴 이 그림은 시체공시소의 안치대 혹은 교회 제단의 장식대와 비슷하지만, 이 작품이 제단에 쓰였던 적은 한 번도 없었을 것 같다. 홀바인이 라인 강에서 익사한 유대인 시체를 보고 이 그림을 그렸다는 전설 같은 이야기가 있다.

이 그림에 관한 이야기를 듣고, 읽은 적은 있었다. 그중에는 물론 『백치』에 등장하는 미시킨 공작의 대사도 포함된다. "이 그림! 이 그림이 무슨 짓을 할 수 있는지 자네는 깨달았나? 이건 신도들의 신앙심을 뺏어 버릴 수 있는 그림일세"라고 그는 탄식했다.

도스토옙스키도 미시킨 공작만큼이나 이 작품에 깊은 인상을 받았던 것이 틀림없다. 그는 『백치』의 또 다른 등장인물인 이폴리트의 입을 통해서 이렇게 말하고 있다. "고통을 겪기 전날 그리스도께서 이 그림을 봤다면, 선뜻 십자가형을 받아들일 수 있었을까?"

홀바인은 부활의 조짐이 조금도 없는 죽음의 이미지를 그려냈다.

그런데 이 그림의 효과는 정확히 어떤 것일까.

신체 훼손은 기독교의 우상 이미지에서 반복적으로 나타나는 특징이다. 순교자의 삶, 성 카타리나, 성 세바스티아누스, 세례 요한, 십자가형, 최후의 심판까지. 또한 살인과 강간은 고전 신화를 소재로 한 그림들의 흔한 소재이기도 했다.

폴라이우올로(Pollaiuolo)의 〈성 세바스티아누스〉 앞에 선 사람은 성인의 상처에서 두려움을 느끼는 대신(혹은 확신을 얻는 대신) 처형하는 자와 처형당하는 자의 벌거벗은 팔다리에 매혹된다. 루벤스(P. P. Rubens)의 〈레우키포스 딸들의 납치〉에서는 사랑을 나누었던 밤을 떠올린다. 하지만 이런 특정 장면의 외양들을 다른 의미로 바꾸어 버리는 능수능란한 솜씨(순교는 운동경기가 되고, 강간은 유혹이 된다)를 보여 준다고 해서, 원래의 딜레마를 부정할 수는 없다. 야만적 광경을 어떻게 받아들일 만한 것으로 만들 것인가 하는 딜레마 말이다.

이 질문은 르네상스와 함께 제기되었다. 중세 미술에서는 고통받는 육체가 영혼의 삶에 비해 부차적인 문제였다. 이는 그림 앞에 다가갈 때 관객들이 지니고 가는 신앙의 조건이었다. 영혼의 삶이 이미지 자체로 드러나야만 하는 것은 아니었다. 중세 미술작품 중 많은 것들이 기괴하다. 즉 신체와 관련된 것은 모두 부질없음을 떠올리게 한다. 그에 반해 르네상스 미술은 신체를 이상화하고 야만성을 그저 의례적인 정도로 축소시켰다.(이와 비슷한 축소가 서부영화에서도 일어났다. 존 웨인이나 게리 쿠퍼를 보라) 용이나 처형 장면, 잔인함, 학살마저도 조화 속에서 표현하는 르네상스 전통에서, 심각한 야만성(브뤼헐, 그뤼네발트 등)을 표현한 이미지는 주변으로 밀려났다.

19세기 초, 고야는 두려움과 야만성에 대해 확고한 자세로 접근함으로써 최초의 근대 화가가 되었다. 하지만 관객들은 그의 동판화에서 훼손당한 시신들을 그렇게 충실하게 묘사한 이미지를 보려고 했던 것이 결코 아니었다. 따라서 우리는 똑같은 질문, 하지만 조금 다르게 제기된 질문으로 돌아갈 수밖에 없다. 시각 예술에서 카타르시스가 작용하는 경우, 그것은 어떤 식으로 작용하는가라는 질문 말이다.

회화는 다른 예술과 구분된다. 음악은 그 자체로 개체성과 물질 세계를 초월한다. 연극에서는 대사가 행동을 보충해 준다. 시는 상처받은 이들에게 말을 걸어 주지만, 고통을 가하는 이들을 향하지는 않는다. 하지만 회화에서 말없이 이루어지는 전환은 외양과 관련된 것이고, 죽은 사람이나 다친 사람, 패배자 혹은 고문받는 사람이 아름답거나 고귀하게 **보이는** 일은 드물다.

회화 작품이 연민을 자아낼 수 있는가.

연민을 어떻게 시각화할 수 있을까.

어쩌면 연민은 그림 앞에 선 관객 안에서 일어나는 것 아닐까.

왜 어떤 작품은 연민을 자아내고 다른 작품은 그렇지 않은가. 나는 그림 속 상황 자체에 대한 연민은 영향을 미치지 않는다고 믿고 있다. 고야의 토막 난 양 그림이 들라크루아의 학살 장면보다 더 큰 연민을 자아낸다.

그렇다면 카타르시스는 어떤 식으로 작용하는가.

작용하지 않는다. 회화는 카타르시스를 주지 않는다. 회화가 주는 건 다른 것이다. 카타르시스와 유사하지만 다른 것.

그게 뭘까.

나는 모른다. 그게 바로 홀바인의 작품을 보고 싶은 이유다.

～～

우리는 홀바인의 그 작품이 베른에 있다고 생각했다. 도착한 날 저녁에야 작품이 바젤에 있다는 걸 알게 되었다. 이제 막 오토바이를 타고 알프스를 넘어온 시점이었기 때문에 100킬로미터를 더 달리는 건 불가능했다. 대신 다음 날 아침 베른에 있는 박물관을 찾아갔다.

조용하고 조명이 좋은 전시실은 큐브릭이나 타르콥스키의 영화에 나오는 우주선 같았다. 관람객은 입장권을 웃깃에 붙이고 다녀야 했다. 우리는 이 방 저 방 돌아다녔다. 쿠르베의 〈송어 세 마리〉(1873), 모네의 〈유빙〉(1882), 브라크의 초기 큐비즘 작품인 〈에스타크의 집〉(1908), 파울 클레의 〈초승달의 사랑노래〉(1939), 로스코의 1963년 작품 등이 있었다.

다른 방식으로 그리기 위한 분투에 나서려면 얼마만큼의 용기와 에너지가 필요한 걸까! 오늘날 그러한 분투의 결과물인 작품들이, 아주 보수적인 작품들과 나란히 평화롭게 전시되어 있다. 그 작품들은 박물관 내 서점 옆에 있는 카페테리아에서 흘러나오는 쾌적한 커피 향을 함께 맞으며 모두 하나가 된다.

무엇을 위한 싸움이었을까. 가장 간단한 대답은, 회화의 언어를 위한 투쟁이었다는 것이다. 그림 언어 없이는 어떤 회화도 불가능하다. 하지만 프랑스 혁명 이후 모더니즘이 탄생하면서, 어떤 언어를 활용하든 늘 논쟁이 있어 왔다. 그건 보호하려는 쪽과 혁신하려는 쪽 사이의 싸움이었다. 보호하려는 쪽은 기관에 속한 사람들, 지배계급이나 엘리트를 배후로 둔 이들이었고, 이들은 자신들이 가진 권력의 이념적 기반을 유지하는 방향으로 외양들을 제시할 필요가 있었다.

혁신하려는 쪽은 반란자들이었다. 여기서 두 격언을 염두에 두어야 한다. 선동은, 그 정의상 기존의 문법을 따르지 않는다. 언어가 거짓말을 할 때 가장 먼저 알아보는 이들은 예술가들이다. 나는 커피를 두 잔째 마시며 여전히 홀바인의 작품을, 100킬로미터 떨어진 곳에 있는 그 작품을 생각했다.

『백치』의 이폴리트는 계속해서 이렇게 말한다. "이 그림을 보면 자연은 괴물처럼, 말도 없고, 무자비한 어떤 대상으로 보입니다. 아니면 차라리, (이러한 비유가 진실에 가깝다는 것이 매우 낯설게 들리겠지만) 자연이 거대한 기계처럼 보인다고 해야 할까요. 아무것도 느끼지 못하고, 말도 없는 존재. 위대한 존재를 낚아채서는 으깨서 삼켜 버리는 존재, 가격을 매길 수 없는 그 존재야말로, 오직 홀로 자연 전체와 맞먹을 만한 가치를 지닌 존재일 텐데요⋯."

홀바인의 작품이 도스토옙스키를 그토록 놀라게 한 것은, 그 작품이 우상의 반대였기 때문일까. 우상은 눈을 감고 기도하는 이들에 의지해 그 지위를 유지한다. 눈을 감지 않기로 한 용기가 다른 종류의 구원을 제공할 수 있을까.

20세기 초에 활동했던 화가 카롤린 뮐러의 풍경화 〈이센플뤼술 근처의 술바르트에 있는 산장〉을 보고 있었다. 산을 그릴 때 직면하는 문제는 늘 똑같다. 산 앞에서 화가의 기술이 위축되기 때문에 (우리 모두 그렇듯이) 그림 속의 산이 생기를 잃고, 그저 먼 조상의 회색빛 혹은 흰색 묘비명처럼 보일 위험이 있다. 유럽 화가들 중에 예외가 있다면 터너와 데이비드 봄버그 그리고 베를린에서 활동하는 현대 화가 베르너 슈미트 정도다.

카롤린 뮐러의 작품은 다소 심심했지만, 거기 있는 세 그루의 작은 사과나무 때문에 나는 숨을 멈췄다. **그것들이** 화가의 눈에 보였던 것이다. 그것들이 보였다는 사실이 팔십 년의 시간을 지나 그대로 전해졌다. 작품의 그 작은 부분에서 화가가 사용했던 그림 언어는, 단순히 무언가를 이루는 데 그치지 않고, 다급함을 띠게 된다.

학습을 통해 배우는 언어는 그 언어가 원래 가지고 있던 표현력을 잃어 가거나 아예 차단하는 경향이 있다. 그런 상황에서 언어는, 교양있는 학습자의 정신에 곧장 입력되지만 사물이나 사건들의 '현장성'은 간과하게 된다.

"말들, 말들, 그저 말일 뿐인 것들, 마음에서 나오지 않는 것들."

그림 언어가 없으면 누구도 자신이 본 것을 제시할 수 없다. 하지만 어떤 그림 언어를 가지고 나면, 보는 행위를 그만둘지도 모른다. 바로 이것이 미술이 탄생한 후로 외양을 회화나 드로잉으로 표현하는 행위가 마주해 온 변증법이다.

우리는 페르디낭 호들러의 작품만 오십여 점 전시된 커다란 방에 들어섰다. 어마어마한 평생의 역작들이었다. 하지만 단 한 작품에서 그는 자신의 성취를 잊어버렸고, 덕분에 관람객은 대가의 그림을 보고 있다는 사실을 잊어버리게 된다. 화가의 친구 오거스틴 뒤팽이 병상에서 죽어 가는 모습을 그린, 상대적으로 작은 작품이었다. 오거스틴이 화가의 눈에 보였고 특정한 언어가, 사용되는 그 순간에, 새로 열렸다.

그런 의미에서 라인 강에서 익사한 유대인을 스물다섯 살의 한스 홀바인은 보았던 것일까. '보이고 있는' 상태는 무엇을 의미하는가.

나는 앞서 보았던 작품들을 다시 살폈다. 쿠르베가 그린 세 마리의 송어는 나뭇가지에 꿰어 걸려 있고 낯선 빛이 그 통통하고 젖은 몸통에 스미고 있다. 반짝거림과는 아무 상관이 없는 빛이다. 그 빛은 물고기의 표면에 비치는 게 아니라, 그것을 지나온 것이다. 비슷하지만 똑같다고는 할 수 없는 빛(이쪽이 입자가 좀 더 크다)이 강가의 조약돌에서도 비치고 있다. 이 빛들이 지닌 에너지가 이 작품의 진짜 주제다.

모네의 작품에서는 강의 얼음들이 깨지고 있다. 두꺼운 유빙들의 갈라진 틈 사이로 물이 흐르고 있다. 모네는 물 표면에서(물론 얼음이 아니라) 먼 제방의 포플러나무가 비치는 것을 보았다. 그렇게 비친 모습, 얼음 **너머로** 흘긋 보이는 그 형상이 이 작품의 핵심이다.

브라크의 에스타크 그림에서 정육면체와 삼각형 모양의 집들과 V자형 나무들은 그가 눈으로 본 것 위에 덮어씌운 것이 아니라, (나중에 매너리즘에 빠진 큐비즘 작품들의 경우엔 그랬다) 어떤 식으로든 그가 본 것에서 끌어낸 것이었다. 그 형상은 뒤쪽 어딘가에서 끌어낸 것, 외양들이 존재감을 드러내기 시작했지만 아직 자신들만의 고유한 특징을 완전히 성취하지는 못한 어떤 상태에서 건져낸 것이다.

로스코의 작품에서는 그 움직임이 훨씬 더 분명히 드러난다. 그가 평생 추구했던 야망은 외양으로 드러난 것들을 얇은 막으로 수렴시키고, 그 막 아래에서 이글거리는 빛들을 표현하는 것이었다. 회색 사각형 너머에 진주(眞珠)층이 놓여 있고, 좁고 긴 사각형 너머에는 요오드빛 바다가 있다. 두 작품 모두 태양과 관련이 있다.

로스코는 자신이 종교적인 화가임을 의식하고 있었지만 쿠르베는 아니었다. 외양을 하나의 경계로 생각하는 사람들은, 화가란 그 경계를 가로지르는 메시지를 찾는 사람들이라고 말할 것이다. 눈에 보이는 것 뒤에서 흘러나오는 메시지. 이는 화가들이 모두 플라톤주의자들이어서가 아니라, 유심히 바라보는 사람들이기 때문이다.

이미지를 만드는 일은 외양을 면밀히 살피고 표시를 남기는 작업에서부터 시작한다. 모든 화가들은 드로잉이, 다급한 작업일 경우에, 양방향의 과정임을 알고 있다. 그리는 행위는 측정하고 옮기는 과정일 뿐 아니라, 받아들이는 과정이기도 하다. 바라봄의 밀도가 어느 단계에 이르면, 그리는 이는 자신이 뚫어지게 바라보는 대상이 무엇이든 상관없이, 그 대상의 외양으로부터 똑같이 강렬한 에너지가 뿜어져 나오고 있음을 의식하게 된다. 자코메티는 그 점을 보여 주기 위해 평생을 바쳤다.

이 두 에너지의 마주침, 둘 사이의 대화는 질문과 대답의 형식을 취하지 않는다. 그것은 맹렬하지만 소리내 말하지 않는 대화다. 대화를 유지하기 위해서는 신앙이 필요하다. 그것은 어둠 속에서 굴을 파는 작업, 외양 아래로 굴을 파는 것과 비슷하다. 위대한 이미지는 두 개의 터널이 만나서 완벽하게 맞아 들어갈 때 탄생한다. 종종 대화는 아주 짧게, 거의 순식간에 일어난다, 마치 무언가를 던지고 받을 때처럼.

이러한 경험에 대해서 나는 설명을 할 수가 없다. 다만 이 점을 부인할 화가들은 거의 없을 거라고 믿을 뿐이다. 그건 말하자면 직업상의 비밀이다.

그림을 그리는 행위는 (그 언어가 새로 열릴 때면) 주어진 일련의 외양들 너머에서 나오는 에너지를 경험할 때 화가가 보이는 반응이다. 이 에너지는 무엇일까. 눈에 보이는 것들의 의지, 어떤 광경이 있음을 전하려는 의지라고 부를 수 있을까. 마이스터 에크하르트는

한스 홀바인 2세, 〈무덤 속 그리스도의 주검〉, 1520-1522.

똑같은 상호작용에 대해 이렇게 말했다. "주님을 바라보는 나의 눈은
주께서 나를 바라보시는 눈과 같다." 여기서 단서가 되는 것은 그의
신학이 아니라, 그가 강조하는 대칭성이다.

　진짜 그림을 그리는 행위 하나하나는 모두 그 의지에 굴복한 결
과이며, 그림 속에서 보여지는 것은 단순히 그렇게 해석된 것이 아니
라, 지금까지 그려진 것들이 모여 있는 공동체 안에서 적극적으로 자
신의 자리를 차지할 수 있도록 허락된 것들이다. 제대로 그려진 사건
이라면 (그 결과 그림 언어가 새로 열렸다면) 지금까지 그려진 모든
것들이 모여 있는 공동체에 합류한다. 접시에 놓인 감자들이 사랑받
는 여인이나 산 그리고 십자가에 매달린 남자에게 합류한다. 이것이,
오직 이것만이 회화가 줄 수 있는 구원이다. 그리고 이 미스터리가, 회
화가 줄 수 있는 것 중 카타르시스에 가장 가까운 것이다.

138

카라바조

Caravaggio

1571-1610

각자 자신만의 쉼터로 돌아갑니다. 하지만 모두들 세상 속으로 돌아 가고 있지요. 세상이 주는 첫번째 선물은 공간입니다. 나중에 평평한 탁자와 침대 하나가 두번째 선물로 주어지겠지요. 가장 운이 좋은 사 람들에겐 침대를 함께 쓸 누군가도 생길 겁니다.

　아주 멀리 떨어져 있다고 해도 하루를 마칠 때면 우리는 당신에 게 돌아갈 테지요. 아무것도 가릴 것이 없는 하늘에서 당신은 우리의 피로를 통해, 당신의 몸을 베고 누운 무거운 머리를 통해 우리를 알아 보겠지요. 우리에겐 꼭 필요한 당신의 몸입니다.

　우리가 함께 있느냐 혹은 떨어져 있느냐에 따라, 나는 서로 다른 당신을 알게 됩니다. 당신이 둘인 거죠.

　당신과 떨어져 있을 때도 당신은 내 앞에 있습니다. 다양한 형태 로 있지요. 셀 수 없이 많은 이미지, 문장, 의미, 알려진 것, 기념 장소 들로 이루어져 있지만 그 모든 것에는 당신의 부재라는 표시가 붙어 있지요. 그 모든 것에 당신이 흩어져 있습니다. 마치 당신이라는 사람 이 하나의 장소가 되고, 당신의 몸이 지평선이 된 것만 같아요. 그러면 당신 안에 살고 있는 나는 어떤 나라에서 지내는 셈이죠. 어디든 당신이 있지만, 당신과 얼굴을 마주할 수는 없는 그런 나라.

　'**작별은 작은 죽음이다.**' 이 문장을 처음 들었을 때 나는 아주 어린 나이였지만, 그 말이 전하는 진실을 이미 알고 있었습니다. 지금 내가 이 문장을 기억하는 것은 어떤 나라가 된 것 같은 당신 안에 살았던 경험이, 당신과 얼굴을 마주할 수 없는 유일한 그 나라에서 살았던 경험이, 죽어 버린 이들에 대한 기억을 지닌 채 살아가는 경험과 조금 비슷하기 때문입니다. 어린 시절에 내가 몰랐던 것은 그 무엇도 죽은 이들을 데리고 가지 않는다는 것, 마치 죽음을 잉태한 태반처럼, 죽은 이들 주변에서 과거가 점점 더 커진다는 사실이었죠.

　당신이라는 나라에서 나는 당신의 몸짓을 알고, 당신 목소리의 억양을 알고, 당신 몸의 그 모든 부분들을 압니다. 그곳에서도 당신의 육체는 그대로 전해지지만, 당신은 조금 덜 자유롭습니다.

　당신의 얼굴을 마주할 때 달라지는 것은, 당신이 예측할 수 없는 존재가 된다는 것이지요. 당신이 하려는 일을 나는 모릅니다. 나는 당신을 따르고, 당신은 행동하죠. 그리고 당신의 행동 때문에, 나는 다시 사랑에 빠집니다.

　어느 날 밤, 당신은 제일 좋아하는 화가가 누구냐고 내게 물었죠. 나는 망설이며, 가장 가식 없는, 가장 진실한 대답이 뭘까 생각해 보았습니다. 카라바조. 내 대답에 나도 놀랐습니다. 더 고귀한 화가들도 있고, 시각을 넓혀 준 위대한 화가들도 있었으니까요. 그보다 더 존경하는 화가, 존경받을 만한 화가들이 있습니다. 하지만 내가 그보다 더 가깝게 느끼는 화가는 (준비 없이 나온 대답임을 감안하면) 아무도 없는 것 같았어요.

　나는 화가로서는 비교할 수도 없을 만큼 초라한 경력을 지닌 사람이지만, 그래도 내가 그렸던 작품들 중에 다시 보고 싶은 작품들을 고르라면 1940년대 후반 리보르노의 거리에서 그렸던 작품들입니다.

당시 전쟁의 상흔에서 벗어나지 못하고 가난했던 그 도시에서, 나는 가진 것 없는 사람들의 천재성에 대해 조금이나마 알아 가기 시작한 것 같아요. 또한 이 세상에서 권력을 휘두르는 사람들과 함께 일하는 건 되도록 피하고 싶다고 생각하게 된 것도 그곳에서였던 것 같습니다. 그건 평생에 걸친 반감이 되었고요.

카라바조에 대한 나의 공모(共謀)도 그 시절 리보르노에서 시작된 것 같습니다. 그는 서민들, 뒷골목 사람들, 하층민들, 룸펜프롤레타리아트, 신분이 낮고, 깊이도 없는 지하세계 사람들의 경험을 그린 최초의 화가입니다. 전통적인 유럽 언어에서 도시의 하층민들을 일컫는 말은 모두 그들을 모욕하거나 애국적으로 감싸는 표현밖에 없죠. 권력이 그렇습니다.

카라바조 이후에도 오늘날까지 다른 화가들(브라우어, 오스타더, 호가스, 고야, 제리코, 구투소 등) 역시 같은 사회 계층을 그렸습니다. 하지만 그 작품들은 (아무리 위대한 작품이라고 해도) 장르화, 그러니까 더 불운하고, 더 위험한 상황에 처한 사람들이 사는 모습을 다른 이들에게 보여 주기 위해 그린 그림들이었죠. 하지만 카라바조의 관심사는 어떤 장면을 보여 주는 것이 아니라 그 장면을 보는 행위 자체였습니다. 그는 다른 이들을 위해 지하세계를 묘사한 것이 아니었죠. 그는 자신의 비전을 지하세계와 공유했습니다.

미술사 책에서 카라바조는 명암법을 잘 썼던 혁신가 혹은 렘브란트를 비롯한 다른 화가들에 앞서 빛과 그림자를 표현해낸 선구자로 기록되고 있죠. 미술사에서 볼 때, 그가 보여 준 비전은 또한 유럽 회화의 진화에 있었던 어떤 단계를 대변하는 것으로 여겨지기도 합니다. 그런 관점에서 볼 때 카라바조는 반종교개혁 시기의 고급 예술과 이제 막 부상하고 있던 네덜란드 부르주아의 일상 예술 사이에 불가결한 연결고리라고 할 수도 있습니다. 이 연결고리는 새로운 공간, 빛만큼이나 그림자도 중요한 역할을 하는 공간이라는 형식으로 드러나죠.(로마와 암스테르담에서 저주는 이미 일상적인 것이었습니다)

실존했던 카라바조라는 인물에게 (베르가모 근처의 작은 마을에서 태어난 미켈란젤로라는 소년입니다. 베르가모는 내 친구인 이탈리아 벌목공이 태어난 곳과도 멀지 않죠) 빛과 그림자는, 상상한 것이든 실제로 본 것이든, 깊은 개인적인 의미를 지니게 되었고, 그의 욕망 그리고 그의 생존본능과 복잡하게 얽히게 됩니다. 따라서 미술사의 논리를 따르지 않더라도, 바로 그 점 때문에 그의 예술은 지하세계와 이어지게 되죠.

명암법 덕분에 그는 한낮의 빛을 버릴 수 있었습니다. 그가 느끼기엔 그림자가, 마치 네 개의 벽과 지붕이 있는 공간처럼 쉼터가 되어 주었죠. 그가 무엇을 그리든 그리고 어떤 곳을 그리든, 진정 그리려 했던 곳은 실내였습니다. 〈이집트로의 도피〉나 그가 사랑해 마지않았던 〈세례 요한〉을 그릴 때, 가끔 배경에 풍경을 넣지 않을 수 없었던 경우도 있었지만, 그런 풍경은 실내 공간의 벽에 걸어 놓은 장식이나 휘장에 다름없었습니다. 그가 자신의 집처럼 느꼈던 곳은 (아니, 그런 곳은 없었습니다) 그가 상대적으로 편안함을 느꼈던 곳은 실내밖에 없었습니다.

그의 어둠에선 촛불 냄새가 나고, 너무 익어 버린 멜론과 다음 날 널어야 할 젖은 빨래 냄새가 납니다. 그건 계단통의 어둠이고, 도박장 모퉁이와 싸구려 하숙집, 갑작스러운 마주침이 지닌 어둠입니다. 그리고 약속은 그 어둠을 물리치는 빛이 아니라 어둠 자체에 있죠. 어둠이 주는 안식처는 오직 상대적인 것입니다. 그는 명암법을 통해 폭력과 고통, 갈망, 유한함을 드러내지만, 적어도 그것들은 친밀한 모습으로 드러나고 있으니까요. 그가 한낮의 빛과 함께 버린 것은, 거리감과 고독이며, 둘 다 지하세계에서는 두려움의 대상입니다.

불안정한 삶을 사는 사람들, 같은 공간에 비좁게 모여서 지내는 일에 익숙한 사람들은 열린 공간에 대한 공포증을 갖게 됩니다. 열린 공간은 그들이 지내고 있는, 짜증이 날 만큼 비좁은 공간을 다시 한번 확인시켜 주기 때문이죠. 카라바조는 그러한 두려움을 공유했습니다.

〈성 마태의 소명〉에서는 다섯 명의 남자가 탁자에 둘러앉아 이야기를 하고, 수다를 떨고, 자신들이 할 일을 자랑하고, 돈을 세고 있습니다. 방 안은 희미하죠. 그때 갑자기 문이 열립니다. 이제 막 들어온 두 남자는 갑작스럽게 들이닥친 소음과 빛의 일부입니다.(베런슨은 두 남자 중 한 명인 그리스도가 범인을 체포하러 온 경관처럼 들이닥쳤다고 적었죠)

마태와 함께 있던 남자들 중 둘은 아직 고개를 들지도 않았고, 소년처럼 보이는 이는 호기심과 공손함이 뒤섞인 표정으로 낯선 이들을 쳐다봅니다. 왜 이 남자는 이런 말도 안 되는 요구를 하는 걸까? 이 남자를 보호하는 이는 누굴까? 옆에서 대부분의 말을 하고 있는 이 마른 남자일까? 그리고 마태, 교활한 방법으로 동료들보다 불합리한 처사를 더 많이 했던 세금 징수원이었던 그는 자신을 가리키며 묻습니다. 정말 제가 가야 하는 겁니까? 당신을 따라나서야 하는 사람이 정말 제가 맞습니까?

떠나기로 한 수많은 결정들이 그리스도의 이 손짓을 닮았을 테지요! 그 손은 결정을 내려야 할 이를 향하고 있지만, 너무나 유동적이어서 의미가 명확하지는 않습니다. 그 손짓은 나아가야 할 길을 알려주지만, 직접적인 지원은 하나도 해 주지 못하니까요. 마태는 자리에서 일어나 이 깡마른 낯선 이를 따라나섭니다. 방에서 나와, 좁은 길을 따라 걷고, 자신이 살던 구역을 벗어나죠. 그는 훗날 자신의 복음서를 쓰게 되고, 에티오피아와 카스피해 남부와 페르시아를 여행하고, 살해를 당하게 될 것입니다.

계단 맨 위에 있는 방에서 벌어지는 이 극적인 상황 너머로, 바깥 세상을 향해 나 있는 창문 하나가 보입니다. 회화의 전통에서 창문은 빛이 들어오는 통로 혹은 자연이나 바깥의 특정 사건을 보여 주는 프레임의 역할을 해 왔죠. 하지만 이 창문은 아닙니다. 이 창문으로는 아무런 빛도 비치지 않습니다. 불투명한 창문이니까요. 우리는 아무것도 볼 수 없습니다. 바깥에 있는 것들은 모두 위협적이기 때문에, 아무것도 볼 수 없다는 건 이 경우엔 다행입니다. 이 창문은, 오직 최악의 소식들만이 전해지는 그런 창문입니다.

카라바조는 이단적인 화가였습니다. 그의 작품들은 그 주제 때문에 교회에서 거부당하거나 비난을 받았죠. 몇몇 교회 인사들은 그를 변호해 주기도 했지만요. 그가 이단인 이유는 세속적 비극에 종교적인 주제를 담아냈기 때문입니다. 〈마리아의 죽음〉을 그릴 때 그가 익사한 매춘부를 모델로 썼다는 소문은 이야기의 절반만 전하고 있습니다. 더욱 중요한 나머지 절반은 그림 안에서 죽은 여인이 누워 있는 방식이 가난한 사람들이 죽었을 때 눕히는 방식과 똑같다는 점, 그리고 애도객들의 모습 역시 죽은 이를 애도하는 가난한 사람들의 모습과 똑같다는 점입니다. 지금도 가난한 이들은 이런 모습으로 죽은 이를 애도하죠.

마리넬라나 셀리눈테에는 묘지가 없기 때문에, 누군가 죽으면 우리들은 시신을 역으로 운반한 다음 카스텔베트라노로 보낸다. 그런 다음 우리 어부들은 한데 모여, 충격에 빠진 가족들에게 애도의 뜻을 전한다. "좋은 사람이었습니다. 정말 큰 손실입니다. 앞날이 창창했는데" 그렇게 말한 다음 우리는 항구로 돌아와 할 일을 하지만, 죽은 이에 대한 이야기를 멈추지 않고, 사흘 동안은 고기잡이에 나가지 않는다. 상을 당한 가족의 가까운 친지나 친구들은 적어도 일주일 동안 그 집에 먹을 것을 제공한다.

그 당시 매너리즘에 빠져 있던 다른 화가들 역시 소란스러운 군중이 등장하는 장면을 그렸지만, 그 정신은 매우 달랐습니다. 그 그림들에서 군중은 재앙의 신호였고 (마치 화재나 홍수처럼) 그림의 분위기는 천벌을 받은 지상을 묘사한 것 같았죠. 그 광경을 보는 이는, 특권적 위치에서, 천상의 극장을 바라보는 것 같습니다. 그와 대조적으로 카라바조의 빽빽한 캔버스들은 그저 하루 벌어 하루 먹고사는 개인들, 비좁은 공간에 모여 지내는 이들로만 채워져 있습니다.

지하세계에도 극장은 많지만, 그 어떤 것도 천상의 이야기나 지배 계급의 유흥과는 관련이 없습니다. 매일매일 펼쳐지는 지하세계의 극장에선 모든 것이 아주 가깝고, 동정적입니다. 거기서 '펼쳐지는' 것은 어떤 순간이든 곧장 '현실'이 될 수도 있는 것들이죠. 거기에는 안전한 거리도 없고, 위계질서에 따라 관심사가 달라지지도 않습니다. 카라바조는 바로 그 점 때문에 끊임없이 비판을 받고 있습니다. 그의 작품 안에는 구분이 없다는 점, 그 총체적인 밀도, 그리고 적절한 거리를 두지 않는다는 점 때문에요.

지하세계는 숨는 과정에서 그 모습을 드러냅니다. 이것이 그 사회적 분위기의 모순이며, 그 세계의 가장 깊은 욕구를 표현하는 방식이죠. 그 안에는 그 세계만의 영웅과 악당이 있고, 그 세계만의 명예와 불명예도 있고, 그런 것들은 전설이나 이야기, 매일매일의 '연기'를 통해 칭송받습니다. 특히 이 '연기'는 종종 실제 활동을 위한 연습이 되기도 하죠. 그건 어떤 광경들, 즉흥적으로 만들어진, 사람들이 스스로를 연기하며 극단까지 치닫는 광경들입니다. 이런 '연기들'이 펼쳐지지 않는다면, 대안적인 도덕률들, 지하세계의 명예들이 잊히고 말 위험에 처하게 되니까요. 혹은 이렇게 말하는 게 더 나을까요, 부정적 판단들, 지하세계를 둘러싼 사회의 비난이 조금씩 침투하게 될 거라고.

지하세계의 생존과 그 자존심은 극장에 달려 있습니다. 사람들 하나하나가 보란 듯이 연기를 펼치며 자신을 증명해 보이지만, 그런 개인의 생존은 몸을 낮추어야만 혹은 눈에 띄지 않아야만 가능해지는 그런 극장이죠. 그에 따른 긴장이 특별한 종류의 다급함을 만들어내고, 그 다급함 때문에 인물들의 동작은 주변 공간을 한껏 채우고, 그런 공간에선 그저 눈빛 하나로 삶의 욕망을 표현할 수도 있겠죠. 그래서 또 다른 종류의 빽빽함, 또 다른 종류의 밀도가 생겨납니다.

카라바조는 지하세계의 화가이며, 또한 성적 욕망을 아주 예외적으로 그리고 심오하게 표현한 화가입니다. 그와 비교할 때 대부분의 이성애자 화가들은 그저 구경꾼을 위해 자신들이 '이상적으로 생각하는 여성'의 옷을 벗긴 화가라고밖에 할 수 없을 것 같습니다. 하지만 그는, 욕망의 대상이 되는 이들을 알아보는 눈을 갖고 있었습니다.

욕망은 종종 정반대의 특징들을 보입니다. 처음에는 무언가를 가지고 싶은 욕망으로 느껴지죠. 만지고 싶은 욕망, 부분적으로는, 손 대고 싶은, 소유하고 싶은 욕망. 시간이 지나, 변모를 거치면, 똑같은 그 욕망이 소유되고 싶은 욕망, 욕망의 대상 안에서 스스로를 놓아 버리고 싶은 욕망이 됩니다. 서로 반대되는 이 두 순간 사이에서 욕망의 변증법이 작동하죠. 두 순간은 남성과 여성에게 동일하게 적용되며, 둘 사이에서 진동합니다. 분명 두번째 순간, 대상 안에서 스스로를 놓아 버리고 싶은 욕망이 가장 거리낌 없고, 가장 다급한 욕망이며, 카라바조가 그의 많은 회화 작품에서 표현하기로 마음먹은(그럴 수밖에 없었던) 욕망입니다.

그의 그림 속 인물들이 보여 주는 몸짓은 종종, 작품의 명목적인 주제를 감안하면 애매하게 성적입니다. 여섯 살 아이가 성모의 속옷을 만지고, 성모의 손은 소년의 옷 속으로 들어가 그의 허벅지를 어루만지죠. 성 마태의 등을 쓰다듬는 천사의 손길은 나이 든 손님을 만지는 매춘부의 손을 닮았고요. 젊은 세례 요한은 양의 앞다리를 마치 성기처럼 쥐고 있습니다.

카라바조 작품 속의 손길은 거의 모두 성적인 에너지를 담고 있습니다. 심지어 서로 다른 두 물질(동물의 털과 맨살, 누더기와 신체의 털, 강철과 피 같은)이 접촉할 때에도, 그 접촉은 손길이 되죠. 큐피드를 소년으로 묘사한 그의 작품에서, 소년의 날개 끝이 허벅지에 닿아 있는 모습은, 정확히 연인들의 손길과 같습니다. 소년이 자신의 반응을 통제할 수 있다는 점, 그가 그러한 접촉에 대한 반응으로 몸을 떨지 않는다는 점이 바로 그의 의도적인 기만, 반쯤 조롱하는 듯한 태도, 유혹자로서 자신의 역할을 반쯤은 의도하고 있음을 암시합니다. 근사했던 그리스 시인 카바피(Cavafy)가 생각나네요.

> 한 달 동안 우리는 서로 사랑했죠
> 그리고 그는 떠났습니다, 스미르나였던 것 같아요,
> 일자리를 찾아 그는 떠났고, 우리는 다시 만날 수 없었죠.
> 그 회색 눈동자도 (그가 살아 있다면) 아름다움을 잃어버리고,
> 아름답던 얼굴도 망가지겠죠.
> 오, 기억이여, 그것들을 그대로 지켜 주기를.
> 그리고, 기억이여, 할 수 있다면 나의 이 사랑에서 무엇이든
> 오늘밤 다시 꺼내 주기를.

오직 카라바조의 그림에서만 존재하는, 특별한 표정이 있습니다. 그 표정은 〈홀로페르네스의 목을 치는 유디트〉에서 유디트의 얼굴에 나타나고, 〈도마뱀에게 물린 소년〉에서 소년의 얼굴에 나타나며, 물에 비친 자신을 바라보는 나르키소스의 얼굴과 거인 골리앗의 머리칼을 쥔 채 그의 머리를 들고 있는 다윗의 얼굴에도 나타나죠. 그것은 외부와 단절된 집중력과 개방성, 힘과 연약함, 결심과 동정이 함께 담겨 있는 표정입니다. 하지만 이 모든 단어들은 너무 윤리적이죠. 동물의 얼굴에서 이와 비슷한 표정을 본 적이 있습니다. 짝짓기를 하기 전, 그리고 다른 동물을 죽이기 전에 말이에요.

그 표정을 가학피학성애적 관점에서 해석하는 것은 터무니없는 생각입니다. 그건 개인적 기호보다는 훨씬 깊은 무엇이니까요. 만약 그것이, 그러니까 이 표정이요, 쾌락과 고통 사이에서, 열정과 머뭇거림 사이에서 동요하는 이유는, 성적 경험 자체에 그 이분법이 내재되어 있기 때문입니다. 섹슈얼리티는 최초의 단일성이 파괴되고 분리된 결과로 나타나는 것이죠. 그리고 이 세상에서 섹슈얼리티는 순간적인 완결성을 약속합니다. 다른 그 무엇도 할 수 없는 일이죠. 그것은 최초의 잔인함에 맞서려는 사랑의 손길입니다.

그가 그린 얼굴들은 바로 그러한 앎, 상처만큼 깊은 그 앎으로 빛납니다. 그것은 추락한 이들의 얼굴이며, 오직 추락한 이들만이, 그 존재를 알고 있는 어떤 진실을 담은 채 스스로를 욕망에 맡기죠.

욕망의 대상 안에서 스스로를 놓아 버리는 것. 카라바조는 자신이 그린 인물들의 몸에서 그것을 어떻게 표현했을까요? 두 명의 젊은 남자는 옷을 반쯤 입었거나 혹은 벗은 상태입니다. 젊다고는 하지만, 그들의 몸에는 많이 사용한 흔적, 경험의 흔적이 묻어 있지요. 지저분한 손. 이미 살이 붙기 시작한 허벅지. 닳아 버린 발. 태어나고, 자라고, 땀 흘리고, 헐떡이고, 잠이 오지 않는 밤이면 뒤척였던 몸통. 그것은 어떤 이상을 염두에 두고 만든 조각상이라고는 절대 할 수 없습니다. 순수하지 않은 그들의 몸은 경험을 담고 있습니다.

이는 그들의 감각이 손에 닿을 듯하다는 것을 의미하죠. 그 살결

카라바조, 〈마리아의 죽음〉, 1604-1606.

너머엔 하나의 우주가 있습니다. 욕망의 대상이 되는 이의 살은, 꿈꿔 오던 목적지가 아니라, 눈앞에 있는 출발점입니다. 외양 자체가 **암시 되는 무언가**를 (그 단어의 가장 익숙지 않은, 정말 신체적인 의미로) 불러오는 거예요. 카라바조는 그것들을 그리며, 그 깊이를 꿈꿨던 겁 니다.

카라바조의 예술에는, 누군가 지적했듯이, 재물이 등장하지 않습 니다. 약간의 도구와 수취인, 의자 몇 개와 탁자 하나가 전부죠. 그리 고 어두운 실내에서 사람들의 몸은 빛을 받아 은은히 빛납니다. 개인 적이지 않은 환경, 이를테면 창밖으로 보이는 바깥세상 같은 것은 잊 어버릴 수 있죠. 욕망의 대상이 되는 몸이 어둠 속에서 드러나고 있습 니다. 이 어둠은 낮이냐 밤이냐에 따라 결정되는 것이 아니라, 지상에 서 벌어지는 삶에 따라 결정됩니다. 그리고 욕망의 대상이 되는 몸은, 마치 무언가가 드러날 때처럼 외양 너머를 불러오죠. 자극적인 몸짓 이 아니라, 숨길 수 없는 그 자체의 감각으로, 살갗 뒤편에 놓인 어떤 우주를 약속함으로써, 떠나라고 촉구함으로써 그렇게 하는 거예요. 욕망의 대상이 되는 얼굴에 드러난 표정 자체가, 그 어떤 초대보다 깊 은, 훨씬 깊은 어딘가로 향하게 합니다. 그 표정이야말로 자아의 인정 이며, 세상의 잔인함과 하나의 쉼터, 하나의 선물을 알아보는 표정이 기 때문입니다. 함께 잠자리에 드는 것. 여기서, 지금이요.

프란스 할스

Frans Hals

1581?-1666

내 마음의 눈으로 볼 때 프란스 할스의 이야기는 연극처럼 펼쳐진다.

1막은 몇 시간째 진행 중인 연회 장면으로 시작한다.(실제로 이런 연회는 며칠씩 이어지기도 했다) 연회는 하를럼 시의 시 수비대 장교들을 위해 열렸다. 1627년 당시 생 조르주 시 수비대의 장교들. 이 작품을 고른 이유는 할스가 그림으로 기록한 이 상황이 시 수비대를 그린 초상화들 중에 가장 위대하기 때문이다.

장교들은 활기차고, 시끄러우며, 단호해 보인다. 그처럼 단합된 분위기를 띠는 이유는 그들의 표정이나 몸짓보다는, 여성이 없다는 사실 그리고 그들이 입고 있는 제복 때문이라고 해야 할 것이다. 표정과 몸짓은 군사 행동에 나서는 군인들의 것이라고 하기에는 너무 밋밋하다. 다시 생각해 보면, 그들의 제복도 어딘가 제대로 입지 않은 것처럼 보인다. 서로 나누는 건배는 영원한 우정과 신뢰를 위한 것이다. 모두 함께 번영하자는!

가장 생기있는 사람은 앞줄에 노란색 조끼를 입고 있는 미힐 더 발 대위다. 그의 표정은 자신이 그날 밤만큼은 젊다는 것을 확신하는 이의 표정 그리고 동료들도 모두 그 사실을 알고 있다고 확신하는 이의 표정이다. 오늘날 나이트클럽의 테이블에서 쉽게 볼 수 있는 그런 표정. 하지만 할스 이전에는 이런 표정이 기록된 적이 없다. 우리는 술 취한 남자가 비틀거리는 모습을 지켜보는 맨 정신의 사람처럼, 즉 냉정하게, 그리고 스스로 외부인임을 인식하고 있는 상태에서 그 모습을 지켜본다. 그건 마치 우리 스스로는 해 볼 도리가 없는 어떤 여행을 떠나는 사람을 지켜보는 것과 비슷하다. 십이 년 후 할스는 같은 남자가 같은 새미 조끼를 입고 다른 연회에 참석한 장면을 그렸다. 남자의 눈빛과 표정은 굳어졌고, 눈은 더 촉촉해졌다. 이제 그는 할 수 있다면, 오후 시간은 술집에서 보낸다. 그가 말을 하거나 이야기를 전할 때, 그 쉰 목소리는 어떤 다급함을 띤다, 오래전 젊었을 때, 우리는 한 번도 해 본 적 없는 어떤 일을 했음을 암시하는 목소리.

할스 본인이 그림에 등장하지는 않지만 그는 연회에 참석했다.

프란스 할스, 〈채찍을 들고 의자에 앉아 있는 빌럼 판 헤이타위선의 초상〉, 1625.

거의 오십이 다 된 그 역시 폭음을 했다. 그는 성공의 정점에 있는 화가였으며, 아주 고집이 세고, 무기력과 폭력적인 상태를 오가는 것으로 유명했다.(이십 년 전 그가 취중에 아내를 때려 죽였다는 소문이 돌았다. 그는 재혼해서 여덟 명의 자녀를 두었다) 그는 상당한 지성을 갖춘 인물이었다. 그의 대화에 대한 기록을 확인할 수는 없지만, 나는 그가 아주 빠르고, 간결하고, 비판적으로 말을 하는 사람이었을 거라고 확신한다. 그의 매력은 부분적으로는, 동료들이 원칙적으로만 믿고 있는 자유를, 그는 실제로 즐기며 행동에 옮겼다는 사실에서 기인했을 것이다. 하지만 그보다 더 큰 매력은 비할 바 없이 훌륭했던 화가로서의 그의 능력이었다. 오직 할스만이 동료들이 바라는 모습 그대로 그들을 그려 줄 수 있었고, 오직 할스만이 그들의 바람에 담긴 모순을 서로 이어 줄 수 있었다. 그들은 모두 다른 개인으로 묘사되는 동시에, 어떤 그룹의 자연스러운 일원으로 묘사되었다.

이 남자들은 누구인가. 우리가 알기로, 이들이 군인은 아니다. 시 수비대는, 원래 직접 전투에 나섰지만, 이미 오래전부터 순전히 이름뿐인 모임이었다. 이들은 당시 섬유가공업의 중심지였던 하를럼에서 가장 돈 많고, 권력이 강했던 상인 가문 출신의 남자들이다.

하를럼은 암스테르담에서 18킬로미터밖에 떨어지지 않은 곳이고, 암스테르담은 이십여 년 전 갑자기, 대단히 극적으로 전 세계 금융의 중심지가 되었다. 곡물, 귀금속, 화폐, 노예, 향신료 그밖에 모든 종류의 상품들에 대한 투기가 전면적으로 이루어졌고, 유럽의 다른 지역은 그저 놀라며, 네덜란드의 수도에만 의존하는 상황이었다.

새로운 에너지가 방출되며 일종의 돈의 형이상학이 탄생하는 중이었다. 돈이 그 자체의 미덕을 지니게 되었고, 또한 자신만의 방식으로 나름의 관용성을 보여 주기도 했다.(네덜란드는 유럽에서 종교적 박해가 없었던 유일한 국가였다) 전통적 가치들은 모두 대체되거나 제한적인 지위로 물러나 그 절대성을 잃어버렸다. 네덜란드는 교회가 금융업에서의 이자 책정과 관련해 간섭하면 안 된다고 공식적으로 선언한 나라였다. 네덜란드의 무기상들은 유럽 내의 경쟁국에도 지속적으로 무기를 팔았을 뿐 아니라, 심지어 가장 잔인했던 전쟁들에서 맞서 싸웠던 적국에도 팔았다.

하를럼 시 수비대의 생 조르주 소속 장교들은 근대적 의미의 자유기업 정신을 누렸던 첫 세대였다. 얼마 후 할스는, 내가 보았던 그 어떤 회화나 사진보다 이런 정신을 더 생생하게 드러내는 초상화를 한 점 그리게 된다. 바로 빌럼 판 헤이타위선의 초상이다.

이 초상화가 그보다 앞서 있었던 다른 부자나 권력자의 초상화와 다른 점은 그 불안정함이다. 제자리에 안정적으로 있는 사물이 하나도 없다. 마치 격랑 속에서 선실에 갇힌 남자를 보고 있는 것 같은 기분이다. 탁자는 비스듬히 미끄러질 것만 같고, 탁자 위의 책은 떨어질 것만 같고, 커튼도 뒤집힐 것만 같다.

뿐만 아니라 그 위태로움을 강조하고, 거기서 어떤 미덕을 찾아내기 위해, 남자는 넘어지지 않고 간신히 균형을 잡을 정도로 의자를 뒤로 기울인 채, 손에 든 회초리를 팽팽하게 구부린 모습이다. 그의 얼굴이나 표정도 마찬가지다. 그의 시선은 뭔가 순간적인 것을 보고 있고, 눈 주위에는 피곤함이 스며 있다. 항상, 매 순간 새로 계산을 해야만 하는 생활의 결과일 것이다.

하지만 그와 동시에, 이 초상화는 어떤 부패나 분열을 암시하지 않는다. 어쩌면 격랑을 만났을지 모르지만, 그럼에도 배는 확신을 가지고 빠른 속도로 항해 중이다. 오늘날이라면 판 헤이타위선은 분명 동료들로부터 '정열적인' 인물이라는 평가를 받을 것이고, 수백만 명의 사람들이 (반드시 의식적으로는 아니더라도) 그의 태도를 자신들의 본보기로 삼을 것이다.

판 헤이타위선의 자세를 그대로 둔 채, 그를 회전의자에 앉히고, 의자 앞에 책상을 놓고, 손에 든 회초리를 자나 알루미늄 지시봉으로만 바꾸면, 그대로 현대적인 경영자의 모습이 된다. 바쁜 시간을 쪼개서 여러분의 사정을 들어 주고 있는 그런 경영자들 말이다.

일단 연회로 다시 돌아가 보자. 그림 속 남자들은 모두 어느 정도 취했다. 예전에는 칼을 겨누고, 두 손가락으로 술잔을 쥐고, 생굴 위에 레몬을 뿌리던 손은 이제 조금씩 떨리고 있다. 그들의 동작도 조금씩 과장된다. 그리고 점점 더 우리, 즉 상상 속의 관람객을 향하게 된다. 지금 드러내는 모습이 자신의 참모습, 지금까지 숨겨져 있던 모습이라고 믿게 하는 데는 술만 한 게 없다.

그들은 서로의 말을 끊으며 뒤죽박죽이 되어 떠들고 있다. 생각이 통하지 않을수록, 서로의 어깨를 감싸는 일은 더 잦아진다. 때때로 노래도 부르며, 적어도 자신들이 하나가 되어 행동하고 있다는 생각에 만족하고, 지금 자신이 드러내는 모습이라는 환상에 반쯤 빠진 채, 스스로에게 그리고 동료들에게도 단 한 가지 점만 증명해 보이기를 바란다. 즉 자신이 그 자리에서 가장 진실된 친구라는 점을.

할스는 종종 무리에서 떨어져 나왔다. 그리고 지금 우리가 그들을 바라보는 식으로 그들을 바라보았을 것이다.

2막은 같은 연회장의 같은 무대지만 이제 할스는 연회장 끝에 홀로 앉아 있다. 육십대 후반 혹은 칠십대 초반이 된 그지만, 여전히 자신의 능력을 고스란히 유지하고 있다. 하지만 그 사이 세월이 흐르며, 장면의 분위기는 상당히 바뀌었다. 이제 연회장에선 신기하게도 19세기 중반의 분위기가 풍기고 있다. 할스는 검은색 복장에 19세기의 탑 햇(top hat)을 닮은 검은색 모자를 쓰고 있다. 그의 앞에 놓인 잔도 검은색이다. 그런 검은색들의 향연에서 유일하게 예외인 것은 느슨하게 풀린 그의 옷깃과 탁자에 펼쳐진 책의 흰색 면뿐이다.

하지만 이 검은색은 장례식의 검은색은 아니다. 그 검은색에선 맵시있고 반항적인 어떤 면모가 느껴진다. 우리는 보들레르를 떠올린다. 그리고 쿠르베와 마네가 왜 그토록 할스를 우러러보았는지도 이해하기 시작한다.

변환점은 1645년이었다. 몇 해 전부터 할스에게 들어오는 그림의 주문량이 점점 줄어들고 있었다. 그의 동시대인들을 즐겁게 해 주었던 자유분방한 초상화가 다음 세대에게는 인기가 없었던 것이다. 그다음 세대는 이미 초상화에서 어떤 도덕적 확신을 원하고 있었다. 그들이 원한 것은 사실 그 후로 죽 이어진, 공식적으로 부르주아의 위선적 자태라고 할 만한 어떤 것의 원형이었다.

1645년 할스는 검은색 옷을 입고 의자에 앉아 뒤를 돌아보는 남자의 초상화를 그렸다. 아마도 모델은 친구였을 것이다. 이 남자의 표정 또한 할스가 최초로 기록한 어떤 표정이다. 그건 자신이 삶에서 목격한 것들을 믿을 수 없지만, 다른 대안을 볼 수도 없는 남자의 표정이다. 그는 삶이란 부조리한 것인지도 모른다고, 그것도 아주 객관적으로, 진지하게 고심하고 있다. 절대 절박한 남자는 아니다. 그는 그 생각에 흥미를 느끼고 있다. 하지만 그는 자신의 지성 때문에 당시 유행하던 인간의 목적, 그리고 신의 목적(이라고 여겨지는 것)으로부터 고립되어 있다. 몇 년 후, 할스는 자화상을 통해 다른 인물이 똑같은 표정을 짓고 있는 모습을 묘사했다.

탁자 앞에 앉은 그는 자신의 처지를 곰곰이 생각했을 것이다. 이제 그림 주문은 거의 들어오지 않았기 때문에 그는 극심한 재정적 어려움에 빠져 있었다. 하지만 자신이 그린 작품의 의미에 대한 의심에 비하면 그런 재정적 위기는 부차적인 것에 불과했다.

이제 그림을 그릴 때면 전보다 훨씬 대가다운 솜씨를 보였다. 하지만 그런 대가다운 솜씨 자체가 문제가 되었다. 할스 이전에는 그 누구도 이렇게 직접적인 초상화를 그리지 않았다. 초기 화가들은 위대한 근엄함, 위대한 공감이 담긴 초상화를 그렸고, 그를 통해 위대한 영속성을 암시했다. 할스처럼 순간적으로 드러나는 개인의 성정을 포착했던 화가는 한 명도 없었다. 그를 통해서 비로소 '말하듯 생생한 유사함'이 생겨났다. 모델이 보여 주는 그 순간의 실재를 표현하기 위해 다른 것들은 모두 희생된 것이다.

혹은 모델이 드러내는 모습을 전달하기만 하는 매개가 되지 않으려는 화가의 저항 앞에서, 다른 것들이 거의 다 희생되었다고 할 수도 있다. 할스의 초상화에서, 그의 붓놀림은 점점 더 그 자체의 생명력을 띠게 된다. 그 붓놀림에 담긴 에너지는 결코 묘사를 위해서만 쓰이지 않는다. 그림을 보는 우리는 작품의 소재뿐 아니라, 그 소재가 **어떻게** 그려졌는가 하는 것까지 알아차리게 된다. 그림 속 인물이 지닌 '말하듯 생생한 유사함'은 또한, 화가 본인의 거장다운 솜씨라는 개념도 낳았다. 이 솜씨가 '말하듯 생생한 유사함'으로부터 화가를 지켜주고 있다.

하지만 거의 위안을 주지 못하는 보호였다. 왜냐하면 그런 거장다운 솜씨는 그 솜씨를 발휘하는 동안만 화가를 만족시켜 주었기 때문이다. 그림을 그리고 있는 동안 할스는 도박을 할 때처럼 날카롭고 재빠른 손놀림으로 얼굴이나 손을 그려낸다. 하지만 그림이 완성되었을 때 남는 것은 무엇일까. 스쳐 지나간 모델의 성정과, 이제는 끝나버린, 놀라운 솜씨의 그리기 행위뿐이다. 진짜 뭔가를 걸 만한 건 없다. 남는 것은 경력뿐이다. 그걸로는, 그저 묵묵히 작업하는 것으로는 아무것도 얻을 수 없다.

거기 그렇게 앉아 있는 동안, 사람들이 (이들의 17세기 네덜란드 복장은 보는 우리를 놀라게 한다) 탁자 건너편에 다가와 자세를 잡는다. 친구도 있고, 후원자도 있다. 그들은 초상화를 그려 달라고 한다. 대부분의 경우 할스는 거절한다. 무기력해 보이는 그의 모습 그리고 이제 나이가 많다는 사실이 거절하는 데 도움이 된다. 하지만 그의 태도에는 어떤 저항감도 있다. 젊었을 때 무슨 일이 있었든 상관없이, 이제 그는 더 이상 모델들의 환상을 공유할 수 없다.

가끔 초상화 요청을 수락할 때도 있다. 선택 기준은 무작위인 것 같다. 그저 친구라서 그릴 때도 있고, 모델의 얼굴에 흥미를 느끼고 그릴 때도 있다.(우리가 이야기하는 그의 2막은 몇 년에 걸쳐 진행되었음을 분명히 해야겠다) 할스가 모델의 얼굴에 흥미를 느꼈다는 것은, 일상 대화를 통해 짐작할 때, 모델이 된 인물의 성정이 어떤 식으로든 당시 할스를 사로잡고 있던 문제와 관련이 있었다는 뜻이다. 즉 그의 일생에 걸쳐 근본적으로 변화하고 있는 것과 관련된 문제였다.

그런 정신으로 그는 데카르트를 그렸고, 새롭지만 무력했던 신학 교수를 그렸고, '하나님의 말씀을 강철로 된 칼처럼 여기며 무신론에 맞서 싸웠던' 성직자 헤르만 랑엘리위스를 그렸고, 알데르만 헤라르츠 부부를 그렸다.

작품 속에서 헤라르츠 부인은 몸을 오른쪽으로 틀면서 살짝 내민 손으로 장미 한 송이를 건네고 있고, 고분고분해 보이는 미소를 짓고 있다. 다른 그림 속의 남편은 의자에 앉아, 장미를 받기 위해 힘없이 한 손을 들고 있다. 그의 표정은 음란하면서 동시에 뭔가를 평가하는 듯하다. 그는 어떤 모습을 가정할 필요가 없다. 장미를 받기 위해 내민 그의 손은 마치 자신이 받기로 되어 있는 어음을 받기 위해 내민 것 같다.

2막의 막바지에 이르렀을 때, 한 제빵사는 할스가 자신에게 이백 플로린의 빚을 갚지 않았다고 주장했다. 할스의 재산과 작품은 압류

프란스 할스, 〈하를럼 양로원의 여성 임원들〉, 1664.

되었고, 그는 파산을 선언했다.

3막의 무대는 하를럼의 양로원이다. 1664년, 할스는 이 양로원 임원들을 그려 달라는 주문을 받았다. 그 결과 탄생한 두 점의 작품은 그가 그린 가장 위대한 작품들에 속한다.

파산 후, 할스는 시에 지원을 요청했다. 꽤 오랫동안 할스 본인이 양로원에서 지냈을 것으로 추측되었지만(이곳은 현재 프란스할스미술관으로 쓰이고 있다), 사실은 아닌 것 같다. 하지만 그가 극심한 가난에 시달렸고, 공적인 지원금을 받으며 지냈다는 건 분명하다.

무대의 가운데에는 1막의 연회에 등장했던 남자들이 이제 양로원에서 지내는 노인이 되어 수프 그릇을 앞에 둔 채 앉아 있다. 다시 한번 이 그림은 19세기의 풍경(디킨스의 작품 속 장면 같은)으로 우리를 놀라게 한다. 탁자에 앉은 노인들 뒤에는 관람객 쪽을 쳐다보는 할스가 이젤에 놓인 두 개의 캔버스 사이에 앉아 있다. 그는 다른 곳에서 무슨 일이 벌어지고 있는지에 대해서는 아무 관심이 없다. 그의 몸은 점점 더 말라가고 있다, 바로 노인들이 그렇듯이.

왼쪽의 연단에는 남자 임원들이 있고, 이들은 따로 그림 한 점으로 표현된다. 오른쪽에 있는 비슷한 연단에는 여성 임원들이 모여 있고, 이들 또한 별도의 작품으로 그려진다.

양쪽 임원들 사이에서 천천히 숟가락을 드는 양로원 노인들, 그들의 시선은 관람객 혹은 양쪽의 임원들에게 고정되어 있다. 종종 노인들 사이에서 말다툼이 벌어지기도 한다.

남성 임원들은 사적인 혹은 시정(市政)과 관련된 대화를 나눈다. 하지만 누군가 자신들을 지켜보고 있음을 인식하면 얼른 대화를 멈추고, 할스가 그려낸 이런 자세를 취한다. 이들은 각자 자신만의 환상 혹은 윤리적 고민에 빠져들고, 손은 부러진 날개처럼 떨린다. 모자를 비스듬히 쓰고 있는 술 취한 인물만이 1막의 연회를 떠올리게 하며, 가끔은 그 장면을 조롱하는 것처럼 보인다. 단 한 번 그는 할스도 자신들의 대화에 초대해 보려 한다.

(이쯤에서 지금 이야기는 연극적 상황에 대한 것임을 밝혀 둔다. 실제로는, 양로원 임원들은 이 집단 초상화를 통해 단 한 번 자세를 취했을 뿐이다)

여성 임원들은 양로원 노인들의 성격에 대해, 그들이 얼마나 재미가 없고, 도덕적으로 엄격한지에 대해 이야기한다. 화가가 자신들을 보고 있음을 알아차리자 맨 오른쪽에 있는 여성이 주저 없이 손을 허벅지로 내리고, 이는 곧 다른 여성들도 수프를 먹고 있는 노인들을 바라보라는 신호가 된다.

이 여성들의 위선은, 아무 감정도 없는 상태에서 근엄한 표정을 드러내는 위선이 아니라 그들의 검은색 복장 아래 영원히 자리잡은 증오를 절대로 인정하지 않는 위선이다. 각각의 여성들은 자신들만의 증오를 은밀하게 품고 있다. 이 여성들은 기나긴 겨울 동안 매일 아침마다 그 증오의 부스러기를 뿌리고 다녔고, 마침내 그 증오들이 거꾸로 그녀들의 아침을 깨우는 역할을 하게 되었다.

암전. 무대 위에는 이제 두 점의 그림만 남는다. 지금까지 그려진 회화 작품들 중 가장 신랄한 고발이라고 할 수 있는 작품이다. 스크린에 비친 두 그림이 무대 전체를 채운다.

무대 밖에서 연회의 소란스러운 소음이 들린다. 그리고 목소리가 들린다. "여든넷이 된 그는 감각을 잃어버렸습니다. 이제 그는 자신의 손을 통제할 수 없습니다. 그 결과는 조잡하고, 그동안 그가 보여 준 것들을 감안하면 안타까울 따름입니다."

～

이야기들은 말해지기 전에 머릿속에 먼저 들어온다. 종종 그림과 관련해서도 그런 일이 생긴다. 나는 그 현상을 가능한 한 정밀하게 묘사할 것이다. 하지만 전문가들처럼 그런 현상이 미술사에서 어떤 자리를 차지하는지를 알아보려 한다. 문제의 그림은 프란스 할스의 작품이다. 짐작하기로 1645년에서 1650년 사이에 그려졌을 것이다.

1645년은 초상화가로서 할스의 경력에 전환점이 되었던 해다. 그는 육십대 후반이었다. 그때까지 그는 많은 사람들이 찾는, 작품 주문도 많이 받는 화가였다. 하지만 그때부터 이십 년 후 극빈자가 되어 사망할 때까지, 그의 명성은 서서히 깎여 내려갔다. 이러한 운명의 변화는 그때까지와는 다른 종류의 허영이 등장하던 시기와 일치한다.

이제 문제의 그림을 묘사해 보자. 커다란 캔버스가 가로로(가로 1.85미터, 세로 1.3미터) 있다. 몸을 기울인 인물은 실물 크기보다 조금 작다. 할스의 작품임을 감안하면(무심하게 작업하는 편이었기 때문에 안료들이 갈라지는 경우가 종종 있었다) 그림의 상태는 양호하다. 혹시 경매에 나온다면 아마(할스의 **작품 전체**에서 비교적 드문 소재라고 할 수 있기 때문에) 이백만에서 육백만 달러 정도는 받을 수 있을 것이다. 물론 지금부터는 모작(模作)들이 나올 가능성도 염두에 두어야 한다.

지금까지 작품의 모델이 누구인지에 대해서는 알려지지 않았고, 그건 그럴 만한 이유가 있었다. 그녀는 알몸으로 침대에 누운 채 화가를 바라보고 있다. 모델과 화가 사이에 모종의 공모(共謀)가 있음이 명백해 보인다. 할스가 그림을 빨리 그리는 화가였음을 감안하더라도, 그녀는 적어도 몇 시간은 이렇게 자세를 잡고 있어야 했을 것이다. 그럼에도 그녀의 표정은 뭔가를 살피는 듯하고 의심에 차 있다.

그녀는 할스의 정부였을까. 아니면 그림을 주문한 어떤 하를럼 시민의 아내였을까. 그렇다면 주문자는 이 그림을 어디에 걸어 두려 했던 걸까? 그녀는 할스에게 자기 초상화를 그려 달라고 간청한 매춘부였을까? 자기 방에 이 그림을 걸어 두려고? 아니면 화가의 여러 딸들 중 한 명이었을까? (탐정 같은 유럽 미술사가들이 이 질문을 파헤친다면, 전도유망한 미래가 열릴지도 모르겠다.)

이 방에선 무슨 일이 벌어지고 있는 걸까? 내가 받은 인상은 화가나 모델 모두 자신들의 눈앞에 펼쳐진 상황 이상을 보고 있지 않다는 것이다. 그렇기 때문에 두 사람만을 위해 펼쳐진 이 장면과 그들의 행동이 그토록 수수께끼로 남는 것이다. 화가를 보며 어수선한 침대 위에 누운 그녀의 행동, 그리고 그런 그녀를 면밀히 살피며 그 모습이 두 사람보다 오래 살아남을 수 있게 그려내는 화가의 행동.

모델을 제외하면, 그림의 아래쪽 삼분의 이는 헝클어지고 주름진 침대 시트로 채워져 있고, 위쪽의 삼분의 일은 침대 뒤의 벽이다. 벽에는 볼 게 아무것도 없다. 그저 리넨이나 판지의 창백한 갈색으로 칠해진 벽인데, 할스는 종종 그런 벽을 작품의 배경으로 사용하곤 했다. 여성은 머리를 왼쪽으로 놓고, 대각선에 가깝게 침대를 가로지르며 누워 있다. 베개는 없다. 대신 화가를 보기 위해 고개를 돌린 그녀는 자신의 두 손을 베고 있다.

여성이 몸을 살짝 튼 자세로 누워 있기 때문에 가슴은 화가 쪽을, 엉덩이는 천장 쪽을 향하고 있고, 두 다리는 벽 쪽으로 물러나 있다. 그녀의 피부는 하얗고, 몇몇 곳은 분홍빛을 띠고 있다. 왼쪽 팔꿈치와 발이 침대 모서리에 걸친 채 갈색 벽을 배경으로 매달린 듯 보인다. 그녀의 머리는 검은색, 까마귀처럼 검은색이다. 그리고 미술사적 전통에 너무나 익숙해져 있는 관람객이라면, 그림 속에서 그녀의 음모가 그대로 드러난 것을 보고 놀랄 것이다. 마치 현실에서 음모가 없는 여성을 보았을 때처럼 말이다.

할스가 그린 나체화를 상상하는 일은 이토록 쉽다. 그가 그린 다른 작품에서 검은색 옷을 버리고, 경험이 담긴 얼굴과 불안해 보이는 손만 남긴 다음, 다른 작품에서 보여 준, 짧지만 집중력있는 관찰을 그대로 적용해서 그리면 된다. 엄격히 말하자면 그건 형태에 대한 관찰이 아니라 (할스는 가장 반플라톤적인 화가였다) 그런 형태들에 남은 경험들의 흔적에 대한 관찰이다.

그는 여성의 가슴을 그릴 때도 마치 그것이 얼굴 전체인 것처럼 그린다. 뒤쪽으로 보이는 가슴은 측면, 앞쪽에 있는 가슴은 사분의 삼 정도 보인다. 옆구리는 복부의 검은 음모 안에 손가락 끝을 숨긴 손처럼 보인다. 무릎 한쪽에서 보이는 반응도 마치 볼에서 드러나는 반응만큼이나 많은 것을 말해 준다. 그 결과 그림을 보는 이는 당황하게 된다. 이런 식으로 드러난 몸의 경험을 보는 일에 익숙하지 않기 때문이다. 대부분의 나체화는 아직 달성하지 못한 목표처럼, 어떤 순수의 경험을 드러내는 작품들이었다. 또한 이 작품이 당황스러운 이유는, 앞으로 밝혀 볼 예정이지만, 화가가 그녀를 그리는 일에만 온통 집중하고 있기 때문이다. 바로 그녀, 아무런 환상도 가지지 않고, 그녀 이외의 다른 누구도 생각하지 않는 상태이다.

이 그림이 할스의 작품임을 알 수 있게 해 주는 것은 침대 시트일 것이다. 면 이불을 그렇게 거칠고 당당하게 그려냈던 화가는 그밖에 없었다. 순수를 암시하듯 완벽하게 다림질된 면 이불은 그의 경험관에서는 견딜 수 없었던 모양이다. 그가 그린 초상화에 등장하는 옷소매는 모두 소매 안에 숨어 있는 손목이 평소에 어떻게 움직이는지를 알려 준다. 이 작품에선 아무것도 숨어 있지 않다. 한쪽으로 물려 놓은, 구겨지고 아무렇게나 치워 놓은 시트, 새 둥지에 쓰인 갈색 나뭇가지 같은 주름들, 폭포수처럼 흘러내리는 밝은 부분이, 침대에서 무슨 일이 있었는지를 오해의 여지없이 유창하게 말해 주고 있다.

해석이 필요한 것은 그런 시트와 침대 그리고 지금 그 위에 가만히 누워 있는 인물 사이의 관계다. 이 관계에는 어떤 애절함이 느껴지는데, 이는 화가 본인의 자기중심적인 성향과는 관련이 없다.(아마도 화가는 그녀에게 전혀 손을 대지 않았으며, 그렇게 생생하게 묘사된 시트는 육십대의 노인의 기억에 의존해 그려졌을 것이다) 두 사람의 관계는 색조로 표현하기에는 좀 미묘하고, 그녀의 몸에서 몇몇 곳은 시트보다 더 어둡게 표현되었다. 나는 마네의 〈올랭피아〉를 떠올렸다. 할스는 마네가 대단히 존경했던 화가다. 하지만 순수하게 시각적인 차원에서, 둘의 유사성은 그것뿐이다. 왜냐하면 '올랭피아'가 흑인 하녀의 시중까지 받으며, 누가 봐도 한가하게 즐거워하고 있는 반면, 할스의 그림에서 침대에 누워 있는 이 여인은 잠시 후 본인이 직접 침대를 정돈하고, 시트를 세탁해야 할 것처럼 보이기 때문이다. 그리고 그 순환, 완전히 자유분방함에 빠졌다가, 청소부, 세탁부로서의 여성의 역할로 돌아가야 한다는 그 사실에 바로 애절함이 있다. 그녀의 표정에 조롱이 담겨 있다면, 그것은 다른 무엇보다도, 남성들, 아무 근거도 없이 자신들의 한결같음을 자랑스러워하는 남성들이 그런 대조 앞에서 느끼는 놀라움에 대한 조롱이다.

그녀의 얼굴은 예상 밖의 얼굴이다. 몸에 걸치고 있던 옷을 벗어버렸기 때문에, 나체화의 관습을 따르자면, 표정은 단순한 유혹의 표정 혹은 어떤 다른 표정으로 가장하고 있어야 한다. 어떤 경우에도 표정이 그렇게 벌거벗은 몸처럼 정직해서는 안 되는 것이었다. 이 작품이 더 나쁜 작품인 이유는, 표정뿐 아니라 그 몸까지 모두, 그동안 겪은 일들을 고스란히 드러내고 있는 얼굴처럼 그려졌기 때문이다.

하지만 할스 본인은 그런 정직함이 이룬 성취를 의식하지 못했거나 무관심했다. 이 그림은 어떤 절박함을 담고 있는데, 나는 처음에는 그것을 이해하지 못했다. 붓놀림에는 성적인 에너지가 가득 담겨 있지만, 동시에 초조함에서 나온 어떤 발작적인 느낌도 전해진다. 무엇에 대한 초조함일까.

머릿속으로 나는 이 작품을 렘브란트의 〈목욕하는 밧세바〉와 비교해 보았다. 렘브란트의 그림 역시(내가 알고 있는 것이 정확하다면) 거의 같은 시기인 1654년에 그려진 작품이다. 두 작품에는 공통점이 하나 있다. 두 화가 모두 모델을 이상화할 생각은 전혀 없었는데 이는 곧 시선의 관점에서, 그려진 얼굴과 몸을 구분하지 않으려 했다는 것을 의미한다. 그 점을 제외하면 두 그림은 단순히 다른 정도가 아니라 거의 반대라고 할 수 있다. 이러한 대조를 통해 렘브란트의 작품은 내가 할스의 작품을 이해하는 데 도움을 주었다.

렘브란트가 그린 밧세바는 그 이미지를 만들어낸 이로부터 사랑받고 있는 여인의 이미지다. 그녀의 나체는, 그 모습 그대로 유일무이한 것이다. 그녀는 옷을 입고 세상에 나가기 전의, 다른 사람의 판단을 받기 전의, 있는 그대로의 그녀 자신이다. 그녀의 벗은 몸은 그녀의 존재를 드러내는 역할을 하며, 그 존재가 지닌 빛으로 은은하게 빛나고 있다.

밧세바 그림의 모델은 렘브란트의 정부였던 헨드리키어다. 하지만 그가 그녀를 이상화하지 않았던 건 그저 자신의 정부에 대한 욕망 때문만은 아니었다. 그건 적어도 두 가지 요소가 더 작용한 결과이다.

먼저 17세기 네덜란드 회화에는 사실주의적 전통이 있었다. 이는 또 하나의 '사실주의' 즉 네덜란드의 부르주아 무역상과 상인들이 세운 독립적이고, 순전히 세속적인 새로운 권력이 부상하는 데 있어 필수불가결한 이데올로기였던 그 사실주의와 따로 떼어 생각할 수 없었다. 그리고 두번째로 **그 사실주의와 반대되는**, 렘브란트 특유의 종교적 세계관이 있다. 이 둘이 변증법적으로 작용하며, 후기 렘브란트는 개인의 경험을 표현할 때 다른 네덜란드 화가들보다 사실주의적인 경향을 좀 더 급진적으로 적용하게 된다. 여기서 중요한 것은 그가 성서 속의 인물을 작품 소재로 택했다는 점이 아니라, 그가 자신의 종교관 덕분에 **구원**의 원리를 믿게 되었고, 결과적으로 거의 황폐하다고 할 경험들을 다루면서도 동요하지 않은 채, 작지만 끈질긴 희망을 지닐 수 있었다는 점이다.

렘브란트가 후반기에 그린 비극적 인물들(한난, 사울, 야곱, 호메로스, 율리우스 시빌리스, 자화상 등)은 차분하게 기다리고 있다. 그들이 겪은 비극은 단 하나도 끝나지 않았지만, **그림으로 그려지는 동안** 그들은 무언가를 기다릴 수 있다. 그들이 기다리는 것은 의미, 그들이 겪은 그 모든 일들에 대해 내려질 최후의 의미이다.

할스가 그린 침대 위 여인이 보여 주는 나체는 밧세바의 나체와는 매우 다르다. 그녀는 옷을 입기 전의 자연스러운 상태에 있지 않다. 그녀는 이제 막 옷을 벗은 참이며, 그렇게 침대 위에 있는 것은 그녀, 이제 막 리넨 색 벽으로 된 방 바깥의 세계로부터 돌아온 그녀가 겪은 날것으로서의 경험 그대로이다. 그녀는 밧세바처럼 자기 존재가 내는 빛으로 은은히 빛나지 않는다. 은은히 빛나는 것은 그저 땀으로 번들거리는, 달아오른 그녀의 살결이 내는 빛일 뿐이다. 할스는 구원의 원리를 믿지 않았다. 사실주의적으로 그리려는 마음을 막는 건 아무것도 없었고, 그렇게 사실을 추구하는 과정에서 드러난 그의 성급함과 용기만이 작품에 나타나고 있다. 이 여인이 화가의 정부인지 아닌지, 사랑을 받고 있는지 아닌지를 묻는 것은 적절하지 않다. 그는 그가 할 수 있는 단 하나의 방식으로 그녀를 그렸을 뿐이다. 어쩌면 그림을 그토록 빨리 그려야만 했던 것도 부분적으로는, 그 목적을 이루기 위해서 필요했던 용기를 끌어모아야 했기 때문일지 모른다. 그런 마음으로 모델을 바라보는 일을 가능하면 빨리 끝내고 싶었기 때문에.

물론 이 그림에는 쾌락이 있다. 그 쾌락은 베로네세나 모네의 경우처럼 그림을 그리는 행위에 내재된 것이 아니라, 작품 자체가 그것에 대해 이야기하고 있기 때문에 전해지는 쾌락이다. 침대 시트가 말해 주는 (혹은 마치 이야기꾼처럼 말해 주는 척하는) 사건 때문만이 아니라, 그 위에 누운 몸에서도 쾌락은 보인다.

머리카락처럼 가늘게 갈라진 물감은 여인의 살결에서 느껴지는 광채와 온기를 망치기는커녕 더욱더 강하게 전해 준다. 그림의 몇몇 부분에서는 오직 그 온기만이 여인의 몸과 시트를 구분해 주고 있다. 여인의 몸과 대조적으로 시트는 거의 얼음처럼 차가운, 거의 녹색에 가까운 빛을 띤다. 대상의 표면이 지닌 물질성을 그토록 충실하게 드러냈다는 점이 바로 할스의 천재성이다. 마치 그림을 그리면서 조금씩 대상에게 다가가 마침내 거의 볼을 맞댈 정도로 가까워진 것만 같다. 그리고 이 작품에선 그렇게 볼이 닿을 듯한 가까운 거리가, 이미 쾌락을 암시한다. 거기에 더해 발가벗은 상태로 있다는 사실이 두 사람을 남들과 다를 것 없는 평범한 존재로 만들어 주고, 그런 단순화는 마음을 진정시켜 준다.

내가 이 작품에 담긴 절박함을 제대로 묘사하지 못하고 있다는 것을 알고 있다. 처음부터 다시, 좀 더 추상적인 방식으로 시작해 보겠다. 17세기 네덜란드에서 시작된 자본주의가 완전히 자리를 잡을 무렵, 거기에는 확신과 절망이 동시에 있었다. 확신(개인성에 대한 확신, 대항해와 자유기업, 무역에 대한 확신, **증권거래소**에 대한 확신)은 역사적으로도 인정되고 있는 부분이다. 하지만 절망은 간과되는 경향이 있고, 파스칼의 경우처럼 조금 다른 용어로 설명되고 있다. 그리고 할스가 1630년대 이후로 그린 초상화들은 그러한 절망에 대한 놀라운 증거라고 할 수 있다. 그 초상화의 남성들(여성들은 경우가 다르다)을 통해 우리는 완전히 새로운 사회의 유형학을 볼 수 있으며, 개인들마다 다르게 표현된, 새로운 종류의 불안과 절망을 볼 수 있다. 할스를 믿을 수 있다면 (그는 그 누구보다도 믿을 만한 화가이다) 오늘날의 세계는 대단한 환영을 받으며 탄생한 것이 아니다.

침대에 누운 여인의 그림을 마주하고 나서야 처음으로, 나는 할스가 자신의 모델들에게서 자주 발견하곤 했던 절망을 얼마나, 그리고 어떤 방식으로 함께 나누려 했는지 이해할 수 있었다. 그런 절망의 잠재적인 모습은 이미 그가 그림을 그리는 방식에 내재되어 있었다. 그는 외양들을 그렸다. 눈에 보이는 것들은 그렇게 **보이기** 때문에, 사람들은 모든 그림들이 외양에 관한 것이라고 잘못 생각하기 쉽다. 17

166

세기까지 대부분의 회화는 시각적 세계를 만들어내는 작업이었다. 그렇게 만들어진 세상은 실제 세상에서 많은 것을 빌려 왔지만, 그 세상의 우연성은 배제시켰다. 그 그림들은(이 단어의 모든 의미에서) 결론들을 이끌어내기만 했다. 17세기 이후에 많은 회화들이 외양을 가장하는 것에 관심을 기울였다. 많은 유파에서 그런 가장의 기술을 가르쳤다. 할스는 외양에서 시작해 외양에서 끝을 내는 화가였다. 그의 작품들은 전혀 '사진적'이지 않지만, 그것들은 가장 깊은 의미에서 사진에 대한 예언이었다.

화가 할스에게 외양에서 시작해 외양에서 끝을 낸다는 것은 어떤 의미였을까. 화가로서 그의 작업은 그저 한 다발의 꽃에서 외양만을 그려내는 것이 아니었다. 죽은 자고새나 멀리 거리에 서 있는 인물들도 마찬가지다. 그 행위는 면밀히 관찰한 **경험**을 외양으로 표현하는 것이었다. 그 과정에서 보여 준 무자비함은, 체계적으로 모든 가치들을 금전적 가치로 환원시키는 체제의 무자비함과 나란히 가는 것이었다.

삼 세기가 지난 오늘날, 홍보와 소비주의가 창궐했던 몇 십 년을 지나온 시점에, 우리는 자본주의가 맹렬한 기세로 모든 것의 내용을 비워 버리고, 외양의 잔해만 남겨 놓았음을 목격하고 있다. 지금 우리가 그러한 분석을 할 수 있는 건 정치적 대안이 존재하기 때문이다. 할스에게는 구원만 없었던 것이 아니라 그런 대안도 없었다.

할스가 이제 이름도 알 수 없게 된 이 남성들의 초상화를 그릴 때는, 그림을 그리는 화가의 행위와 당대의 사회에 대한 그들의 경험 사이에 **등가적인** 관계가 있었기 때문에 화가나 모델 모두(그들 모두 충분히 통찰력이 있는 사람들이었다면) 어떤 만족감을 얻을 수 있었을 것이다. 예술가가 역사를 바꾸거나 새로 만들 수는 없다. 그들이 할 수 있는 최대치는 어떤 역사의 가식을 벗겨내는 것이다. 벗겨내는 방법은 여러 가지가 있을 수 있으며, 실재하는 무심함을 드러내는 것도 그 중 하나다.

하지만 할스가 침대 위에 누운 여인을 그리고 있을 때는 상황이 달랐다. 알몸이 지닌 힘의 일부는 몸이 역사에서 벗어난 것처럼 보인다는 점이다. 옷과 함께한 세기 그리고 몇 십 년의 시간 대부분이 벗겨져 나간다. 알몸은 우리를 자연으로 되돌려 보내는 것처럼 보인다. 그렇게 보이는 건 알몸이라는 개념이 사회적 관계와 감정 그리고 의식이라는 편견을 무시하기 때문이다. 하지만 그 개념은 순전히 환상적이기만 한 것은 아닌데, 왜냐하면 인간의 섹슈얼리티가 가진 힘, 열정으로 변모하는 그 능력의 이면에는 새로운 시작에 대한 약속이 있기 때문이다. 그리고 이 **새로움**은 단순히 개인의 운명과 관련해서만 느껴지는 것이 아니라, 어떤 우주의 기운, 바로 그 알몸의 순간에 낯선 방식으로 역사를 채우며 동시에 초월하는 기운으로 느껴진다. 거의 모든 시기, 심지어 혁명 중에 쓰어진 연애시에서도 우주와 관련한 비유들이 반복적으로 등장하는 것이 바로 그 증거다.

이 그림에서는 그림을 그리는 할스의 행위와 그림의 모델 사이에 등가적인 관계가 없다. 그의 모델이 새로운 시작에 대한 잠재적인 약속, 아직 오지 않은 것이든, 미리 지나간 것이든 간에, 그 약속으로 충만해 있기 때문이다. 할스는 자신이 익힌 절정의 기술을 발휘해 침대 위의 몸을 그렸다. 그는 그 몸이 지나온 경험을 외양에 담아냈다. 하지만 까마귀처럼 새카만 체모를 드러낸 여인을 그리는 그의 행위는, 그녀를 바라보는 행위 자체에 대한 제대로 된 반응은 아니었다. 그는 외양의 경계에서, 새로운 것은 아무것도 만들어내지 못한 채, 가만히 서 있을 뿐이다. 절박한 심정으로.

그다음엔 어떻게 됐을까. 팔레트와 붓을 내려놓고 의자에 걸터앉는 할스의 모습을 상상해 본다. 그때쯤 여인은 이미 자리를 뜨고 침대는 비어 있었을 것이다. 그렇게 앉아 할스는 눈을 감는다. 잠을 청하려고 눈을 감는 것이 아니다. 눈을 감은 채 그는, 마치 맹인이 머릿속으로 무언가를 그려 보듯이, 다른 시대에 그려졌을 다른 그림을 머릿속으로 그려 본다.

디에고 벨라스케스
Diego Velàzquez

1599-1660

처음 눈길을 주었을 때부터 깊은 인상을 받은 이미지였다. 이미 익숙했던 이미지, 마치 어린 시절, 바로 그 남자가 문간에 서 있는 걸 본 것만 같았다. 벨라스케스가 1640년경에 그린 그림. 상상으로 그려낸, 실제 인물의 절반 크기로 그린 이솝의 초상화였다.

그는 거기 서서 누군가를 만나고 있다. 누구를? 한 무리의 판사들? 도둑들? 죽어 가는 여인? 아니면 이야기를 더 해 달라는 여행자들?

이곳은 어디인가? 나무 물통과 섀미 가죽을 보아 가죽공방일 거라고 말하는 사람들도 있는데, 이들은 가죽을 무두질할 때 나는 악취를 서서히 느끼지 못하게 된 남자에 대한 이솝의 우화를 떠올렸을 것이다. 나로서는 확신할 수 없을 것 같다. 어쩌면 길을 떠난 여행자들과 함께 있는 여관일지도 모르겠다. 그의 신발은 오래 타고 다녀서 등이 휘어 버린 늙은 말처럼 낡았지만, 그림 속에서 그는 먼지 한 점 없이 놀랄 만큼 깨끗한 차림이다. 금방 머리를 감았는지 아직도 머리칼이 조금 젖어 있다.

오래전부터 그의 몸에 맞게 변형되어 버린 순례자 복장은, 그의 표정과 똑같은 말을 하고 있다. 얼굴이 피부와 뼈에 반응하듯 그 옷은

디에고 벨라스케스, 〈이솝〉, 1639-1640.

그의 삶에 반응했다. 복장과 얼굴이 같은 경험을 공유하고 있는 것처럼 보인다.

그의 표정이 이제 나를 머뭇거리게 한다. 그는 보는 이를 주눅 들게 하는, 어떤 거만함을 풍긴다. 잠시 생각해 본다. 아니, 그는 거만하지 않다. 하지만 바보들을 기꺼이 참고 봐주는 사람 또한 아니다.

이천 년 전 인물에 대한 이 역사적인 초상화의 모델은 누구였을까. 모델 역시 작가였다고 생각하는 건 좀 무모한 상상일 것이다. 벨라스케스가 평소 알고 지내던 친구도 아니었을 것 같다. 알려진 바에 따르면 이솝은 해방된 노예였고, 출생지는 사르디니아였다고 한다. 그림으로 우리 앞에 선 이 남자에 대해서도 똑같이 말할 수 있을 것 같다. 그의 존재감은 권력을 갖지 못한 사람들에게서만 볼 수 있는 것이다. 시칠리아의 감옥에 있는 죄수가 다닐로 돌치(Danilo Dolci)에게 이런 말을 했다. "이탈리아 전역의 별자리들을 모두 읽어 보고 나서, 나는 우주의 깊이를 간파했습니다. 기독교 세계의 모든 이들이, 가난한 자든, 부자든, 군주든, 남작이든, 백작이든 모두 자신들의 숨은 욕망과 은밀한 행동들을 드러내더군요."[1]

전설에 따르면 이솝 역시 말년에 절도죄로 잡힌 적이 있다고 한다. 어쩌면 그림의 모델은 전과자나 갤리선의 노예였을지도 모른다. 돈키호테처럼 벨라스케스가 길에서 우연히 만난 남자였을 수도 있다. 어느 경우든 그는 '사람들의 숨은 욕망과 은밀한 행동들'을 알고 있는 사람이었다.

벨라스케스가 그린 궁정 난쟁이들처럼, 이 남자는 세속적 권력이 펼쳐지는 광경을 지켜본다. 난쟁이들의 눈처럼 그의 시선에도 어떤 아이러니가, 관습적인 수사학을 꿰뚫는 아이러니가 담겨 있다. 하지만 유사점은 거기까지다. 난쟁이들의 장애는 선천적이기 때문이다. 난쟁이 한 명 한 명은 고유한 표정을 지니고 있지만, 그들 모두 한 발 물러나서 이렇게 말한다. 이번 생은 정상적인 삶에서 배제될 수밖에 없다고. 이솝은 그런 예외적인 면모를 지니고 있지 않다. 그는 평범하다.

그가 입고 있는 외투는 그의 몸을 가리면서 동시에 그 아래 있는 알몸을 떠올리게 한다. 옷 속으로 배를 만지고 있는 왼손이 그런 효과를 더욱 강조하고 있다. 표정은 그의 정신에 대해 똑같은 말을 하고 있다. 그는 자신을 둘러싼 것, 자신의 바깥에 있는 것들을 관찰하고, 지켜보고, 알아보고, 귀 기울인다. 그와 동시에 그의 내면은 깊은 생각에 잠겨, 자신이 받아들인 것들을 끊임없이 정리하고, 자신이 갖고 태어난 오감을 넘어서는 또 다른 감각을 찾으려 한다. 자신이 본 것 안에 담긴 감각, 아무리 불확실하고 모호한 것이라고 해도, 오직 그만이 지닌 그 감각을. 음식이나 쉴 곳을 얻기 위해 그는 자신이 알고 있는 이야기를 풀어놓아야만 한다.

그는 몇 살일까? 쉰에서 예순다섯 사이? 렘브란트의 호메로스보다는 어리고, 리베라의 이솝보다는 나이가 많다. 어떤 사람들은 실제 이솝이 일흔다섯까지 살았다고 말한다. 벨라스케스는 예순한 살에 죽었다. 젊은이의 몸은 (본인은 물론 타인에게도) 선물이다. 고대 그리스의 여신들은 그런 선물을 지니고 있다. 힘있는 사람들의 몸은 나이가 들어감에 따라 무감각해지고, 말이 없게 된다. 그 몸은 이미 어떤 지위, 사후에 그들이 받아 마땅한 것이라고 믿는 그 지위를 닮아 간다.

이솝은 아무 지위가 없다. 그의 신체는 그의 경험을 체화하고 있다. 그의 존재는 오직 그가 느꼈던 것과 보았던 것만 말한다. 그 몸은 재산이나 제도, 권위나 보호에 대해서는 아무것도 말하지 않는다. 그의 어깨에 얼굴을 묻고 흐느낀다면, 그건 그의 삶의 어깨에 기대 흐느끼는 것이다. 그의 몸을 부드럽게 쓰다듬는다면, 그건 그 몸이 어릴 때 알았던 어떤 부드러움을 불러일으킬 것이다.

오르테가 이 가세트(Ortega y Gasset)는 내가 이 남자의 존재에 대해 느끼는 무언가를 이렇게 묘사했다.

> 다른 시대, 예를 들면 천문학이 그 학문의 대상인 천체와 실제로 관련이 없었던 시절에는, 우리가 '삶의 경험'이라고 부르는 독특하고 활력있는 지혜가 삶 자체의 필수적인 부분이었고, 삶의 주된 구성요소 혹은 결정요소였음을 알 수 있다. 이 지혜 때문에 두번째 사랑은 필연적으로 첫번째 사랑보다 어려워질 수밖에 없었는데, 왜냐하면 첫번째 사랑은 처음부터 있던 것, 누구나 지니고 다니던 것이기 때문이다. 인생을 계속 반복해서 지나야 할 길로 묘사한 이미지(이런 이미지는 고대부터 아주 보편적이었다. "지나온 삶의 여정, 이력서가 곧 앞으로의 경력을 결정한다"라는 말도 있지 않은가)를 보면, 우리는 삶의 여정을 지나며, 그 반복되는 길이 우리를 따라다니고 있었음을 알 수 있다. 이미 지나온 길들이 우리 뒤에서 그렇게 필름처럼 말리는 것이다. 그래서 길의 끝에 이른 사람은, 자신이 지나온 길들이 그렇게 돌돌 말린 채 자신의 뒤에 꼭 붙어 있음을 알게 된다. 그가 지나온 삶 전체가 말이다.[2]

그는 자신이 지나온 삶을 그렇게 지니고 다닌다. 그의 박력은 대가 혹은 영웅의 그것과는 아무 상관이 없고, 독창성, 재간, 약간의 조롱 그리고 타협을 거부하는 태도에서 나온다. 마지막의 '거부'는 그가 완고해서가 아니라, 이미 너무 많은 것을 보았기 때문에, 더 잃을 것이 없기 때문에 보이는 태도다. 여성들은 종종 에너지나 환멸에 대해 사랑에 빠지는데, 그 점에서 그들은 현명하다 할 수 있다. 이중으로 보호를 받기 때문이다. 이 남자, 나이 들고, 누추하고, 누더기가 된 삶 이외에는 아무것도 없는 이 남자는, 분명 많은 여성들에게 기억할 만한 남자가 되었을 것이다. 나는 나이 든 농민 여성들에게서 이런 얼굴을 자주 보았다.

그는 이제 남성으로서의 허영심을 잃어버렸다. 그가 전하는 이야기 속에서 그는 영웅이 아니다. 그는 증인이었다가 역사가가 되었는데 시골에서 그런 역할은 남성들보다는 여성들이 훨씬 잘 수행한다. 그들의 명성은 이미 지나갔고, 지금은 전혀 중요하지 않다. 그들은 거의 자연 자체만큼이나 큰 존재가 되었다. (미술사적으로 벨라스케스가 이 그림을 그릴 당시, 조반니 바티스타 포르타의 판화 작품 중 황소와 인간을 인상학적으로 비교한 작품에 영향을 받았다는 주장이 있다. 누가 알겠는가. 어쨌든 나는 나이 든 농민 여인에 대한 기억 쪽을 더 선호한다.)

그의 눈이 좀 이상하다. 다른 부분에 비해 일부러 강조를 덜 한 것처럼 그려졌기 때문이다. 마치 눈만 **제외하고** 다른 부분을 그린 것 같은, 그래서 눈은 원래의 캔버스 그대로 남아 있는 것 같은 인상을 주고 있다.

하지만 그림 속의 모든 것이, 오른손에 들고 있는 종이 뭉치를 제외한 모든 것이 그 눈을 가리키고 있다. 그리고 눈의 표정은 살짝 기울인 고개와 입, 코, 이마 같은 다른 요소들에 의해 만들어진다. 그 눈은 할 일을 하고 있지만, 즉 응시하고, 아무것도 놓치지 않고 관찰하지만 그 어떤 판단도 내리지 않는다. 이 남자는 주인공이 아니고, 판사가 아니며, 풍자가도 아니다. 역시 벨라스케스가 그린(작품의 크기와 작법이 똑같다) 메니푸스와 이솝을 비교해 보면 흥미롭다. 냉소와 풍자로 유명한 고대 철학자 메니푸스는 마치 무언가를 남기고 떠나는 사람처럼 세상을 바라보며, 그렇게 무언가를 남겨 둔다는 사실이 그에게 기쁨을 준다. 그의 자세나 표정에서는 이솝에게서 볼 수 있는 측은함의 흔적이 없다.

간접적으로, 이솝의 눈은 이야기에 대해 많은 것을 말해 준다. 그 눈에 담긴 표정은 생각이 깊다. 그가 보았던 모든 것이 삶의 수수께끼에 대한 감각을 키워 주었다. 그 수수께끼에 대해 그는 부분적인 대답밖에 찾을 수 없지만 (그가 전하는 이야기 하나하나가 각각 부분적인 대답이다) 각각의 대답, 각각의 이야기가 또 다른 질문을 낳고, 그렇게 그는 끊임없이 실패하지만 그 실패가 그의 호기심을 유지시켜 준다. 신비함이 없으면 호기심이 없고, 부분적인 대답이 제공하는 형식이 없다면 이야기는 불가능하다. 그건 고백이나 통보, 기억, 그저 잠시 소설처럼 여겨지는 자전적 환상의 파편일 뿐이다.

나는 한때 이야기꾼들은 죽음의 사자라고 말한 적이 있다. 왜냐하면 모든 이야기는, 이야기되기 전에, 결말에서 시작하기 때문이다. 발터 베냐민은 이렇게 말했다. "죽음은 이야기꾼이 말하는 모든 것을 공식적으로 인정해 준다. 그는 죽음에서 자신의 권위를 빌려 온다." 하지만 나의 표현은 지나치게 낭만적이고, 모순을 충분히 담아내지 못했다. 이야기꾼만큼 죽음에 대해 할 말이 많은 사람은 없다. 그가 삶을 바라보는 방식은 삶 자체가 스스로를 바라보는 방식과 비슷하다.

이솝을 위한 이야기 하나. 1월 6일 십이일절(성탄절 축제 기간의 마지막 날—옮긴이) 전야였다. 처음 가 보는 가정의 저녁 식사에 초대를 받았다. 집 안에는 아이들과 덩치가 크고 꼬리를 짧게 자른 양치기 개가 있었다. 개의 회색 털은 지저분하고 눈 위의 털도 한데 엉켜 있었다. 낯선 사람인 내게 겁을 먹었는지 개는 짖기 시작했다. 야성적이라기보다는 끈기있는 소리였다. 나는 개에게 말을 걸어 보려고 하고, 녀석과 몸집을 비슷하게 하려고 바닥에 쪼그려 앉아 보기도 했다. 아무것도 먹히지 않았다. 녀석은 안절부절못하며 계속 짖어댔다. 우리, 여덟 명인가 아홉 명쯤 됐던 사람들은 식탁에 앉아 커피와 비스킷을 먹었다. 나는 팔을 뻗어 양치기 개에게 비스킷을 건넸고, 마침내 녀석도 받아먹었다. 내 무릎 가까이에 비스킷을 들고 유혹했을 때는 먹지 않았다. 절대 사람을 물지는 않습니다, 주인이 말했다. 그 말 때문에 이야기 하나가 떠올랐다.

이십오 년 전 나는 유럽 어느 도시의 교외에 살고 있었다. 공동주택 근처에 숲이 있었고, 나는 매일 아침 식전에 산책을 했다. 산책 중에 같은 자리에서, 그러니까 스페인 사람들이 살고 있던 임시 거처 근처에서 같은 개와 마주쳤다. 회색 털의 늙은 개, 한쪽 눈이 멀었고 복서만 한 크기였다. 어쩌면 복서와 섞인 잡종이었을지도 모른다. 매일 아침, 비가 오는 날이든 맑은 날이든, 나는 걸음을 멈춘 채 녀석에게 말을 걸고, 머리를 쓰다듬어 준 다음, 다시 산책을 계속했다. 그건 우리 사이의 일종의 의식이었다. 그러던 어느 겨울날, 녀석이 더 이상 보이지 않았다. 솔직히 말하자면, 나는 녀석이 보이지 않는 것에 대해 깊이 생각해 보지 않았다. 하지만 사흘째, 임시 거처 근처에 이르렀을 때 개 짖는 소리에 이어 낑낑대는 소리가 들렸다. 나는 그 자리에 멈춰 주변을 살폈다. 아무 흔적도 없었다. 그냥 상상일 뿐이라고 생각했다. 하지만 몇 걸음 움직이자마자 다시 낑낑거리는 소리가 들리더니, 이내 울부짖음으로 바뀌었다. 숲에는 눈이 쌓여 있었고, 개가 지나간 흔적은 보이지 않았다. 가던 길을 멈추고 임시 거처 쪽으로 다가갔다. 그리고 거기, 바로 발아래, 하수도관을 묻기 위한 좁은 도랑이 있었다. 아마 땅이 얼기 전에 파 놓은 것 같았다. 150센티미터 정도 되는 깊이에, 경사면은 가팔랐다. 개는 도랑에 빠져서 나올 수 없었던 것이다. 나는 망설였다. 주인을 찾아봐야 하는 걸까. 아니면 직접 내려가서 녀석을 올려 줘야 하는 걸까.

돌아서서 가려고 할 때 내 안의 악마가 내뱉듯 말했다. 겁쟁이!

어이, 생각해 봐, 내가 대답했다. 녀석은 눈이 멀었잖아, 하루나 이틀 동안 저 밑에 있었단 말이야.

모르는 거잖아, 악마가 말했다.

적어도 하룻밤은 저기서 보냈을 거잖아, 내가 말했다. 녀석은 나를 모르고, 나도 저 녀석 이름도 모른다고!

겁쟁이!

그래서 결국 도랑으로 내려갔다. 녀석을 진정시켰다. 옆에 가만히 앉아 있다가 적당할 때 녀석을 어깨 높이로 들어 올린 다음 밖으로 밀어냈다. 죽히 삼십 킬로는 나갈 것 같았다. 녀석을 들어 올릴 때 (예상했던 대로) 녀석이 나를 물었다. 오른손 검지와 손목 부분을 꽤 깊게 물렸다. 서둘러 병원에 갔다. 나중에야 집주인을 만났을 때, 이탈리아인이었던 그 주인이 자기 명함 뒷면에 보험회사의 이름과 주소를 적어 주었다. 보험사 직원에게 이야기했더니 그가 미간을 찌푸리며 말했다.

제가 들어본 이야기 중에 제일 있을 법하지 않은 이야기네요!

나는 삼각건(三角巾)으로 묶어 놓은 팔을 가리켰다.

정말이면 당신 제정신이 아닌 겁니다! 그가 말했다.

개 주인이 당신네 회사에 이야기하라고 했습니다.

아무렴요! 두 분이 같이 하셨겠죠. 얼마나 버세요?

그 순간 영감처럼 생각이 하나 떠올랐다. 한 달에 만 정도 법니다, 거짓말을 했다.

일단 앉으시죠, 선생님.

식탁에서 이야기를 듣던 사람들이 웃음을 터뜨렸다. 다른 누군가가 이야기를 하나 더 한 다음, 우리는 자리에서 일어났다. 돌아갈 시간이었다. 현관문 앞에서 외투 단추를 채우는데, 좀 전의 양치기 개가 거실을 곧장 가로지르며 나를 향해 다가왔다. 녀석은 내 손을 가볍게 문채, 나를 당기며 뒷걸음쳤다.

자기가 자는 헛간 보여 주려는 거예요, 아이들 중 한 명이 말했다.

그게 아니었다, 녀석이 나를 끌고 간 곳은 헛간이 아니라 내가 앉아 있던 의자였다. 내가 다시 자리에 앉자 개는 내 옆에 자리를 잡았다. 녀석은 방 안에 있던 다른 사람들의 웃음소리에도 아랑곳하지 않고, 내가 다시 일어나려고 하는지만 촉각을 곤두세우고 살폈다.

이솝을 위한 작은 이야기. 여러분들이 원하는 대로 받아들이면 된다. 개는 사람을 얼마나 이해할 수 있는 걸까. 이야기가 이야기로 되는 것은 우리가 확신할 수 없기 때문이며, 우리가 어느 쪽으로도 치우치지 않고, 회의적이기 때문이다. 삶이 경험하는 삶 그 자체는(이야기는 바로 그것에 다름 아니다) 언제나 회의적이다.

전설에 따르면 회의론의 시조(始祖) 피론(Pyrrhon)은 원래 화가였다고 한다. 나중에 알렉산더 대왕의 아시아 원정에 동행하면서 그림을 포기하고 철학자가 되었으며, 외양이나 지각이 모두 환상에 불과하다고 주장했다. (언젠가 피론의 여정에 대한 희곡을 누군가 써야 할 것이다.) 기원전 4세기 이후로, 더 정확하게는 최근의 두 세기 동안 '회의론'이라는 용어의 의미가 급격하게 변화했다. 원래의 회의론자들은, 실제로 사람들이 사는 삶이란 수수께끼임을 경험을 통해 알았고, 그 경험에 우선권을 두었기 때문에 삶에 대한 총체적 설명(혹은 해결책)을 거부했다. 그들은 자신들의 철학적 적수들이 특권을 지닌, 보호를 받는 학자들이라고 생각했고, 그런 엘리트주의에 맞서 보통 사람들의 경험을 대변했다. 그들은 신이 존재한다면, 그 존재는 눈에 보이지 않고, 대답하지 않으며, 특히 참견하기 좋아하는 사람들에게는 확실히 속하지 않는 것이라고 믿었다.

오늘날 회의론은 초연함, 엮이지 않으려 하는 태도 그리고 매우 자주, 논리실증주의의 경우처럼 어떤 특권적인 현학적 태도를 암시하는 것이 되었다. 초기의 회의론자들부터 중세의 이교도들을 거쳐 현대의 혁명가들까지는 역사적인 연속성이 있었다. 이와 대조적으로 현대의 회의론자들은 누구에게도 도전하지 않고 오직 변화의 이론들을 해체할 뿐이다. 이렇게 말하고 나니, 지금 우리 앞에 선 그림 속 남자는 진정한 회의론자였다.

이 그림을 그린 이가 벨라스케스라는 것을 몰랐다 하더라도, 나는 이 그림이 스페인 그림이라는 것은 알아차렸을 것이다. 작품에서 전해지는 타협하지 않는 태도, 금욕 그리고 그 회의적인 태도가 매우 스페인적이다. 역사적으로, 스페인은 종교적 열정, 심지어 광신주의의 땅이었다. 그런 특징들이 어떻게 지금 내가 주장하고 있는 회의론과 공존할 수 있는 걸까. 우선 지리적인 면부터 살펴보기로 하자.

도시는 언제나 시골에서 나오는 식량에 의존해 왔다. 마찬가지로 도시는 자신들의 존재론, 우주에서 인간의 위치를 설명하는 용어들 역시 대부분 시골에 의존하고 있다고 말할 수 있다.

도시를 벗어나면 자연, 지리, 기후 같은 것들이 아주 큰 영향을 미친다. 그것들이 지평선을 결정한다. 도시 안에서는, 높은 빌딩에 올라가지 않는 한 지평선을 볼 수 없다.

이번 세기에 일어난 기술적 정치적 변화 덕분에 이제 모든 사람들이 역사를 전 지구적인 차원에서 생각하게 되었다. 우리는 이제 스스로가 개별적인 역사뿐 아니라 보편적 역사의 산물이기도 하다고 느낀다. 사실이다. 하지만 역사적인 면에 우선권을 부여하는 것이 어쩌면 지리적인 면을 과소평가하는 태도로 이어질 수도 있다.

사하라에선 사람들이 코란에 입문한다. 이슬람교는 사막의 유목민들에게서 태어났고, 계속 다시 태어나고 있다. 그곳에서 필요한 요구를 채워 주고, 그곳에서 느끼는 불안에 위안을 주는 것이다. 나의 문장이 너무 추상적이어서 독자들은 모래 위의 하늘과 아직 모래가 되지 않은 바위들이 지닌 무게를 떠올리지 못할지도 모르겠다. 그런 무게 아래서는 예언자의 종교가 필수적이다. 그 점에 대해 에드몽 자베스(Edmond Jabès)는 이렇게 적었다.

산에서는 높이와 깊이 그리고 당신이 직면하는 대상들의 압도적인 밀도 때문에 무한함에 대한 감각이 무뎌진다. 따라서 당신은 제한되고, 여러 대상들 중 하나로 정의된다. 바다에는 늘 물과 하늘 이외에 다른 무언가가 있다. 배가 있어서 당신은 하늘이나 물과 다른 무엇이 되고, 그렇게 버티고 설 인간적인 위치를 부여받게 된다. 하지만 사막에서는 무한함에 대한 감각이 무조건적이고, 따라서 가장 사실적이다. 사막에서 당신은 철저히 홀로 남는다. 조금도 흐트러지지 않은 채 계속 똑같은 하늘과 모래 안에서, 당신은 아무것도 아니다. 정말 아무것도 아니다.

아랍 시(詩)에서는 날붙이(칼, 검, 단검, 낫)가 특별한 지위를 가지고 있다. 이는 그것들이 무기뿐 아니라 도구로서도 유용한 물건이라는 사실과 무관하지 않다. 하지만 칼날에는 다른 뜻도 있다. 왜 이 땅에서는 칼이 그렇게 사실적일까. 유럽 오리엔탈리즘에 의해 아랍에 대한 중상(中傷)과, 반쯤만 사실인 정보들[이를테면 '언월도(偃月刀)의 잔인함' 같은 표현들]이 유행하기 전부터, 날붙이는 삶의 얇음을 떠올리게 하는 물건이었다. 그리고 그 얇음은, 매우 물질적으로, 하늘과 땅이 그토록 가까이 붙어 있는 사막에서 유래했다. 그 둘 사이에는 말에 올라탄 사람이나 농장의 곡물 정도의 높이밖에 존재하지 않았다. 더 이상은 없다. 존재는 가장 좁은 이음새에 한정되고, 그 이음새에서 사는 사람은 삶이란 놀랄 만큼 **피상적인** 선택이라는 것을, 그리고 자신은 그 삶의 목격자이면서 동시에 그 삶에 의해 희생될 수밖에 없는 존재임을 인식하게 된다.

그런 인식 안에서는 운명론과 강렬한 감정이 동시에 존재한다. 운명론과 무관심이 아니라.

"이슬람은, 어떤 의미에서는, 신을 제외하고는 그 어떤 신성한 것도 거부하는 강렬한 저항이라고 할 수 있다"고 하삼 삼은 적었다.

모래 위에 펼쳐진 삶이라는, 유목민의 카펫처럼 얇은 층에서는 숨을 곳이 없기 때문에 타협이 불가능하다. 무엇을 마주치든 직접 마주치기 때문에 무력감이나 숙명론 같은 감정들이 생겨난다.

스페인 내륙의 고원지대는, 어떤 의미에서는 사막보다 더 부정적이다. 사막은 아무것도 약속하지 않지만 그 부정 안에는 찾아야 할 기적들도 담겨 있다. 예를 들면 신의 뜻, 오아시스, 각 별자리의 가장 밝은 별, **시시한 파편** 같은 것들. 스페인의 초원은 **부서진** 약속들의 풍경이다. 심지어 초원을 두르고 있는 산들마저 부서져 있다. 메세타('고원'이라는 뜻의 스페인어—옮긴이)의 전형적인 형태는 절단된 인간, 옆에서 큰 타격을 받아 머리와 어깨를 잃어버린 인간의 형상이다. 그리고 영원히 횡으로 잘려 버린 땅의 형상들이 반복되면서, 여름에는 하늘 아래서 찌는 듯이 덥고(그 수평선은 끊임없이 오븐을 떠올리게 한다) 겨울에는 얼음에 덮인 채 꽁꽁 얼어붙는 그곳의 기후를 더욱 강조한다.

스페인 초원의 몇몇 지역에서는 밀이나 옥수수, 해바라기, 포도 등을 재배한다. 하지만 이 작물들은 가시나무나 엉겅퀴 혹은 몰약처럼 생명력이 높지 않기 때문에 더위나 추위에 피해를 입을 가능성이 있다. 그냥 둬도 살아남을 종은 거의 없다. 그것들도 적대적 자연에 맞서, 그것들을 경작하는 사람들과 마찬가지로, 노력해야 한다. 이 땅에선 심지어 강도 동료일 때보다는 적일 때가 더 많다. 강은 일 년 중 아홉 달 동안 말라 버린 협곡, 즉 장애물이었다가, 두 달 동안은 아주 거칠고 파괴적인 급류가 되어 흐른다.

깨져 버린 약속은, 마치 굴러 내린 바위나 소금기를 품은 자갈처럼, 결국 모든 것이 타다가 먼지가 되어 버릴 운명임을, 처음엔 까맣게 익었다가 마침내 하얗게 사라져 버릴 것임을 암시하는 것처럼 보인다. 그렇다면 역사는? 이곳 사람들은 역사라는 것도 양 떼가 이동하며 일으키는 먼지 이상의 것이 아님을 배우게 된다. 고원의 건물들은 모두 방어를 위한 건물이며, 기념물들은 모두 요새 같다. 이를 전적으로 이 지역의 전쟁의 역사(아랍의 점령, 수복 전쟁)로만 설명하는 것은, 내가 보기에는 지나치게 단순한 설명이다. 아랍인들은 스페인 건축에 빛을 소개했다. 스페인 건축의 핵심, 두꺼운 문과, 방어를 위한 벽, 사면을 모두 살필 수 있는 구조, 그 고독함은 그곳의 풍경이 대변하는 어떤 것, 그 풍경이 삶의 기원에 대해 드러내는 어떤 상징에 대한 응답이다.

그 땅에서 살고 일하는 사람들은 아무 약속도 보이지 않는 세상에서 사는 셈이다. 약속은 보이지 않는 것, 외양 뒤에 숨어 있는 무엇이다. 자연은 고분고분하지 않고 무관심하다. "왜 이곳에 사람이 있는 것인가"라는 질문에 대해 자연은 귀를 막고, 자연이 전하는 침묵마저 대답으로 생각할 수 없다. 자연은 궁극적으로는 먼지이며('사정(射精)'에 해당하는 스페인어는 '먼지를 뿌리다'라는 의미이다), 그런 자연에 직면했을 때 남는 것은 개인의 뜨거운 신앙 혹은 자존심뿐이다.

내가 지금 하고 있는 이야기를 스페인 남자나 여자들의 성격과 혼동해서는 안 된다. 스페인 사람들은 종종 매우 우호적이고, 약속을 잘 지키고, 너그러우며, 부드럽다. 나는 그들의 삶이 아니라, 그들이 살아가는 무대에 대해 이야기하고 있다.

「스페인을 가로지르며」라는 시에서 안토니오 마차도(Antonio Machado)는 이렇게 적었다.

당신은 전쟁터와 은둔자의 초원을 보게 될 것입니다
—이 평원에서는, 성서에서 말하는 정원 같은 건 찾아볼 수
  없지요—
이곳은 독수리의 땅,
카인의 그림자가 방황하는 지구의 한 조각입니다.

스페인 내륙지역의 풍경을 다른 방식으로 설명하자면, 그곳은 그림으로 그릴 수 없는 땅이다. 실제로 그 지역의 풍경을 그린 그림은 사실상 전무하다고 할 수 있다. 물론 세상에는 그릴 수 있는 풍경보다는 그릴 수 없는 풍경이 더 많다. 이 사실을 종종 잊고 지낸다면(휴대용 이젤과 컬러 슬라이드가 있는데 왜?) 그건 일종의 유럽중심주의 때문이라고 할 수 있다. 어느 정도 규모가 있으면서, 그림으로 그려질 수 있는 자연은 당연한 것이 아니라 예외에 가깝다.(순수한 풍경화를 필

요로 하는 특정한 사회, 역사적 국면에 대해서라면 나 역시 할 말이 많지만, 그건 또 다른 이야기다) 어떤 풍경을 그릴 수 없다는 건 그곳을 묘사할 수 없다는 뜻이 아니라, 그 풍경이 담고 있는 뜻, 그 의미가 **보이지** 않거나, 어딘가 다른 곳에 놓여 있기 때문이다. 예를 들어, 밀림은 영혼이 살고 있는 곳으로 그려질 수 있는 것이지, 열대 우림으로 그려질 수 있는 것이 아니다. 예를 들어, 사막을 그려 보려는 시도는 모두 결국에는 그저 모래를 그린 그림에 그칠 뿐이다. 사막은 어딘가 다른 곳에 있다. 예를 들면 호주 원주민들이 그린 모래그림 같은 것에 담겨 있을 것이다.

그릴 수 있는 풍경이란 그곳에서 보이는 것들이 인간을 고양시키는 곳, 그곳에 있는 자연의 외양이 **의미**를 전해 주는 풍경이다. 이탈리아 르네상스기의 그림에서 도시 주위의 풍경들은 모두 그런 곳이다. 그런 맥락에서는 외양과 본질 사이의 구분이 없으며, 그것이 바로 고전주의의 이상이다.

그림으로 그릴 수 없는 스페인 내륙의 고원지역에서 자란 사람은 본질이란 절대 눈에 보이지 않는다는 확신을 가지게 된다. 본질은 감은 눈꺼풀 뒤에, 어둠 속에 있는 것이다. 마차도는 「이베리아의 신」이라는 다른 시에서 이렇게 묻는다.

스페인 신의 얼굴을 본 사람이 있는가?

내 마음은 기다리고 있지
거친 손을 가진 그 스페인 사람을
성곽의 털가시나무에서
그 갈색 땅의 근엄한 신을 다듬어내는 이를.

어떤 풍경을 그릴 수 없다는 건 분위기의 문제는 아니다. 분위기는 하루 중의 시간과 계절에 따라 변한다. 여름날 정오 카스티야 평원의 말린 생선처럼 건조한 분위기는, 지평선에 걸친 조각난 산들이 살아 있는 말미잘처럼 보라색으로 보이는 저녁에, 같은 평원에서 느끼는 분위기와 다르다. 고야의 아라곤 그림에서 끝없이 퍼져 나가는 여름 먼지는, 북서풍인 시에르조(cierzo)가 부는 겨울에는 한 치 앞을 볼 수 없게 만드는 서리로 변한다. 분위기는 변한다. 변하지 않는 것은 그 규모 그리고 내가 풍경의 **전언**이라고 표현하고 싶은 그 무엇이다.

스페인 내륙지역의 규모는 그 어떤 초점도 허락하지 않는다. 이 말은 곧 그 풍경을 집중해서 바라볼 수 없다는 뜻이다. 혹은 다른 말로 하자면, **그 풍경을 집중해서 바라볼 수 있는 자리가 없다**는 뜻이다. 그 풍경은 당신 주위를 감싸지만, 당신과 직면하지 않는다. 초점은 당신에게 전해지는 말 같은 것이다. 초점을 가지지 않는 풍경은 침묵과 비슷하다. 거기에는 당신에게 등을 돌린 고독뿐이다. 그곳에선 신마저도 증인으로 보이지 않는다. 신마저도 애써 그곳을 보려는 수고를 하지 않기 때문에, 그곳에서 보이는 것은 아무것도 아니다. 주변을 둘러싼, 등을 돌린 풍경의 고독은 스페인 음악에 반영되어 있다. 그것은 공허함에 둘러싸인 목소리가 부르는 음악이다. 화성 음악과 정반대의 자리에 있는 그 음악은, 심오하게 인간적인 목소리지만, 그 목소리에는 짐승의 울부짖음이 담겨 있다. 스페인 사람들이 짐승 같아서가 아니라, 그 영역이 기록할 수 없을 만큼 광활한 특징을 보이기 때문이다.

'전언'이라 함은, 주어진 어떤 풍경이 그곳 사람들의 상상력에 전하는 말이다. 풍경이 그 풍경에 익숙한 사람들에게 전하는 의미의 배경 같은 것. 그것은 매일 아침 보이는 일출에서 시작하고, 눈이 멀 것만 같은 정오의 햇빛에서 시작하고, 석양을 바라보며 느끼는 위안에서 시작한다. 이 모든 것이 지리적인 혹은 지정학적인 기반을 지닌다. 하지만 지리라는 용어는 평소의 의미보다 더 큰 의미로 이해할 필요가 있다. 우리는 초창기의 지리적 경험, 지리가 순전히 자연과학적인 의미로만 쓰이기 전의 경험으로 돌아가야 한다. 농민들의 지리적 경험, 유목민과 사냥꾼의 지리적 경험뿐만 아니라 우주비행사의 지리적 경험까지.

우리는 지리적인 것이, 보이지 않는 기원을 재현하고 있다고 보아야 한다. 늘 나타나지만, 그것이 재현하는 것이 모든 것의 시작이자 끝이기 때문에 항상 모호하고 명확하지 않은 그런 재현이다. 우리가 실제로 보는 것(산, 해안선, 언덕, 구름, 식생 등)은 이름붙일 수 없고, 상상할 수 없는 어떤 사건의 일시적인 결과물일 뿐이다. 우리는 여전히 그 사건에서 살지만, 지리는, 지금 내가 의도하고 있는 그런 의미에서는 사건의 본성에 관해 읽어낼 수 있는 상징들을 제공한다.

다양한 것들이 각자의 의미를 지닌 채 풍경의 전면을 채워 넣을 수 있다. 개인적 기억, 농작물의 상태나 용수 공급 같은 살아가는 일에 대한 현실적인 걱정들, 희망, 두려움, 자존심, 재산권과 관련된 분쟁 때문에 생긴 증오, 최근에 있었던 사건이나 범죄의 흔적.(전 세계의 시골에서 범죄는 가장 인기있는 대화 소재다) 이 모든 것은 하지만, 내가 풍경의 **전언**이라고 부르는, 변하지 않는 무언가를 배경으로 해서 펼쳐지며, 풍경이 지닌 '특성'이 그곳에서 태어난 사람들의 상상력을 결정짓는 방식에 따라 구성된다.

많은 밀림들이 전하는 전언은 비옥하고, 다신론적이며, 유한하다. 사막이 전하는 전언은 비선형적이며 가혹하다. 아일랜드나 스코틀랜드의 서부지역이 전하는 전언은 주기적이고, 반복되며, 유령으로 가득하다.〔셀틱(Celtic) 풍경에 대한 담론은 그런 의미에서 유효하다〕 스페인 내륙지역이 전하는 전언은 시간을 초월하고, 무관심하며, 우주적이다.

규모나 전언은 분위기에 따라 변하지 않는다. 각각의 삶에서 일어나는 사건과 그 삶의 목적은 모두 다르다. 하지만 내가 말하고 싶은 것은, 지리가, 명백하게 드러나는 생물학적 영향 외에도, 사람들이 자연을 마음속으로 그리는 방식에 문화적인 영향을 미칠 수 있다는 것이다. 이 영향은 시각적인 것이며, 또한 최근까지는 자연이 인간이 보는 것의 대부분을 차지했기 때문에, 한발 더 나아가 특정한 지리가 시각적인 것에 대한 특정한 관계를 불러일으킬 수 있다고도 할 수 있다.

스페인의 풍경은 보이는 것에 대한 회의론을 불러일으킨다. 거기선 어떤 의미도 찾을 수 없다. 본질은 어딘가 다른 곳에 있다. 보이는 것은 황량함이고, 외양은 잔해일 뿐이다. 본질적인 것은 보이지 않는 것 자체, 외양 뒤편에 있는 무엇일 것이다. 개인의 자아와 본질적인 것은 어둠 속에서 혹은 눈부신 빛 속에서 하나가 된다.

스페인 회화의 언어는 피레네 산맥 반대편에서 왔다. 즉 원래는 이탈리아 르네상스의 시각적인 것에 대한 과학적인 호기심과, 북해 연안 저지대 국가들의 상업적 물질주의에서 태어난 언어인 셈이다. 훗날 이 언어는 바로크 양식이 되었다가, 다시 신고전주의와 낭만주의가 된다. 하지만 그러한 진화를 거치는 내내, 심지어 매너리즘과 환상에 빠져 있던 시기에도 그 시각 언어가 자연의 외양에 대한 신뢰, 그리고 삼차원적인 물질주의에 대한 신뢰를 바탕으로 구성되었다는 점은 변하지 않았다. 유럽의 주된 전통에 담긴 **실재성**을 더 명확하게 이해하려면, 단순히 중국이나 페르시아 혹은 러시아 종교화를 떠올려 보면 된다. 세계 미술사에서 유럽 회화가, 특히 르네상스부터 19세기 말까지의 회화가 가장 물질적이다. 이것이 꼭 그 회화들이 가장 육감적이라는 의미는 아니며, 차라리 자신들의 신체 안에 살아 있는 것에 대해 물질적으로 말을 걸고 있다고 해야 할 것이다. 영혼이나 신 혹은 죽은 이들에 대해서가 아니라 말이다.

그런 물질성을 인본주의적으로 부를 수도 있을 것이다. 이때 '인본주의적'이라는 단어에서 도덕적이고 이념적인 함의를 제거해야 한다. 살아 있는 인간의 몸을 중심에 둔다는 의미에서의 인문주의이다. 그런 인본주의는, 내가 보기에는, 기술적 수단들을 동원할 수 있고, 사회적 관계가 허락할 경우 상대적으로 풍성한 수확을 기대할 수 있는 온대기후에서만 가능하다. 유럽 회화의 시각 언어가 지닌 인본주의는 온화하고 친절한 자연을 전제로 한 것이다. 이쯤에서 내가 언어 자체에 대해 이야기를 하고 있는 것이지, 그 언어를 통해 할 수 있는 말에 대해 이야기하는 것은 아님을 강조해야 할 것 같다. 〈아르카디아〉를 그린 푸생이나 〈전쟁의 공포〉를 그린 칼로는, 벨리니가 성처녀를 그렸던 그리고 그뤼네발트가 역병의 피해자들을 그렸던 것과 같은 언어를 사용하고 있다.

16세기 초의 스페인은 유럽에서 가장 부유하고 강한 국가였으며, 반종교개혁 세력의 대표 주자였다. 이후 급격히 몰락하고 점점 가난해졌던 17세기에도 이 나라는 유럽에서 특정한 역할을 맡았고, 무엇보다도 기독교 신앙의 수호자로 활약했다. 따라서 그 예술이 유럽의 예술이며, 그곳 화가들이 유럽의 언어를 썼다는 사실(그중 일부는 이탈리아에서 활동했다)은 놀랍지 않다. 하지만 스페인 기독교가 유럽 다른 지역의 기독교와 같지 않듯이, 예술도 마찬가지다. 스페인의 위대한 화가들은 유럽 회화를 받아들인 다음, 거꾸로 거기에 맞섰다. 그렇게 맞서는 것이 그들의 목적은 아니었다. 다만 그들의 시각, 스페인에서의 경험이 유럽 회화의 인본주의를 소화할 수 없었던 것뿐이다. 풍족한 땅의 언어가 빈곤한 땅에서 사용되었다. 둘 사이의 대조는 명백했고, 스페인 교회의 은밀한 부(富)로도 둘 사이를 이어줄 순 없었다. 다시 한번, 스페인 풍경에 대한 위대한 시인 마차도가 대답을 제시한다.

오, 알보르곤살레스의 땅이여,
스페인의 심장,
슬프고 가난한 땅,
너무나 슬퍼서 영혼을 가지게 되었구나!

엘 그레코(El Greco)가 그린, 화가들의 수호 성자 성 누가의 그림이 있다. 그는 한 손에 붓을, 다른 손에는 펼쳐진 책을 들고 있다. 그가 펼쳐 든 책에는 성처녀와 아기 예수의 그림이 보인다.

수르바란(Zurbarán)은 성 베로니카의 베일에 기적적으로 나타났다는 그리스도의 얼굴을 적어도 네 번 이상 그렸다. 이는 반종교개혁 진영에서 인기있는 소재였다. 베로니카는 그리스도가 십자가를 진 채 골고다 언덕으로 끌려갈 때 자신의 머릿수건으로 그의 얼굴을 닦아 주었다는 인물인데, 그 이름은 의심할 여지없이 베라 이코나(vera icona, '참된 우상, 상징'이라는 뜻의 라틴어—옮긴이)에서 기원한 것이다. '참된 이미지.'

엘 그레코나 수르바란의 작품에서도 우리는 참된 이미지란 것이 얼마나 얇은 것인지 다시 생각하게 된다. 종이나 실크처럼 얇은 이미지.

투우에도 성 베로니카라는 유명한 단계가 있다. 투우사가 황소 앞에 망토를 높이 들고, 황소는 그 망토가 투우사일 거라고 생각한다. 황소가 고개를 숙인 채 달려오면 투우사는 망토를 뒤로 물리며 크게 한 번 흔든다. 그저 천 조각에 불과함을 알리는 것이다. 그는 이 단계를 여러 번 반복하지만, 그때마다 황소는 자기 눈앞에 펼쳐진 물건의 견고함과 그 물질성을 믿어 버리고, 그렇게 속아 넘어간다.

리베라(D. Ribera)는 거울을 든 철학자가 거기 비친 자신의 모습을 골똘히 바라보며 외양의 수수께끼를 생각하는 모습을 그린 작품을 적어도 다섯 점 이상 남겼다. 그림 속의 철학자는 등을 돌리고 있기 때문에 우리는 거울에 비친 그의 얼굴만을 온전히 볼 수 있다. 다시 한번, 이미지는 거울에 입힌 수은막만큼 얇다.

리베라는 눈이 먼 이삭이 자신의 막내아들 야곱에게 축복을 내리는 장면도 그렸다. 그림 속에서 그는 야곱을 큰아들 에서로 착각하고 있다. 어머니 리브가의 묵인 아래, 야곱은 손목과 팔에 새끼 염소의 가죽을 감은 채 아버지를 속이고 있다. 노인 이삭은 그 털을 만지며, 자신이 몸에 털이 많은 큰아들 에서를 축복하는 것이라고 믿는다. 나는 이 장면을 소재로 한 다른 그림은 본 기억이 없다. 이는 마치 외양처럼 무언가의 표면이 속임수일 수 있음을 시각적으로 보여 주는 그림이다. 표면이라는 것이 피상적이기 때문이 아니라, 그 표면 자체가 잘못된 것일 수 있기 때문이다. 진실은 더 깊은 곳에 있을 뿐 아니라, 어딘가 다른 곳에 있다.

몇몇 그림들을 예로 들었으니, 이제 스페인 대가들이 **어떤 식으로** 그림을 그리는지에(주제나 그림의 체계에 상관없이) 대해 일반화할 준비는 된 것 같다. 이 **방식**을 포착할 수 있다면 스페인 사람들의 중대한 사건에 대한 경험 그리고 매일매일의 경험에 내재된 무언가를 좀 더 잘 이해할 수 있을 것이다. **스페인 대가들은 모든 외양이 마치 표면적인 덮개에 불과하다는 듯이 그림을 그린다.**

그 덮개는 베일 같은 걸까. 베일은 지나치게 가볍고, 지나치게 여성적이며, 지나치게 투명하다. 화가들이 상상하는 덮개는 불투명하다. 그것은 불투명해야만 하는데, 그렇지 않으면 덮개가 가리고 있는 어둠이 새어 나올 테고, 이미지는 밤처럼 어두워질 것이기 때문이다.

그렇다면 커튼일까. 커튼은 지나치게 무겁고, 지나치게 두꺼우며, 커튼 자체의 질감을 제외하고는 다른 모든 질감을 지워 버린다. 스페인 대가들에게 외양은 일종의 피부였다. 고야의 두 작품 〈옷을 입은 마하〉와 〈옷을 벗은 마하〉는 언제나 나를 매혹시킨다. 옷을 입는 것과 벗는 것 사이의 이 게임이 스페인 화가에 의해 제기되었고, 여전히 미술사에서 독창적인 일로 남아 있다. 옷을 벗은 마하의 새하얀 피부도 옷을 입은 그녀의 옷만큼이나 무언가를 가리는 역할을 하고 있다. 그녀의 실체는 여전히 밝혀지지 않았고, 보이지 않는다.

모든 것의 외양은, 심지어 바위나 갑옷의 경우에도, 또한 피부이며, 하나의 막이다. 따뜻하든 차갑든, 주름이 졌든 싱싱하든, 건조하든 촉촉하든, 부드럽든 딱딱하든 혹은 들쭉날쭉하든, 시각적인 어떤 막이 우리가 눈 뜨고 바라보는 모든 것들을 덮고 있다. 그리고 그 막이 황소를 속이는 망토처럼 우리를 속인다.

스페인 회화에는 활짝 뜬, 무언가를 **바라보는** 눈을 표현한 작품들이 몇 점 있다. 거기서 눈은 그림의 모델이 된 인물의 내적인, 보이지 않는 영혼을 암시한다.

엘 그레코의 작품에서 그 눈들은 천상을 향하고 있다. 벨라스케스의 (그가 그린 궁정 난쟁이들의 초상화를 다시 한번 떠올려 보자) 작품에서 그 눈들은 마치 심각한 백내장에라도 걸린 것처럼 시각적인 것으로부터 가려져 있다. 그가 그린 왕족의 초상화에서 눈은 눈부신 원형 젤리처럼 근사하게 그려져 있지만, 그 눈은, 벨라스케스와 동시대인이면서 북쪽으로 1,600킬로미터쯤 떨어진 곳에서 활동했던 할스가 그린 초상화의 눈처럼 무언가를 면밀히 관찰하지는 않는다.

리베라와 수르바란의 작품에서 눈은 내면을 향한 채, 세상에서 벗어나 있다. 무리요의 작품에서 영혼으로 이어지는 창은 금실로 장식되어 있다. 고야만이 유일한 예외였다. 특히 자신의 친구들을 그린 작품에서 그랬다. 하지만 이 초상화들을 나란히 놓고 보면, 궁금했던 점들이 분명히 드러난다. 그 눈들은 모두 같은 것, 즉 단호하면서도 명백한 '단념'을 표현하고 있다. 마치 그들이 말로 할 수 없는 것들을 봐버렸다는 듯이, 마치 세상에 존재하는 것들이 더 이상은 그들을 놀라게 할 수 없으며, 따라서 더 지켜볼 것이 없다는 듯이 말이다.

흔히 스페인 미술은 현실주의적이라고들 한다. 어떤 면에서는 사실이다. 그림으로 그려진 대상들의 표면은, 화가가 아주 면밀히 관찰한 후에 집중력을 가지고 직접적으로 그려낸 듯하다. 존재는 은근히 암시되는 것이 아니라 직접적으로 언급된다. 외양을 뚫고 무언가를 보는 것은 아무 의미가 없는데, 왜냐하면 그 뒤에 볼 것이 아무것도 없기 때문이다. 보이는 것은 아무런 환상 없이 그대로 재현한다. 진실은 다른 곳에 있다.

〈오르가스 백작의 매장〉에서 엘 그레코는 죽은 백작의 갑옷을 그렸는데, 그 갑옷에는 망자의 다리를 잡고 들어 올리는 성 스테파노의 모습이 비치고 있다. 〈강탈〉에서도 그는 똑같이 훌륭한 솜씨를 보여주었다. 그리스도 옆에 선 기사의 갑옷에, 마치 글라디올러스 꽃처럼 붉은, 구원자 예수의 옷이 비치고 있다. 엘 그레코의 '초월적' 세계에서, 촉각, 즉 손으로 느끼는 표면의 실재성은 어디에나 있다. 그는 그림 속 성인들에게 아주 근사한 옷을 입혀 주었다. 그를 제외하고는 옷감을 이렇게 그려낸 화가는 없었다.

좀 더 엄격한 리베라나 수르바란의 작품에서는 옷이 몸을 덮고, 피부가 뼈를 덮고, 두개골은 정신을 담고 있다. 그러면 정신이란 무엇일까. 어둠과 보이지 않는 신앙이다. 마지막 표면 **뒤에 있는 것은** 그려질 수 없다. 캔버스의 물감들 뒤에 있는 것이 중요하고, 그것은 감은 눈꺼풀 뒤에 있는 것과 조응한다.

스페인 회화에서는 상처가 매우 중요한데, 왜냐하면 외양을 뚫고 들어가, 뒤에 있는 것에 이르기 때문이다. 마찬가지로 가난한 자의 해어진 옷과 누더기도 중요하다. 물론 그것은 가난이라는 현실과 의식을 상징하지만, 시각적인 면에서 무언가를 찢고 들어가, 다음 단계의 표면을 드러내고, 그렇게 함으로써 보는 이로 하여금 마지막 표면, 그 뒤에서부터 진실이 시작되는 그곳으로 더 가까이 다가가게 한다.

스페인 화가들은, 그 대가다운 솜씨로 시각적인 것이란 하나의 환상에 불과하다는 점, 보이지 않는 것이 지니고 있는 두려움과 희망을 떠올리게 하는 역할을 하고 있을 뿐이라는 점을 보여 주기 시작했다. 그와 대조적으로, 피에로 델라 프란체스카나 라파엘, 페르메이르를 한번 생각해 보자. 그들의 작품에서는 보이는 것이 전부이며 신은, 무엇보다도, 모든 것을 보고 있는 존재다.

고야는 쉰을 넘어 귀가 먹은 후에 거울을 깨 버리고, 옷을 모두 찢어발기고, 절단된 몸을 보았다. 최초의 근대적 전쟁을 목격한 그는 자신이 어둠 속에, 보이는 것의 반대편에 와 있음을 알게 되었고, 거기서부터 거꾸로 외양들의 잔해를 바라본 다음(이 말이 은유처럼 들린다면, 그의 후기 드로잉들을 한번 살펴보라) 그 조각들을 모아서 다시 배열했다. 〈전쟁의 참상〉과 〈어리석은 짓(Disparates)〉에 등장하는 밤에는 블랙 유머와 검은색 그림들이 불타오른다.(스페인어 'disparate'는 '어리석은 짓'이라는 뜻이지만, 라틴어 어원을 찾아보면 '나누다, 분리하다'의 뜻이다) 고야는 그렇게 조각나고, 망가지고, 난도질당한 시각적 조각들을 가지고 작업했다. 그것들이 부서진 조각들이기 때문에 우리는 그 뒤에 있는 것을 볼 수 있다. 바로 수르바란, 리발타, 마이노, 무리요, 리베라가 늘 가정하던 어둠이다.

〈어리석은 짓〉 연작에 실린 판화 한 점은 그 역전(逆轉), 외양 뒤에 있던 어둠이 절단된 조각들 사이로 모습을 드러낸 그 역전을 직접적으로 언급하고 있다. 말 한 마리가 고개를 돌린 채, 좀 전까지 자신을 타고 있던 흰옷 입은 여인을 물고 있다. 한때 당신이 타고 다니던 대상이 당신을 파멸로 이끌고 있다.

하지만 고야가 경험하고 표현해낸 현실은 최종적으로 어떤 상징을 통해 알려지는 것이 아니라, 그림을 그리는 방식에서만 드러난다. 그는 전체를 고려하지 않은 채 그저 조각들을 한데 모을 뿐이다. 그에게 해부는 헛된 짓, 야만성이나 신체의 고통과는 상관이 없는, 이성주의자들의 행위일 뿐이다. 고야의 드로잉 앞에서 우리의 눈은 한 조각에서 다른 조각으로 이동한다. 손에서 발로, 무릎에서 어깨로, 마치 우리가 영화 속의 어떤 행위들을 따르는 것처럼, 그 조각들이, 팔다리들이 공간적 단위가 아니라, 시간적 단위에 따라 분리되어 있는 것처럼 말이다.

1819년 일흔셋이 된 고야는 〈성 요셉 데 갈라산즈의 마지막 성찬〉을 그렸다. 성 요셉 데 갈라산즈는 수도회를 설립하여 가난한 사람들을 무료로 교육시켰던 인물로, 고야 본인이 사라고사에 살았을 때 그가 세운 학교들 중 한 곳에서 공부를 했다. 같은 해에 고야는 작은 그림인 〈동산에서의 고뇌〉도 그렸다.

첫번째 그림에서는 회색빛 얼굴의 남자가 입을 벌린 채 사제 앞에 무릎을 꿇고 있고, 사제는 성찬을 그의 입에 넣어 준다. 전면의 두 인물 뒤로는 어두운 교회 안에 모인 사람들이 보인다. 어린이들, 다른 연령대의 몇몇 어른들, 그리고 맨 왼쪽, 아마 그림을 그리는 화가 본인이었을 인물도 있다. 그림 속의 모든 요소들이 기도하는 네 개의 손으로 수렴된다. 성인의 손, 또 다른 노인의 손, 화가 본인의 손, 그리고 젊은이의 손. 그 손들은 대단한 집중력을 가지고 그린 것이다. 젊은 시절, 초상화를 그릴 때면 시간을 아끼기 위해 교묘하게 손을 그리지 않는 것으로 악명 높았던 화가가 말이다. 이 그림에서 기도하는 손의 손가락 끝은 느슨하게 교차하고, 손은 젊은 엄마나 나이 든 사람들만이 보여 주는 부드러움을 지닌 채, 마치 세상에서 가장 소중한 것을 지키려는 듯 무언가를 감싸고 있지만, 그것이 감싸고 있는 것은 무(無)다. 나다.(nada, '무'라는 뜻의 스페인어―옮긴이)

성 누가는 감람산(橄欖山)에서 그리스도의 모습에 대해 이렇게 적었다.

> 예수께서 나가서 습관을 따라 감람산에 가시매 제자들도 따라갔더니, 그곳에 이르러 그들에게 이르시되 유혹에 빠지지 않게 기도하라 하시고, 그들을 떠나 돌 던질 만큼 가서 무릎을 꿇고 기도하여, 이르시되 아버지여 만일 아버지의 뜻이거든 이 잔을 내게서 옮기시옵소서. 그러나 내 원대로 마시옵고 아버지의 원대로 되기를 원하나이다 하시니, 천사가 하늘로부터 예수께 나타나 힘을 더하더라. 예수께서 힘쓰고 애써 더욱 간절히 기도하시니 땀이 땅에 떨어지는 핏방울같이 되더라.(누가복음 22장 39-44절,『성경전서』, 대한성서공회―옮긴이)

무릎을 꿇은 채 팔을 뻗은 그리스도는, 1808년 5월 3일, 이제 곧 닥치게 될 자신의 처형을 기다리는 죄수를 닮았다.

전하는 바에 따르면 고야는 1808년부터 〈전쟁의 참상〉에 등장하는 드로잉들을 그렸다고 한다. 하인이 왜 프랑스인들의 야만적 행위를 그리냐고 물었을 때 그는 이렇게 대답했다. "인간들에게 영원히 야만인이 되지 말라고 전하기 위해서지."

홀로 있는 그리스도는 검은색 땅 위에 창백한 흰색과 회색 물감을 붓으로 문지르듯 그려낸 형상으로 표현되어 있다. 그 형상은 어떤 실체도 지니지 않는다. 그저 해진 흰색 누더기가 검은색을 배경으로 상상할 수 있는 가장 인간적인 몸짓을 흉내내고 있을 뿐이다. 그 누더기 뒤에 보이지 않는 것이 있다.

스페인 회화가 스페인적으로 되는 것은, 내륙지방의 대평원이 그곳에서 살고 일하는 사람들에게 불러일으키는 번민과 같은 종류의 번민을 그 그림들에서 발견할 수 있기 때문이다. 현대 마드리드의 중심가에 있는 프라도미술관의 스페인 회화 전시실에는 스페인의 대지, 미터 단위로 측정된 대지가 아니라 '돌을 던질 만큼'의 거리로 측정되는 대지, 그 위로 땀이 핏방울처럼 떨어지는 그 대지가 어디서든, 끈질기게 그리고 암묵적으로 펼쳐져 있다. 스페인 철학자 미겔 데 우나무노가 이를 정확히 정의 내렸다. "고통이란, 요컨대 물질인 무의식이 영혼인 의식에 맞서 세운 장벽이다. 그것은 의지에 대한 저항이며, 눈에 보이는 우주가 신에게 부여하는 한계다."

고야가 무언가에 홀렸다면 벨라스케스는 차분했다. 그의 작품에서는 종교적 흥분이나 열정을 나타내는 어떤 기미도 보이지 않는다. 그의 예술은 치우침 없이 공평한 편이다. 그가 보는 것은 모두 각자의 몫을 받고 있고, 가치의 위계 같은 건 없다. 그의 작품 앞에서 우리는 표면의 얇음을 인식하지 못하는데, 그것은 그의 붓놀림이 너무나 매끈해서 표면과 공간이 구분되지 않기 때문이다. 그의 그림들은 마치 자연 자체인 것처럼, 조금도 힘들이지 않고 우리 눈앞에 제시된다. 하지만 우리는 그 솜씨를 존경하면서도, 동시에 불편함을 느낀다. 그 이미지들, 그렇게 대가답고, 그렇게 확신에 차 있으며, 그렇게 뛰어난 이미지들이 절대적 회의론이라는 기반 위에서 그려졌기 때문이다.

편견 없고, 힘들이지 않고, 회의적인. 내가 사용한 이 수식어들을 반복하다 보면 그것들이 하나의 의미를 만들어낸다. 바로 거울 속의 이미지. 벨라스케스가 자신의 작품 안에서 의도적으로 거울을 활용한 방식은 몇몇 미술사학자들의 논문 주제가 되기도 했다. 하지만 내가 여기서 주장하려는 바는 좀 더 광범위하다. 그는 모든 외양들을 거울에 비친 이미지처럼 다루었다. 그런 정신으로 그는 외양을 탐구했고, 바로 그런 이유로 그는, 그 누구보다도 먼저, 놀랄 만한, 순전히 광학적인 의미에서의 (개념적 핍진성과 구분되는) 핍진성(逼眞性)을 발견했다.

하지만 모든 외양이 반영과 같은 것이라면, 거울 뒤에는 무엇이 있는 걸까. 벨라스케스의 회의론은 이원론에 대한 그의 신념을 바탕으로 하고 있다. "보이는 것을 그대로 시각적으로 드러내고, 신에게는 신에게 속한 것들 드러내라"는 이원론. 덕분에 그는 그렇게 확신을 가진 채 그렇게 회의적으로 그림을 그릴 수 있었던 것이다.

한때 〈실 잣는 사람들〉이라는 제목으로 알려졌다가, 지금은 〈아라크네의 우화〉라는 제목으로 불리는 벨라스케스의 작품을 보자. 그가 마지막으로 그린 작품들 중 하나로 알려져 있었지만, 최근 몇몇 미술사학자들이 이 작품의 제작년도를 그보다 십 년쯤 전으로 잡기도 했다.(내 생각엔 이들의 주장이 아주 설득력이 있어 보인다) 어느 경우든, 지금까지 알려진 작품 중 벨라스케스의 유언에 가장 가까운 작품이라는 점에 대해서는 의견일치를 보고 있다. 이 작품에서 그는 이미지를 만드는 일에 대해 깊이 고심하고 있다.

오비디우스가 전하는 아라크네 이야기는, 리디아 출신의 여성 아라크네가(그림의 오른쪽, 양모 뭉치를 풀어서 공처럼 만들고 있는 여인이다) 아름다운 벽걸이 융단으로 유명해지자, 예술과 손재주의 신 팔라스와 대결을 펼친다는 내용이다. 각자 여섯 개의 벽걸이 융단을 만들기로 했는데, 결국 팔라스가 승리하고, 아라크네는 패배에 따른 벌칙으로 거미('아라크네'는 거미라는 뜻임—옮긴이)로 변하고 만다.(이 이야기는 그녀의 이름에 이미 담겨 있다) 벨라스케스의 그림에서는 두 인물 모두 열심히 일을 하고 있다.(그림의 왼쪽, 물레 앞에 앉아 있는 여인이 팔라스다) 배경의 내실에 아라크네가 만든 벽걸이 융단이 걸려 있는데, 거기에 들어간 그림은 티치아노의 그림 〈에우로페의 납치〉를 암시한다. 티치아노는 벨라스케스가 가장 존경했던 화

194

가다.

벨라스케스가 그린 원화는 조금 더 작았다. 18세기에 그림의 위쪽과 왼쪽, 오른쪽에 몇 줄이 보강되었지만, 이 장면이 지닌 전체적인 의미는 크게 달라지지 않았다. 그림 안에서 벌어지고 있는 상황은 우리가 의복, 혹은 외양을 감싸는 천이라고 부르는 것과 관련이 있다. 우리는 물레를 거친 실들에서 시각적인 무언가가 창조되는 과정을 보고 있다. 나머지는 어둠이다.

그림의 전면을 왼쪽에서 오른쪽으로 한번 살펴보자. 맨 왼쪽에 붉은색 커튼을 쥐고 있는 여인은 보는 이로 하여금 지금 보고 있는 장면이 순간적인 것임을 알려 준다. 누군가 '커튼'이라고 외치면 마치 연극의 막이 내리듯 모든 것이 사라져 버릴 것 같다.

그 여성 뒤로 아직 쓰이지 않은 천들(아직 보여지지 않은 외양들의 덩어리)이 쌓여 있고, 그 뒤로는 어둠을 향해 올라가는 사다리가 놓여 있다.

물레 앞에 앉은 팔라스는 깎아 놓은 양털에서 실을 잣고 있다. 그 실들은 천으로 만들어 놓으면 지금 그녀가 머리에 쓰고 있는 스카프처럼 될 것이다. 마찬가지로 금실로는 피부를 짤 수 있을 것이다. 그녀가 쥐고 있는 실과 맨살이 드러난 그녀의 다리를 한번 비교해 보라.

그 오른쪽에는 또 다른 여인이 바닥에 앉아 양털을 가다듬으며, 그것들이 곧 생명을 얻을 수 있게 준비를 하고 있다. 등을 돌린 채 양모 뭉치를 풀어서 공처럼 만들고 있는 아라크네의 모습은, 지금 그 실들이 옷감도 될 수 있고 피부도 될 수 있음을 더욱 분명하게 보여 준다. 양모 뭉치, 쭉 뻗은 그녀의 팔, 그녀가 등 뒤로 걸치고 있는 셔츠, 그녀의 어깨까지. 이 모든 것이 똑같은 금실로 짜여져 있고, 그렇게 모두가 하나의 생명을 구성하고 있다. 반면 그녀의 뒤쪽 벽에 걸려 있는 양털 뭉치는 아직 생명이나 형태를 얻기 전의 죽은 것이나 다름없는 물질이라고 할 수 있다. 그리고 마지막으로, 오른쪽 끝에 있는 다섯번째 여인은 바구니를 옮기고 있는데 그 안에서 아주 얇은 황금빛 주름들이, 넘칠 듯이 흐르고 있다.

　피부와 옷감이 다르지 않음을 더욱더 강조하기 위해, 벨라스케스는 배경의 내실에서 어느 것이 융단의 그림 속 인물이고, 어느 것이 서 있는 '진짜' 인물인지 구분할 수 없게 만들어 놓았다. 팔라스 뒤로 보이는 투구를 쓴 인물은 융단 속 인물일까 아니면 융단 앞에 선 실제 인물일까. 우리는 확신할 수 없다.

　벨라스케스가 이 작품에서 보여 주는 모호함은 물론 아주 오래된 것이다. 이슬람이나 그리스 그리고 인도의 신학에서 베를 짜는 사람의 베틀은 우주를 상징하고, 거기서 자아져 나오는 실은 생명을 상징한다. 하지만 프라도미술관에 소장된 이 작품만이 지닌 특별하고 독창적인 면은, 작품 안의 모든 것이 어둠을 배경으로 드러나고 있다는 점, 따라서 그림을 보는 이로 하여금 벽걸이 융단의 얇음을 인식하고, 그 결과, 시각적인 것의 얇음을 뚜렷이 인식할 수 있게 해 준다는 점이다. 우리는 다시, 그렇게 많은 풍성함에 대한 상징들에도 불구하고, 누더기로 돌아온다.

　벨라스케스의 이 작품 앞에서 우리는 삶을 연극에 비유했던 셰익스피어를 떠올리게 된다.

우리의 이 배우들은,
내가 예견했듯이, 모두 정령이었고
모두 공기 속에, 옅은 공기 속에 녹아 버렸지
그리고 아무런 근거도 없이 짜여진 그 환영처럼
구름에 덮인 탑도, 찬란한 궁전도
근엄한 사원도, 위대한 대지 자체도
그래, 그 환영이 낳은 모든 것도, 사라질 터이니
그리고 이 실체 없는 야외극이 끝나듯,
아무것도 남기지 않으리.

이 유명한 인용이(셰익스피어는 쉰두 살의 나이로 죽었고, 당시 벨라스케스는 열일곱 살이었다) 다시 한번 내가 앞에서 말한 회의론으로 이어진다. 스페인 회화는 시각적인 것에 대한 믿음과 회의 둘 다를 보여 준다는 점에서 독창적이다. 그런 회의론이 지금 우리 앞에 선 이야기꾼의 몸에 체화되어 드러나고 있다.

그를 보고 있으면, 대답할 수 없는 질문을 스스로에게 던져 본 사람이 내가 처음이 아니었음을 떠올리고, 그의 차분함과 무언가를 공유하기 시작한다. 그 차분함은 꽤 낯선 차분함인데, 그 안에 상처와 고통 그리고 연민이 공존하고 있기 때문이다. 연민, 이야기꾼에게 필수적인 이 연민이 맨 처음 회의론을 보완해 주며, 또한 인간적인 그 연민이 경험에 부드러움을 더해 준다. 도덕주의자, 정치인, 상인 들은 경험을 무시한 채, 전적으로 행동이나 결과물에만 관심을 가진다. 문학은 대부분 물려받은 게 없는 자들, 쫓겨난 자들이 만들어 왔다. 물려받은 게 없는 상태, 쫓겨난 상태는 경험 자체에 집중하고, 그 경험을 망각으로부터 지켜내야 하는 필요에, 그리고 어둠 속에 그것을 꼭 붙들고 있어야만 하는 필요에 집중한다.

그는 더 이상 낯선 사람이 아니다. 나는, 뻔뻔하게도 그와 나를 동일시한다. 그는 내가 되고 싶었던 모습인가. 어린 시절 문간에 서 있는 것을 본 것만 같은 그의 모습은 그저 내가 바라는 미래의 나의 모습이었던 걸까. 그는 정확히 어디에 있는가.

벨라스케스의 작품에서 그곳을 짐작해 볼 수 있다! 나는 그가 거울 앞에 서 있는 거라고 생각한다. 그림 전체가 거울에 비친 반영인 셈이다. 이솝은 자신을 바라보고 있다. 그의 상상력은 이미 다른 곳에 있기 때문에 그 모습은 냉소적이다. 잠시 뒤면 그는 뒤돌아서 군중들에 합류할 것이다. 잠시 뒤면 거울은 빈 방을 비추고, 그 벽 너머에서 가끔씩 웃음소리가 들릴 것이다.

마드리드의 프라도미술관은 만남의 장소로 꽤 특별하다. 전시관이 마치 거리 같다. 산 자(관람객들)와 죽은 자(그림 속의 인물들)로 북적대는 거리.

죽은 자들도 떠나지 않았다. 그 인물들이 그려질 당시의 '현재', 화가들이 만들어낸 현재가 마치 그들이 직접 살았던 그 순간의 현재만큼이나 생생하고, 인적이 느껴진다. 가끔 더 생생한 경우도 있다. 그렇게 그려진 순간을 차지하고 있는 인물들이 저녁의 관람객들과 뒤섞이고, 죽은 자와 산 자가 함께, 전시실을 람블라 거리로 바꾸어 버린다.

저녁에 나는 벨라스케스가 그린 익살꾼들의 초상화를 보러 간다. 그 초상화들에 비밀이 하나 숨어 있는데, 몇 년째 찾아보려 하고 있지만 지금도 손에 잡히지 않는다. 벨라스케스는 공주나 왕, 궁정대신, 하녀, 요리사, 외교관 들을 그릴 때와 똑같은 기법으로, 냉소적이지만 비판적이지는 않은 시선으로 이 익살꾼들을 그렸다. 하지만 그와 익살꾼들 사이에 뭔가 다른 것, 공모(共謀)에 가까운 뭔가가 있다. 그리고 말로 드러나지 않는 그들의 조심스러운 공모는, 내 생각엔 외모, 말하자면 사람들이 어떻게 보이는지에 관한 것이다. 익살꾼들이나 벨라스케스 양쪽 다 외모의 하수인이나 노예가 아니다. 대신 그들은 외모를 자유자재로 다루었다. 벨라스케스는 대가-마술사였고 익살꾼들은 어릿광대였다.

벨라스케스가 초상화로 남긴 일곱 명의 어릿광대 가운데, 세 명은 난쟁이였고, 한 명은 사팔뜨기였으며, 두 명은 우스꽝스러운 옷을 입고 있다. 오직 한 명만이 상대적으로 평범해 보이는데, 바로 바야돌리드 출신의 파블로다.

그들의 일은, 왕실이나 귀족 등 통치라는 무거운 짐을 진 사람들이 가끔씩 기분전환을 할 수 있게 해 주는 것이었다. 이를 위해 익살꾼들은 당연히 광대의 자질을 길러 활용했다. 하지만 평범하지 않은 외모 자체가 이미 그들이 제공하는 즐거움에서 중요한 역할을 했다. 스스로의 엽기적인 괴물 같은 모습을 통해, 대조적으로, 자신들을 지켜보는 이들의 세련됨과 고귀함을 드러내 보여 주었던 것이다. 그들의 결점이 주인들의 우아함과 높은 지위를 확인해 주었다. 주인과 주인의 아이들은 자연의 걸작이었고, 그들은 자연의 우스꽝스러운 실수였다.

익살꾼 본인들도 이 점을 잘 인식하고 있었다. 그들은 자연의 농담이었고, 웃음을 물려받았다. 이미 농담이었던 그들은 자신들이 불러온 웃음을 다시 농담으로 받아칠 수 있었고, 그럼 그 웃음은 재미있는 것이 된다. 모든 천재적인 서커스 광대는 바로 이 시소놀이를 이용한다.

스페인 익살꾼들이 사석에서 하는 농담 중에, "사람의 외모는 그저 지나가는 것일 뿐이다"라는 말이 있다. 환상이라는 게 아니라, 덧없는 것이라는 뜻, 걸작과 실수 양쪽 모두 그렇다!(덧없음 또한 농담이다. 위대한 희극작품들의 결말을 한번 생각해 보라)

내가 가장 좋아하는 익살꾼은 후안 칼라바사스. 일명 '호박' 후안이다. 난쟁이들 중 한 명이 아니라, 사팔뜨기다. 그를 그린 초상화는 두 점이 있다. 그중 한 작품에서 후안은 서 있다. 한쪽 팔을 뻗어, 마치 놀리듯이, 아주 작은 초상화가 든 목걸이 메달을 들고 있고, 다른 손에는 알 수 없는 물체를 쥐고 있는데, 미술관 해설자도 그게 정확히 무엇인지는 모른다. 어떤 분쇄기의 부품이라고 여겨지는데, 아마도 ('나사가 풀린'과 같은 표현에서 알 수 있듯이) 자신의 바보 같은 성격을 암시하는 물건일 것이다. 물론, 호박이라는 별명도 그런 뜻이다. 이 작품에서 마술사 같은 대가이자 초상화 화가였던 벨라스케스는 호박 후안의 농담, "외모가 얼마나 오랫동안 유지될 것 같아?"라는 농담에 공모하고 있다.

두번째 초상화, 좀 더 후기에 그린 작품에서, 호박 후안은 바닥에 웅크리고 있다. 덕분에 난쟁이만 해진 그는 웃으며 뭐라고 말을 하는데, 손이 더 많은 것을 말해 준다. 나는 그의 눈을 들여다본다.

그의 눈은 뜻밖에도 고요하다. 온 얼굴이 웃음(그의 웃음 혹은 그가 불러일으킨 웃음)으로 깜빡이는데, 눈에는 아무런 깜빡임이 없다. 그 눈은 아무런 감정도 없이 고요하다. 그가 사팔뜨기여서 그런 것이 아니다. 다른 익살꾼들의 시선도 비슷하다는 것을, 나는 갑자기 깨닫는다. 그들의 눈에 떠오른 다양한 표정들은 모두 비슷한 고요함을 담고 있다. 나머지 것들이 얼마나 지속되든 개의치 않는 고요함.

이 고요함은 깊은 고독을 암시하는 것일 수도 있다. 하지만 익살꾼들에게는 아니다. 미친 사람이 고정된 시선을 가지는 경우가 있다. 시간 속에서 길을 잃어버렸기 때문에, 기준점을 알아볼 수 없기 때문이다. 파리의 라 살페트리에르 병원에 입원한 미친 여인을 (1819년 혹은 1820년에) 그린 제리코의 절절한 초상화는, 이 초췌한 부재의 시선을 보여 준다. 지속이라는 개념에서 완전히 벗어나 버린 사람의 시선.

벨라스케스가 그린 익살꾼들은, 라 살페트리에르 병원의 여인만큼이나 명예와 지위를 갖춘 인물들의 평범한 초상화와 거리가 멀다. 하지만 이 둘이 다른 것은, 익살꾼들은 길을 잃어버린 것도 아니고, 벗어나 있지도 않기 때문이다. 그들은 그저 자신들이, 한바탕 웃음 후에 덧없는 것을 넘어섰음을 알게 됐을 뿐이다.

호박 후안의 고요한 눈은 삶의 행렬을 바라보고, 영원의 작은 틈 사이로 우리를 바라본다. 이것이 람블라 거리에서의 만남이 내게 암시해 준 비밀이다.

1. Danilo Dolci, *Sicilian Lives* (New York: Pantheon), 1981, p. 171.
2. José Ortega y Gasset, *Historical Reason* (New York: W.W.Norton, 1984), p. 187.

렘브란트

Rembrandt

1606-1669

암스테르담 외곽에 나이 들고, 유명하며, 존경받는 네덜란드 화가가 살고 있다. 그는 평생 열심히 그림을 그렸지만 세상에 알려진 작품은 드로잉 몇 점과 국립미술관에 전시된 커다란 유화 한 점밖에 없다. 나는 그의 두번째 대작, 전쟁에 관한 삼단 그림을 보러 갔다. 우리는 전쟁과 노년과 화가의 소명에 대해 이야기했다. 그가 작업실 문을 열어주며 나를 먼저 들어가게 했다. 커다란 캔버스들은 흰색이었다. 수년간의 작업 끝에 바로 그날, 그는 차분하게 그 작품들을 처분했다. 일생의 두번째 대작은 아직 미완성이었다.

이 이야기를 통해 전하고 싶은 점은, 칼뱅주의와 유사한 무언가가 오늘날까지도 네덜란드 예술에 끈질기게 영향을 미치고 있다는 것이다. 칼뱅주의 종교관은 그 자체로의 예술을 권장하지 않았고, 네덜란드의 주요 화가들은 모두 거기에 맞서 싸웠다. 그럼에도 그 세계관은 그들에게 영향을 미쳤고, 종종 그들을 도덕주의자나 극단주의자로 만들곤 했다. 네덜란드 화가들의 가장 주된 싸움은 (내 친구의 경우와 마찬가지로) 그들 자신의 의식과의 싸움이었다.

발렌티너 씨는 렘브란트와 스피노자에 대한 매우 흥미로운 에세

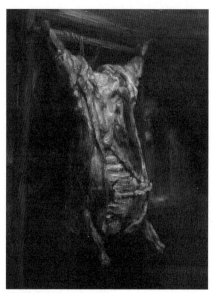

렘브란트, 〈도살된 소〉, 1655.

이[1]에서, 이 두 남자가 (발렌티너 씨는 두 사람이 분명 만난 적이 있을 거라고 확신했다) 서로 다른 방식으로 국교(國敎)에 맞서 싸워야만 했을 거라고 적었다. 렘브란트가 파산을 선언했던 바로 그 달, 아직 학생 신분이던 스피노자는 자신의 견해 때문에 유대교 사원의 랍비들로부터 파면당했다. 훗날 헤이그의 칼뱅주의자 평의회에서는 스피노자에 대한 비난서를 발표하기도 했다. 그로부터 십일 년 전, 렘브란트가 그토록 사랑했지만 전처 사스키아의 유언장에 있는 구절 때문에 결혼할 수 없었던 애인 헨드리키어 스토펠스는 암스테르담 평의회에 출석해서 "자신은 매춘부로서 렘브란트를 사랑한 것"이라고 고백했다.

기질 면에서는 너무나 달랐던 이 철학자와 화가의 또 다른 공통점은, 윤리적 문제에 대한 두 사람의 도덕적 관심이었다. 스피노자에게 이 관심은 의식적이고 직접적인 것이었는데, 심지어 그는 그 단어를 자신의 주요 저작의 제목으로 쓰기도 했다. 렘브란트에게 그 관심은 부분적으로 의식적이기도 했지만 (우화나 성서에서 그림의 소재를 택하는 과정에 작용했을 것이다) 더 중요하게는, 직관적이었다.

우리가 그림을 전적으로 형식적인 관점에서만 보는 습관을 버린다면, 분명 렘브란트가 최초의 근대 화가가 될 것이다. 그는 홀로 있는 개인의 비극적 고립을 반복해서 자신의 작품 주제로 삼았던 최초의 화가이며, 또한 자신이 속했던 사회로부터 상당한 소외를 경험한 최초의 위대한 예술가였다. 그리고 바로 이 주제가 그에게 윤리적 문제를 안겨 주었고, 그는, 아주 단순히 말하자면 연민을 통해 그 문제를 해결했다.

이 짧은 글에서 칼뱅주의와 스피노자의 범신론 사이의 관계 혹은 렘브란트의 자애심과의 관계를 자세하게 증명할 수는 없다. 다만 그것들이 모두 새로 등장한 인간들 사이의 상업적 경쟁관계를 설명해야만 했던 필요성에서 기인한 것이었음을 지적할 수 있을 뿐이다. 칼뱅주의는 하나님께서 이미 특정한 인간들을 저주하기로 선택하신 거라고 주장함으로써 문제를 외면했다. 스피노자는 자연을 둘러싼 순수하게 철학적인 논리에서 새로운 일관성을 만들어내려고 각고의 노력을 기울였다. 렘브란트는 호소했다. "하나님의 은총이 없었더라면…."

데이비드 루이스 씨는 몬드리안에 대한 에세이[2]에서 화가가 가차 없이 추상적인 미술을 낳은 원칙에 이르게 된 과정을 명징하고 설득력있게 묘사했다. 하지만 루이스 씨가 몬드리안의 예술 혹은 그의 생각을 네덜란드 전통과 연결시키지는 않았던 점은 안타깝다. 몬드리안은 열렬한 도덕주의자였다. 그는 자신의 기하학적 추상 작업이 사회의 현대적 질서를 알리는 것이라고 믿었는데, 그 사회에서 '비극적인 것' 즉 자연과의 갈등 및 과도한 개인주의의 결과로 나타난 그 비극이 결국에는 사라질 것이라고 생각했다. 그의 후반기 작품에서 나타나는 엄격함(이는 그의 초기 표현주의 회화에서 보이는, 거의 감상주의에 이른 부드러움과 비교해 볼 때 더욱 강조된다)이 칼뱅주의라는 배경에 무언가를 빚지고 있다는 점에 대해서는 의심의 여지가 없다. 몬드리안 본인은 칼뱅주의를 배격했지만 말이다. 그의 사고체계의 완결성, 그리고 자신의 주장을 펼치는 방식은 스피노자와 매우 가깝다. 반면 그의 외고집은(예술의 관점에서 그 고집의 결과물들을 어떻게 평가하든지 상관없이) 렘브란트와 반 고흐를 닮았다. 이러한 점은 오늘날 단지 학문적인 관심사만은 아니다. 몬드리안의 작품 뒤에 놓인 규율, 논리 그리고 윤리적인 강박을 알아보고 나면 그의 예술이, 비록 추상화로 불리지만, 현재 유행하고 있는 추상회화, 즉 타시즘(이차세계대전 후 파리를 중심으로 일어났던 추상 화법—옮긴이)의 허무주의와는 전혀 관련이 없다는 것을 깨닫게 된다.

〰

유화의 핵심적인 특징은, 유화의 '전통'과 그 '대가들'의 관계에 대한 오해, 거의 보편적이라고 할 수 있는 그 오해 때문에 그동안 가려져 있었다. 몇몇 예외적인 화가들이 예외적인 환경에서 그 전통을 벗어나, 그러한 가치들에 정면으로 맞서는 작품을 생산해냈다. 하지만 그 화가들은 그들이 속한 전통을 가장 잘 대변하는 화가로 이름을 떨쳤는데, 이러한 주장은 그들 사후에 그 작품들 언저리에서 전통이 닫혀 버렸다는 사실 덕분에 더욱더 쉽게 받아들여졌다. 작은 기술적 혁신만 있을 뿐, 원칙과 관련된 것은 아무것도 달라지지 않은 채 전통은 계속 이어졌다. 렘브란트나 페르메이르, 푸생, 샤르댕, 고야, 터너 같은 화가들을 진정으로 추종한 화가는 없고, 그저 피상적으로 흉내를 내는 작가들만 있었던 것은 그런 이유 때문이다.

그 전통 때문에 '위대한 화가'라는 일종의 고정관념이 생겨났다. 이 위대한 화가의 삶은 투쟁으로 소진되었다. 부분적으로는 물질적 환경에 대한 투쟁, 또 부분적으로는 자기 자신과의 투쟁이었다. 사람들의 상상 속에서 그는 천사와 씨름하는 야곱의 모습이었다.(이러한 예는 미켈란젤로부터 반 고흐까지 이어진다) 그 어떤 다른 문화에서도 화가를 이런 식으로 생각한 적은 없었다. 그렇다면 왜 이 문화에서는 그런 일이 벌어진 걸까. 새로 열린 미술품 시장의 요구에 대해서는 이미 언급했다. 위에서 말한 투쟁은 무언가를 사랑하기 위한 투쟁만은 아니었다. 화가는 그림이 매번 물질적인 재산을 축복하고, 그 재산에 수반되는 지위를 축복하는 역할에만 그치는 상황에 대해 스스로 만족하지 못하고 있음을 깨달았다. 그는 자기 예술의 고유한 언어, 화가라는 직업의 전통적인 소명에 따라 이해한 그 예술의 언어와 투쟁할 수밖에 없었다.

예외적인 작품과 평범한(전형적인) 작품이라는 두 개의 범주는 우리의 논쟁에서 꼭 필요하다. 하지만 그 둘은 기계적으로 적용할 수 있는 비평적 범주는 아니다. 평론가는 둘 사이의 적대적 관계를 이해해야만 한다. 예외적인 작품들은 모두 오랫동안 이어 온 투쟁이 성공한 결과로 나타난 것들이다. 투쟁이 전혀 담겨 있지 않은 작품들도 셀 수 없이 많다. 또한 오랫동안 이어 온 투쟁이 성공으로 이어지지 못한 경우들도 있다.

예외가 되기 위해, 이 전통 안에서 형성된 어떤 비전을 지닌 화가, 또한 열여섯 살 때부터 견습생 혹은 제자의 신분으로 계속 공부해 온 화가는 자신의 비전을 있는 그대로 알아볼 필요가 있다. 그런 다음엔 그 비전을 발전시켜 온 전통적인 용도와 비전 자체를 분리해야 한다. 그는 화가의 시선을 거부해 온 어떤 방식을 활용해서, 독자적으로 화가로서의 자신을 시험해야 한다. 이는 곧 아무도 예측할 수 없는 방식으로, 그것도 홀로 무언가를 하는 사람이 되어야 한다는 의미이다. 그런 작업에 요구되는 노력이 얼마나 큰지는 렘브란트의 자화상 두 점에 암시되어 있다.

첫번째 초상화는 1634년, 그의 나이 스물여덟 살 때 그린 것이고, 두번째 작품은 그로부터 삼십여 년 후에 그린 것이다. 하지만 두 그림의 차이는, 그 세월 동안 화가의 겉모습과 성격이 변했다는 단순한 사실보다 훨씬 크다.

첫번째 초상화는 말하자면, 렘브란트의 일생을 기록한 영화가 있다면, 아주 특별한 자리를 차지할 것이다. 그의 결혼 생활 첫해에 그린 작품으로, 그림에는 그의 아내 사스키아가 있다. 그로부터 육 년 후 그 녀는 죽게 된다. 이 그림은 렘브란트의 행복했던 시기를 함축적으로 보여 주는 작품으로 자주 인용된다. 하지만 그런 지금의 감정을 배제하고 이 작품에 접근해 보면, 이 그림은 전통적인 방식으로 전통적인 목적에 봉사하기 위해 그려진 것임을 알 수 있다. 이 그림에서 그만의 개성적인 스타일을 알아볼 수 있을지는 모른다. 하지만 그건 전통적인 역할을 소화해내는 새로운 화가의 스타일 이상은 아니다. 그림 전체로 보면 이 작품은 여전히 모델(이 작품의 경우에는 렘브란트 본인이다)의 행운과 특권 그리고 부를 광고하는 역할을 하고 있다. 그리고 그런 광고들이 모두 그렇듯이, 거기엔 마음이 담겨 있지 않다.

렘브란트, 〈선술집의 탕아 장면에 등장하는 렘브란트와 사스키아〉, 1635-1636.

렘브란트, 〈자화상〉, 1668-1669.

　후기 자화상에서 그는 전통을 뒤집어 버린다. 그는 자신의 언어를 비틀어 전통에서 벗어나게 했다. 그는 노인이다. 존재에 대한 질문, 질문으로서의 존재에 대한 감각을 제외하고는 모든 것이 사라져 버렸다. 그리고 그의 안에 있던 화가, 노인보다 크기도 하고 작기도 한 그 화가는 바로 그 질문을 표현할 수 있는 방법을 찾았다. 전통적으로는 그러한 질문들을 배제해 왔던 매체를 활용해서 말이다.

◊

　예순셋의 나이로 사망할 당시, 그는 당시 기준으로 본다고 해도, 꽤 나이 들어 보였다. 술과 빚 그리고 페스트 때문에 가까운 사람들이 많이 죽었다는 사실이 그런 황폐함의 이유였을 것이다. 하지만 그의 자화상들은 그 이상의 무언가를 암시한다. 그는 경제에 대한 광신과 무관심이 팽배하던 풍토에서 나이를 먹어 갔다. 지금 우리가 살고 있는 시기와 그리 다르지 않은 풍토였다. 인간은 더 이상 (르네상스기에 그랬던 것처럼) 단순히 따라 그리기만 하면 되는 것이 아니었다. 더 이상 자명한 존재가 아니었던 것이다. 그것은 어둠 속에서 찾아야만 하는 무엇이었다. 렘브란트 본인은 고집이 세고, 독단적이었으며, 영리하고, 야만적인 행동을 할 수 있는 사람이었다. 그를 성인(聖人)으로 만들려는 것은 아니다. 하지만 그는 어둠에서 벗어날 수 있는 길을 찾고 있었다.

그는 드로잉을 좋아했다. 드로잉은 자신의 환경을 매일 다시 생각해 보게 했다. 하지만 회화는, 특히 그의 화가 경력의 후반기 절반 동안 아주 다른 무엇이었다. 그것은 어둠에서 벗어나는 출구를 찾으려는 모색이었다. 어쩌면 그의 드로잉은, 그 특별한 투명함 때문에 그가 그림을 그리는 방식을 이해하는 데는 오히려 방해가 될지도 모르겠다.

그는 드로잉으로 밑그림을 거의 그리지 않고, 캔버스에 직접 물감을 칠하는 방식으로 그렸다. 그의 회화 작품에서는 선적인 논리나 공간의 연속성 같은 것은 거의 찾아보기 어렵다. 그의 작품들이 확신을 준다면, 그건 세세한 면이나 부분들이 직접 우리 눈앞에 다가오는 것 같은 인상 때문이다. 그의 작품 안에서 보이는 대상들은, 동시대 화가였던 라위스달이나 페르메이르의 작품 속 대상들과는 완전히 다르다.

렘브란트는 드로잉에서 공간과 비례를 다루는 완벽한 솜씨를 보여 주었지만, 회화에서 표현한 물리적 세계는 심각하게 어긋나 있다. 그에 관한 미술학자들의 연구에서는 이 점이 충분히 강조되지 않고 있다. 어쩌면 그런 차이는 학자들보다는 화가들이 더 분명히 알아보기 때문인지도 모르겠다.

작업실의 이젤 앞에 선 남자(렘브란트 본인이다)를 그린 초기 작품이 있다. 남자는 실제 모습의 절반 정도 크기밖에 되지 않는다! 후기의 놀라운 작품 〈열린 문 앞의 여인〉(베를린)에서 헨드리키어의 오른팔과 손은 헤라클레스의 팔뚝만 하다! 〈아브라함의 희생〉(상트 페테르부르크)에서 이삭의 몸은 어른이지만, 아버지와 비교하면 여덟 살 소년의 몸처럼 작아 보인다.

바로크 예술은 축소와 있을 법하지 않은 배치를 좋아했다. 그는 바로크 예술을 통해 획득한 자유를 마음껏 누렸지만, 그의 예술에서 보이는 이러한 어긋남은 바로크 양식과는 유사점이 전혀 없다. 그것들은 **과시하기** 위한 것이 아니라 거의 은밀한 방식으로 이루어졌기 때문이다.

숭고한 작품인 〈성 마태와 천사〉(루브르박물관)에서 마태의 어깨 뒤로, 무언가를 그려 넣기에는 불가능해 보이는 공간 속에 그려진 천사의 머리는 마치 전도사의 귀에 대고 하는 속삭임처럼 은밀하게 그려져 있다. 렘브란트는 드로잉을 통해 완벽하게 이해하고 있었던 비례와 공간감을, 왜 회화에서는 잊어버렸던 혹은 무시했던 걸까. 다른 무언가('실제' 공간과는 반대되는 무언가)가 그의 관심을 끌었던 것이 틀림없다.

잠깐 미술관 밖으로 나와서, 병원 응급실에 있다고 가정해 보자. 아마 지하실일 것이다. 엑스레이 촬영실은 지하에 있는 게 적당하니까 말이다. 다친 사람들과 아픈 사람들이 이동식 침대에 실려서 들어오고, 이동식 침대에 누운 채 전문가가 자신들을 살펴볼 수 있을 때까지 몇 시간씩 기다리고 있다. 종종 가장 먼저 검사를 받는 사람은 가장 많이 아픈 사람이 아니라 가장 돈이 많은 사람이다. 어느 경우든 환자들에게 그곳 지하실은, 무언가를 바꾸기에는 너무 늦은 곳이다.

각각의 환자는 육체라는 자신만의 공간 안에 살고 있고, 그 공간에서 지표가 되는 것은 고통 혹은 불편함 즉 익숙지 않은 감각이나 마비 증세다. 수술을 하는 외과의사는 그 공간의 규칙을 따르지 않는다. 그런 규칙은 튈프 박사의 해부학 강의에서 배울 수 있는 것이 아니다. 하지만 좋은 간호사들은 모두, 그 몸과의 접촉에 익숙해진다. 그 몸의 규칙은 침상마다, 환자마다 모두 다르다.

그것은 감각을 지닌 몸이 스스로를 인식하는 공간이다. 그것은 주관적인 공간처럼 경계가 없는 곳이 아니다. 그것은 언제나 최종적으로는 몸이라는 경계에 갇혀 있지만, 그 지표들, 강조점과 내적인 구성은 끊임없이 바뀐다. 고통이 그 공간에 대한 우리의 자각을 더욱 날카롭게 한다. 그것은 우리가 가장 먼저 연약해지는 고독의 공간이며 또한 질병의 공간이다. 하지만 그것은 잠정적으로는 쾌락의 공간, 행복의 공간이며, 사랑받고 있음을 지각하는 공간이다. 영화제작자 로버트 크레이머는 그 공간을 이렇게 정의한다. "눈 뒤로, 온몸을 관통하는 공간. 회로와 시냅스(synapse)의 우주. 에너지가 늘 흐르는 오래된 길." 그 공간은 눈보다는 접촉을 통해 더욱 명확히 느껴진다. 렘브란트는 이 육체라는 공간에 회화적으로 정통한 화가였다.

〈유대인 신부〉에 등장하는 연인의 네 개의 손을 한번 보자. 결혼에 대해 훨씬 더 잘 말해 주는 것은 두 사람의 얼굴이 아니라 손이다. 그런데 그는 어떻게 거기에, 그러니까 이 육체적 공간에 도달한 것일까.

〈다윗의 편지를 받은 밧세바〉(루브르)를 보자. 실물 크기의 그녀가 벌거벗은 채 앉아 있다. 그녀를 본 왕은 그녀를 욕망한다. 남편은 전쟁에 나가 있다.(이런 상황은 도대체 얼마나 많은 걸까) 하인이 무릎을 꿇고 그녀의 발을 닦아 준다. 왕에게 가는 것 외에 그녀에게 다른 선택은 없다. 그녀는 아기를 가지게 될 것이다. 다윗 왕은 계략을 꾸며 그녀가 사랑하는 남편을 죽게 할 것이고, 그녀는 남편을 애도할 것이다. 그녀는 다윗 왕과 결혼하고 훗날 솔로몬 왕이 될 아기를 낳을 것이다. 운명은 이미 시작되었고, 그 운명의 한가운데 아내로 삼고 싶은 밧세바의 모습이 있다.

그래서 그는 결혼 적령기 여성의 복부와 배꼽을 전체 그림의 초점으로 삼았다. 그녀의 복부는 하인의 눈높이와 같은 높이에 두고, 마치 그곳이 얼굴이라도 되는 것처럼 애정과 연민을 담아 그렸다. 유럽 회화의 그 어떤 다른 그림에서도 이 정도로 헌신적으로 그려낸 복부는 찾아볼 수 없다. 이 복부는 이야기의 중심이 되고 있다.

그림 하나하나마다 그는 하나 혹은 여러 개의 신체 부위에 특별한 서사의 힘을 부여하였다. 그러면 그림은 여러 개의 목소리로, 마치 서로 다른 사람들이 서로 다른 관점에서 이야기를 할 때처럼, 이야기를 전하게 된다. 하지만 그 '관점'은 지리적 혹은 건축적 공간과 양립할 수 없는 육체적 공간 안에서만 존재한다. 육체적 공간의 단위와 초점은 환경에 따라 끊임없이 변화한다. 그 공간의 측정 단위는 미터가 아니라 파동이다. 따라서 '실제' 공간과 어긋나는 일은 필연적이다.

〈성 가족〉(뮌헨)을 보자. 성 처녀가 요셉의 작업실에 앉아 있다. 예수는 그녀의 무릎에서 잠이 들었다. 아기를 안고 있는 그녀의 손과 드러나 있는 가슴, 아기의 머리 그리고 앞으로 내민 아기의 오른손은, 관습적인 회화 공간의 관점에서 보면 말이 되지 않는다. 적절하지 않고, 제대로 된 위치에 있지 않으며, 원래 크기가 아니다. 하지만 젖이 흘러내리는 가슴은 아기의 얼굴을 향해 무언가를 말하고 있다. 아기의 손은 형태를 알 수 없는 대지 같은 엄마에게 말을 하고, 아기를 꼭 안고 있는 엄마의 손은 그 아기의 말에 귀 기울인다.

그가 그린 최고 수준의 작품들은 관람객의 관점 앞에서 어떤 일관된 이야기를 전해 주지 않는다. 대신 관람객은 그렇게 떠다니는 신체 부위들 사이의 대화를 가로채고(엿듣고) 그다음엔, 그 대화들이 육체의 경험을 그토록 충실하게 반영하고 있기 때문에, 그 부위들이 누구나 몸 안에 지니고 다니는 무언가에 말을 건다. 그의 예술 앞에서, 관람객의 몸은 자신의 내적 기억을 떠올린다.

평론가들은 종종 렘브란트의 이미지가 지닌 '내면을 돌아보게 하는 특성'에 대해 언급해 왔다. 하지만 그 이미지들은 우상화와는 정반대에 있다. 그것들은 세속적 육체의 이미지다. 〈도살된 소〉는 예외적인 소재가 아니라 전형적인 소재다. 그 이미지들이 '내면을 돌아보게 하는 특성'을 드러낸다면, 그것은 육체의 내면, 연인들이 애무와 성교를 통해 닿으려 하는 바로 그것이다. 이런 맥락에서 보면 '성교(inter-course)'라는 단어는 직접적인 의미 외에, '사이를 가로지르는 것'이란 좀 더 시적인 의미도 띠게 된다.

그가 남긴 위대한 작품들 중(초상화를 제외하고) 절반 정도는 어떤 포옹 혹은 포옹 직전에 가슴을 펴고 팔을 앞으로 뻗는 행위를 묘사하고 있다. 〈돌아온 탕자〉〈야곱과 천사〉〈다나에〉〈다윗과 압살롬〉〈유대인 신부〉 같은 작품들….

그 어떤 다른 화가의 작품 목록에서도 이런 예는 찾아보기 어렵다. 예를 들어 루벤스의 작품들 중에는 누군가가 다른 누군가를 만지고, 옮기고, 당기는 장면들이 많지만 포옹하는 장면은, 혹시 있더라도, 매우 드물다. 포옹하는 장면을 이토록 주된 이미지로 드러냈던 작가는 렘브란트 말고는 없다. 그가 표현하는 포옹은 성적인 것일 때도 있고, 아닐 때도 있다. 두 몸이 하나로 섞이는 과정에서는 욕망만 오가는 것이 아니라, 용서와 믿음도 오가게 마련이다. 〈야곱과 천사〉(베를린)에서 우리는 이 셋을 모두 볼 수 있는데 그들은 서로 떼어 놓을 수 없을 정도로 하나가 되어 있다.

프랑스에서 공공 병원은, 중세 시대부터 '신의 호텔'이라고 불렸다. 아프거나 죽어 가는 사람들에게 신의 이름으로 휴식처와 돌봄을 제공하는 곳. 이상주의를 경계해야 한다. 흑사병이 돌았을 때 파리의 신의 호텔에는 환자들이 너무 많아서, "침대 하나를 세 사람이 나눠 써야 했다. 아픈 사람, 죽어 가는 사람, 죽은 사람, 이렇게".

하지만 신의 호텔이라는 표현은, 조금 다르게 해석하면, 렘브란트를 설명하는 데 도움이 된다. 전통적인 공간에서 어긋나 있는 그의 비전에 담긴 핵심은 바로 『신약성서』에 있다. "사랑 안에 거하는 자는 하나님 안에 거하고 하나님도 그의 안에 거하시느니라…. 하나님이 그의 성령을 우리에게 주시므로 우리가 그 안에 거하고 그가 우리 안에 거하시는 줄을 아느니라."(요한 1서, 4장)

"그가 우리 안에 거하시는 줄 아느니라." 외과의사가 수술을 위

렘브란트, 〈개울에서 목욕하는 여인〉, 1654.

해 배를 가르고 실제로 보는 것과 그가 찾고 있는 것은 다른 것이다. 신의 호텔이란 하나님이 거하는 하나의 몸을 뜻하는 것일 수도 있다. 차마 말로 표현할 수 없는 후기의 끔찍한 초상화에서, 그는 자신의 얼굴을 가만히 들여다보며 하나님을 기다리고 있었다. 하나님은 눈에 보이지 않는다는 것을 익히 알고서 말이다.

자신이 사랑하거나 상상하거나 스스로 가깝다고 느끼는 대상을 자유로이 그릴 때, 그는 바로 그 순간 그 대상들의 있는 그대로의 육체적 공간, 즉 그들의 신의 호텔로 들어가려고 노력했다. 그렇게 어둠으로부터의 출구를 찾으려 했던 것이다.

〈개울에서 목욕하는 여인〉(런던)이라는 작은 그림 앞에서 우리는 그녀와 함께, 그녀가 들어 올린 슬립 안에 있다. 관음증 환자처럼, 수산나를 엿보는 노인들처럼 함께 있는 것이 아니다. 우리는 그저 그의 사랑이 지닌 부드러운 힘에 이끌려, 그녀의 몸이라는 공간 안으로 이끌려 들어갈 뿐이다.

렘브란트에게 그림을 그리는 행위는 포옹과 동의어였고, 두 행위 모두 기도의 이면이었다.

〰

특정 회화 작품의 연대를 측정할 때 미술사가들이 '스타일'이나 작품 목록, 청구서, 경매 목록 등에 지나친 관심을 보이는 반면, 그림에 드러난 명백한 증거라고 할 수 있는 모델의 나이는 거의 신경 쓰지 않는 것은 이상한 일이다. 그 문제와 관련해서는 화가 본인을 신뢰할 수 없다고 생각하는 것만 같다. 예를 들어 렘브란트가 헨드리키어 스토펠스를 모델로 해서 그린 작품들을 그려진 순서대로 배열하려고 할 때 말이다. 나이를 먹는 과정에 대해서 그만큼 전문가였던 위대한 화가는 없으며, 일생의 연인을 향한 위대한 사랑을 이처럼 친밀하게 기록으로 남겨 놓은 화가도 없다. 기록을 바탕으로 한 추측이 어떻든 상관없이, 그림들만 보면 헨드리키어와 그녀를 그린 화가의 사랑은 이십 년 정도, 그러니까 그보다 육 년 먼저 그녀가 사망할 때까지 지속되었던 것이 틀림없다.

그녀는 그보다 열 살 혹은 열두 살 어렸다. 사망할 당시 그녀는 적어도 마흔다섯 이상이었고, 그가 처음 그녀를 그렸을 무렵에는 아무리 많아야 스물일곱 살이었을 것이다. 두 사람의 딸 코르넬리아는 1654년에 세례를 받았다. 그 말은 곧, 헨드리키어가 삼십대 중반에 그들의 자녀를 낳았다는 뜻이다.

〈침대 위의 여인〉(에든버러 내셔널갤러리)은, 내가 보기에는, 코르넬리아를 낳기 직전 혹은 직후에 그린 작품이다. 역사가들은 이 작품이 사라와 토비아스의 결혼식 밤을 그린 더 큰 작품의 일부일 거라고 추정한다. 언제나 결혼식 날 밤처럼 지냈던 렘브란트에게는 꽤나 익숙한 성서 속의 주제였을 것이다. 만약 이 작품이 다른 작품의 일부라면, 렘브란트는 작품을 완성한 후, 마침내 그것을 구경꾼들 앞에 유언처럼 남긴 셈이다. 사랑하는 여인을 그린 가장 친밀한 작품으로 말이다.

　헨드리키어를 모델로 한 다른 작품들도 있다. 루브르의 〈밧세바〉나 내셔널갤러리(런던)의 〈개울에서 목욕하는 여인〉 앞에서, 나는 말을 잊는다. 그 작품에서 느껴지는 천재성에 말문이 막히는 것이 아니라, 그 작품이 이끌어내는 혹은 표현하고 있는 경험(익숙한 세계처럼 오래된 무엇으로 경험되는 욕망, 세상의 끝처럼 경험되는 부드러움, 익숙했던 몸을 마치 처음 보는 것처럼 끊임없이 재발견하는 눈 같은) 이 모두 말 이전에 혹은 그 너머에 있기 때문이다. 그 어떤 그림도 이 두 작품들만큼 능숙하고 강력하게, 보는 이를 침묵으로 이끌지는 못한다. 하지만 두 작품 모두에서, 헨드리키어는 자신의 일에만 몰두하고 있다. 그녀를 바라보는 화가의 시선에는 엄청난 친밀함이 담겨 있지만, 둘 사이에 상호적인 친밀감은 없다. 이 그림들은 화가의 사랑을 말하는 작품이지, 그녀의 사랑을 말하는 작품은 아니다.

　〈침대 위의 여인〉에서는 여인과 화가 사이에 어떤 공모가 있다. 그 공모에는 내키지 않는 마음과 될 대로 되라는 마음, 낮과 밤이 같이 포함된다. 헨드리키어가 손으로 들추는 침대 커튼이 낮 시간과 밤 시간 사이의 문턱이다.

　이 년 후, 렘브란트는 대낮에 파산을 선고받게 된다. 그로부터 십 년 전 밤에, 헨드리키어가 그의 아들을 돌봐 줄 보모로 렘브란트의 집에 왔다. 업무에 따르는 책임감에 대한 17세기 네덜란드의 일반적 생각이나 칼뱅주의의 관점에서 봤을 때, 가정부와 화가는 서로 구분되는 각자의 일이 있었다. 따라서 두 사람은 공모에 대해 내키지 않는 마음이 든다.

　　밤이면 그들은 자신들의 세기를 떠나지.
　　그녀의 가슴에 걸쳐 있는 목걸이,
　　그리고 그들 사이에 머뭇거리는—
　　하지만 이 머뭇거림은

끊임없는 도착이 아닐까?—
영원의 향기.
잠처럼 오래된 향기,
살아 있는 이뿐 아니라 죽은 이에게도 친숙한.

베개에서 고개를 든 채 그녀는 손등으로 커튼을 들춘다. 손등으로 들추는 이유는, 손바닥과 얼굴은 이미 그를 맞이하고 있기 때문에, 이미 그의 머리를 쓰다듬을 준비를 하고 있기 때문이다.

그녀는 아직 잠들지 않았다. 그녀의 눈길은 다가오는 그를 따라 움직인다. 그녀의 얼굴에서 둘은 다시 하나가 된다. 이제 두 이미지를 구분하는 것은 불가능하다. 침대에 있는 그녀에 대해 그가 기억하는 이미지와 침대를 향해 다가오는 그에 대해, 그녀가 바라보는 이미지. 밤인 것이다.

∿

램브란트의 후기 자화상은 어떤 모순의 씨앗을 담고 있다. 그 작품들은 분명 노년에 관한 것들이지만, 그럼에도 미래에 말을 걸고 있다. 그 작품들은 자신을 향해 다가오고 있는 것이 죽음 이외에 또 다른 무언가가 있음을 가정하고 있다.

이십 년 전 프릭컬렉션(뉴욕)에서 그 작품들 중 하나를 마주한 나는 다음과 같이 적었다.

얼굴의 두 눈
그 두 밤이 낮을 바라보네
그의 정신이라는 우주가
연민으로 두 겹이 되어
다른 무엇으로도 채울 수 없지

말이 다니지 않는 길처럼 고요한
거울 앞에서
그는 우리를 똑바로 바라보지
귀먹고 말을 잃은
우리는 다시 돌아가
그를 바라보지
어둠 속에서.

그리고 그 뺨, 이 그림에는 미국의 논객이자 소설가인 앤드리아
드워킨의, 글로 쓴 자화상을 떠올리게 하는 어떤 무례함이 있다. 내가
아주 좋아하는 이야기다.

나는 찢기지 않은 사람들을 견딜 수가 없다. 험한 환경에서
부침을 겪어 보지 않은 사람, 찢어지고, 조각조각 벗겨졌다
가, 다시 그 조각들을 모아 보지 않은 사람, 크게 꿰맨 자국과
들쭉날쭉한, 전혀 근사하지 않은 흉터가 없는 사람들. 그런
사람들에게선 빛이 난다. 하지만 그들은 겉으로 보기에만 빛
이 날 뿐, 엉덩이는 움찔거리고 있다. 솔직히 말하면, 나는 그
들을 좋아하지 않는다. 전혀.

크게 꿰맨 자국과 들쭉날쭉한 흉터. 그림을 그리는 과정이 바로
그것이다.

하지만 마지막으로, 그의 후기 초상화들을 그렇게 특별한 것으로
만들어 주는 요소에 좀 더 가까이 다가가려면, 다른 초상화들과 연관
시켜 살펴봐야만 한다. 이 작품들은 다른 대다수의 자화상들과 왜 그
리고 어떻게 다른가.

현재까지 알려진 가장 오래된 자화상은 기원전 2000년에 그려졌
다. 이집트에서 발견된 돋을새김에, 많은 사람들이 모인 연회에서 예

술가가 하인이 건네는 물병을 받아 마시는 옆모습이 표현된 것이 있다. 그런 종류의 자화상은(이런 전통은 중세 초기까지 지속되었다) 사람이 많은 광경을 표현하는 예술가가 작품 안에 서명처럼 남긴 것이었다. 말하자면 여백에 '**나도 여기 있었다**'라는 주장을 넣는 셈이었다.

나중에, 성 누가가 성처녀 마리아를 그리는 장면이 그림의 소재로 유명해지자, 화가들은 종종 그림을 그리는 자신을 조금씩 화면 중앙에 배치했다. 하지만 그때 화가는 성처녀를 그리는 작업 때문에 거기 있는 것일 뿐이다. 스스로를 바라보기 위해 그 자리에 들어간 것은 아직 아니었다.

그런 의도로 그려진 초기의 자화상들 중에 현재 내셔널갤러리(런던)에 있는 안토넬로 다 메시나의 자화상이 있다. 남부유럽에서 최초로 유화 기법을 활용했던 메시나(1430-1479)는, 시칠리아 특유의 남다른 명징함과 동정심을 표현했는데, 이는 바르가, 피란델로, 람페두사 같은 후대의 화가들에게서도 볼 수 있는 특징이다. 자화상에서 그는 마치 자신을 판정하려는 사람을 바라보듯, 스스로를 바라본다. 둘 사이의 차이를 두려 했던 흔적은 찾아볼 수 없다.

그 후로 이어진 대부분의 자화상에서 놀이-연기 혹은 차이 두기는 장르 고유의 특징이 되는데, 여기에는 현상학적 이유가 존재한다. 화가는 자신의 왼손을 마치 다른 사람의 손인 양 그릴 수 있다. 두 개의 거울을 활용하면 자신의 옆모습도 낯선 사람을 보듯 관찰할 수 있다. 하지만 거울을 정면으로 마주하면, 덫에 걸리고 만다. 자신이 보고 있는 얼굴에 대한 화가의 반응이 그 얼굴까지 달라지게 한다. 혹은 다른 식으로 표현하자면, 그 얼굴은 자신이 좋아하는 혹은 사랑하는 무엇으로 스스로를 드러낼 수 있다. 얼굴이 스스로를 정돈하는 것이다. 카라바조가 그린 나르키소스의 그림이 완벽한 예시이다.

이는 우리 모두에게도 해당하는 말이다. 우리는 욕실 거울을 보며 놀이-연기를 하고, 그때그때 우리의 표정이나 얼굴을 조정한다.

218

좌우가 뒤집혔다는 것만 빼면, 그 누구도 우리가 세면대 위의 거울을 볼 때처럼 우리를 보지 않는다. 이 차이 두기는 자발적이며, 계산에 따른 것도 아니다. 그것은 거울의 발명만큼이나 오래된 것이다.

자화상의 역사에서 비슷한 '시선'이 반복해서 등장한다. 여러 작품들 틈에 가려 있지 않다면, 사람들은 1.6킬로미터 밖에서도 초상화를 알아볼 수 있을 것이다. 특유의 그 연극적인 표정 때문에 말이다. 우리는 그리스도 흉내를 내는 뒤러와 부랑자 흉내를 내는 고갱, 멋쟁이 흉내를 내는 들라크루아, 암스테르담의 성공한 무역상 흉내를 내는 렘브란트를 봐 왔다. 고백을 엿들은 것 같은 감동을 받을 수도 있고, 그 허세를 재미있어 할 수도 있다. 하지만 대부분의 자화상 앞에서, 관찰하는 눈과, 그것이 되비친 시선 사이의 배타적인 공모 때문에, 우리는 불투명한 무언가를, 마치 우리를 배제하는 이중으로 은폐된 어떤 드라마를 보고 있는 것 같은 느낌이 든다.

사실이다, 하지만 예외들도 있다. 정말 **우리**를 바라보는 자화상들. 샤르댕, 틴토레토, 프란스 할스가 파산 후에 그린 자화상, 젊은 시절 터너가 그린 자화상, 보르도에서 도피 생활을 하던 시기에 고야가 그린 자화상. 그럼에도 그런 작품들은 많지 않은, 극히 드문 경우들이다. 그런데 렘브란트는 어떻게 마지막 십 년 동안 보는 이를 정면으로 응시하는 자화상을 스무 점 가까이나 그릴 수 있었을까.

다른 사람의 초상화를 그릴 때는 얼굴을 아주 유심히 들여다보며 그 안에 있는 것을 찾고, 그 얼굴에 일어났던 일들의 흔적을 좇으려 한다. 그 결과는 (종종) 어느 정도의 유사성을 띠게 마련이지만, 보통 그 유사성은 죽은 것이다. 왜냐하면 모델의 존재와 집중력있는 관찰이 화가의 반응에 간섭하기 때문이다. 모델이 떠나고 나면 화가는, 자신 앞에 있는 얼굴이 아니라 자신 안에 있는 기억된 얼굴을 떠올리며 작업을 재개한다. 화가는 더 이상 엿보지 않는다. 그는 눈을 감고, **모델이 자신의 머릿속에 남겨 놓은 무언가의 초상을 만들어내기 시작한다.** 이제야, 그 초상이 생명력을 얻을 가능성이 생긴다.

렘브란트, 〈자화상〉, 1669.

  렘브란트가 자신을 대상으로 이와 비슷한 작업을 했다는 것이 가
능할까. 나는 그가 그림을 그리는 초반에만 거울을 사용했을 거라고
믿는다. 그런 다음엔 천으로 거울을 가리고, 일생을 지나며 남은 자신
의 이미지에 상응하는 그림이 나타날 때까지 그리고 또 그렸을 것이
다. 이 이미지는 일반화되지 않는다, 그것은 대단히 특정한 것이다. 매
번 그는 자신의 초상화에 어떤 옷을 입힐지 선택했다. 매번 그는 자신
의 얼굴이나 자신의 자세, 자신의 외양이 바뀌고 있음을 깊이 의식하
고 있었다. 그는 자신이 입은 손상을 가차 없이 파고들었다. 하지만 어
느 순간에 이르면, 그는 거울을 가리고, 화가로서 자신의 시선을 거울
속 자신의 시선에 맞추는 일을 멈췄다. 그런 다음엔 자기 안에 남은 것

들만을 가지고 계속 그려 나갔다. 이중의 은폐에서 벗어난 그는 희미한 희망 혹은 직감에 의지한다. 훗날 다른 이들이 동정 어린 마음으로, 스스로에게는 허락할 수 없었던 그런 마음으로 자신의 모습을 바라볼 수 있을 거라는 직감이었다.

⌇⌇

길은 곧고 마을 사이의 거리는 멀다. 하늘이 땅에게 새로운 제안을 하고 있다. 나는 백오십 년 전, 칼리시에서 키엘체까지 홀로 여행하는 상상을 한다. 두 이름 사이엔 언제나 세번째 이름이 있다. 당신이 타고 있는 말의 이름. 당신이 가려는 마을과 당신이 뒤에 두고 온 마을 사이에 당신의 말의 이름이 늘 변치 않고 있다.

남쪽으로 타르누프를 가리키는 표지판이 보인다. 19세기 말, 현대에 접어들어 렘브란트의 작품집을 최초로 편집한 아브라함 브레디우스가 그곳에 있는 성에서 한 점의 그림을 발견했다.

"근사한 사두마차가 호텔 앞을 지나는 것을 보았다. 마차에 탄 인물이 상당한 지참금을 지닌 포토카 백작부인과 며칠 전에 약혼한 타르노프스키 백작이라는 이야기를 짐꾼에게 들었다. 그때만 해도 이 남자가 우리의 위대한 대화가의 작품들 중 가장 근엄한 작품을 소유하게 될 행운아라는 사실은 전혀 짐작하지 못했다."

호텔을 떠난 브레디우스는 백작의 성까지 기차를 타고 멀고도 험한 (그는 기차가 거의 걷는 속도로 움직였다고 불평했다) 여정에 나섰다. 성에서 말에 탄 남자의 그림을 발견한 그는, 그 자리에서 렘브란트의 작품임을 알아보았고, 한 세기 동안 아무도 그 존재를 모르고 있었던 걸작이라고 생각했다. 그 그림에는 '폴란드 기수'라는 제목이 붙여졌다.

화가가 정확히 누구를 혹은 무엇을 염두에 두고 그 그림을 그렸는지 이제는 아무도 알 수 없다. 기수의 복장은 전형적인 폴란드 복장,

렘브란트, 〈폴란드 기수〉, 1655.

콘투시이다. 머리에 쓴 마구도 마찬가지다. 아마 그런 이유로 암스테르담에 있던 폴란드 귀족이 작품을 구입하고, 18세기 말 폴란드로 가지고 갔을 것이다.

　작품의 종착지였던 뉴욕 프릭컬렉션에서 이 작품을 처음 봤을 때, 나는 이 그림이 렘브란트가 아꼈던 아들 티투스의 초상화일 거라고 생각했다. 내게는 이 작품이 집을 떠나는 것에 대한 그림처럼 보였다. 지금도 그렇게 보인다.

　좀 더 학구적인 이론에서는 이 그림이 폴란드인 요나스 슐리흐팅에게 영감을 받았다고 보고 있다. 그는 렘브란트가 활동하던 시기 암스테르담에서 활동하던 반체제 모임에서 반항아-영웅으로 추앙받던 인물이다. 슐리흐팅은 16세기 시에나의 신학자 레보 소즈니시를 추종하는 종파 소속이었는데, 소즈니시는 그리스도가 신의 아들이라는 것을 부정하고, 당연한 결과로, 더 이상 유일신교가 아니라고 주장했다. 이 그림이 요나스 슐리흐팅에게 영감을 받아 그린 것이라면, 그림 속의 이미지는 그리스도와 같은 형상이라고도 할 수 있다. 한 남자, 그저 한 남자일 뿐인 존재가 말을 타고, 자신의 운명을 맞이하러 떠나는 그림인 셈이다.

나 떼 놓고 가려고 그렇게 빨리 달리는 거야? 칼리시에서 첫번째 신호등에 걸렸을 때 옆으로 다가온 그녀가 말했다.

그녀는 신발을 벗은 채 맨발로 페달을 밟으며 운전하고 있었다.

자기 떼 놓고 갈 생각 없어, 나는 등을 펴고 두 발로 땅을 짚으며 말했다.

그럼 왜 그렇게 빨리 달리는 건데?

나는 대답하지 않았다, 그녀도 대답을 알고 있다.

속도에는 잊어버린 어떤 부드러움이 있다. 운전을 할 때 그녀는 오른손을 운전대에서 떼고, 고개는 조금도 움직이지 않은 채 자신만의 방식으로 계기판을 살핀다. 그 작은 손동작은 관현악단 앞에 선 위대한 지휘자의 동작처럼 간결하고 정확했다. 나는 그녀의 그런 단호함을 사랑했다.

그녀가 살아 있을 때 나는 그녀를 리즈라고 불렀고, 그녀는 나를 메트라고 불렀다. 그녀는 리즈라는 별명을 마음에 들어 했다. 그때까지 누군가 자신을 그렇게 흔한 약칭으로 부르는 상황은 상상도 못했던 것이다. '리즈'라는 별명은 어떤 법칙이 무너져 버렸음을 암시했고, 그녀는 법칙들이 무너지는 것을 무척 좋아했다.

메트는 생텍쥐페리의 소설에 나오는 비행사 이름이다. 아마 「야간 비행」일 것이다. 책은 그녀가 나보다 많이 읽었지만, 길은 내가 더 잘 알았고, 아마 그런 이유 때문에 그녀는 내게 비행사의 이름을 딴 별명을 붙여 주었을 것이다. 나를 메트라고 불러야겠다는 생각은 칼라브리아에서 운전을 하는 동안 그녀에게 떠올랐다. 차에서 내릴 때마다 그녀는 챙이 넓은 모자를 썼다. 그녀는 선탠을 극도로 싫어했다. 그녀의 살결은 벨라스케스 시대 스페인 왕실 가족들의 살결처럼 창백했다.

무엇이 우리를 함께 있게 했을까. 표면적으로 그것은 호기심이었다, 우리는 거의 모든 면에서, 나이까지 포함해서, 눈에 띄게 달랐다. 우리 사이에는 '처음 있는 일'이 많이 있었다. 하지만 그보다 깊게는, 우리를 하나로 묶어 준 것은, 같은 슬픔을 지니고 있다는 말 없는 확인이었다. 자기 연민 같은 것은 없었다. 만일 그녀가 내게서 그런 면모를 보았다면 불로 지지듯 없애 버렸을 것이다. 그리고 내 쪽에서는, 이미 말했지만, 그녀의 단호함을 사랑했고, 그런 면모는 자기 연민과는 양립할 수 없는 특징이었다. 우리의 슬픔은 보름달이 뜬 밤에 개들이 미친 듯 뿜어대는 울부짖음 같은 것이었다.

서로 이유는 달랐지만, 우리는 약간의 희망을 지닌 채 살기 위해서는 스타일이 필요하다고 믿었다. 사람은 희망 혹은 절망을 안고 살아간다. 중간은 없다.

스타일? 어떤 종류의 가벼움. 어떤 종류의 행동 혹은 반응을 거부할 수 있게 하는 수치심. 어느 정도의 우아함. 그 모든 것에도 불구하고 하나의 아름다운 선율을 찾아야만 하고 또 가끔은 찾을 수 있다는 가정. 스타일은 하지만 끈질기다. 그것은 내부로부터 생겨난다. 외부에서 그것을 찾을 수는 없다. 스타일과 유행은 어쩌면 같은 꿈을 공유하지만, 그 둘이 생겨나는 과정은 다르다. 스타일은 보이지 않는 약속에 관한 것이다. 바로 그 점이 스타일이 인내하는 재능과 초조해하지 않는 능력을 필요로 하고 또 그 능력을 길러 주는 이유이다. 스타일은 음악과 아주 유사하다.

우리는 말없이 버르토크와 월턴, 브리튼, 쇼스타코비치, 쇼팽, 베토벤을 들으며 저녁을 보냈다. 수백 번의 저녁. 손으로 뒤집어 줘야만 하는 삼십삼 회전 레코드로 음악을 듣던 시절이었다. 그렇게 레코드를 뒤집는 순간, 다이아몬드 바늘을 천천히 내리는 그 순간은 감사와 기대에 찬, 환상적인 충만함의 순간, 역시 말없이, 오직 우리가 상대의 몸 위에서 사랑을 나누던 순간에만 비견할 수 있는 순간이었다.

그런데 왜 울부짖음일까. 스타일은 내부에서 생겨난다, 하지만 스타일은 다른 시간에서 그 확신을 빌려 와 현재에 실어 주어야 하며, 그때 빌려 오는 이는 그 다른 시간에 어떤 다짐을 남기고 와야만 한다. 열정적인 현재는 틀림없이 어떤 스타일을 위해서는 지나치게 짧게 마련이다. 귀족적이었던 리즈는 과거로부터 확신을 빌려 왔고, 나는 혁명적 미래에서 빌려 왔다.

우리 둘의 스타일은 놀랄 만큼 유사했다. 생활 장식이나 브랜드 이름 같은 이야기가 아니다. 나는 지금 우리가 빗물에 웅덩이가 팬 숲 속을 걸었던 때나 이른 새벽에 밀라노 중앙역에 도착했을 때를 떠올리고 있다. 아주 유사했다.

하지만 우리가 서로의 눈을 깊이 들여다볼 때, 우리들의 행동에 담긴 위험, 우리 둘 다 완벽하게 인지하고 있던 그 위험을 거부하려던 그때에, 우리 둘은 빌려 온 시간 같은 건 망상에 다름없음을 깨달았다. 개들이 울부짖는 건 그런 이유 때문이다.

신호가 녹색으로 바뀐다. 내가 앞서 나가고 그녀가 뒤따른다. 칼리시를 벗어난 곳에서 나는 곧 멈출 거라고 신호를 보낸다. 우리 둘 다 지난번 숲보다 더 울창한 숲 언저리에 멈춘다. 그녀는 자동차 창을 이미 내린 상태다. 귀 뒤로 넘긴 관자놀이 주변의 밝은 머리칼이 미세하게 엉켜 있다. 미세하게 엉켰다고 하는 이유는 그 엉킨 머리를 풀려면 내 손가락을 섬세하게 움직여야 하기 때문이다. 글러브박스 주변에 그녀는 서로 다른 색깔의 깃털을 꽂아 두었다.

메트, 그녀가 말한다, 자기도 기억하지, 우리가 끊임없이 역사의 천박함을 떨쳐내 버렸던 때가 있었어. 그런 다음 자기는 되돌아가곤 했지, 나를 버려 둔 채 말이야, 반복해서. 자기는 중독된 거야.

뭐에?

자기는 그러니까 (그녀는 손가락으로 깃털을 쓰다듬는다) 역사를 만드는 일에 중독됐고, 자신들이 역사를 만들고 있다고 믿는 사람들은 이미 권력에 손을 대고 있는 거라는, 혹은 권력에 손을 대고 있다고 상상하고 있는 거라는 사실을 외면하기로 한 거야. 그리고 그 권력이라는 게 메트, 밤이 길다는 것만큼이나 자명한 건데, 그들을 헷갈리게 만드는 거라고! 그렇게 일 년쯤 지나면 그들은 자신들이 무슨 짓을 하고 있는지도 모르게 되는 거야. 그녀는 손을 자신의 허벅지 위로 내린다.

역사는 견뎌야만 하는 거야, 그녀가 말을 잇는다, 자존심을 갖고 견뎌야만 하는 거. 어리석은 자존심이지만 (알 수 없는 이유로) 또한 패배를 모르는 자존심이기도 하지. 유럽에서는 폴란드 사람들이 그런 견딤에 관해서라면 오래전부터 전문가들이야. 내가 그래서 그들을 사랑하는 거고. 전쟁 중에 303 비행중대 출신의 비행사를 만났을 때부터 그들을 사랑했어. 그들에 대해선 절대 의심하지 않았고, 늘 귀를 기울였지. 폴란드 사람들이 요청할 때면 늘 함께 춤을 췄어.

새로운 목재를 실은 짐마차가 숲에서 나온다. 숲속의 부드러운 흙길에 바퀴가 깊이 빠지는 바람에 두 마리의 말은 거품과 땀으로 흠뻑 젖었다.

이곳의 영혼은 말들과 아주 관련이 많아, 그녀가 웃으며 말한다. 그리고 자기는 자기의 그 유명한 역사법칙과 관련이 많지. 말을 쓰다듬는 방법에 대해서 자기는 트로츠키보다도 아는 게 없을 거야! 어쩌면 언젠가는 (누가 알겠어?) 언젠가는 자기가 그 유명한 역사법칙 없이 내 품으로 돌아오는 날이 있을지도 몰라.

그녀는 나로서는 도무지 묘사할 수 없는 동작을 해 보인다. 그녀는 내가 자신의 목덜미를 볼 수 있게 고개를 살짝 기울일 뿐이다.

자기 묘비에 들어갈 문구를 선택할 수 있다면 어떻게 할 거야? 그녀가 묻는다.

묘비에 들어갈 문구를 골라야 한다면, '폴란드 기수'라고 할 거야, 내가 말한다.

묘비 문구를 그림으로 할 순 없어!

안 될까?

부츠를 벗겨 줄 누군가가 있다는 건 멋진 일이다. "그녀는 그의 부츠를 벗길 줄 안다"라는 말은 러시아에서 칭찬의 뜻으로 쓰이는 속담이다. 오늘밤 나는 직접 부츠를 벗는다. 그리고 일단 벗어 놓은 그 부츠는, 오토바이 부츠는, 따로 서 있다. 그것들이 달라진 이유는 어딘가에 보호 장비인 금속이 붙어 있어서는 아니다. 또한 기어 페달을 밟을 때 닳거나 찢어지는 것을 방지하기 위해 발톱 부분에 여분의 가죽을 덧대었기 때문도 아니고, 뒤에 오는 자동차의 전조등 빛을 반사하도록 형광물질을 발라 놓았기 때문도 아니다. 그것들이 달라진 이유는, 그 부츠를 벗으며, 우리가, 그러니까 그 부츠와 내가 함께 다녔던 수천 킬로미터의 길 위에 다시 들어선 것 같은 기분이 들었기 때문이다. 그 부츠는 어린 시절 나를 사로잡았던, 한 걸음에 칠 리그(약 34킬로미터—옮긴이)를 갈 수 있다는 동화 속의 부츠일 수도 있다. 나는 어디를 가든 그 부츠를 신고 가고 싶었다. 길이라고 하면 끔찍이 무서워했음에도, 이미 그때부터 길에 대한 꿈을 꾸고 있었던 것이다.

나는 마치 어린아이처럼 폴란드 기수 그림을 좋아한다. 그건 많은 것을 보아 온 노인이 해 주는 이야기, 절대 잠들고 싶어 하지 않는 노인이 해 주는 이야기의 시작 부분처럼 느껴졌기 때문이다.

나는 마치 한 여성처럼 폴란드 기수 그림을 좋아한다. 그의 용맹함, 오만함, 연약함, 단단한 허벅지. 리즈가 옳다. 이곳에선 많은 말들이 꿈길을 지난다.

1939년 칼을 찬 폴란드 기병대가 침략자들의 기갑 부대에 맞섰다. 17세기에는 '날개 달린 기수'라는 동방의 평원에서 온 복수의 천사가 사람들에게 두려움의 대상이 되었다. 하지만 말은 단순히 전장에서의 용기만을 상징하는 것은 아니었다. 지난 몇 세기 동안 폴란드 사람들은 자신들의 뜻에 반해 여정에 나서거나 이주를 해야만 했다. 자연적인 경계가 없는 그들의 땅에서 길은 절대 끝나지 않았다.

말을 타고 다니던 습관은 지금도 그들의 몸에 그리고 몸을 움직이는 방식에 남아 있다. 바르샤바의 피자 가게에 앉아 평생 말을 타 본 적이 없는, 심지어 말을 만져 본 적도 없는 남녀들의 모습을 보며, 펩시콜라를 마시는 그들의 모습을 보며 나는 오른발을 등자(鐙子)에 끼운 채 다른 쪽 다리를 훌쩍 들어 올리는 동작을 본다.

나는 자신이 타던 말을 잃어버리고 다른 말을 받은 기수처럼 폴란드 기수 그림을 좋아한다. 새로 받은 말은 이가 조금 더 길지만 (폴란드 사람들은 그런 말을 '슈카파'라고 부른다) 충성심은 이미 증명된 짐승이다.

마지막으로 나는 풍경의 초대를 사랑한다. 그 풍경이 어디로 나를 이끌든 상관없이.

1. W. R. Valentiner, *Rembrandt and Spinoza: A Study of the Spiritual Conflicts in Seventeenth-Century Holland* (London: Phaidon, 1957).
2. David Lewis, *Mondrian, 1872–1944* (London: Faber, 1957).

빌럼 드로스트
Willem Drost

1633-1659

키 큰 포플러 나무가 가득한 광장 한쪽에 집이 한 채 서 있다. 프랑스 혁명 직전에 지은 그 집은 광장의 나무들보다 더 오래되었다. 집 안에는 가구와 그림, 자기, 갑옷 등이 전시돼 있어, 한 세기 넘게 일반인들에게 박물관 역할을 하고 있다. 입장은 무료고 입장권도 없어, 누구든 들어갈 수 있다.

일층에 있는 방이나 커다란 나선 계단을 올라가면 있는 이층의 방들은, 모두 유명 수집가가 자신의 집을 국가에 개방하기로 했을 때의 상태 그대로다. 방들을 돌아다니다 보면 지나간 18세기의 무언가가 파우더처럼 가볍게, 관람객의 살갗 위로 내려앉는다. 마치 18세기의 활석 가루처럼.

전시된 그림들 중 많은 작품에서 젊은 여성이나 사냥감을 볼 수 있는데, 둘 다 무언가를 쫓는 열망을 드러내는 대상이다. 방 안의 벽마다 유화들이 빽빽하게 걸려 있다. 건물 외벽은 두꺼워서, 바깥에서 들리는 도시의 소리는 들어오지 않는다.

일층의 한 작은 방, 이전에는 마구간으로 쓰였고 지금은 갑옷이나 구식 총으로 가득한 그 방에서, 말이 코로 거친 숨을 내쉬는 소리를 듣는 상상을 했다. 그러다가 말을 한 마리 고르고 사는 상상도 해 보았다. 그 무엇을 가지는 것과도 다른 기분임에 틀림없을 것이다. 그림을 한 점 가지는 것보다 좋을 것이다. 한 마리 훔치는 상상도 했다. 아마 훔친 말을 소유하는 건 불륜보다 더 복잡한 일이 아닐까. 결코 정답을 알 수 없는 상식적인 질문들. 그러는 사이 나는 전시실에서 전시실로 계속 오갔다.

채색 자기 촛대, 코끼리 등에 초들이 꽂혀 있다. 코끼리는 녹색으로 칠했는데, 자기는 제작과 채색 모두 세브르의 왕립제작소에서 이루어졌고, 원래는 퐁파두르 부인이 구입한 물건이었다. 절대군주란 세상의 모든 것들을 잠재적인 하인으로 만들 수 있는 존재를 의미하고, 섬김을 받으려는 욕구 중 가장 끈질긴 것이 바로 장식과 관련된 것이다.

같은 전시실의 반대편 끝에 루이 15세의 침실 옷장이 있다. 자단(紫檀, 자줏빛의 교목으로, 무늬가 아름다워 건축과 가구재로 많이 쓰인다—옮긴이)에 상감으로 장식을 했는데, 로코코 양식의 광을 낸 청동 장식이다.

관람객은 대부분 나처럼 외국인이고, 젊은이들보다 나이 든 사람들이 많았는데, 모두 숨을 죽이고 은밀한 무언가를 찾기 바라고 있다. 그런 박물관에선 누구나 호기심 많은 수다쟁이가 된다. 용기가 있다면 모든 서랍을 열어 볼 수도 있고, 또 그래도 된다.

네덜란드 관에 가면 술 취한 농부와 편지를 읽는 여인, 생일잔치, 사창가를 그린 작품들을 볼 수 있다. 렘브란트와 그의 제자가 그린 작품들. 그 제자가 즉시 나의 관심을 끌었다. 그림에 가까이 다가갔다 곧 물러나며 여러 번 살펴보았다.

그 제자의 이름은 빌럼 드로스트다. 아마도 레이던에서 태어났을 것이다. 파리의 루브르박물관에 가면 드로스트가 그린 밧세바 그림이 있는데, 같은 해 렘브란트가 그린 같은 주제의 그림을 떠올리게 한다. 드로스트는 스피노자와 꼭 동년배였을 것이다. 그가 언제 어디서 죽

빌럼 드로스트, 〈양단 가운을 걸친 젊은 여인〉, c. 1654.

있는지는 알려지지 않았다.

　그림 속의 여인은 관객을 보는 것이 아니다. 그녀는 자신이 욕망하는 남자를, 연인이라 생각하고, 뚫어지게 쳐다보고 있다. 그 남자는 드로스트일 수밖에 없다. 우리가 드로스트에 대해 확실히 알 수 있는 것은 그림 속 바로 그 여인에게 욕망의 대상이 되었다는 것뿐이다.

　박물관에서는 보통 떠오르지 않는 생각이 떠올랐다. 욕망의 대상이 된다는 것은 (욕망이 또한 상호적이라면) 그 대상이 되는 이의 두려움을 없애 준다. 아래층 전시실에 있는 그 어떤 갑옷을 입는다고 해도, 그 정도로 완벽하게 보호 받는 느낌은 가질 수 없다. 욕망의 대상이 된다는 것은 아마도, 살아서 경험할 수 있는 느낌 중 불멸의 느낌에 가장 가까운 것일지도 모른다.

　그때 누군가의 목소리가 들렸다. 암스테르담이 아니라, 박물관의 커다란 나선 계단에서 들리는 목소리. 고음의 그 목소리는, 선율이 있고 정확하지만 울림이 있는 것이 마치 웃음 속에 금세 파묻혀 버릴 것 같다. 그 목소리에는 웃음이, 마치 창으로 들어와 새틴(satin) 천 위에 반짝이는 햇빛처럼, 반짝이고 있다. 가장 놀라운 점은 한 무리의 일반인을 대상으로 말하는 자신감 넘치는 목소리라는 사실이었다. 그 목소리가 멈출 때면 정적이 흐른다. 말을 알아들을 수가 없어서 나의 호기심은 더욱 커졌고, 잠시도 망설이지 않고 다시 나선 계단으로 향했다. 스무 명 남짓한 사람들이 계단을 올라오는 중이었다. 하지만 목소리의 주인공이 누군지는 알 수 없었다. 사람들은 모두 그녀가 다시 입을 열기만 기다리고 있었다.

"계단을 올라가면 왼쪽에 삼단으로 된 장식 테이블을 보실 수 있습니다. 부인용이죠. 가위와 자수가 있어 당시의 작업을 그대로 볼 수 있어요. 저기 저렇게 내놓는 것보다 서랍 안에 두는 게 더 낫다고 생각할 수도 있지만, 잠긴 서랍은 편지를 넣어 두는 용도였습니다. 이 가구는 조제핀 왕비의 것이었죠. 타원형의 작은 파란색 명판이 마치 윙크하는 것처럼 보이죠. 웨지우드 가문에서 만든 것입니다."

처음 그녀를 보았다. 혼자 계단을 올라오는 그녀는 온통 검은색 차림이었다. 굽이 낮은 검은색 신발, 검은색 스타킹, 검은색 스커트, 검은색 카디건, 머리에 두른 검은색 띠까지. 키가 120센티미터쯤 되는 커다란 마리오네트 인형 같았다. 말을 할 때마다 창백한 손이 허공을 휘젓기도 하며 날아다녔다. 나이가 지긋했고, 나는 그녀의 깡마른 몸이 세월을 지나온 결과이겠구나 하는 인상을 받았다. 하지만 해골 같은 느낌은 전혀 없었다. 이 세상에 없는 어떤 존재를 닮았다면, 아마도 님프와 비슷할 것이다. 목에 맨 검은색 리본에 이름표를 달고 있었다. 이름표에는 유명한 박물관 이름이 적혀 있고, 작은 글씨로 그녀의 이름도 적혀 있다. 이름은 아만다였다. 몸집이 작아서 이름표가 어색할 정도로 커 보였는데, 마치 폐업 세일을 하고 있는 상점 쇼윈도의 원피스에 붙은 가격표 같았다.

"저쪽 진열장에 홍옥수(紅玉髓)와 금으로 만든 담뱃갑이 있네요. 당시에는 남자뿐 아니라 젊은 여성들도 코담배를 피웠죠. 머리를 맑게 하고, 감각들을 더 예민하게 만들어 주었으니까요." 그녀는 양 볼을 살짝 올린 다음 고개를 젖히고 코로 숨을 한 번 들이켰다.

"이 담뱃갑에는 비밀 서랍이 있어서 구아슈(gouache)로 그린 애인의 작은 초상화를 넣어 둘 수 있었습니다. 우표만 한 크기의 초상화였는데, 초상화 속 여인이 미소를 짓고 있죠. 제 생각에 아마도 이 여인이 애인에게 선물로 준 것 같습니다. 홍옥수는 마노(瑪瑙)의 붉은색 변종인데, 시칠리아 지역에서 채취된 것입니다. 이 색깔이 아마 여인에게 남자를 떠올리게 했겠죠. 대부분의 여자들은, 아시겠지만, 남자를 파란색이나 붉은색으로 보니까요." 그녀는 가냘픈 어깨를 한 번 으쓱해 보이고 말을 이었다. "붉은색 남자들이 더 쉽기는 하죠."

말을 멈춘 그녀는, 관람객을 돌아보지 않고 등을 돌려 걸음을 옮겼다. 작은 몸집에도 자신을 따르는 관람객들보다 빨리 걸었다. 오른손 엄지에 반지를 끼고 있었다. 까만 머리가 가발일 거라고 짐작한 건, 그녀가 염색보다는 가발 쪽을 더 선호할 것임을 확신했기 때문이다.

전시실 사이를 오가는 우리의 걸음이 숲속을 걷는 것과 비슷해지기 시작했다. 그건 우리 관람객과 그녀 자신 그리고 설명하는 대상의 위치를 잡는 그녀만의 독특한 방식 때문이었다. 그녀는 자신이 설명하는 작품 주변으로 관람객들이 몰려들지 못하게 했다. 마치 멀리 보이는 두 나무 사이로 지나가다 눈에 띈 사슴을 가리키듯 대상들을 가리켰다. 그리고 어디를 가리키든 항상 슬쩍 옆으로 비켜서는 것이, 마치 옆에 있는 다른 나무 뒤에서 나오는 것 같았다. 조각상 하나가 나타났다. 그늘과 습기 때문에 대리석이 약간 녹색으로 변해 버린 상태였다.

"이 조각상은 사랑을 위로하는 우정을 묘사한 작품입니다." 그녀가 중얼거리듯 말했다. "당시 퐁파두르 부인과 루이 15세의 관계가 거의 플라토닉한 수준이었거든요. 그렇다고 해서 그녀가 더 이상 화려한 드레스를 입지 않은 건 아니었죠, 그렇잖아요?"

아래층에서, 수작업으로 만든 시계들이 차례대로 네시를 알렸다.

"자, 이동할까요." 그녀가 고개를 빳빳이 들고 말했다. "여기는 숲

장 오노레 프라고나르, 〈그네〉, 1767.

의 다른 쪽입니다. 모든 것이 싱싱하고, 사람들도 모두 새 옷 차림이
죠. 그네를 타고 있는 젊은 여인도 그렇습니다. 우정의 조각상 같은 건
없고, 모두 큐피드상이에요. 봄날에 걸어 놓은 그네입니다. 여인의 슬
리퍼 한 쪽은, 보시다시피 벌써 날아가고 없는데요, 일부러 그랬을까
요? 여인도 모르는 사이에 그렇게 된 걸까요? 누가 알겠습니까? 새 옷
을 꺼내 입은 젊은 여인이 그네에 앉는 순간, 그런 질문엔 대답하기가
어려워지죠, 어느 발도 땅에 닿지 않으니까요. 남편이 뒤에서 밀어 주
고 있습니다. 높이 밀었다가, 낮게 밀었다가. 애인은 아마 숲속 어딘
가, 여인이 알려 준 곳에 숨어 있겠죠. 여인의 옷은 (퐁파두르 부인의
옷보다 덜 장식적이고 더 간소한데, 솔직히 저는 이쪽이 더 마음에 드
네요) 새틴에 주름 장식이 있습니다. 여인이 입고 있는 드레스의 빨간
색을 사람들이 뭐라고 불렀는지 아세요? 복숭아색이라고 했습니다.
저는 저런 색깔의 복숭아를 한 번도 본 적이 없지만요. 복숭아가 낮이
라도 붉혔다면 모를까. 흰색 면 스타킹은 그 아래 무릎의 살결에 비하

면 좀 거칠어 보입니다. 슬리퍼와 색을 맞춘 분홍색 가터는 너무 작아서 다리 위까지 올리면 꽤나 죄었을 것 같네요. 숨어 있는, 여인의 애인을 생각해 보세요. 슬리퍼를 벗어 버린 다리가 높이 올라가면, 스커트와 속치마가 들리고, 새틴과 주름 장식이 바람에 출렁이겠죠. 당시엔 아무도, 분명히 말씀드리지만 아무도 속옷을 입지 않았습니다! 애인은 눈이 튀어나올 것 같았겠죠. 바로 그녀가 의도했던 대로, 그는 다 볼 수 있었습니다."

갑자기 말이 끊기고, 그녀는 다문 이 뒤로 혀를 움직이며 무슨 소리를 낸다. 마치 주름 장식과 새틴이라는 단어에서 모음을 버리고 자음만 발음하는 것 같다. 그녀는 잠시 눈을 감았다가, 다시 뜨며 말했다. "주름 장식은 일종의 흰색 글씨죠. 살결 위에 걸쳐 있을 때만 읽을 수 있는 글씨."

그 말을 남기고, 그녀는 옆으로 물러났다. 관람 안내도 끝이었다.

관람객 중 누군가 질문을 하거나 고맙다는 인사를 하기도 전에, 그녀는 책이 있는 카운터 뒤 사무실로 사라졌다. 삼십 분 후 다시 나타났을 때는 목에 달고 있던 이름표를 떼고, 검은색 코트를 입은 차림이었다. 내 옆에 서면 팔꿈치 정도밖에, 더 이상은 오지 않을 것 같은 키였다.

그녀는 빠른 걸음으로 박물관의 앞쪽 계단을 내려가 광장의 인파 속으로 들어갔다. 금방이라도 찢어질 것 같은 마크스 앤드 스펜서(Marks and Spencer, 영국의 의류 및 잡화 소매점 체인—옮긴이)의 얇은 비닐가방을 들고서.

이러한 노력(conatus)이 정신에게만 관련될 때에는 의지(voluntas)라 불린다. 하지만 이것이 정신과 신체에 동시에 관련될 때에는 욕구(appetitus)라고 한다. 그러므로 이는 인간의 본질 자체와 다르지 않으며, 이것의 본성으로부터 필연적으로 그의 보존을 증진할 수 있는 것들이 따라 나온다. 그

리고 따라서 인간은 이것들을 하도록 규정된다. 그 다음 욕
구와 욕망(cupiditas) 사이에는, 일반적으로 욕망이 자신들
의 욕구를 의식하는 한에서 인간들과 관련된다는 점을 제외
한다면, 아무런 차이도 존재하지 않는다. 그리고 이 때문에
욕망은, 의식과 결합된 욕구라고 정의될 수 있다. 따라서 우
리가 어떤 것을 추구할 때, 그것에 대한 의지(意志)가 있을
때, 또는 그것을 열망하거나 욕망할 때, 이는 우리가 그것이
좋다고 판단하기 때문이 아니다. 하지만 반대로, 만약 우리
가 어떤 것이 좋다고 판단한다면, 이는 정확히 말해 우리가
그것을 추구하기 때문에, 그것에 대한 의지가 있기 때문에,
또는 그것을 열망하거나 욕망하기 때문이다.
—스피노자,『윤리학』3부, 정리 9의 주석

마크스 앤드 스펜서 비닐가방 안에 뭐가 들어 있었을까. 콜리플
라워 하나, 밑창을 덧댄 신발 한 켤레 그리고 포장한 선물 일곱 개를
상상해 본다. 선물은 모두 한 사람을 위한 것인데 각각의 선물에는 번
호가 매겨져 있고, 똑같은 금색 삼끈으로 묶었다. 첫번째에는 소라 껍
데기가 들어 있다. 아이들 주먹, 어쩌면 그녀의 주먹만 한 소라 껍데
기. 색깔은 은빛 펠트 천의 색, 복숭아빛으로 변하기 시작한 색이다.
깨지기 쉬운 나선형 껍질은 그네에 올라탄 여인의 스커트 주름 장식
을 닮았고, 매끈하게 광이 나는 속은 햇빛 받을 일 없던 피부처럼 창백
하다.

두번째 선물. 부츠(Boots the Chemist, 영국의 약국 겸 화학제품
판매점 체인—옮긴이)에서 산 비누, 아르카디아란 상표가 붙어 있다.
향은 정면을 마주하고 있어, 만져 볼 수 있을 뿐 볼 수는 없는 누군가
의 등에서 나는 향과 비슷하다.

세번째 포장에는 초가 하나 들어 있다. 가격표를 보면 8.5유로다.
네번째 포장에는 다른 초가 있다. 그냥 초만 있는 것이 아니라 유리잔

에 든 제품인데, 바닥에 모래와 아주 작은 조개껍데기가 깔린 것이, 바닷물로 가득 차 있는 것 같고 심지는 바다 위에 떠 있는 것처럼 보인다. 유리잔에 붙은 꼬리표에는 이런 경고문이 적혀 있다. "초가 켜진 상태에서 자리를 비우지 마시오."

다섯번째 선물은 와인 검즈라는 사탕 상표의 종이 가방이다. 백년이 넘은 상표인데, 아마 세상에서 가장 싼 사탕일 것이다. 색깔은 다양하고 화려하지만, 맛은 모두 배 맛이다.

여섯번째 선물은 아우구스티누스 수녀회가 부른 「보라, 형제자매들이여」가 녹음된 카세트테이프다. 장 티세랑이 작곡한 13세기의 피아노곡이다.

일곱번째 선물은 흑연 막대와 연필이다. 부드러운 것, 보통, 단단한 것. 부드러운 흑연이 남긴 흔적은 숱 많은 머리의 짙은 검은색이고, 단단한 흑연이 남긴 흔적은 이제 막 하얗게 세기 시작한 머리색이

존 버거, 빌럼 드로스트가 그린 여인의 초상을 보고.

다. 흑연에도, 피부와 마찬가지로 특유의 기름이 있다. 타고 남은 석탄재와는 완전히 다른 물질이다. 종이에 그렸을 때 나는 광택은 입술 광택과 비슷하다. 함께 상자에 넣은 종이에 그녀는 흑연 연필로 적었다. "세상의 마지막 시간에, 이것을 기억해야만 한다."

그리고 나는 네덜란드 화가와 사랑에 빠진 여인을 보기 위해 돌아갔다.

장 앙투안 바토

Jean-Antoine Watteau

1684-1721

예술에서 섬세함이 꼭 강함의 반대말은 아니다. 실크에 그린 수채화 한 점이 3미터짜리 청동상보다 보는 이에게 더 강력한 영향을 미칠 수 도 있다. 바토의 드로잉은 대부분 아주 섬세하고, 아주 조심스러운데, 거의 몰래 그린 것처럼 보인다. 마치 바로 앞의 나뭇잎에 앉은 나비를 그리는 동안, 종이 위를 움직이는 초크의 움직임이나 소리에 나비가 겁을 먹고 날아갈까 봐 조마조마해 하며 그린 것처럼 말이다. 하지만 그와 동시에 그 작품들은 관찰과 감정의 엄청난 힘을 드러내는 드로 잉들이다.

이런 대조가 바토의 기질과 그 밑에 깔린 그의 예술의 주제에 대 한 단서를 제공한다. 그는 주로 광대, 익살꾼, 연회 그리고 지금 우리 들이 가장무도회라고 부르는 장면들을 그렸지만, 주제는 비극적이다. 즉 유한한 존재라는 주제이다. 결핵을 앓고 있던 그는 서른일곱 살에 찾아온 자신의 이른 죽음을 감지하고 있었을 것이다. 어쩌면 자신이 주로 그렸던 관료주의의 우아한 세계도 같은 운명임을 감지했을지 모 른다. 궁정 사람들이 〈키테라섬으로의 출항〉(그의 작품 중 가장 유명 한 축에 속한다)을 위해 모여 있다. 하지만 이 상황이 신랄한 것은, 이들이 그곳에 이르고 나면 그 전설적인 섬은 더 이상 그들이 기대하는 곳이 아닐 것임을 암시하기 때문이다. 머지않아 기요틴이 떨어질 것이었다.(몇몇 비평가는 그림 속 궁정 사람들이 키테라에서 돌아오는 장면이라고 주장하기도 했지만, 어느 쪽이든 전설과 현실 사이의 대조에는 변함이 없다) 바토가 프랑스혁명을 예견했다는 건, 어떤 예언을 그림으로 그렸다는 뜻이 아니다. 그랬다면 오늘날 그의 작품은 지금보다 덜 중요하게 여겨졌을 것이다. 예언이란 시간이 지나면 낡은 것이 될 수밖에 없으니까. 그의 예술의 주제는 단지 변화, 변모, 각각의 순간이 지닌 찰나성일 뿐이다. 나뭇잎에 앉은 나비처럼.

그런 주제는 그를 감상과 가냘픈 향수로 이끌 수도 있었다. 하지만 바로 그 지점에서 현실에 대한 냉혹한 관찰이 그를 위대한 예술가로 만들어 주었다. '냉혹한'이라고 말하는 이유는 예술가의 관찰이란 단순히 자신의 눈을 사용하는 문제만은 아니기 때문이다. 그것은 그의 솔직함, 자신이 보는 것을 이해하려는, 자신과의 싸움의 결과이기 때문이다. 바토의 자화상을 한번 보자. 약간은 여성적인 얼굴이다. 눈은 루벤스가 그린 여인의 눈처럼 부드럽고, 입은 즐거움으로 가득하며, 귀는 낭만적인 노래 혹은 그의 작품의 소재가 되기도 했던 조개껍데기의 낭만적인 울림을 들을 때처럼 섬세하다. 하지만 조금 더 깊이 들여다보면, 섬세한 피부와 유희(遊戱)의 흔적 뒤로 두개골이 있음을 알 수 있다. 그 두개골이 암시하는 바는, 오른쪽 광대뼈 아래의 어두운 강조, 눈 주변의 그림자, 관자놀이를 강조하도록 그려진 귀의 모습 등에서 속삭이듯 전해지고 있다. 이 속삭임은, 마치 무대 위의 방백처럼, 외침이 아니어서 더 충격적으로 다가온다. "하지만, 머리를 그린 그림은 모두 두개골의 형상까지 드러내기 마련 아닌가, 머리의 형태가 두개골에 달려 있으니까"라고 누군가 반박할지도 모르겠다. 당연하다. 그렇기는 하지만, 이 세상에선 골격으로서의 두개골과 존재감으로서의 두개골 사이에 큰 차이가 있다. 사람들의 눈이 가면을 꿰뚫어보며 변장을 무력하게 하는 것과 마찬가지로, 이 그림에선 뼈가 피부 자체

240

를, 몇몇 자리에선 실크처럼 얇은 그 막 너머에서 보는 이를 응시하는 것만 같다.

머리에 망토를 쓴 여인의 드로잉에서 바토는 정반대의 방식으로 같은 언급을 하고 있다. 이 작품에서는 인물의 피부와 대조를 이루는 것은 그 아래 있는 뼈가 아니라, 피부 위에 둘러쓴 천이다. 여인은 죽고 없고, 망토만 남아 박물관에 보관되어 있는 상황을 상상하기 쉽다. 여인의 얼굴과 옷감 사이의 대조는, 풍경을 그린 드로잉에서 하늘의 구름과 그 아래 절벽 혹은 건물 사이의 대조와 비슷하다. 여인의 입술 선은 하늘을 가르는 새의 실루엣처럼 투명하다.

그의 스케치북 한 면에는 아이들의 머리를 그린 드로잉 두 개와 함께, 리본을 묶는 손의 움직임에 대한 놀라운 묘사가 있다. 그 드로잉 앞에서 분석은 무의미하다. 느슨하게 묶인 리본의 매듭이 인간사의 느슨한 매듭에 대한 상징으로 너무도 쉽게 변모하는 과정은 설명이 불가능하다. 하지만 그런 변모는 억지스럽지 않으며, 확실히 그 드로잉이 있는 면 전체의 분위기와 호응하고 있다.

바토가 유한함에 대해 늘 의식적으로 신경을 쓰고 있었다고, 죽음에 대해 병적으로 신경 쓰고 있었다고 말하고 싶지는 않다. 전혀 그렇지 않았다. 그에게 그림을 주문했던 당시의 후원자들에게 이런 면은 보이지 않았을 것이다. 그는 커다란 성공을 누리지는 못했지만, 그 작품에서 보이는 기교와 (예를 들어, 페르시아 외교관의 초상화를 그릴 때는 매우 진지했다) 우아함 그리고 당시에는 어떤 낭만적인 나른함으로 보였을 면모만큼은 익히 인정을 받은 화가였다. 그리고 오늘날, 우리는 그의 작품이 지닌 또 다른 특징들, 예를 들면 완벽한 드로잉 솜씨 같은 것들을 고려해 볼 수도 있다.

그는 보통은 붉은색 혹은 검은색 초크로 드로잉을 했다. 초크가 가진 부드러운 질감 덕분에, 그는 그의 작품의 고유한 특징이라고 할 수 있는, 온화하고 물결처럼 흐르는 움직임을 만들어낼 수 있었다. 허공에서 떨어지는 실크와, 그 실크 위에 떨어지는 빛에 대한 묘사는 그 어떤 작가도 해내지 못했던 것이었다. 그가 그린 파도 위에 뜬 배들, 그 선체를 따라 비치는 빛 역시 흐르는 듯한 리듬에 맞춰 스치고 있다. 그가 습작으로 그린 동물들은 모두 동물들만의 **능숙한** 움직임을 보여 준다. 모든 것이 파도처럼 주기적이며, 때론 느리고, 때론 예리하다. 고양이의 털과 아이들의 머리칼, 조개껍데기의 나선, 폭포처럼 떨어 지는 망토, 소용돌이치듯 흔들리는 세 개의 기괴한 얼굴, 바닥을 흐르 는 강물의 부드러운 강굽이 같은 나체, 페르시아 가운을 가로지르는 삼각주 같은 주름까지 모두 그렇다. 모든 것이 흐름이다. 하지만 그 흐 름 안에 바토는 자신만의 강조점을, 그 어떤 흐름도 통과할 수 없는 어 떤 확실성의 표지(標識)를 남겨 두었다. 그 표지들이 고개를 돌리게 하고, 손가락과 손목이 함께 움직이게 하고, 가슴이 팔을 누르게 하고, 눈이 눈구멍에 제대로 있게 하고, 문간을 더욱 깊어 보이게 하고, 망토 가 머리를 감싸게 한다. 그 지표들이 마치 실크를 가르는 틈처럼 드로 잉을 자르고 들어가, 화려한 광채 아래 놓인 해부도를 드러낸다.

　망토는 그 망토를 머리에 두른 여인보다 오래 남을 것이다. 그녀 의 입술 선은 날아가는 한 마리 새처럼 순간적이다. 하지만 그녀의 목 양쪽에 자리잡은 검은색 덕분에 그녀의 머리는 단단하고, 정확하며, 좌우로 움직일 수 있고, 에너지로 가득하다. 즉 살아 있다. 그렇게 강 조된 어두운 선이 전체 드로잉의 흐름을 순간적으로 끊어 주기 때문 에, 형상 혹은 형태에 생명이 부여되는 것이다.

　그것과는 다른 차원에서, 인간의 의식 역시, 탄생과 죽음이라는 자연의 리듬에 맞서 순간적으로 그 흐름을 끊는 역할을 한다. 그리고 마찬가지로, 유한함에 대한 바토의 의식은, 병적인 것과는 전혀 관련 이 없는 것으로, 오히려 삶에 대한 지각을 더욱 확장시켜 준다.

프란시스코 데 고야

Francisco de Goya

1746-1828

야노스를 처음 만난 건 그가 이 일기를 시작하기 이 년 전, 내셔널갤러리(예술에 대한 갈망으로 괴로워하는 이들에게, 많은 일들이 그곳에서 시작되거나 끝난다는 사실이 놀라울 따름이다)에서였다. 우리 둘은 고야의 〈이사벨 포르셀 부인의 초상〉 앞에 나란히 서 있었고, 여학생 한 명이 그림을 보기 위해 성큼성큼 앞으로 나아갔다. 그녀는 짙은 머리를 길게 늘어뜨리고 있었는데, 고개를 한 번 흔들어 그 긴 머리를 뒤로 넘겼다. 몸에 꽉 달라붙은 검은색 치마는 (아직 청바지가 유행하기 전의 이야기다) 마치 수건을 묶어 놓은 것처럼 언제든 풀려 버릴 것 같았는데, 정작 본인은 그런 상황이 닥쳐도 조금도 당황하지 않을 것 같았다. 그림 앞에 선 그녀의 모습, 한 손을 엉덩이에 대고 살짝 뒤로 기울인 그 모습은 본인이 의식하지 못하는 사이에 이사벨 부인의 자세를 닮아 있었다. 그때 야노스를 보았다. 커다란 검은색 코트를 걸친 키 큰 남자가 아주 재미있다는 듯이 그림과 여학생을 번갈아 바라보고 있었다. 그가 내 쪽을 돌아보았다, 여전히 미소를 지은 채. 가득한 눈가 주름에 묻힌 그의 눈이 환하게 반짝였다. 그는 활력이 넘치는 육십대로 보였다. 나도 미소로 화답했다. 여학생이 다시 성큼성큼 옆

프란시스코 데 고야, 〈이사벨 포르셀 부인의 초상〉,
1805.

전시실로 이동하고, 우리는 함께 그림 앞으로 다가갔다. "살아 있는
이와 죽지 않은 이라", 그가, 저음의 눈에 띄는 외국 억양으로 말했다.
"쉽지 않은 선택입니다!"

　　가까이에서 나는 그의 얼굴 표정을 좀 더 세밀하게 관찰할 수 있
었다. 도시의 얼굴, 경험이 많고, 시련을 겪었으며, 여기저기 옮겨 다
닌 얼굴이지만, 거기에는 아직 놀라움을 위한 자리가 남아 있었다. 세
련된 얼굴과는 정반대의 얼굴. 상황을 고려할 때, 화가가 분명해 보였
다. 손에는 판화용 잉크 얼룩이 배어 있었다. 하지만 다른 상황이었다
면 정원사 혹은 공원관리인처럼 보였을 수도 있다. 분명 홀로 지내는
사람처럼 보였고, 평생 비서 따위는 두지 않고 지냈을 것이다. 코가 크
고 콧구멍에서 코털 몇 개가 비어져 나와 있었다. 두껍지만 꽉 다문 입
술, 정수리까지 벗겨진 머리, 툭 튀어나온 주걱턱. 서 있는 자세는 아
주 꼿꼿했다.

내가 이름을 묻고 그가 대답했을 때, 생각이 났다. 칠팔 년 전쯤, 나치에 저항하는 전쟁을 표현한 드로잉들을 묶어낸 책을 보았던 기억이 희미하게 떠올랐다. 그런 작품집에 실리는 대부분의 그림들과 달리 그 그림들은 표현주의 작품이 아니라서 충격을 받았다. 그림을 그린 화가에 대해서는, 아마도 대륙으로 돌아갔을 거라고 막연히 생각하고 있었다. 나중에 미술계에 있는 사람들에게 그의 이름을 말했을 때 대부분은 모르겠다는 표정을 지었다. 그는 소수의 고립된 무리에만 알려져 있었다. 한두 개의 좌파 지식인 모임, 베를린 출신의 망명자들, 헝가리 대사관, 그가 개인적으로 교류하는 젊은 화가들 그리고 아마도 MI5(영국의 정보기관—옮긴이) 정도일 것이다.

～

그래픽 아티스트로서 고야의 천재성은 시사평론가의 천재성이다. 그의 작품이 직설적인 탐사보도라는 뜻이 아니다. 그런 것과는 거리가 멀다. 오히려 이 말은 그가 정신 상태보다는 사건에 훨씬 더 관심이 많았다는 뜻이다. 각각의 작품이 독창적으로 보이는 이유는 형식이 아니라, 해당 작품이 언급하고 있는 사태 때문이다. 그와 동시에 이 사태들이 서로 이어지기 때문에 효과는 축적된다. 마치 영화를 보고 있는 것 같은 기분이다.

과연, 고야의 비전을 묘사하는 또 다른 방법은 그것이 본질적으로 연극적이라고 말하는 것이다. 폄하하려는 것이 아니라, 그가 행위를 통해 인물이나 상황의 핵심을 전달하는 방법을 끊임없이 고민했기 때문이다. 그가 화면을 구성하는 방식은 연극적이다. 그의 작품들은 늘 어떤 마주침을 암시하고, 그의 인물들은 자연스러운 중심부 주변에 둥글게 모이기보다는, 양쪽 가장자리에서 몰려든다. 그리고 작품이 미치는 영향 역시 극적이다. 고야의 동판화(銅版畵)를 감상하는 사람은 그런 그림이 나오기까지 비전의 흐름을 분석하지 않고, 그저 그

클라이맥스를 따를 뿐이다.

고야가 어떤 방법으로 드로잉을 했는지는 여전히 수수께끼로 남아 있다. 그가 드로잉을 **어떻게** 했는지 묻는 것은 거의 불가능하다. 드로잉의 시작점이 어디인지, 어떤 방식으로 형태를 분석했는지, 명암은 어떻게 체계적으로 활용했는지. 그의 작품은 이런 질문들에 답할 수 있는 단서들을 전혀 제공하지 않는데, 이는 그가 단지 자신이 **무엇**을 그리고 있는지에만 관심이 있었기 때문이다. 그의 재능은, 기술적인 면에서나 상상력의 면에서, 천재적이었다. 붓을 다루는 능력만 보면 가쓰시카 호쿠사이(葛飾北斎)에 비견할 만하다. 자신의 소재를 시각적으로 재현하는 능력이 매우 정확해서, 밑그림으로 그린 스케치와 완성된 작품 사이에 선이 어긋나는 부분은 거의 찾아볼 수 없다. 그가 남긴 드로잉들은 모두 그의 개성을 여지없이 드러낸다. 하지만 이 모든 점에도 불구하고, 고야의 드로잉은 어떤 의미에서는 비개성적이고, 자동적이며, 족적 같은 작가의 흔적을 보여 주지 않는다. 대체로 흥미를 불러일으키는 것은 판화 자체가 아니라 그 그림들이, 그림들을 촉발시킨 사태에 대해 드러내는 무엇이다.

고야가 하고 있는 평론의 성격은 어떤 것일까. 그가 그려낸 사태들은 다양하지만, 그 기저에는 변하지 않는 하나의 주제가 놓여 있다. 그의 주제는 자신의 가장 소중한 능력, 즉 이성에 대한 인간의 무심함(종종 신경질적인 증오에 이르기도 하는 무심함)이다. 여기서 말하는 이성은 18세기의 물질적인 의미에서의 이성, 감각에서 기인하는 쾌락을 얻기 위한 원칙으로서의 이성이다. 고야의 작품에서 살갗은 하나의 격전장이 되는데, 한편에는 무지와 무절제한 열정, 미신이 있고 다른 편에는 품위와 우아함, 쾌락이 있다. 그의 작품이 지닌 독창적인 힘은, 그가 이성을 배반했을 때의 두려움과 공포에 대단히 **육감적으로** 관여하고 있다는 사실에서 나오는 것이다.

고야의 모든 작품에서는, 아주 초기의 작품을 제외하고는, 육감적인 혹은 성적인 불균형이 강하게 느껴진다. 그가 왕실 사람들의 초상화에서 육체적 타락을 그대로 드러냈다는 사실은 유명하다. 하지만 〈이사벨 포르셀 부인의 초상〉에서도 그러한 타락에 대한 암시는 똑같이 담겨 있다. 옷을 벗은 마하는 비록 아름답지만, **끔찍할 정도로** 벌거 벗고 있다. 어여쁜 궁정여인의 스타킹에 들어간 섬세한 꽃무늬에 감탄하던 관람객은 갑자기, 그리고 즉각적으로, 그 옆에 있는 가면을 쓴 괴물의 모습에 놀라게 되는데, 그 괴물은 바로 꽃무늬의 섬세함에 자극을 받아 생긴 열정의 산물, 그녀가 낳은 자식이다. 수사(修士) 한 명이 매춘굴에서 옷을 벗고 있고, 고야는 그를 그린다. 그를 증오하지만 그건 그 수사가 도덕적으로 엄격하지 않아서가 아니라, 지금 이 사태를 초래한 충동이, 〈전쟁의 참상〉 연작에서 농민의 목을 벤 후 그 아내를 겁탈하는 병사의 충동과 같은 것임을 고야가 지각하고 있기 때문이다. 곱사등이의 어깨 위에 그려 놓은 야수 같은 커다란 머리, 공직자의 옷을 걸친 동물들, 지저분한 털을 암시하기 위해 사람의 몸 위에 아무렇게나 그린 명암, 마녀를 그린 그림에서 드러나는 그의 증오심, 이모두에 인간의 가능성을 남용하는 것에 대한 항의가 담겨 있다. 고야가 그토록 항의했던 이유는, 타락이 지나치면, 인간의 가능성들이 무자비할 정도로 거부되고 나면, 약탈자와 희생자 모두 야만적으로 되어 버린다는 것을 그가 알고 있었기 때문이다. 이는 부헨발트(나치의 집단수용소—옮긴이)와 히로시마를 경험한 오늘날의 우리에게도 절박할 정도로 유효한 말이다.

그다음으로 고야가 객관적인 예술가인가 주관적인 예술가인가 하는 논쟁이 있다. 그가 사로잡혀 있던 것이 자신의 상상이었는가, 아니면 스페인 궁정의 타락과 종교재판의 무자비함, 이베리아반도 전쟁의 끔찍함과 관련해 자신이 목격한 것이었는가 하는 문제 말이다. 사실, 이 논쟁은 잘못 제기된 것이다. 물론 고야는 종종 자신의 갈등이나 두려움을 작품의 출발점으로 삼았지만, 그건 자신이 동시대의 전형적인 인물이라고 의식하고 있었기 때문이다. 그의 작품의 의도는 매우 객관적이고 사회적인 것이었다. 그의 주제는 인간이 다른 인간에게 어떤 일까지 할 수 있는가 하는 것이었고, 작품의 소재는 대부분 인물들 사이에서 벌어지는 행동들이었다. 하지만 등장인물이 한 명밖에 없는 경우(감옥에 갇힌 소녀, 호색한, 한때 '잘 나가던' 거지)에도 거기에 담긴 암시는, 혹은 제목에서 명백하게 언급하는 바는, "이들에게 무슨 일이 벌어졌는지 보라"이다.

몇몇 현대 작가들이 다른 견해를 가지고 있다는 것은 알고 있다. 예를 들어 말로(A. Malraux)는 고야의 작품에 대해 "종교에서 강조하는 인간의 이유 없는 고통에 대한 재발견이다. 아마도 스스로 신에 무관심하다고 생각하는 사람에 의해 이런 재발견이 이루어진 것은 최초일 것이다"라고 했다. 그는 계속해서 고야가 "인간으로 지낸다는 일의 부조리"를 그렸고, "서구 문화에서 인간의 불안에 대한 가장 위대한 해석을 제시했다"고 말한다. 이런 견해가 지닌 문제점은, 후대 사람의 관점에서 보았기 때문에, 어딘가에 종속된 감정을 고야의 작품에 담긴 것 이상으로 유도하고 있다는 점이다. 조금만 방향을 바꾸면, 그 감정은 무의미한 패배감이 되고 만다. 작품에서 예언했던 재앙이 나중에 실제 사건으로 일어났다면, (고야는 이베리아반도 전쟁을 목격했을 뿐 아니라, 예언하기도 했다) 예언 때문에 재앙이 더 커진 것이 아니라, 아주 미약하게나마 그 재앙을 약화시켰다고 해야 할 것이다. 왜냐하면, 그 예언이 어떤 결과들을 예측할 수 있음을 보여 주었기 때문에 그리고 그러한 예측은 결국, 재앙의 원인을 통제하기 위한 첫걸음이기 때문이다.

예술가의 절망은 종종 오해를 받는다. 그것은 절대 총체적인 절망이 아니다. 그의 작품은 그 절망에서 빠져 있다. 그 작품에는, 예술가의 견해가 아무리 부정적이라 해도, 회복에 대한 희망이 담겨 있다. 그 희망이 없었다면, 예술가는 작품을 창조하는 데 필요한 막대한 에너지와 집중력을 절대 끌어모으지 못했을 것이다. 그리고 예술가는 작품을 통해 동료 인간들과의 관계를 구성한다. 따라서 관람객에게 있어, 작품에 표현된 절망은 기만적일 수 있다. 작품에 표현된 절망에 대한 관람객의 이해는 관람객 **자신이** 동료 인간들과 맺고 있는 관계에 따라 이루어진다. 그림을 창조하는 작가의 행위 역시 암묵적으로는 그렇게 이루어지는 것과 마찬가지다. 내가 보기에 말로는 (이 점에서 그는 환멸을 느끼는 대다수 지식인들의 전형이라고 할 수 있다) 그러한 동료 인간들과의 관계를 고려하지 않았다. 혹시 했다면, 동료 인간에 대한 그의 태도가 매우 절망적이었기 때문에, 작품의 절망감을 조금도 덜어낼 수가 없었던 것이다.

고야의 작품이 바깥을 향하고 있고, 객관적임을 확인해 주는 특징 중 흥미로운 점은, 그가 빛을 사용했던 방식이다. 그의 작품에서 두려움과 공포를 붙잡아 두는 것은, 자신들의 두려움을 낭만적으로 표현하려 했던 다른 작가들의 경우와 달리, 어둠이 아니다. 그의 작품에서 두려움과 공포를 담고 있는 것은 빛이다. 고야는 총력전이라고 할 만한 전쟁의 시기를 살며 그 광경을 가까이에서 목격했기 때문에, 밤이 안전한 시간이며 두려워해야 할 것은 동이 터 오는 시점이라는 것을 알고 있었다. 그의 작품에서 빛이 무자비한 것은 그것이 잔인한 행위들을 그대로 드러낸다는 단순한 이유 때문이다. 대학살의 참사를 묘사한 몇몇 드로잉은, 폭격 후 조명탄 아래 보이는 목표 지점을 찍은 영화의 장면 같다. 작품의 여백에서도 빛은 똑같은 식으로 몰려든다.

이 모든 견해들을 종합해서 마지막으로 고야에 대해 접근해 보도록 하자. 분석적으로 보면 레오나르도, 심지어 들라크루아가 고야보다 더 흥미로운 화가이다. 대상에 대한 이해의 관점에서 보자면 렘브란트가 훨씬 더 심오하고 동정적이었다. 하지만 고야만큼 위대한 정직함을 성취해낸 작가는 없다. 그 단어의 모든 의미에서의 정직함, 사실을 직시하면서도 **동시에** 자신의 이상을 지켜내는 것. 그는 죽은 자와 고통받는 자의 모습을 인내심을 가지고 동판화로 새기면서, 그 아래 아주 다급하게, 절박하게, 화가 난 상태로 휘갈겼다. "왜?" "존재의 씁쓸함" "이렇게 되기 위해 태어난 것인가?" "더 이상 어떤 일이 있을 수 있나?" "이것이 더 나쁘다" 같은 말들. 지금 우리에게 고야가 가늠

할 수 없을 정도로 중요한 이유는 그가 정직하게 직면하고 판단했던 그 문제들을, 우리도 여전히 직면하고 있기 때문이다.

∿

먼저 그녀는 근사한 옷을 입은 채 장의자에 누웠다. 옷 때문에 그녀는 마하라고 불린다. 나중에 같은 자세로 그리고 같은 장의자에, 그녀는 벌거벗고 눕게 된다.

20세기 초 프라도미술관에 이 작품이 처음 전시되었을 때부터 사람들은 물었다. "이 여성은 누구인가?" "이 여성이 알바 공작부인일까?" 몇 년 전에 알바 공작부인의 유해가 발굴되었고, 아마도 작품 속 여성이 그녀가 아닐 것이라는 희망에 따라 검사가 이루어지기도 했다! 그렇다면, 그녀가 아니라면, 이 여성은 누구일까.

그런 질문은 하찮은 궁정 소문에 불과하다고 무시하는 사람들도 있다. 하지만 두 작품을 보면, 과연 뭔가를 암시하는 매혹적인 신비감이 있는 것이 사실이다. 하지만 위의 질문은 잘못되었다. **누구인가** 하는 것이 문제가 아니다. 그건 절대로 알 수 없을 테고, 안다고 해서 우리가 더 현명해지는 것은 아니다. **왜**라고 물어야 한다. 그 질문에 답할 수 있다면 우리는 고야에 대해 조금 더 알게 될 것이다.

나의 대답은 '옷을 벗은' 작품에서는 모델이 **아무도** 없었다는 것이다. 고야는 첫번째 작품을 기반으로 이 작품을 구성했다. 그는 옷을 입은 마하의 그림을 앞에 놓은 채, 상상 속에서 그녀의 옷을 벗겼고, 자신의 상상을 캔버스에 옮겼다. 증거들을 살펴보자.

두 마하의 자세가 (뒤쪽 다리를 제외하고는) 불가사의할 정도로 똑같다. 이는 "이제 저 옷이 없다고 상상해 보자"라는 머릿속 **생각의** 결과일 수밖에 없다. 실제 모델이었다면, 서로 다른 상황에서 자세를 취했기 때문에 커다란 차이가 있을 수밖에 없었을 것이다.

그보다 중요한 증거는 나체를 그린 드로잉, 그녀의 자세를 시각

프란시스코 데 고야, 〈벌거벗은 마하〉, 1797-1800.

화한 드로잉이 있다는 점이다. 가슴을 보자. 그녀의 가슴은 아주 동그랗고, 봉긋하게, 양쪽 모두 바깥을 향하고 있다. 인물이 누워 있으면 어떤 가슴도 이런 모양이 될 수는 없다. 옷을 입은 그림에서는 그 이유를 설명할 수 있다. 모양을 잡아 코르셋으로 묶은 가슴은 정확히 그림과 같은 형태가 되고, 그렇게 지지를 받고 있기 때문에 인물이 누웠을 때도 그 형태가 유지된다. 고야는 맨살을 드러내기 위해 실크로 된 옷을 들어냈지만, 그다음엔 형태가 변한다는 사실을 잊어버리고 말았다.

위팔, 특히 왼쪽 팔도 마찬가지다. 옷을 벗은 그림에서 그 팔은, 불가능하다고는 할 수 없지만 이상할 정도로 튼튼해 보이는데, 거의 무릎 바로 위의 허벅지만큼이나 두껍다. 다시 한번, 옷을 입은 그림에서는 그 이유를 알 수 있다. 벌거벗은 상태에서 팔의 윤곽선을 파악하기 위해 고야는 옷을 입은 그림을 참조했지만, 그건 어깨와 소매 부분을 잔뜩 부풀린 재킷을 입은 모습이었다. 그는 형태를 다시 가늠하는 대신, 그저 단순화시키기만 했기 때문에 잘못 계산한 것이다.

옷을 입은 그림과 비교해서, 옷을 벗은 그림의 오른쪽 다리는 살짝 틀어서 우리 관람객 쪽을 향하고 있다. 그런 조정이 없었더라면 두 다리 사이의 틈이 그대로 드러나면서, 전체적으로 선체(船體)를 닮은 그녀의 몸 형태가 무너지고 말았을 것이다. 하지만 모순되게도, 그런 조정을 거치고 나면 옷을 벗은 인물은 옷을 입었을 때의 모습과는 덜 비슷한 형태가 되었을 것이다. 정말 다리를 이런 식으로 틀었다면, 양쪽 엉덩이의 위치도 달라졌을 것이다. 따라서 옷을 벗은 그림에서 엉덩이와 배 그리고 허벅지가 허공에 떠 있는 것 같은 느낌이 드는 것은 (그 결과 우리는 그녀가 어떤 각도로 장의자에 누워 있는 것인지 확신할 수 없다) 오른쪽 다리를 조금 틀었음에도, 왼쪽 엉덩이와 허벅지의 형태는 옷을 입은 그림에서 그대로 가지고 왔기 때문이다. 마치 그녀가 입고 있던 옷이 안개처럼 순식간에 걷힌 것처럼 말이다.

과연 그녀 몸의 왼쪽 선, 그러니까 베개와 이불에 닿아 있는 겨드랑이에서 발가락까지의 선은, 옷을 벗은 그림에서는 옷을 입은 그림에서만큼 확신을 주지 못한다. 옷을 입은 그림에서는 베개와 이불이 종종 몸의 형태에 따라 구겨지기도 하고, 거꾸로 몸을 누르기도 한다. 즉 그것들이 몸과 만나는 자리는 바느질한 자국처럼, 보였다가 보이지 않기를 반복한다. 하지만 옷을 벗은 그림에서 그 선은 닳아 버린 재단면처럼 보인다. 거기에는 현실에서 인물과 주변 환경 사이에 언제나 이루어지고 있는 '주고받음'이 하나도 보이지 않는다.

옷을 벗은 그림에서 얼굴은 몸에서 툭 튀어나온 것처럼 보이는데, 이는 나중에 그렸거나 후에 수정을 했기 때문이 아니다.(몇몇 작가들이 이렇게 주장했다), 그 이유는 얼굴만은 구성한 것이 아니라 직접 **본** 것이기 때문이다. 그림을 보면 볼수록, 그 벌거벗은 몸이 이상할 정도로 모호하고, 실체가 없는 것처럼 보인다는 것을 깨닫게 된다. 처음에는 광채 때문에, 관람객은 그 빛이 그녀의 피부에서 나는 것처럼 착각하게 된다. 하지만 실제로 그것은 환영이 만들어내는 빛이 아닐까. 그녀의 얼굴은 손으로 만질 수 있을 것 같지만, 몸은 아니다.

고야는 대단한 재능을 지닌 장인으로 창의력도 뛰어난 인물이었다. 그는 움직이는 인물이나 동물도 아주 빠르게 그릴 수 있었기 때문에 실제 모델 없이도 대상들을 또렷하게 그려낼 수 있었을 것이다. 호쿠사이처럼, 그는 대상들의 생김새를 거의 직감적으로 알고 있었다. 외양에 대한 그의 지식은 드로잉을 하는 손가락과 손목의 움직임에 담겨 있었다. 그렇다면 왜 모델이 없다는 사실이 이 누드에서는 이렇게 확신 없고 인공적인 느낌으로 남게 됐을까.

그 질문에 대한 대답은, 내 생각에는, 두 그림을 그리게 된 그의 동기에서 찾아야 할 것 같다. 두 그림은 새로운 종류의 착시(눈 깜짝할 사이에 여인의 옷이 사라지는)를 노린 작품으로 한꺼번에 주문되었을 가능성이 있다. 하지만 당시 고야는 시시한 계약조건에 따라 다른 사람의 주문을 받을 만한 작가는 아니었다. 그러니까 두 작품이 주문에 따라 그려진 것이라면, 그에게도 그 주문을 받아야 하는 자신만의 이유가 있었을 것이다.

그렇다면 그의 동기는 무엇이었을까. 첫눈에 명백해 보이는 것처럼, 그건 자신의 연애를 고백 혹은 축하하려는 마음이었을까. 누드화가 실제 모델을 앞에 놓고 그린 것이라고 믿을 수 있다면, 이 가정도 좀 더 신뢰를 얻게 될 것이다. 아니면 그 동기는, 있지도 않은 연애에 대해 허풍을 떨고 싶었던 마음이었을까. 이 가정은 고야의 성격과는 상반되는 것이다. 그의 예술은 허세로부터는 유난히 자유로운 것이었다. 나의 추측은 이렇다. 첫번째 그림은 친구(어쩌면 정부였을지도 모른다)의 비공식적인 초상화로 그렸을 것이다. 하지만 그림을 그리던 중에 갑자기, 근사한 옷을 입고 누워 자신을 바라보는 그녀의 모습을 보며, 그녀가 옷을 입지 않고 누워 있다면 어떨까 하는 생각에 사로잡혔을 것이다.

왜 그 생각에 '사로잡혔'던 걸까. 남자들은 항상 눈으로 여성의 옷을 벗기는데, 이는 아주 편리한 환상의 한 형태다. 고야가 그렇게 사로잡혔던 건 자기 자신이 성적인 상상을 했다는 사실이 두려웠기 때문일까.

고야의 내면에는 성과 폭력을 연관시키는 어떤 흐름이 끊임없이 흐르고 있었다. 마녀는 바로 그 연관에서 태어나는 존재였다. 그리고 부분적으로는, 전쟁에 대한 그의 두려움도 마찬가지였다. 일반적으로 그가 전쟁에 반대했던 이유는, 이베리아반도 전쟁에서 목격한 지옥 같은 상황들 때문일 거라고 여겨졌다. 그건 사실이다. 그는 의식적으로는 전쟁의 희생자들과 자신을 동일시했다. 하지만 절망과 두려움 속에서 잠재적으로 그는 자신이 고통받는 모습을 알아볼 수 있었다.

똑같은 흐름이 그가 매력을 느낀 여인의 자존심 가득하고 냉정한 눈에서 번쩍인다. 열 명 남짓한 사람들의 (거기에는 그 자신도 포함된다) 느슨하게 벌어진 입에서, 그 흐름은 비웃는 듯한 도발이 된다. 벌거벗은 남자를 그릴 때, 언제나 야만성과 같은 것으로 취급하곤 했던 그 벌거벗은 몸에서 전해지는 역겨움에도, 그 흐름은 가득 차 있다. 정신병원에 수용된 광인, 식인풍습을 가진 인디언, 매춘부를 찾은 성직자들. 그 흐름은 폭력의 대향연을 표현한, 오늘날 소위 '검은 그림들'이라고 불리는 작품들에도 담겨 있다. 하지만 그 흐름은 그가 사람의 '살'을 그리는 방식에서 가장 분명하게 드러난다.

말로 묘사하기는 어렵지만, 바로 그 흐름이 고야가 그린 거의 모든 초상화를 틀림없는 그의 작품으로 알아보게 하는 요소이다. 다른 초상화들에서 인물의 면면이 그 자체의 표현력을 지니듯이, 고야의 작품에서는 살이 그렇다. 표현은 모델에 따라서 다양하지만, 그것은 동일한 요구에 대한 다양한 반응일 뿐이다. 살을 욕망의 먹이로 바라보는 어떤 요구에 대한 반응. 이는 수사적인 표현이 아니라, 거의 말 그대로의 사실이다. 어떤 경우에 살은 잘 익은 과일처럼 통통하고, 또 다른 경우에는 막 무언가를 게걸스럽게 먹어 치울 준비가 되었다는 듯이 굶주린 채 달아올라 있다. 보통 그의 작품에서 살은 (바로 이 점이 그의 강렬한 심리학적 통찰을 유지하는 지지대 역할을 하는데) 이 두 가지를 동시에 담고 있다. 잡아먹는 자와 곧 잡아먹힐 자. 고야의 괴물 같은 두려움은 모두 그 안에 모여든다. 그가 만들어낸 가장 무시무시한 비전은 인간의 몸을 뜯어먹는 사탄이다.

비교적 무난한, 정육점 선반 그림에서도 똑같은 불안을 분명히 알아볼 수 있다. 고깃덩어리가 얼마 전까지 살아 있는, 감각을 지닌 살이었음을 이렇게까지 강조한 정물화, '정육'이라는 단어에 이 정도로 감정을 이입한 작품은 이 세상에 이 작품 말고는 없다. 이 그림, 평생 육식을 즐겼던 사람이 그린 이 작품이 주는 두려움은, 이것이 정물이 아니라는 점이다.

내 생각이 옳다면, 고야가 옷을 벗은 마하를 그린 이유가 자신이 그녀의 벗은 몸을 상상해 버렸다는 (이는 곧 그녀의 살이 감행하는 도발을 상상했다는 뜻이기도 하다) 사실에 사로잡혔기 때문이라면, 이제 우리는 그가 왜 그림을 이렇게 부자연스럽게 그렸는가 하는 설명을 시도해 볼 수 있다. 그는 귀신을 쫓아내기 위해 그렸던 것이다. 박쥐나 개 혹은 마녀처럼, 그녀는 '이성이 잠든 틈에' 풀려난 괴물의 또 다른 모습이다. 하지만 다른 것들과 달리, 그녀는 사람들이 가지고 싶어 하는 대상이기 때문에 아름답다. 그녀에게 씌인 귀신을 쫓아내기 위해 그녀를 제대로 된 이름으로 부르기 위해 그는 옷을 입은 그녀의 모습과 최대한 똑같은 모습으로 그녀를 표현해야만 했다. 그는 나체를 그린 것이 아니라, 옷을 입은 여인의 모습 위로 나타난 옷을 벗은 환영을 그리고 있었던 것이다. 바로 그 점이, 그가 옷을 입은 그림을 그렇게 충실하게 재현했던 이유, 평소에는 그렇게 뛰어났던 창의력을 발휘할 수 없었던 이유이다.

고야 본인이 두 그림을 이런 식으로 해석해 주기를 의도했다는 말이 아니다. 그는 각각의 작품이 액면 그대로 받아들여지기를 기대했다. 옷을 입은 여인과 옷을 벗은 여인. 내가 하고 싶은 말은 두번째 그림, 그러니까 옷을 벗은 그림은 아마도 **가공의** 산물이며, 고야는 그 작품을 '위장'하는 과정에 상상으로 그리고 감정적으로 관여했을 거라는 점이다. 왜냐하면 그는 자신의 욕망을 쫓아내려고 애썼기 때문이다.

두 작품이 놀랄 만큼 현대적으로 보이는 이유는 무엇일까. 여인이 두 작품 모두에서 기꺼이 모델이 되었을 거라고 생각했던 우리는,

그런 가정하에 화가와 모델이 연인일 거라고 짐작했다. 하지만 이 두 작품의 힘은, 이제 다시 보면, 두 작품 사이에 변화가 **거의** 없다는 사실에서 기인한다. 유일한 차이는 여인이 옷을 벗고 있다는 것뿐이다. 그 사실이 모든 것을 바꿔 놓아야 했지만, 정작 그 차이 때문에 바뀌는 것은 그녀를 바라보는 우리의 태도밖에 없다. 그녀의 표정이나 자세, 우리와의 거리는 동일하다. 과거의 위대한 누드화들은 자신들의 황금시대를 함께 즐기자는 초대였다. 작품 속 인물들이 옷을 벗은 이유는 우리를 유혹하고 변화시키기 위해서였다. 반면 마하는 옷을 벗었지만 무관심하다. 마치 우리가 열쇠구멍으로 몰래 엿보고 있는 상황처럼 자신을 보고 있는 사람들이 있다는 사실을 모르는 것만 같다. 아니면 차라리, 더 정확하게는, 그녀는 자신의 옷이 '보이지 않게' 되었다는 사실을 모르고 있는 것만 같다.

다른 면에서도 그렇지만, 고야는 이 점에서도 예언적이었다. 그는 누드화를 낯설게 표현해낸 최초의 화가였다. 성과 친밀함을 구분하고, 성의 에너지를 성의 미학으로 대체한 예술가. 경계를 무너뜨리는 것이 에너지의 본성이라면, 경계를 세우는 것은 미학의 기능이었다. 고야에게는, 앞에서도 말했듯이, 에너지를 두려워할 만한 그만의 이유가 있었다. 20세기 후반에도 성에 대한 탐미주의는 소비주의를 자극하고, 그것을 계속 경쟁적인, 만족을 모르는 상태로 유지하는 데 일조하고 있다.

∿∿

천장 모퉁이마다 거미줄이 있었다. 한 시간 후면 알렉은 제비꽃을 재키에게 돌려줄 것이다. 한 시간 후면 그는 빌어먹을 이곳에서 벗어날 수 있다. 십 실링 이야기를 진짜로 믿지는 않았다. 만약 **근무일**을 다시 시작할 수 있으려면, 코커 씨가 바닥에 고꾸라졌던 일은 없었던 셈 쳐야 한다는 것을 알고 있었다. 그리고 그런 일을 없었던 셈 치려면,

프란시스코 데 고야, 〈옷을 입은 마하〉, 1800-1805.

봉급 인상 이야기도 마찬가지로 없었던 셈 쳐야 했다. 그는 방을 가로
질러 낡은 갈색 찻주전자가 늘 뒤집힌 채 놓여 있는 삐걱대는 건조대
로 갔다. 거기서 그는, 주급을 십 실링 인상해 주겠다는 코커 씨의 말
을 믿을 수 없는 또 다른 이유를 생각했다. 이 **불쌍한 골칫덩이**를 안쓰
럽게 여기지 않을 수 없었다. 뜨거운 물을 부어 주전자를 데웠다. 코커
씨를 안쓰럽게 여긴 건, 점심시간 후에 그가 갑자기 나이 들고 무능력
한 사람이 되어 버렸기 때문이다. 내일 아침 코커 씨가 잠옷 차림으로
이곳에서 아침을 먹는 장면을 상상했다. (이제 알렉은 찻주전자에 차
를 두 스푼 넣고 있다.) 이 불쌍한 골칫덩이는 자주 아침을 거르게 될
것이다. 하지만 무엇보다도, 코커 씨가 안쓰럽게 여겨졌던 것은 앞으
로 닥칠 일을 예측할 수 없고, 알 수도 없으며, 누가 이야기해 주지도
않았기 때문이다. 알렉은 코커 씨가 왜 그렇게 서둘러 동생 집을 나왔
는지 알 수 없었다. 왜 동생 분이 죽어 가고 있는지, 왜 코커 씨가 "좆
나게 무겁다" 같은 말을 했는지, 왜 서랍 안에 장전된 총을 보관하고
있는지, 왜 밴디 브랜디를 가정부로 쓰겠다는 말을 했는지, 왜 위층에
서 술 취한 사람처럼 행동했는지 알 수 없었다. 코커 씨 본인도 그 이
유를 설명할 수 없을 거라고 확신했다. 알렉이 보기에 코커 씨는 시속
160킬로미터짜리 해일이 몰려오는 것처럼 서두르고 있었다. 인간이

만들어낸 해일이 이제 막 지하도에 밀려들었고, 코커 씨는 지하 묘지를 이리저리 오가며 서두르고 있었다. 주전자에 물이 끓으면서 소리가 났다. 알렉은 지하 묘지를 한 번도 본 적이 없지만, 주전자에서 차를 따를 때 나는 소리와 느낌으로 주전자에 몇 년 된 물때가 끼었음을 알아차리고는(주전자를 기울일 때 물때도 한쪽으로 쏠리면서 뭔가 울리는 소리가 났다) 그 느낌을 짐작할 수 있었다. 살덩이가 모두 사라지고 바스러진, 광물적인 지하세계, 그는 지금 코커 씨가 겪고 있는 고통을 상상하기 위해 그런 세계를 떠올렸다. 그는 찬장 쪽으로 다가갔다. 선반 위에 컵과 컵받침, 접시들이 몇 개 있었다. 다른 선반에는 소금과 차, 비스킷 통, 그리고 거의 비어 있는 이스트 통이 하나 있었다. 아래쪽 선반에 코커 씨가 말했던 이불과 베개 상자가 있었다. 알렉은 이스트 통을 내려놓고 몸을 숙여 이불을 살폈다. 코커 씨가 말해 주지 않았더라도 알렉 혼자서 찾을 수 있었을 것이다. 이불은 새것처럼 보이지는 않았다. 아마 코커 씨는 이 이불을 웨스트 윈즈에서 가지고 왔을 것이다. 거기 더블베드도 있었을까. 이불 뒤로 상자 두 개가 보였다. 하나는 흰색 판지 상자였는데 겉에는 아무것도 씌어 있지 않았다. 그는 상자를 열어 보았다. 안에 진(gin) 술병만 한 병이 하나 있었다. 따지 않은 병이었다. 외국어로 된 상표가 붙어 있는데 알렉은 '쿰멜'이란 단어를 발견하고는 그게 코커 씨가 빈 이야기를 할 때 말했던 술이겠거니 생각했다. 다른 상자는 황금색이었고 기울어진 검은색 볼록 글씨로 '얼루어'라고 적혀 있었다. 알렉은 이 상자도 열 수 있을지 조심스럽게 살펴보았다. 열 수 있었다. 안에는 서로 다른 모양의 초콜릿이 서로 다른 색깔의 은박지에 쌓인 채 들어 있었다. 초콜릿 몇 개는 이미 먹어 버린 듯 짙은 색 컵만 덩그러니 남아 있기도 했다. 초콜릿 위로는 뚜껑에 비스듬히 걸친 채 커다란 담배 카드만 한 그림이 세워져 있었다. 벌거벗은 여자가 침대에 등을 대고 누운 모습을 그린 그림이었다. 짙은 머리칼에 눈이 컸는데, 허벅지 사이에 털이 없는 것을 보니 거기는 면도를 한 모양이었다. 몸집이 자그마한 것이 재키랑 비슷할 것 같았다. 피부색이, 심지어 발바닥까지 아주 하얀 여자였다. 사진 같기도 했는데, 색이 들어간 것을 보니 그림이 맞는 것 같았다. 그림 아래 '벌거벗은 마하'라고 적혀 있었다. 알렉은 다시 초콜릿을 쳐다보며 아무 생각 없이 초콜릿을 몇 개나 먹었는지 세어 보았다. 일곱 개. 코커 씨가 침대에 누워 초콜릿을 먹는 장면을 그려 보았다. 그리고 초콜릿을 먹으며 그림을 바라보는 광경도 그려 보았다. **이런!** 그는 그런 생각을 하며 상자를 닫고는 두 상자 모두 다림질로 반들반들해진 이불 뒤에 다시 밀어 넣었다. 컵 두 개를 난로 옆 탁자에 놓았다. 우유는 차갑게 보관하기 위해 늘 싱크대 아래 나무 선반에 두었다. 싱크대 위 창틀에 제비꽃이 놓여 있었다. 납으로 만든 U자 모양의 배수구가 선반을 통과해서 지나갔다. 병에 담기는 우유와 배수구 파이프를 지나는 구정물 사이의 차이가 자신의 성기와 코커 씨의 성기가 각각 지나온 역사의 차이인 것 같았다. 그는 한숨을 쉬며 문을 발로 차 닫았다. 그는 다시 한번 제비꽃을 쳐다보며, 두 사람의 서로 다른 역사에 대해서 생각했다. 코커 씨는 왜 다른 사람들처럼 될 수 없었을까, 다른 사람들과 비슷하지만 나이만 좀 더 먹은 사람이 될 수 없었을까 궁금했다. 파란색 쿠션에 누운 어린 시절의 코커 씨 사진을 떠올렸다. 쿰멜은 아주 독한 술이라고 말할 때의 코커 씨의 모습을 떠올렸다. 술병을 따고 코커 씨가 마실 차에 술을 조금만 타 줄까 하는 생각이 들었다. "마하의 사랑이 담긴 겁니다"라고 말하며 컵을 건네는 것이다. 그러면 노인네는 술에 취해 마하! 마하! 내 사랑!이라고 중얼거리다가 이내 잠이 들겠지. 멍청한 노인네. 알렉은 생각했다, 넘어져서 바닥에 얼굴이나 처박는, 술 취한 멍청한 노인네 같으니라고. 알렉은 우유를 두 컵에 따랐다. 컵 하나는 살짝 금이 가 있었다. 엄청 큰 채소용 접시는 있지만 제대로 된 컵은 없었다. 우유에 차를 따르자 친숙한 엷은 갈색이 나타났고, 그는 그날 아침 재키가 차를 끓이던 모습을 떠올렸다. 차, 차, 차, 차, 그는 생각했고, 매번 "차"라고 말할 때마다 익숙한 갈색의 음료 한 컵을 원하는 사람들이 생각났다. 재키 어머니의 주방에서 차를 마시는 알렉 자신, 어머니, 보온병에 차를 담아 직장으로 향하는 형들, 비가 와서 카페 앞에 자전거를 세우고 들어온 자전거 모임의 사람들, 새벽 두시에 기차역의 차 가판대 앞에 모여드는 청소년들. 코커 씨도 차를 좋아했지만 코커 씨는 좀 달랐다. 초콜릿 상자와 원탁과 환상을 좋아하는 코커 씨, 차 한 잔을 들이켤 때면 그런 모습들이 한꺼번에 끌려 나왔고, 알렉은 가만히 앉아 귀를 기울여야 했다. 코커 씨가 그런 사람으로 태어난 것을 비난할 수는 없었다. 하지만 이제 자신이 왜 십 실링의 주급 인상을 받을 수 없는지 그 이유를 따져 보고 나니, 결론을 내릴 수 있었다. 이 불쌍한 노인네한테 안쓰러운 마음이 드는 것은 어쩔 수 없지만, 그렇다고 영원히 이 사람과 함께 지낼 수는 없어, 음, 그렇지 않나?

〜

1막 4장

1794년의 봄, 낮. 공작부인의 집. 예배실 옆에 모슬린 커튼이 달린 침대가 하나 있다. 공작부인은 침대 위로 몸을 숙인 채 무언가 말한다. 정원사가 마차 바퀴에 칠을 하고 있다. 고야가 마차 문을 열고 내린다. 정원사가 칠을 멈춘다. 두 사람은 함께 공작부인을 바라본다. 부인은 침대에 누운 아이를 계속 보살핀다.

공작부인 간다, 간다, 이제 하나도 안 아플 거야, 내가 다 보내 버릴
          거니까. 떨지 말고, 나한데 다 주렴, 아가….
정원사 본인한테도 자식이 있었으면 좋았겠죠. 사람들 말로는,
        공작님께서 자식을 못 낳는다고.
공작부인 마시렴, 아가, 우리 정원에서 직접 기른 레몬이야.
고야 저런 목소리를 가지신 분은 지상에 다시 없을 거야.

공작부인 나쁜 세상 꿈이라도 꾼 거니? 아니, 아니야, 그건 저 사람들
　　　　세상일 뿐, 우리 세상은 아니란다. 시원하지. 자, 내가 이렇게
　　　　받쳐 줄게. 어때. 시원하지, 시원하지, 내 사랑.

고야 너무 아름답지, 듣고 있으면 입이 귀에 걸릴 것 같아, 저분의
　　　목소리 말이야.

공작부인 저기, 통증이 가네, 이리 오렴, 이리 와, 우리가 다 고쳐 줄게,
　　　　깃털 하나하나씩… 이리 오렴, 작은 고통들도, 카예타나에게
　　　　오렴, 이리 와, 작은 죽음아.

고야 우리 어머니도 죽음을 깃털이라고 하셨지.

정원사 선생님 모친께서는 말입니다, 돈 프란시스코, 당신이 하신
　　　　말은 지키는 분이셨죠.

공작부인 너무 가까이 오지 마세요, 두 분 다. 너무 가까이는 안 돼요.
　　　　방금 잠이 들었어요.

정원사 좀 가라앉았습니까?

공작부인 평화롭네요.

고야 성홍열인가요?

정원사 습지병(濕地病)인가요?

고야 장티푸스?

　　　　(난쟁이가 벌떡 일어나 침대 커튼을 찢고 튀어나온다)

난쟁이 고통이 커지고 있다고!

　　　　(고야는 분노로 주먹을 움켜쥔 채 정원사에게 욕을 퍼붓는다)

공작부인 왜 그렇게 화를 내세요? 이리 와서 옆에 앉아요. 서로
　　　　인사부터 해야죠. 안녕하세요, 프로그맨?

고야 남편 분께서는 저런 걸 어떻게 견디십니까?

공작부인 제 남편은 아무것도 견디지 않아요. 그이는 하이든을
　　　　연주하죠.

고야 저는 모든 것을 견딥니다.

공작부인 다른 사람들이 재미있게 지낼 권리가 있다고 생각하지

않으세요? 변덕을 부릴 때마다 주인의 허락을 받아야 하는
걸까요?

정원사 오, 주여! 부인께서 하시는 말씀 들으셨죠? 부인한테 보여
주신 거죠, 그렇죠? 보여 준 게 틀림없어. 아무한테도 보여 주면
안 된다고 제가 몇 번이나 말씀드렸습니까? 그러면 위험해지는
이유가 열아홉 가지나 됩니다.

공작부인 바투로스! 바투로스! 당신은 삶의 지혜를 모르시는군요. 두
분 모두 마부(馬夫)와 주인의 차이를 절대 알 수 없을 거예요.
저분이 하는 이야기를 잘 들어 보세요.

고야 (정원사에게) 부인께서는 그냥 당나귀 한두 마리만 봤을
뿐이야.

정원사 그 당나귀가 누굽니까? 이유가 스무 개가 됐네요. 여기서는
도무지 사람들이 말을 멈추지를 않아요. 절대로. 조잘조잘!
악마에게는 그것만큼 반가운 게 없을 겁니다.

공작부인 그럼 아라곤에서는요?

정원사 아라곤에서는 부인, 남자들은 생각한 후에 말을 합니다.
가끔씩만 말하고 뱉은 말은 지키죠.
(고야는 정원사에게 친한 척을 한다. 정원사는 마차로 돌아가
페인트가 담긴 통을 들고 마차에 오른 다음, 문을 닫는다)

공작부인 아직도 화가 나 있으신가요? 선생님을 위해 특별한 걸
준비해 뒀는데.

고야 난쟁이 나오는 연극이 또 있습니까?

공작부인 제가 왜 그 사람을 아모레(Amore)라고 부르는지 아세요?

고야 저는 사람을 죽인 적이 있습니다.

공작부인 사람을 죽인 일을 자랑하지 않는 남자는 없더군요. 심지어
제 남편도 사람을 죽여 본 적이 있다고 하더라고요…. 플루트
주자였던 것 같아요. 화내실 일은 없어요. 그냥 보여드리고
싶은 게 있을 뿐이에요.

(정원사가 마차의 가리개를 내린다. 공작부인이 낡은 예배실로
들어가고, 고야가 뒤를 따른다. 관객에게는 두 사람이 보고
있는 그림이 보이지 않는다)

공작부인 제가 열세 살에 결혼할 때 받은 작품이에요.

고야 그는 전혀 영향을 받지 않고 있습니다. 그는 영원히 거리를
유지하고 있지요. 오직 눈길만으로 그녀를 애무합니다.

공작부인 눈길이라니! 눈길이 뭐가 중요하겠어요? 저기 여자가,
침대에 누워 있는데요, 발가벗은 채 말이에요. 저는 매일 밤
기도 후에 그녀를 바라보죠. 중요한 건 그녀예요.

고야 거의 중요하지 않았습니다, 그녀는 거의 중요하지 않죠. 그녀의
몸에 반응하며 그 몸을 감싸고 있는 이불을 보세요. 화가는
자신이 무슨 일을 하고 있는지 정확히 알고 있었습니다.

공작부인 그녀가 거의 중요하지 않았다니요! 어찌 그리 무례한
말씀을! 선생님은 우리를 엿보고, 그 붓질로 천과 캔버스에
우리를 그려 넣으며, 교묘한 방식으로 쾌락을 느끼고는,
그 일을 자랑하죠. 화가는 자신이 무슨 일을 하고 있는지
정확히 알고 있었어요! 선생님은 아무것도 모르시는군요.
남자들은 표면만, 외양만 볼 뿐이에요. 어찌해 볼 수 없을
정도로 뻣뻣하고, 어찌해 볼 수 없을 정도로 완고해요, 대다수
남자들은! 남자들은 항상 발기해 있는 자신들을 기념할
뿐인걸요!

고야 저는 이보다 잘 할 수 있습니다.

공작부인 저를 어떻게 그리실 생각인가요?

고야 등을 대고 누우신 모습이죠, 다리를 교차해서. 눈은 저를
바라보고 있고요.

공작부인 옷은 입었나요?

고야 그러기를 바라는 이들을 위해서라면.

공작부인 안 입었군요! 이런 겁쟁이 같으니!

고야　우선은 입고 계신 걸 그리도록 하지요!

공작부인　대단한 인내심에! 대단한 자제심이네요.

고야　그다음엔, 눈 깜짝할 사이에 옷을 벗는 겁니다.

공작부인　제 허락이 있어야겠죠.

고야　허락을 하셔야겠죠, 카예타나. 어쩌면 없어도 됩니다.
　　　제가 옷을 벗겨내면 되니까요. 저는 부인을 그릴 수 있을
　　　뿐 아니라 옷을 벗길 수도 있습니다. 여기! (그는 자신의
　　　머리를 가리킨다) 제가 벨라스케스보다 나은 점이 바로 그
　　　점이니까요. 거울도 필요 없습니다. 저는 배짱으로 밀고
　　　나갑니다. 용기를 가지고 물감을 섞지요.

공작부인　당신의 색은, 선생님만의 특기죠. 그렇다면 기억을 되살려
　　　작업하시겠네요. 혼자 계실 때 제 그림을 그리시겠죠. 알고
　　　계신 모든 여성에 대한 기억을 떠올리며, 그동안 옷을 벗겨
　　　본 모든 여자들을요. 그렇게 청산유수로 이야기하셨던
　　　여성들이요. 선생님은 눈을 감고 다시 그들을 떠올리시겠죠.
　　　그런 다음 모든 노력을 기울이며, 정력적으로, 빠른 속도로,
　　　열세번째 알바 공작부인의 몸 구석구석을, 앞으로 나타날
　　　그 어떤 여성의 몸과도 다르게 만들어 주시겠죠. 기억에
　　　의지해서요. 그 그림은 선생님의 사랑에 대한 외로운
　　　증거겠네요…. 그러면 제가 약속을 하겠죠, 시골에서 한 달을…
　　　우리 둘이서 함께 있자고.
　　　(정원사가 마차에서 내려 바퀴를 칠하기 시작한다. 고야는
　　　무대를 가로지른다)

고야　더, 더, 더, 더… 광이 날 때까지!
　　　(고야가 마차에 오른다. 공작부인이 손수건을 흔든다)

공작부인　서둘러 주세요, 프로그맨.

　　　(암전)

(…)

2막 8장

1811년 어느 밤. 전(前) 막과 같은 장면이지만, 방 전체에 줄이
달려 있고 그 줄에 판화가 걸려 있다. 고야가 손가락으로 줄에 걸린
판화들을 살핀다. 정원사는 땔감으로 쓸 나무에 도끼질을 하고 있다.

정원사 오전에 둥근잎부차들을 안으로 들였어요. 이렇게 일찍
        추위가 찾아온 적은 없었던 것 같은데. 좀 걱정이 됩니다.
고야 걱정이 되다니, 뭐가?
정원사 둥근잎부차들이요.
고야 도대체 그게 뭔데?
정원사 화분에 심어 둔 풀들이죠. 하얀 꽃이 피는. 궁정에 있는 것들
        말입니다.
고야 흰색이라고 했나?
        (정원사가 고개를 끄덕인다)
        눈이 멀었구먼, 당신들 모두 말이야. 눈이 멀었어! 자네가
        걱정하는 그 꽃들은 분홍색이야. 흰색이 아니라. 굳이
        흰색이라고 우긴다면, 그 흰색은 피로 물든 거야. 잠깐!
        움직이지 말게. 도끼를 내리치지 말라고, 후안.
        (정원사는 도끼를 머리 위로 든 채 동작을 멈춘다. 고야는 계속
        판화들을 살핀다)
정원사 드로잉을 하시려면 말입니다, 돈 프란시스코, 얼른 해
        주십시오.
고야 도끼를 들고 그대로 있게! 드로잉! 드로잉은 저절로 나오는
        걸세. 그저 자루를 풀고, 거꾸로 들어 올리기만 하면 돼, 그러면

잔해들이 쏟아져 나오지. 드로잉은 그 잔해들이야. 움직이지 말게, 후안.

정원사 안 움직일 수가 없어요.

고야 자네 힘이 세다는 건 알고 있지. 황소 같은 어깨를 가지고 있지 않나.

정원사 겨드랑이에 이가 있어요.

고야 움직이지 말게. 어느 쪽인가? 내가 잡아 줄 테니.

정원사 왼쪽이요.

　　　(고야는 정원사의 셔츠를 들어 올린 다음 안경을 코끝에 걸친 채 살핀다)

고야 아무것도 안 보이는데. 초를 가지고 와야겠어.

정원사 (웃음을 터뜨리며) 간지럽잖아요.

　　　(고야가 뒤로 물러난다. 정원사가 도끼를 내리쳐서 장작을 쪼갠다)

고야 자네 발밑에 있는 장작한테 시간을 좀 더 줬으면 싶었는데.

정원사 그건 두 번 잔인한 일입니다.

　　　(고야는 그 말뜻을 이해하지 못한다. 정원사가 탁자 위의 종이를 집어 들고는 '두 번 잔인한'이라고 적는다)

고야 장작에도 눈이 있다면, 그래서 시간을 잴 수 있다면 도끼를 즉시 내리치는 게 낫겠지. 하지만 장작에는 눈이 없지 않나.

정원사 말라가에서 사람들을 뭐라고 부르는지 모르시죠?

고야 사람들을?

정원사 거기서는 사람을 구멍 아홉 달린 장작이라고 한답니다!

　　　(고야는 몸의 구멍들을 세어 본다)

고야 오늘은 양식 좀 찾았나?

정원사 아니오. 프랑스 놈들이 떠나면서 모든 걸 챙겨 갔습니다. 그나마 놈들이 남겨 놓은 건 영국 놈들이 또 털어 갔고요. 그게 아니라면, 사람들은 우리에게 팔고 싶지 않은 건지도 모르죠.

제가 말을 걸었을 때는 꽤나 위험해 보였습니다. 제 생각에는
말입니다, 돈 프란시스코. 우리 어디 숨어야 할 것 같습니다.
부인께서 몸이 좋지 않으셔서 지금까지 말을 안 했지만요.
적당한 곳은 제가 알고 있습니다.

(고야는 못 들은 척한다. 정원사가 종이에 '숨을 곳?'이라고
쓴다)

고야 조금도 경계할 필요 없네. 이미 정복군을 위해 일하겠다고
말을 해 뒀어. 정복군에도 화가와 조각가는 필요할 테니까.
승리는 덧없는 것이라네. 마치 연주되고 있는 음악처럼
말이야. 승리를 그린 그림은 결혼식 그림이랑 비슷하지,
다만 신부가 없는 결혼식 그림일 뿐이야. 신부는 그들의
승리지. 이유는 모르겠지만, 지난 역사를 돌아보면 예외 없이
그래 왔어. 그러니까 그들도 자신들의 빌어먹을 초상화를
원할 거야, 신부가 없는 초상화를 말이야. 그리고 나는 그
누구보다도 그런 초상화를 잘 그리지. 나는 정복자들만
보면 어쩔 줄을 모르겠다네. 특히 그들의 옷깃, 장화 그리고
승리로 빛나는 옷을 보면 그렇지. 우리는 모두 승리를 위해
존재하는 것 아닐까. 그 어떤 운명이 시작되기 전에, 우리는
이미 어떤 승리의 자식들이 아닌가. 우리 모두 사정(射精)에서
태어나니까.

(의사 등장)

의사 부인께서 뵙고 싶어 합니다. 남편에게 할 말이 있다고 하셨어요.

(의사 다급하게 퇴장)

고야 이제 곧 웰링턴 공작의 초상화를 그려야 해. 그분은 자꾸 말 탄
모습으로 그려 달라고 하시네.

정원사 돈 페데리코 님은 이미 몸을 숨겼습니다.

고야 매춘부나 밝히던 왕이 다시 왕좌에 오른다고 해도 나는 칼을
차고 뾰족한 모자를 겨드랑이에 낀 그 왕의 초상화를 그릴

걸세. 왕이 모델을 서 주지 않으면 기억을 되살려서라도 그릴
거야. (거울을 들여다보며) 모두들 나를 용서해 줄 걸세.

정원사 청소하는 부인 말로는 선생은 귀가 먹었다고 하지만, 지갑에
동전 떨어지는 소리는 다 들으신다면서요. 그런 식으로 어느
편에 서야 하는지도 알아차리시는 거라고, 사람들이 말하고
다닙니다.

고야 모두들 나를 용서해 줄 걸세.

(의사 등장)

의사 안타까운 말씀입니다, 돈 프란시스코. 너무 늦었습니다.
부인께서 돌아가셨습니다.

(고야가 그대로 무릎을 꿇는다)

고야 내 아내도 나를 용서할 거야.

(고야는 그대로 무릎을 꿇은 채 고개를 떨군다. 바다의
파도 소리가 희미하게 들린다. 갑자기 그는 소리를 지르며
일어선다)

인간들이 용서하지 않는다고 해도!

(고야가 판화가 걸린 줄을 양손으로 쥔 채 비스듬히 걷는다.
마치 폭풍우를 만난 사람처럼 보인다)

용서받지 못할 짓이란 어떤 건지 알고 있나? 절대 용서받지
못할 행동이라는 게 있다는 걸 알고 있나? 아무도 그런 행동을
직접 본 적은 없지. 심지어 신이라고 해도.

(파도 소리가 커진다)

악을 행한 사람들은 자신이나 다른 사람들이 한 짓을 말로써
덮어 버리지. 그들은 희생자들을 탓하고, 그들에게 꼬리표를
붙이고, 반복해서 이야기하지. 저주와 모욕과 속삭임과 연설과
수다 안에 모든 것이 준비되어 있는 걸세. 악마는 말을 통해
자기의 일을 해 나가지. 그 밖에 다른 건 필요하지 않다네.
순진한 혀와 입천장과 성대를 통해 말들을 퍼뜨리지. 사람들은

말을 통해 사악해지고, 나중에는 똑같은 말과 똑같이 사악한
숫자들을 들이대며 자신들이 한 짓을 숨기는 걸세. 그렇게
잊히고, 일단 잊히고 나면 용서도 되는 것이고.
(고야가 판화들 쪽으로 다가간다)
이렇게 새겨 놓은 것들은 용서하지 않지.
(고야가 무릎을 꿇는다)
우리를 용서하지 마소서, 주여. 우리로 하여금 용서할 수 없는
것들을 보게 하시고, 그리하여 절대 잊지 않도록 하시옵소서.
(고야는 힘겹게 다시 일어나, 의사가 들어왔던 문으로
퇴장한다)
용서해 줘, 호세파, 용서를….

3막

1827년경 이른 봄의 아침. 맑음. 보르도에 있는 고야 저택의 정원. (무
대는 거의 묘지처럼 보인다) 정원사가 사다리에 올라간 채 벽에 자란
덩굴을 자르고 있다. 고야가 (이제 여든이 넘었다) 지팡이를 짚은 채
페데리코와 (같은 나이) 함께 등장한다.

고야   (가리키며) 저기 황금방울새가 보이네, 저기는 아몬드 나무고.
        보이나?
페데리코 아침에 말했잖아, 프란시스코, 눈이 점점 나빠지고 있다고.
        (두 노인은 가만히 서 있다. 고야가 황금방울새의 울음을
        흉내낸다)
고야   이게 황금방울새 울음소리야.
페데리코 자네의 새로운 작품인가?
고야   이 세기 전에 암스테르담에서 어떤 화가가 황금방울새를

그랬지.

페데리코 (큰 소리로) 자네 새 작품은 어때?

고야 머리 뒤쪽의 하늘빛이 잘못 됐어. 하늘빛 때문에 고생한 적은
없었는데.

페데리코 프랑스 하늘은 다르니까. 한번 봐. 우윳빛이잖아. 프랑스
빵도 다르지. 나이가 드니까, 이런 말하긴 그렇지만, 점점
탐욕만 느는 것 같네.
(페데리코는 주머니에서 브리오슈를 꺼내서 반을 고야에게
건넨다. 두 사람은 자리에 앉는다)

고야 방금 "나이가 드니까, 이런 말하긴 그렇지만, 점점 탐욕만 느는
것 같네"라고 말했나?
(페데리코가 브리오슈 부스러기를 새들에게 던져 준다)
어제는 잠을 잘 잤어. 꿈도 안 꾸고 말이야. 그래서 자네가 올
때까지도 일어나지 못했던 거고.

페데리코 상관없어. 생각할 게 많았으니까…. 성무소(聖務所)에서
이곳 보르도까지 첩자를 보낸 모양이야. 확실해. 돈
티부르시오가 우리 서류에 대해 돈을 지급할 수 없다고 전해
왔네.

고야 어떤 서류?

페데리코 스페인어로 된 서류 말이야. 내가 쓴 거.

고야 내가 동판화 한 점 해 줄게.

페데리코 그들이 발렌시아에 있는 돈 티부르시오의 가족을 위협하고
있다고밖에 볼 수 없어. 그러는 동안 우리는 인쇄업자들한테
줘야 할 돈이 삼백이나 되고 말이야.

고야 곧 있으면 망명 서류가 하늘의 별만큼이나 쏟아질 거야.

페데리코 인쇄업자들에게 줄 삼백만 있으면 되는데.

고야 내 동판화가 도통 팔리지가 않아. 사람들은 알고 싶지 않은
거지. 그저 화려하고, 전형적인 그림들만 원하지…. 고국에서

온 최신 소식은 없나?

페데리코　최신이라니! 완전 암흑시대지. 법은 무용지물이 되고, 사상은 억압받고 있네. 사람들이 거리에서 납치되고. 고문을 당하는 거야. 전기 충격, 지하 감금실. 온통 공포뿐인 세상. 매일 아침 하는 이야기와 똑같아. 다른 소식을 듣는 날이 오기는 할까? 최신 소식이라면, 파코, 우리는 이미 미래에 살고 있다는 걸세. 우리가 싸우고, 목숨을 바쳤던 미래가 아니야. 한 명의 거인이 우리를 대신하는…. 그게 최신 소식이네. 앞으로 달라질 수 있을까?

고야　잠시만 조용히 있어 주면 내가 지빠귀 소리를 내 볼게.

페데리코　내가 뭘 몰라서 하는 소리인지도 모르지만, 프로그맨, 자네 좀 멍청해진 것 같네.

고야　그렇게 생각한다면, "다른 소식을 듣는 날이 오기는 할까?" 같은 질문은 하지 말아 주게.

페데리코　내 말 알아들은 건가?

고야　물론 아니지.

페데리코　곳곳에서 과거를 다시 세우고 있네. 곳곳에서 한때 수치라고 여겼던 것들을 떠벌리고 다니고 있어. (큰 소리로) 희망이 남아 있기라도 한 걸까?

고야　이런 거지! (황금방울새 울음소리를 흉내낸다) 희망이 남아 있다면, 그건 새로운 희망들을 낳을 수 있는 긴 절망이야. 많은, 아주 많은 희망들을 말일세…. 나는 티치아노만큼이나 오래 살 작정이야.

　　(페파 등장)

페파　따뜻한 초콜릿이 준비됐어요.

페데리코　모든 게 투명해야 하겠지, 초콜릿은 예외로 하고 말이야. 초콜릿은 진해지지.

고야　전에도 했던 말인가?

(페파는 고개를 끄덕이고는 고야의 팔을 부축한다. 페데리코와 사다리를 든 정원사는 집 안으로 들어가며 퇴장. 페파와 고야는 천천히 그네 쪽으로 이동. 두 사람은 아주 낮은 목소리로, 거의 속삭이듯 말한다. 고야는 페파의 말을 듣는 데 아무 문제가 없다.

프란시스코 데 케베도 이 비예가스의 책에서 내가 표시해 준 부분은 읽어 봤소?

페파 전부 다 읽어 봤어요.

고야 그랬더니?

페파 최후의 심판에 관한 부분이더군요.

고야 나에 관한 이야기는 없고?

페파 히에로니무스 보스라는 화가가 지옥에서 심문을 받아요. 지상에서 화가로 활동하는 동안 왜 그렇게 망가진 사람의 몸을 많이 그렸냐고 그들이 물어요. 히에로니무스는 이렇게 대답하죠. 그건 제가 악마를 믿지 않기 때문입니다.

고야 맞는 말이지.

(페파는 그네에 걸터앉는다. 고야는 그 옆에 선다)

강가에 있는 정신병원에서 제일 인기있는 사람이 누군지 아시오? 나폴레옹이더라고! "내가 나폴레옹이다"라고 씌어 있는 모자를 쓴 사람을 열다섯 명까지 봤지. 왜 나폴레옹이 미친 사람들에게 그렇게 인기가 있는지 아시오?

페파 모르겠는데요.

고야 왜냐하면 나폴레옹은 "나는 일 년에 삼십만 명의 목숨을 앗아갈 만큼 부자다"라고 자랑하고 다닐 정도로 미친 인물이니까.

(페파가 꽃을 꺾어 고야에게 건넨다)

페파 금요일 오후 두시에 아키텐 광장에서 기요틴으로 공개 처형이 있을 거래요. 프랑스식이죠.

고야 나도 가 봐야겠네.

프란시스코 데 고야, 〈진실은 죽었다〉, 1810-1820.

페파 장 베르탱이라는 가난하고 불쌍한 사람이 처남을 죽였다고
하더라고요.

고야 아마 그 처남이라는 사람이 자기 조카를 강간했나 보지. 남자들
사이엔 동정심이 거의 없으니까.

페파 동정심을 느낄 때면 눈을 감죠.

고야 나는 머리 뒤에도 눈이 있어서, 그 눈은 좀처럼 감을 수가
없구려. 당신은 나를 조금 사랑하지?

페파 조금이요? 아주 많이? 열정적으로?

고야 내가 상아에다가 아주 작은 그림을 그리면 그걸 당신 가슴
사이에 걸어 줄 수도 있겠지. 내가 미친 걸까, 페파?
(고야가 등받이 없는 의자에 앉은 채, 손으로 머리를 감싼다)
어떤 남자가 몸을 웅크린 채 두 입술 사이에 있소. 입안으로
들어가려고 애쓰는 거지. 그런데 일단 그 안에 들어가고 나면
다시 나오기가 어려운 거야. 사람은 자신이 본 걸 있는 그대로
불러 줘야만 하지. 결과를 직시하는 일을 멈추면 안 되는 거요.
그것이 야만주의에 맞설 수 있는 유일한 기회인 거야. 결과를
직시하는 것.

페파　스스로를 너무 괴롭히지 마세요, 프란시스코. 아침 무렵에 끝날
　　　거예요. 그렇게 지나가고 나면 사라지는 거예요. 함께 즐겨요.
　　　가족 앨범에 (무릎 위에 놓인 앨범을 펼치며) 젊은이 그림을
　　　한 장 넣었어요. 커다란 검은색 모자를 쓰고 있는데, 짙은 눈이
　　　아주 초롱초롱해요.

고야　분명 야망이 많은 청년이었을 거요.

페파　커다랗고 육감적인 입을 보면, 아주 욕망이 강했을 것 같아요.

고야　가족 앨범에 이젤 앞에 선 남자 그림도 넣어야겠소.

페파　모자 챙에 초를 끼워 둔 그림이요.

고야　밤새도록 일했을 테니까.

페파　깃털 좀 봐요! 그는 아주 근사한, 타이트한 바지를 입고 있네요.
　　　이제 바로 이 남자는, 나이가 들어 안경을 쓰고 있어요.

고야　너무 많은 걸 봐 버린 거요.

페파　혈색도 아주 좋고 목에는 흰색 실크 스카프를 두르고 있어요.

고야　이미 프랑스혁명이 일어나던 해였지.

페파　가족 앨범에 어두운 배경 앞에 선 남자의 그림을 넣었어요.
　　　놀란 표정이죠, 자신이 아직도 살아 있다는 사실에 놀란.

고야　그냥 나이가 든 것 뿐이오. 거의 일흔이지. 마드리드에 역병이
　　　돌았고, 아모레도 그렇게 죽었지.

페파　표정은 바뀌지만 늘 같은 사람이에요.

고야　같은 사람일지는 몰라도, 나는 아니오.

페파　아니, 당신이에요. 당신의 예술이고요. 당신이 그 그림들을
　　　그렸으니.
　　　(갑자기 고야는 흥미를 잃어버린다. 그는 그네 건너편 알바
　　　공작부인의 무덤을 뚫어질 듯 응시한다. 공작부인이 나타난다.
　　　페파의 눈에는 그녀가 보이지 않는다)

고야　혼자 있고 싶구려, 페파.

페파　당신의 예술이에요, 돈 프란시스코.

프란시스코 데 고야, 〈그녀가 다시 살아날까〉, 1810-1820.

고야 내 예술 따위는 아무 쓸모도 없어요!

페파 당신은 예언자예요. 당신의 예술은 미래를 예견하는 거라고요.
(공작부인이 고야를 향해 다가온다)

고야 이리 와요, 이리 와.

페파 그 정도의 연민은….

고야 가라고, 말했잖아. 꺼지라고.
(고야는 지팡이로 페파를 내쫓는다. 그가 관객을 향해
돌아선다)
구경꾼들! 당신들도 꺼지라고.
(그는 관객들에게 등을 돌리고, 공작부인이 마치 스트립쇼를
하듯 자신을 위해 옷을 벗는 광경을 지켜본다)
내 친애하는 삶이여.
(공작부인이 그를 향해 팔을 벌린다)

공작부인 모두 당신을 위한 거예요. 깃털 하나까지. 오세요, 내 사랑,
오세요, 이리로, 나의 프로그맨.
(공작부인이 사라진다. 고야는 언덕 위로 쓰러진다. 무대는
고요하다. 이제 막이 내려와야 할 것 같지만, 기계 장치가 말을

듣지 않는다. 페파 등장. 바닥에 앉아 고야의 머리를 자신의
무릎 위에 놓는다)

페파 매번 똑같네요. 그녀는 당신에게서 멀어지고, 당신은 한 번도
따라잡지 못해요.

고야 나는 지팡이를 쓰니까….

(다른 방향에서 지금까지 출연한 배우들 모두 등장. 서막에
입고 있던 복장 차림이다. 정원사는 얼굴을 가린 채 벌집
쪽으로 향한다. 페파는 조심스럽게 고야를 내려놓고 일어나,
종을 친다. 배우들은 서막에서 했던 것과 똑같이 퇴장한다.
페파는 다시 고야를 안는다)

미망인 (독백으로) 지상에 아주 작은 정의를 내려 주소서, 주여.

의사 (여배우를 향해) 배우가 되기 위해서라면 아버지도 유혹할 수
있습니까?

고야 (페파를 향해) 다 끝난 건가? 내 초상화도 완성됐고?

페파 네, 다 됐어요.

고야 서명을 해야 하는데.

페파 다 됐어요.

고야 내가 죽은 거요, 페파?

페파 걱정 마세요. 오늘 밤만은 다 괜찮을 거예요, 진짜 죽은 거예요.
(레안드로가 마지막으로 무대를 떠난다)

레안드로 (페파에게 소리친다) 흰색 새 원피스를 입어야죠!

고야 그거 괜찮네….

(고야가 눈을 감고 잠든다. 정원사가 벌집에 연기를 뿜어
넣는다. 흰색 커튼이, 그 어떤 이미지나 서명도 없는 커튼이
내려온다)

오노레 도미에

Honoré Daumier

1808-1879

오노레 도미에는 1879년, 일흔 살의 나이로 사망했다. 죽는 날까지 공식적으로 전시되었던 그의 작품은 열두 점이 채 되지 않는다. 보들레르를 비롯한 몇몇 친구들은 그를 화가로 알아보았지만 대부분의 사람들은 그를 그저 풍자만화가로만 불러야 한다고 주장했다. 죽기 전 마지막 몇 해 동안 그는 앞을 볼 수 없었다. 평생 신문에 실릴 석판화를 사천 점 이상 제작한 결과 눈이 멀어 버린 것이다. 그는 늘, 석판 가는 일은 그만두고 화가가 되기를 희망했지만, 허사였다.

이것이, 간략하게 정리해 본 도미에의 개인적인 비극이다. 오늘날 우리에게 던져진 문제는 그 비극을 인정해야 할지 여부이다. 우리는 위대한 풍자만화가 도미에와 화가 도미에를 구분하고, 화가로서 그가 잃어버렸던 기회를 안타까워해야 하는 걸까. 그가 그린 회화 작품만 미술관에 보내고, 산더미 같은 옛날 신문들은 그냥 둬야 하는 걸까.

내 생각은 그렇지 않다. 도미에가 매주 풍자만화를 그리는 사람이 아니었더라면, 그는 절대 지금처럼 시간을 초월한 화가가 될 수 없었을 것이다. 뿐만 아니라, 그 점을 이해하지 못한다면 그의 회화가 지닌 놀랄 만한 독창성 역시 제대로 감상할 수 없을 것이다. 쉴 틈도 없이 일해야만 했던 그의 가혹한 경제적 상황을 외면하려는 것은 물론 아니다. 경제적인 문제가 없었더라면 풍자만화가로서의 역할과 화가로서의 역할 사이의 균형은 달라졌을 테고, 더 행복한 관계가 되었을 것이다. 하지만 두 역할 사이의 균형은 어느 정도는 그의 천재성에 내재된 것이었다.

그가 회화에서 다루었던 주제는 이미 풍자만화에서 나타났던 것들이다. 걱정거리가 있는 곳엔 까마귀처럼 몰려드는 법률가들, 뚱뚱한 남자(판사)를 마주하고 있는 마른 남자(돈키호테), 자신이 찾고 있는 희귀한 한정판 책을 닮은 감식가, 돈을 지불하기 싫어하는 부르주아, 자신을 끊임없이 소모시키는 노동자, 현실사회가 자식을 대하는 어머니처럼 자애로울 수 있음을 암시하는 뚱뚱한 여주인공 등.

나는, 상대적으로 피상적인 이런 소재의 일치 외에도 풍자만화가와 화가 사이의 더 깊은 연관성이 있다고 믿는다. 도미에가 훌륭한 화가인 것은 그가 다루었던 소재 때문이 아니라, 그 소재들을 그려낸 방식 때문이다. 도미에의 회화에서 가장 본질적인 요소는 무엇일까. 확실히 그건 빛이다.

그는 독창적인 방식으로 빛을 사용했다. 그의 작품에서는 빛이 아주 적극적인 역할을 하고 있어서 거의 주인공으로 여겨질 정도다. 그림 속 인물들은 종종 빛 때문에 힘들어하기도 한다. 빛은 인물들이 의식하지 못하는 사이에 그들의 모습을 비추며 (산초 혹은 작업실 화가의 경우처럼) 아주 단순화된, 따라서 가식 없는 방식으로 그들을 제시한다. 다른 말로 하면, 빛은 그 빛을 받은 인물들이 이동 혹은 행동하기 직전의 모습을 보여 준다. 우리는 그림자로만 제시되는 인물들을 보고, 인물들을 둘러싼 빛은 인물들의 움직임을 더욱 강조해 준다. 빛에 가려진 엄마를 올려다보는 어린아이, 구름을 향해 돌진하는 돈키호테, 지평선을 향해 몰려가는 도망자들, 빨랫감을 들고 계단을 내려오는 여인들. 이런 그림들에서 빛은 인물들을 때리고 있다. 우리가 아는 삶이 그렇듯이.

또한 이는 단순한 은유가 아니다. 작품을 면밀히 살펴보면, 도미에는 그림자로 표현한 인물들 역시 그 인물들 뒤의 파란 하늘이나 벽과 똑같은 붓놀림으로 그렸음을 알 수 있다. 빛이 인물들의 모서리를 무너뜨리고 있는 것이다.

그렇다면 도미에의 빛은 능동적인 힘이다. 하지만 그 빛은 어떤 목적으로 그렇게 작동하는가. 이 지점에서 도미에는 대단히 독창적이었으며, 지금도 여전히 독창적이다. 다른 화가들도 적극적인 빛을 표현했다. 렘브란트, 밀레 그리고 인상주의자들. 하지만 화가들마다 목적은 모두 달랐다. 렘브란트의 작품에서는 인물들이 스스로 빛을 내뿜었다. 거기서는 인물들이 자신의 빛으로 주변을 밝힌다. 도미에의 작품에서는 빛이 우리에게 인물들을 보여 주는 역할을 하지만, **인물들은** 그 빛 때문에 상황을 더 분명히 알아보지는 못한다. 밀레 역시 빛을 받은 인물들의 그림자를 보여 주지만, 그의 빛은 천상의 빛이다. 밀레의 빛이 무한히 멀리 있는 어떤 시점을 제시한다면, 도미에의 빛은 그저 백색 커튼 같은 빛이다. 인상주의자들의 빛은 원초적이다. 그 빛은 사심이 없어서 모든 것을 고르게 변형시킨다. 도미에의 빛은 편파적이어서, 화가 본인이 다급하게 우리의 관심을 끌고 싶었던 대상만을 비춘다.

도미에의 작품과 가장 가까운 작품은 후기 고야의 그림들이다. 마드리드에 있는 집에서 군중들을 그린, 악몽 같은 그림들 말이다. 이 그림들도 똑같은 효과, 사진용어를 빌리자면, 노출과다의 효과를 보여 준다. 이 유사성은, 내 생각에는, 고야 역시 도미에와 마찬가지로 자신이 증인이 되고 있음을 강하게 의식하고 있었다는 사실에서 기인한다. 이번에는 사회학의 용어를 빌리자면, 그것은 무언가를 드러내려는 의무감이었다. 두 사람의 차이점은, 고야의 경우 그 효과가 밤에 의한 것이라면 도미에의 경우는 낮에 의한 것이라는 점이다. 고야는 빛을 통해 드러나게 될 것을 두려워했다. 도미에는 어둠의 무기력을 증오했다.

내가 보기에 도미에의 예술을 이해하는 데 가장 도움이 될 만한 것은 완전히 다른 예술 장르에 있다. 동시대인들은 도미에의 사회적 관찰을 발자크의 묘사와 비교했다. 나는 그의 이미지들이 지닌 속성을 예이젠시테인의 이미지와 비교해 보고 싶다. 밧줄에 묶인 채 벽에 매달려 있는 남자들의 모습을 한번 보자. 매체의 특성에 따른 왜곡을 감안한다면, 그 이미지는 1920년대 영화에 나오는 이미지 같다. 이제 빛은 행동의 그림자가 비치는 은막이 되었다. 우리는 도미에의 그림이 묘사하는 사건들이 지닌 극적인 특성들이 아래에서 혹은 옆에서, 즉 익숙하지 않은 각도에서 보았을 때에만 발견된다는 것을 감지한다. 그의 회화에서 보이는 인물들의 다리 위치는 정확하지 않다. 우리는 인물들이 움직일 때에만 그들을 알아볼 수 있다. 우리는 그렇게 지나가는 인물을 알아보고, 그렇게 알아본 후에는 잊을 수 없다.

하지만 심오한 유사성은, 그림 한 장에서 드러나는 거의 우연적인, 기술적인 면에서 보이는 예언의 문제는 아니다. 일단 비교를 해 보고 나면 그 유사성은 더욱 분명히 드러난다. 도미에의 풍자만화를 스크립트 삼아 영화를 만든다고 상상해 보자. 완벽할 것이다. 그 이유는 도미에가 마치 영화감독처럼 자신이 그린 사건들을 계속 이어지는 어떤 과정의 일부로, 그 자체만으로는 의미가 절대 완결될 수 없는 이미지로 보았기 때문이다. 이것이 또한 그가 작품을 '완성'하는 데 그렇게 어려움을 겪었던 이유이기도 하다. 자신의 그림을 최종적으로 만드는 것은, 그가 보았던 비전의 특징을 온전히 부정하는 것이 되었을 것이다.

이 점이 다시 화가와 풍자만화가 사이의 유기적인 연관성으로 이어진다. 정치평론가이자 동시에 풍자가로서, 도미에는 자신이 기록하는 어떤 절차나 관습들이 변화할 수 있음을 알고 있었다. 그는 그런 기록을 통해 사람들이 그것들을 변화시키기를 희망했다. 매번, 그는 자신이 드러내고 있는 어떤 것이 초래할 결과를 예측해 보기 위해 상상

280

오노레 도미에, 〈사진을 예술의 경지로 끌어올린 나다르〉, 1863.

력을 동원했다. 다른 사람이 무언가를 먹고 있는 모습을 지켜보는 굶주린 사람의 모습을 보여 줄 때, 그는 이야기가 거기서 끝나지 않을 것임을 알고 있었다. 결국 굶주린 사람은 먹을 것을 요구하게 될 것이다. 부르주아의 무기력을 보여 줄 때에도 그는, 결국 그 무기력이 부르주아가 당시 누리고 있던 안락함의 물질적 기반을 망치고야 말 것임을 알고 있었다. 일하는 남녀의 모습을 보여 줄 때 그는 그저 그들의 몸동작을 기록하는 데에만 신경을 썼던 것이 아니다. 그는 그들의 노동이 사회 전체를 떠받치고 있는 것임을 알고 있었고, 그렇기 때문에 그들의 역할을 역사적인 것으로 보여 주고 싶었던 것이다.

　낡은 전투 장면과 낭만적인 승리의 순간들을 묘사했던, 미술계의 '역사적' 그림들이 소진되었던 바로 그 시기에, 도미에는 역사에 대한 새로운 감각으로서의 시각 예술을 선보였다. 그것은 그의 주변 일상에서 일어나고 있던 끊임없는 역사적 변화의 힘에 대한 감각이었다.

그는 그 변화를 표현함으로써 자신의 작품도 그 힘의 일부가 될 것임을 깨달았다. 자신의 풍자만화에서 그는 열정적으로 그 힘을 직접 언급함으로써 자신의 의지를 표현했다. 회화에서는 빛, 인물의 행위에 배경이 되면서, 그 자체로 능동적인 주체가 되었던 그 빛을 활용해 표현했다. 도미에는 자신의 주장에 밀도를 더하기 위해 역사의 빛에 의지해 그림을 그렸다.

∿

도미에의 작품을 동시대 화가들의 작품과 다르게 만들어 주는 것은 특유의 육체성이다. 그의 작품 속 인물들은 다른 방식으로 우리에게 다가오며, 우리 역시 다른 방식으로 그들에게 다가간다. 인물들은 자신들만의 신체구조를 가졌으며, 자신들의 노력에 대해 자신들만 아는

오노레 도미에, 〈짐 (혹은 빨랫감)〉, 1865.

특별한 관계를 유지하고 있다. 급하게 그린 듯한 얼굴은 몸 같고, 그들의 '현실적인' 몸이 얼굴인 것만 같다. 그림의 어머니와 아이를 보자. 두 사람은 같은 얼굴을 하고 있다.

이는 도미에가 대부분 한적한 작업실에서 준비를 마친 후에 그림을 그린 것이 아니라, 거리에서 본 인물이나 광경을 반복해서 떠올리며 기억에 의존해 그렸기 때문이다. 그의 모델은 군중이었다.

도미에는 **곡예사**들에게 자연스러운 친밀감을 느꼈을 것이다. 그가 전혀 낭만적이지 않게, 하지만 커다란 애정을 담아 그린 곡예사들의 초상도 있다. 곡예사들 역시 거리에서 활동한다. 그들은 사람들의 걸음을 멈추게 하고, 음악을 연주하고, 역기를 들어 보이고, 그렇게 모든 이들을 사로잡으며, 크고 작은 웃음 사이사이에서 사람들이 서로를 좋아하도록 만든다. 그들은 맨손과 기술만으로 순간적인 어떤 자비를 베푼다.

다른 어떤 순간에 **곡예사**는 빨래하는 여인과 무지막지한 짐을 그린다. 그리고 그녀와 그녀의 아이가 미소 짓게 만든다. 당시 그 어떤 정부 관리도 할 수 없었던 일이다.

터너

J. M. W. Turner

1775-1851

터너 같은 화가는 유일무이하다. 그는 작품에 아주 많은 요소들을 결합시켰기 때문이다. 천재성으로 19세기 영국의 특징을 가장 풍성하게 대변한 인물은 디킨스, 워즈워스, 월터 스콧, 컨스터블, 랜드시어가 아니라 바로 터너라는 주장이 강력히 제기되기도 했다. 어쩌면 이 점이 영국의 주요한 예술가들 중 터너가, 1851년 사망하기 전과 후에 변함없이 대중적인 인기를 끌고 있는 이유일지도 모른다. 최근까지도 영국의 많은 대중들은 터너가 어느 정도는 조금 신비스럽고 말이 없는 방식으로(그의 비전이 말을 무시하거나 배제하고 있다는 의미에서) 자신들의 다양한 경험의 근간이 되는 '무엇'을 표현하고 있다고 느끼고 있다.

터너는 1775년, 런던 뒷골목 이발사의 아들로 태어났다. 삼촌은 푸줏간 주인이었다. 그의 가족은 템스 강에서 엎어지면 코 닿을 거리에 살았다. 터너는 평생 동안 많은 여행을 했지만, 그의 작품에는 물과 해안선, 강둑이 반복적으로 등장한다. 말년에 그는 (부스 선장이라는 은퇴한 선장 행세를 하며) 템스 강 하류, 첼시에서 지냈다. 중년에는 해머스미스와 트위크넘에서 살았는데, 두 곳 모두 템스 강이 내려다

보이는 곳이었다.

신동이었던 그는 아홉 살 때 이미 판화에 채색하는 일로 돈을 벌기 시작했고, 열네 살에 왕립학교에 입학했다. 열여덟 살에 자신의 작업실을 마련했고, 얼마 후 그의 아버지는 아들의 작업실 조수를 하며 잡일을 돕기 위해 하던 일을 그만두었다. 부자관계는 아주 가까웠던 것 같다.(터너의 어머니는 정신이상으로 사망했다)

어린 시절 어떤 시각적 경험이 터너의 상상력을 자극했는지 정확히 알아내기는 불가능하다. 하지만 이발소에서 볼 수 있는 시각적 요소와 완숙기 터너의 작품에서 보이는 요소들 사이에는 일치되는 것들이 많다. 본격적인 설명은 생략하고 눈에 띄는 것들만 보자면 다음과 같다. 그의 후기 작품들을 떠올린 다음 뒷골목 이발소 내부를 상상해 보자. 물, 거품, 김, 번들거리는 쇠붙이, 흰 사기 그릇 혹은 대야와 이발사가 면도용 솔을 씻을 때마다 출렁이는 비눗물, 아래로 가라앉는 찌꺼기들. 또한 아버지의 면도칼과 터너 본인이 사용했던 팔레트 칼을 떠올려 보자. 비판과 오늘날의 용도에도 불구하고 터너는 팔레트 칼을 능수능란하게 다룬 것으로 알려져 있다. 더욱 심오하게는, 어린 시절의 환상 속에서 가능했을 그리고 이발소라는 환경에서 쉽게 떠올릴 수 있는 피와 물, 물과 피가 뒤섞이는 광경을 한번 그려 보자. 터너는 스무 살 때 '**피가 되어 가는 물**'이라는 제목으로 묵시록적 주제를 그릴 계획을 했다. 실제로 그리지는 않았지만 시각적으로는, 석양과 불을 통해, 그 뒤섞임은 그의 후기작품 수천 점의 소재가 되었다.

터너가 초기에 그렸던 풍경화는 어느 정도 고전적인 작품으로, 주로 클로드 로랭을 떠올리게 하지만, 초기 네덜란드 풍경화에도 영향을 받은 것으로 보인다. 그런 작품들에 담긴 정신은 흥미롭다. 표면적으로 그 작품들은 '근엄한' 혹은 부드러운 향수를 자극하는 작품들로 여겨지고 있다. 하지만 시간이 지날수록 그 풍경화들은 자연이 아니라 예술 자체에 대해 이야기하고 있음을 깨닫게 된다. 예술로서 그 그림들은 일종의 혼성모방이었다. 그리고 혼성모방이 늘 그렇듯 거기에는 일종의 불안과 절박함이 담겨 있다.

터너의 작품 혹은 그의 상상력에서 자연은 폭력으로 인식되었다. 그는 1802년에 이미 칼레의 방파제에 휘몰아치는 폭풍우를 그렸고, 얼마 후에는 알프스를 강타한 또 다른 폭풍을 그렸다. 눈사태 그림도 있다. 1830년대까지 그의 작품이 지닌 양면성, 즉 표면적인 차분함과 사나움은 나란히 존재하고 있었지만, 사나움이 점점 더 지배적인 요소가 되었다. 최종적으로는, 터너의 비전 자체에서 폭력이 암시되는 단계에 이르렀다. 더 이상 폭력이 소재에 의존하지 않게 되었다는 뜻이다. 예를 들어 〈평화: 수장〉이라는 작품은, 나름의 방식으로는 〈눈보라〉만큼이나 폭력적이다. 〈평화: 수장〉은 말하자면 상처에 뜸을 뜨는 이미지 같다.

터너의 회화에서 폭력은 자연의 요소들과 관련된 것처럼 보인다. 그것은 물, 바람, 불로 표현된다. 또 가끔은 단지 빛에의 속성인 것처럼 보이기도 한다. 후기 작품 〈태양 속에 서 있는 천사〉에 대해 쓴 글에서, 터너는 빛이 눈에 보이는 세상 전부를 **집어삼킨다**고 했다. 그럼에도 그가 자연에서 찾은 폭력은, 그가 상상했던 비전에 내재해 있던 어떤 폭력을 확정해 주는 역할을 했을 뿐이라고 나는 생각한다. 이런 비전이 부분적으로, 터너 본인의 어린 시절 경험에서 처음 생겨났다는 것은 이미 지적했다. 그리고 나중에 그러한 비전은 자연이 아니라, 인간의 행위에 의해 확정된다. 터너는 영국산업혁명의 첫번째 묵시록적 시기를 살았다. 이제 증기는 단순히 이발소 내부에 김이 서리게 하는 것 이상을 의미했다. 주홍색은 피뿐 아니라 용광로를 나타내는 것이 되었다. 바람은 알프스 정상뿐 아니라 파이프 사이로도 부는 것이었다. 세상 전부를 집어삼키는 것처럼 보였던 빛은 생산을 위한 새로운 에너지와 유사했다. 그 새로운 에너지란 부와 거리, 인간의 노동력, 도시, 자연, 신의 의지, 어린이, 시간에 대한 과거의 생각들에 도전하고, 그것들을 파괴해 버리는 것이었다. 터너를 그저 자연에 대한 묘사가 뛰어난 대가로만 여기는 것은 실수인데, 러스킨(J. Ruskin)이 그의 작품을 깊이있게 해석하기 전까지 그에 대한 공식적인 평가는 그랬다.

19세기 전반의 영국은 매우 종교적이지 않았다. 그런 이유로 터너는 자연을 상징적으로 사용해야만 했을 것이다. 설득력있고 활용 가능한 상징체계 중에 자연만큼 깊은 도덕적 호소를 담을 수 있는 것은 없었지만, 그 도덕적 의미는 직접적으로 표현할 수 있는 것은 아니었다. 〈평화: 수장〉은 많지 않았던 터너의 친구들 중 한 명인 화가 데이비드 윌키 경의 장례 장면을 그린 것이다. 이 작품은 전 우주에 대해 언급하고 있다. 하지만 발언으로서의 이 그림은 본질적으로 항의일까, 아니면 인정일까. 우리는 더 어두워지는 것은 불가능해 보이는 검은색이 칠해진 돛에 중점을 둬야 하는가, 아니면 더 밝아지는 것은 불가능해 보일 만큼 밝게 표현된 그 뒤의 도시에 중점을 둬야 하는가. 이 그림이 던지는 질문은 도덕적이지만 (따라서, 터너의 후기 작품들 대부분이 그렇듯이, 어느 정도는 폐쇄공포증을 불러일으킨다) 주어진 대답들은 양가적이다. 터너가 회화에서 중시했던 것은 의심을 품는 능력, 무언가를 알 수 없게 만드는 그 능력이었음에 틀림없다. 그는 존경했던 렘브란트에 대해 이렇게 말했다. "(그는) 일상의 가장 천박한 조각에도 신비스러운 의심의 눈길을 던진다."

화가로서의 경력을 시작할 때부터 터너는 노골적으로 경쟁적인 태도로 자신의 야망을 드러냈다. 그는 단순히 자신의 나라에서 그 시기에 가장 위대한 화가가 아니라, 역사상 가장 위대한 화가로 인정받고 싶었다. 그는 스스로를 렘브란트나 바토와 동급으로 생각했으며, 자신이 그림으로는 클로드 로랭을 넘어섰다고 생각했다. 이러한 경쟁심에 염세적인 태도와 인색함이 눈에 띌 정도로 더해졌다. 그의 작업방식은 대단히 폐쇄적이었다. 그는 자발적으로 사회에서 떨어져 지냈다는 점에서 은둔자였다. 그의 고독은 사람들의 무심함 혹은 사회적으로 인정받지 못한 결과가 아니었다. 화가로서 그의 경력은 시작부터 매우 성공적이었고, 그의 작품이 점점 독창적으로 변해 가면서 비판도 생겨났다. 종종 그의 고독과 유별난 태도 때문에 미친 사람으로 여겨질 때도 있었지만, 위대한 화가로 여겨지지 않았던 적은 단 한 번도 없었다.

그는 자신의 그림 주제에 대해 시를 썼고, 예술에 대해 쓰거나 강의를 하기도 했는데, 두 경우 모두 아주 장황하지만 활기는 없는 문장을 썼다. 대화에서는 무뚝뚝하고 까칠했다. 그를 공상가라고 할 수도 있겠지만, 그러려면 빈틈없이 실증적인 태도도 갖추고 있었다고 덧붙여야만 할 것이다. 그는 혼자 지내는 것을 선호했지만, 대단히 경쟁적인 사회에서도 반드시 성공하고 싶어 했다. 그는 커다란 비전을 가지고 있었는데, 그림으로 표현했을 때는 위대함을 성취했고, 글로 썼을 때는 그저 소란스럽게 쏟아내기만 했다. 하지만 예술가로서 그가 가장 진지하게 의식하고 있었던 태도는, 거의 전투적이라고 할 수 있을 정도의 실용적 자세였다. 어떤 주제 혹은 특정한 회화 도구를 정할 때 터너가 고려했던 것은, 그의 표현에 따르면 **'실행 가능성'**, 즉 그림이 될 만한 가능성이었다.

터너의 천재성은 19세기 영국이 만들어낸 새로운 유형의 천재성이었고, 그건 보통 과학자나 공학자, 사업가에게서 더 많이 발견되는 것이었다. (얼마 후 미국에서 같은 유형의 천재성이 영웅이라는 이름으로 등장했다) 그는 큰 성공을 거둘 수 있는 능력이 있었지만, 성공만으로는 만족할 수 없었다. (사망 당시 그는 십사만 파운드의 유산을 남겼다) 그는 자신이 역사상 유일한 인물이라고 느꼈다. 그는 원대한 비전을 가지고 있었지만 그건 말로는 표현할 수 없고, **실제** 생산물을 통해서만 제시될 수 있었다. 그는 자신의 비전 안에서, 통제할 수 없지만 그럼에도 이미 발견해 버린 거대한 힘에 압도되어 작아진 인간들의 모습을 보았다. 그건 절망에 가까운 비전이었지만, 그는 놀랄 만한 생산력으로 자신을 유지했다. (사망 후 그의 작업실에는 만구천 점의 드로잉과 수채화 그리고 몇 백 점의 유화가 남아 있었다)

러스킨은 터너의 작품 기저에 깔린 주제가 죽음이라고 했다. 나는 오히려 고독과 폭력 그리고 구원 가능성 없음이라고 생각하고 싶다. 그의 회화는 대부분 범죄 직후의 장면들처럼 보인다. 그 작품들에서 불편한 점은, 또한 실제로는 그 작품들을 그렇게 아름답게 만들어 주는 것은 죄의식이 아니라, 그 작품들이 기록하고 있는 전 지구적인 무관심이다.

몇몇 경우에, 터너는 자신이 목격한 실제 사건을 통해 자신의 비전을 표현할 수 있었다. 1834년 10월, 영국 국회의사당에 불이 났다. 터너는 현장으로 달려가 맹렬히 스케치를 하고, 다음 해 왕립아카데미에 완성된 회화 작품을 제출했다. 그로부터 몇 년 뒤, 그의 나이 예순 여섯일 때는 증기선을 타고 가다 폭풍우를 만났고, 나중에 그 경험을 그림으로 그렸다. 실제 사건을 기반으로 그림을 그릴 때면 그는 언제나 제목 혹은 작품 목록을 통해 직접 경험해 보고 그린 작품임을 강조했다. 마치 삶이 (아무리 무자비한 삶이라 해도) 자신의 비전을 확인해 주기를 바랐던 것만 같다. 〈눈보라〉의 전체 제목은 **'눈보라. 얕은 바다에서 신호를 보내며 유도선(誘導線)을 따라 항구를 나서는 증기선. 작자는 에어리얼 호가 하리치를 떠나던 밤에 폭풍우 속에 있었음'**이다. 자신의 어머니가 눈보라 그림을 좋아한다는 말을 친구가 전하자 그는 이렇게 말했다. "내가 이해를 받으려고 그 그림을 그린 게 아니야, 그냥 그런 광경이 어떤지 보여 주고 싶었던 것뿐이라고. 그 광경을 볼 수 있게 선원들에게 나를 돛대에 묶어 달라고 부탁했지. 네 시간을 묶여 있었는데, 도저히 빠져나갈 수 없을 것처럼 보이더라고. 그래도 할 수만 있다면 꼭 기록으로 남기고 싶다고 생각했지. 하지만 아무도 이 그림을 좋아하지 않았지."

"우리 어머니가 비슷한 광경을 보신 적이 있는데, 그때가 다시 떠오른다고 하셨어."

"자네 어머니가 화가신가?"

"아니."

"그럼 뭔가 다른 걸 생각하신 걸 거야."

이 작품들을, 그것에 대한 호불호는 별개로 하고, 새롭고 뭔가 다른 것으로 만들어 주는 요소가 무엇인가 하는 문제는 여전히 남는다. 터너는 전통적인 풍경화의 원칙을 초월했다. 풍경화란 화가의 눈앞에 펼쳐진 무언가를 그리는 것이라는 원칙 말이다. 〈불타는 의사당〉에서 장면은 그림을 담은 액자를 벗어나기 시작한다. 그 광경은 관객을 둘러싸고 포위하기 위해 다가온다. 〈눈보라〉에서 그러한 경향은 현실이 된다. 작품의 형식과 색조에 눈이 익숙해지고 나면, 그 그림을 보고 있는 동안, 관객 스스로가 커다란 소용돌이 속에 들어와 있음을 깨닫게 된다. 가까운 것과 먼 것 사이의 구분이 없어져 버리는 것이다. 예를 들어, 기울어진 채 멀리 사라지는 기분을 느끼는 관객은, 예상했던 것처럼, 그림 속으로 들어가는 것이 아니라 오른쪽 모퉁이를 지나 그림 바깥으로 흘러 나가게 된다. 이 작품은 외부의 관객을 밀어내는 그림이다.

터너는 신체적으로 상당한 용맹함을 갖추고 있었을 것이다. 화가로서의 자신의 경험 앞에서 지녔던 용기는 더 컸을 것이다. 그 경험에 너무나 충실했기 때문에 그는, 자신이 자랑스럽게 속하고 싶었던 어떤 전통을 파괴해 버렸다. 그는 총체성을 그리는 일을 그만두었다. 〈눈보라〉는 스스로를 증기선 돛대에 묶어 버린 사람의 눈에 보인, 그리고 포착된 모든 것이다. 그 바깥에는 **아무것도** 없다. 그래서 누군가 이 그림을 좋아한다는 것은 말이 되지 않는다.

아마 터너도 이와 똑같이 생각하지는 않았을 것이다. 하지만 그는 직감적으로 자신이 처한 상황의 논리를 따랐다. 그는 잠재울 수 없는, 무관심한 어떤 힘에 둘러싸인 채 홀로 있는 인간이었다. 자신이 본 것을 외부에서도 볼 수 있을 거라는 믿음은 이제 불가능했다. 어쩌면 그 깨달음은 위로가 되기도 했을 것이다. 이제 부분을 전체인 양 다룰 수 없게 되었다. 아무것도 없거나 모두 다 있거나 둘 중 하나였다.

좀 더 실제적인 의미에서 그는, 평생의 작업에서 총체성이 매우 중요함을 인식하고 있었다. 그는 점점 더 작품의 판매를 망설이게 되었다. 가능한 한 많은 작품을 함께 두고 싶어 했고, 작품들 전체가 한 꺼번에 전시될 수 있게 국가에 기증하자는 생각에 사로잡혔다. "함께 돼야 해. 전체를 함께 전시하지 않으면 무슨 소용이 있단 말인가"라고 그는 말했다. 왜 그랬을까. 왜냐하면 그렇게 했을 때야 비로소 그 작품들이 자신의 경험에 대한 확고한 증거가 되어 줄 것이기 때문이다. 전례도 없었고, 그가 보기에는 훗날에 이해받게 될 거라고도 크게 기대할 수 없는 그 경험들에 대해서 말이다.

장 루이 앙드레 테오도르 제리코

Jean-Louis-André-Théodore Géricault

1791-1824

그해 겨울, 파리 중심가를 배회하던 나는 한 점의 초상화에 대한 생각을 멈출 수 없었다. 무명의 남자를 모델로 한, 1820년대 초 어느 때에 그려진 초상화. 그 초상화는 포스터에 실린 이미지였다. 거리 모퉁이마다 붙은, 그랑 팔레에서 열리는 제리코의 전시회 포스터.

문제의 그 초상화는 제리코의 요절 이후 사십 년쯤 지났을 때, 독일의 한 다락방에서 비슷한 작품 네 점과 함께 발견되었다. 그 후 이내 루브르에 전해졌지만, 미술관은 거절했다. 이미 사십 년째 루브르에서 전시되고 있던 〈메두사 호의 뗏목〉에 쏟아진 비난과 우여곡절을 감안하면 그 초상화는 특징이 없는 것처럼 보였던 것이다. 하지만 이제 그 초상화는 같은 화가의 **작품 전체**를 대변하는 이미지가 되었다. 뭐가 달라진 것일까. 이 빈약한 초상화 한 점이 어떻게 많은 말을 품은 작품, 더 정확하게는, 머릿속에서 떠나지 않는 작품이 되었을까.

제리코가 상상하거나 그렸던 모든 이미지들(야생마에서 런던의 거지들까지)에는 어떤 맹세가 담겨 있음을 알 수 있다. "고난을 직시하자, 존중을 발견하고, 가능하다면 아름다움을 찾아보자"는 맹세. 당연히, 그가 찾으려 애썼던 아름다움은, 공식적으로 경건하게 여겨졌던 것들로부터 등을 돌리는 것을 의미했다.

그는 파솔리니와 유사한 점이 많았다.

나는 모든 것을 이해해야만 하겠다,
나의 삶이 아닌 삶은 그 어떤 것에 대해서도 무지한 나는
여전히, 나의 향수 속에서는 절박하니,

다른 삶을 온전히 깨닫고
온통 동정뿐인 나는,
하지만 이 현실을 향한 나의

사랑이 다를 수 있기를, 내가
개인들을 하나씩 하나씩 사랑할 수 있기를 희망한다.

포스터에 들어간 초상화는 한때 〈미친 살인자〉라는 제목으로 불리다가 나중에 〈도벽 환자〉로 바뀌었다. 전시회 카탈로그에는 〈절도 편집증 환자〉라고 되어 있다. 이제 이 남자의 이름은 아무도 모른다.

모델은 파리 중심가에 있는 라 살페트리에르 병원의 환자였다. 제리코는 제정신이 아니라고 판정받은 사람의 초상을 열 점 그렸고, 그중 다섯 점이 오늘날까지 전해지고 있다. 리옹 미술관에는 〈살페트리에르의 하이에나〉라는 제목이 붙었던 초상화가 있었다. 오늘날에는 〈질투 편집증 환자〉로 알려진 작품이다.

제리코가 이 환자들을 그린 정확한 이유를 우리는 짐작만 해 볼 수 있을 뿐이다. 하지만 작품이 그려진 방식을 보면 그가 병명 따위는 전혀 신경 쓰지 않았음을 분명히 알 수 있다. 붓놀림의 흔적을 볼 때 그는 모델들의 이름을 알고 있었고, 그들을 생각할 때 그 이름을 떠올렸을 것이다. 그 영혼들의 이름. 이제는 알 수 없게 된 이름들 말이다.

그보다 십 년 혹은 이십 년쯤 전, 고야가 시설에 수용된 정신병자

장 루이 앙드레 테오도르 제리코, 〈도벽 환자의 초상〉,
1822.

들, 발가벗은 채 사슬에 묶인 사람들을 그림으로 그렸던 적이 있다. 하지만 고야에게 중요했던 것은 그들의 행동이지 그 내면이 아니었다. 제리코가 살페트리에르 병원의 환자들을 그리기 전까지, 어쩌면 그 누구도, 그게 화가든, 의사든, 지인이든, 일가친척이든 상관없이 미쳤다고 여겨지는 사람들의 얼굴을 이렇게 오래 그리고 골똘히 들여다본 적이 없었다.

1942년 시몬 베유는 "이웃을 사랑하는 것은, 창의적인 집중력에서 나오는 것이므로, 비범함과 유사한 면이 있다"고 했다. 그녀가 예술을 생각하며 다음과 같이 쓰지는 않았을 것이다.

이웃을 사랑하는 것은, 가장 충만한 의미에서 그저 "당신은 지금 어떤 일을 겪고 계십니까?"라고 말을 거는 것을 뜻한다. 그것은 고통받는 이들을, 집단 속의 한 단위로서가 아니라 혹은 '불행한'이라는 사회적 분류의 예시로서가 아니라

294

한 인간으로, 우리와 똑같지만 어느 날 특별한 역경의 낙인을 받아 버린 인간으로 알아보는 것이다. 그런 이유로, 그를 어떻게 바라봐야 할지를 아는 것만으로 충분하지만, 또한 그것이 없으면 안 된다.

내가 보기에 제리코의 초상화, 즉 헝클어진 머리에 뒤틀어진 옷깃, 수호천사의 보호 따위는 받지 못하는 눈빛을 지닌 이 남자의 초상화가 바로, 시몬 베유가 말한 '창의적인 집중력'이 무엇인지 보여 주며 그 안에 '비범함'을 담고 있는 작품이다.

그런데 이 작품이 파리의 거리에서 왜 그렇게 머릿속을 떠나지 않았을까. 그 초상화는 마치 두 손가락으로 꼬집듯이 우리를 사로잡았다. 먼저 첫번째 손가락부터 설명해 보자.

많은 형태의 광기가 처음에는 연기처럼 시작된다.(셰익스피어와 피란델로, 아르토는 모두 이 점을 잘 알고 있었다) 어리석음이 연습을 통해 그 힘을 시험해 본다. 막 광기에 빠져드는 친구의 옆에 있는 사람은, 자신이 관객이 된 것만 같은 기분이 들 것이다. 무대에서 가장 먼저 보이는 것은 남자 혹은 여자, 홀로 있는 인물이다. 그리고 그들 옆에는, 마치 유령처럼 그들이 매일 겪고 있는 고통을 설명하는 말들이 부적합하다는 사실이 따라다닌다. 그런 다음 그 혹은 그녀는 유령에게 다가가, 던져진 말과 그 말이 의도했던 원래의 의미 사이에 존재하는 끔찍한 거리를 마주한다. 사실 이 공간, 이 진공상태가 바로 고통이다. 그리고 마침내 자연과 마찬가지로 광기 역시 빈틈을 끔찍이 싫어하기 때문에, 그렇게 광기가 끼어들게 되고, 이제 무대와 세상 사이의, 연기와 고통 사이의 구분이 사라진다.

오늘날 전 세계에서 일상의 삶을 사는 경험과, 그 삶에 의미를 주기 위해 제공되는 공적인 서사 사이의 빈 공간, 그 간극은 엄청나다. 쓸쓸한 것은 사실이 아니라, 그 **공간**이다. 프랑스 인구의 삼분의 일이 르 펜의 말에 귀를 기울이는 것도 그런 이유 때문이다. 그가 하는 이야기는, 비록 사악하지만 실제 거리에서 일어나는 일들에 가까운 것처럼 느껴진다. 달리 말하면 사람들이 '가상현실'을 꿈꾸는 것도 같은 이유 때문이다. 간극을 줄이기 위해서라면 뭐든 (선동이든, 인공적으로 제공되는 음란한 꿈이든) 정말 뭐든 상관없다! 그 간극 안에서 사람들은 길을 잃고, 그 간극 안에서 사람들은 미쳐 간다.

제리코가 라 살페트리에르 병원에서 그린 다섯 점의 초상화에서 인물들의 눈은 모두 비스듬히, 어딘가 다른 곳을 보고 있다. 그건 그들이 멀리 있는 혹은 상상 속의 무언가를 응시하기 때문이 아니라, 이제는 습관적으로 가까이 있는 것을 보지 않으려 하기 때문이다. 가까이 있는 것은, 그것들을 설명하는 말들의 부적합함 때문에 현기증을 불러일으킨다.

오늘날 우리는 그 시선과 다르다고 할 수 없는 시선을 얼마나 자주 마주하고 있을까. 지하철에서, 주차장에서, 버스를 기다리며, 쇼핑센터에서….

광기가 있는 그대로 드러났던 역사적 시기들이 있다. 아주 드물게, 일상적이지 않은 역경이 닥쳤을 때가 그렇다. 그런가 하면 광기가 전형적인 것이 되는 또 다른 시기(지금 우리가 살고 있는 시대 같은)도 있다.

지금까지 말한 것은 모두, 머리가 헝클어진 남자의 초상화가 우리를 꼬집었던 첫번째 손가락에 해당하는 이야기였다. 두번째 손가락은 이 이미지가 전하는 동정심에서 나온 것이다.

포스트모더니즘을 동정심에 적용하는 일은 보통 없지만, 한번 적용해 보는 것은 소박하면서 유용한 일일 것이다.

역사상의 반란들은 대부분 오랫동안 무시되어 왔거나 잊힌 정의를 회복하기 위해 일어난 것이었다. 하지만 프랑스혁명은 더 나은 미래라는 원칙을 세상에 공표한 반란이었다. 그 순간 이후로 모든 정당들은, 좌파든 우파든 상관없이, 세상에 있는 고통의 양을 줄이겠다는 약속을 해야만 했다. 따라서 모든 역경이 어느 정도는, 희망을 일깨우

는 역할을 하게 되었다. 고통을 목격하고, 함께 나누고, 직접 겪는 일
은 물론 고통을 떠올리게 하지만, 또한 그것을 더 이상 고통이 존재하
지 않는 미래를 만들기 위한 자극으로 느낄 수 있다면, 부분적으로나
마 고통을 초월할 수도 있다. 역경에 역사적인 출구가 마련된 것이다!
그리고 끔찍했던 지난 두 세기 동안에는, 심지어 비극까지도 어떤 약
속을 품고 있는 것으로 여겨졌다.

　　오늘날 그 약속들은 불모(不毛)의 것이 되어 버렸다. 이 불모성
을 그저 사회주의의 실패에만 연결시키는 것은 근시안적인 태도이다.
그보다는, 지금도 진행 중인 하나의 과정, 희망을 담고 있다고 믿었던
미래를 상품으로 대체해 버리는 과정으로 설명하는 것이 더 광범위한
설명이라 하겠다. 그 희망을 품었던 이들에게는 불모의 것이 될 수밖
에 없는 희망, 그리고 도무지 납득이 안 되는 경제의 논리에 따라, 지
구상의 대부분의 사람들을 배제하는 희망 말이다. 올해 파리-다카르
자동차 경주 입장권을 사서, 머리가 헝클어진 어떤 남자에게 주기라
도 하면, 사람들은 우리가 그보다 더 미쳤다고 할 것이다.

　　따라서 오늘날 우리는 역사적 혹은 근대적 희망 없이 그를 직면
한다. 차라리 우리는 그를 하나의 결과로 바라본다. 그리고 이는, 사
물들의 자연스러운 질서에 따르면, 우리가 그를 무심하게 바라본다는
뜻이다. 우리는 그를 모른다. 그는 미쳤다. 그는 백오십 년 이상 죽어
있었다. 브라질에서는 매일 영양실조와, 유럽지역에서는 치유 가능한
질병으로 천 명 이상의 아이들이 죽어 가고 있다. 그들은 수천 킬로미
터 떨어진 곳에 있다. 우리는 아무것도 할 수 없다.

　　이 이미지는 우리를 아프게 꼬집는다. 그 안에는 동정심이, 무관
심에 맞서고 손쉬운 희망과 화해할 수 없는 동정심이 있다.

　　이 작품은 인간의 재현과 인식의 역사에서 얼마나 특별한 순간
에 속하는가! 이 작품 전에는, 낯선 이들이 이렇게 골똘히, 또한 연민
을 담은 시선으로 광인들을 바라보지 않았다. 이 작품이 등장하고 얼
마 후부터는 화가들이 이런 초상화를 그릴 때마다 현대적 혹은 낭만

적 희망에 호소했다. 안티고네의 동정심처럼, 이 초상화에서 보이는 투명한 동정심은 무력함과 공존하고 있다. 그리고 그 두 마음은, 서로 모순되지 않고, 서로를 확인해 주며, 그를 통해 피해자의 존재를 인정하지만 그 존재는 마음으로만 알아볼 수 있다.

그렇다고 해서 우리가 분명히 말할 수 없다는 것은 아니다. 동정심은 세상의 자연스러운 질서, 즉 필연성에 기반해서 작동하는 그 질서에는 들어설 자리가 없다. 필연성의 법칙은 중력의 법칙만큼이나 예외를 허락하지 않는다. 동정심을 느끼는 인간의 능력은 그러한 질서에 맞서는 것이며, 그 결과 뭔가 초자연적인 것으로 자주 여겨진다. 잠시나마 자신을 잃고 낯선 이를 완전히 알아볼 수 있을 때까지 그 혹은 그녀와 자신을 동일시하는 일, 그것은 필연성을 거부하는 행위이며, 그런 도전에는, 아무리 작고, 조용하고, 비록 60×50센티미터의 크기에 불과한 그림이라고 해도, 자연의 질서라는 한계로는 측정할 수 없는 힘이 있다. 그것은 그저 수단이 아니며, 끝도 없다. 고대인들은 이 점을 알고 있었다.

안티고네가 말했다. "나는 당신의 칙령(勅令)이
신과 천상의 법칙, 말이 없는 그 불멸의 법칙을
넘어설 만큼 강한 것이라고 생각하지 않습니다. 당신은 그저
  인간일 뿐이니까요.
그 법칙은 어제오늘의 법칙이 아니라, 영원한 것이지요,
하지만 그 법칙이 어디에서 비롯되었는지, 우리는 알 수가
  없습니다."

포스터는 유령처럼 파리의 거리를 내려다보고 있었다. 그건 헝클어진 머리를 한 남자의 유령이 아니라 제리코의 유령이었다. 특별한 집중력이 있었던 유령, 지난 두 세기 동안 주변부로 밀려났지만, 오늘날 매일매일 조금씩 다시 관심을 받고 있는 어떤 집중력. 이것이 두번

째 손가락이다.

　　그렇게 꼬집힌 우리는 어떻게 되는 걸까. 정신을 차릴지도 모른다, 어쩌면.

장 프랑수아 밀레
Jean-François Millet

1814-1875

밀레의 성스럽고 소박한 농민은 다양한 도덕적 교훈을 보여 주며, 불편한 마음이 있던 이들에게 위안을 전해 준다. 모든 일을 '꿋꿋하게' 견뎌 왔던 사람들, 하지만 너무 많은 것을 수동적으로 받아들이기만 했던 것은 아닌가 하고 스스로 의심하는 사람들의 마음 말이다. 그 이미지는 다른 사람들에게도 위로를 준다. 타인의 노동에 의지해 지내는 사람들, 잘 설명할 수는 없지만(이 점을 너무 노골적으로 묘사하는 사람들에게 신의 가호가 있기를) 노동하는 이들에게는 자신들에게 없는 어떤 고귀함이 있다고 믿는 사람들이다. 그리고 무엇보다도, 밀레의 그림들은 어딘가에 갇힌 사람들에게, 그들이 있는 방에도 축복이 깃들어 있다고 설득할 때 많이 활용된다. 그 그림들은 사회적인 흥분 상태나 불안한 상태를 진정시키기 위해 성직자들이 처방하는 안정제 병에 붙어 있는 상표처럼 이용되어 왔다. 이 점이, 지난 삼사십 년 동안 고상한 지식인들이 밀레의 작품을 무시해 왔다는 사실보다 더 중요하다. 혹은 드가나 모네, 반 고흐, 시커트 같은 화가들이 밀레를 위대한 데생 화가로 인정했다는 점도 중요하다. 사실, 그의 작품을 이야기하려면 미켈란젤로, 푸생, 프라고나르, 도미에, 드가 같은 화가를 모두 논의에 포함시켜야 할 것이다. 물론, '예술을 사랑하는' 일반인들, 교과서를 통해 잘못 배운 그들에게 밀레는 그저 전(前) 라파엘로 유파(流派)나 와츠에 앞선, 세례자 요한 같은 화가에 불과한 것이 아니라고 설득하는 작업이 필요하다. 하지만 이 모든 논의에 앞서, 밀레가 제기한 **문제**는 도덕적 문제이다.

밀레는 오직 위대한 예술가만이 할 수 있는 방식으로, 즉 작품에서 다루는 대상과 자신을 동일시함으로써 도덕가가 되었다. 그가 농민들을 그리기로 한 것은 그 또한 한 명의 농민이었기 때문에, 그리고 오늘날의 비정치적인 현실주의자들이 받고 있는 영향과 유사한 영향 아래, 그가 본능적으로 상류사회의 잘못된 우아함을 혐오했기 때문이다. 밀레의 비범함은, 육체노동을 그리기로 선택하는 과정에서 화가 본인이 신체적인 동일시를 강렬히 체험할 수 있었다는 사실에서 기인한다. 이는 그가 열정적이고, 대단히 육감적이며, 성적인 기질을 지니고 있었기 때문에 가능했다. 케네스 클라크(Kenneth Clark)는 밀레가 서른다섯 살에 누드를 그리기를 그만둔 것은 누드화가 18세기 침실용 그림으로 유행했기 때문이라는 점을 (이는 그들이 택하고 있는 신화 안에서만 그렇다) 지나치게 강조했다. 하지만 이런 결정에 청교도주의는 전혀 영향을 미치지 않았다. 밀레가 부셰(F. Boucher)에 반대했던 것은 그가 "여성의 나체가 아니라, 그저 작은 피조물이 옷을 벗고 있는 모습만을 그렸기 때문"이었다.

동일시를 할 수 있는 밀레의 능력은, 밀레가 미켈란젤로의 드로잉에 대해 언급한 내용에서 잘 드러난다. "미켈란젤로가 그린, 고통으로 기절하기 직전의 남자의 모습을 보았을 때, 나는 마치 작품 속의 남자가 된 것 같았다. 내 몸이 고통에 사로잡힌 것처럼, 몸에서, 팔다리에서, 내가 보고 있는 바로 그 고통을 느꼈다."

그는 똑같은 방식으로 〈씨 뿌리는 사람〉과 함께 밭을 가로지르고, 아이를 안은 여인의 팔에 전해지는 무게를, 비록 그 팔이 그늘 속에 있다고 하더라도, 느끼고, (동판화 〈아이에게 밥을 먹이는 어머니〉

를 보라) 수확에 나선 사람들과 함께 다발로 묶인 건초더미를 들고, 괭이질하는 사람들과 함께 허리를 펴고, 나뭇단이 넘어지지 않게 나무꾼과 함께 다리로 받치고, 목동들과 함께 나무에 기대어 쉬고, 지친 사람들과 함께 한낮의 벌판에 드러눕는다. 이것이 그가 보여 준 도덕적 가르침의 크기였다. 사회주의자라는 비난을 받았을 때 그는 부인했는데 (그는 그 후에도 같은 식으로 작업했고, 같은 비난을 받았다) 그가 보기에 사회주의는 자신이 경험하고 표현한 진실과는 아무 관련이 없는 것처럼 보였기 때문이다. 계절에 따라 움직이는 농민들의 진실, 너무 압도적이어서 농민들에게 다른 삶이 가능할 것이라는 상상 자체를 불가능하게 만드는 진실이었다. 예술가의 도덕적 감성이 그의 현실 경험보다 앞서는 것은 치명적이다.(호가스의 경우는 그렇지 않았고, 그뢰즈는 그랬다) 밀레는 전혀 감상적이지 않은 태도로 자신이 아는 그대로의 진실을 전했다. 〈만종〉에서 수동적인 태도로 모든 것

장 프랑수아 밀레, 〈만종〉, 1857-1859.

을 받아들이는 부부의 모습은 진실의 작은 일부일 뿐이다. 훗날 이 작품에 덧씌워진 감상과 잘못된 도덕성은 일시적인 것으로 밝혀질 것이다. 이미 밝혀졌는지도 모르겠다. 19세기와 20세기 예술사에서 같은 이야기가 반복되고 또 반복되었다. 바로, 진실을 전하기 위해 홀로 투쟁하는 것이 자신의 가장 큰 책무임을 알고 있는 예술가의 이야기다. 그의 투쟁은 도덕적 결론을 끄집어내는 작업 자체에 있지, 멀리 있는 것이 아니다. 그러고 나면 대중은, 혹은 대중의 일부는, 도덕적 결론으로 진실을 위장한다. 누군가의 작품이 비도덕적인 것으로 치부되기도 하고(발자크, 졸라), 잘못된 선동에 이용되기도 하며(밀레, 도스토옙스키), 앞의 두 구실이 모두 먹히지 않을 때면, 그저 순진한 작품으로 무시되기도 한다.(셸리, 브레히트)

∿

장 프랑수아 밀레는 1875년 사망했다. 그가 죽고 나서 최근까지, 그의 작품 몇 점, 특히 〈만종〉과 〈씨 뿌리는 사람〉 〈이삭줍기〉 등은 세상에 가장 널리 알려진 이미지가 되었다. 심지어 오늘날에도 프랑스의 농가에서는 동판화, 카드, 장식품, 접시 등에 들어가 있는 이 작품들을 모두 알고 있을 것이다. 〈씨 뿌리는 사람〉은 미국의 은행 한 곳과 베이징 및 쿠바의 혁명에 상징으로 사용되기도 했다.

밀레의 대중적 명성이 높아질수록 그에 대한 '비평적' 평가는 떨어졌다. 하지만 원래 그는 쇠라, 피사로, 세잔, 반 고흐 등이 존경하는 화가였다. 오늘날 평론가들은 밀레에 대해 사망 후에 생긴 유명세 때문에 오히려 피해를 본 화가라고 말한다. 밀레의 작품이 제기한 문제는 원래 그가 의도했던 것보다 훨씬 큰 영향을 미쳤고, 훨씬 더 큰 혼란을 불러일으켰다. 하나의 문화적 전통 전체가 문제가 되고 있는 것이다.

1862년 밀레는 〈까마귀가 있는 겨울 풍경〉을 그렸다. 하늘과 멀

버터 용기에 장식된 밀레의 〈만종〉.

리 보이는 시체 그리고 불모의 땅에 넓게 펼쳐진 벌판만 보이고, 그 벌
판에는 버려진 나무 쟁기와 써레가 흩어져 있다. 까마귀는 먹잇감을
찾아 땅을 샅샅이 뒤진다. 아마 겨울 내내 이런 모습일 것이다. 가장
황량한 단순함을 그린 그림. 풍경화라기보다는 십일월의 평원을 그린
초상화라고도 할 수 있을 것 같다. 평원의 수평적 구도가 모든 것을 말
해 준다. 그 땅을 개간하는 일은 수직적인 것들을 세우기 위한 끊이지
않는 투쟁이다. 이 투쟁, 작품이 선언하듯 보여 주는 투쟁에 등골이 휠
지경이다.

　밀레의 작품들이 그렇게 폭넓게 활용되는 이유는 독창적이기 때
문이다. 농촌의 노동을 중심 소재로 삼은 유럽 화가는 없었다. 그가 평
생에 걸쳐 매달린 작업은 오래된 전통에 새로운 소재를 소개하는 일,
어떤 언어로 하여금 그동안 무시해 왔던 것을 말하게 하는 일이었다.
그 언어는 바로 유화의 언어였고, 소재는 개인적 **주체**로서의 농민이
었다.

　브뤼헐(P. Brueghel)이나 쿠르베(J. Courbet)가 있지 않느냐며
이 주장에 반박하는 사람들이 있을 것이다. 브뤼헐의 작품에서는 농
민들이 대규모 군중, 즉 인류라고 할 수 있는 집단의 일부일 뿐이다.
브뤼헐의 주체는 농민을 일부 포함하고 있는 집단성이다. 고독한 개
인성이라는 영원한 저주에 빠진 개인은 아직 보이지 않으며, 모든 인

간은 최후의 심판 앞에서 공평하다. 사회적 지위는 부차적인 것이었다.

쿠르베가 1850년 〈돌 깨는 사람들〉을 그린 것은 어쩌면 밀레의 영향 때문이었을 수도 있다.(밀레가 〈키질하는 사람〉으로 살롱에서 처음 '성공'을 거둔 것은 1848년의 전시에서였다) 하지만 본질적으로 쿠르베의 상상력은 감각적인 것으로, 경험의 주체보다는 그 경험이 지닌 감각적인 원천에 더 많은 관심을 보인다. 농민 출신의 화가였던 쿠르베의 업적은, 회화에 새로운 종류의 실재성, 도시 부르주아의 습관과는 다른 습관에 의해 발달한 감각으로만 지각할 수 있는 실재성을 소개했다는 점이다. 어부가 잡은 물고기나 사냥꾼이 고른 사냥개, 익숙한 길에서 접한 나무나 눈, 마을의 정기 행사인 장례식 같은 것들. 쿠르베가 약점을 보인 것은 인간의 눈을 그릴 때였다. 그가 그린 많은 초상화에서 눈은 (눈꺼풀이나 눈구멍이 아니라) 거의 동일하다. 그는 내면에 대한 그 어떤 통찰도 거부했다. 그의 작품에서 **주체**로서의 농민이 주제가 될 수 없었다는 점은 이렇게 설명이 가능하다.

밀레가 그린 그림에서 보이는 경험들은 다음과 같다. 낫질, 양털 깎기, 장작 패기, 포대에 감자 담기, 땅 파기, 양치기, 거름 주기, 가지 치기. 대부분의 작업은 계절에 따른 것이며, 그렇기 때문에 이런 경험에는 특정한 날씨에 대한 경험이 포함된다. 〈만종〉(1859)에서 부부 뒤로 보이는 하늘은 초가을의 전형적인 고요한 하늘이다. 양치기가 밤의 벌판에 양과 함께 있다면, 양털에 맺힌 하얀 이슬이 달빛을 받은 것처럼 보일 것이다. 어쩔 수 없이 도시의, 특권을 가진 대중들을 관람객으로 생각하고 작품을 그려야 했던 밀레는, 농민들의 경험에서 거친 부분이 강조되는 순간 혹은 그들이 지쳐 있는 순간을 묘사하기로 했다. 그 지쳐 있는 순간의 표현은, 그림 속 인물들이 하고 있는 작업과, 다시 한번, 계절에 따라 결정된다. 괭이를 든 남자가 비스듬히 서서, 눈에 띄지 않게 하늘을 살피며 허리를 편다. 건초를 만들던 남자가 그늘에 엎드린다. 포도밭의 남자는 녹색 잎에 둘러싸인 메마른 땅에 웅크리고 앉아 있다.

　그때까지 그려진 적이 없었던 경험을 소개하려는 야심이 너무 컸던 밀레는, 그 때문에 가끔은 불가능한 작업을 시도하기도 했다. 남편이 파 놓은 구멍에 씨감자를 떨어뜨리는(감자가 허공에서 떨어지는 중이다!) 부인의 모습은 영화로 찍으면 그럴듯했겠지만, 그림으로 그릴 만한 순간은 아니다. 몇몇 경우에 그의 독창성은 매우 인상적이다. 양떼와 목동이 어둠 속으로 사라질 듯한 그림에서 장면 전체는 마치 커피에 적신 빵처럼 황혼을 빨아들인다. 대지와 관목을 그린 그림에서, 담요를 덮은 군중들처럼 보이는 그 풍경은 별빛 덕분에 간신히 분간할 수 있다.

　　우주가 잠이 들면
　　그 커다란 귀는
　　별들이 내는
　　고동소리를 가득 담은 채
　　앞발에 조용히 내려앉네
　　—마야콥스키

　그런 경험은 이전에는 단 한 번도 회화로 표현된 적이 없었다. 심지어 밤 장면을 마치 낮처럼 그려냈던 판 데르 네르(A. van der Neer)조차도 이런 경험을 그려내지는 않았다.(밤과 희미한 빛에 대한 밀레의 사랑에 대해서는 잠시 후 다시 이야기할 것이다)

　밀레가 그런 새로운 소재를 택했던 이유는 무엇이었을까. 그가 노르망디의 농가 출신이었다는 사실, 그리고 젊은 시절 땅을 갈며 지냈다는 사실만으로는 충분하지 않다. 그의 작품에서 느껴지는 '성서적인' 엄숙함이 본인의 종교적 신념에 따른 결과라고 생각하는 것도 충분하지 않기는 마찬가지다. 사실 그는 불가지론자였다.

　1847년, 서른세 살의 밀레는 〈밭에서 돌아오는 길〉이라는 제목의 소품을 그렸다. 세 명의 님프가 (어딘가 프라고나르의 그림을 떠올리게 하는 모습이다) 건초로 가득한 손수레를 밀고 있다. 소박하고 목가적인 빛은 침실이나 개인 서재에 어울릴 것 같다. 그로부터 일년 뒤, 그는 〈키질하는 사람〉이라는 투박한 그림을 그렸다. 어두운 헛간에서 다부진 몸집의 남자가 키질을 하고 있는데, 황동빛으로 올라오는 가루는 곡식을 털고 있는 남자가 얼마나 힘을 쓰고 있는지를 보여 준다. 그리고 다시 이 년 뒤, 〈씨 뿌리는 사람〉이 성큼성큼 비탈길을 내려오며 씨를 뿌린다. 그는 생명의 양식을 상징하는 인물로, 윤곽선만 보이는 모습이나 거침없는 걸음걸이는 죽음을 떠올리게 한다. 1847년 이후 밀레의 작품에 변화를 불러온 것은 1848년의 혁명이었다.

지나치게 수동적이고 비관적인 역사관이 있었던 밀레는 강한 정치적 신념을 가질 수 없었다. 하지만 1848년에서 1851년 사이에 강렬하게 일어났다가 억압을 받은 희망이, 다른 사람들에게 그랬던 것과 마찬가지로 그에게도 민주주의에 대한 주장을 하게 만들었다. 의회에서 말하는 의미에서의 민주주의가 아니라, 보편적으로 적용되어야 하는 인간의 권리와 관련된 의미에서의 민주주의였다. 그런 근대적 주장과 함께 도입한 예술 형식상의 기법은 리얼리즘이었다. 숨어 있는 사회적 조건들을 드러내는 리얼리즘, 그리고 모든 사람들이 드러나는 것을 알아볼 수 있는 (그렇게 믿어지는) 리얼리즘이었다.

1847년 이후, 밀레는 남은 이십칠 년의 인생을 프랑스 농민들의 삶의 조건들을 드러내는 일에 바치게 된다. 전체 인구의 삼분의 이가 농민이었다. 1789년의 혁명으로 농민들은 중세의 봉건제도에서 해방되었지만, 19세기 중반이 되자 그들은 자본에 의한 '자유 교역'의 희생자가 되어 있었다. 프랑스 농민들이 집세와 부채에 대해 일 년간 지불해야 하는 이자의 총액은, 세상에서 가장 부유한 나라였던 영국이 일 년간 지불하는 국가부채에 대한 이자와 같았다. 밀레의 작품을 보기 위해 살롱을 찾았던 대중은, 대부분 농촌 지역에 존재하는 고리대

금업에 대해서 모르고 있었고, 밀레가 의식하고 있었던 목표 중의 하나는 "안락한 생활에 만족하고 있는 그들을 불편하게 하는 것"이었다.

그의 소재 선택은 또한 향수도 담고 있는데, 이는 이중적인 의미에서 그렇다. 고향을 떠난 많은 사람들이 그렇듯, 그 역시 어린 시절을 보냈던 마을에 대해 향수를 품고 있었다. 그는 자신이 태어난 작은 마을로 이어지는 길을 이십 년 동안 그렸고, 사망하기 이 년 전에 완성했다. 짙은 녹색이 여기저기 기운 듯 이어지고, 짙은 그림자와 대조적으로 빛이 밝은 이 풍경은 한때 그가 입고 다녔던 옷인 것만 같다.(〈쿠쟁 마을〉) 집 한 채와 그 앞의 우물 그리고 거위와 닭과 여인이 보이는 파스텔화도 있다. 그 그림을 처음 봤을 때 나는 깊은 인상을 받았다. 리얼리즘에 충실한 작품이었지만 내게는 할머니의 오두막에서 시작되는 모든 동화들의 배경 같아 보이기도 했다. 처음 보는 작품이었지만 백 번쯤은 본 것처럼 익숙한 작품이었고, 그림 자체에 설명할 수 없는 방식으로 '기억'이 담겨 있는 것만 같았다. 훗날 로버트 허버트가 1976년 전시회를 위해 쓴 모범적인 카탈로그에서, 그 장면이 밀레의 생가에서 보이는 풍경이며, 의식적으로 그랬는지는 알 수 없지만 밀레가 우물의 크기를 삼분의 이 정도 키워서 어린 시절에 보았던 모습과 일치시켰다는 설명을 보았다.

하지만 밀레의 향수는 개인적인 것에 머무르지 않았다. 그것은 그의 역사관에 스며 있다. 그는 사방에서 주창하는 진보에 대해 회의적이었으며, 오히려 결과적으로는 그것이 인간의 존엄에 위협이 된다고 보았다. 하지만 윌리엄 모리스나 낭만적인 중세주의자들과 달리 그는 시골 마을에 대해 감상적으로 접근하지 않았다. 농민들에 대해 그가 알고 있는 것은 그들이 거의 야만적인 상태로 전락했다는 것, 특히 남자들의 경우엔 더 심하다는 것이었다. 그리고 아무리 보수적이고 부정적인 전망을 가지고 있었다고 하더라도, 적어도 내가 보기에 밀레는 다른 사람들은 내다보지 못했던 두 가지 점을 감지하고 있었던 것 같다. 첫째, 도시와 교외가 가난해졌다는 점, 둘째, 산업화의 결과로 나타난 시장이 농민들을 희생시키고 언젠가는 역사에 대한 감각을 모두 말살시켜 버릴 것이라는 점이었다. 이것이 밀레의 작품에서 농민들이 인류를 대변하고 있는 이유이며, 또한 그가 자신의 작품이 역사적 기능을 하고 있다고 여겼던 이유이기도 하다.

밀레의 작품에 대한 반응은 화가 본인의 감정만큼이나 복잡했다. 작품이 발표되자마자 그는 사회주의자 혁명가라는 꼬리표를 달게 되었다. 좌파들은 뜨겁게 반응했고, 중도나 우파는 분노와 두려움을 드러냈다. 후자는 밀레가 '그린' 농민들을 보며 자신들의 두려움을 이야기했지만, 차마 실제 농민들에 대해서는 입을 열 엄두를 내지 못했다. 여전히 땅을 갈고 있는 사람들 혹은 땅을 잃고 도시로 올라와야만 했던 오백만 명의 사람들에 대해서는 말이다. **"살인자처럼 보인다, 이들은 백치들이며, 인간이 아니라 짐승이다, 이들은 타락했다."** 그들은 이렇게 말하며 그런 존재들을 만들어낸 밀레를 비난했다.

19세기 말이 가까워지면서 자본주의는 경제적 사회적으로 더욱 안정되었고, 그의 작품들은 다른 의미를 가지게 되었다. 시골에서도 교회와 상인들이 복제한 그의 그림들을 볼 수 있게 되었다. 그림에 결함이 있고 거기서 보이는 진실은 가혹했지만, 자신들의 모습이 그렇게 알아볼 수 있는 형태의 영원한 예술로 남게 되었음을 처음 발견한 계급이 느끼는 자존심은 커다란 즐거움이었다. 그 그림들이 그들의 삶에 역사적인 울림을 더해 주었다. 이전에는 부끄러운 짓은 결코 하지 않겠다는 완고함으로 드러났던 자존심이, 그렇게 확인받은 셈이었다.

그사이 미국의 백만장자들이 밀레의 원작을 사들이기 시작했다. 세상에서 가장 좋은 것은 단순함과 자유임을 다시 믿고 싶어 하는 사람들이었다.

그렇다면 우리는, 이렇게 새로운 주제가 오래된 예술에 도입된 것을 어떻게 판단해야 하는가. 밀레가 자신이 물려받은 전통을 깊이 의식하고 있었음을 강조할 필요가 있다. 그는 드로잉부터 시작해서 천천히 작업했고, 같은 주제로 되돌아오는 일도 잦았다. 농민을 주제로 선택하고 나서는 그들에게 존엄과 영속성을 부여함으로써, 그들을 정당하게 다루는 것이 평생의 과업이 되었다. 그것은 곧 조르조네나 미켈란젤로, 17세기 네덜란드 회화, 푸생, 샤르댕의 전통에 합류하는 것을 의미했다.

그의 작품들을 연대순으로 보면 농민들의 모습이, 그늘에서부터 말 그대로 서서히 드러나고 있음을 알 수 있다. 그늘은 장르화에서는 전통적으로 모퉁이에서 보이는 것이었다. 그건 널찍하고 환한 곳을 지나는 고귀한 여행자의 눈에 스치듯 보이는 천민들의 삶(여인숙, 하인들의 거처 등)이 그려지는 자리였다. 〈키질하는 사람〉은 여전히 모퉁이에 어울릴 만한 장면을 크게 확대한 것일 뿐이다. 〈씨 뿌리는 사람〉은 유령 같은 인물, 그림으로 완성되었다고 하기 어려운, 자신의 자리를 주장하며 성큼성큼 나아가는 인물이다. 1856년까지 밀레는 다른 장르화들(나무 그늘에 있는 양치기 소녀, 버터를 휘젓는 여인, 술통을 수선하고 있는 남자 등)을 그렸다. 하지만 1853년 〈일 나가는 길〉에서, 집을 나서 밭으로 나가는 부부(마사초의 〈아담과 이브〉를 모델로 그린 인물들이다)는 이미 작품의 전면으로 나왔고, 이 작품이 제시하고 있는 세계의 중심에 자리를 잡았다. 그리고 그때부터, 이 점은 인물을 표현하는 밀레의 모든 작품에 해당하는 특징이 된다. 그는 이제 인물들을 지나는 길에 스치듯 보이는 주변부가 아니라 한가운데에 보란 듯이 제시한다. 그리고 그 작품들은 모두, 다른 의미에서 보면 실패했다.

그 작품들이 실패한 것은 인물과 배경 사이의 일체성이 확립되지 않았기 때문이다. 보란 듯이 제시된 인물들은 그림 자체를 부정하고 있거나 혹은 그 반대다. 그 결과, 배경과 분리된 인물은 경직되고 부자연스러워 보인다. 하나의 순간이 너무 오래 지속되고 있다. 이와 대조적으로, 같은 인물을 드로잉이나 동판화로 표현했을 때는 생동감이 전해지고, 그들의 환경까지 포함해서 해당 드로잉이 그려졌던 순간에 제대로 속해 있는 것처럼 보인다. 예를 들어, 회화 작품을 그리고 십 년 후에 제작한 〈일 나가는 길〉의 동판화는 대단히 위대한 작품으로, 렘브란트가 제작한 최고의 동판화에 비견할 만하다.

밀레가 화가로서 자신의 목표를 이룰 수 없게 만든 것은 무엇이었을까. 전통적으로 두 개의 대답이 준비되어 있었다. 첫째, 19세기에는 대부분의 스케치가 완성된 최종 작품보다 좋았다는, 미술사학자들의 미심쩍은 일반화가 있다. 둘째, 그게 아니라면, 밀레는 타고난 화가가 아니었을 수도 있다!

내 생각에 밀레가 실패한 이유는, 전통적 유화의 언어가 그가 도입한 소재와 조화를 이룰 수 없었기 때문이다. 이 점에 대해서는 이념적으로 설명할 수도 있을 것이다. **땅에** 대한 농민의 관심, 그의 노동을 통해 표현되는 그 관심은 경치 좋은 풍경과는 어울리지 않는다. 대부분의(모두라고는 할 수 없다) 유럽 풍경화는 도시에서 온 방문객들, 훗날 관광객이라고 불리게 되는 사람들을 위한 그림들이었다. 풍경은 그 **관광객의** 관점이었고, 풍경이 빛을 낸다면 그건 **관광객에게** 주어지는 보상이었다. 그 그림에 숨은 사고는, 볼만한 장소들의 이름을 알려 주는, 그림이 있는 안내서 같은 역할을 해야 한다는 것이다. 그런데 갑자기 농민이 안내서와 풍경 사이에 불쑥 등장하더니 사회적 인간적 모순이 뚜렷하게 드러난다고 가정해 보자.

형식의 역사도 똑같은 불일치를 드러낸다. 인물과 풍경을 통합하는 다양한 도상학적 공식들이 있었다. 멀리 있는 인물은 색으로 그린 음표처럼 표현한다. 초상화에서 풍경은 인물을 위한 배경의 역할을 한다. 신화적 존재, 여신이나 그런 존재들은 자연과 뒤섞이며 "시간의 음악에 맞춰 춤을 춘다". 극적인 인물을 표현하는 경우에는 자연이 그 인물의 열정을 반영하거나 강조해 준다. 경치를 둘러보는 방문객 혹은 홀로 있는 인물은 관람객의 **분신**이다. 하지만 땅 **위에서**, 땅 **앞에서가** 아니라 그 **위에서** 노동하는 농민의 친밀하고, 거칠고, 인내심 강한 정신 상태를 재현할 공식은 없었다. 그런 공식을 만들어내는 것은 곧 경치 좋은 풍경을 묘사해 온 전통적인 언어를 파괴하는 것을 의미했다.

사실, 밀레가 사망하고 불과 몇 년 후 반 고흐가 하려던 작업이 그것이었다. 밀레는 정신적으로나 예술적으로 반 고흐가 스승으로 생각했던 화가였다. 그는 밀레의 동판화 열두어 점을 회화로 모사(模寫)했다. 그 그림들에서 반 고흐는 인물의 몸짓과 화가의 붓놀림에 담긴 에너지를 통해, 일하는 인물과 주변 환경 사이의 일체감을 만들어냈다. 그런 에너지는 소재가 된 인물에 대한 강렬한 감정이입에서 나온 것이었다.

하지만 그런 작업의 결과 회화는 개인적 비전이 되어 버렸고, 이런 특징은 그의 '손글씨'로 대변되었다. 증인이 증언 자체보다 더 중요해졌다. 덕분에 표현주의로 가는 길이 열렸고, 훗날 추상적 표현주의를 거치며, 회화를 객관적인 참조물로 가정했던 회화 언어는 마침내 파괴되고 말았다. 따라서 밀레의 실패와 그에 이은 후퇴는 역사적 전환점으로 볼 수도 있다. 보편적 민주주의는 유화가 받아들일 수 없는 것이었다. 그 결과로 탄생한 위기를 거치며 대부분의 회화는 자전적인 것이 될 수밖에 없었다.

그렇다면 드로잉이나 그래픽 작업은 어떻게 그것을 받아들일 수 있었던 걸까. 드로잉은 시각적 경험을 기록한 것이다. 유화는 풍성한 색조와 질감 그리고 색상 때문에 시각적인 것을 재현하는 것으로 여겨졌다. 이 차이는 아주 큰 것이다. 유화의 대가는 시각적인 것의 모든 요소를 모아서, 단 하나의 점으로 인도하는데, 그 점이란 실재하는 관람객의 관점이다. 그리고 유화는 그 관점이 시각 자체를 구성하는 것이라고 주장한다. 그에 반해 그래픽 작업은 그 제한적인 특징 때문에 더 소박하다. 그것은 시각적 경험의 한 가지 면만을 주장할 뿐이고, 그렇기 때문에 서로 다른 목적들에 적응할 수 있다.

밀레가 말년에 이르면서 파스텔화를 더 많이 활용했다는 사실, 반쯤만 밝은, 시각 자체가 미심쩍어지는 상태를 선호했다는 사실 그리고 밤 장면에서 그가 느꼈던 매혹이 모두 그가, 특권을 지닌 사람들이 가지고 있던, 본인들의 관점에 맞춰 구성된 세계에 대한 요구에 직감적으로 저항하려고 애쓰는 과정에서 나온 특징들일지도 모른다. 그렇게 말하는 것이 밀레가 품고 있던 동정심과도 일치하는 설명이다. 농민들이 유럽의 전통적 회화에 소재로서 받아들여지지 않았다는 사실은, 오늘날 제일세계와 제삼세계 사이에 존재하는 이익의 상충을 정확히 예언한 것 아닐까. 만약 그렇다면, 밀레가 일생을 바쳐 그려낸 작품들은, 우리의 사회적 혹은 문화적 가치체계에 존재하는 위계질서를 급진적으로 바꾸지 않는 한, 아무것도 이 갈등을 해결할 수 없음을 보여 주고 있다.

귀스타브 쿠르베

Gustave Courbet

1819-1877

쿠르베가 스스로 불굴의 사회주의자로 천명했다는 이유로(당연히 그는 코뮌에서의 활동 때문에 감옥에 갔고, 말년에는 스위스로 망명을 떠나야 했다) 반동적인 평론가들은 그의 정치적 활동이 그의 예술과는 아무 관련이 없는 것처럼 취급하고 있다. 그의 작품이 마네나 세잔 같은 후대의 화가에게 지울 수 없는 영향을 미쳤기 때문에 그의 예술 자체를 거부할 수는 없을 것이다. 반면 진보적인 평론가들은 그의 정치적 신의 덕분에 예술까지 자동적으로 위대해졌다고 생각하는 경향이 있다. 따라서 그가 지지했던 사회주의가 작품에서는 어떻게 암시되고 있는지, 삶에 대한 태도가 그의 예술에 담긴 혁신에 어떻게 반영되고 있는지를 정확히 물어보는 것은 꽤 적절한 질문이다.

하지만 먼저, 묻어 있는 흙을 좀 떨어낼 필요가 있다. 왜냐하면 쿠르베는 자신의 신념에 대해 타협하지 않았기 때문에, 예술이란 화가의 작업실만큼이나 뒷골목, 노동 현장 그리고 감옥과도 관련이 있는 것임을 그가 자신의 작품과 삶을 통해 '통속적'으로 증명해 보였기 때문에, 그의 작품이 있는 그대로의 세계에서 탈출할 수 있는 가능성을 조금도 제시하지 않았기 때문에, 그는 평생 동안 공식적으로 거부당했고, 사후에도 마지못해 제한적으로만 인정을 받았기 때문이다. 그는 상황을 과장한다는 비난을 받았다. 감옥에 있는 자화상을 보자. 그는 파이프를 문 채 조용히 창가에 앉아 있는데 갇혀 있는 상태임을 알려 주는 것은 창 너머로 보이는 햇살뿐이다. 아니면 렘브란트의 자화상에 대한 복제화를 보자. 그는 쉰의 나이에도 연습을 마다하지 않는 겸손함을 갖고 있었다. 그의 작품은 조잡하다는 이유로 비난을 받았다. 노르망디의 해변 풍경을 보자. 빈 바다와 낮게 깔린 구름 사이로 물러나고 있는 대기가 단단히 잡혀 있고, 현실처럼 보이는 풍광과 수평선이 만들어내는 환상을 너무나 섬세하게 표현한 덕분에, 어떤 미스터리가 암시되고 있다. 또한 그는 감상적이라는 추궁도 당했다. 낚시로 잡은 커다란 송어 그림을 보자. 본질만을 충실하게 묘사한 덕분에 보는 이는 물고기의 무게와 몸부림치며 꼬리로 바위를 칠 때의 기운, 녀석을 잡기 위해 필요했을 계략 그리고 갈고리로 끌어올리기 위해 얼마나 힘이 들었을지를 (이 정도면 그물로는 잡을 수 없었을 것이다) 느낄 수밖에 없다. 물론 그런 비판이 공정한 경우도 있었지만, 어떤 화가도 걸작만을 그릴 수는 없다. 예를 들어 컨스터블(풍경화에 독립적으로 기여했다는 점에서 쿠르베와 유사한 점이 있는)이나 코로 혹은 들라크루아 같은 화가들 역시 고르지 못한 수준을 보였지만, 그렇다고 쿠르베만큼 편견에 가득 찬 공격을 받지는 않았다.

다시 주된 문제로 돌아가자. 쿠르베는 예술가의 독립성을 믿었다. 그는 단독 전시회를 가진 첫번째 화가였다. 하지만 단독 전시회는 그에게 예술을 위한 예술로부터의 독립을 의미했는데 예술가 혹은 작품이 그림의 소재보다 더 중요하다는 당시 지배적이던 낭만주의적 견해로부터의 독립 또한 그런 견해의 대척점에 있던, 모든 예술적 영감은 절대적이며 시대를 초월한다는 고전주의적 견해로부터의 독립을 의미했다. 그는 예술가의 독립이란, 예술가가 스스로를 작품 속의 살아 있는 대상들과 자유롭게 동일시할 수 있을 때, 그 대상이 자신에게 속하는 것이 아니라 **자신이 그 대상에** 속한다고 느낄 때에만 생산적

귀스타브 쿠르베, 〈생트 펠라지에 감옥에 있는 자화상〉,
1872-1873.

이 된다는 것을 깨달았다. 그런 화가에게는 그것이 유물론이었다. 쿠르베는 바로 이 점을, 즉 인간의 열망과 실재 사이의 끊을 수 없는 관계에 대해 **'권력을 향한 앎, 그것이 내가 생각하는 것이다'**라는 말로 표현했다. 하지만 쿠르베가 상상력을 모두 동원해 그림의 대상들이 지닌 실재성을 인정했다고 해서, 그의 작품이 자연주의 작품으로, 예를 들면 눈을 휘둥그레 뜬 채 외양만을 바라보는, 아름다운 곳을 발견한 여행자의 시선을 담은 것 같은 작품으로 격하되는 것은 아니었다. 그가 그린 풍경을 보면, 단순히 그렇게 **보이는** 것이 아니라, 그렇게 **알려지고** 있는 것 같은 느낌이 든다. 그의 시골 풍경화들이 혁명적인 이유는, 해당 장소들이 도시와의 낭만적인 대조를 암시하지 않는 실재적인 장소로 보이지만, 한편으로는 그 안에서 어떤 잠재적인 이상향을 감지할 수 있기 때문이다. 거기서 뛰어노는 아이들이나 사랑을 나누는 연인들에게는 그런 일상적 풍경이 익숙한 마법의 공간으로 보일 것임을 알아보는 것이다. 창가나 풍경 속에 누운 여인의 누드는 옷을 벗고 있는 여성을 있는 그대로 묘사한 작품이다. 그림은 송어를 그린 작품과 같은 법칙이 적용되었다. 하지만 그와 동시에, 그 그림은 예상치 못한 상태에서 발가벗은 상태의 외로움을 직면하는 충격을 전하는 작품이기도 하다. 연인들에게 영감을 불러일으키는 개인적인 충격, 조르조네가 〈폭풍우〉에서 다른 식으로 표현했던 그 충격 말이다. 그가 그린 초상화들(특히 쥘 발레스, 판 비설링, 사냥꾼을 그린 걸작들)은 특정한 개인을 그린 그림들이다. 보는 이는 그들의 다른 모습을 상상할 수 있다. 그들이 입고 있는 옷을 다른 사람이 입으면 어색하고, 맞지 않을 것이다. 하지만 이들은 모두 공통의 품위를 지니고 있는데, 그건 이들 모두가 애정을 가지고 알아보는 누군가의 시선을 받고 있기 때문이다. 이 그림들에서 빛이 친근한 느낌을 주는 것도, 친구의 모습을 드러내는 빛은 모두 그렇게 환영의 뜻을 담고 있기 때문이다.

쿠르베가 드로잉을 하거나 구도를 잡을 때도 똑같은 원칙이 적용된다. 늘 기본적인 형태가 먼저 구축되고, 모든 조정이나 질감이 드러나는 것은 유기적인 변조가 된다. 어떤 개인이 지닌 특이한 모습들도, 낯선 사람이 아니라 친구가 보았을 때는, 그 사람 전체의 일부로 여겨지는 것과 같다.

한 문장으로 요약하자면, 쿠르베의 사회주의는 그의 작품을 통해, 거기에 담긴, 어떤 구속도 받지 않는 형제애를 통해 표현되었다.

〜〜

그 어떤 예술가의 작품도 독립적인 진실이 될 수는 없다. 예술가의 삶이 그렇듯(여러분과 나의 삶이 그렇듯) 평생의 작업이 저절로 유효한 혹은 무가치한 진실을 만들어 간다. 설명, 분석, 해석은 관람객이 작품에 대해 좀 더 날카롭게 집중할 수 있게 도와주는 틀 혹은 렌즈일 뿐이다. 비평이 정당화되는 것은 우리가 좀 더 분명히 볼 수 있게 도와줄 수 있을 때뿐이다.

　몇 년 전 나는 쿠르베의 작품들이 여전히 모호한 상태로 남아 있기 때문에 그것들을 설명하려면 두 가지 면을 밝힐 필요가 있다고 적었다. 첫째는, 그의 이미지가 지닌 물질성, 밀도, 무게감의 진짜 본성이고, 둘째는 그의 작품이 부르주아 예술계를 그토록 화나게 만든 이유였다. 두번째 질문에 대해서는 그사이에 멋진 대답이 나왔는데, 그런 답을 내놓은 이는 놀랍게도 프랑스가 아니라 영미권의 학자들이었다. 티머시 클라크(Timothy J. Clark)의 책『민중의 이미지』와『절대적 부르주아』그리고 린다 노클린의『리얼리즘』에 그 대답이 담겨 있다.

　하지만 첫번째 질문에 대해서는 여전히 대답이 없다. 쿠르베의 리얼리즘에 담긴 이론과 그것을 구성하는 요소들은 사회적으로나 역사적으로 설명이 되었다. 하지만 그는 어떤 식으로 자신의 눈과 손을 활용해 그것을 실천했던 걸까. 대상들의 외양을 드러냈던 그만의 독특한 방식은 어떤 의미를 지니는 걸까. 그가 예술은 "존재하고 있는 것들의 가장 완전한 표현이다"라고 했을 때, 그는 **표현**이라는 단어를 어떻게 이해하고 있었던 걸까.

　어떤 화가가 유년기 혹은 청소년기를 보낸 지역이 종종 그의 비전을 형성하는 데 중요한 역할을 한다. 템스 강은 터너를 만들었다. 르아브르 주변의 절벽은 모네의 비전을 형성하는 데 영향을 미쳤다. 쿠르베는 쥐라 산악지대의 서쪽에 있는 루 강의 계곡지대에서 자랐으며, 일생 동안 그곳을 다시 찾아가 그림으로 그렸다. 그의 고향인 오르낭 주변 시골 마을의 특징들을 살펴보면, 내 생각에는 그의 작품을 더 집중해서 보게 하는 어떤 틀을 얻을 수 있을 것이다.

　그 지역엔 비가 아주 많이 내린다. 프랑스 평원 지역의 경우 서부 지역은 연간 790밀리미터, 중부 지역은 410밀리미터 정도의 강수량을 나타내는데 비해, 오르낭 지역은 약 1,300밀리미터를 기록하고 있다. 그렇게 내리는 비는 대부분 석회암 지대로 스며들어 지하에 굴을 만든다. 루 강은 이미 상당한 수량을 보이는 바위 아래의 수원지에서 솟아나는 강이다. 이 지역은 석회암 지반이 노출되고, 깊은 계곡이 형성되며, 동굴과 습곡(褶曲)이 많은, 전형적인 카르스트 지형의 특징을 보인다. 석회암 지반이 평평하게 형성된 곳에서는 퇴적된 이회토(泥灰土) 위로 풀이나 나무가 자라기도 한다. 쿠르베의 그림, 특히 〈오르낭의 매장〉에서 바로 이런 지형(진녹색의 풍경에 하늘과 회색빛 바위들이 지평선을 만들어내는)을 볼 수 있다. 하지만 이런 풍경이나 지질학적인 특징들이 쿠르베에게 단지 경관과 관련된 것만은 아니라고 나는 생각한다.

먼저 그런 풍경에 익숙해졌을 때 형성되는 지각을 파악하기 위해, 그 풍경의 외양을 머릿속으로 한번 그려 보자. 습곡들 때문에 풍경 자체에 **높이**가 생긴다. 그리고 하늘이 뒤로 물러난다. 지배적인 색상은 녹색이고, 그 녹색을 배경으로 눈에 띄는 것들은 주로 바위들이다. 계곡 안으로 보이는 배경은 어둡다. 마치 동굴이나 지하수의 어둠이, 눈에 보이는 것에도 침투한 것만 같다.

이 어둠 사이에서 빛을 받은 것들은 무엇이든(바위의 한 면, 흐르는 물, 큰 나뭇가지 등) 아주 생생하게, 특별한 의미도 없이 모습을 드러내지만, 그것은 부분적으로만(나머지 부분은 여전히 어둠 속에 있기 때문에) 선명하다. 그곳은 눈에 보이는 것들이 불연속적인 공간이다. 혹은 다른 말로 하자면, 눈에 보이는 것들을 늘 볼 수 있는 것은 아닌, 그것들이 모습을 드러냈을 때 포착해야만 하는 공간이다. 이곳 사람들은 사냥꾼의 눈을 지니게 되는데, 이는 단순히 거기에 사냥감이 많기 때문이 아니라 깊은 숲과 가파른 경사, 폭포, 구불구불 흐르는 강이 있는 그곳의 외양 자체가 그런 눈을 발달시키기 때문이다.

이런 특징들 중 많은 부분이 쿠르베의 작품에, 심지어 작품의 소재가 그의 고향 풍경이 아닌 경우에도, 도입되었다. 실외에 있는 인물들을 그린 그의 작품에서도 하늘이 거의 혹은 전혀 보이지 않는 경우가 유난히 많다.(〈돌 깨는 사람들〉〈프루동 가족〉〈센 강 둑의 여인들〉

〈해먹〉 그리고 수영하는 사람들을 그린 대부분의 작품들) 빛은 숲에
서처럼 측면에서 비치는 빛인데, 이는 원근법을 왜곡하는 물속에서
비치는 빛과 크게 다르지 않다. **화실**에서 그린 크기가 큰 그림의 경우
에 보는 이를 혼란에 빠뜨리는 것은, 이젤에 그린 숲 풍경에 비치는 빛
이 사실은 이런저런 물건들로 가득한 파리의 실내를 채우는 빛이라는
점이다. 이런 일반적인 규칙이 적용되지 않은 작품은 〈안녕하세요 쿠
르베 씨〉인데, 이 그림에서 그는 하늘을 배경으로 자신과 후견인의 모
습을 그렸다. 하지만 이 그림은 의식적으로, 멀리 떨어진 몽펠리에의
평원 지대를 배경으로 그린 것이다.

나는 쿠르베의 작품에서 물이 등장하는 경우가 삼분의 이 정도
될 걸로 짐작하는데, 종종 그림의 전면을 물이 차지하고 있는 경우도
있다.(그가 태어난 시골의 부르주아 주택은 강 바로 앞에 있었다. 흐
르는 물과 그 소리는 그가 가장 먼저 경험한 세계의 일부였을 것이다)
물이 등장하지 않는 경우에는, 전면에 배치된 대상이 종종 흐르는 물
이나 소용돌이를 떠올리게 하는 형상을 하고 있다.(예를 들어, 〈앵무
새와 여인〉 이나 〈물레질 중에 잠든 여인〉 같은 작품들) 또한 그의 그
림에서 빛을 받은 대상은 에나멜을 칠한 것처럼 광이 나는데, 그런 대
상들은 종종 물 밑으로 보이는 조약돌이나 물고기를 떠올리게 한다.
물 밑으로 보이는 연어를 그린 그의 작품에서 느껴지는 색조가 다른
작품들의 색조와 동일하다. 뿐만 아니라 풍경 전체가 연못에 비친 모
습을 그린 것 같은 풍경화도 있는데, 그런 작품의 번들거리는 표면은
대기 중의 요소들은 모두 배제한 것만 같다.(예를 들어, 〈무티에의 바
위산〉 같은 작품)

그는 보통 어두운 땅을 배경으로, 더 어두운 대상들을 그린다. 그
의 작품의 깊이는 늘 (심지어 저 높이 새파란 하늘이 있더라도) 어둠
에서 나온다. 그런 점에서 그의 그림들은 우물을 닮았다. 어둠 속에서
빛을 받은 대상의 형체가 드러날 때마다 그는 조금 밝은 색으로 그것
들을 드러내는데, 보통은 팔레트 칼을 사용했다. 화가로서 그의 기술

과 관련한 질문을 잠시 제쳐 두고 이야기하자면, 그러한 칼의 사용은 무엇보다도 나뭇잎이나 바위, 풀을 드러내는 빛의 활동, 대상들에게 생명과 확신을 부여하지만 그렇다고 반드시 그 대상의 구조까지 드러내지는 않는 빛의 활동을 재현한다.

이러한 일치들이 화가로서 쿠르베의 작업과 그가 자란 시골 마을 사이의 친밀한 관계를 보여 준다. 하지만 이런 일치가 그 자체로, 그가 외양에 부여한 **의미**에 대한 질문에 대답을 주지는 않는다. 우리는 풍경을 조금 더 깊이 살필 필요가 있다. 바위들이 이 풍경에서 가장 주된 형상이다. 바위들 덕에 일체감이 주어지고, 그것들이 초점의 역할을 한다. 그 풍경에 실재감을 주는 것이 그렇게 드러난 바위의 모습들이다. 얼굴이라는 단어에 담긴 의미를 가장 넓게 적용해 보자면, 이제 우리는 **바위의 얼굴**에 대해 이야기할 수 있다. 바위들이 인물, 그 지역의 정신을 담은 대상이 된다. 같은 지역 출신인 프루동은 "나는 순수한 쥐라기 석회석이다"라고 적었다. 쿠르베는 예의 그 자랑하는 듯한 말투로 자신의 그림에서는 "돌들도 말을 할 수 있다"고 했다.

바위의 얼굴은 늘 거기에 있다.(루브르에 전시된 〈열시의 길〉이라는 제목의 풍경화를 생각해 보라) 그 얼굴은 공간을 지배하고, 사람들이 봐 주기를 요구하지만, 그 외양은 형태나 색깔 모두 빛과 날씨에 따라 변한다. 사람들의 시야에 드러나는 바위의 얼굴은 끊임없이 바뀌는, 여러 가지 면들이다. 나무나 동물, 사람에 비해 바위의 외양에는 어떤 기준이 없다. 바위는 어떤 모습으로도 보일 수 있다. 바위는 이론의 여지없이 바위 자체이지만, 그 실재는 고정된 형태를 취하지 않는다. 그것은 매우 단호한 모습으로 존재하지만 그 외양은(지리적 차원에 제한해서 말하자면) 자의적이다. 주어진 시간에 그런 모습이 되었을 뿐이다. 그 외양이, 사실상 그 의미의 한계다.

그런 바위들에 둘러싸인 채 자라는 것은, 눈에 보이는 것들에 규칙도 없고 모두가 제각각 현실인 곳에서 자라는 것이다. 시각적 사실들은 존재하지만 시각적 질서는 없는 곳. 쿠르베는, 그의 친구였던 프랑시스 베이의 말에 따르면, **대상이 무엇인지 모르는 상태에서도** 확신을 가지고 그 대상(멀리 쌓아 놓은 장작더미 같은 것들)을 그렸다고 한다. 그것은 화가들 사이에서는 흔치 않은 일이며, 내 생각엔 바로 그 점이 의미심장하다.

초기의 낭만적인 그림 〈개와 함께 있는 자화상〉에서 그는 커다란 바위 앞에서 검은색 외투를 걸치고 역시 검은색 모자를 쓴 자신의 모습을 표현했다. 이 작품에서 얼굴과 손을 그릴 때도 그는 뒤의 바위를 그릴 때와 똑같은 마음가짐으로 그렸을 것이다. 얼굴과 손 그리고 바위는 같은 시각적 실재성을 지닌, 서로 비교할 만한 시각적 현상이었다. 눈에 보이는 것에 질서가 없다면, 외양들 사이의 위계도 없다. 쿠르베는 모든 것(눈, 살갗, 머리칼, 짐승의 털, 옷감, 나뭇가지 등)을 그릴 때, 바위의 얼굴들을 그릴 때와 같은 방식으로 그렸다. 그가 그린 대상들은 내면을 지니고 있지 않지만 (놀랍게도 렘브란트의 초상화를 복제한 그림에서도 그렇다) 모든 것들은 놀라운 대상으로 표현되고 있다. 그것들이 놀라운 이유는, 본다는 행위 자체가 이미, 비록 질서는 없지만, 끊임없이 놀라는 일이기 때문이다.

어쩌면 내가 쿠르베를 '시대를 초월한' 예술가로, 마치 그에게 영향을 미친 쥐라 산악지대처럼 비역사적인 예술가로 여기는 것처럼 보일지도 모르겠다. 그것은 나의 의도가 아니다. 쥐라의 풍경이 그에게 그런 식으로 영향을 미쳤던 것은, 그가 화가로서 활동하던 당시의 역사적 상황, 그리고 그의 특별한 성정이 있었기 때문이다. 실제로 쥐라기만큼 긴 시간이 있었다고 하더라도, 쥐라 산악지대가 '만들어낸' 쿠르베는 단 한 명밖에 없었을 것이다. '지리학적 해석'은 사회-역사학적 해석에 토대가 되고, 원재료와 시각적 실체를 제공하는 것일 뿐이다.

티머시 클라크의 쿠르베에 대한 통찰력있고 섬세한 연구[1]를 몇 문장으로 요약하는 것은 어려운 일이다. 클라크는 정치적으로 복잡했던 그 시기를 모든 관점에서 조망한다. 그는 쿠르베를 둘러싼 전설 같은 이야기들을 제시한다. 그림에 소질이 있었던 시골 어릿광대에 관한 이야기, 위험했던 혁명과 관련한 이야기, 천박한 주정뱅이 이야기, 사람들을 박장대소하게 했던 선동꾼 이야기 등이다.(아마 쿠르베를 가장 진실하게 그리고 가장 동정적으로 묘사한 글은 쥘 발레스의 〈민중의 외침〉일 것이다)

그런 다음 클라크는 1850년대에 등장한 쿠르베의 걸작들이 사실은 회화 예술을 이중으로 변모시키는 작업이었음을 보여 준다. 과도한 야심, 부르주아에 대한 깊은 증오, 시골 생활의 경험, 연극적인 것에 대한 애정 그리고 남다른 직감이 모두 그런 작업으로 이어졌다. 그 변모가 이중적인 이유는, 그의 작품이 그림의 소재와 관객들 양자가 변해야 한다는 제안이었기 때문이다. 몇 년 동안 그는 그렇게 변모된 소재와 관객이 역사상 최초로 유행하게 될 것이라는 이상에 고무되어 작업할 수 있었다.

그 변모는 그림을 있는 그대로 '포착하고' 그 그림을 보는 관객을 달리 설정하는 작업이었다. 내가 보기에, 쿠르베는 마지막 대가였다고 할 수도 있다. 그는 베네치아의 화가들이나 렘브란트, 벨라스케스, 수르바란 같은 화가들의 작품을 통해 회화를 다루는 천재적 기술을 익혔다. 그림을 그리는 실제 작업과 관련해서 그는 여전히 전통주의자였다. 하지만 그는 기술들을 습득하면서도, 그런 기술들이 봉사해 왔던 전통적 가치들은 이어받지 않았다. 전문성을 훔친 거라고까지 말할 수 있겠다.

예를 들어 보자. 누드화는 미적 감각이나 사치 혹은 부와 밀접한 관련이 있는 장르였다. 누드는 성적인 장식이었다. 쿠르베는 이런 누드의 양식을 훔친 다음, 강가에 옷을 깔고 누워 있는 시골 여성의 '천박한' 알몸을 묘사하는 데 활용했다.(훗날, 환상에서 벗어난 후에는 쿠르베 본인도 〈앵무새와 여인〉 같은 성적 장식으로서의 누드화를 그리게 된다)

예를 들어 보자. 17세기 스페인의 리얼리즘은 도덕적 가치나 소

귀스타브 쿠르베, 〈오르낭의 매장〉, 1849-1850.

박함, 검소함, 고귀한 순결 같은 종교적 가치와 밀접한 관련이 있었다. 쿠르베는 이 양식을 훔친 다음, 〈돌 깨는 사람들〉에서 안타까울 정도로 구제불능인 농촌의 가난을 묘사하는 데 활용했다.

　예를 들어 보자. 17세기 네덜란드에서 있었던 집단 초상화의 유행은 어떤 단결심을 축하하는 방식이었다. 쿠르베는 이 양식을 훔친 다음, 〈오르낭의 매장〉에서 무덤 앞에 선 집단적 고독을 드러내는 데 활용했다.

　쥐라 출신의 사냥꾼, 지역의 민주주의 운동가, 도적 화가가 1848년에서 1856년 사이 같은 예술가 안에서 만났고, 그 결과 놀랍고 독창적인 이미지가 탄생했다. 세 페르소나 모두에게 외양은 관습의 중재(仲裁)를 상대적으로 적게 거친 직접적 경험이었고, 바로 그 이유로 그 외양은 놀랍고 예측 불가능한 것이었다. 세 페르소나의 비전은 있는 그대로의 것('**천박한**'의 다른 표현이다)이었고, 순수한 것('**어리석은**'의 다른 표현이다)이었다. 1856년 이후, 프랑스 제2제정이 타락해가던 그 시기에 종종 어떤 화가의 작품과도 다른 풍경화, 그 위에 눈이 쌓인 것처럼 차가운 풍경화를 그려낸 건 셋 중에 사냥꾼뿐이었다.

　〈오르낭의 매장〉(1849-1850)에서 우리는 쿠르베의 정신, 어떨 때는 사냥꾼이었다가 어떨 때는 민주주의 운동가였다가 어떨 때는 도적 화가로 드러나기도 했던 단 하나의 정신의 일면을 엿볼 수 있다. 삶에 대한 열정, 허세 그리고 유명했던 그 웃음에도 불구하고, 삶에 대한 쿠르베의 관점은, 비극적이라고는 할 수 없겠지만, 꽤 무거웠다.

그림 가운데 부분을 따라, 전체(거의 6미터나 된다)에 걸쳐 어둠의 구역, 즉 검은색이 흐르고 있다. 명목상 이 검은색은 장례미사에 모인 사람들의 옷 색깔이라고 할 수 있다. 하지만 그런 의미로만 한정하기에는 검은색이 지나치게 퍼져 있고, 지나치게 깊다. 심지어 몇 년째 그의 그림들이 모두 점점 더 어두워지고 있었음을 감안하더라도 말이다. 그것은 계곡 풍경의 어둠, 다가오는 밤의 어둠, 관이 묻히게 될 땅밑의 어둠이다. 하지만 나는, 이 어둠에는 또한 사회적이고 개인적인 의미도 있다고 생각한다. 그런 어둠의 구역 안에 쿠르베의 가족, 친구들, 오르낭 지인들의 얼굴이 있다. 아무것도 이상화하지 않고, 아무 원한도 없고, 이미 확립된 그 어떤 규범도 따르지 않는 방식으로 그린 얼굴들이다. 사람들은 이 작품이 냉소적이고, 신성 모독적이며, 흉포하다고 했다. 작품 자체를 하나의 음모로 여기는 이들도 있었다. 그렇다면 그 음모에는 어떤 것들이 관여했던 걸까. 추한 것들에 대한 예찬? 사회 전복? 교회에 대한 공격? 비평가들이 그림을 보며 단서를 찾아보려 했지만 허사였다. 이 작품이 품고 있는 그 실제적인 전복적 분위기의 원인은 아무도 발견하지 못했다.

쿠르베는 마을 장례식에 모인 남녀의 모습을, 그런 장소에서 보이는 모습 그대로 그렸고, 더 높은 의미, 잘못된(심지어 진실한 것이라 하더라도) 더 높은 의미를 위해 그 외양들을 유기적으로 조직하기를(조화를 만들어내기를) 거부했다. 대신 그는 21제곱미터 크기의 캔버스에, 묘지에 모인 사람들의 모습을 실물 크기로 그렸다. 이 그림이 전하는 말은 하나뿐이다. "이것이 우리가 보이는 모습입니다." 파리의 예술 대중들은 시골로부터 전해진 이 말을 받아들인 정도에 비례해서, 그 말이 전하는 진실을 거부하고, 이 작품이 사악한 의도를 품은 과장이라고 매도했다.

쿠르베는 어쩌면 이런 상황을 미리 내다봤던 것일 수도 있다. 원대했던 희망도 어쩌면 계속해 나갈 수 있는 용기를 얻기 위한 도구였을지 모른다. 그가 그림을 그릴 때 보였던 집요함, 〈매장〉이나 〈돌 깨는 사람들〉 〈플라지의 농민들〉에서 빛을 받아 모습을 드러낸 것들 모두에 담겨 있던, 드러난 것들은 모두 똑같이 가치를 지닌다고 주장하던 그 집요함 덕분에, 나는 배경의 어둠은 뿌리 깊은 무지를 의미하는 것일지도 모르겠다고 생각했다. 그가 예술은 "존재하고 있는 것들의 가장 완전한 표현이다"라고 말했을 때, 그는 예술을 모든 위계적 체계에 맞서는 것, 존재하고 있는 것들 중 많은 부분에 대한 표현을 줄이거나 거부하는 문화에 맞서는 것으로 보았던 것이다. 그는 문화적 혜택을 받은 사람들이 의도적으로 선택한 무지에 도전했던 유일한 거장이다.

1. T. J. Clark, *Image of the People: Gustave Courbet and the 1848 Revolution* (London: Thames and Hudson, 1973).

에드가 드가

Edgar Degas

1834-1917

당신은 말했죠, 다리가 몸을 지지하는 거라고
하지만 당신은 본 적이 없나요
발목에 있는 씨앗,
　몸이 자라나는 그 자리를?

당신은 말했죠(만약 당신이 내가 생각하는 그런
교량을 짓는 건축가라면), 각각의 자세는
저마다의 자연스러운 균형을 가지고 있다고
하지만 당신은 본 적이 없나요
무용수의 고집 센 근육이
　부자연스러운 균형을 잡고 있는 것을?

당신은 말했죠(만약 당신이 내가 바라는 만큼
이성적이라면), 직립보행하는 인간은
오래전에 진화한 것이라고
하지만 당신은 본 적이 없나요

엉덩이에서 아주 조금 위에
기적처럼 만들어진 고요한 신호가
    23센티미터 아래에서 두 갈래로 갈라지는 몸을 예견하고
  있는 것을?

그렇다면 우리 함께 보아요
(빛이란 공간과 시간
사이에 있는 것임을
우리 둘 다 알고 있으니)
함께 이 조각상을 보며
확증해 보아요
    나는 나의 여신을
    당신은 긴장을

다리(bridge)를 한번 떠올려 보아요
보세요, 다리(leg)와 등이 길이 되고
손바닥에서 뒤꿈치까지는
엉덩이와 어깨에 단단히 고정되어 있어요
한쪽 다리(leg)는 기둥이 되고
무릎 위 허벅지는 외팔보예요.

다리(bridge)를 한번 떠올려 보아요
한때 인간들이 망각의 강이라 불렀던 물 위에 있는.
보세요, 우리가 가로지르는 평범한 몸
연약하고, 거기 사람들이 있고, 따뜻한 그 몸이
부담까지도 견디고 있는 것을.
죽은 무게와 살아 있는 무게
그리고 세로로 늘어지는 것들까지.

그러니 이 무용수가 우리를 위해 세운 이 다리(bridge)가
모든 낡은 편견들을 견디게 해 주세요
그러니 다시 한번 확증해 보아요
　당신은 나의 여신을
　나는 긴장을.

〰

그는 언젠가 이렇게 말했다. 한쪽에 사랑이 있고 다른 한쪽에 일생의 역작이 있는데, 사람의 마음은 하나뿐이라고. 그래서 그는 선택했다. 자신의 마음을 일생의 역작에 두었다. 그 선택이 어떤 결과를 낳았는지 보여 줄 수 있기를 바라며 쓴다.

　뉴올리언스 출신의 프랑스계 미국인이었던 그의 어머니는 첫번째 아들인 그가 열세 살 때 사망했다. 겉으로 보기에는, 그에게 감정을 불러일으킨 다른 여성은 없었다. 그는 독신자가 되었고, 집안일은 가정부가 맡았다. 은행업을 했던 집안 덕분에 물질적인 면에서 걱정은 없었다. 그는 그림을 수집했다. 그는 성미가 고약했고, '끔찍한 사람'이라고 불렸다. 몽마르트르에 살았고, 드레퓌스 사건이 진행되는 동안은 평범한 부르주아의 관습적인 반유대주의 입장을 취했다. 말년의 사진을 보면 고독에 찌든, 연약한 노인이 보인다. 에드가 드가 이야기다.

　이 이야기에서 이상한 점은, 드가의 예술이 여성과 여성의 몸에 대한 압도적인 관심을 드러낸다는 것이다. 이 관심은 오해를 받아 왔다. 말하기 좋아하는 사람들은, 여성혐오자든 페미니스트든 상관없이, 자신들의 편견을 드러내기 위해 그의 드로잉과 조각상을 전용했다. 이제, 드가가 작품 활동을 그만둔 지 팔십 년이 지났으니, 이 예술가가 남긴 것이 무엇인지 다시 한번 살펴볼 수 있는 때가 되었다고 할 수 있을 것이다. 걸작임에 분명한 예술품으로서가 아니라 (그의 작품

의 시장가치는 오래전에 확립되었다) 살아가는 데 도움을 주는 것으로서 말이다.

사실 그는 1866년에서 1890년 사이에, 소형 말 청동상을 많이 제작했다. 그 작품들은 밀도있고 투명한 관찰력을 보여 준다. 이전에는 누구도 (심지어 제리코조차) 그렇게 자연스럽고 부드럽게 말을 표현하는, 대가다운 솜씨를 보여 주지 못했다. 그러다 1888년에 질적인 변화가 발생했다. 형식은 정확히 그대로였지만, 에너지가 달라졌다. 그리고 그 차이는 명백했다. 어린아이라면 누구나 그 차이를 알아차릴 것이다. 예술에 대한 몇몇 도덕주의자들만 그 차이를 보지 못했다. 전반부의 말들은 눈에 보이는, 지나가는 관찰 가능한 세계에 존재하는 말들을 멋진 눈으로 바라본 결과물이었다. 후반부의 말들은 관찰되었을 뿐 아니라, 내부로부터 살이 떨릴 정도로 지각되기도 했다. 그 에너지는 그저 기록된 것이 아니라, 마치 조각가의 손이 찰흙으로 된 말의 불안한 떨림을 느꼈던 것처럼, 체험되고, 겪고, 새겨진 것이다.

이 변화가 일어난 시점은 드가가 마이브리지(E. Muybridge)의 사진을 발견한 시점과 일치한다. 말이 천천히 걷거나 달릴 때 다리가 실제로 어떻게 움직이는지를 보여 준 사진 말이다. 그리고 드가가 그 사진들을 활용한 것은 당시의 실증주의 사조와도 완벽하게 맞아떨어지는 선택이었다. 하지만 **내재적인** 변화는 그런 실증주의를 거부하는 변화였다. 자연이 연구의 대상이기를 멈추고, 주체가 된 것이다. 후반기의 작품들은 모두 예술가의 의지가 아니라 모델의 요구를 따르고 있는 것처럼 보인다!

하지만 이 특정한 예술가의 경우에는, 우리가 그의 의지를 잘못 판단한 것일지도 모른다. 예를 들어, 그는 자신의 조각상이 전시될 것이라고는 한 번도 기대하지 않았다. 그것들은 완성된 후 누군가에게 보여질 것들이 아니었다. 그의 관심은 다른 곳에 있었다.

인상주의 작품을 주로 취급하는 화상(畵商) 앙브루아즈 볼라르가 드가에게 왜 조각상들을 청동으로 뜨지 않느냐고 물었을 때, 그는 청동이라고 불리는 양철과 구리의 합금은 영원히 보존된다고 들었는데, 자신은 고정된 것들을 가장 싫어한다고 대답했다!

청동상 형태로 전해지는 드가의 조각상 칠십사 점은, 단 한 점을 제외하고는 모두 그의 사후에 제작된 것이다. 찰흙이나 밀랍으로 만든 원래의 조각상들은 대부분 오염되거나 망가졌다. 그 밖의 칠십여 점은 복구가 불가능할 정도로 훼손되어 버렸다.

이 사실에서 무엇을 추론할 수 있을까. 그 작은 조각상들을 만든 목적이 이미 달성되었다는 것이다.(말년의 드가는 그 어떤 것도 전시하지 않으려 했다) 조각상들은 다른 작품을 위한 스케치나 준비 작업을 위해 제작된 것이 아니었다. 하나의 작품으로서 만들어졌지만, 그럼에도 어떤 목적에 봉사했다. 그것들은 어느 시점엔가 정점에 도달했고, 그랬기 때문에 방치될 수 있었다.

그에게 정점이란 드로잉의 대상이 드로잉 안으로 들어오고, 조각의 대상이 조각 안으로 들어오는 시점이었다. 그 만남과 이동만이 그가 유일하게 흥미를 느꼈던 점이다.

드로잉의 대상이 어떻게 드로잉 안으로 들어가는지 나는 설명할 수 없다. 그냥 그렇다는 것만 알 뿐이다. 실제 드로잉을 하다 보면 조

에드가 드가, 〈목욕 후〉, 1886.

금 더 잘 이해할 수 있는 사실이다. 몽마르트르에 있는 드가의 무덤 묘비명에는 다음과 같은 말이 적혀 있다. "그는 데생을 무척 좋아했다."

이제 목탄 드로잉이나 파스텔화, 모노타이프 그리고 여인의 조각상에 대해 생각해 보자. 어떤 때는 발레 무용수가 등장하고, 어떤 때는 화장실에 있는 여인들이 등장하며, 또 어떤 때는 (특히 모노타이프 작품에서) 매춘부도 등장한다. 누가 등장하는지는 중요하지 않다. 발레, 욕조, 사창가 등은 드가에게는 단지 구실일 뿐이었다. 이 점이 그림의 '시나리오'에 대한 비판적 논의가 핵심을 놓치고 마는 이유이다. 왜 드가는 여성들이 몸을 씻는 장면에 그렇게 매혹되었을까, 왜 그는 관음증 환자가 되었을까, 그는 모든 여성을 창녀로 생각했던 걸까 같은 질문들.(웬디 레서는 자신의 책 『그의 다른 쪽 절반』에 실린 뛰어난 에세이에서 이런 질문들을 해체해 버렸다)

진실은, 드가는 그저 인간의 몸에 대해 탐구할 수 있는 기회들을 만들었거나 이용했을 뿐이라는 것이다. 그가 이성애자였기 때문에, 그에게는 여자들이 남자들보다는 더 놀라운 대상이었기 때문에, 놀라움이야말로 그를 드로잉으로 이끈 감정이었기 때문에 작품의 대상이 보통 여자의 몸이었던 것이다.

작품이 발표되자마자 그가 묘사한 몸들이 뒤틀려 있고, 추하며, 짐승 같고, 일그러졌다고 불평하는 사람들이 나타났다. 드가가 자신의 모델들을 미워했다고까지 말하는 사람들도 있었다!

이런 오해가 발생한 것은, 그가 예술이나 문학에서 관습적으로 전해 내려온 신체적 아름다움을 외면했기 때문이다. 그리고 많은 관람객에게는 벌거벗은 몸일수록 더더욱 관습이라는 옷을 걸치고 있어야 했고, 외설의 규범이든 이상화된 규범이든 상관없이, 어떤 규범을 따라야만 하는 것이었다. 벌거벗은 몸이라 해도 어딘가에 소속되어 있음을 알리는 제복을 입고 있어야 했다! 그에 반해 드가는 감탄에서 시작했기 때문에, 자신이 기억하고 있는 혹은 지켜보고 있는 그 몸의 모습이 놀라움을 주고, 있을 법하지 않은 형상이 되기를 원했다. 그래야만 그 유일한 몸이 손에 잡힐 듯한 무언가가 될 것이기 때문이다.

　드가가 제작한 작품들 중 가장 아름답다고 할 만한 것들은 과연 놀라움을 선사하는데, 왜냐하면 그 작품들은 흔한 대상(웬디 레서가 '매일 보는 것들'이라고 표현한 대상)에서 시작되고 끝나지만, 거기서 무언가 예측불가능하고 극명한 것을 찾아서 드러내기 때문이다. 그리고 이 극명함은 어떤 고통과 요청에 대한 기억이다.

　옆으로 누운 여인의 다리를 주무르고 있는 마사지사의 모습을 표현한 조각상을, 나는 부분적으로는 어떤 고백으로 읽었다. 점점 더 약해지고 있던 자신의 시력에 대한 고백도 아니고 여인의 몸에 손을 대고 싶은 마음의 고백도 아닌, 접촉을 통해 뭔가를 완화시킬 수 있다는, 예술가로서 드가 본인의 환상에 대한 고백이다. 그 접촉이 트레이싱지 위를 움직이는 목탄의 접촉이라고 해도 말이다. 무엇을 완화시킨다는 것일까. 모든 몸이 지니고 있는 어떤 피로….

　그는 매우 자주 드로잉 위에 종이 띠를 덧붙였는데, 이는 이미 대가였던 그가 자신의 작품을 통제할 수 없었기 때문이다. 이미지가 그가 계산했던 것보다 더 멀리 그를 이끌었고, 거기에 끌려 어떤 벼랑 끝에 이르렀을 때 순간적으로 자신을 놓아 버린 것이다. 여성을 표현한 그의 말기 작품은 모두 미완성 상태로 방치된 것처럼 보인다. 그리고 말을 표현했던 청동상의 경우와 마찬가지로, 우리는 그 이유를 알 수 있다. 어느 순간 예술가는 사라지고 모델이 들어와 버린 것이다. 그러고 나면 그는 더 이상 바랄 것이 없었고, 거기서 멈췄다.

　모델이 '들어오고' 나면, 가려져 있던 것이 종이 위의 실재가 되어 드러난다. 뒷모습만 보이는 한 여성이 발을 욕조 위에 걸친 채 말리고 있다. 그사이, 보이지 않는 그녀의 앞모습도 거기에 있다. 그녀의 모습이 드로잉을 통해 보여지고 알려진다.

　드가의 후기 작품들에서 드러나는 한 가지 특징은 몸과 팔다리의 경계를 표현하는 선에서 아주 반복적으로 그리고 오랫동안 작업한 흔적이 보인다는 점이다. 이유는 단순하다. 경계(벼랑)에서는 건너편에 있는 모든 것들이, 보이지 않는 그것들이 알아봐 달라고 절규하고 있기 때문에, 그리고 그림의 선은… 그 보이지 않는 것들이 들어올 때까지 끊임없이 모색하기 때문이다.

어떤 여인이 한쪽 다리를 들고 발을 말리고 있는 모습을 지켜보는 우리는, 그렇게 무언가가 알려지고, **받아들여지는** 것을 지켜보며 행복해한다. 우리는 현존하는 것들을 보며 그것들이 '탄생'할 때의 모습을 보고 있는 듯한 느낌을 받는다. 그 어떤 피로가 생기기 전, 최초의 사창가와 목욕탕이 생기기 전, 나르시시즘의 고독이 나타나기 전에, 그저 어떤 별자리에 이름이 주어지는 바로 그 순간을 보고 있는 것 같은 느낌. 그래, 균형을 잡고 있는 그녀를 바라보며 우리가 감지하는 것이 바로 그것이다.

그가 남긴 것이 완성된 걸작이 아니라면, 과연 그것은 무엇일까.

우리는 모두 알려지기를, 우리의 등과 다리, 엉덩이, 어깨, 팔꿈치, 머리칼로 알려지기를 꿈꾸는 것 아닐까. 심리학적인 의미에서 알려지는 것이 아니라, 사회적으로 가치를 인정받는 것, 칭찬을 받는 것이 아니라, 알몸의 모습 그대로 알려지는 것. 마치 어머니들이 자기의 아이를 아는 것처럼.

이렇게 표현할 수도 있겠다. 드가는 아주 낯선 무언가를 남겨 주었다. 그의 이름은, 그가 남긴 드로잉 덕분에 이제 하나의 동사로도 쓰일 수 있을 것 같다. "나를 드가해 주세요. 저렇게 나를 알아주세요! 나를 알아봐 주세요, 친애하는 하느님! 드가해 주세요."

∿

주름 안에는 무엇이 있을까. 발레 무용수의 고전적인 복장에 있는 주름, 드가가 그린 몸에 있는 주름들 말이다. 이 질문은 런던 로열아카데미에서 열린 전시회 「드가와 발레: 움직임을 그린다는 것」에서 제기되었다. 호화롭게 제작된 카탈로그에는 다음과 같은 보들레르의 글이 인용되어 있다. "춤은 팔다리로 쓰는 시다. 그것은 우아하고 끔찍한, 움직이는, 움직임으로 장식한 어떤 사태다."

무용수를 그린 몇몇 작품에서 드가가 보여 준 구성, 그들의 발동작이나 자세, 몸짓은 종종 거의 기하학적인, 알파벳 문자를 닮은 반면, 그들의 몸과 머리는 유형화할 수 없는, 완곡한, 저마다의 모습을 보여 준다. "춤은 팔다리로 쓰는 시다…."

드가는 고전 발레에 매혹되었는데, 왜냐하면 그에게는 발레가 인간이 처한 조건에 대해 무언가를 말해 주었기 때문이다. 그는 다른 세계로의 탈출을 바라는 발레광은 아니었다. 발레는 그가 오랫동안 찾아 헤매던, 인간의 어떤 비밀을 보여 주는 전시장 역할을 해 주었다. 위에서 말한 전시회에서는 드가의 독창적인 작품 세계와 사진의 발전 및 영화 카메라의 발명 사이의 평행 관계를 설득력있게 보여 주었다. 그러한 기술의 진보가 인간과 동물의 몸이 움직이고 기능하는 방식에 대한 새로운 발견으로 이어졌다. 말이 어떻게 달리는지, 새가 어떻게 나는지 등등.

드가가 새로운 혁신에 자극을 받았고, 그것들을 활용했다는 점에 대해서는 의심의 여지가 없다. 하지만 나는 그를 사로잡았던 것이 미켈란젤로나 만테냐를 사로잡았던 것과 유사했을 것이라고 믿는다. 세 사람 모두 순교를 할 수 있는 인간의 능력에 매혹되었다. 세 사람 모두 그것이 인류를 정의내리는 특징이 아닐까 생각했다. 인간의 자질 중 드가가 가장 찬미했던 것은 견디는 능력이었다.

가까이 들여다보자. 드로잉이나 파스텔화, 회화를 그리면 그릴수록 드가가 그린 무용수들의 몸은, 어느 시점에선가 집요하게 어두워지고, 뒤엉키고, 어슴푸레해진다. 아마도 팔꿈치나 발뒤꿈치, 겨드랑이, 장딴지 근육, 목덜미 같은 자리일 것이다. 이미지가 어두워지는데, 이는 자연스러운 그림자와는 아무 관련이 없다.

에드가 드가, 〈쉬고 있는 두 무용수〉, 1898.

　먼저, 그것은 화가가 해당되는 팔다리나 손 혹은 귀의 정확한 위치를 바로잡고, 바꾸고, 다시 수정한 결과다. 쉬지 않고 움직이는 몸에서 앞으로 나오거나 뒤로 물러나는 경계 부분을 강조하기 위해 화가가 연필 혹은 파스텔로 기록하고, 재조정하고, 다시 기록한 것이다. 속도가 핵심이다. 하지만 이 '어둠들'은 또한 주름 혹은 틈의 어둠을 암시하는 것이기도 하다. 그런 자리들은 그 자체로 어떤 표현적 기능을 한다. 어떤 기능일까.

　좀 더 가까이 들여다보자. 전통적인 발레 무용수는 쪼갤 수 없는 자신들의 몸 전체를 통제하며 움직인다. 하지만 가장 극적인 움직임은 짝으로 움직이는 두 다리와 두 팔에서 이루어진다. 하나의 몸을 공유하는 두 쌍의 짝들. 일상생활에서 두 쌍의 짝과 몸통은 나란히 작동하는데, 그때 두 쌍의 짝은 몸의 내부를 향하는 구심력에 의해 일사분란하게, 고분고분하고 지속적으로 작동한다. 하지만 이와 대조적으로, 전통 발레에서 두 쌍은 분리되고, 몸의 에너지는 원심력 때문에 바깥을 향하게 된다. 그리고 몸의 아주 작은 부분까지 일종의 고독으로 인해 팽팽하게 긴장한다.

　이 이미지들에서 어두운 주름 혹은 틈은, 팔다리 혹은 몸통이 느끼는 고독을 표현한다. 함께 있는 것에, 옆에 있는 다른 부위와 닿는 것에 익숙해져 있지만 춤을 추는 동안에는 홀로 움직여야 하는 부위들의 고독이다. 어둠은 그런 이탈의 고통과, 그렇게 이탈한 것들을 상상을 통해 다시 연결해야 할 때 요구되는 끈기의 표현이다. 그것이 바로 보들레르가 '우아하고 끔찍한'이라는 표현으로 전하고자 했던 우아함과 극명함이다.

이제 휴식을 취하고 있는 무용수를 그린 드가의 작품, 특히 그가 말년에 그린 작품들을 살펴보자. 내가 아는 한 천국에 가장 가까운 작품들이지만, 그 천국은 에덴동산과는 한참 동떨어진 것이다. 쉬는 동안 무용수의 팔다리는 다시 하나가 된다. 긴 다리 위에 놓인 팔은 휴식을 취한다. 손이 다시 발을 찾아 만지고, 손가락 하나하나가 짝을 찾듯 발가락을 더듬는다. 각각이 겪고 있던 복수(複數)의 고독들은 이제 지나갔다. 볼이 무릎 위에서 쉬고 있다. 서로 가까이 있다는 확인이 축복처럼 다시 찾아왔다. 가끔 마치 초월을 경험하는 사람들처럼 눈을 반쯤 감은 채 온화한 표정을 짓고 있는 무용수들도 있다.

그들이 떠올린 초월이 바로 춤이라는 예술의 목표, 음악과 하나가 되려는 무용수의 고통스러운 몸이 꿈꾸는 목표다. 놀라운 점은 드가의 이미지는 이 경험을 아무 말 없이 포착해냈다는 점이다. 주름이 있을 뿐 소리는 없다.

페르디낭 '우체부' 슈발
Ferdinand 'Le Facteur' Cheval

1836-1924

농민이었다가 예술가가 된 인물은 아주 드물다. 가끔씩 농민의 아들 혹은 딸이 그렇게 되는 경우는 있다. 이것은 재능의 문제가 아니라, 기회와 여가 시간의 문제다. 농민들의 경험에 대한 노래들이 있고, 최근에는 자서전도 몇 권 나왔다. 가스통 바슐라르의 대단히 근사한 철학책도 있다. 하지만 그런 것들을 제외하면 거의 없다고 해야 할 것이다. 이렇듯 자료가 없다는 것은, 대부분의 도시 사람들에게 농민들의 정신은 낯설거나 알 수 없는 대상으로 머물러 있다는 것을 의미한다. 그들이 몸으로 견뎌야 하는 것, 그리고 그들이 일하는 물질적 조건에 대해서도 마찬가지다.

중세 유럽에서 농민들이 화가나 석공, 심지어 조각가가 되는 경우가 종종 있었다는 것은 사실이다. 하지만 그들은 교회의 이념을 표현하기 위해 고용되었을 뿐, 자신들의 세계관을 직접 표현할 수는 없었다. 하지만 농민들의 경험을 직접적으로 표현한, 다른 어떤 작품과도 다른 거대한 작품이 한 점 있다. 이 작품(시와 조각, 건축을 모두 포함하는 작품)에 대해 이야기를 해 보고 싶다.

시골 우체부인 저는, 이만 칠천 명의 동료들과 마찬가지로, 매일 오트리브에서 테르잔까지 걷습니다. 한때 바다였음을 알려 주는 흔적이 있는 지역으로, 가끔은 눈과 얼음을 지나고, 또 가끔은 꽃밭을 지나기도 합니다. 똑같은 배경을 끊임없이 걸어야 하는 인간이 할 수 있는 일이, 꿈꾸는 일 말고 뭐가 있을까요. 나는 꿈속에서 궁전을 하나 지었습니다. 모든 상상을 넘어서는, 단순한 인간이 생각해낼 수 있는 것들(정원, 석굴, 탑, 성, 박물관 그리고 조각상까지)을 모두 넘어서는 그런 궁전이요. 너무 아름답고 생생해서, 적어도 십 년 정도는 제 머릿속에 남아 있을 것 같은 궁전이었죠….

그 꿈을 거의 잊어버렸을 무렵, 사실 거의 생각도 나지 않게 되었을 무렵에 제 발이 그 궁전을 다시 떠올리게 해 주었습니다. 발에 뭐가 걸려서 넘어질 뻔했죠. 뭔가 싶어 보았더니, 이상한 모양의 돌멩이였습니다. 남는 시간에 살펴보려고 주머니에 넣었지요. 다음 날, 같은 자리를 지날 때, 다른 돌멩이들, 더 아름다운 돌멩이들을 발견했습니다. 그 자리에 그것들을 한데 모아 놓고 보니 놀라웠지요…. 협곡과 언덕의 비탈과 가장 황폐한 버려진 땅들을 찾아다니며… 물에 의해 석화된, 하지만 대단히 아름답기도 한 응회암(凝灰巖)들을 모았습니다….

거기서부터 저의 쓰라린 역경이 시작되었습니다. 바구니를 들고 다니기 시작했죠. 우체부 일로 30킬로미터를 걷는 것 외에, 저는 돌이 가득 담긴 바구니를 진 채 10킬로미터 남짓을 더 걸었습니다. 매번 특이한 모양의 아주 단단한 돌멩이들을 찾았죠. 시골 마을을 지날 때면 그렇게 모은 돌멩이들을 따로 쌓아 두었다가, 저녁이 되면 손수레를 끌고 다시 가서 담아 왔어요. 가장 가까운 마을은 4, 5킬로미터 거리였고, 가끔은 10킬로미터쯤 될 때도 있었습니다. 가끔은 새벽

두세 시에 집에서 나서는 날도 있었죠.

이 글의 저자는 페르디낭 슈발이다. 1836년에 태어나 1924년에 사망했으며, '모든 상상을 넘어서는 궁전'을 짓는 일에 삼십삼 년의 세월을 보냈다. 그의 고향인 프랑스 드롬 지역의 오트리브에 가면 지금도 그 궁전을 볼 수 있다.

밤이 찾아오는 저녁
다른 사람들이 쉬는 그 시간에
나는 나의 궁전을 짓지.
아무도 나의 고통을 모르리.
남는 시간에
할 일을 다 마친 후에
천 일 하고도 하루 동안 나는 궁전을 지었지―
나만의 기념비를 세웠지

오늘날 궁전은 무너지고 있는 중이다. 조각품들은 해체되고, 거기에 적힌 글들, 벽에 쓰거나 칼로 새긴 문장들도 천천히 지워지고 있다. 얼마 후면 지은 지 팔십 년이 되는 건축이다. 다른 건물이나 조각품은 대부분 그보다는 오래 간다. 그것들은 건물을 짓는 데 확고한 규칙이 있는 주류의 전통에 속한 건물들로, 지어진 후에 어떻게 유지를 해야 할지도 알려져 있다. 하지만 이 작품은 발가벗고 있고, 어떤 전통에도 속하지 않는다. 왜냐하면 이 작품은 단 한 명의 '미친' 농민이 만들어낸 것이기 때문이다.

지금은 이 궁전에 대한 책과 사진들이 많이 있지만, 그 사진들의 문제(심지어 영화에서도)는, 사진을 찍은 이들이 가만히 앉아 있다는 점이다. 하지만 이 궁전은 그 안에 있어 보는 경험에 대한 작품이다. 이 작품을 **바라본다**는 것은, 숲을 바라본다는 것과 비슷하다. 이 궁전

페르디낭 슈발, 〈이상적 궁전〉, 1879-1912.

과 관련해 할 수 있는 행동은, 그 안으로 들어가거나 그냥 지나치는 것 뿐이다.

슈발 본인이 설명했듯이, 이 상상력의 출발은 돌멩이였다. 지질 학상의 여러 시대를 거치며 특이한 모양이 된 돌들이 그에게는 캐리 커처처럼 보였다. "다양한 동물이나 캐리커처처럼 보이는 조각들이 었습니다. 인간이 모방할 수 없는 것들이었지요. 나는 속으로 생각했 습니다. 자연이 조각품을 만들고 싶어 한다면, 내가 그것들을 위한 석 벽과 건물을 만들어 줘야지." 이 돌들을 가만히 들여다보면, 그것들은 생명, 특히 새나 동물이 된다. 어떤 돌들은 거꾸로 보는 이를 바라보기 도 하고, 또 다른 돌들은 잠시 본모습을 보였다가 다시 원래의 돌로 돌 아가기도 한다. 궁전은 생명으로 가득하지만, 그 생명들 모두를 보는 일은 절대로 없다.

뒤에서 이야기할 몇몇 예외들을 제외하면, 명확한 외부의 경계도 없다. 표면 하나하나는 실재적으로 내면에 대해 이야기하고 있다. 동물들은 돌 안으로 들어갔다가, 당신이 눈길을 돌리면 다시 표면에 등장한다. 외양 하나하나가 변한다. 하지만 이 궁전이 꿈 같은 곳이라고 말하는 것은 잘못된 표현이다. 이 점이 1930년대에 이 작품을 최초로 '발견'한 초현실주의자들의 실수였다. 슈발의 무의식에 대해 정신분석학적으로 질문을 던지는 것, 그런 식의 생각으로는 이 작품의 독창성을 절대 설명할 수 없다.

〜〜

그 이름과 달리, 작품의 모델은 궁전이 아니라 숲이다. 그 안에는 작은 궁전과 성, 사원, 집, 굴, 흙, 새집, 구멍 들이 있다. 궁전 안에 있는 모든 내용물 혹은 구성원들을 모두 망라하는 것은 불가능하다. 매번 들어갈 때마다 당신은 이전보다 더 많이 혹은 이전과는 다른 것을 보게 된다. 결과적으로 슈발은 자연의 조각품들을 위한 석벽과 건물보다 훨씬 큰 무언가를 해냈다. 그는 자신만의 조각품을 만들기 시작했다. 자연은 여전히 그의 모델이었지만, 그것은 고정된 외양들의 저장소나 어떤 분류의 대상이 되는 원재료가 아닌, 끊임없는 변신이 이루어지는 본보기로서의 자연이었다. 바로 지금 고개를 들어 앞을 보면, 다음과 같은 것들이 보인다.

소나무 한 그루
송아지, 뿔이 소나무만 한 큰 송아지 한 마리
뱀 한 마리
로마식 꽃병 하나
당나귀만 한 몸집의 세탁부 두 명
수달 한 마리
등대 하나
달팽이 한 마리

산호섬에서 쉬고 있는 세 친구
등대보다 큰 표범 한 마리
까마귀 한 마리

숲속에 있는 것들을 대충이나마 모두 조사해 보려면 아마 이 목록은 수천 개로 늘어날 것이다. 그리고 그 점을 깨닫자마자, 여러분은 그런 작업이 이 작품이 담고 있는 정신에는 얼마나 낯선 것인지도 깨닫게 될 것이다. 이 작품의 기능은 뭔가를 제시하는 것이 아니라 무언가를 둘러싸는 것이다.

탑을 오르든, 토굴 사이를 걸어 다니든 아니면 지면에서 외벽을 올려다보든 상관없이 여러분은 무언가의 안에 **들어와 있음**을 감지한다. 여러분은 여러분이 차지하고 있는 공간까지 포함하는 어떤 체계 안에 들어와 있는 자신을 발견한다. 그 체계는 다른 시간에 다른 비유를 제시하며 스스로의 이미지를 바꿀 수도 있다. 이 작품을 숲에 비유하는 것은 이미 했다. 어떤 부분은 복부와 비슷하고, 어떤 부분은 뇌(추상적인 **정신**이 아니라 두개골 속의 장기)와 비슷하다.

당신을 둘러싼 것은 물질적 실체이다. 그것은 사암과 응회암, 조개껍질 그리고 화석으로 구성되어 있다. 동시에 이 다양한 재료들이 한 덩어리가 되어 신비로운 조형물을 만들어내고 있다. 작품의 이미지가 만들어내는 다양한 형상을 말하는 것이 아니다. 광물질들이 모인 어떤 전체가 살아 있는 유기적 체계를 대변하고 있다는 이야기다.

일종의 조직이 모든 것을 연결한다. 그 조직은 나뭇잎, 주름, 고치 혹은 세포로 구성되어 있다고 생각해 볼 수도 있다. 슈발이 지녔던 에너지, 그의 모든 믿음이 한데 모여 이 조직을 만들어냈다. 이 조직 안에서 비로소 여러분은 시멘트를 바르고 돌을 쌓았던 슈발의 움직임, 그 리듬을 느낄 수 있다. 이 조직이 자신의 손끝에서 자라고 있음을 보았기 때문에 그는 확신을 가질 수 있었다. 바로 그 조직이 자궁처럼 여러분을 둘러싼다.

이 조직의 기본 단위는 일종의 나뭇잎 혹은 주름을 떠올리게 한다고 나는 말했다. 궁전 안 혹은 아주 멀리 있는 곳에 대한 정의 혹은 상상을 그나마 가장 가깝게 묘사하자면, 괴테가 에세이 「식물의 변신에 관하여」에서 말한 '이상적인 나뭇잎'을 인용하는 것이 최선일 것이다. 이 원형적인 나뭇잎에서부터 모든 식물이 형성된다.

슈발의 궁전에서 이 기본 단위는 재생산의 과정을 암시한다. 그것은 외양의 재생산이 아니라 자라나고 있는 궁전 자체의 재생산이다.

슈발은 평생 딱 한 번, 젊은 시절 알제리에서 일자리를 얻어 몇 개월 지낼 때를 제외하고는 드롬을 떠난 적이 없었다. 그는 1830-1840년대에 시장에 등장한 백과사전식 대중잡지를 통해 세계에 대한 지식을 얻었다. 그런 지식 덕분에 그는 지방의 좁은 세계관과는 다른, 세계에 대한 열망을 키울 수 있었다. (오늘날 현대적인 통신 수단이, 세계의 서로 다른 곳에서 비슷한 정치적 역할을 수행하고 있다. 마침내 농민들이 전 지구적인 수단을 활용해 자신들의 모습을 시각적으로 드러내는 일도 가능해질 것이다)

세계적인 열망이 없었더라면, 슈발은 삼십삼 년 동안 홀로 작업을 이어 나가게 했던 확신을 유지할 수 없었을 것이다. 중세 시대에는 교회가 보편적인 세계관을 제공했다. 하지만 교회에서 고용한 기술자들은 대부분 지시를 받은 성스러운 작업이라는 제약 아래에 있었고, 그 작업에는 농민들의 세계관이 부분적으로 포함되어 있기는 했지만, 작품 자체를 구상할 수 있을 정도는 아니었다. 슈발은 조금도 손상되지 않은 농민의 세계관을 지닌 채 홀로 현대 세계에 맞서며 등장했다. 그리고 그 세계관에 따라 자신의 궁전을 지어 나갔다.

그것은 대단히 있을 법하지 않은 작업이었다. 성격, 지리 그리고 사회적 환경 같은 많은 변수들에 의해 좌지우지될 수 있는 작업이었다. 예를 들면 그의 직업이 우체부였고, 덕분에 적으나마 연금을 받을 수 있었다는 사실 같은 것들 말이다. 그가 자기 땅에서 농사를 짓는 농민이었다면, 궁전을 짓는 작업에 구만 삼천 시간을 투자할 만한 여유는 없었을 것이다. 그럼에도 그는 자신이 태어난 계급에 유기적인 구성원으로 남았고, 스스로도 그렇게 의식하고 있었다. "농민의 아들인 저는, 여전히 농민으로 살고 농민으로 죽기를 바랍니다. 그렇게 함으로써, 제가 속한 계급에도 열정과 비범함을 지닌 인물이 있다는 것을 증명해 보이고 싶습니다."

이 궁전의 성격은 두 가지 본질적 특징에 의해 결정된다. 바로 물질성(여기에는 추상적이고 감정적인 호소는 전혀 없다. 슈발의 발언 역시 이 궁전을 짓는 데 들었던 엄청난 양의 육체노동에 대해서만 강조하고 있다)과 내재성(내부에 무엇이 있는가 혹은 무언가의 안에 들어간다는 것은 어떤 느낌인가에 대한 강조)이다. 이 둘의 조합은 현대적 도시의 경험에는 존재하지 않지만, 전형적인 농민의 경험에는 깊이 스며 있다.

'**내장의**(visceral)'라는 개념을 하나의 예로 활용할 수 있을 것이다. 하지만 미리 주의해야 할 것이 있다. 농민의 태도가 도시의 주민들에 비해 더 '정력적'이라고 생각하는 것은, 핵심을 놓치는 태도일 뿐 아니라 무지하고 진부한 표현에 의존하는 태도이다.

헛간 문에 박힌 못에 어린 양이 껍질이 벗겨진 채 매달려 있고, 주머니칼을 든 할아버지는 마치 바느질을 할 때처럼 꼼꼼하게, 양의 내장을 정리하고 있다. 그 옆에서 할머니는, 남편이 양의 위장에 구멍을 내지 않고 떼어낼 수 있게 도와주기 위해, 팔로 양의 창자를 받아 들고 있다. 1미터쯤 떨어진 곳에서 두 사람의 네 살배기 손자가 마당에 앉아, 할아버지와 할머니는 잠시 잊은 채, 고양이의 코에 자기 코를 비비며 놀고 있다. 내장은 매일 보는 것이고, 아주 오래전부터 농민들에게는 익숙한 대상이다.

대조적으로, 내장에 대한 도시 주민들의 두려움은 익숙하지 않기 때문에 더욱 강화되며 또한 죽음과 출생에 대한 그들의 태도와도 관련이 있다. 둘 다 비밀스러운, 제거된 순간들이 되어 버렸기 때문이다. 죽음과 출생의 과정에서는 내적인 것, 보이지 않는 어떤 과정이 우선시된다는 것을 무시할 수가 없다.

이상적인 도시의 표면은 광이 나서(예를 들면, 금속성 소재) 앞에 있는 것을 비추고, 그래서 그 표면 너머에는 아무것도 보이지 않는다는 것을 보여 준다. 그런 표면의 정반대 지점에 숨을 쉴 때마다 출렁이는 복부가 있다. 도시의 경험이란 어떤 대상의 겉모습으로만 판단하는 일, 그것을 측정하고, 시험하고, 그렇게 대하는 일에 집중되어 있다. 그 안에 있는 것을 설명해야 하는 경우에(나는 지금 분자생물학이 아니라 일상생활에서의 경험을 말하고 있다), 내부는 어떤 메커니즘으로 설명되는데, 그때 활용되는 기술자들의 측정법이란 언제나 외부에만 적용된다. 외부 혹은 외면은 끊임없는 시각적 재생산(혹은 복제)을 통해 인정받고, 실증주의를 통해 정당화된다.

농민에게 실증(實證)은 순박한 작업이다. 그의 작업은 절대로 완전히 예측할 수는 없는 일, 긴급 상황을 다루는 일이다. 눈에 보이는 것은 보통은 보이지 않는 무언가를 말해 주는 신호에 불과하다. 그가 표면을 만질 때는, 그 너머에 있는 것을 머릿속으로 더 잘 그려 보기 위해서이다. 무엇보다도, 그는 이어서 벌어질 과정 혹은 조정을 위해 뭔가를 시작하거나 멈춰야 하는 과정이 있음을 알고 있다. 그 과정이란 자신의 능력 바깥의 일, 누구도 알 수 없는 일이다. 농민은 자신이 어떤 과정 안에 있다는 것을 늘 인식하고 있다.

공장의 생산 라인은 똑같은 제품을 생산한다. 하지만 그 어떤 밭이나 양 혹은 나무도 서로 똑같은 것은 하나도 없다.(녹색혁명, 즉 도시의 전문가들이 농산물의 생산을 계획하는 일이 불러온 참사는, 대부분 현지의 구체적인 조건들을 무시하고, 자연의 차별성을 인정하지 않은 결과이다) 컴퓨터가 저장고, 현대 도시 정보의 '기억'이 되었다. 농민 문화에서 그에 비견할 만한 저장고는 세대를 거쳐 전수되는 구전(口傳) 전통이다. 하지만 둘 사이의 진짜 차이는 다음과 같다. 컴퓨터는 복잡한 질문에 대한 정확한 대답을 신속하게 제시한다. 구전 전통은 일상의 실제적인 질문에 대한 모호한 답(가끔은 대답 자체가 수수께끼처럼 들릴 때도 있다)을 제시한다. 확실한 진리와 불확실한 진리의 차이.

역사적인 맥락에서 농민들은 전통을 고수하는 사람들로 여겨지곤 했다. 하지만 이들이야말로 변화 혹은 순환하는 시간관에 맞춰 사는 데 익숙한 사람들이다.

예측할 수 없는 것, 보이지 않는 것, 통제할 수 없는 것, 순환하는 것과 가까이서 지내는 이들의 정신은, 세계에 대한 종교적 해석을 받아들이기가 쉽다. 농민들은 진보가 미지의 것들을 줄여 줄 거라고 믿지 않는데, 왜냐하면 그들은 그러한 발언에서 암시되는 전략적인 도식을 받아들일 수 없기 때문이다. 그의 경험에서는 미지의 것이 늘 등장하고, 중심에 있다. 지식으로 그 미지의 것을 둘러쌀 수는 있지만, 절대로 소멸시킬 수는 없다. 농민들에게서 종교의 역할을 일반화하는 것은 불가능하지만, 그것이 또 하나의 심오한 경험에 대해 말해 준다고는 할 수 있다. 바로, 자신들의 작업을 통해 무언가를 생산해내는 경험 말이다.

슈발의 궁전에서 몇몇 표면은 자신들의 내면에 있는 진실을 드러내지 않는다고 이미 말했다. 이는 그가 모방해서 지은 건물들, 그러니까 워싱턴 디시의 백악관이나 알제리의 메종 카레 같은 건물들도 거기에 포함된다. 나머지는 인간의 얼굴을 표현한 표면들이다. 그런 표면들은 모두 수수께끼 같다. 인간의 얼굴들은 자신들만의 비밀을 숨기고 있고, 궁전에 있는 다른 것들과는 달리, 그 비밀들은 자연스럽지 않다고 할 수 있다. 그는 존경심과 의심을 담아 그 얼굴들을 만들어냈다.

슈발 본인은 자신의 궁전을 자연에 바친 성전이라고 불렀다. 그 자연은 여행자나 풍경화가, 심지어 장 자크 루소의 자연도 아니다. 그것은 한 명의 비범한 인간이 꾸었던 꿈으로서의 자연, 숙련되고 단단한 생존자 계급의 비전을 표현하는 자연이다.

궁전 한가운데 토굴이 있고, 그 주위를 동물들의 조각상이 둘러싸고 있다. 동물을 표현할 때만 슈발은 자신의 부드러운 면모를 드러냈다. 동물들 사이에 조개껍질 더미와 눈을 숨기고 있는 돌들이 있어, 그 모든 것을 하나로 이으며, 첫번째 나뭇잎 조직을 만들어낸다. 그 토굴 천장에 슈발은 원형(圓形)으로 이렇게 적어 놓았다. "이곳에서 잠들고 싶다."

폴 세잔

Paul Cézanne

1839-1906

20세기를 산 유럽인 중에서 회화에 열정을 지녔던 사람이라면, 폴 세 잔이 일생 동안 남긴 작품들의 미스터리, 업적 그리고 그의 실패 혹은 성공을 어떻게든 해석해야만 했다. 그는 20세기가 시작되고 육 년 후, 예순일곱의 나이로 사망했다. 그는 예언자였지만, 다른 많은 예언자 와 마찬가지로, 처음부터 그렇게 될 운명은 아니었다.

파리의 뤽상부르미술관에서 세잔이 평생에 걸쳐 그린 작품 일흔 다섯 점을 볼 수 있는 근사한 전시회가 열리고 있다. 세잔을, 그의 독 창성을 모두 그대로, 다시 한번 볼 수 있는 기회이다. 평생 그의 작품 을 보아 온 내게 이 전시회는 어떤 계시 같은 발견이었다. 나는 인상주 의와 입체파, 20세기 미술사, 모더니즘, 포스트모더니즘 같은 것은 모 두 잊고, 보이는 것에 대한 그의 사랑 이야기만, 그 관계만을 보았다. 그리고 내게 그 이야기는 새로 산 장비나 도구의 사용설명서에 있는 도표처럼 보였다.

세잔이 이십대에 그렸던 초기 작품에서 보이는 검은색에 대한 이 야기로 시작해 보자. 그때까지 회화에서 사용되었던 그 어떤 검은색 과도 다른 검은색이다. 그림 전체를 지배하는 그 검은색은 후기 렘브란트가 사용한 검은색과 비슷해 보이지만, 세잔의 검은색이 더 손에 잡힐 듯하다. 마치 실재 세계에 존재하는 모든 것을 담고 있는 상자 같은 검은색이다.

화가가 되고 십 년쯤 지났을 때, 세잔은 그 검은색 상자에서 색들을 꺼내기 시작한다. 원색이 아닌 혼합된 실재의 색이었고, 그는 자신이 그렇게 열심히 바라보았던 대상들 안에 그 색들의 자리를 찾고 있었다. 지붕이나 사과의 빨간색, 사람의 피부색, 구름 사이로 보이는 특별한 하늘의 파란색. 이 색들은 베틀로 짠 천과 비슷했지만, 목화나 실뭉치에서 뽑아낸 것이 아니라, 그림을 그리는 붓 혹은 팔레트 칼이 남긴 유화물감의 흔적으로 이루어져 있다는 점이 달랐다.

그다음으로, 마지막 이십 년 동안 세잔은 그 색 뭉치들을 캔버스에 적용했다. 이번에는 색들이 대상들 안에서 자신의 자리를 찾아가는 것이 아니라, 우리 눈이 공간을 관통할 수 있게 길을 안내하는 역할을 맡았다. 그 길은 멀어지는 길일 수도 있고, 다가오는 길일 수도 있었다. 캔버스의 흰 면을 그대로 두는 경우도 점점 많아졌다. 이 빈자리는 하지만 침묵은 아니다. 그것들은 어떤 비어 있음, 열려 있음을 나타내며, 거기서 실재적인 것들이 나타난다.

예언적 의미를 지닌 세잔의 후기 작품들은 창조에 관한 것이다. 세상의 창조 혹은 원한다면, 우주의 창조. 초반에 이야기했던 검은색 상자가 이제 블랙홀이 되었다고 말하고 싶지만, 그런 표현은 그저 말장난에 불과하고, 너무 안이하다. 세잔이 한 일은 그보다는 훨씬 완고하고, 고집스러우며, 어렵다.

내 생각에, 화가로 활동하는 동안 그의 정신 상태는 종말론 쪽으로 기울었고, 그의 사고 역시 점점 묵시록적인 것에 빠져들었던 것 같다. 처음부터 실재라는 수수께끼가 그를 사로잡았다. 왜 사물들은 고체인가. 왜 모든 것은, 우리 인간까지 포함해서, 속이 채워져 있는가. 초기 작품에서 그는 이 실재를 신체적인 것으로 환원하는 경향을 보였다. 우리가 평생 안고 살 수밖에 없는 이 몸 말이다. 그리고 그는 살

폴 세잔, 〈검은색 시계〉, 1869-1871.

을 지녔다는 것에 내포된 의미들을 예리하게 인식했다. 우리의 욕망, 우리의 맹목적인 갈망 그리고 까닭 없이 폭력에 쉽게 휘둘리는 우리의 경향 같은 것들. 그래서 그는 살인과 유혹 같은 주제를 반복적으로 선택했다. 검은색 상자는 그대로 닫아 두는 게 나아 보였다.

하지만 서서히, 세잔은 그 신체성이라는 개념 혹은 감각을 확장했고, 일반적으로 몸이 없다고 여겨지는 대상들까지 포함시키기 시작했다. 이는 그의 정물화에서 특히 더 두드러졌다. 그가 그린 사과는 동물의 몸처럼 자주성을 갖고 있다. 각각의 사과는 차분하며, 그의 손에 쥐어졌을 때 하나하나가 모두 개별적인 존재로 인식되었다. 그가 그린 빈 사기그릇은 채워지기를 기다리고 있다. 그 비어 있음은 무언가를 기대하고 있다. 그가 그린 우유병은 이론의 여지없이 거기에 있다.

내가 생각한 도표상에서 세번째, 즉 마지막 시기에 세잔은 신체성 개념을 더 크게 확장했다. 파리 근교의 어느 강가 잔디밭에 십대 소년이 (아마 그의 아들일 것이다) 주변 공기에 둘러싸인 채, 누워 있다. 마찬가지로 그가 그린 프로방스의 생 빅투아르 산 역시 바로 그 특정한 날의 햇빛과 바람에 둘러싸여 있다. 세잔은 평정을 찾은 몸과 풍경의 불가피함 사이에서 어떤 상호보완적인 관계를 발견하고 있었다. 퐁텐블로 숲의 바위에서 보이는 움푹 들어간 자리는 사람의 겨드랑이를 닮았다. 그가 후기에 그린 〈목욕하는 사람들〉의 모습은 산맥처럼 보이기도 한다. 황량한 비베뮈 채석장을 그린 그림은 초상화처럼 보인다.

이 모든 것에 담긴 비밀은 무엇일까. 그것은, 우리가 눈으로 지각하는 대상은 그렇게 주어진 것이 아니라 구축되는 것, 자연과 우리 자신에 의해 조합되는 것이라는 세잔의 확신이다. 그는 이렇게 말했다. "풍경이 내 안에서 스스로 생각한다, 나는 그 풍경의 의식이 된다." 또 이렇게도 말했다. "색은 우리의 뇌와 우주가 만나는 곳이다."

이것이 그가 자신의 검은색 상자를 열어 보인 방식이다.

클로드 모네
Claude Monet

1840-1926

"모네가 단지 하나의 눈에 불과하다면 그 눈은 얼마나 대단한 눈인가!"라는 세잔의 말에 대해서는 너무 많은 이야기가 있어 왔다. 지금 그보다 더 중요한 것은 아마도, 모네의 눈에 담긴 슬픔을 인정하고 거기에 대해 질문하는 일일 것이다. 모네가 나이가 들면서 사진을 한 장씩 찍을 때마다 점점 더 진하게 묻어났던 그 슬픔 말이다.

이 슬픔이 그동안 주목을 받지 못했던 것은 일반적으로, 미술사에서 말하는 인상주의의 의미 안에는 이 슬픔을 위한 자리가 없었기 때문이다. 모네는 인상주의자들의 대표였고 (그들 중 가장 꾸준하고 가장 확고한 인물이었다) 인상주의란 모더니즘의 시작이었다. 그것은 유럽 미술이 20세기에 접어들기 위해 통과한 개선문 같은 것이었다.

이러한 평가도 어느 정도는 사실이다. 인상주의는 과연 그전에 있었던 유럽회화의 역사와의 커다란 단절이었고, 뒤에 이어진 많은 사조들(신인상주의, 표현주의, 추상주의 등)은 부분적으로 이 최초의 현대적 사조에서 파생된 것이라고 할 수 있을 것이다. 하지만 오늘날, 반세기쯤 흐른 후에 모네의 후기 작품들(특히 수련 그림들)이 폴록이나 토비, 샘 프랜시스, 로스코 같은 작가들 작품의 전조처럼 보인다는 것도 사실이다.

말레비치가 그랬던 것처럼, 1890년대 초반 모네가 루앙의 성당을 하루 중 다른 시간, 다른 날씨에 그린 열두 점의 작품은 회화의 역사가 다시는 전과 같지 않을 것임을 알린 결정적인, 그리고 체계적인 증거였다고 주장할 수도 있다. 그 작품들 이후로 회화의 역사는, 모든 외양은 하나의 변모일 뿐이며 가시성이란 것도 어떤 흐름임을 인정해야만 했다.

뿐만 아니라, 19세기 중반 부르주아 문화의 밀실공포증을 감안한다면, 인상주의가 얼마나 큰 해방으로 보여졌을지 짐작할 수 있다. 작품의 주제를 앞에 놓고 야외에서 그림을 그린다는 것, 직접 관찰한다는 것, 시각적인 것에서 빛이 가지는 지배력을 인정하고 거기에 맞추는 것, 모든 색을 상대화하는 것(따라서 모든 것이 반짝이게 하는 것), 낡은 전설이나 직접적인 이념을 그리는 일을 그만두는 것, 광범위한 도시 대중들의 경험(휴일, 시골로의 여행, 뱃놀이, 햇빛 아래 웃음 짓는 여인, 깃발, 꽃 핀 나무 등 인상주의자들이 가지고 있던 이미지의 단위는 대중들의 꿈 안에 있었다. 그들이 기다려 왔던, 그렇게 아꼈던, 세속적인 휴일들 말이다) 안에서 일상의 외양들에 대해 이야기하는 것, 인상주의의 순수함(회화의 비밀을 무시하고, 모든 것을 한낮의 햇빛 아래 드러냈다는 점에서, 더 이상 아무것도 숨기지 않았고 그래서 아마추어들도 쉽게 따라할 수 있었다는 점에서의 순수함) 같은 것들. 이 모든 것들이 어떻게 해방으로 느껴지지 않을 수 있었겠는가.

우리는 왜 모네의 눈에 담긴 슬픔을 잊을 수 없는 걸까. 혹은 그것을 그의 개인적 문제로 치부하고 마는가. 가난했던 어린 시절 때문에? 아직 젊은 나이에 아내를 잃었기 때문에? 나이가 들면서 점차 시력을 잃었기 때문에? 어떤 경우든, 우리는 이집트의 역사를 클레오파트라의 미소에 따른 결과로 설명하는 것과 비슷한 위험을 감수해야만 한다. 한번 감수해 보기로 하자.

354

클로드 모네, 〈루앙 대성당〉, 1892-1893.

루앙 대성당을 그리기 이십 년 전, 모네는 (당시 그는 서른두 살이었다) 〈해돋이 인상〉을 그렸고, 작품을 본 평론가 카스타냐리는 '인상주의자'라는 말을 처음 사용했다. 그 그림은 마네가 자랐던 르 아브르의 항구 전경을 그린 작품이다. 그림 앞쪽에, 그림자로만 보이는 작은 배 위에 한 남자가 다른 사람을 태운 채 노를 젓고 있다. 그 너머로, 배의 돛대와 기중기가 새벽빛 사이로 희미하게 보인다. 그보다 위에, 하지만 낮은 하늘에 주황색 태양이 작게 떠 있고, 그 아래 바다에 햇빛이 불타는 듯 비치고 있다. 이것은 해돋이(여명)의 이미지가 아니라, 하루가 슬그머니 밀려드는 이미지다, 마치 어제가 슬그머니 물러났듯이 말이다. 그림의 분위기는, 밝아 오는 하루를 방금 잠에서 깬 누군가의 흐느낌에 비유했던 보들레르의 시 「황혼의 아침」을 떠올리게 한다.

그런데 이 그림의 침울함은 정확히 어디서 오는 걸까. 비슷한 정경, 예를 들자면 터너의 그림은 왜 유사한 분위기를 풍기지 않는 걸까. 대답은 바로 그림을 그린 방식, 정확히는 인상주의적 기법이라고 불리게 되는 그 방식에 있다. 캔버스의 날실과 씨실이 보일 정도로 물감을 얇게 발라 표현한 물, 빠른 붓놀림으로 부러진 짚처럼 그려 놓은 돛대와 거기서 암시되는 잔물결, 쓱쓱 문질러 표현한 것 같은 그림자, 수면의 오점처럼 보이는 반사된 햇빛, 그 광학적인 면에서의 충실함과 객관적인 모호함까지. 모든 것이 정경 전체를 순간적인 것으로, 빈약하고 낡은 것으로 보이게 한다. 바로 그 비실재적인 느낌 때문에 이 정경 안에서 안식처를 찾는 일은 불가능해 보인다. 이 그림을 보고 있으면, 화려하게 장식된 극장을 지나 집으로 돌아가는 한 남자의 모습이 떠오른다. 1860년에 발표된 보들레르의 시 「백조」에 나오는, 다음과 같은 문장을 낳은 마음도, 이런 정경의 정확함 앞에서 그 정경을 거부해 보려고 심호흡을 하는 마음과 다르지 않았을 것이다.

　　…도시의 모습은
　　아, 인간의 마음보다 더 빨리 변하는구나

　　인상주의가 '인상'과 관련된 것이라면, 그것은 보여지는 것과 보는 이 사이의 관계에 어떤 변화를 가지고 온 것일까.(여기서 '보는 이'란 화가와 관람객 모두를 말한다) 우리는 오랫동안 익숙해져 있던 정경에서는 **인상**을 받지 않는다. 인상이란 어느 정도는 순간적이다. 그것은 정경이 사라진 후 혹은 달라진 후에 **남는** 무엇이다. 지식은 지식의 대상이 되는 것과 공존할 수 있지만 인상은, 그와 대조적으로, 홀로 남는다. 그 순간 아무리 강렬하고 실감 나는 것이었다고 해도 시간이 지나면 인상은, 기억처럼 증명할 수 없는 것이 된다.(일생동안 모네는, 수많은 편지들을 통해, 자신이 이미 시작한 그림을 완성할 수 없는 것에 대해 불평했다. 날씨가, 따라서 그림의 소재와 주제가 돌이킬 수 없게 달라져 버렸기 때문이었다) 정경과 그 정경을 보는 이 사이의 새로운 관계가 그랬기 때문에, 이제 정경이 보는 이보다 더 변하기 쉽고, 더 변화무쌍하다. 그리고 그 지점에서 우리는 보들레르의 같은 구절로 자꾸만 되돌아간다. "도시의 모습은…"

좀 더 전형적인 인상주의 작품이 표현하고 있는 경험을 면밀히 살펴보자. 〈해돋이 인상〉(1872)을 그렸던 바로 그 해 봄, 모네는 아르장퇴유의 집 정원에 있는 라일락 나무 그림을 두 점 그렸다. 각각 맑은 날에 그린 것과 흐린 날에 그린 그림이었다. 두 작품 모두에서 나무 아래에는 희미하게 보이는 인물이 세 명 있다.(이들은 아마 모네의 첫번째 아내 카미유와 시슬레 그리고 시슬레의 아내일 것이다)

　　흐린 날의 그림에서 이 인물들은 라일락 그림자에 가린 나방처럼 보인다. 두번째 그림에서는 햇빛을 받은 인물들이 마치 도마뱀처럼, 거의 보이지 않는다.(사실 이들의 모습을 알아볼 수 있는 건 관람객의 과거 경험 때문이다. 그렇게 관람객은 작은 귀가 보이는 인물의 옆모습과 그냥 나뭇잎의 모습, 거의 똑같아 보이는 그 둘을 구분할 수 있다)

　　흐린 날의 그림에서 라일락꽃은 연한 자줏빛 구리처럼 자란다. 두번째 그림에서 모든 대상은, 이제 막 타오르기 시작한 불꽃처럼 환하다. 두 작품 모두 다른 종류의 빛이 지닌 에너지에 의해 활력을 얻고 있으며, 우선 보기에는 어떤 노쇠의 느낌도 없고, 그림 안의 모든 것은 빛을 발하고 있다. 순전히 광학의 문제일 뿐일까. 모네는 고개만 끄덕여 보였을 것이다. 그는 과묵한 사람이었다. 하지만 그보다는 깊은 문제였다.

　　라일락 나무 그림을 앞에 두고 관람객은 이전의 어떤 그림에서도 느끼지 못했던 경험을 하게 된다. 그 차이는 새로운 광학적 요소들에서가 아니라, 관람객이 보고 있는 것과 그동안 보아 왔던 것 사이의 새로운 관계에서 비롯된 것이다. 잠시만 자신을 들여다보면 어떤 구경꾼이라도 그 점을 알아볼 수 있다. 개인마다 다를 수 있는 것은, 어느 작품이 이 새로운 관계를 가장 극명하게 드러내는가 하는, 그 선택뿐이다. 후보로는, 1870년대에 그려진 인상주의 작품 수백 점이 있다.

　　라일락 나무 그림은 관람객이 전에 보았던 그 어떤 그림보다 더 정확하면서, 동시에 더 모호하다. 색이나 색조를 광학적으로 정확히 표현하는 과정에서 그림 안의 모든 대상들이 어느 정도 희생되었다. 공간, 척도, 행동(이야기), 인물의 정체가 모두 빛의 놀이 아래 가라앉아 있다. 명심해야 할 것은, 그림으로 **그린** 빛은 실제 빛과 달리 **투명하지 않다**는 점이다. 그려진 빛은 그려진 대상들을 덮거나 묻어 버린다. 어느 정도는 풍경을 덮는 눈과도 비슷하다.(그리고 모네가 느꼈던 눈의 매력, 가장 중요한 현실성을 잃지 않은 채 모습을 감추는 것들에 대해 그가 느꼈던 매력은 아마도 깊은 심리학적 요구에 따른 것이었을 것이다) 그래도 새로운 에너지는 광학적인 것에 불과했을까. 그 질문에 고개를 끄덕였던 모네는 옳았을까. 그림 속의 빛이 모든 것을 지배하고 있다고? 아니다. 그 이유는, 그 말들이 그림을 보는 이에게 그림이 미치는 실제 작용을 무시하고 있기 때문이다.

그 정확함과 모호함을 마주한 여러분은, 본인이 경험했던 라일락을 다시 볼 수밖에 없게 된다. 정확함이 시각적 기억에 불을 당기고, 모호함은 그렇게 떠오른 기억을 맞아 주고, 거기에 순응한다. 거기에 더해, 그러한 시각적 기억이 너무나 강렬하게 떠오른 덕분에, 그것과 이어졌던 다른 감각의 기억들(향기, 따뜻함, 축축함, 드레스의 질감, 길었던 오후 등)이 또한 과거에서 되살아난다.(다시 한번, 보들레르의 작품 「교감」을 떠올리지 않을 수 없다) 여러분은 감각적 기억의 소용돌이에 빠져들고, 그 소용돌이의 끝은 자꾸만 멀어져 가던 쾌락의 순간, 총체적 알아-봄의 순간이다.

이 경험이 지닌 밀도는 어지러울 정도다. 과거 안으로, 과거를 향해 떨어지는 경험, 서서히 증가하는 그 흥분은 기대와는 정반대되는 것인데, 왜냐하면 그것은 어떤 돌아감 혹은 물러남의 경험이기 때문이다. 또한 그 경험에는 오르가슴에 비견할 만한 무언가가 있다. 결국에는 모든 것이 연한 자줏빛으로 타오르는 라일락과 일체가 되어, 서로 구분할 수 없게 된다.

그리고 이 모든 것은, 놀랍게도, 모네의 확신에 따른 것이었다. 상황에 따라 조금씩 다른 말로 표현되었던 그 확신들 중 하나만 살펴보면 다음과 같다. "내게 있어 주제는 부차적인 것이다. 내가 재현하고자 하는 것은 주제와 나 사이에 존재하는 것이다."(1895) 그가 염두에 두었던 것은 색이었고, 관람객의 머릿속에 떠오를 수밖에 없었던 것은 바로 기억이었다. 만약 일반적인 의미에서 인상주의가 어쩔 수 없이 향수를 불러일으키는 것이라면(몇몇 특정한 경우 기억의 강도가 너무 커서 향수를 불러일으킬 가능성 자체를 차단하는 경우도 있다) 그것은 우리가 한 세기 이후를 살고 있기 때문이 아니라, 인상주의 그림들이 읽혀지기를 바라는 방식 자체가 그러하기 때문이다.

그렇다면 무엇이 달라진 걸까. 이전에는 관람객이 그림 안으로 들어갔다. 액자 혹은 그 테두리는 문턱이었다. 그림은 자신만의 시공간을 만들었고 그것은 세계로 이어지는 골방 같은 것이었다. 그 시공간에 담긴 경험은 실제 삶에서보다 더 또렷했고, 아무런 변화도 없고, 찾아가 볼 수 있는 곳이었다. 이는 어떤 특정한 체계적 시점의 활용과는 아무 관련이 없었다. 이는 중국 송나라의 풍경화에도 그대로 적용되는 사실이다. 그것은 공간보다는 오히려 영속성의 문제였다. 심지어 그림에 묘사된 정경이 순간적인 것이었다고 하더라도 (카라바조의 〈성 베드로의 십자가형〉처럼) 그 순간성은 연속성 안에서 제시되고 있다. 힘들게 십자가를 세우는 장면은 화가들이 수없이 그렸던 주제들 중 하나다. 피에로 델라 프란체스카의 〈솔로몬의 천막〉, 그뤼네발트의 〈골고다〉 혹은 렘브란트의 침실 그림에서 그 장면은 목격된다. 하지만 모네의 〈생 라자르 역〉에서는 아니다.

인상주의는 그림 속 시간과 공간을 닫아 버린다. 인상주의 회화가 그림 속 대상을 보여 주는 특유의 방식 때문에, 그림을 보는 이는 **그것이 더 이상 그곳에 있지 않다는 것을 알아볼 수밖에 없다**. 바로 그 점에서, 또한 오직 그 점에서만 인상주의는 '사진'에 가깝다고 할 수 있다. 여러분은 인상주의 그림 안으로는 들어갈 수 없다. 대신 그것은 여러분의 기억을 불러일으킨다. 어떤 의미에서 그림이 관람객보다 더 적극적이다. 수동적 관람객이 탄생하는 순간이다. 여러분이 받아들이는 것은 여러분과 그림 **사이**에서 벌어지는 일이지, 더 이상 그림 안의 무엇이 아니다. 다시 떠올린 기억은 종종 즐거운 것이지만 (햇빛, 강둑, 양귀비 밭) 또한 괴로운 것이기도 하다. 이제 관람객들이 홀로 남았기 때문이다. 관람객들도 한 번 한 번의 붓놀림처럼 따로 있다. 공통의 만남의 장소 같은 것은 더 이상 없다.

다시 모네의 눈에 담긴 슬픔에 대한 이야기로 돌아가 보자. 모네는 자신의 예술이 앞을 내다보고 있으며, 자연에 대한 과학적 연구에 기반하고 있다고 믿었다. 혹은 적어도 그런 믿음에 의지해 그는 시작했고 절대 굽히지 않았다. 그 믿음에 담긴 숭고함은 그가 첫번째 아내 카미유의 임종을 보며 그린 작품에 대한 이야기에서 신랄하게 드러난다. 그녀는 1879년 서른둘의 나이로 사망했다. 그로부터 한참이 흐른 후, 모네는 친구 클레망소에게, 색을 분석해야만 했던 자신의 필요성이 평생 동안 즐거움이면서 동시에 고통이라고 고백했다. 고통이 어느 정도였냐 하면, 그가 덧붙이기를 사랑하는 아내의 죽은 얼굴을 바라보다가 어느새 자연스러운 빛이 어떻게 반사되고 있는지를 기록하고 있더라고 했다!

물론 그 고백은 진심이었겠지만, 그림에서 보이는 증거는 그 말과는 다른 이야기를 하고 있다. 흰색과 회색, 보라색의 눈보라가 침대 전체에 휘몰아치고 있는데, 이 끔찍한 상실감의 눈보라가 영원히 그녀의 모습을 지워 버릴 것이다. 사실, 이 정도로 강렬한 감정이 담긴 혹은 화가 자신의 주관을 표현한 망자의 그림은 미술사에서 찾아보기 어렵다.

하지만 그런 점에 대해 모네 본인은, 바로 그림을 그리는 자신의 그 행위 때문에 거의 인식할 수 없었다. 자신의 예술의 특징이라고 그가 주장했던 실증성과 과학성은, 그 예술의 진짜 특징과는 단 한 번도 일치하지 않았다. 이는 그의 친구였던 졸라도 마찬가지였다. 졸라는 자신의 소설이 연구소의 보고서처럼 객관적이라고 믿었다. 하지만 그 소설의 진짜 힘은 (「제르미날」에서 분명히 볼 수 있듯이) 깊은 (그리고 어두운) 무의식적 감정에서 나오는 것이다. 이 시기에는 진보적이고 실증적인 물음이라는 외벽이 종종 상실에 대한 예감이나 두려움을 가려 버리기도 했다. 조금 앞선 시기에 보들레르가 예언했던 바로 그 상실과 두려움 말이다.

그리고 그것은 모네의 모든 작품에서 **기억**이 중요하지만 인정받지 못한 중심이 되고 있는 이유이다. 바다나 (그는 죽은 후에 바다에 묻히고 싶어 했다) 강 혹은 물에 대한 그의 애정이 어쩌면 그렇게 밀려오는 기억, 기억의 원천, 자꾸만 생각나는 기억 같은 것들에 대한 상징적인 표현일지도 모른다.

1896년, 그는 십사 년 전에 여러 차례 그렸던 〔〈바랑주빌의 해안 절벽(프티 앨리의 협곡)〉 등〕 디에프의 절벽을 다시 한번 그렸다. 완성된 작품은, 그 시기에 그린 다른 작품들과 마찬가지로, 손을 많이 댔고, 물감은 두껍게 칠해졌으며, 색조의 대조는 최소화했다. 마치 두꺼운 벌꿀을 보는 듯한 느낌마저 든다. 이제 그의 관심은 더 이상 빛이 드러내는 순간의 정경이 아니라, 빛에 의해 서서히 해체되는 정경이었다. 이러한 발전은 훗날 좀 더 장식적인 작품으로 이어진다. 혹은 적어도 그것이 모네 본인의 가정(假定)에 기반한 일반적인 '설명'이다.

내가 보기에 이 작품은 완전히 다른 무언가에 대한 작품이다. 모네는, 풀밭과 관목의 세세한 면을, 그저 바닷가에 매달린 한 덩어리 벌꿀처럼 보이게 만드는 햇빛의 효과를 해석하는 거라고 믿으며, 하루하루 작업했다. 하지만 그가 했던 작업은 그런 것이 아니었고, 이 그림은 햇빛과는 거의 관련이 없다. 그가 벌꿀에 녹여 넣은 것은 그 절벽에 대한 자신의 모든 기억이었고, 그렇게 이 작품은 그 모두를 흡수하고, 담아야 했다. 그 **모두**를 지키려는 절박한 바람이 이런 무정형의 밋밋한 (하지만 이 그림의 실체를 알아본 이에게는, 울림이 전해진다) 이미지를 낳은 것이다.

인생의 후반기(1900-1926) 지베르니에 있던 자신의 집 정원의 수련을 그린 작품들에서도 아주 유사한 상황이 벌어진다. 이 작품들,

꽃과 물에 비친 이미지들, 햇빛, 물속의 갈대, 굴절, 잔물결, 물의 표면, 깊이를 모두 하나로 묶어내려 했던, 광학적으로 불가능한 그 작업 앞에서 수없이 수정하고 수정해야 했던 이 작품들의 진짜 목적은 장식적인 것도, 광학적인 것도 아니었다. 그 목적은 정원에 있어야 할 모든 것, 모네 본인이 만들었고, 이제 노인이 된 그가 세상 그 무엇보다 사랑하는 것들을 보존하는 것이었다. 수련이 있는 연못 그림은 모든 것을 기억하는 연못이 되어야 했다.

바로 그 점이 화가로서 모네가 안고 살아야만 했던 모순의 요점이다. 인상주의는 그때까지 회화가 경험을 보존할 수 있게 했던 시공간을 닫아 버렸다. 그리고 그러한 닫힘의 결과, 또한 그러한 닫힘과 나란히 진행되었던, 그 닫힘을 최종적으로 확정해 버린 19세기 말의 다른 사회적 변화 덕분에, 화가와 관람객은 그 어느 때보다 더 홀로 남게 되었고, 자신들의 경험이 덧없고, 의미 없다는 느낌 때문에 괴로워했다. 일 드 프랑스의 매력과 아름다움도, 휴일에 꾸는 천국의 꿈으로도 그런 괴로움을 달랠 수는 없었다.

오직 세잔만이 무슨 일이 벌어졌는지 이해했다. 모네는 혼자 힘으로, 초조해하며 하지만 다른 인상주의자들은 지니지 못했던 믿음의 힘에 의지해, 그림 안에 새로운 시공간의 형식을 만들어내는 기념비적인 작업에 매달렸다. 그리하여 마침내 경험을 다시 한번 나눌 수 있도록.

〰

파리 그랑 팔레에서 열리고 있는, 근사하게 배열된 클로드 모네의 전시회를 감상하는 방법은 셀 수 없을 정도로 다양하다. 어떤 관람객은 시골길을 걷고, 해안선을 따라 걷고, 숲을 가로지르다, 마침내 지베르니에 이를 것이다. 화가 본인이 사랑스런 정원을 가꾸고, 노년에도 여러 번 반복해서, 그 유명한 님프의 신전을 그려 보려 했던 곳 말이다.

그 길에서 만나는 자연은 누가 보아도 ('인상주의'라는 용어가 그렇듯이) 프랑스의 자연, 백 년 전 프랑스와 사랑에 빠져 보라고 유혹하는 자연이다.

또한 다른 관람객은 단 한 점의 작품만 [예를 들면 〈프티 앨리〉〈바랑주빌〉〈해가 비치는 평원〉(1897) 같은] 고를 수도 있다. 모네는 이 절벽과, 지금은 풀로 뒤덮인, 바다까지 이어지는 도랑과, 소위 '어부의 집'을 여러 차례 그렸다. 그에게 이 소재는 고갈되지 않는 대상이었다. 이 그림 앞에서 관람객은 한 점 한 점 찍힌 유화 물감을 따라가다 어디에 눈을 둬야 할지를 알 수 없게 된다. 그렇게 셀 수 없이 많은 붓질이 자아내는 것은 어떤 옷감이 아니라, 햇빛으로 만든 바구니, 노르망디 해안의 상상할 수 있는 모든 소리를 담은 바구니이며, 마침내 그 바구니는 관람객의 오후가 된다.

그것도 아니면, 전시회의 제안을 따라, 팔십사 년 전에 죽은 모네에 대해 다시 한번 생각해 볼 기회를 잡을 수도 있다. 미술사에 대한 학술적인 논쟁에 참여하기 위해서가 아니라, 그의 예술이 성취한 것이 무엇이고, 그것이 우리에게 어떤 작용을 하고 있는지를 좀 더 분명히 알아보려는 희망에 따라서 말이다.

전통적으로 모네는 인상주의의 대가 혹은 기념비적인 화가로 여겨졌다. 인상주의자들은 야외에서, 하루 중 서로 다른 시간과 날씨에 따라 달라지는 빛이 내놓는 새로운 소재에 영감을 받은 사람들이다. 그들의 목표는 지나가는 순간, 가끔은 행복한 순간이기도 했던 그런 순간의 비전을 포착하는 것이었다. 형태와 서사보다는 빛과 색이 우선시되었고, 그들의 예술은, 끊임없이 변화하는 공기의 작용을 면밀히 관찰하는 일에 기반을 두고 있었다. 그들은 덧없는 것을 축복하며, 동시에 거기에 도전했다. 이 모든 것이 실증주의와 실용주의가 아주 중요시되던 문화적 환경 속에서 진행되었다.

모네는 루앙 대성당을 서른 번이나 그렸고, 빛이 바뀜에 따라 달라지는 모습을 캔버스 한 점 한 점에 포착하고 있다. 또한 그는 같은 건초 더미 두 개를 스무 번이나 그리기도 했다. 어떨 때는 만족스러웠고, 어떨 때는 좌절했다. 그럼에도 그는 계속했고, 더 많은 것을 찾으려 했고, 더 충실하려고 마음먹었다. 하지만 무엇에 그렇게 충실하려 했던 걸까. 지나가는 순간에?

다른 혁신적 예술가들과 마찬가지로, 모네 역시, 자신이 성취한 것이 무엇인지 분명히 알지는 못했을 것이다. 혹은 더 정확히 말하자면, 그는 자신이 성취한 것에 이름을 지어 줄 수 없었다. 그는 그저 그것을 직감적으로 알아볼 수 있었을 뿐이고, 그다음엔 계속 의심했던 것이다.

모네를 다시 생각하는 데 있어 핵심이 되는 작품은 〈카미유 모네의 임종〉(1879)이다. 베개에 머리를 파묻은 그녀는 얼굴에 스카프를 두르고 있고, 눈과 입은 닫힌 것도 열린 것도 아니며, 팔다리는 축 늘어져 있다. 색조는 눈 내리는 작은 언덕(즉 베개)에 떨어지는 그림자와 희미한 햇빛을 닮았다. 마치 창으로 찌르는 것 같은 붓질이 대각선으로 흩어져 있다. 우리는 상실감이라는 눈보라 사이로 카미유의 굳어 버린 얼굴을 보고 있다. 임종을 그린 작품들은 대부분 장의사를 떠올리게 하지만, 이 작품은 아니다. 이는 어디론가 떠나는 행위, 다른 곳으로 가는 것에 관한 그림이다. 그리고 이 작품은 애도를 표현한 가장 위대한 작품들 중 하나다.

카미유가 요절하기 십 년 전, 모네는 눈 내린 밭의 한쪽 모퉁이를 그렸다. 멀리, 작은 나무 문 위에 까치 한 마리가 앉아 있다. 그는 작품의 제목을 〈까치〉라고 붙였다. 우리의 눈은 검은색과 흰색이 뒤섞인 이 작은 새 쪽으로 쏠린다. 이 새가 전체 구성의 초점이기 때문에, 또한 이 새가 어느 순간에든 날아가 버릴 수 있다는 것을 알고 있기 때문이다. 새는 이제 막 떠나려는 참이다. 새는 다른 곳으로 가려는 중이다.

카미유가 죽고 일 년 후, 모네는 센 강의 얼음이 갈라지는 장면을 연작으로 그렸다. 전에도 한 번 시도해 보았던 소재였다. 그는 작품의 제목을 '와해'라고 붙였다. 그는 그렇게 떨어져 나가는 얼음에 매혹되었는데, 무엇보다도, 녹기 전에는 고정되어 있고, 단단하고, 규칙적이던 얼음이, 불규칙적으로 갈라져서는 물의 흐름에 따라 떠내려가며 자리를 옮기는 모습에 매혹되었다.

갈라진 얼음, 그 흰색의 사각형 덩어리들을 보며 나는 그림이 그려지지 않은 빈 캔버스를 떠올렸다. 같은 생각이 모네에게도 떠올랐을까. 우리로서는 알 수가 없다.

그의 그림들은 모두 흐름에 대한 것이다. 그런데 그것은, 인상주의 원칙에서 말하고 있는 시간의 흐름일까. 내 생각엔 아닌 것 같다.

카미유의 임종을 그리고 나서 한참 후에, 모네는 친구인 조르주 클레망소에게 그 그림을 그리던 중에 갑자기, 그녀의 핏기 없는 얼굴을 곰곰이 들여다보며, 자신이 죽음 후에 미묘하게 변하는 얼굴의 색조 혹은 색의 변화를 기록하고 있음을 깨닫고는 충격을 받고, 고통스러웠다고 고백했다. 마치 그러한 변화가 매일 볼 수 있는 어떤 대상이라도 되는 것처럼 말이다. 그는 이런 말로 고백을 마쳤다. "자기가 뭘 하는지도 모르고 계속 수레만 돌리는 짐승처럼 말일세. 얼마나 불쌍한 인간인가, 친구."

그가 불평을 한 것은, 붓을 내려놓았을 때 자신이 무엇을 하고 있었는지 혹은 자신의 붓놀림이 자신을 이끌고 간 곳이 어디인지 설명할 수 없었기 때문이다.

모네는 자신이 그리고 싶은 것은 대상들 자체가 아니라 대상들을 스치는 공기, 즉 대상을 감싸는 공기라고 밝혔다. 대상을 감싸는 공기는 연속성을 제공하고, 한없이 확장한다. 모네가 그 공기를 그릴 수 있다면, 그는 어떤 생각을 따르듯 그 공기를 따라갈 수도 있었을 것이다. 차이가 있다면 공기는 아무 말 없이 움직인다는 점, 그리고 그림으로 그렸을 때는, 오직 색과 질감, 물감의 층, 지운 흔적, 그림자, 어루만지거나 긁은 흔적을 통해서만 보일 수 있다는 점이다. 이 공기에 다가

가려 할 때마다 그것은, 그가 원래 그리려고 했던 대상들과 함께, 그를 다른 곳으로 데리고 갔다. 흐름은 더 이상 시간의 흐름이 아니라 실재와 관련한, 확장하는 어떤 흐름이었다.

그렇다면 그 공기는 그와 그림의 원래 대상을 어디로 데리고 간 걸까. 그것이 감쌌던 혹은 앞으로 감싸게 될 다른 대상, 아직 우리가 이름을 확정할 수 없는 대상이다.(그것을 추상이라고 부르는 건, 단지 우리의 무지를 확인하는 작명일 뿐이다)

모네는 종종 자신이 포착하려 애쓰는 어떤 순간성에 대해 언급했다. 공기는, 그것이 한없이 확장하는, 나눌 수 없는 실재이기 때문에, 그 순간성을 영원으로 변모시킨다.

루앙 대성당의 벽을 그린 그림들은 일시적인 빛의 효과를 기록한 것에 그치지 않고, 무한하게 확장하는, 다른 무언가에 대한 교감이 된다. 그리고 그런 식으로 대상을 감싸는 공기, 즉 성당의 벽면에 닿은 공기는 성당에 대한 화가의 고심 가득한 인식과, 아직 이름이 없는 장소들에서 얻은 그 인식에 대한 확신, 모두에 스며든다.

건초 더미 그림은 여름의 열기가 내뿜는 에너지에 대한 교감이며, 되새김질하는 암소의 네 개의 위장에 대한, 물에 비친 반영에 대한, 바다 위로 솟은 바위에 대한, 빵에 대한, 털에 묻은 얼룩에 대한, 살아 있는 살결의 땀구멍에 대한, 두드러기에 대한, 뇌에 대한 교감이다….

모네를 다시 생각하면서 나는, 전시회를 찾은 관람객들이 그 작품들을 그저 어떤 지역 혹은 어떤 순간에 대한 기록으로 보지 않고, 보편적이고 영원한 것을 볼 수 있는 전망대로 봐 주기를 희망했다. 다른 곳, 그 작품들을 사로잡고 있는 다른 곳은 시간적인 것이 아니라 외연적인 것이며, 향수를 불러일으키는 것이 아니라 은유적인 것이다.

붓꽃은 모네가 좋아했던 꽃들 중 하나였다. 다른 꽃들은 마치 그려 줄 것을 요구하는 것처럼 보인다. 이는 그 꽃들의 꽃잎이 열리는 방식, 이미 완벽하게 자리를 잡은 그 방식과 관련이 있다. 붓꽃은 예언처럼, 놀라움을 안기면서 동시에 차분하다. 어쩌면 그 점이 그 꽃을 사랑한 이유일 것이다.

빈센트 반 고흐

Vincent van Gogh

1853-1890

동물들에게 자연환경과 서식지는 주어진 것이다. 인간에게는, 경험론자들의 믿음에도 불구하고, 현실이란 주어진 것이 아니다. 그것은 끊임없이 찾고, 지켜야 하는 (**구해내야** 하는 것이라고까지 말하고 싶지만) 것이다. 우리는 현실과 상상이 상반되는 것이라고, 전자는 눈앞에 있는 것이고 후자는 좀 떨어진, 멀리 있는 것이라고 배운다. 이러한 대조는 잘못된 것이다. 사건들은 늘 눈앞에 있다. 하지만 그러한 사건들 사이의 일관성(우리가 현실이라는 말로 지칭하는 것)은 상상적 구성물이다. 현실은 언제나 너머에 있다. 이는 이상주의자뿐 아니라 유물론자에게도 해당하는 말이다. 플라톤은 물론, 마르크스에게도 그렇다. 현실은, 개인이 어떻게 해석하든, 진부한 것들이 쳐 놓은 장막 너머에 있다. 모든 문화는 그런 장막을 만들어내는데, 그것을 통해 부분적으로는 그 문화가 실천되는 방식을 활성화하고(관습을 만들어내고), 부분적으로는 문화 자체의 권력을 공고히 한다. 현실은 권력을 가진 사람들에게 적대적이다.

현대 예술가들은 현실을 좀 더 분명히 보여 줌으로써 현실에 가까이 다가갈 수 있게 하는 것이 혁신이라고 생각했다. 그리고 그 지점에서, 오직 그 지점에서만, 현대 예술가와 혁명가는 종종 나란히 서기도 했다. 양쪽 모두 진부한 것들이 쳐 놓은 장막, 점점 더 전례가 없을 정도로 시시하고 자기중심적으로 되어 가는 그 진부한 장막을 끌어내린다는 생각에 힘을 얻으며 말이다.

하지만 그런 예술가들 중 다수가 자신들이 장막 너머에서 발견한 것을, 본인들의 재능이나 예술가로서의 사회적 지위에 맞춰 축소했다. 그런 일이 있을 때마다 그들은 '예술을 위한 예술'이라는 말의 열 개도 넘는 변주들 중 하나로 자신들을 정당화했다. 그들은 말한다. 현실이 예술이라고. 그들은 현실에서 예술적 이득을 얻길 희망한다. 그 누구보다도 반 고흐에게 해당하는 말이라고 할 수 있을 것이다.

반 고흐의 편지를 통해 우리는 그가 이 장막을 인식하고 있었음을 알 수 있다. 그의 일생은 현실을 향한 끝없는 갈망의 이야기였다. 색, 지중해의 기후, 태양 같은 것들은 그 현실에 이르기 위한 도구였을 뿐, 그것들 자체가 열망의 대상이 되었던 적은 한 번도 없었다. 그 갈망은 자신이 어떤 현실도 구해내지 못하고 있다고 느꼈을 때 그가 겪었던 위기 때문에 더욱 강화되었다. 그 위기가 오늘날 말하는 정신분열증에 해당하는지 아니면 간질에 해당하는지는 전혀 중요하지 않다. 그 병리학적 이름이 무엇이든 그 위기의 내용은, 불사조처럼 스스로를 소진해 버리는, 현실에 대한 비전이었다.

그의 편지를 통해 또 한 가지 알 수 있는 것은, 반 고흐에게 일보다 더 성스러운 것은 없었다는 사실이다. 그는 지난 역사를 볼 때, 노동에 담긴 물리적 현실이야말로 인간성에 꼭 필요한 것이면서, 동시에 부당한 것이라고, 그것이 인간성의 본질이라고 생각했다. 예술가의 창조적 활동도 그가 보기에는 그런 많은 활동들 중 하나일 뿐이었다. 그는 현실에 다가가는 최고의 방법은 일을 통해서 다가가는 것이라고 믿었는데, 왜냐하면 현실 자체가 생산의 한 형태이기 때문이었다.

이 점에 대해서는 그의 그림이 말보다 더 분명하게 전하고 있다.

소위 말하는 그의 작품의 투박함, 그가 물감을 들고 그림을 그릴 때의 몸동작, 그가 물감을 고르고 팔레트에 섞는 동작(오늘날 직접 볼 수는 없고 상상할 수 있을 뿐이지만), 자신이 그린 이미지들을 다루고 만들어낸 그 모든 동작들은, 그가 그리고 있는 그 모든 존재들의 **활동**과 유사하다. 그의 그림들은 각각의 그림에 묘사되고 있는, 활동하는 실존, 즉 존재의 노동을 모방한 것이다.

의자, 침대, 장화 한 켤레. 그런 것들을 그리는 그의 활동은 화가의 활동이라기보다 그것들을 만들어낸 목수나 신발 장인의 활동에 더 가깝다. 그는 직접 그 물건의 부품들(침대 다리, 빗장, 등받이, 받침 그리고 밑창, 갑피, 구두 혀, 굽)을 맞추고, **하나로 합치는** 것처럼 작업한다. 마치 그렇게 **하나로 합쳐지는** 과정이 그것들의 현실을 구성한다는 듯이 말이다.

풍경 앞에서는 똑같은 과정이 좀 더 복잡하고 신비스러워지지만, 똑같은 원칙을 따른다. 하느님이 세상을 창조할 때 흙과 물, 찰흙으로 만들었다면, 하느님이 그 재료들을 다루었던 방식은 반 고흐가 나무나 옥수수밭을 그릴 때 물감을 다루었던 방식과 비슷했을 것이다. 하지만 그는 인간이었고, 그의 활동에 신성한 요소는 아무것도 없었다. 세상을 창조하는 일, 그 행위를 상상하는 일은 바로 지금 여기에 있는, 그 창조에 작용하는 힘들을 시각적으로 제시함으로써만 가능할 것이다. 그리고 그런 에너지에 대해서라면 반 고흐는 엄청나게 예민했다.

그가 꽃 핀 작은 배나무를 그릴 때면, 수액이 흐르는 행위, 꽃봉오리가 맺히는 행위, 그 꽃봉오리가 벌어지는 행위, 꽃이 열리고, 모양이 잡히고, 암술머리가 짙어지는 행위 같은 것들이 모두 그림을 그리는 그의 행위 안에 담겨 있었다. 길을 그릴 때면 그의 상상 속에는 그 길을 만든 사람들이 자리잡았다. 쟁기로 갈아 놓은 밭을 그릴 때면, 흙을 뒤집는 쟁기 날의 움직임이 화가의 행위에 포함되었다. 어디를 보든 그에게는 존재하는 것들의 수고가 보였고, 그렇게 알아본 수고가, 그에게는 현실을 구성하는 것들이었다.

자신의 얼굴을 그릴 때 그는 자신의 운명, 즉 과거와 미래가 만들어낸 무언가를 그렸는데, 어쩌면 손금을 통해 그런 것을 볼 수 있다고 믿는 손금쟁이와 비슷했다고 할 수 있다. 그가 정상이 아니라고 생각했던 고흐의 동시대인들은 지금 우리가 생각하는 것만큼 어리석지는 않았다. 그는 강박적으로 그림을 그렸다. 그 점에 있어서는 그 어떤 화가도 그에게 필적할 수 없다.

그럼 그의 강박은 무엇이었을까. 그것은 생산과 관련한 두 행위(그림을 만드는 것과 그림이 묘사하는 현실을 만드는 것)를 더 밀접하게 연결시키는 것이었다. 이 강박은 예술에 대한 생각에서 나온 것이 아니라 (그랬기 때문에 그는 현실에서 이익을 취해야겠다는 생각을 한 번도 하지 않았다) 압도적인 감정이입에서 기인한 것이었다. "저는 황소를 존경하고, 독수리를 존경합니다. 무언가를 그토록 숭배하는 사람이기 때문에, 절대 야망을 가진 사람은 될 수 없을 겁니다."

그는 좀 더 가까이 가려는, 다가가고, 다가가고 또 다가가려는 강박에 시달렸다. 극단적인 경우, 그가 너무 가까이 다가가는 바람에 밤하늘의 별은 빛의 소용돌이가 되고, 사이프러스 나무는 바람과 햇빛의 에너지에 응답하는, 살아 있는 나무의 에너지원이 된다. 현실이 그를, 즉 화가를 흡수해 버렸던 작품들도 있다. 하지만 그런 작품들을 제외한 수백 점의 그림에서 그는 현실이 만들어지고 있는 영원한 과정에, 관람객이 조금도 다치지 않고 가까이 다가갈 수 있게 해 주었다.

한때, 그러니까 아주 오래전에는, 그림이 거울에 비유되었던 적이 있었다. 반 고흐의 작품들은 레이저에 비유될 수 있을 것이다. 그 그림들은 받아들여질 때까지 기다리지 않고, 스스로 만나러 나간다. 그리고 그 그림들이 가로지르는 것은 텅 빈 공간이 아니라, 무언가를 만들어내는 행위, 세상의 창조다. 그림 한 점 한 점이 모두, 경이롭지만 한편으로는 편안한 방식으로 말한다. 용기를 내서 이리 가까이 와 보라고, 그리고 이것이 어떻게 이루어지는지 한번 보라고.

그에 대해서 뭔가를 더 쓴다는 게 아직도 가능할까. 내가 쓴 것까지 포함해서 지금까지 씌어진 것들을 봤을 때 그 대답은 '아니오'이다. 그의 작품들을 다시 봐도, 대답은 여전히 (이유는 다르지만) '아니오'이다. 그 그림들은 침묵을 요구한다. 하마터면 침묵을 **'간곡히 부탁한다'**라고 쓸 뻔했지만, 그 표현은 잘못된 것이다. 왜냐하면 그가 만들어낸 이미지 중에 안쓰러움을 불러일으키는 작품은 단 한 점도 없기 때문이다. 영원의 문 앞에서 두 손에 얼굴을 파묻은 노인도 예외는 아니다. 그는 평생 협박과 연민을 증오했다.

하지만 그의 드로잉을 보면, 뭔가를 덧붙이는 것도 의미있는 작업일 수 있겠다는 생각이 든다. 아마도 그의 드로잉이 일종의 글쓰기를 닮았기 때문이며, 그 역시 자신의 편지에 드로잉을 덧붙이곤 했기 때문이다. 가장 이상적인 작업은 그의 드로잉 방식을 **그려 보는** 것, 드로잉을 했던 그의 손을 빌려 보는 일일 것이다. 하지만 나는 말(word)로 한번 시도해 보고 싶다.

1888년 7월, 아를 근처 몽마주르의 폐허가 된 수도원 주변 경치를 그린 드로잉을 보며, 나는 왜 이 남자가 세상에서 가장 유명한 화가가 되었나라는 뻔한 질문의 대답을 본 것 같았다.

신화, 영화들, 그림 가격, 흔히들 말하는 순교, 화려한 색상, 이 모든 것들이 그의 유명세가 전 세계적으로 퍼져 나가는 데 일조했지만, 그것들이 유명세의 기원은 아니다. 올리브 나무 드로잉 앞에서 나는 그가 그렇게 사랑받는 이유를 알 수 있었다. 그에게 그림을 그리거나 드로잉을 하는 행위는, 자신이 바라보고 있는 대상을 그토록 사랑하게 된 이유를 스스로 알아 가고, 그것을 드러내는 과정이었기 때문이다. 또한, 그가 화가로 지냈던 팔 년(그렇다, 고작 팔 년이었다) 동안 그렇게 바라보았던 것들이, 일상에 속한 것들이었기 때문이다. 유럽의 화가들 중에 일상적인 대상을, 어떤 식으로든 그 대상이 상징하고

372

있는 혹은 봉사하고 있는 이상의 단계로 격상시키지 않고, 그러한 구원에 대한 언급 없이 날 것 그대로 존경해 준 화가는 없었다. 샤르댕, 드 라 투르, 쿠르베, 모네, 드 스탈, 미로, 재스퍼 존스 (몇 명만 예를 들자면) 같은 화가들이 회화와 관련한 이념에 의지해 권위를 지키려 했던 반면, 그는 첫번째 직업이었던 목사직을 버리자마자, 이념까지 모두 버렸다. 그는 엄격하게 실존적인, 이념적으로는 벌거벗은 상태가 되었다. 의자는 의자일 뿐, 왕좌가 아니었다. 부츠는 신고 다니면서 낡은 부츠였다. 해바라기는 식물이지, 별자리가 아니었다. 우체부는 편지를 배달한다. 붓꽃은 언젠가 시들 것이다. 그리고 그런 벌거벗은 상태, 그의 동시대인들이 순진함 혹은 광기라고 불렀던 그 상태에서 자신이 눈앞에 보고 있는 대상을 갑자기 그 어떤 순간에든, 사랑할 수 있는 능력이 나왔다. 펜이나 붓을 집어 드는 순간, 그는 그 사랑을 실현하기 위해, **성취**하기 위해 애썼다. 부드러운 일상에 담긴 단단함, 좋은 시절에 우리가 꿈꾸는, 그래서 그림으로 담겼을 때 한눈에 알아볼 수 있는 그 단단함을 확인시켜 주는 연인이자 화가였으니….

빈센트 반 고흐, 〈올리브 나무, 몽마주르〉, 1888.

말, 말. 그의 작업에서 그 사랑은 어떻게 드러날까. 다시 드로잉으로 돌아가자. 갈대 펜에 잉크를 찍어 그린 드로잉이다. 그는 하루 만에도 그런 드로잉을 많이 그리곤 했다. 이 그림처럼 자연을 직접 그린 드로잉도 있고, 회화 작품을 벽에 걸어 놓고 말리는 동안 그 그림을 다시 그린 드로잉도 있다.

이런 드로잉은 사전 연구라기보다는 그림으로 표현한 희망에 가깝다. 이 드로잉들은 그가 그림을 그리는 행위를 통해 도달하기를 희망했던 곳이 어디인지, 좀 더 단순하게 보여 준다. 이 드로잉들은 그의 사랑을 보여 주는 지도들이다.

우리가 보는 것은 무엇인가. 백리향을 비롯한 관목들, 석회암 바위, 언덕에 선 올리브 나무, 그 너머로 멀리 보이는 평원, 하늘에 있는 새들. 그는 갈색 잉크에 펜을 담근 채, 관찰하고, 종이에 표시한다. 그 동작은 손과 손목과 팔과 어깨와 어쩌면 목 근육에서 나오지만, 종이 위에서 그가 하는 붓놀림은 에너지의 흐름을 따른다. **물리적으로 그의 것이 아니지만 그가 그것들을 그릴 때에만 볼 수 있는** 에너지다. 에너지의 흐름? 나무가 자랄 때의 에너지, 빛을 찾아 움직이는 풀들의 에너지, 옆에 있는 가지와 보조를 맞춰야 하는 나뭇가지의 에너지, 엉겅퀴와 관목 뿌리의 에너지, 경사진 곳에 튀어나온 바위의 무게가 가진 에너지, 햇빛의 에너지, 살아 있는 모든 것, 열기에 힘들어하는 모든 것을 끌어당기는 그늘의 에너지, 바위에 물결무늬를 남긴 북풍의 에너지. 내가 만든 목록은 무작위로 뽑은 것이다. 하지만 종이 위를 움직이는 붓놀림은 무작위가 아니다. 그 패턴은 지문과 비슷하다. 누구의 지문일까.

이 작품은 정확함을 소중히 여기는 드로잉이지만 (붓놀림 하나하나가 분명하고, 전혀 모호하지 않다) 그럼에도 마주치는 모든 것들에 열려 있기 때문에 자신에 대해서는 까맣게 잊어버리는 드로잉이다. 그리고 그 마주침은 너무 가까워서 어느 것이 누구의 흔적인지 구분할 수 없다. 과연 사랑의 지도답다.

이 년 후, 죽음을 석 달 앞둔 시점에, 그는 땅을 파고 있는 두 농민의 그림을 그렸다. 기억을 바탕으로 그린 작품인데, 그가 오 년 전 네덜란드에서 그렸던 작품과, 일생 동안 존경했던 밀레의 작품을 떠올리게 하기 때문이다. 이 작품 역시 앞의 드로잉에서 볼 수 있었던 일종의 뒤섞임을 주제로 하고 있다.

땅을 파고 있는 두 남자를 표현한 색(감자의 갈색, 삽의 회색, 프랑스 작업복의 색 바랜 파란색 등)은 밭이나 하늘, 멀리 보이는 언덕과 같은 색이다. 두 사람의 팔다리를 표현한 붓놀림은 밭의 이랑과 고랑을 표현한 붓놀림과 동일하다. 치켜든 두 사람의 팔꿈치는 수평선 위로 올라온 두 개의 산마루, 두 개의 봉우리가 된다.

물론 이 작품은 두 남자가 '흙덩어리'임을 보여 주는 것은 아니다. '흙덩어리'란 당시 사람들이 농민들을 놀릴 때 쓰는 표현이었다. 인물과 땅의 뒤섞임은 농사일에 따를 수밖에 없는 에너지의 상호교환과정을 절절하게 이야기하는 것이며, 장기적으로 보면, 그런 상호교환 때문에 농업 생산이 단순히 경제 법칙에 종속될 수 없음을 이야기하는 것이다. 또한 이 그림은, 농민들에 대한 사랑과 존경을 빌려, 실은 화가로서의 자신의 활동에 대해 언급한 작품일 수도 있다.

짧았던 일생 내내 그는 자신을 잃어버릴 위험을 감수하며 도박을 해야 했다. 판돈은 그의 자화상들을 보면 잘 알 수 있다. 그는 스스로를 낯선 이처럼 혹은 우연히 마주친 대상처럼 바라본다. 다른 사람을 그린 초상화는 좀 더 개인적이고, 그 초점도 좀 더 가깝다. 너무 많이 나갔을 때, 그래서 그가 자신을 완전히 놓아 버렸을 때, 그 결과는 전설에서 많이 이야기했듯이, 처참했다. 그리고 그 점은 그런 순간에 그린 회화나 드로잉에서도 분명하게 드러난다. 뒤섞임이 분열이 되어 버렸다. 모든 것이 나머지 모든 것들을 말소해 버렸다.

그가 내기에서 이겼을 때는 (대부분은 그랬다) 그의 자아에 뚜렷한 경계가 없다는 사실이 그를 남달리 개방적으로 만들어 주었고, 덕분에 그가 바라보던 대상은 그에게 스며들 수 있었다. 그건 잘못된 말

빈센트 반 고흐, 〈수염을 깎은 자화상〉, 1889.

일까. 어쩌면 자아의 경계가 없었기 때문에 그는 자신을 내주고, 대상
들에게 스며들어 갈 수 있었던 것인지도 모른다. 아마 두 과정 모두 벌
어졌을 것이다. 다시 한번 사랑에서처럼.

　말. 말. 올리브 나무 드로잉으로 돌아가자. 폐허가 된 수도원은,
내 생각에, 지나간 것이다. 그곳은 사악한 장소다. 혹은 폐허가 아니었
다면 그렇게 되었을 것이다. 태양, 북풍, 도마뱀, 매미, 가끔 날아오는
후투티가 지금까지도 수도원의 벽을 닦으며(이 수도원은 프랑스혁명
때 파손된 것이다), 한때 그 건물이 품었던 권력을 지워내고 눈앞의
것을 보라고 주장하고 있다.

　그가 수도원을 등지고 앉아 나무를 바라보면, 작은 올리브 숲은
마치 둘 사이의 거리를 지우고 그를 누를 것처럼 보인다. 그는 그 감각
을 알아보았다. 실내에서, 야외에서, 보리나주에서, 파리에서 그리고
이곳 프로방스에서 자주 그런 경험을 했고, 어쩌면 그것은 그가 평생
동안 유지했던 단 하나의 친밀한 사랑이었을 것이다. 그는 믿을 수 없
는 속도로, 그리고 극도의 집중력을 가지고 반응했다. 눈에 보이는 것

을 모두 손가락으로 표현했다. 그리고 빛은, 자신의 발아래 자갈에 비치는 것과 똑같이 모조 양피지 위에도 비치고 있었다. 그 위에(종이 위에) 그는 '빈센트'라고 적을 것이다.

오늘날 그 그림 안에는 뭐라 이름 붙이기 어렵지만, 어떤 감사의 마음이 담겨 있다. 장소의 감사? 그의 감사? 어쩌면 우리의 감사일까.

케테 콜비츠

Käthe Kollwitz

1867-1945

1950년대 초, 처음 에르하르트 프롬홀트를 만났을 때, 드레스덴 시가지는 이전의 흔적을 알 수 없는 폐허였다. 1945년 2월 13일에 있었던 연합군의 폭격으로 하룻밤에 십만 명의 시민이 죽었는데, 대부분 섭씨 구백 도가 넘는 열기에 타 죽었다. 1950년대에 프롬홀트는 독일 국정예술전문출판국의 편집자였다.

그는 처음 내 책을 낸 편집자였다. 이탈리아 화가 레나토 구투소에 관한 책이었는데, 영국에서 내 책이 나온 것보다 몇 년 앞선 일이었다. 그 덕분에, 나의 의심과 달리, 내게 한 권의 책을 마칠 수 있는 능력이 있음을 알게 되었다.

에르하르트는 몸이 유연하고, 육상선수나 축구선수 같은 인상을 풍겼다. 후자 쪽이 더 정확하다고 해야 할 것 같은데, 왜냐하면 노동자 계급 출신이었기 때문이다. 놀라운 에너지를 갖고 있었지만, 대단히 집중력있고 과묵했다. 어떻게 보면 목에 있는 목젖의 움직임과 비슷했다.

그의 마른 몸에서 나오는 에너지나 황폐한 도시가 모두, 당시에는, 역사가 가진 위력의 증거처럼 보였다. 당시에는, 무슨 상표처럼 쓰이는, 대문자로 시작하는 역사가 아니라 그냥 역사였다. '역사'가 의미하는 것 혹은 약속하는 것은, 하지만, 다양한 해석이 가능했다. 자고 있는 개들은 그냥 내버려 두는 것이 나았던 걸까.

에르하르트는 나보다 두 살이 어렸지만, 드레스덴에서 그를 보았을 때는 몇 살 위일 거라고 생각했다. 나보다 경험도 더 많았고, '역사'를 더 많이 살았다. 말하자면 일종의 의형제의 형 같은 느낌이었다. 오늘날, '형제애'나 '평등' 같은 원칙들이 전 세계의 '나쁜 정부'들에 의해 폐기된 시기에, 이런 말이 감상적으로 들리겠지만, 그렇지 않았다.

우리는, 친형제들이 종종 그런 것처럼 친밀한 사이는 아니었다. 우리 사이의 형제애는 어떤 신념이었다. 궁극적으로는 역사에 대한 마르크스주의적인 독서를 통해 얻은 실존적인 신념. 독서 혹은 관점? 관점이라고 하는 게 낫겠다. 왜냐하면 본질적인 것은 시간에 대한 또 하나의 감각, 비교적 긴 시간(세기)과 목전에 닥친 시간(내일 오후 두 시 삼십분)을 모두 수용할 수 있는 감각이었기 때문이다.

정치에 관해 자세하게 이야기를 한 적은 거의 없었다. 부분적으로는 서로의 언어를 유창하게 할 수 있는 수준이 아니었기 때문이기도 했지만, 그보다는 우리 둘 다 암묵적으로는 비순응주의자였고, 단순화에 반대했기 때문이었다. 우리 둘 다, 삼촌 격인 베르톨트 브레히트의 말에 열심히 귀를 기울였다.

브레히트의 「K씨 이야기」 중에 소크라테스에 관한 것이 있다. 소피스트 철학자들의 끝날 줄 모르는 거만한 이야기들을 유심히 듣고 있던 소크라테스가 마침내 앞으로 나와 말한다. "내가 아는 것은 내가 아무것도 모른다는 사실뿐입니다!" 그 한마디에 귀가 먹을 정도의 박수가 쏟아진다. 거기서 K씨는 의문을 가진다. 혹시 소크라테스가 무슨 말을 덧붙였는데 박수 소리에 묻혀, 이후 이천 년 동안 다음 말을 알 수 없게 되어 버린 것 아닐까!

이 이야기를 들었을 때 에르하르트와 나는 미소를 띠며 서로를 바라보았다. 그러한 공감의 이면에는, 최초의 정치적인 주도권은 비밀결사에 의해 시작되는 것이라는 암묵적인 인식이 자리잡고 있었다. 은밀함을 좋아해서가 아니라, 정치권력에 내재할 수밖에 없는 편집증 때문이었다.

당시 독일민주공화국(DDR, 동독과 서독으로 나뉘어 있던 시절의 동독—옮긴이 주)의 모든 사람들은 역사를, 역사의 유산과 그 무관심, 모순을 인지하고 있었다. 어떤 이는 그것에 분개했고, 어떤 이는 자신들에게 유리하게 활용하려 했으며, 대부분의 사람들은 그것을 넘기며 살아남는 데만 집중했고, 소수의 사람들, 아주 소수의 사람들만이 밤낮으로 역사를 마주하면서도 품위있게 살려고 노력했다. 에르하르트가 그런 소수의 사람들 중 한 명이었다. 그런 이유로 그는 나에게 본보기이자 영웅이었고, 내가 되고 싶은 어떤 모습에 큰 영향을 미쳤다.

그가 보여 준 본보기는 지적인 것이 아니라 윤리적인 것이었다. 그의 일상적인 행동, 사건이나 사람을 마주하는 그의 정확한 방식을 관찰하고 거기에 반응하려고 노력하는 과정에서 그런 본보기는 주어졌다.

그걸 정의할 수 있을까. 나 스스로 정식화해 본 적은 한 번도 없다. 그건 거의 말이 없는 본보기, 어떤 침묵의 특징 같은 것이었다.

에르하르트는 내게 가짜와 진짜, (스피노자의 용어를 쓰자면)부적합한 것과 적합한 것을 구분할 수 있는 시금석을 보여 주었다.

시금석은, 하지만, 담론을 통한 논쟁이 아니라 광물의 반응을 통해 결과를 알려 준다. 최초의 시금석은 은이나 금에 반응하는 부싯돌이었다.

이 글을 쓰며, 나는 케테 콜비츠의 1910년 동판화 작품 〈(귀고리를 한) 노동자 계급 여성〉을 생각한다.

에르하르트와 나는 둘 다 콜비츠를 존경했다. '역사'가 무관심했던 반면, 그녀는 염려했다. 그녀의 시선은 좁지 않았고, 덕분에 고통을 나누어 지었다.

에르하르트는 주눅 들지 않고 '역사'를 똑바로 응시했다. 과거의 대혼란과 그 규모를 평가하고, 그에 따라 더 큰 정의와 더 큰 동정심이 있는 미래를 위한 제안들을 했지만, 그런 제안이 이루어지는 과정에 협박과 추궁, 끊임없는 투쟁이 따를 수밖에 없음을 잊지 않았다. 왜냐하면 '역사'는, 이미 인정이 된 후에도 영원히 반동적이기 때문이다.

1970년대에 에르하르트는 예술전문출판국에서 축출당한다. 당시 국장이었는데, 그가 편집한 몇 권의 책 때문에 형식주의와 부르주아적 퇴폐, 파벌주의를 조장했다는 혐의를 받았던 것이다. 다행스럽게도 감옥에 가지는 않았다. 그저 사회적으로 유용한 일, 즉 공원 소속 정원사의 조수로 일하라는 명령뿐이었다.

콜비츠의 동판화를 다시 바라본다. 귀고리는 작지만 자랑스러운 희망의 표현이다. 귀고리는 얼굴에서 나는 빛, 고귀함과 뗄 수 없는 그 빛에 완전히 가리어지지만, 한편으로 얼굴은 배경의 어둠과 이어진 검은 선으로 표현되고 있다. 아마도 바로 그 때문에 그림 속 인물은 귀고리를 차려고 했을 것이다!

에르하르트가 보여 준 본보기는 작은, 과시하지 않지만 끈질긴 어떤 희망을 주었다. 그것은 견딤을 구체적으로 제시하였다. 수동적이지 않고 능동적인 견딤, '역사'를 마주한 결과로 생겨난 견딤, '역사'의 반동성에도 불구하고 어떤 지속성을 보장하는 견딤.

지나간 무엇과 다가올 무엇에 대한 소속감은 인간과 다른 동물을 구분해 주는 점이다. 하지만 '역사'를 마주한다는 것은 비극을 마주한다는 것이다. 그것이 많은 사람들로 하여금 외면해 버리게 하는 이유이다. 스스로 '역사'에 동참하겠다는 결심은, 설령 그 결심이 절박한 것이라고 할지라도, 희망이다. 희망의 귀고리 하나.

지성을 통해 인식하는 한에서의 정신과 관련된 정서들로
부터 따라 나오는 모든 능동적 작용을 나는 마음의 강인함
과 연결지으며, 마음의 강인함은 굳건함과 관대함으로 구

별한다. 왜냐하면 나는 굳건함을, 각각의 사람이 오직 이성의 명령에 따라 자신의 존재를 보존하고자 하는 노력으로 이해하기 때문이다. 한편 관대함의 경우는, 각각의 사람이 오직 이성의 명령에 따라 우정의 마음으로 다른 모든 사람들을 돕고 그들과 우정으로 결합하고자 하는 노력으로 이해한다. 따라서 나는 오직 행위자 자신의 유용함을 목표로 하는 작용은 굳건함과 연결시키고, 다른 이들의 유용함도 목표로 하는 작용은 관대함과 연결시킨다. 그러므로 절제심, 침착함, 위급 상황에서의 평정심 등은 굳건함의 종류들이다. 하지만 겸손함이나 너그러움은 관대함의 일종이다. 이렇게 해서 나는, 세 개의 일차적인 정서들, 곧 기쁨, 슬픔, 욕망의 합성에서 생겨나는 주요 정서들 및 마음의 동요를, 정서들의 제일원인을 통해 설명하고 보여 주었다. 이러한 정리들로부터 명백해지는 것은, 우리가 외부 원인들에 의해 여러 가지 방식으로 휘둘린다는 점이며, 마치 반대 방향에서 부는 바람들에 파도가 일렁이듯이, 우리는 출구도 모른 채, 운명도 모른 채 동요한다는 점이다.
— 스피노자, 『윤리학』 3부, 정리 59의 주석

나는 신체(corpus)를, 신이 연장된 실재로 간주되는 한에서, 신의 본질을 일정하게 규정된 방식으로 표현하는 한 양태로 이해한다.
— 스피노자, 『윤리학』 2부, 정의 1

앙리 마티스

Henri Matisse

1869-1954

마티스의 위대함은 익히 알려졌지만 온전히 이해되지는 않았다. 빈민과 향수가 지배하는 이념적 환경에서, 솔직하게 쾌락을 축복하는 예술가, 또한 인생에서 가장 좋은 것은 눈앞의 것이고 자유로운 것이라고 말하는 예술가는, 충분히 진지하지 못한 것으로 여겨지기 쉽다. 과연 마티스의 부고(訃告)에는 '매력적인'이란 단어가 지나치게 자주 등장하기도 했다. "나는 근심에 차 있고, 지치고, 과로한 사람들이 내 그림을 보며 안락을 느끼기를 바란다." 그것이 마티스의 의도였다. 그리고 이제, 그가 일생 동안 이루어낸 작품들을 돌아보면, 그 작품들이 그가 공표한 목적을 향해 꾸준히 발전하는 과정을 보여 주고 있음을 알 수 있다. 마지막 십오 년 혹은 이십 년 동안의 작품들은 그의 이상에 가까이 다가가 있었다.

　마티스의 업적은 (현대 서양예술의 맥락에서 보면 혁신이라고도 할 수 있을 것이다) 순색(純色)을 활용했다는 점에 있다. 하지만 이런 표현은 다시 한번 정의할 필요가 있다. 마티스가 표현하고 싶었던 것은 감각적인 삶을 향한 (햇빛, 꽃, 여성, 과일, 잠의 축복을 향한) '거의 종교적인 감정'이었다.

색이 규칙적인 패턴이 되면 (페르시아 양탄자처럼) 그것은 부수적인 요소가 된다. 그 경우엔 패턴의 논리가 우선이다. 색이 회화에서 사용될 때는 보통 형태를 치장하는 장식적 요소로 쓰이거나(예를 들면 보티첼리) 형태에 추가적인 감정을 채워 주는 힘으로(예를 들면 반 고흐) 쓰인다. 마티스의 후기 작품들에서 색은 완전히 지배적인 요소가 된다. 그의 색은 형태를 장식하거나 채워 주는 것이 아니라, 형태를 들어 올려서 캔버스의 표면에 드러나게 하는 역할을 한다. 그의 빨간색, 검은색, 황금색, 짙은 청색은 캔버스 위를 힘있게 돌아다니다가 어느 순간 둑 위로 차오른 물처럼 차분함을 더해 주기도 한다. 형태는 그 흐름을 타고 움직인다.

앙리 마티스, 〈작은 앵무새와 인어〉, 1952.

분명 그런 과정은 어느 정도의 왜곡을 암시한다. 하지만 그 왜곡은 자연에 대한 왜곡이 아니라, 예술을 바라보는 사람들의 선입견에 대한 왜곡이다. 최종적으로 색을 통한 이러한 해결책에 도달하기까지 마티스가 그렸던 수많은 드로잉들은, 그가 자신의 소재가 지닌 본질적 특징을 지키며 동시에 그 소재가 색에 대한 자신의 구상을 따라 떠다닐 수 있기에 충분한 '부력'을 갖도록 하기 위해, 얼마나 노력했는지를 보여 주는 증거다. 확실히 그 그림들은 그가 기대했던 효과들을 발휘한다. 그 소재들은 관람객을 초대하고, 관람객은 배에 오르듯 초대에 응한다. 그런 다음에는 작품의 색이 지닌 흐름이 평형상태를 유지하며 관람객은 멈추지 않고 계속 움직이는 듯한 느낌(모든 마찰이 제거된 채 움직이는 것 같은 느낌)을 받는다.

직접 그림을 그려 보지 않은 사람이라면 색에 대한 마티스의 장악력을 완전히 이해하지 못할 것이다. 특정한 한 가지 색을 지배적인 색으로 활용하거나 모든 색을 침묵시키는 방법으로 일체감을 성취하는 것은 상대적으로 쉬운 방법이다. 마티스는 그런 방법을 쓰지 않았다. 그는 색을 심벌즈처럼 충돌시켰지만 그 효과는 마치 자장가 같았다.

마티스의 비범함을 정의하는 가장 좋은 방법은 역시 색에 관심이 많았던 동시대 다른 화가들과 비교하는 것이다. 보나르(P. Bonnard)의 색은 녹아든 색으로, 작품의 소재를 닿을 수 없는 것으로 만들어 향수를 불러일으킨다. 마티스의 색은 그보다 더 즉물적일 수 없고, 더 대담할 수 없지만, 그럼에도 어떤 향수의 흔적을 띠지 않는 평화로움을 성취한다. 브라크(G. Braque)는 자신의 감수성이 정확해질 때까지 그것을 연마했다. 마티스는 자신이 사용한 색의 범위만큼 자신의 감수성을 넓혀 갔고, 자신의 예술이 "좋은 안락의자와 비슷한 어떤 것"이 되기를 바란다고 말했다. 뒤피(R. Dufy)는 즐거움에 대한 감각을 마티스와 공유했으며, 그의 색들은 그가 그린 축제만큼이나 경쾌하다. 하지만 마티스의 색은, 그것보다 덜 밝다고 할 수 없으면서도, 단순한 가벼움을 지나 어떤 확실한 만족감을 전해 준다. 색에 관해 마티스와 거의 동등한 수준이라고 할 만한 화가로는 레제(F. Léger)가 유일하다. 하지만 두 사람은 목적이 너무 달랐기 때문에 둘을 비교하는 것은 매우 어렵다. 레제가 기본적으로 서사적인, 시민들의 화가였다면 마티스는 본질적으로 서정적이고 개인적인 화가였다.

마티스가 마지막 십오 년 동안 만들어낸 회화와 디자인이 가장 위대하다고 앞에서 말했다. 물론 그는 일흔이 되기 전에도 근사한 개인 작품들을 만들어냈다. 하지만 내 생각에, 그전에는 필요로 했던 만큼 자신의 예술을 완전히 장악하지는 못했다. 그건, 마티스 본인이 말했듯이, '뇌를 조직하는' 문제였다. 색을 다루는 대부분의 사람들처럼 그도 직관적인 화가였다. 하지만 그는 그 '직감'들을 객관적으로 만든 다음 그 위에 이성적인 무언가를 세우기 위해서는, 수많은 직감들 중에서 열심히 골라내는 작업이 필요하다는 것을 깨달았다. 그림의 관점에서 보자면, 이러한 통제력은 그저 감각을 기록하는 것과 감정을 재구성하는 것 사이의 중요한 차이를 만들어낸다. 마티스가 이끌었던 야수파 화가들은 감각을 기록했다. 그들의 회화는 싱싱하고 자극적이었다.(지금도 그렇다) 하지만 그 그림들은 어떤 힘에 휘둘려 취한 상태에 의지하고, 또한 그런 상태를 불러일으켰다. 마티스가 군청색 위에 빨간 불꽃을 그리고, 어항 안 금붕어의 움직임을 표현하기 위해 심홍색(深紅色) 줄무늬를 그려 넣었을 때, 그는 유쾌한 충격을 전달했다. 관람객은 그 절정 앞에 멈칫하지만, 해결책은 따라오지 않는다. 내 생각에 그런 이유로 마티스는 마침내 야수파를 떠나 좀 더 엄격한 형식의 회화로 돌아갔다. 1914년에서 1918년 사이, 그는 색의 울림이 강한 근사한 작품들을 (대부분은 실내의 정경을 표현한) 만들어냈지만, 그 시기 작품들에서 색은 역동적이라기보다는 그저 **한데 모여 있는** 느낌이었다. 마치 방 안의 가구들처럼 말이다. 그 다음 십 년 동안은 유명한 오달리스크 그림을 그렸다. 이 작품들에서 색은 좀 더 자유롭게 골고루 미치고 있지만, 작품 속 대상들의 고유한 색상을 더욱 강조하는 것이 기본이었기 때문에, 조금은 이국적인 효과를 띠고 있다. 하지만 그 시기를 거쳤기 때문에 그는 최종적인, 위대한 시기에 이를 수 있었다. 초기 야수파 시절의 에너지와 대단히 객관적인 시각적 지혜를 하나로 묶어낼 수 있었던 시기 말이다.

마티스가 지녔던 상상력이나 취향의 기준이 프랑스 상류 부르주아의 세계에 속한다는 점은 물론 사실이다. 마티스의 작품에서 표현된 일종의 은둔과 세련된 취향 그리고 사치를 누릴 수 있었던 계급은, 현대 세계에서 그 계급밖에 없었다. 마티스의 관심사가 좁았기 때문에(역사나 심리학에 대해서 그 정도로 관심이 없었던 다른 화가는 생각나지 않는다), 그는 자신의 예술이 속해 있던 계급의 삶에 대해 부정적이거나 파괴적인 태도를 취하지 않을 수 있었다. 또한 본인의 관심사가 좁았기 때문에, 그는 그 분위기 때문에 타락하거나 비판적인 태도를 취하지 않은 채 그 자체만을 즐길 수 있었다. 삶이 이렇게 풍성하고 화려할 수 있다는 베로네세(P. C. Veronese)의 순진한 놀라움 비슷한 것을, 마티스 역시 화가로 지내는 내내 지니고 있었다. 그는 실크와 휘황찬란한 가구와 덧문 사이로 비치는 코트다쥐르의 햇살과, 풀밭이나 양탄자에 누워 남자의 차분한 시선을 즐겁게 해 주는 것 말고는 다른 할 일이 없었던 여성들과, 꽃밭과 개인 수족관과 보석과 의상 디자이너와 완벽한 과일들만 보고, 그것들에 대해서만 생각했다. 비용 같은 것에 토를 다는 일 없이 그런 즐거움과 성취들이 여전히 온 세계의 욕망이나 야망으로 여겨졌다. 하지만 그런 비전에서 그는 감각적 즐거움을 추출해냈고, 그 즐거움은, 그것들을 낳은 환경과 분리된 후에도, 어떤 보편성을 지녔다.

파블로 피카소
Pablo Picasso

1881-1973

화가로서 피카소의 마지막 시기는 성(性)이라는 주제가 지배하고 있다. 후기의 이 작품들을 보며, 나는 예이츠가 자신의 노년에 대해 쓴 다음의 시를 다시 한번 생각했다.

> 육욕과 분노가 나의 노년에
> 춤추듯 시선을 이끄는 것은 끔찍한 일이겠지
> 젊은 시절엔 이만한 고난이 아니었던 것들이,
> 이제는 그것들 말고 무엇이 나를 시로 향하게 하는가?

그런데 그런 강박이 회화라는 매개에 잘 맞아떨어지는 건 왜일까. 어째서 회화는 그것들을 그토록 유창하게 전달하는가.

대답을 하기 전에, 먼저 불필요한 것들을 좀 정리해 보자. 프로이트의 분석은, 다른 맥락에서는 어떨지 모르겠으나, 여기서는 도움이 되지 않는다. 왜냐하면 그것은 상징주의와 무의식에 주된 관심을 보이고 있기 때문이다. 반면 내가 던진 질문은 즉각적인 신체적 반응 그리고 명백히 의식적인 어떤 것이다.

외설적인 것에 대한 철학자들(예를 들면 그 유명한 바타유 같은)도 큰 도움이 되지는 않는데, 그런 철학 역시 조금 다른 방식이기는 하지만, 질문에 비해서는 지나치게 문어적이고 심리학적이기 때문이다. 우리는 아주 단순하게, 물감과 눈에 보이는 몸에 대해서만 생각해야 한다.

그림으로 그려진 최초의 이미지는 동물들의 몸이었다. 그 이후로, 세상의 그림들은 대부분 이런저런 종류의 몸을 보여 주었다. 풍경화나 후기의 다른 장르들을 과소평가하는 것도 아니고, 어떤 위계질서를 세우려는 것도 아니다. 하지만 그림의 첫번째 목적, 기본적인 목적이 그 자리에 없는 무언가의 현존을 불러내는 것이었음을 기억한다면, 그렇게 불러낸 것들이 무언가의 몸이었다는 사실이 그리 놀랍지는 않다. 집단적 혹은 개인적 고독에 빠져 있는 우리가 위로를 받고, 힘과 용기, 영감을 얻기 위해 필요한 것이 바로 그런 현존들이었다. 회화는 우리 눈에 함께 있을 것을 제공해 주었고, 그렇게 함께 있는 것은 보통은 몸이었다.

이제 (엄청난 단순화를 각오하고) 다른 예술들을 살펴보자. 서사로서의 이야기는 행동을 포함한다. 거기에는 시간에 따른 시작과 끝이 있다. 시는 마음에, 상처와 죽은 이에게, 말하자면 우리 내부의 주관적인 영역에 있는 모든 것들에게 말을 건다. 음악은 주어진 것 너머에 있는 것들, 말해질 수 없는 것, 보이지 않는 것, 묶어 둘 수 없는 것에 관한 예술이다. 연극은 과거를 재현한다. 회화는 신체적인 것, 손으로 만질 수 있는 것, 눈앞의 것에 관한 예술이다.(추상예술을 마주했을 때 발생하는 엄청난 문제는 바로 이 점을 극복하는 것이다) 회화에 가장 가까운 예술은 춤이다. 둘 다 몸에서 파생되었고, 둘 다 몸을 자극하고, 두 경우 모두 가장 먼저 떠오르는 감각은 신체적인 것이다. 둘 사이의 중요한 차이점이라면 춤은, 서사나 연극처럼 시작과 끝이 있기 때문에 시간 안에서 존재하는 반면, 회화는 즉각적이라는 점이다.(조각은 회화보다 정적이고 또한 색이 없고, 보통은 액자 안에 넣을 수 없기 때문에 덜 은밀한 이 예술은, 그 자체로 별도의 예술장르가 되고, 거기에 관한 글은 따로 써야 한다)

회화는 그렇다면, 손으로 만질 수 있는, 즉각적이고 확고한, 지속적인 신체의 현존을 제공한다. 그것은 가장 즉각적이고 감각적인 예술이다. 몸 대 몸의 마주침이고, 그렇게 마주치는 몸들 중 하나는 관람객의 것이다. 모든 회화의 목적이 감각적인 것이라는 말은 아니다. 금욕적인 목적을 담은 회화 작품도 많이 있어 왔다. 감각적인 것들이 전하는 메시지는 시대마다 이데올로기에 따라 변한다. 마찬가지로, 남성과 여성의 역할도 변한다. 예를 들어, 회화는 여성을 수동적인 성적 대상으로 제시할 수도 있고, 능동적인 성적 파트너로, 두려움의 대상으로, 여신으로, 사랑받고 있는 인간으로 제시할 수도 있다. 하지만 회화 예술이 어떻게 활용되든, 그 활용의 시작에는 깊은 감각적 에너지가 있고, 그런 다음에 그 에너지가 이런저런 방향으로 전달되는 것이다. 두개골을 그린 그림을 생각해 보자, 백합을 그린, 카펫이나 붉은 커튼, 시체를 그린 그림을 생각해 보자. 그 모든 경우에, 결론이 무엇이든 상관없이, 시작은 (만약 그림이 살아 있다면) 감각적인 충격이다.

'감각적인'이라는 말을 하는 사람은 (인간의 몸 그리고 인간의 상상력이 관여하는 한) 또한 '성적인'이라는 말을 하고 있는 것이다. 그리고 바로 그 지점에서 그림을 그리는 행위는 좀 더 신비한 것이 된다.

동물이나 곤충의 짝짓기 활동에서 시각적인 것이 중요한 역할을 맡는다. 색, 형태 그리고 시각적인 몸짓이 짝짓기 상대를 자극하고, 끌어들인다. 인간에게는 시각적인 것의 역할이 훨씬 더 중요한데, 왜냐하면 시각적 신호가 단순히 반사적 행동뿐 아니라 상상력에도 말을 걸기 때문이다.(시각적인 것은 아마도 여성보다는 남성의 성에서 더 중요한 역할을 하는 것으로 보인다. 하지만 이미지를 만들어내는 근대적 전통에 담긴 성차별주의 때문에 이는 정확히 평가하기 어렵다)

가슴, 젖꼭지, 치골 그리고 복부는 자연스럽게 욕망이 집중되는 곳이며, 그 부분의 색 때문에 유혹하는 힘은 더욱 커진다. 이런 단순한 사실이 충분히 이야기되지 않았다면 (그런 사실이 공공장소인 담장에 그려진 낙서에서만 분명히 드러났다면) 그것은 청교도적인 윤리의 압박 때문이었다. 사실은, 우리 모두 그렇게 만들어져 있다. 다른 시기 다른 문화에서는 그런 신체 부분들이 지닌 흡인력과 중심적인 역할을 화장을 통해 더욱 강조하기도 했다. 해당 부분이 가진 자연스러운 색 위에 화장으로 한층 더 강조를 해 준 것이다.

회화가 몸의 예술에 적합하다는 것을 인정하고 나면, 또한 몸이 재생산이라는 본연의 기능을 수행하기 위해 시각적 신호와 성적인 자극을 활용하는 것임을 인정하고 나면, 우리는 회화가 언제나 성욕을 자극하는 기능을 수행하고 있었음을 알 수 있다.

틴토레토(Tintoretto)가 그린 〈가슴을 드러낸 여인〉이라는 작품이 프라도미술관에 있다. 상대가 볼 수 있게 가슴을 드러낸 여인의 이미지는, 또한 회화가 지닌 재능과 능력을 대변하는 것이기도 하다. 가장 단순한 차원에서, 이 작품은 (모든 기교를 동원해) 젖꼭지와 유륜에 집중함으로써 (모든 오묘함을 품고 있는) 자연을 모방하고 있다. 아주 다른 두 종류의 '착색'이 같은 목적에 활용되었다.

하지만 젖꼭지가 몸의 한 부분에 지나지 않듯이, 그것을 드러내는 것 역시 회화의 일부일 뿐이다. 그림은 또한 먼 곳을 바라보는 여인의 표정이며, 전혀 멀지 않은 여인의 손동작이며, 얇은 그녀의 옷이며, 그녀의 진주 목걸이이며, 그녀의 머리장식이며, 목에 스치는 다듬지 않은 머리칼이며, 그녀 뒤로 비치는 피부색을 닮은 벽 혹은 커튼이다. 또한 그림 어디를 봐도 베네치아인들이 사랑해 마지않았던 녹색과 핑크색이 눈에 띈다. 이 모든 요소들과 함께, **그려진** 여인은 살아 있는 존재가 쓸 수 있는 시각적 수단을 동원하며 우리를 유혹한다. 여인과 우리는 동일한 시각적 교태의 공범이다.

틴토레토라는 이름은 그의 아버지가 염색 일을 했기 때문에 생긴 것이다.(틴토레토는 이탈리아어로 '어린 염색공'이라는 뜻—옮긴이)

그 아들 역시, 한때 염색 일에서 물러나 예술가의 영역으로 옮겨 오기는 했지만, 다른 화가들과 마찬가지로 몸과 피부, 팔다리에 '색을 입히는 사람'이었다.

이제 이 틴토레토의 그림을, 그보다 반 세기쯤 전에 그려진 조르조네(Giorgione)의 〈나이 든 여인〉과 나란히 놓았다고 가정해 보자. 두 작품을 함께 놓고 보면, 색과 피부 사이에 존재하는 친밀하고 독창적인 관계가 반드시 성적인 자극을 불러일으키는 것은 아님을 알 수 있다. 오히려, 조르조네의 그림은 그런 자극을 불러일으키는 능력의 상실에 대한 작품이다.

그 어떤 말로도 나이 든 여인의 살이 지닌 슬픔을 이 그림만큼 표현할 수는 없을 것이다. 여인의 오른손은 틴토레토의 그림 속 여인과 비슷한 동작을 하고 있지만, 너무나 달라 보인다. 왜 그럴까. 색이 피부가 되어 버렸기 때문일까. 그건 거의 사실에 가깝지만, 정확하지는 않다. 그보다는 색이 그 살이 전하는 의사(意思)가 되어 버렸기 때문에, 한탄이 되어 버렸기 때문이라고 해야 할 것이다.

마지막으로, 뮌헨에 있는 티치아노의 〈세상의 허영〉을 생각해 보자. 이 그림에서 여인은 (결혼 반지를 제외하고는) 모든 장신구를 벗고, 다른 장식도 하지 않고 있다. 모두 허영이라고 여기고 풀어 버린 '장신구'들은 그녀가 들고 있는 거울에 비치고 있다. 하지만 여기서도, 그런 맥락에 어울리지 않게도, 그림 속 그녀의 머리와 어깨는 욕망의 대상이 되려는 절규를 보여 주고 있다. 그리고 색 또한 그 절규에 포함된다.

이런 것이 색과 살의 고전적이고 신비스러운 계약이다. 이러한 계약 덕분에 성모자를 그린 위대한 회화 작품들에 심오한 감각적 안정감과 즐거움이 생겨났고, 마찬가지로 피에타를 그린 회화 작품에는 그 애도의 무게(그 살이 다시 생명을 얻었으면 하는 부질없는 욕망의 끔찍한 무게)가 온전히 실릴 수 있었다. 회화는 몸에 속한 것이었다.

색 덩어리는 성적인 기운도 품고 있다. 마네(É. Manet)가 〈풀밭

위의 식사)를 그렸을 때(피카소는 말년에 이 작품을 여러 번 모사했다), 그 작품의 노골적으로 창백한 색상은 잔디밭에 앉은 여인들의 노골적인 알몸을 모방한 것이 아니라, 그 여인들 자체다. 그림이 **보여 주는** 것은 **보여지는** 몸인 것이다.

회화와 신체적 욕망 사이의 친밀한 관계, 교회와 박물관으로부터 학계와 법정으로부터 구출해내야 할 그 관계는, 내가 『다른 방식으로 보기』에서 논의했던, 모방에 특화된 유화 자체의 질감과는 관련이 없다. 그 관계는 매개물의 특징보다는 그리는 행위 자체에서부터 시작된다. 관계가 이루어지는 접촉면은 프레스코 벽화나 수채화에도 똑같이 있을 수 있다. 중요한 것은 그려진 몸이 내뿜는, 만질 수 있을 것 같은 환상이 아니라, 그 몸이 전하는 시각적 신호, 실제 몸이 보내는 신호와 놀랄 만큼 유사한 그 신호이다.

이제 피카소가 생의 마지막 이십 년 동안 했던 작업을 조금 더 이해할 수 있을 것이다. 그가 끌렸던 작업 그리고 (그와 관련한 것들이 으레 그렇듯) 전에는 아무도 시도하지 않았던 작업 말이다.

그는 노인이 되었고, 그 어느 때보다 자존심이 높았고, 그 어느 때보다 여인들을 사랑했으며, 상대적인 성적 무능력이라는 부조리에 직면했다. 세상에서 가장 오래된 농담이 고통이자 강박이 되었고, 또한 그의 자존심에 대한 도전이 되었다.

동시에 그는 세상으로부터 고립된 삶을 살고 있었다. 내가 다른 책에서 지적했듯이, 이는 자신이 선택한 고립이라기보다는 그의 무시무시한 명성의 결과로 생겨난 고립이었다. 고립된 삶이 지닌 고독 때문에 그는 자신의 강박으로부터 벗어날 안식을 얻을 수 없었다. 오히려, 그런 고독은 대안이 될 수도 있었을 다른 관심사나 근심으로부터 그를 더욱 멀어지게 했다. 그는 꼼짝달싹할 수 없이 외골수가 될, 일종의 조증에 빠질 처지였고, 그것은 혼잣말의 형태로 드러났다. 회화라는 행위에 대해 던지는 혼잣말, 그리고 그가 존경하고 사랑했던 혹은 질투했던 과거의 화가들을 향한 혼잣말. 그것은 성에 대한 혼잣말이었다. 그 분위기는 작품에 따라 달랐지만, 소재는 늘 그것이었다.

렘브란트의 후기 작품, 특히 자화상들은 화가 본인이 과거에 했던 일 혹은 그렸던 그림까지, 그 모든 것에 대해 질문을 던짐으로써 화제가 되었다. 덕분에 모든 것이 다르게 보였다. 피카소만큼이나 오래 살았던 티치아노는 말년에 베니스에서 〈살가죽이 벗겨지는 마르시아스〉와 〈피에타〉를 그렸다. 두 작품 모두 살을 표현한 물감이 차갑게 식어 가는 것을 표현한 놀라운 그림들이다. 렘브란트나 티치아노에게 있어 후기 작품과 초기 작품 사이의 대조는 눈에 띌 정도로 확연하다. 하지만 그럼에도 어떤 연속성이 있는데, 그 일관성의 기초를 간단히 정의하기는 어렵다. 그림 언어의 연속성, 문화적 배경의 연속성, 종교 혹은 사회에서 예술이 가진 역할의 연속성 등일 것이다. 이 연속성이 나이 든 화가의 절망에 (어느 정도는) 어떤 특성을 부여하고, 그것과 화해할 수 있게 한다. 그들이 느끼는 쓸쓸함은 조금 슬픈 지혜 혹은 애원이 된다.

피카소에게는 그런 일이 일어나지 않았는데, 아마도 많은 이유로, 그에게는 그런 연속성이 없었기 때문이다. 예술을 파괴하기 위해 많은 것을 자처한 화가였다. 그가 우상파괴자였기 때문도 아니고, 과거를 견디지 못했기 때문도 아니다. 그건 그가 소위 문화의 혜택을 입은 계급이 물려받은 반쪽짜리 진실을 증오했기 때문이었다. 그는 진실의 이름으로 깨뜨려 나갔다. 하지만 그가 깬 것이 그가 죽기 전에 또 하나의 전통으로 재구성되지는 못했다. 그가 말년에 벨라스케스나 푸생, 들라크루아 같은 옛날 대가들의 작품을 모사했던 건, 동지를 찾기 위해 깨진 연속성을 다시 확립하기 위해서였다. 그리고 그 대가들은 피카소가 자신들에게 합류하는 것을 허락했지만, 그들이 피카소에게 합류할 수는 없었다.

그래서 그는 노인들이 늘 그렇듯이 혼자였다. 하지만 그는 마치 역사 속의 인물처럼 동시대와 단절되어 있었고, 화가로서 연속적인 회화의 전통으로부터도 떨어져 나와 있었기 때문에, 철저하게 혼자였다. 아무것도 그에게 응답하지 않았고, 아무것도 그를 구속하지 않았기 때문에 그의 강박은 광란, 즉 지혜의 정반대가 되었다.

자신이 더 이상 어떻게 해 볼 수 없는 아름다움에 대한 노인의 광란이다. 웃음거리이고, 분노다. 이 광란은 스스로를 어떻게 표현할까.(매일 드로잉을 하거나 그림을 그리지 않았다면 그는 미치거나 죽었을 것이다. 그는 자신이 여전히 살아 있는 남자임을 스스로에게 증명하기 위해 화가 시늉을 할 필요가 있었다) 그 광란은 색과 살 사이의 신비한 연관관계 그리고 그들이 공유하는 신호로 곧장 되돌아감으로써 스스로를 표현했다. 성욕을 자극하는, 경계 없는 공간으로서의 색의 광란이었다. 하지만 거기서 공유된 신호는, 상호적인 욕망을 암시하는 대신 성적 메커니즘을 과시한다. 그것도 매우 조야하게, 분노를 담아서, 신성모독을 하는 기분으로. 그것은 자신의 능력에 대해 그리고 자신을 낳은 어머니에 대해 욕을 퍼붓는 회화다. 한때 스스로 성스러운 것으로 여겼던 것들을 모독하는 회화. 이전에는 아무도 회화가 자신의 기원에 대해 그렇게 외설적일 수 있을지 (이는 외설적인 것을 그리는 것과는 다르다) 상상할 수 없었다. 피카소는 그렇게 할 수 있는 방법을 찾았다.

이 후기 작품들을 어떻게 평가해야 할까. 피카소에 대한 최고 전문가라는 사람들은, 성인(聖人) 전기 작가들만큼이나 말이 안 되는 소리를 하고 있다. 그 작품들이 노인이 반복해서 내지른 고함 소리에 불과하다고 치부해 버리는 사람들은, 사랑이나 인간의 고난에 대해서 아무것도 이해하지 못하고 있다.

스페인 사람들은 욕하는 걸 자랑스러워하는 것으로 알려져 있다. 그들은 자신들만의 욕하는 방식을 존중하고, 욕도 어떤 권위에 대한 찬사 혹은 증거가 될 수 있음을 알고 있다.

피카소가 이 그림들을 그리기 전에는, 그 누구도 그림으로 욕을 하지 않았다.

페르낭 레제

Fernand Léger

1881-1955

지난 세기(19세기—옮긴이) 중반부터, 가치있는 작업을 하는 예술가는 모두 미래에 대해 생각해야만 했다. 그들의 작품이 당시에는 오해를 받았기 때문이다. 아방가르드라는 개념 자체가 이 점을 암시한다. '현대'라는 단어가 가지는 질적인 의미 역시 그런 점을 암시한다. **현대예술**이란, 그것을 만들어낸 이에게는, 과거와 비교되는 현재의 예술을 의미하는 것이 아니라, 현재의 보수적 취향에 맞서는 미래의 예술을 의미하는 것이었다. 1848년 이후의 주요 화가들은 모두 미래에 대한 자신의 믿음에 의지했다. 미래는 다를 것이라는, 더 나을 것이라는 그 믿음은, 급격한 사회적 변화가 진행 중인 시기를 살고 있음을 의식한 결과였다. **지난 세기 중반부터 사회주의가 하나의 대안을 약속했다. 그 대안은 미래가 열려 있음을, 지배계급의 권력이 (교양 없음이) 유한한 것임을 말해 주었다.** 지난 세기의 위대한 화가들은 모두 사회주의자였다고 말하는 것은 터무니없다. 하지만 그들이 모두 더 풍성한 미래를 위한 작업을 하고 있다는 희망에 젖어 혁신들을 만들어냈다는 것은 분명한 사실이다.

페르낭 레제는 그 미래에 대한 비전을 예술의 주제로 삼았다는 점에서 매우 독특했다.

레제가 그린 소재는 도시, 기계, 작업장의 노동자, 자전거 타는 사람, 소풍 나온 사람, 수영하는 사람, 부엌에 있는 여인, 서커스, 곡예사, 정물(종종 열쇠나 우산, 집게처럼 기능적인 물건들이었다) 그리고 풍경이었다. 이와 유사하게 피카소의 작품에 반복적으로 등장하는 소재의 목록을 만들어 보자면 다음과 같다. 투우, 반인반수, 여신, 안락의자에 앉은 여인, 만돌린, 두개골, 부엉이, 광대, 염소, 새끼 사슴, 다른 화가의 작품. 자신이 몰두했던 것만 놓고 보면 피카소는 20세기에 속한 화가가 아니다. 그가 현대적 인간인 것은 자신의 성정을 쏟아 넣은 방식 때문이다. 같은 시대의 다른 주요 화가들(브라크, 마티스, 샤갈, 루오 등)도 모두 아주 특별한 소재에 관심을 가졌다. 예를 들어 브라크에게 그 대상은 자신의 화실이었고, 샤갈에게는 러시아에서 보냈던 어린 시절이었다. 그 시대 화가들 중 레제만이, 오늘날 도시에서 사는 사람들 누구에게나 익숙한 물건 혹은 재료들을 꾸준히 자신의 작품

페르낭 레제, 〈대행렬〉, 1955.

에 담아냈다. 다른 화가의 작품에서 자동차나 철제 기계, 거푸집널, 대들보, 전선, 번호판, 도로표지판, 가스 스토브, 기능성 가구, 자전거, 텐트, 열쇠, 자물쇠, 싸구려 컵과 접시 같은 것을 본 적이 있는가.

그렇다면 레제는, 자신의 예술 안에서 현대 도시의 삶을 직접 언급했다는 점에서 예외적이다. 하지만 단지 그 특징 때문에 그가 중요한 화가가 되는 것은 아니다. 회화의 기능은 그림이 들어간 백과사전의 기능과는 다르다. 우리는 좀 더 깊이 들어가 이렇게 물어야 한다. 이런 언급들이 모여서 무엇이 되고 있는가. 20세기 도시 생활에서 볼 수 있는 그런 장비나 인공물, 장식물들의 어떤 점이 그의 관심을 끌었던 걸까.

한 예술가의 일생의 작품을 전체로 보면, 그 작품들에 깔린 지속적인 주제와 숨어 있지만 **계속 이어지는** 소재가 있음을 발견할 수 있다. 예를 들어, 제리코의 경우, 계속 이어지는 소재는 '견딤'이다. 렘브란트에게서 계속되는 소재는 '나이 드는 과정'이다. 그렇게 이어지는 소재는 해당 작가가 지닌 상상력의 경향을 반영한다. 그러한 경향은 어떤 경험의 영역, 화가의 성정이 자꾸만 그를 되돌려 보내는 어떤 영역, 그리하여 보통은 서로 관련 없는 소재들이 그에게 제시되었을 때 그것들을 판단하는 기준이 되는 어떤 영역을 드러낸다. 렘브란트의 작품에서는 나이 먹는 과정의 의미심장함이 어떤 식으로든 강조되고 있다. 마티스에게 계속 이어지는 소재는 '여가의 달콤함'이다. 피카소에게 그것은 '창조와 파괴의 순환'이다. 그리고 레제에게 계속 이어지는 소재는 '기계화'이다. 그는 풍경을 그릴 때에도 반드시 철탑이나 전선을 그 안에 포함시켰다. 나무 한 그루를 그려도 꼭 그 옆에 널빤지나 기둥을 끼워 넣었다. 자연의 대상을 그릴 때 그는 언제나 인공물과 나란히 놓았다. 마치 그러한 대조가 각각의 가치를 더욱 높여 줄 것처럼 말이다. 오직 여성을, 벌거벗은 여성을 그릴 때에만 그는 비교 대상을 두지 않아도 괜찮았다.

대다수의 20세기 예술가들이 기계에 놀랄 만큼 관심을 보이지 않았지만, 관심을 보였던 예술가들도 없지는 않았다. 이탈리아의 미래파 화가들, 몬드리안을 비롯한 네덜란드의 데 스테일 그룹, 러시아의 구성주의자들, 윈덤 루이스(Wyndham Lewis)를 비롯한 영국의 소용돌이파 그룹, 프랑스의 로제 드 라 프레네(Roger de la Fresnaye)와 로베르 들로네(Robert Delaunay) 같은 예술가들, 이들은 모두 기계에 기반해서 자신들의 미학 이론을 세워 나갔다. 하지만 이들 중 그 누구도 기계를 생산 수단으로, 인간들 사이의 관계에 되돌릴 수 없는 혁명적 변화를 가지고 온 무엇으로 생각하지는 않았다. 대신 그들은 기계를 하나의 신으로, 현대적 생활의 '상징'으로, 권력을 향한 인간적 열망을 충족시킬 수단으로, 프랑켄슈타인 같은 괴물로, 매혹적인 수수께끼로만 보았다. 그들은 기계가 마치 새로 발견한 하늘의 별이라도 되는 것처럼 취급하면서도 기계의 잠재력에 대한 해석에서는 의견이 분분했다. 오직 레제만이 달랐다. 오직 레제만이 기계를 있는 그대로, 즉 도구로 보았다. 실제적인 의미에서, 또한 역사적인 의미에서 인간의 손에 맡겨진 도구.

아마 이쯤에서 레제에게 자주 쏟아졌던 비난, 즉 그가 기계적인 것 앞에서 인간을 희생시켰다는, 그의 작품 속 인물들이 로봇처럼 '차갑다'는 비난에 대해 살펴보면 좋을 것 같다. 나는 본드가(런던의 고급 상점가—옮긴이)에서 그런 주장을 들었다. 지금처럼 돌아가는 세상에서 예술이, 만약 그들이 돈만 지불하면, 위로가 되어 줄 것이라고 기대하는 사람들의 이야기였다. 나는 모스크바에서도 그런 주장을 들었다. 일리야 레핀(러시아의 사실주의 작가—옮긴이)이 제시한 기준에 따라 레제를 판단하고 싶어 하는 미술전문가들의 이야기였다. 이러한 오해는, 레제가 근래의 유럽예술에서 지극히 드문 예술가였기 때문에, 그의 작품이 속한 예술의 범주에 대해 우리가 거의 잊어버렸기 때문에 발생한 것이다. 그는 **서사시** 화가다. 이는 그가 호메로스의 작품에 삽화를 그리듯 그림을 그렸다는 뜻은 아니다. 그가 그의 작품에 계속해서 등장하는 **기계화**라는 소재를 인간의 서사시로, 인간을 영웅으로 해서 끊임없이 펼쳐지는 모험으로 보았다는 뜻이다. '서사시'라는 단어가 미심쩍게 들린다면, 그가 '무언가를 기념하는' 화가였다고 해도 된다. 그는 개인들의 심리나 감정의 미묘한 결 같은 것에는 관심이 없었다. 그는 행동에 그리고 정복에 관심이 있었다. 우리가 회화를 판단하는 기준 자체가 르네상스 이후에 만들어졌기 때문에 그리고 그 시기가 일반적으로는 부르주아 계급이 개인을 발견해 나가는 시기와 일치했기 때문에, 서사시 화가가 아주 드물었을 뿐이다. 매우 복잡한 방식이긴 하지만 미켈란젤로도 그런 화가였다. 레제는 미켈란젤로의 작품에서 많은 것을 배웠는데, 두 사람을 비교해 보면 레제가 얼마나 '전통적인' 화가인지를 불현듯 깨닫게 된다. 하지만 그런 비교에 가장 적합한 대상은 5세기 그리스의 조각가들이다. 물론 둘 사이에는 엄청난 차이가 있다. 하지만 작품이 암시하는 감정 그리고 **예술가 자신이 택한 소재의 개인적 특징으로부터 두는 거리**의 차원에서 보면, 분명 유사점이 있다. 예를 들어, 〈작은 앵무새〉는 폴리클레이토스의 〈도리포로스〉보다 더 '차갑지도', 더 비개성적이지도 않다. 동일한 기준을 예술의 모든 범주에 적용하는 것은 터무니없는 짓이며, 그렇게 행동하는 사람의 저속한 취향을 드러내는 행위일 뿐이다. 서사시 화가는 인류 전체를 위한 이미지를 찾기 위해 고군분투한다. 서정시 화가는 자신의 개인화된 경험을 표현한 이미지 안에서 세상을 제시하려고 고군분투한다. 양자 모두 현실을 마주하고 있지만, 서로 등을 맞대고 서 있을 뿐이다.

기계화에 대한 레제의 태도가 평생 동안 똑같았던 것은 아니다. 그의 정치적 역사적 이해가 깊어질수록 태도 또한 변하고 발전하였다. 거칠게 말하자면, 그의 작품 활동은 크게 세 시기로 나뉜다. 그의 **일반적인** 접근 방식 그리고 그가 지향했던 일관적인 방향을 좀 더 쉽게 알아보기 위해, 각각의 시기에서 암시되는 태도를 간단히 정리해 보도록 하자.

1918년까지, 초기 작품에서 그는 현대 산업의 가장 기초적인 재료 즉 철에 매혹되었다(그가 노르망디 지역의 농부 집안 출신이라는 것을 기억해 둘 필요가 있다). 그는 입체파 화가가 되었다. 하지만 그가 입체파에 끌렸던 것은, 다른 입체파 화가들과 달리, 그 유파의 지적 체계 때문이 아니라 그 유파가 본질적으로 가공된 **철제** 형태를 주로 활용했기 때문이었다. 철을 깎고, 광을 내고, 갈고, 자르는 그 모든 과정이 현대성에 대한 그리고 새로운 아름다움에 대한 젊은 레제의 감각에 불을 지폈다. 또한 새로운 소재의 깔끔함과 강력함이 부르주아 세계의 위선과 부패, 결국엔 자축(自祝)과 무력한 확신에 젖어 1914년의 전쟁으로 치닫게 했던 그 모습과 상징적인 대조를 이루는 것처럼 보였을 수도 있다. 물론 나는 단순화를 하고 있지만, 그 결과 잘못된 방향으로 이끌고 싶은 마음은 없다. 레제가 철을 그렸던 것은 아니다. 그는 누드, 초상화, 군인, 비행기, 나무 그리고 결혼식을 그렸다. 하지만 이 시기 작품에서 그는 철을 그리고, 속도와 기계적인 강력함을 암시하는 형태(종종 색상까지도)를 활용했다. 그 시기의 예술가들은 모두 자신들이 새로운 세계의 문턱에 살고 있음을 인식하고 있었다. 그들은 자신들이 전령임을 알고 있었다. 하지만 그러한 새로움을 새로운 **소재**를 통해 축약적으로 받아들인 것은 레제만의 특징이었다.

레제의 두번째 시기는 대략 1920년에서 1930년 사이다. 그의 관심은 기초 소재에서 완성된 기계가 만든 생산품으로 옮겨 갔다. 그는 정물과 실내, 거리 풍경, 작업장 등을 그리기 시작했는데, 이 모든 것이 하나의 개념, 기계화된 도시라는 개념에 기여했다. 많은 작품에서 인물들이 들어왔다. 현대적 주방에서 아이들과 함께 있는 여인들, 기계와 함께 있는 남자들. 인물들과 그들이 있는 환경 사이의 관계가 아주 중요하다. 바로 그 점 때문에 레제가 공산품을 그 자체로 찬미했을 뿐이라는 의심은 피할 수 있다. 그 현대적 주방은 페인트나 바닥재 혹은 최신 방갈로를 위한 광고가 아니다. 그것은 현대의 기술과 현대의 생산 수단이 인간으로 하여금 자신의 환경을 건설할 수 있게 한다는 것을, **그래서 자연과 물질세계가 온전히 인간화될 수 있다는 것을** 보

여 주려는 (그러나 강의가 아니라 회화를 통해) 시도다. 그 작품들을
통해 레제는 "이제 더 이상 인간과 그가 만들어내는 것을 구분할 필요
가 없다. 왜냐하면 그는 자신에게 필요한 것을 모두 만들어낼 힘을 가
졌기 때문이다. 따라서 그가 가진 것 그리고 그가 만드는 것은 인간 자
신의 연장(延長)이 될 것이다"라고 말하고 있는 듯하다. 그리고 그 생
각은, 레제의 머릿속에서는, 역사상 최초로 우리가 풍족한 세상을 만
들 수 있는 생산수단을 소유하게 되었다는 사실에서 기인하는 것이
었다.

　　세번째 시기는 대략 1930년에서 레제가 사망했던 1955년까지다.
이 시기에 그의 주된 관심은 또 한 번 변하는데, 이번에는 생산수단에
서 생산관계로 바뀌었다. 이십오 년 동안 그는 자전거 타는 사람, 소
풍 나온 사람, 곡예사, 물에 뛰어들어 수영하는 사람, 건설 노동자 같
은 소재를 그렸다. 언뜻 보면 이런 소재들은 어딘가 내가 말한 것과는
관련이 없어 보인다. 좀 더 깊이 설명을 해 보겠다. 이런 소재들에는
일군의 사람들이 포함되고, 모든 작품에서 그 사람들은, 스스로 현대
의 노동자임을 조금도 의심하지 않는 모습으로 묘사되고 있다. 그렇
다면, 좀 더 일반적으로 말해서, 이 시기에 레제가 반복해 그렸던 소재
는 일을 하거나 쉬고 있는 노동자들이라고 할 수 있다. 물론 이 작품들
을 다큐멘터리 회화라고 할 수는 없다. 뿐만 아니라 이 작품들은 그림
이 그려질 당시의 노동 조건에 대한 직접적 언급은 전혀 하지 않고 있
다. 레제가 그린 대부분의 작품들처럼, 이 그림들 역시 긍정적이고, 활
발하고, 행복하며, 동시대 화가들의 작품에 비해, 이상할 정도로 근심
이 없다. 여러분은 이런 질문을 떠올릴 것이다. 이런 작품의 어디가 의
미심장하다는 것일까. 그냥 미소만 짓고 있는 그림 아닌가.

　　나는 그 작품들의 의미심장함은 분명하게 드러나고 있다고 믿는
다. 그 점이 거의 이해되지 못했던 이유는, 대부분의 사람들이 레제
가 거쳤던 단계를 지금 우리가 하고 있는 만큼 개략적으로나마 살펴
보는 수고를 하지 않았기 때문이다. 레제는 새로운 생산 수단이 불가

피하게 새로운 관계를 만들어낼 것임을 알고 있었다. 그는 산업화, 오직 자본주의만이 실행할 수 있었던 산업화가 이미 노동 계급을 창출해냈고, 그 노동계급이 결국엔 자본주의를 파괴하고 사회주의를 건설할 것임을 알고 있었다. 레제에게 그 과정(누군가 추상적 언어로 묘사한 과정)은 펜치 하나와 전화 수화기, 아직 사용하지 않은 한 롤의 필름 같은 것에서 암시되고 있었다. 그리고 자신의 후기 작품에서 마치 예언하듯, 후기자본주의 세계의 견딜 수 없는 모순에서 해방된 인간의 모습을 축하하고 있다. 이러한 해석이 특별한 변론에 따른 결론이 아니라는 점을 강조하고 싶다. 그 점을 부정하고 싶은 사람들은 사실에 눈을 감았을 뿐이다. 레제가 한 작품 한 작품 그려 나가는 동안 같은 주제가 더욱더 강조되었다. 틀림없이 거기는 일군의 사람들이 있고, 틀림없이 그들은 간단한 움직임을 통해 서로 이어져 있고, 틀림없이 그 이어짐의 의미는 그들의 부드럽고 친절한 손짓을 통해 강조되고 있고, 틀림없이 현대적 장비나 그들이 사용하는 도구들은 당면한 세기에 대한 일종의 긍정으로 보이고 있고, 틀림없이 인물들은 새로운, 더 자유로운 환경을 향해 움직이고 있다. 소풍 나온 사람들은 시골에 있고, 수영하는 사람들이 공기에 떠 있고, 곡예사들의 몸은 가볍고, 건축 노동자들은 공상에 잠겨 있다. 이 작품들은 자유에 대한 것이며, 그 자유란 인간들 사이의 관계에서 주된 모순들이 제거된 후, 인간적 기술들이 집적된 결과로 얻어진 것이다.

　어떤 예술가의 스타일을 말로 논의하고, 그 스타일의 발전 과정을 추적하는 것은 언제나 서투를 수밖에 없다. 그럼에도 나는 레제가 그림을 그렸던 방식에 대해 몇 가지 의견을 내고 싶다. 형식을 고려하지 않는다면 그가 그린 내용에 대한 평가도 편향되고 왜곡될 수밖에 없기 때문이며 또한 레제는, 어떤 예술가가 자신이 표현하고 싶은 바에 대해 **확신을** 가지고 있을 때, 그 확신은 그의 주제나 내용 외에 스타일에서도 논리적으로 드러나게 된다는 것을 아주 **분명히** 보여 주는 예가 되기 때문이다.

레제가 입체파에 빚을 지고 있으며, 그가 입체파의 언어를 사용하는 방식이 특별했다는 (독창적이었다는) 이야기는 이미 했다. 입체파는, 그에게 강렬한 인상을 남긴 새로운 소재와 기계들의 성질을 보여 줄 수 있는 수단이었다. 레제는 늘 손에 잡히는 뭔가를 가지고 시작하기를 선호했던 작가였다.(이런 특징이 그의 스타일에 어떤 영향을 미쳤는지는 나중에 또 이야기할 예정이다) 그는 자기 작품의 소재를 늘 '대상'으로 칭했다. 르네상스 시기에는 많은 화가들이 과학적 열정에 휩싸였다. 나는 레제가 공학자의 열정을 표현한 최초의 화가였다고 생각한다. 그리고 그 시작은 새로운 소재의 가능성을 보고 자신이 느꼈던 흥분을 전하기 위해 입체파 형식을 택했던 것이었다.

그의 두번째 시기, 그러니까 그의 관심이 기계가 만들어낸 생산품으로 옮겨 갔을 때의 스타일 역시, 그가 자신이 무슨 말을 하고 있는지 속속들이 알고 있었음을 보여 주는 증거이다. 그는 대량 생산이 새로운 미학적 가치를 만들어낼 수밖에 없음을 (이미 1918년에!) 깨달았다. 전례 없는 상업적 저속함에 둘러싸여 지내는 오늘날의 우리가 대량 생산의 새로운 가치와 세일즈맨의 속임수를 구분하는 건 어려운 일이지만, 그 둘은 당연히 같은 것이 아니다. 대량 생산은 구시대의 많은 미학적 가치를 그저 속물적 가치에 불과한 것으로 만들어 버렸다.(오늘날 많은 여성들은 어느 면에서 보나 가죽 제품에 떨어지지 않는 합성섬유 핸드백을 쓸 수 있다. 따라서 좋은 가죽 제품의 특징은 지위를 상징하는 역할이 되어 버렸다) 대량 생산한 물건의 특징은 가장먼저, 수제품의 특징과 대조를 이룰 수밖에 없었다. 대량 생산 제품의 '익명성'이 수제품의 '개별성'과 대조가 되고, 그 규칙성은 '흥미로운' 불규칙성과 대조를 이룬다.〔자기(瓷器)를 대량 생산하게 되면서 '예술적' 자기는, 수제품의 가짜 가치를 더욱 강조하기 위해 더 울퉁불퉁하고, 거칠고, 불규칙한 형태를 띠게 되었다〕

그 시기에 레제는 그림을 그리는 실제 방식을 통해 대량 생산 제품의 특별한 미학적 가치를 찬양하는 것을 자신의 스타일에서 가장 중요시했다. 그림의 색은 일정하고 단단하며, 형태는 규칙적이고 고정되어 있다. 동작과 질감에 대한 관심도 최소화시켰다.(회화에서 질감은 '개성'을 불러일으키는 가장 쉬운 방법이다) 당시 그의 작품들을 보면 같은 작품이 수백 점 혹은 수천 점 정도 있을 것 같은 느낌을 받게 된다. 그림을 보석처럼, 유일무이한 개인 소장품처럼 여기던 생각은 파괴되었다. 그와 대조적으로 그 그림들을 보고 있으면 우리는, 한 점의 그림이란 한 인간이 다른 사람들을 위해 만들어낸 이미지이며, 그 효율성으로 인해 평가받을 수 있음을 떠올린다. 예술에 대한 그런 견해는 편파적이고 일방적이지만, 직접 활동하는 예술가의 예술관은 모두 편파적이고 일방적이다. 중요한 것은 레제가 작품들을 그려낸 방식을 통해, 그 작품들의 내용에 담긴 주장을 증명해 보이려고 애를 썼다는 점이다. 바로 현대적 생산 수단들을 통해 소수들만 향유할 수 있는 것이 아닌 문명, 또한 희소성에 기반을 두지 않는 문명을 인간이 만들어낼 수 있게 되었기 때문에, 그러한 새로운 생산 수단은 반가운 것이라는 주장이었다.

레제의 세번째 시기에서 보이는 스타일에서는 세 가지 특징을 언급할 수 있다. 이제 그는 집단이나 풍경 속의 인물 같은 훨씬 복잡하고 변화가 많은 소재를 다뤄야만 했다. 그의 목적을 생각하면, 그 소재들은 통일된 모습으로 보여야 했다. 구름과 여성의 어깨, 나뭇잎과 새의 날개, 밧줄과 팔뚝은 모두 같은 방식으로 보여야 했고, 같은 조건 아래 존재하는 것으로 여겨져야 했다. 그런 조건의 통일성을 보여 주기 위해 이제 레제는 그림에 빛을 도입했다. 빛이라고 해서 뭔가 신비스러운 의미가 있는 것은 아니다. 그냥 빛과 그림자라는 뜻이다. 세번째 시기에 이르기 전까지, 레제는 대상을 단색으로 표현하고, 형태 또한 색조의 변화보다는 선과 색으로만 구축했다. 이제 그의 형태는 좀 더 단단한, 조각 같은 모습을 띠게 되었는데, 빛이 개입하면서 움푹 들어간 곳이나 평평한 면, 일어나거나 들어간 자리가 드러났기 때문이다. 하지만 빛과 그림자의 효과는 거기서 그치지 않는다. 이제는 하나의 대상이나 인물이 끝나고 다른 대상이나 인물이 시작되는 자리와 상관없이, 작품 전체에 어떤 패턴을 만들어내는 것이 가능해졌다. 그림자 사이에 빛이 스미고, 빛 사이에도 그림자가 생기면서, 체스판의 흑과 백 같은 효과가 생긴다. 그 장치를 활용해 레제는 구름과 팔, 나무와 잔가지, 시냇물과 머리칼을 **등가물로** 표현할 수 있었다. 또한 바로 그 상치 덕분에 그는 무리에 속한 인물들을 하나로 묶고, 그들을 하나의 **단위**로 표현할 수 있었다. 마치 체스판이 각각의 사각형들이 아니라 하나의 단위로 여겨지는 것처럼 말이다. 후기 작품에서 레제는 빛이라는 요소(그림자가 없으면 아무것도 아니다)를 활용해 모든 사람들이 갈망하는 경험, 자유라고 부르는 그 경험에 본질적인 **총체성**을 암시했다. 비슷한 방식으로 빛을 활용했던 예술가로는 미켈란젤로가 있는데, 두 화가의 드로잉을 간단히 비교해 보기만 해도, 이 점에서 두 사람이 얼마나 비슷했는지를 알아볼 수 있다. 매우 중요한 차이점은, 미켈란젤로에게 자유는 외로운 개인성을 의미하는, 따라서 비극적인 것이었던 반면, 레제에게 그것은 계급 없는 사회였고, 따라서 하나의 승리였다는 점이다.

세번째 시기 레제의 스타일의 두번째 특징은 그가 발견한 색의 새로운 활용법이었다. 이는 그가 사망하기 십 년 전까지는 없었던 특징인데, 어떤 의미에서는, 앞에서 설명한 빛과 그림자의 활용에서 생겨난 발전이었다. 그는 소재가 되는 인물 위에 색띠를 넣기 시작했다. 그 결과 (비록 몇 군데 그냥 투명하게 남긴 부분도 있지만) 그림 속 정경에 간혹 줄무늬나 원형 무늬가 생겨났고, 대상들을 깃발 너머로 보고 있는 듯한 효과가 나타났다. 사실 그 띠는 무작위로 그려 넣은 것은 아니었고, 띠 아래에 있는 형상과 정확한 관계를 유지하고 있다. 마치 레제가 이제 자신의 그림을 문장(紋章)으로 변모시키려 한 것만 같다. 그는 더 이상 작품의 소재들이 어떻게 존재하는가에는 관심이 없고, 그것들이 어떻게 **존재할 수** 있는가에 관심이 있었다. 말하자면 이 작품들은, 조건부 그림들이다. 〈대행렬〉은 즐거움과 기쁨이, 대중문

화가 어떤 의미를 지닐 수 있는지를 대변한 작품이다. 〈건설노동자들〉은 노동이 어떤 의미를 지닐 수 있는지를 대변한다. 〈소풍 나온 사람들〉은 세상에서 편안함을 느낀다는 것이 어떤 의미인지를 대변한다. 이는 레제를 감상적인 이상화나 유토피아의 꿈으로 이끌 수도 있었다. 하지만 그런 일이 일어나지 않은 건, 레제가 인간의 잠재력을 해방시킨, 또한 앞으로 더욱더 해방시켜 줄 역사적 과정을 이해하고 있었기 때문이다. 말기의 '조건부' 그림들은 위로를 주거나 달래기 위해 그린 것들이 아니다. 그것들은 사람들에게 자신들이 무엇을 할 수 있는지를 일깨워 주기 위해 그린 것들이다. **그는 그 장면들이 이미 존재하고 있는 것처럼 그림으로써 우리를 속이지 않았다.** 그는 그 장면들을 희망으로 그렸다. 그리고 그 점을 분명히 밝히는 방법들 중 하나는 (그는 후기 작품들 모두에 이 방법을 적용하지는 않았다), 색을 활용해 그림들을 **문장(紋章)처럼** 보이게 만드는 것이었다. 여기서 나는 '문장'이라는 단어를 두 가지 의미로 사용하는데, 상징과 비유라는 의미를 모두 염두에 둔 것이다. 20세기 예술에 대한 논의에서는 **상징**에 대한 언급이 종종 등장한다. 하지만 사람들은 상징이란, 그 정의상 접근 가능한 것이어야 한다는 점을 종종 잊곤 한다. 예술에서 개인적 상징이란 모순적인 용어라고 할 수 있다. 레제의 문장들은 우리 시대 창조된 몇 안 되는 진짜 상징들 중 하나다.

레제의 후기 작품에 대해 마지막으로 이야기하고 싶은 것은, 앞의 두 가지 특징과 달리, 스타일에서의 혁신과는 아무 관련이 없다. 이는 어떤 경향에 관한 것인데, 이 경향은 레제의 모든 작품에 내재되어 있지만, 시간이 지나면서 더 강해지고, 더 분명하고 의식적으로 드러나게 된 경향이다. 그것은 자신이 그리려는 대상을 **다룰 수 있는 무엇으로 보이게끔 시각화**하려는 경향이었다. 그가 표현한 세계는 말 그대로 실체가 있는 세상, 인상주의자들의 세상과는 정반대되는 세상이었다. 레제가 기계로 생산한 제품에 비해 수제품이 가지는 특별한 가치를 인정하지 않았다는 점은 이미 앞에서 말했다. 하지만 사람의 손은 그 자체로 놀라움으로 가득한 대상이었다. 그는 손을 그린 드로잉을 많이 남겼다. 그는 손을 인물의 얼굴 앞이나 옆에 두는 배치를 좋아했다. 마치 손이 없다면 인간의 눈을 인간답게 만드는 일은 없을 거라고 말하는 듯하다. 그는 인간이 세계의 관리자가 될 수 있다고 믿었고, '관리자(manager)'라는 단어의 라틴어 어원이 무엇인지도 알고 있었다. 바로 마누스(Manus, '손'이라는 뜻의 라틴어—옮긴이)였다. 그는 이 진실을, 혼탁한 신비화에 맞서는 투쟁에서, 하나의 은유로 받아들였다. 레제가 그린 구름은 사실 베개처럼 보이고, 그가 그린 꽃은 달걀을 올려놓는 컵 같고, 나뭇잎들은 숟가락 같다. 똑같은 이유로 그의 그림에는 사다리와 밧줄이 자주 등장한다. 그가 구축한 세계에서는 인간의 상상력과 손으로 무언가를 치장하고 통제할 수 있는 인간의 능력 사이의 연관성이 늘 강조되고 있다. 이것이, 그가 그림 속의 대상이나 풍경을 그런 식으로 단순화시키고, 양식화시킨 가장 주된 이유일 거라고 나는 확신한다. 그는 그림에 포함된 모든 것들이 손에 잡힐 듯한 모습으로, 신비화되지 않은 모습으로 드러나기를 바랐다. 이는 그가 기계화된 19세기의 이성주의자였기 때문이 아니라, 그가 커다란 미스터리, 무언가를 잡으려는, 그리고 이해하려는 인간의 채울 수 없는 욕망이라는 미스터리에 깊은 인상을 받았기 때문이다.

이제 레제에게 영향을 미친 예술가들, 그가 자신의 평범하지 않은 비전을 표현하는 방법을 발달시키는 데 도움을 주었던 예술가들을 이야기하기에 적절한 시점이 된 것 같다. 미켈란젤로는 이미 이야기했다. 레제에게 그는 철저히 인간에만 기초를 두고 영웅적인, 서사시 같은 예술을 창조해낸 예술가의 모범이었다. 입체파를 창시한 피카소와 브라크도 없어서는 안 될 본보기였다. 창시자들에게 입체파는 좀 다른 의미였을 수도 있지만(그들의 입체파는 좀 더 의식적으로 미술사적인 접근을 했고, 또한 아프리카 예술에 대한 존경심과도 밀접한 관련이 있었다), 그럼에도 입체파는 레제에게 20세기의 시각 언어를 제공해 주었다. 마지막으로 중요한 영향을 미쳤던 인물은 바로 두아니에 루소(Douanier Rousseau, 앙리 루소는 세관원으로 일하면서 주로 일요일에 그림을 그렸기 때문에 이런 별명으로 불렸다— 옮긴이)였다. 단지 장난처럼 언급되는 그리고 훗날에는 '명랑한' 인물로 여겨지지만 본인 스스로는 현실주의자로 생각했던, 일요일의 화가 말이다.

'현실주의자'라는 말을 평소의 의미대로만 쓴다면, 루소의 작품에 담긴 현실주의자로서의 면모를 알아볼 수 없다. 그는 사회적 화제나 정치에는 전혀 관심이 없었다. 루소의 현실주의는, 자신이 믿었던 바에 의하면, 특정한 사회적 혹은 이념적 거짓에 대한 저항과는 거리가 멀었다. 그럼에도 그의 예술에는, 장기적인 역사적 전망에서 봤을 때, 현실의 몇몇 측면을 회화로 표현할 수 있는 가능성을 확장하고, 자신의 목적에 맞게 그것들을 활용하고 변모시켰다고 할 만한 요소들이 있다.

그 요소들이 무엇이었는지를 간략히 설명해 보도록 하자. 왜냐하면 레제와 루소 사이의 연관성이 아직 충분히 알려지지 않았기 때문이다. 루소는 정식 화가 교육을 받지 않았다는 점에서 또한 사회적 재정적 이유로 프랑스의 공식적인 문화적 위계에서 어떤 지위도 얻지 못했다는 점에서 아마추어 화가였다. 공식 기준만 놓고 본다면, 그는 화가라고 할 만한 자격을 전혀 갖추지 못했을 뿐 아니라 안쓰러울 정도로 문화적 혜택을 받지 못한 인물이었다. 그가 물려받은 것이라고는 상투적인 프티부르주아문화의 낡은 찌꺼기가 전부였다. 그의 상상력, 그의 상상적 경험은 늘 그가 물려받은 문화와 갈등을 일으켰다. (나의 개인적 의견을 덧붙인다면, 그런 갈등은 아직 제대로 이해되거나 묘사된 적이 없었다. 내가 그 갈등을 소설 『코커의 자유』의 주제로 정했던 것도 그런 이유에서였다) 루소가 그린 작품은 모두 대안적 문화, 아직 알려지지 않은, 틀을 잡지 못한 문화의 존재를 알리는 것들이었다. 그 점이 그의 작품에 신비하고, 자족적이며, 어떤 침해도 받지 않은 확신을 심어 주었다.(비록 다른 부분에서는 전혀 유사한 점이 없

지만, 윌리엄 블레이크의 작품에서도 비슷한 확신이 전해진다) 루소
는 자신의 상상력이 실패할 경우 의지할 다른 방법이 없었다. 자신이
전하고자 하는 **개념**이 약할 경우에, 그에게는 돌아볼 다른 예술이 없
었다. 특정한 그림에서 전해지는 **개념**이 그가 가진 전부였다.(그가 파
리의 작은 방에서 정글의 호랑이를 그리면서 크나큰 두려움에 떨었다
는 이야기를 들으면 그 개념들이 얼마나 강렬한 것이었는지 짐작할
수 있을 것이다) 모순적인 과장을 해 보자면, 루소는 동시대 다른 화
가들을 모두 그저 '전문가에 불과한' 존재로 만들어 버린다. 그리고 레
제의 눈에 띄었던 것도 아마 루소의 이 '예술적이지 않음'이 가진 힘이
었을 것이다. 왜냐하면 레제 역시 놀랄 만큼 자원이 부족한 화가였고,
그의 예술에 담긴 **개념들** 역시 지속적이고 근본적이었으며, 그의 작
품들도 대안적인, 아직 알려지지 않은 문화의 존재를 알리는 것이었
기 때문이다.

　　그렇다면 루소와 레제 사이에 어떤 윤리적 유대는 있었던 셈이
다. 뿐만 아니라, 둘 사이에는 방법에서의 유사성도 있다. 루소의 스타
일은 당시 알려진 회화의 방식과는 아무 관련이 없었다. 그건 서커스
극단이 프랑스 국립극단과 아무 관련이 없는 것과 비슷했다. 루소의
모델은 엽서나 싸구려 연극 무대, 상점의 간판, 포스터, 전람회나 카페
의 장식물이었다. 그가 여신이나 누드를 그릴 때에도, 그 모델은 (물
론 감정적인 면에서가 아니라 도상학적인 의미에서의 이야기이다)
시장에서 노래 부르는 가수였지 티치아노가 그린 비너스가 아니었다.
그는 프티부르주아를 대상으로 팔리는, 그들에게 떠맡겨진 시각적 부
스러기를 바탕으로 놀라운 시각예술을 만들어냈다. 나는 그런 부스
러기를 대중 예술이라고 부르는 것은 지나치게 낭만적인 일이라고 늘
생각했다. 그런 이유라면 재활용품 시장에서 사 입는 옷도 대중 **고급
패션**이라고 할 수 있을 것이다! 중요한 점은 루소가 박물관의 언어가
아니라 파리 외곽의 길거리 언어를 활용해서도 예술을 만들어낼 수
있음을 보여 주었다는 것이다. 물론 루소가 그 언어를 사용한 것은 다

른 언어를 전혀 몰랐기 때문이다. 레제가 그 언어를 고른 것은 자신이 말하고 싶은 바가 있었기 때문이다. 루소의 정신은 향수에 젖어 있고 (그는 세상이 자신만큼이나 순수했던 시절을 회상하고 있다) 그의 작품에서는 19세기의 분위기가 풍긴다. 반면 레제의 정신은 예언적이며(그는 모든 이들이 자신이 이해한 바를 이해하게 되는 어느 때를 내다보고 있다) 그의 작품에서는 20세기의 분위기가 풍긴다. 하지만 그럼에도 화가로서 두 사람은 종종 유사한 시각적 원형을 활용했다. 작은 동네 사진관에서 포즈를 잡고 찍은 단체 사진, 풍경을 흉내낸 간단한 무대 장치 같은 것들이었는데 루소는 화분에 심은 식물에서 정글을 만들어냈고, 레제는 통나무 몇 개로 시골 정경을 만들어냈다. 구분선이 명확한 포스터(멀리서도 알아볼 수 있어야 하니까)처럼 드로잉에는 그 어떤 미스터리도 스며들 수 없었다. 무언가를 축하하는 깃발과 띠. 환한 색상의 제복 혹은 드레스. 루소와 레제의 그림에서 인물들이 입고 있는 옷은 쉽게 알아볼 수 있으며, 본질적으로 도시의 거리에 속한 그 옷들에서는 자존심이 드러난다. 두 화가가 인물의 머리를 그리는 방식 역시 유사하다. 두 화가 모두 머리를 좀 크게 그리고 눈, 코, 입을 단순화시키는 경향이 있는데, 그렇게 함으로써 대중들은 머리를 곧 얼굴로 생각하고, 얼굴은 눈, 코, 입을 기호처럼 읽어낸 결과라고 생각하기 때문에 ('교활한 눈'이나 '미소 짓는 입' 같은 표현에서) '고급' 예술가의 '이상적인 비례'보다는 이야기꾼이나 광대, 가수 혹은 배우의 대중적인 상상력에 훨씬 더 가까이 다가갈 수 있었다.

마지막으로, 레제에게 루소의 예술이 중요했던 이유가 한 가지 더 있다. 바로 작품에서 느껴지는 행복이다. 루소의 회화는 긍정적이고 확신에 차 있다. 그 그림들은 모두 의심과 불안을 거부한다. 드가, 로트레크, 쇠라, 반 고흐, 고갱, 피카소를 사로잡았던 소외감이 전혀 드러나지 않는다. 그 이유는 간단하지만 한편 놀랍기도 하다. 루소는 너무나 순수했기 때문에, 너무나 이상적이었기 때문에 그에게 부조리했던 것은 나머지 세상과 그 세상의 기준이지, 자신의 있음 직하지 않은 비전은 아니었던 것이다. 그의 확신과 고지식함 그리고 사람 좋은 성품이 살아남은 것은, 좋은 대접을 받았기 때문이 아니라 (그에 대한 대접은 형편없었다) 주변에서 목격하는 세상의 타락을 그저 부조리한 사고일 뿐이라고 치부할 수 있었기 때문이다. 레제 역시 긍정적이고 희망에 찬 예술을 생산하기를 원했다. 하지만 그의 이유는 루소와는 아주 달랐다. 그것은 사실들을 거부한 결과가 아니라 그것들을 받아들이고 이해한 결과에 기초를 두고 있다. 그럼에도 루소를 제외하고는, 19세기와 20세기 화가들 중에 그가 힘을 얻을 만한 화가, 무언가에 대한 축하를 작품의 기본 정서로 삼고 있는 화가는 없었다.

어떤 의미에서 레제의 작품은 아주 받아들이기가 쉽고 따라서 그 작품을 설명하려는 시도는 잘난 척하는 것처럼 들릴 위험이 있다. 유명했던 동시대 화가들에 비해 레제의 작품에는 모호함이 없다. 따라서 어려움은 작품에 내재한 것이 아니라, 우리가 지닌 편견에서 생겨난다.

우리는 천재라는 낭만주의의 신화를 물려받았고 따라서 그의 작품에 대해 '기계적'이고 '개성을 상실하고 있다'고 생각한다. 우리는 대중 예술가들은 급이 낮은 잡지 일러스트레이션 스타일을 사용할 것으로 생각하고, 따라서 그의 작품은 '형식적'이라고 생각한다. 사회주의자의 예술은 일단 저항일 거라고 기대하고 그의 작품은 '모순을 담고 있지 않다'고 생각한다. (사실 모순은 그가 보여 주는 가능성과 그가 알고 있는 현실 사이에 존재하고 있다) 우리는 그의 작품이 '현대적'일 거라 기대하기 때문에, 종종 그의 작품이 가장 단순한 방식으로 제시된다는 것을 알아보지 못한다. 우리는 예술을 '친밀한' 맥락에서 생각하기 때문에 그의 서사적이고 기념비적인 스타일이 '거칠고' '너무 단순화되었다고' 판단한다.

레제 본인의 말을 인용하며 마쳐야 할 것 같다. 지금까지 내가 했던 말은 모두 이 말을 서투르게 풀어 본 것에 불과할 것이다.

나는 우리가 두루뭉술한 예언을 하고 있는 것이 아니라고 확신합니다. 우리의 비전은 내일의 현실과 아주 비슷합니다. 우리는 격분하지 않는 사회, 차분하고 질서가 있는 사회, 아름다운 것들 안에서 자연스럽게 지내는 법을 알고 불복이나 낭만화가 없는, 지극히 자연스러운 사회를 만들어야만 합니다. 그곳을 향해 가고 있습니다. 그 목표를 위해 우리의 노력을 쏟아야 할 것입니다. 그것은 그 다른 어떤 종교보다 보편적이며, 손에 잡히는 것, 확실한 것, 인간의 기쁨으로 만들어진 종교입니다. 하루하루 천천히 사라지고 있는 구시대의 이상들, 혼란스럽고 실망으로 가득한 신비주의가 없어지면, 우리가 미래의 종교를 세울 수 있는 자유로운 땅이 거기 남을 것입니다.

오시 자킨

Ossip Zadkine

1890-1967

어젯밤 집을 구한다며 내게 방세를 물어보던 남자가 자킨이 죽었다고 말해 주었다.

언젠가 내가 유난히 우울했던 날 자킨이 기운 차리라며 저녁 식사에 데리고 간 적이 있었다. 자리를 잡고 주문을 한 후에, 그가 내 팔을 잡으며 말했다. "어떤 남자가 벼랑에서 떨어졌다고 생각해 봅시다. 땅에 떨어지기 직전에 남자는 분명 미소를 지었을 거야. 왜냐하면 바로 그게 내면에 있던 악마가 바라던 일이었으니까."
자킨 본인에게도 그 말이 진실이었기를 바란다.

그를 잘 알지는 못했지만 또렷하게 기억하고 있다.

키가 작은 백발의 남자, 상대를 꿰뚫을 듯한 밝은 눈, 헐렁한 회색 면바지를 입고 있었다. 그를 봤을 때 가장 먼저 놀라는 점은 너무나 깔끔하게 자신을 단장하고 있다는 사실이다. 아마 이상하게 들리겠지만, (마치 고양이나 다람쥐 이야기를 하는 것 같다) 그와 같이 있다 보면 신기하게도, 어떤 식으로든 남자들은 대부분 깔끔하지 않다는 사실을 깨닫게 된다. 그는 성미가 까다로운 사람이었다. 그 점이 그의 눈이 유난히 밝았던 이유일 것이다. 또한 조각상의 머리 부분으로 가득한 그의 작업실이 방금 청소를 마친 갑판처럼 보였던 것, 난로 아래나 주위에 재와 석탄 가루가 하나도 보이지 않았던 것, 그의 장인다운 손목 위의 소매가 늘 깨끗했던 것도 그렇게 설명이 된다. 또한 그것은 보이지 않는 그의 성격에 대해서도 설명해 준다. 그의 확신, 소박한 생활에서 행복을 느끼며 지냈던 것, 자신의 '운명'에 대해 이야기할 때 보였던 신중함 같은 것들 말이다. 그는 나무 한 그루에 대해 이야기할 때도 그 나무가 자기 자신만큼이나 특별하고, 의미심장한 존재인 것처럼 이야기했다.

그는 거의 쉬지 않고 이야기했다. 장소에 대한 이야기, 친구와 모험에 대한 이야기, 본인이 살아온 이야기였다. 하지만 순수한 에고이스트답게, **스스로를 어떻게 평가하는지**에 대해서는 단 한 번도 이야기하지 않았다. 이야기를 할 때면, 그는 마치 그 이야기들이 모두 자신 앞에 있는 것처럼, 자신이 몸을 녹이고 있는 모닥불이라도 되는 것처럼 그것들을 가만히 바라보았다.

어떤 이야기는 여러 번 반복했다. 처음 런던에 왔을 때 이야기 같은 것들. 당시 그는 열일곱 살이었다. 아버지가 영어를 배우라며, 그렇게 하면 예술가의 꿈을 접을 수도 있을 거라는 희망으로 그를 선덜랜드에 보냈다. 그는 자기 힘으로 선덜랜드에서 런던까지 왔지만 일자리도 돈도 없었다. 그리고 마침내 교회용 가구를 만드는 목공 작업실에 들어갈 수 있었다.

"영국 교회 어딘가에는 양쪽 날개 뒤쪽에 독수리가 성경을 들고 있는 모습이 새겨진 독서대들이 있을 겁니다. 그중에 하나는 내가 만든 거죠. 자킨의 작품이지만 서명은 없어요. 작업실에서 내 옆에 있던 사람은 진짜 영국 장인이었는데, 그런 사람은 처음 봤습니다. 일하는 의자 옆에 항상 맥주 한 잔이 놓여 있었거든. 그리고 일을 할 때는 늘 코끝에 안경을 걸쳤지. 한 번은 그분이 나한테 이렇게 말했어요. '자네 문제가 뭔지 알아? 너무 작다는 거야. 아무도 자네가 이 일을 해낼 수 있을 거라고 생각하지 않는단 말이야. 장미라도 한 송이 새겨서 보여 주는 게 어때?' '어디에 새길까요?' 내가 물었죠. 그가 자기 의자 밑을 살피더니 벽돌만 한 사과나무 목재를 집어 들더군요. 오래된, 아주 예쁜 갈색 나무였습니다. 그래서 그 사과나무에 꽃잎과 잎사귀까지 그대로 있는 장미를 새겼죠. 아주 정교해서 들고 흔들면 꽃잎이 움직일 정도였습니다. 그 장인의 말이 맞았어요. 급한 작업들이 끝나자 나는 작업장을 나와야만 했으니까요. 다른 작업장을 찾아갔을 때 사람들이 모두 의심스럽다는 눈으로 나를 봤어요. 너무 어리고, 너무 작고, 영어도 아주 서툴렀으니까. 그때 주머니에서 그 장미 조각을 꺼내서 보여 주니 다른 말이 필요 없더군요. 그렇게 일을 구했습니다."

우리는 그의 작업실에서 초기 작품인 누드 조각상 옆에 서 있다.
"가끔은 내가 만든 작품을 보며 좋은 작품이라는 걸 알아볼 때가 있죠. 그럴 때면 작품을 만지기도 하고, 내 오른손을 만져 보기도 합니다." 자킨은 자신의 작은 손등을 만지며 말한다. 마치 한없이 깨지기 쉬운 무언가(이를테면 마른 낙엽 같은)를 만지는 듯한 손길이다.
"내가 죽으면 내가 만들었던 목각 조상들도 함께 태워 버려야겠다는 생각을 종종 했습니다. 사람들이 내 작품을 보며 '깜둥이 조각가'의 작품 같다고 할 때요. 그런데 이제 작품들이 박물관에 있으니. 죽으면 주머니에 작은 테라코타 몇 점 넣고, 허리띠에 청동상 몇 개나 묶어야겠죠. 행상인처럼요."

본인이 매우 자랑스러워하는, 시골에서 일부러 파리까지 가지고 온 화이트와인을 마시며, 작업실 옆에 붙은 작은 침실에 앉은 그가 회상한다.
"여덟 살쯤 되었을 때, 시골에 있는 삼촌 댁에 간 적이 있습니다.

삼촌은 거룻배 만드는 일을 하셨죠. 나무 한 그루를 바닥에서 꼭대기까지 통째로 베어서 널빤지를 만드는데, 직접 손으로 톱질을 합니다. 맨 위에서 톱의 윗부분을 쥔 일꾼이 천사처럼 보이더군요. 하지만 나의 관심을 끈 사람은 맨 아래 있는 일꾼이었습니다. 머리에서 발끝까지 톱밥을 뒤집어썼던 사람이요. 방금 벤, 나뭇진이 가득 묻어 있는 톱밥이었으니까 그 일꾼한테도 머리에서 발끝까지 나무 냄새가 났어요. 심지어 눈썹에도 톱밥이 묻어 있을 정도였습니다. 삼촌 댁에서 나는 혼자 강을 따라 걷곤 했습니다. 하루는 거룻배를 끌고 있는 젊은 남자를 만났어요. 배에는 젊은 여자가 타고 있었죠. 둘은 서로에게 화를 내며 고래고래 소리를 지르더군요. 갑자기 남자가 '보지'라는 단어를 말하는 걸 들었죠. 아시겠지만 애들은 금지된 단어를 듣는 것만으로도 겁을 먹을 수가 있잖아요? 전에도 그 단어를 한 번 들은 적이 있었습니다. (그게 하면 안 되는 말이라는 걸 어떻게 알게 되었는지는 도무지 모르겠습니다만) 주방과 거실 사이의 복도를 지나다가 열려 있는 문 앞을 지날 때였죠. 마을에 사는 시골 남자가 우리 집 하녀 중 한 명을 무릎에 앉힌 채 옷을 벗기며 그 단어를 말했습니다.

강에서, 거룻배 옆에서 소리치며 싸우는 남녀에게서 도망치기 위해 숲을 향해 달렸습니다. 그렇게 달리다가 갑자기, 미끄러지며 그대로 땅에 얼굴을 처박은 거예요.

바로 그때, 강에서 도망치다 얼굴을 그대로 땅에 처박았을 때, 제 안의 악마가 처음으로 슬그머니 모습을 드러낸 것 같습니다. 그래서 계속 달리는 대신 이렇게 혼잣말을 했죠. 돌아가서 왜 미끄러졌는지 살펴봐야겠어. 가서 보니 진흙에 미끄러진 거더군요. 그때 다시 한번 악마가 제 팔을 잡았어요. 저는 몸을 숙이고 진흙을 한 줌 떴습니다. 그런 다음 내가 넘어진 나무 아래로 가서는 그 흙으로 사람 모양을 만들었어요. 태어나서 처음 만든 작품입니다. 두려움은 까맣게 잊어버렸죠. 사람 모양을 한 작은 조상(彫像)을 만들었습니다. 나중에 아버지가 있는 집으로 돌아와 뒷마당에도 진흙이 있다는 걸 발견했죠."

오시 자킨, 〈파괴된 도시〉, 1967.

　칠 년 전 십일월의 어느 날 오전 열시. 작업실의 빛은 아주 사실적이다. 나는 뭔가를 가지러 혹은 갖다주러 들른 참이다. 이야기보다는 작업을 해야 할 시간이었지만 그는 내게 잠시만 앉았다 가라고 했다.

　"시간에 대한 생각에 사로잡혀 있습니다." 그가 말한다. "선생은 아직 젊지만 언젠가 선생도 알게 될 거예요. 어느 날 작업실 천장 모퉁이에 작고 검은 점을 하나 발견할 테고, 그러고 나면 아직 해야 할 일이 있는데 내게 그걸 마칠 수 있는 시간이 남아 있는지 궁금해 하겠죠. 아직 완성되지 못한 조각상들을 다듬는 일 말입니다. 저기 인물상 보이죠? 머리 부분까지 다 된 것처럼 보이지만, 머리를 다시 해야 해요. 늘 저 작품들을 봅니다. 결국엔, 조각가에게는, 남은 시간이 얼마 없는 거예요. 작품이 조각가를 밀어내는 겁니다."

　자킨의 걸작은 한 번 파괴되었다가 다시 세워진 도시 로테르담에 기념비처럼 서 있다. 그 작품에 대해 본인은 이렇게 적었다.

이 작품은 신의 은총에 따라, 숲처럼 자연스럽게 자라는 것 외에 아무것도 바라지 않았던 도시에 가해진 비인간적인 고통을 껴안으려는 노력을 표현한 것이며… 또한 미래의 세대에게 교훈을 주려는 의도로 제작된 작품이다.

헨리 무어

Henry Moore

1898-1986

헨리 무어의 조각이 발전해 온 과정은, 많은 현대 예술이 기초를 두고
있는 절반의 진실이 결국 황폐함에 이르는, 그리고 수용의 관점에서
는 대중 기만에 이르게 되는 과정에 대한 비극적인 예라고 할 수 있다.
그것이 비극인 이유는 무어가 분명 솔직한 정신을 가진 화가였기 때
문이다.

    그의 신작, 크고 작은 청동 조상 삼십여 점이 현재 레스터갤러리
에서 전시되고 있다. 실물 크기의 〈왕과 왕비〉는 물병 손잡이 같은 왕
관을 쓰고 있다. 두 인물의 몸은 어딘가 떨어져 나간 듯 허전하고, 휘
었으며, 훈제 청어처럼 납작하다. 역시 거의 실물에 가까운 손은 뼈도
없고, 활기도 없이 그저 천 조각처럼 무릎 위에 놓여 있다. 그런 왕과
왕비가 텅 빈 눈으로(두 인물의 눈은 바늘귀처럼 뻥 뚫린 구멍에 불과
하다), 자신들을 존경스러운 시선으로 바라보는, 그리고 '존재감'에
대해 말하는 군중들을 응시한다. 간략하게 표현한 다리에 비해 머리
는 렌치 스패너처럼 생긴 어머니가 아이를 말리듯이 잡고 있다. 아이
는 부리처럼 생긴 입으로 어머니의 가슴을 물려고 애쓰는 중이다. 어
머니의 다른 쪽 가슴이 홀쭉해져 있는 것으로 보아 이미 한 번은 성공

한 것 같다! 〈서 있는 세 사람〉은 세 대의 주유기처럼 보인다. 누운 여인은 그저 뼛조각을 모아 놓은 것 같은데, 그것도 모자라 여기저기에 약탈로 인해 시들어 버린 것 같은 몸을 하고 있다. 어떤 상상이든 익살을 덧붙이는 건 쉽다. 하지만 이 작품들에서 전해지는 기발함 혹은 어색함에는 요점이 없다. 작품에서 보이는 왜곡은 그것들이 그려 보이는 대상의 구조를 해석하거나 더 분명히 보여 주려는 것이 아니다. 작위적이고 일관성도 없다.(손은 실물처럼 표현하고 가슴은 삼각자로 나타내는 식이다) 감정적인 효과도 알아보기 어렵고, 때론 너무 모순적이어서 희극적이기까지 하다. 작품에 드러난 상징은 너무 모호해서 뭐라 이름 붙이기가 어렵다. 결국 우리는 관람객을 사로잡은 것은 그 왜곡이 아니라, 작품의 그 어떤 부분도 실제 세계와 무관하다는 사실이라는 점을 깨닫게 된다. 그리고 그런 생각을 해 본 후에야, 뭐가 잘못되었는지 알아차리기 시작한다.

무어는 종종 장인이라는 칭찬을 받곤 했다. 아닌 게 아니라 그는 남다른 감수성과 감성을 지닌 장인이었다. 초기의 인물상과 추상 작품들은 '재료에 충실한' 이론을 바탕으로 작업한 것들이었는데, 그 자체로 매우 유쾌한 대상들이었다. 다루기에 만족스러웠고, 소재가 된 목재나 돌의 성질을 아주 분명히 드러내는 작품들이어서 흥미로웠으며, 그것들을 만들어낸 솜씨에서 느껴지는 기술과 감수성은 존경할 만했다. 하지만 예술가는 그저 **대상**을 창조해내는 것 이상의 일을 해야 한다. 장인은 대상을 (보통은 생활에서 사용할 수 있는 것들이다) 만드는 사람이다. 예술가는 이미지를 만드는 사람이다. 대상은 단순히 그 자체다. 이미지는 무언가를 이어 주고, 그 자체가 아닌 무언가에 대해 언급한다. 장인은 자신이 만들고 있는 물건을 가장 신경 쓴다. 예술가는 자신의 비전, 자신이 만들고 있는 물건이 표현해야만 하는 비전을 가장 신경 쓴다. 무어가 이러한 기본적인 구분을 지속적으로 적용했던 것은 아니다. 그는 항상 자신이 창조하고 있는 물건이 스스로 지배하도록 내버려 두었다. 그의 상상력이 더 큰 스트레스에 시달리고 더 극적인 무언가를 요구하게 되면서, '대상들'은 덜 즐거워지고, 더 고통스러워졌으며, 더 환상적으로 변해 갔지만 그렇다고 그것들이 무언가를 이어 주고, 무언가에 대해 언급하는 이미지에 가까워졌다고 는 할 수 없다. 그것들은 단지 그런 이미지와 흥미로운 유사성을 지닌 대상으로 남았다. 조작된 **오브제 트루베**(Objets Trouvés, 아무런 가공 없이 대상 자체가 예술작품이 되게 하는 기법—옮긴이)인 셈이다.

무어의 작품에서 보이는 많은 특징들이 그런 주장을 뒷받침한다. 작품들을 아주 가까이에서 보았을 때 (너무 가까워서 다른 무엇과도 비교할 수 없게 되었을 때, 그 어떤 측정도 불가능한, 작품 그 자체로 하나의 세계가 되어 버릴 때) 가장 깊은 인상을 준다는 사실, 무어 본 인이 드로잉에서 종종 황량한 공간에 조각상을 그려 넣곤 했다는 사 실, 그의 작품이 자연적인 **대상들**(뼈, 나무 둥치, 물 위에 떠가는 나무 등등)과 유사하다는 흔한 평가, 무어의 드로잉이(당연히 이 드로잉에 서 그는 대상 '외부의' 비전에 신경을 쓰고 있다) 그의 조각 작품과는 창작의 면에서 거의 유사점이 없다는 지적 등이 모두 그렇다.

무어의 대중적인 인기도, 내가 보기에는 서덜랜드의 인기처럼 오 늘날의 감수성, 양심과 자아성찰의 위기를 그저 유구한 자연의 흐름 탓으로 돌려 버리려는 지식인들의 유행으로 설명할 수 있을 것 같다. 어떤 면에서는 무한한 시간 속에서 자신을 놓아 버리는 것, 그렇게 영 겁의 시간이 쌓이는 바위 속으로 숨어 버리는 것이 더 편할 수도 있을 것이다. 세상 모든 문제를 '진화'에 맡겨 버릴 때 드는 편안함 말이다.

마지막으로, 독자들이 보자르갤러리에서 열리고 있는 레이먼드 메이슨의 돈을새김 작품 및 드로잉 전시회에도 가 볼 것을 강력히 권 하는 바이다. 그는 환경에 매몰되어 화석이 되려 하는 대신 주어진 환 경에서 분투하는 인간들에 신경을 쓰는 재능 있는 조각가이다.

과거에 나는 헨리 무어의 전시회에 대해 가혹한 비판을 한 적이 있고, 지금도 여전히 비판적인 입장이다. 하지만 비평가와 독자는 어떤 예술가가 계속 활동하고 있다는 사실, **그의** 관점은 그가 평생 동안 만들어 가는 작품이라는 사실을 인정해야만 한다. 무어는 최근에 자신이 어려운 시기에서 벗어났고, 예술가로서 확고한 권력을 재정립했음을 암시하는 청동상 한 점을 발표했다. 〈쓰러진 전사〉(말버러갤러리에서 열린, 예외적으로 좋았던 종합전시회에서 발표되었다)는 완전히 성공을 거둔 작품이라고 볼 수는 없지만, 꽤 인상적이고, 잘 만들어진, 비극적으로 감동적인 작품이다. 손에 든 방패를 제외하고는 발가벗은 남자가 넘겨졌는데, 마치 다시는 일어설 수 없을 것처럼 보인다. 이 작품은, 정말 말 그대로, 무어가 지금까지 만든 조각상 중 가장 연약한 작품이다. 그런 연약함은 의도적인데, 뒤틀린 인물이 아주 현실적으로 묘사되었고, 인물의 (다리는 뼈나 언덕처럼 무언가를 지탱할 수 있는 다리가 아니다) 복부 부근이 부풀어 오른 것도 미학적인 이유에서가 아니라 부상을 당했기 때문이다. 뿐만 아니라, 하나의 예술작품으로서, 노골적으로 그리고 직접적으로 감정을 자극한다는 점에서도 또한 연약하다. 아무도 감히 주장할 수는 없겠지만, 이 작품은 핵전쟁에 대한 무어의 항의일 거라고 나는 확신한다. 하지만 완전히 성공한 작품이라고는 할 수 없는데, 왜냐하면 머리가 (초기의 작품들에서처럼, 가운데 구멍이 뚫린 지극히 양식화된 두상이다) 인물의 나머지 부분과 조화를 이루지 못하고 있기 때문이다. 여기서 무어의 딜레마를 이해하기는 어렵지 않다. 그는 이 남자가 익명의 인물이 되기를 바랐지만, 지나친 감상이 지닌 위험도 아프게 인식하고 있었다. 그의 작업은 그 문제에 대한 해결책이 아니라, 회피하는 것이었다. 만일 무어가 아르키펭코 같은(같은 전시회에 〈누드 좌상〉이라는 놀랍도록 아름다운 그의 작품이 함께 전시되었다) 전통적인 예술가였다면, 그는 모든 형태를 일반화시킴으로써 익명성을 얻을 수 있었을 것이다. 물론 그러려면 쓰러지고 있는 인물이 땅에 닿고, 구르기 시작하는 바로 그 순간의 자세로 바꾸어야만 했을 테지만 말이다. 하지만 보다시피, 이 작품의 익명성을 유지할 수 있었던 유일한 방법은, 로댕처럼 무어도, 몸의 나머지 부분에서는 그렇게 했듯이, 어떤 전형적인 머리 모양을 찾는 것이었다. 그럼에도 이 작품은 중요하고 인상적인 작품이다. 현실적인 제안을 하자면, 이 작품을 위한 무어의 준비 작업을, 핵 군축을 위한 캠페인 단체의 후원으로 한번 전시해 보는 건 어떨까.

∿

손, 딱 보기에도 노인의 손이다. 어쩌면 여인의 손일지도 모른다. 마당을 돌보고, 빨래하고, 요리하고, 다림질하고, 아이를 달래고, 아이에게 옷을 입히고, 아이를 먹이고, 수없이 자주 머리를 감아 주었던 손.

그 손들이 드로잉을 한다. 조반니 벨리니의 가장 유명한 성모상의 부분부분을 모사한 드로잉이다. 원작과 마찬가지로 성모 마리아의 머리는 죽은 그리스도의 머리 옆에 있어서, 마치 머리 두 개가 볼을 맞대고 있는 것만 같다. 한 인물의 죽음이 다른 이의 얼굴에 슬픔이라는 낙인을 찍었다. 마리아는 그리스도의 손을 잡고 있고, 그녀의 엄지와 검지가 액자처럼 그리스도의 맨살에 난 못 자국을 감싸고 있다.

이 드로잉은 원작에 충실하면서도 자유롭다. 영리하게 그린, 어머니와 아들 사이의 고통스러운 유대감이 온전히 느껴지는 작품이다. 1975년, 헨리 무어가 그린 드로잉이다.

무어가 사망한 지 오 년이 지난 지금, 그의 작품을 둘러싼 고정관념이나 비평가들의 상투적인 표현들에서 사람들이 벗어날 수 있기를 바란다. 이러한 상투적인 표현들은 부분적으로는 그가 국제적으로 가장 중요한 20세기 영국 예술가라는 사실에서 기인하며, 부분적으로는 얼굴에 눈구멍만 뚫린 채 누워 있는 그의 조각상을 찍은 번들번들한 컬러 사진이 전 세계의 문화 관련 책자에 실려 있기 때문이며, 부분적으로는 포스트모더니즘 신봉자들이 자신들의 의견을 형성하는 과정 자체에 담긴 악의의 산물이다.

포스트모더니즘은 현재를 모든 미래로부터 단절시킨다. 미디어는 매일매일 과거를 분절함으로써 이 과정에 가담한다. 즉 비판적 의견이 종종 현재 안에서만 고아처럼 남게 되고, 결국 신랄한, 기회주의적 편견 너머는 볼 수 없게 된다는 뜻이다.

나는 어려운 질문, 하지만 기본적이고 따라서 매우 간단한 질문을 던져 보고 싶다. 헨리 무어의 예술은 무엇에 관한 것인가. 전 세계 사람들이, 미래에, 그의 조각상에서 무엇을 발견하게 될 것인가. 그의 손을 찍은 사진이 아마 그 대답에 도움을 줄 것이다.

역사적으로 조각의 가장 흔한 주제가 바로 인간의 몸이었다. 그 연관성은 촉각에 있다. 촉각은 인간의 오감 중 신체와 가장 관련이 높은데, 조각은 기본적으로 손으로 만져지기를 바라는 예술이다. 결국 이 점은 바뀌지 않는다. 조각이 하나의 몸을 향해 나아간다는 것은 인간의 상상력에 각인되어 있다. (아마도 브란쿠시의 작품은 숨을 쉬려는, 하나의 몸이 되려는 조각된 형태들의 갈망을 가장 잘 보여 주는 아름다운 덩어리라고 할 수 있을 것이다)

헨리 무어의 작품들은 대부분 여성의 몸을 다루고 있다. 아버지와 전사(戰士)는 나중에 등장했고, 그나마 지나가는 것이었다. 처음과 마지막에는 여성만 있었다. 그 여성들은 어떻게 보였을까. 관객들은 거기서 무엇을 보고 무엇을 꿈꿨을까. 그 조각상들은 (인상적인 예술작품들이 반드시 그랬던 것처럼) 어떤 강박에 봉사했는가.

모델들을 그렸던 초기 드로잉에 이미 단서는 있었다. 질량(이는 윤곽이나 자세와는 다르다)을 찾아보려 한 흔적이 보이는 드로잉, 어떤 단단함을 표현하려 애쓴 흔적이 보이는 그 드로잉은 분명 조각가가 되기로 결심한 사람의 드로잉이다. 그뿐만이 아니었다. 그 드로잉을 그린 화가는 자신이 그리고 있는 대상을 손에 **쥐고** 싶어 했다. 그는, 이를테면 라파엘로가 그랬던 것처럼, 그저 대상을 면밀히 읽고 그대로 기록하기만을 원한 것이 아니었다. 그는 그 몸이 손에 잡힐 듯이 보일 수 있게끔 그림 위에 표지를 남기는 데 모든 에너지를 쏟았다. 그의 강박은 여인의 몸의 외양이 아니라 그 존재였고, 그녀가 전하는 메시지가 아니라 그녀의 현존 자체였다. 그는 그녀에서 뿜어져 나오는 어떤 신호들을 읽기 전에, 그녀가 **거기 있기를** 바랐다.

1930년대에 제작한 그의 초기 석조 조각상들, 그가 대영박물관의 멕시코 조각상들을 면밀히 연구했다는 이유로 평론가들은 아즈텍의 영향이 있었다고 말하는, 그 조각상들 역시 같은 희망과 같은 필요를 표현하고 있다. 〈두 손을 모은 소녀〉(1931)는 마치 자신의 단단함이 존재의 증거라도 된다는 듯 두 손을 꼭 쥐고 있다. '컴벌랜드 설화석고(cumberland alabaster, 설화석고는 부드러운 특징 때문에 조각 재료로 흔히 사용된다. 무어도 자주 사용했던 재료임—옮긴이)'로 표현한 놀라운 머리와 어깨를 보면, 두 팔은 원을 그리고 있고, 두 가슴 역시 함께 있음을 확인하는 듯 서로 마주 보고 있다. 이는 일종의 자기를 껴안는 동작이지만, 그 표현은 지나치게 안타까워 보이고, 지나치게 자아도취적인 무언가를 암시한다. 하지만 이 조각상들은 안타까워 보일 수가 없는데, 왜냐하면 감정을 표현하는 일반적인 언어들보다 앞선 무언가를 표현하고 있기 때문이다. 그의 작품에서 얼굴의 면면들(눈, 입, 볼 등)이 한결같이 과소평가되고 있는 점 역시 '언어 이전'이라고 부를 수 있는, 뭔가 말해질 수 없는 특징을 강조하는 것으로 볼 수 있다.

무어가 최초로 제작한 기하학적 조각, 즉 비구상적 조각들도 이와 유사한, 말이 없는 존재감을 여지없이 보여 준다. 그건 대상들과는 아무 상관 없다. 작품들이 모두 일종의 체온을 지니고 있다.

그렇다면 우리, 관람객은 어디에 있는가. 우리는 여인들, 그 몸의 존재감, 그 무게 그리고 온기가 전부인 여인들 앞에 있다. 만약 그 조각상에 에로티시즘이 있다면 그것은 남성들을 향한 것도 아니고, 남성들이 일반적으로 느끼는 섹슈얼리티를 향한 것도 아니다. 차라리 그의 작품은, 모든 것이 에로틱하고 그 안에서는 어떤 것도 명확히 구분할 수 없는 어떤 경험에 대한 희미한 기억에 말을 걸고 있다.

얼마 지나지 않아 모자상이라는 주제가 등장했다. 어린아이가 동면에 빠진 동물처럼 어머니의 품 안에 웅크리고 있는 모습을 그린 1933년의 드로잉이 있다. 어머니와 자식의 모습이 마치 꽉 쥔 주먹의 엄지와 나머지 손가락들처럼 보이는 1936년작 석조(石造)상도 있다. 이 작품에서 인물들의 눈은 그저 작고 보잘것없는, 해변의 벌레 구멍처럼 표현되었다. 이런 작품들은 이후 오십 년간 그가 창의성을 쏟아넣게 되는 주제의 탄생을 알리는 시작이었다. 무어는 평생 동안 어머니의 몸 안에서 있었던 아이의 경험을 표현하는 방법을 시간을 거슬러 찾고 있었다.

그렇게 표현하고 나면 그 계획은 꽤 단순해 보이지만, 오해하기 쉽다. 무어가 지녔던 강박의 기원 때문에 그리고 그가 성취한 것들 때문에 그 계획을 설명하는 것은 어려워진다. 가끔 무언가를 해 버리는 것이 말하는 것보다 쉬울 때가 있다.

정신분석은 20세기 예술에 상당한 영향을 미쳤다. 하지만 무어는, 비록 어머니와 자식의 원초적이고 중추적인 관계를 주제로 삼았음에도, 정신분석 이론에는 관심이 없었다. 그는 감정이 아니라 촉각에 매혹되었으며, 깊은 무의식이 아니라 손에 잡히는 표면에 매혹되었다.

아프리카에서처럼, 어머니 등에 업힌 아이를 상상해 보자. 아이는 볼을 어머니의 어깨뼈 혹은 그보다 아래, 허리 바로 위에 대고 있다. 바로 그녀의 등이, 아이의 촉각을 위한 벌판 같은 그곳이 무어가 제작한 수백 점의 조각상을 위한 창조의 장이 되었다. 품 안에서, 동그란 어깨에 볼을 대고 잠드는 것 역시 그의 예술에서 중요한 촉각적 경험이다. 마찬가지로 무릎, 어머니가 다리를 약간 벌린 채 그 위에 아이를 눕히고 씻기거나 옷을 갈아입힐 때, 아이가 느끼는 어머니의 무릎

에 대한 촉감도 마찬가지다. 젖가슴에 대한 촉감은 일부러 맨 마지막
으로 남겨 두었다, 그건 너무나 자명하니까 말이다. 프랑스어에서 가
슴을 뜻하는 단어(sein)는 자궁을 뜻하기도 한다. 드로잉과 조각을 가
리지 않고 무어는 이러한 이중적 의미, 유아기의 경험에 깊이 각인되
어 있지만, 성인이 되고 나서는 잊어버리는 그 이중적 의미를 자주 활
용했다.

　이제, 그의 예술에서 가장 복잡한 그리고 어떤 의미에서는 모순
적인 면을 이야기할 차례다. 위에서 말한 오래되고 말이 없는, 언어 이
전의 경험들을 표현하기 위해, 무어는 예를 들면 뒤뷔페처럼, 원초적
인 조각 언어를 선택하지는 않았다. 오히려 그는 전통적인 언어, 프락
시텔레스나 르네상스 혹은 베닌 조각상(나이지리아에 있던 베닌 왕
국 궁전 부근에서 발견된 천여 점의 조각상―옮긴이)과의 연속성을
유지하고 있는 언어를 선택했다. 형태의 긴장감을 포착해내는 (그가
만들어낸 최고 수준의 작품에서의 이야기다) 남다른 능력, 동시에 그
형태가 늘 놀라운 면을 유지하는 능력(그의 작품을 둘러보는 관람객
은 늘 **다른** 모습을 발견하게 된다)은 아주 섬세하고 전통적인 예술을
완전히 습득한 후에야 얻을 수 있는 것이었다. 그는 만테냐나 제리코
가 그랬던 것처럼 팔십대가 되어서도 나무나 양의 모습을 열심히 드
로잉했다. 그는 혁신가이면서 (왜냐하면 촉각 경험의 전혀 새로운 면
모를 조각에 도입했기 때문에) 또한 전통주의자였다. 그리고 그것이
자신이 원하는 바를 해낼 수 있는 유일한 방법이었다.

　만약 그가 어떤 원초적인 언어를 창안했다면, 그가 표현한 경험
들은 유아 단계에 머물며 고립된 것으로 남았을 것이다. 몇몇 작품에
서 잃어버린 기억을 자극할 수도 있었겠지만, 그렇게 되찾은 기억이
결코 보편적이 될 수는 없었을 것이다. 그 기억들은 지엽적인 그리고
유아적인 것으로 남았을 것이다. 무어가 하고 싶었던 작업은, 혹은 그
의 안에 있던 악마가 그에게 시켰던 것은 인간의 몸에 대한 전통적인
관점을 유지하면서도 거기에 유아적인 것을 위한 공간을 만들어내는

일이었다. 유아적인 것을 포함시키는 방식은, 단편적 사건을 보여 주거나 분위기만 제시하는 식이 아니라 (한 작품을 제외하면, 깊은 모성을 보여 주는 작품들에서는 모두 아이 자체가 등장하지 않는다) 어떤 형태를 만질 때나 그 형태의 촉각을 느낄 때의 특별한 방식을 환기시키는 방식이었다.

그의 조각상은, 아무리 작은 작품이라고 해도, 모두 거인처럼 보인다. 왜 그럴까. 상상에서는 아주 조그만 손으로 만지는 대상들이기 때문이다. 그 표면이 마치 풍경처럼 느껴지는 것은 아주 가까이에서 느꼈던 대상이기 때문이다. 악명 높은 특징들, 예를 들면 움푹 꺼진 부분이나 작은 구멍들은 어딘가에 숨어들었을 때, 누운 채 흔들렸던 때, 꼭 안겼을 때의 감각을 표현한 것이라고 할 수 있다. 무어의 작품 앞에서 관람객은 우리가 포유류임을 떠올리게 된다. 다른 어떤 작가의 작품에서도 경험하지 못했던 일이다.

그의 작품에 유아기의 경험이 자주 등장한다고 해서, 무어가 만든 모든 작품을 그런 관점에서 봐야만 한다는 뜻은 아니다. 바토의 작품들에서 자주 등장하는 주제는 인간의 유한성이었다. 로댕의 경우에는 굴복, 반 고흐는 노동, 툴루즈 로트레크는 웃음과 안쓰러움 사이의 아슬아슬한 경계였다. 지금 우리는 어떤 예술가가 평생에 걸쳐 사로잡혀 있던 강박, 심지어 그가 의식적으로는 다른 무언가에 집중하고 있을 때에도, 그의 태도와 지각을 결정했던 그 강박에 대한 이야기를 하고 있다. 상상력의 치우침. 해당 예술가가 평생의 작업을 통해 결국 이르게 되는 집 같은 것이라고 할 수도 있겠다.

무어의 작품은 고르지 않았다. 내 생각에, 그의 작품에 대한 수요가 가장 높았던 시기, 아무런 비판을 받지 않았던 시기에 나온 작품들이 가장 힘이 없어 보인다. 1950년대 말, 당시 그의 최신작에 대해 비판하는 무모한 시도를 했을 때, 나는 해당 글이 실렸던 『뉴 스테이츠먼』에서 일자리를 잃을 뻔했다. 사람들은 내가 매국노라고 했다!

작품의 기저에 깔린 주제가 언어 이전의 경험이기 때문에, 그의 작품은 자연스럽게 문화적 이점을 가진다고 할 수 있다. 거기엔 어떤 말이든 덧붙이기 쉽고, 따라서 모든 사람들에게 다른 의미를 띤 작품이 될 수도 있다. 그 보편성 덕분에 그의 작품은 많은 곳에서 활용되고 있다. 헨리 무어의 작품이 '타임-라이프' 사(社)의 사옥에 쓰이는가 하면, 그의 또 다른 작품은 유네스코에서 쓰고 있기도 하다!

미술사에서 그런 일이 처음 벌어진 것은 아니다. 유행과 순수예술은 종종 함께 춤추는 파트너처럼 짝을 이뤄 움직이기도 한다. 어떤 작품이 고유의 가치를 드러내는 것은 그 작품의 두번째 삶에서, 첫번째 삶을 다한 이후에야 비로소 가능하다.

오십대와 육십대 무렵 무어는 종종 야망으로 집중력을 잃을 때가 있었다. 혹은 현실에서 그는 언제나 점잖은 인물이었으므로, 그의 예술에 대한 다른 사람들의 야망 때문에 그 예술이 집중력을 잃을 때가 있었다. 자신을 사로잡았던 강박을 보지 못한 채, 마치 수사학처럼 그 강박적인 언어만을 반복했다. 내부에서 밀어내는 에너지가 없었다. 〈왕과 왕비〉(1952-1953)는 내가 보기에, 대단히 생산적이었지만 상대적으로 황폐했던 그 시기를 대변하는 완벽한 예이다.

그와 대조적으로 활동 기간의 막바지(특히 칠십대 후반에서 팔십대에 이르는 시기)에 그는 다른 시기와는 비교할 수 없을 정도로 풍성한 작품세계를 보여 주었다. 축적되어 오던 평생의 작업이 이 마지막 시기에 정점에 이르렀다는 점에서는 그는 티치아노나 마티스 같은 부류의 작가 무리에 합류했다. 마지막에 그는, 놀랍게도 그가 항상 찾기를 희망하던 무언가에 이르는 방법을 찾아낸 것이다.

〈모자상: 자리〉(1983-1984)을 한번 보자. 어머니는 앉아 있는데, 오른팔이 마치 등받이 의자 같은 형상을 하고 있고, 그 위에 아이가 멕시코 점프 콩처럼 균형을 잡은 채 앉아 있다. 어머니의 왼팔은 편안하게, 상대적으로 자연스럽게 자신의 무릎 위에 놓여 있다. 어머니와 아이 모두 얼굴은 아무 특징이 없다. 작품에 담긴 두 가지 '특징'은 다른 곳에 있다. 하나는 어머니의 왼쪽 젖꼭지인데, 돌출되지 않고 반대로

병 주둥이처럼 구멍이 나 있다. 다른 하나는 툭 튀어나온 아이의 얼굴, 마치 어머니의 가슴에 있는 구멍에 딱 알맞을 것 같은 얼굴이다. 아이의 얼굴은 어머니의 상처를 덮어 주는 지혈면이면서, 거기서 나오는 양분을 취하는 생명이다.

말장난을 할 의도는 없지만, 헨리 무어의 거의 마지막 작품이라고 할 수 있을 이 작품에서 느껴지는 감정을 표현하자면, '미라'라는 단어를 피해갈 수가 없다.〔미라(mummy)와 엄마(mommy)의 발음이 비슷한 것을 의도한 표현─옮긴이〕 자신의 무릎 위에 놓인 팔을 제외하면, 어머니의 몸 전체는 이집트 미라처럼 상자에 담기고, 붕대로 감기고, 무언가에 속박되어 있는 것처럼 보인다. 영원한 삶을 위해 꽁꽁 묶어 둔 그 존재 말이다. 이 작품에서도 그렇게 묶어 둔 존재에 대한 다급함이 전해진다. 물론 이 조각상은 관 안의 미라처럼 꼿꼿하지도 않고, 한 명이 아니라 두 명을 담고 있다. 하지만 조각가는 미라를 다룰 때와 비슷한 방식으로 그 팔다리와 몸통을 묶고, 문지르고, 처리했다. 이번에는 그것들을 숨기기 위해서가 아니라, 새로운 외부의 표면이 우리가 최초로 접했던 그 가까운 몸과 비슷해질 수 있게 하기 위해서였다.

이집트에서 매장 의식의 마지막 절차는 입을 열어 주는 것이었다. 망자의 아들 혹은 성직자가 엄숙하게 망자의 입을 열어 주는데, 그렇게 함으로써 이제 다른 세계에 있는 망자가 말하고, 듣고, 움직이고, 볼 수 있게 하려는 것이다. 헨리 무어의 위대한 마지막 작품에서, 그 입은 마침내 어머니의 젖꼭지가 될 수 있었다.

피터 라슬로 페리

Peter Laszlo Peri

1899-1967

피터 페리를 처음 알게 된 것은 1947년이었다. 당시 그는 햄프스테드에 살고 있었고 나는 조각상이 있는 그의 정원을 거닐곤 했다. 나는 이제 막 군에서 제대한 학생이었다. 정원에 있던 조각상들이 나에게 깊은 인상을 남긴 것은, 작품성이 뛰어났기 때문이 아니라 (당시 나는 예술뿐 아니라 다른 것에도 관심이 많았다) 낯설었기 때문이다. 조각상들은 이국적으로 보였다. 그 작품들을 놓고 친구들과 논쟁을 벌였던 일이 기억난다. 친구들은 그 작품들이 거칠고 조악하다고 했다. 내가 그 작품들을 옹호한 것은, 그것들이 우리와는 완전히 다른 누군가의 작품임을 직감했기 때문이었다.

　나중에, 그러니까 1952년에서 1958년 사이에 나는 피터 페리를 아주 잘 알게 되었고, 그의 작품은 더욱 흥미로워 보였다. 하지만 내가 가장 흥미를 느꼈던 대상은 바로 조각가 본인이었다. 그때쯤 페리는 햄프스테드를 떠나 캠던 타운에 있는 낡은 작업실에서 꽤 가난하게 지내고 있었다. 그를 떠올릴 때면 늘 함께 생각나는 런던의 몇몇 모습들이 있다. 검댕이 묻은 것처럼 새까만 한겨울의 나무 둥치, 콘크리트에 꽂아 놓은 까만 난간, 회색 바위 같은 하늘, 해 질 녘의 텅 빈 거리와 그런 거리로 곧장 이어지는 현관문을 열어 놓은 초라한 집들, 누군가의 걸걸한 목소리, 그의 작업실의 냉기와, 아주 적었음에도 우리에게 아끼지 않고 내어 주던 커피 같은 것들. 그의 조각상은 대부분 도시의 모습에 관한 것들이다. 따라서 작업실에서도 어떤 안식처의 느낌은 느낄 수 없다. 모퉁이에 있는 거친 침대는 길거리의 벤치와 그리 달라 보이지 않는다. 차이가 있다면 그 침대 옆의 벽 선반에 책들이 꽂혀 있다는 것뿐이다. 그의 손은 밤낮으로 거리에서 일을 하는 사람의 손처럼 먼지가 가득하다. 오직 난로만이 약한 열기를 뿜고 있고, 그 위에 커피가 식지 않도록 구리로 된 아주 작은 냄비를 놓아 두었다.

가끔 내가 외식을 가자고 제안할 때도 있었다. 그는 거의 언제나 거절했다. 어느 정도는 자존심 때문이었고(그는 거의 오만하다고 할 정도로 자존심이 강했다) 또, 어느 정도는 그렇게 하는 것이 분별있는 행동이었기 때문이었다. 야채 스프와 검은 빵뿐인 식단에 익숙해져 있던 그는 함부로 좋은 식사를 해서 자신이 흐트러지는 것을 원하지 않았다. 그는 자신이 계속 외국인으로 지내야 한다는 것을 알고 있었다.

그의 얼굴, 우울하면서 동시에 열정으로 가득한 그 얼굴. 널찍하고 좁은 이마, 무지하게 큰 코, 두꺼운 입술, 마치 추위에 맞서려고 걸친 또 하나의 의복처럼 보이는 턱수염과 콧수염, 고집 세 보이는 눈. 얼굴 피부는 거친데, 깔끔하게 씻지 않았기 때문에 실제보다 더 거칠어 보였다. 그 특징들 그리고 거기서 짐작할 수 있는 어떤 경험을 감안할 때, 그 얼굴은 빈민밀집구역 (그게 유대인 거리든 아니든) 어디서나 볼 수 있는 얼굴이었다.

오만함과, 집요하고 고집 세 보이는 눈 덕분에 그를 좋아하는 여성들이 많았다. 그의 얼굴 자체가 어떤 대안적 세상으로 데려다주는 여권 같았다. 이 세상, 물리적인 의미에서는 이미 버렸지만 형이상학적 의미에서만 계속 끌고 다니는 (마치 아주 작은 세계로 만든 다음 자루에 넣어 지고 다니는) 것처럼 이 세상에서 그는 남성적이고, 현명하고, 주도적이었다.

종종 공적인 정치 모임에서 그를 볼 수 있었다. 가끔은, 내가 연단에서 이야기를 하는 동안 청중들 사이에서 검은 베레모를 쓴 그의 얼굴을 알아볼 때도 있었다. 그는 질문을 하고, 짧게 감탄하고, 혼잣말을 하다가 천천히 회의장을 나갔다. 어떨 때는 그와 내 친구들이 모임 후에 다시 만나 화제가 되었던 논의를 계속 이어가는 일도 있었다. 그가 하려던 말 혹은 설명은 언제나 불완전했다. 그건 꼭 언어의 문제였다기보다는(흥분을 하면 그는 거의 이해 불가능한 영어를 구사했다) 우리 즉 말을 듣는 사람들에 대한 그의 평가의 문제였다. 그가 보기에 우리의 경험은 부적절한 것이었다. 우리는 소비에트 혁명 당시에 부다페스트에 있지 않았다. 우리는 벨러 쿤이 (어쩌면 불필요하게) 패배하는 과정을 목격하지 못했다. 우리는 1920년에 베를린에 있지 않았다. 우리는 독일 혁명의 가능성이 어떻게 뒤집혔는지 이해하지 못했다. 그리고 스멀스멀 일어나던 나치즘이 결국 끔찍한 승리를 거두는 과정도 목격하지 못했다. 심지어 우리는 인생의 전반부 삼십 년을 버려야만 한다는 게 한 예술가에게 어떤 의미인지도 몰랐다. 어쩌면 우리들 중 누군가는 그 모든 것을 상상할 수 있었겠지만, 적어도 그런 이야기들과 관련해서 페리는 상상을 믿지 않았다. 따라서 그는 자신이 하려던 말을 다 마치기 전에, 자신이 끌고 다니는 아주 작은 세계를 모두 열어 보이기 전에, 멈추어야만 했다.

나는 그에게 많은 질문을 했다. 하지만 지금 생각해 보면 충분히 묻지는 않았던 것 같은 느낌이 든다. 적어도 제대로 된 질문은 하지 못했다. 어쨌든, 나는 그의 삶을 결정한 주된 역사적 사건들을 묘사할 수 있는 자리에 있지 않다. 내가 아는 런던 사람들 중 그럴 수 있는 사람은 아무도 없다. 어쩌면 부다페스트에는 목격자들이 몇몇 남아 있을지도 모르지만, 대부분은 이미 사망했고, 사망한 사람들 중 대다수는 죽임을 당했다. 나는 기껏해야 그에 대한 불완전한 인상만 이야기할 수 있을 뿐이다. 하지만 비록 불완전한 인상이라고 해도, 이 인상 자체는 놀랄 만큼 총체적이다.

피터 페리는 망명자였다. 오만하고 완고하게, 때로는 영리하게 그는 그 지위를 계속 유지했다. 그가 예술가로서 유명해졌다면, 혹은 매우 성실한 사람으로, 맹렬한 반(反)파시스트 활동가로서 유명해졌다면 아마 달라졌을지도 모른다. 하지만 그는 유명해지지 않았다. 대륙에서 꽤 유명했고, 주요 인사들 사이에 추종자들까지 있었던 코코슈카 같은 예술가도 난민 자격으로 영국에 도착했을 때는 무시당하고 하찮게 여겨졌다. 페리는 그에 비해서도 이점이 별로 없었다. 영국에 도착했을 때 그나마 그에 대해 알려진 것은 구성주의자이고, 맹렬한 공산주의자이며, 빈털터리 유대인이라는 것 정도였다. 내가 그를 처음 알게 되었을 무렵, 그는 이미 구성주의자와 공산주의자는 아니었고, 영원한 망명자일 뿐이었다. 아마도 그것이 그가 그때까지 배운 것 그리고 그를 가르쳐 준 사람들에 대한 신뢰를 지킬 수 있는 유일한 방법이었을 것이다.

그런 망명자가 된다는 것의 의미에 대해 나는 소설 『우리 시대의 화가』에서 적어 보려고 노력했다. 이 소설의 주인공은 정확히 페리와 같은 세대에 속하는 헝가리 출신 화가다. 몇몇 부분에서 이 주인공은 페리를 아주 많이 닮았다. 우리는 그 소설에 대해 길게 이야기했다. 그는 그런 소설을 써 보겠다는 내 생각에 아주 열성적인 반응을 보였다. 완성된 소설에 대해 그가 어떤 생각을 가지고 있었는지는 알 수 없다. 아마 적절하지 않다고 생각했을 것이다. 다르게 평가했더라도 그로서는 자신의 생각을 나에게 말해 주는 건 불가능했을 것이다. 그때쯤엔 소통할 수 없는 상황으로 고통스러워하는 일에, 마치 빈약한 야채 스프만 먹는 습관처럼, 이미 단련이 된 상태였다.

이쯤에서 그 소설의 주인공 야노스 라빈의 모습이 어떤 의미에서든 페리의 초상은 아니라는 점을 덧붙여야겠다. 라빈의 몇몇 특징은 또 다른 헝가리 이민자이자 미술사가인 프레더릭 안탈에게서 빌려 왔다. 나는 그 누구보다도, 그에게서 미술에 대한 글쓰기를 많이 배웠다.

그 밖의 특징들은 모두 상상의 산물이었다. 라빈과 페리가 공유하는 것은 망명자로서 겪은 경험의 깊이밖에 없다.

페리의 작품은 매우 고르지 않다. 완고한 성격 때문에 그는, 비판은 물론 작품에 대한 단순한 언급에도 귀를 기울이지 않았고, 따라서 어떤 의미에서는 예술가로서 발전할 수 없었다. 그는 자신의 작품에 대해서는 나쁜 판정가였다. 그는 극단적으로 투박하고 날 것의 느낌이 나는 작품을 만들 수 있는 능력을 지니고 있었을 뿐 아니라, 인간미가 넘치는 작품도 제작할 수 있었다. 작품 목록을 보며 어떤 작품들을 어떻게 분류할 수 있는지 설명하는 것은 중요하지 않아 보인다. 관람객이 스스로 결정해야 한다. 그의 작품들 중 최고에 속하는 작품들은 그가 믿었던 바를 표현하고 있다. 작은 성취처럼 보이지만, 사실 그것은 매우 드문 성취이다. 대부분의 작품은 냉소적이거나 현학적이거나, 무의미하다고 해야 할 정도로 산만하다.

피터 페리. 이 글을 쓰는 동안에도 나는 그의 존재감을 강하게 의식하고 있다. 내가 절대 제대로 알 수 없었던 인물. 사실대로 말하자면, 언제나 조금은 의심스러운 눈으로 나를 보았던 사람. 나는 그를 도와주고, 그에게 용기를 주기 위해 최선을 다했지만 그런 최선도 그의 의심을 가라앉히지는 못했다. 나는 그와 그의 친구들이 부다페스트에서 그리고 베를린에서 거쳐야만 했던 시험을 거치지 않았다. 나는 상대적으로 특혜를 받은 나라에 사는, 상대적으로 특혜를 입은 존재였다. 나는 그가 이미 버린 정치적 견해를 일부 가지고 있었지만, 그와 그의 친구들이 겪고 고통스러워했던 일들의 결과를 조금이나마 직면해 본 적도 없으면서, 그런 견해를 가지고 있었다. 그가 나를 신뢰하지 않았던 것이 아니라, 그가 자신의 의심할 권리를 버리지 않았던 것뿐이다. 그가 그 의심을 말한 적은 없지만 나는 그의 알아보는 듯한 눈에서, 거의 감은 듯한 그 눈에서 그것을 읽을 수 있었다. 그리고 피터 페리가 거쳐야만 했던 시험에 내가 직면해야만 하는 상황이 되면, 그가 보여 주었던 본보기가, 아마도 내게 도움을 줄 것이다. 그의 본보기가 있어, 거꾸로 그의 의심을 조금은 불필요한 것으로 만들어 줄 수도 있을 것이다.

페리는 꽤 큰 고통을 겪었다. 그의 고통은 대부분 자신의 태도와 행동이 가지고 온 직접적인 결과였다. 그는 수동적인 희생자가 아니었다. 대부분의 고통은 피할 수도 있었으며 따라서 그는 굳이 겪지 않아도 되었을 고통을 겪었다고 말하는 이들도 있다. 하지만 페리는 자신의 필요에 따라, 그 필요가 요구하는 원칙에 따라 살았다. 그는 자신을 경멸할 만한 충분한 이유를 가지는 것이야말로 자신에게 생길 수 있는 최악의 상황이라고 믿었다. 그 믿음, 환상이 아니었던 그 믿음이 그의 고귀함을 보여 주는 척도이다.

알베르토 자코메티

Alberto Giacometti

1901-1966

자코메티가 사망한 다음 주에 『파리 마치』는 아홉 달 전에 찍은 놀라운 사진 한 장을 공개했다. 빗속에 혼자 있는 그가 몽파르나스에 있는 자신의 작업실 근처의 도로를 건너는 모습이다. 그는 팔은 그대로 소매 안에 넣은 채 코트를 머리 위로 덮어쓰고 있는데, 제대로 보이지는 않지만 코트 안에서 어깨를 웅크리고 있다.

처음 잡지에 실린 사진을 보았을 때 받은 인상은, 뭔가 편안한 생활 같은 것은 개의치 않는 남자의 모습이다. 주름진 바지에 낡은 신발 같은, 비 오는 날씨를 준비하지 않은 복장의 남자, 자신의 생각에 빠진 채 계절 따위는 신경을 쓰지 않는 남자의 모습.

하지만 이 사진이 놀라운 이유는 그저 자코메티의 성격 이상의 무엇을 암시하고 있기 때문이다. 코트는 마치 어디서 빌려 온 것처럼 보인다. 뿐만 아니라 그는 코트 안에 바지 말고는 아무것도 입고 있지 않은 것처럼 보이기도 한다. 그는 방금 어디선가 구조된 사람의 분위기를 풍긴다. 하지만 비극적인 모습은 아닌 것이, 그런 상황에 꽤나 익숙해진 모습이다. 특히 머리 위로 덮고 있는 코트가 수도사 복장과 비슷해 보이기 때문에, 그 역시 수도사처럼 보인다고 말하고 싶은 마음도 든다. 하지만 그 비유는 정확하지 않다. 그가 보여 주는 상징적인 가난함은 대부분의 수도사들에게서 느껴지는 것보다 훨씬 자연스럽다.

모든 예술가의 작품은 그가 죽고 나면 달라진다. 그리고 결국엔, 그가 살아 있는 동안 작품이 어땠는지에 대해서는 아무도 기억할 수 없게 된다. 가끔 그 작품에 대한 동시대인들의 기록을 읽어 볼 수는 있다. 어떤 부분이 강조되고, 어떤 해석이 가능한지는 역사적 발전에 따라 크게 좌우된다. 그럼에도 예술가 본인의 죽음 자체가 하나의 분기점이 되는 것은 분명하다.

죽음 이후에 작품의 의미가 자코메티만큼 급격하게 달라진 예술가는 없을 것 같다. 이십 년쯤 후엔 아무도 이런 변화를 이해할 수 없게 될 것이다. 그때쯤이면 그의 작품은 평범한 것으로 되돌아와 있을 것처럼 보이지만, 사실 그것은 뭔가 다른 것이 되어 있을 것이다. 그 작품들은, 이미 지난 사십여 년 동안 그랬던 것처럼, 다가올 무엇에 대한 준비가 아니라 과거에서 온 증거가 되어 있을 것이다.

죽음이 자코메티의 작품을 급격히 변화시킨 것처럼 보이는 이유는, 그의 작품이 죽음에 대한 인식을 아주 많이 다루었기 때문이다. 죽음이 그의 작품을 확인해 준 것만 같다. 말하자면 이제 그의 작품들을 죽음에 이르는 하나의 선을 따라 순서대로 배열할 수 있을 것만 같다. 그러한 선이 있다면, 그 선을 불연속적으로 만들거나 없애 버리는 것보다는, 어떤 출발점의 역할을 해 줄 수 있을 것이다. 그 선을 거꾸로 따라가며 작품들을 읽어 갈 수 있는, 그의 평생 동안의 작업을 읽어 볼 수 있는 출발점 말이다.

자코메티가 영원히 죽지 않을 걸로 믿었던 사람은 아무도 없었다는 반론도 있을 수 있다. 그의 죽음은 언제든 가정해 볼 수 있는 일이었다. 하지만 차이를 만들어내는 것은 가정이 아니라 사실이다. 그가 살아 있는 동안에는, 그의 외로움이나 타인은 절대 알 수 없다는 그의 확신 같은 것은 하나의 선택된 관점, 자신이 살고 있는 사회에 대한 그의 태도를 짐작케 하는 관점에 불과했다. 그가 사망한 지금 그 관점은 증명이 되었다.

아마 극단적인 말로 들리겠지만, 또한 상대적으로 전통적인 작업 방식으로 일했던 예술가였음에도, 자코메티는 대단히 극단적인 예술 가였다. 그에 비하면 네오 다다이스트나 소위 말하는 오늘날의 우상 파괴자들은 모두, 그럴듯하게 흉내만 내는 고전적인 예술가라고 해야 할 것이다.

자코메티가 성숙한 시기의 작품 근간으로 삼았던 극단적 가정은, 어떤 현실도 공유할 수는 없다는 것이었다. (또한 그는 현실에 대한 생각을 제외하고는 어떤 것도 염두에 두지 않았다. 그 점이 그가 어떤 작품도 완결될 수는 없다고 믿었던 이유이기도 하다. 또한 그 점이, 어떤 작품에서든 그 내용은 작품에서 묘사된 인물이나 두상(頭像)의 본성이 아니라, 그것을 바라보는 **그의** 응시가 지나온 불완전한 역사인 이유이다. 바라본다는 행위가 그에게는 일종의 기도의 한 형태였다) 그것은 다가가기는 하지만 절대적인 것을 포착할 수는 없는 방식이었다. 바라보는 행위를 통해서 그는, 존재와 진실 사이에 끊임없이 발이 묶이고 있는 상황을 인식할 수 있었다.

조금 더 이른 시기에 태어났더라면 자코메티는 종교적인 예술가가 되었을 것이다. 하지만 사실이 그렇듯이, 심각하고 광범위한 소외의 시기에 태어났기 때문에 그는 종교로 도피하기를 거부했다. 그건 과거로 도피하는 행위가 되었을 것이다. 그는 고집스럽게 자기 시대에 충실했고, 그 시대는 마치 자신의 피부처럼, 그러니까 자신이 태어났고 그래서 자신을 담고 있는 자루처럼 보였을 것이다. 그 자루 안에서는 솔직히, 자신이 언제나 혼자였고 또 앞으로도 계속 혼자일 거라는 확신을 극복할 수가 없었다.

그런 인생관을 가지려면 어떤 특정한 성격이 필요하다. 그 성격을 정확히 정의하는 건 내 능력을 넘어서는 일이다. 그건 자코메티의 얼굴에서 드러난다. 영리함 덕분에 조금은 가벼워진 어떤 견딤의 표

440

정. 인간이 사회적인 존재가 아니라 그저 동물에 불과했다면, 모든 노인들은 결국 그런 표정을 가지게 될 것이다. 사뮈엘 베케트의 얼굴에서도 비슷한 표정을 볼 수 있다. 그 반대되는 표정을 우리는 르 코르뷔지에의 얼굴에서 볼 수 있다.

하지만 그것은 단순히 성격만의 문제는 아니다. 해당 인물을 둘러싼 사회적 환경의 문제가 더 크다. 자코메티의 일생에서 그의 고립을 깰 만한 사건은 하나도 일어나지 않았다. 그가 좋아하거나 사랑했던 인물들은 잠시나마 그 고독을 공유할 수 있었겠지만, 기본적인 그의 상황은, 그가 태어난 자루는 변하지 않았다.(그가 사십 년 정도 지냈던 작업실에서 아무것도 달라지지 않고 물건들의 위치도 바뀌지 않았다는 것 역시 그와 관련한 전설 중의 흥미로운 부분이다. 그리고 마지막 이십여 년 동안 그는 대여섯 개의 같은 주제만을 반복해서 작업했다) 하지만 본질적으로 사회적 존재인 인간의 본성은 (언어, 과학, 문화의 존재를 통해 객관적으로 증명된 본성이기는 하지만) 타인과 공유하는 어떤 행위들의 결과로 나타나는 변화의 힘을 경험하는 과정을 통해, 주관적으로 느낄 수밖에 없다.

자코메티의 세계관이 이전 시기에는 유지될 수 없는 것이었음을 생각하면, 그것은 사회적 분열과 후기 부르주아 지식계급의 광적인 개인주의를 반영하는 것이라고 볼 수 있다. 그는 더 이상 은거하는 예술가도 될 수 없었다. 그는 사회를 부적절한 것으로 간주하는 예술가였다. 사회가 그의 작품을 받아들였는지는 모르겠지만, 그는 사회에 맞설 생각조차 없었다.

하지만 이 모든 것을 말한 후에도, 그의 작품은 남고 잊히지 않는다. 명쾌함 그리고 자신의 상황이 가지고 오는 결과에 대한 있는 그대로의 솔직함 덕분에 그는 그런 상황에서도 진실을 지키고 그것을 표현할 수 있었다. 그것은 인간적 관심의 마지막 한계에 있는, 쓰디쓴 진실이었다. 하지만 그것을 표현한 그의 작품은 그 진실을 낳은, 냉소주의에 담긴 사회적 절망을 넘어선다.

진실은 공유할 수 없다는 자코메티의 가정은 죽음 안에서도 진실이다. 그는 죽음의 과정에 대해 병적으로 과민한 관심을 가졌던 것이 아니다. 오히려 그는 하나의 관점, 즉 자신의 유한함이라는 조건을 전제로 한 관점만을 믿을 수 있었던 어떤 남자가 바라본 삶의 과정에 전적으로 관심이 있었다. 우리 중 아무도 이 관점을 거부할 위치에 있지 않다, 비록 동시에 다른 관점들을 유지해 보려고 애를 쓰고 있다고 하더라도 말이다.

나는 죽음을 통해 그의 작품이 달라졌다고 했다. 죽음을 통해 그는 자신의 작품이 지닌 내용을 더욱더 강조하고, 분명히 밝혀 주었다. 하지만 그런 것보다는 변화가 (적어도 지금 시점에서 내게는 그렇게 보인다) 더 정확하고 구체적이다.

그가 그린 얼굴 초상이 그 앞에 서서 바라보는 당신을 정면으로 마주하고 있다고 상상해 보자. 혹은 면밀히 살피는 시선 앞에 놓인 누드화를 상상해 보자. 양손을 옆으로 내린 여인, 두 개의 자루(그녀의 자루와 당신의 자루)를 통과한 후에야 손에 닿을 수 있는 여인, 그리하여 알몸에 대한 질문은 떠오르지도 않는, 그 알몸에 대한 이야기를 결혼식에 뭘 입어야 할지 고민하는 부르주아 여인의 이야기처럼, 하찮은 것으로 만들어 버리는 여인. 알몸이라는 것도 곧 지나갈 일의 세부사항일 뿐이다.

조각상들을 상상해 보자. 가는, 더 이상 가늘 수 없을 것 같지만 그럼에도 확고한, 거부할 수 없는, 겨우 관찰할 수 있고, 응시할 수 있는 그 조각상들을. 당신이 응시하면 그들도 당신을 응시한다. 그건 가장 진부한 초상화 앞에서도 일어나는 일이다. 하지만 차이는, 당신과 그녀의 응시가 지나는 길을 당신이 의식하게 된다는 점이다. 서로를 바라보는 두 인물 사이의 좁은 통로. 어쩌면 이것은, 만약 그것을 시각적으로 표현할 수 있다면, 기도(祈禱)가 지나는 통로와 비슷할 것이다. 통로의 어느 쪽에 있는지는 중요하지 않다. 그녀에게 이르는 방법은 한 가지, 가만히 서서 응시하는 것뿐이다. 때문에 그녀가 그렇게 가는 것이다. 다른 가능성 혹은 기능들은 모두 떨어져 나갔다. 그녀라는 현실이 모두, 그렇게 보여지고 있다는 사실 하나로 축약되었다.

자코메티 생전이라면, 당신이 그의 자리에 설 수 있었다. 그의 응시가 시작되는 지점에 선 당신을 가정할 수 있고, 조각상의 인물도 거울처럼 그의 시선을 되비춰 준다. 이제 그가 죽었기 때문에 혹은 그가 죽었다는 것을 당신이 알고 있기 때문에, 당신이 그의 자리에 선 스스로를 가정한다기보다는, 그의 자리를 차지해 버리게 되었다. 그러고 나면, 응시가 지나는 길에서 먼저 움직이는 무엇은 조각상으로부터 출발하는 것처럼 보인다. 조각상이 먼저 응시하고, 당신은 그 시선을 가로챈다. 하지만 그 좁은 길에서 당신이 아무리 뒤로 물러난다고 해도, 시선은 당신을 관통할 것이다.

이제는, 자코메티가 평생 동안 자신을 위해서 그 작품들을 만들었던 것처럼 보인다. 미래에 닥칠 자신의 부재, 자신의 죽음, 자신이 점점 잊혀 가는 과정을 지켜봐 줄 관찰자로서 말이다.

마크 로스코

Mark Rothko

1903-1970

바젤에 다녀온 후에, 로스코 평생의 작업이 하나의 이야기가 될 것 같다는 생각이 들었단다. 조금은 우화와도 비슷한 그런 이야기 말이다.(2001년 스위스 바젤에서 대규모 로스코 전시회가 있었다—옮긴이) 물론 전체적인 진실을 말해 주는 이야기는 아니지만 (어떤 이야기가 그럴 수 있겠니?) 그 이야기는 그의 업적에 관한 본질적인 진실을 조금 더 분명하게 보여 줄 것 같기는 하구나.

마르쿠스는 1903년 9월 25일, 러시아 드린스크에서 태어났단다.(천칭자리구나) 그로부터 육 년 후 그의 아버지가 오리건 주 포틀랜드로 이주했고, 거기서 양탄자 장사를 시작했지. 1913년에는 마르쿠스를 포함해서 로스코비츠 가족의 다른 사람들도 합류했는데, 다음 해에 아버지가 죽었단다. 열한 살의 나이에 마르쿠스는 신문 배달을 시작했고, 학교에서 성적이 아주 뛰어나서 열일곱 살에 장학금을 받고 예일대학에 진학했지. 그는 철학에 관심이 있었고, 무엇보다도 연극과 음악에도 흥미를 보였다. 미술에 진지한 관심을 보인 건 이십대 초반의 일이었단다. 그리고 서른일곱 살이던 1940년, 미국식 이름인 마크 로스코로 개명했지.

그의 세대에 이민을 택한 유대인 예술가들이 얼마나 될까. 그 숫자가, 이제 막 막을 내린 20세기를 정의하는 데 도움을 줄 것 같구나. 하지만 로스코의 예술은 이민이라는 문제(단순히 유대인들의 이민만이 아닌)를 독특한 방식으로 다루고 있지. 다른 예술가들은 좀 더 향수적이고, 더 개인적이고, 더 모험적이고, 더 불안해하지만, 그를 제외한 어떤 화가도 이민이라는 극적인 변화가 회화의 언어를 뒤집어 버릴 수 있음을 알아보지는 않았던 것 같구나. 적어도 내가 보기에는 말이다. 한번 설명해 보마.

그가 그림과 관련하여 처음으로 받았던 주문은 (1927년의 일이다) 책에 들어갈 지도와 삽화를 그려 달라는 것이었지. 『그림 성서: 지도와 도표로 보는 창세기에서 요한계시록까지』였다.(이 책을 직접 본 적은 없지만, 왠지 예언적인 제목처럼 보이는구나)

1930년대 초반에서 1948년까지 그는 화가로 활동하며 계속 발전하고 있었단다. 당시 그가 그린 작품들은 예민하고, 진지하고, 아방가르드적 요소를 지니고 있었지만, 탁월하지는 않았지. 지금 시점에서 그러니까 작품 활동 후반부에 그가 이루어낸 성취들에 비춰 보면 그 점은 좀 놀랍지만, 사실이 그랬단다. 심지어 그의 사각형 그림들, 나중에 본인이 '사물들'이라고 부르게 되는 그 그림들을 그리기 시작할 시점에도, 최초의 아이디어는 친구였던 바넷 뉴먼이나 클리퍼드 스틸에게서 빌려 왔을 거라고 나는 추측한다. 그가 발견한 엄청난 독창성은 아마도 성모 마리아에게 일어났던 갑작스런 방문처럼 찾아왔을 텐데, 그 일은 그의 나이 마흔여섯 살이던 1949년에 일어났지! 그 이후로, 이십 년 후 사망할 때까지, 그는 단 한 번도 뒤돌아보지 않았단다. 아니면, 더 정확히 말하자면, 그는 이전의 화가들은 전혀 해 보지 않았던 방식으로 뒤돌아보는 일에 집중했다고 할까!

이전의 회화는 모두(구석기 시대 동굴벽화에서 현대의 추상회화까지) 현존하는 세계에서 발견되는 시각적인 것들에 대한 반영이거나, 그것과의 줄다리기였지. 그림으로 그려진 형태나 색상이 단순한 재현에 그치지 않고 화가가 고안해낸 경우도 있었지만, 그런 경우에도 형태와 색상은 어떤 식으로든 세계, 즉 시각적 세계를 바라보는 경험에 따라 상상한 무언가를 언급하고 있었던 거야. 루블툐프나 쿠닝의 작품들도 그렇고, 바넷 뉴먼의 색상 구축도 마찬가지지. 로스코의 회화는 그 반대의 작업을 한 거란다. 혹은 그렇게 제안했거나. 그 작품들은 시각적 세계의 생성을 **기다리는** 색과 빛에 관한 것들이다. 그 작품들이 지닌 표정은 강력한 예감, 빅뱅의 시점에 있었을 법한 그런 예감인 것만 같구나!(이는 수사적인 표현이고, 그림이 어떻게 빅뱅 같은 효과를 낼 수 있는지는 나로서도 이해할 수는 없단다. 그럼에도 나는 이 회화작품들이 시각적 세계를 **기다리고** 있다는 점에 대해서는 확신한다. 사태 이후가 아니라, 사태 이전을 다룬 것이라고)

이 점을 달리 표현해 보자면, 그 작품들이 최초의 창조를 언급하는 게 아닌가 하고 질문을 던져볼 수 있겠지. 이 작품들은 시작 혹은 기원을 향한 탐구를 회화로 표현한 건 아닐까.

로스코가 그렇게 공들여서 만들어낸 색들이 아직 존재하지 않는 대상들을 묘사하기 위해 기다리고 있다는 점에서, 그는 회화의 언어를 뒤집어 버린 거지. 또한 그의 예술이 이민자의 예술인 것은, 그것들이, 마치 이민자들처럼, 찾을 수 없는 기원의 장소를 탐색하고 있기 때문에, 모든 것이 시작되기 이전의 어떤 순간을 탐색하고 있기 때문에 그렇단다.

조지 스타이너가 어떤 강의에서 아주 희귀한 언어들에 대해 이야기한 적이 있단다. 내 생각에 유목민의 언어였던 것 같은데, 그런 언어에서는, 미래는 알 수 없는 것이기 때문에 말하는 사람의 **뒤쪽에** 있는 대상으로 취급하고, 과거는 추적할 수 있는 분명한 것이기 때문에 말하는 사람의 앞에 놓인 대상으로 취급한다고 하더구나. 바로 그런 의미에서, 로스코는 한때 있었을 어떤 시작을 향해 **앞을**

바라보고 있는 셈이지.

본다는 것을 생각하는 동안은 볼 수 없는 상태에 대한 생각도 자연스럽게 따라오게 마련이겠지. 로스코의 작품은 그 볼 수 없는 상태에 아주 가까운 거야. 비극적 색상을 덧칠한, 볼 수 없는 상태. 그의 작품들 중 위대하다고 할 수 있을 만한 작품들은, 그렇게 눈이 멀어 가는 과정을 표현한 작품이 아니라, 막 시각적 세계를 만들어내려는 순간에, 빛으로 이루어진 그 안대를 벗겨내려고 노력했던 작품들이란다.

내가 미친 걸까?

사랑으로, 존

〰

오트사부아
2001년 5월 6일

쿠트,

로스코를 위한 인용구를 하나 찾았기에 엽서에 적어 보낸다.

"반드시 무언가를 믿어야 한다면, 나로서는 관습적인 이해로부터 자유로운 예민한 관찰자의 마음을 믿는 쪽을 택하겠다. 그들이 각자의 정신이 요구하는 필요에 따라, 이 그림을 어떻게 활용할지에 대해서 나는 전혀 알 수가 없다. 다만 필요와 정신을 모두 갖추고 있다면, 거기서는 반드시 진실한 거래가 이루어질 수밖에 없을 것이다."

예민함에 대해서는 알 수 없지만, 거래에 관한 부분은 확실해 보이는구나.

XXX. 존

로버트 메들리

Robert Medley

1905-1994

로버트 메들리의 동시대 화가들은 그의 회화 작품을 깊이 존경했고, 거기에 자극을 받았다. 그의 다음 세대에 속하는 젊은 화가들도 종종 그러했다. 그와 동시에 공공기관이나 평론가들 그리고 미술상들은 그의 작품을 과소평가하거나 그냥 지나쳤다. 이제는 이런 현상을 설명할 수 있게 되었지만, 그 설명은 그의 작품이나 인품에 대한 분석보다는, 1950년에서 1980년 사이 런던에 팽배해 있던 문화적 분위기에 대한 분석이 될 것이다. 물론 이 분석은 흥미롭지만(당시에는 쾌락에 대한 뿌리 깊은 의심이 있었다), 살아남은 그의 작품들, 여기서 이야기하게 될 작품들은 **훨씬** 더 흥미롭다. 한번 살펴 보자.

메들리의 작품을 가치있고 비범한 것으로 만들어 주는 특징은 그 능수능란함이다. 엄격한 의미에서 보자면 능수능란함이란 손에 쥔 무언가를 다루는 혹은 그 대상에서 편안함을 느끼는 기술을 말한다. 그 기술은 타고난 것일 수도 있고 습득한 것일 수도 있다. 손끝의 감각 같은 것이라고 할까.(메들리 본인에게 손은 눈만큼이나 중요했다) 메들리의 작품은 모두 촉각에 관한 것이다. 쓰다듬기에 대한 것이 아니라 (이건 또 다른 이야기가 된다) 촉각, 다섯번째 감각 자체에 대한 이야기.

　능수능란함은 또한 태도, 몸동작의 어떤 특징에도 해당한다. 낚시 대가가 낚싯대를 던지는 동작이나, 천재 바이올린 연주자가 선 자세, 당구 챔피언이 공을 겨눌 때의 어깨 동작 같은 것들을 떠올려 보면 되겠다. 메들리의 회화는 그런 동작에서 보이는 집중력과 우아함을 담고 있다. 하지만 그 자세는 절대 자기중심적이거나 전략적인 것이 아니다. 그 동작들은 세상과 소통하며, 세상으로부터 물러나지 않는다. 그건 잠시 자신을 내려놓는 겸손함을 지니고 있다. 바로 그 점이 그런 동작들에서 진정한 우아함이 느껴지는 이유이다.

　오늘날 우아함이라는 자질은 어떤 식으로든 유행이나 성공, 승리와 연관되는 경우가 많다.(메들리 본인은 이런 것들을 조롱했다) 하지만 다른 종류의 우아함도 있다. 예를 들면, 수학자들이 어떤 해법을 말할 때 드러나는 우아함 같은 것 혹은 홀로 방랑하던 일본의 하이쿠 시인들이, 자신들의 뛰어난 감수성이나 위대한 예술적 감각을 동원해 지난 삼백 년 동안 찬미했던 우아함 같은 것들.

로버트 메들리, 〈바토를 따라한 자화상〉, 1980.

이를테면 이런 것들이다.

울음소리가 없었다면
백로를 알아보지 못 했겠지
눈 내린 아침에
—치요니(1701-1775)

혹은 이런 것

내 어깨에 내려앉아
동행을 찾는
고추잠자리
—소세키(1865-1915)

　이런 하이쿠를 보면 나는 로버트 메들리의 그림들을 떠올린다.
그것들은 똑같이 손에 잡히는 세계에서 느끼는 기쁨을 느끼고, 똑같
이 그 세계로부터 거리를 두고 있고, 무엇보다도, 똑같은 재주로 어떤
지평을 포착한 다음, 그 지평을 활용하여 경쾌하게 움직인다.

프리다 칼로

Frida Kahlo

1907-1954

그 둘은 코끼리와 나비라고 알려졌다. 그녀의 아버지는 그녀를 비둘기라고 불렀지만 말이다. 사십여 년 전 그녀가 죽었을 때, 그녀는 백오십여 점의 소품을 남겼는데, 그중 삼 분의 일은 자화상이었다. 그는 디에고 리베라(Diego Rivera), 그녀는 프리다 칼로다.

프리다 칼로! 전설이 된 이름들이 모두 그렇듯, 그 이름도 가명처럼 들리지만 그렇지 않다. 살아 있는 동안에도 그녀는 멕시코에서나 파리의 작은 예술가 모임 양쪽 모두에서 전설이었다. 오늘날 그녀는 세계적인 전설이다. 그녀의 이야기는 그녀 본인에 의해, 디에고에 의해, 그리고 많은 다른 사람들에 의해 자주 회자되었다. 어린 시절에 겪었던 소아마비, 버스 사고로 다리를 절게 된 일, 디에고를 통해 회화와 공산주의에 입문한 일, 두 사람의 열정과 결혼, 이혼과 재혼, 트로츠키와의 연애, 미국인에 대한 그녀의 증오, 다리를 절단했던 일, 아마도 고통을 피하기 위해 택했던 자살, 그녀의 미모, 그녀의 감수성, 그녀의 유머, 그녀의 외로움.

폴 레덕 로젠즈윅 감독이 멕시코에서 연출한 뛰어난 그녀의 전기 영화도 있고, 르 클레지오의 아름다운 소설 『디에고와 프리다』도 있다. 카를로스 푸엔테스가 그녀의 내밀한 일기를 소개한 근사한 에세이도 있고, 그녀의 작품을 멕시코 대중예술이나 초현실주의, 공산주의, 페미니즘과 연관시켜 설명하는 미술사 서적도 많이 있다. 하지만 나는 최근에, 복제화가 아니라 진품을 감상하고 나서야 비로소 무언가를 볼 수 있었다. 어쩌면 이것은 너무 단순하고 명백해서 사람들이 당연하게 여겼던 것인지도 모른다. 어쨌든 그것에 대해 쓴 사람은 없었고, 그래서 여기서, 내가 써 보려 한다.

그녀의 작품들 중 캔버스에 그린 것은 몇 점밖에 없다. 대다수 작품들은 금속판이나 역시 금속판처럼 매끄러운 메이소나이트판(한쪽면이 매끄러운 합성 강화목—옮긴이)에 그린 것들이다. 캔버스는 아무리 표면을 세심하게 다듬는다 해도 약간의 저항이 있게 마련이고, 그런 이유로 그녀의 비전을 왜곡하고, 그 결과 그녀의 붓놀림이나 외곽선을 지나치게 회화스럽게, 지나치게 조형적이고, 공적이고, 서사시처럼 보이게, '코끼리'의 작품과 너무 비슷해 보이게(그럼에도 여전히 크게 다르기는 했지만) 할 위험이 있었다. 자신의 비전을 온전히 전하기 위해, 그녀는 살결처럼 매끈한 표면에 그림을 그릴 필요가 있었다.

통증이나 병 때문에 침대에 누워 지내야 했던 시절에도, 아침이면 몇 시간을 들여 정성껏 화장하고 옷을 챙겨 입는 그녀였다. 매일 아침 그녀는, "천국에 어울리는 복장을 입는 거예요!"라고 말했다. 거울 속의 그녀가 자연스럽게 코 위에서 만나는 자신의 짙은 눈썹을 검은색 크레용으로 강조하며, 뭐라 묘사하기 어려운 두 눈을(그 눈은 우리가 눈을 감았을 때만 떠오르는 그런 종류의 눈이다!) 둘러싼 검은색 괄호처럼 만드는 광경을 쉽게 그려 볼 수 있다.

그와 비슷하게, 그녀가 그림을 그릴 때면 그건 마치 자신의 살결 위에 드로잉을 하고, 색을 칠하고, 뭔가를 적는 것 같았다. 그런 작업이 가능하려면 두 가지 감수성을 갖추고 있어야 했다. 그림의 표면이 또한 손의 움직임을 느끼는 것이기 때문에, 양쪽의 신경이 모두 같은 부위의 대뇌 피질로 향해야 하기 때문이다. 프리다가 자신의 이마 위에 디에고의 얼굴을 작게 그려 넣고, 그의 이마 위에 다시 눈을 그려 넣었을 때, 그녀는 다른 무엇보다도, 바로 이 꿈을 고백하고 있는 것이다. 눈썹만큼 가는 작은 붓 덕분에 또한 너무나 섬세했던 그 붓놀림 덕분에, 그녀가 만들어낸 이미지들은 모두, 그녀가 화가 프리다 칼로로 완전히 자리를 잡은 후에는, 본인의 살결이 지닌 감수성에 버금가는 감정을 드러내고 있다. 그녀의 욕망으로 예민해진 감수성, 그리고 그녀의 고통으로 더욱 악화된 감수성이었다.

자신의 감정이나 존재론적인 갈망을 표현하기 위해 심장이나 자궁, 젖샘, 척추 같은 신체 부위들을 상징적으로 활용한 것에 대해서는, 많은 사람들이 알아보고 이야기하였다. 그녀가 활용한 방식은, 전에 아무도 하지 않았던, 여성만이 할 수 있는 방식이었다.(디에고도 자신만의 방법으로 종종 그 방식을 활용하기는 했다) 내가 여기서 덧붙이고 싶은 말은, 그녀만의 회화 기법이 없었다면 그 상징들은 그저 호기심 가득한 초현실주의 상징에 머물렀을 거라는 점이다. 그리고 그녀만의 회화 기법이란 바로 촉각과 관련한, 손과 살결 같은, 그림의 표면 **양쪽에서** 느끼는 촉각과 관련된 것이다.

그녀가 털이나 머리털을 그리는 방법을 한번 보자. 애완용 원숭이의 팔에 난 털이나 자신의 이마와 관자놀이 부근의 머리털 같은 것들 말이다. 털 한 올 한 올이 피부의 털구멍에서 자라는 것만 같은 붓놀림이다. 동작과 그 구성물질이 다르지 않다. 다른 작품에서 젖꼭지에서 떨어지는 모유 한 방울이나 상처에서 떨어지는 피 한 방울, 눈에서 흐르는 눈물이 모두 똑같은 체액의 특징을 그대로 담고 있다. 말하자면 물감 한 방울이 체액을 표현하고 있는 것이 아니라, 있는 그대로 옮겨 놓은 것처럼 보인다. 〈부서진 기둥〉이라는 작품에서 그녀의 몸은 온통 못질을 당했는데, 관람객은 마치 그녀가 입에 못을 잔뜩 문 채 하나씩 꺼내서 자신의 손으로 망치질을 할 것 같은 인상을 받는다. 그런 것이 그녀의 작품을 독창적으로 만들어 주는, 예민한 촉각이다.

프리다 칼로, 〈디에고와 나〉, 1949.

　그렇게 우리는 그녀의 모순에 직면하게 된다. 이토록 자신의 이미지에만 집중하는 화가가 어떻게 단 한 번도 자기도취에 빠지지 않을 수 있었을까. 사람들은 자화상을 많이 그렸던 반 고흐나 렘브란트 같은 화가들을 언급하며 그 점을 설명해 보려고 했다. 하지만 그런 비교는 손쉬운 것일 뿐 옳은 것은 아니다.

　다시 고통의 문제로, 그리고 프리다로 하여금 그 고통에서 벗어날 수 있게 해 주었던 관점이라는 문제로 돌아갈 필요가 있다. 고통을 느끼는 능력은, 그녀의 예술이 한탄하듯 말하는 바에 따르면, 무언가를 지각할 수 있는 첫번째 조건이다. 불구가 된 자신의 몸에 대한 감각 덕분에 그녀는 살아 있는 모든 것(나무, 과일, 물, 새 그리고 자연스럽게, 다른 여성과 남성의 몸까지)의 살결까지도 인식할 수 있었다. 그리하여, 마치 자신의 살결 위에 그리듯 자신의 이미지를 그리는 행위를 통해 그녀는 감각적 세계 전체에 대해 이야기했다.

　평론가들은 프랜시스 베이컨의 작품들이 고통에 관한 것이라고 말한다. 하지만 그의 예술에서 고통은, 세탁기의 동그란 창을 통해 바라보는 지저분한 옷감처럼 어떤 막을 통해 지켜본 것이다. 프리다 칼로의 작품은 프랜시스 베이컨의 작품과 정반대라고 할 수 있다. 막 같은 건 없다. 그녀는 아주 가까이에서, 그 섬세한 손가락으로 한 땀 한 땀씩, 옷을 만드는 것이 아니라 자신의 상처를 깁는다. 그녀의 예술은 고통에 말을 건다, 상처있는 살결에 꼭 입을 댄 채, 감각에 대해, 감각의 욕망과 감각의 잔인함에 대해 이야기하고, 그 친밀한 별칭들을 말해 준다.

　아르헨티나의 위대한 시인 후안 헬만(Juan Gelman, 1930-2014)의 작품에서 이와 유사한 고통에 대한 친밀함을 볼 수 있다.

　구호품을 구걸하는 여인
　피와 / 망각으로 / 미친 듯이 닦고 있던 솥단지와 팬들에
　　비친 황혼 속에서
　그녀에게 불을 붙이는 건 가르델(C. Gardel)의 탱고를
　　축음기에 올리는 것과 비슷한 일 /
　부서질 수 없는 그녀의 구역에서 쏟아지는 불의 거리

　걸어가는 남녀들
　그들이 묶여 있는 고통의 앞치마를 빨려고 내놓았지 /
　매일 바닥을 청소하던 우리 어머니 /
　하루하루마다 그 발끝에는 작은 진주가 매달려 있다 하시던[1]

　헬만의 시는 대부분 1970년대와 1980년대의 망명 시기에 씌어졌으며, 역시 대부분은 군사 정권에서 **실종된 동지들**(시인 본인의 아들과 며느리도 포함해서)에 관한 것들이다. 시에서는 순교자들이 돌아와, 그들을 잃은 사람들과 고통을 나눈다. 그 시의 시간은 시간 밖에 있는데, 그곳에서는 고통들이 서로 만나 춤추고, 고통받는 이들의 슬픔도 그들이 잃어버린 것과 밀회를 약속한다. 미래나 과거 같은 것은 그곳에서 의미 없는 것으로 배제되고, 있는 것은 오직 현재, 거짓말을 제외하고는 모든 것이 영원하다고 강변하는 현재의 한없는 겸손함뿐

이다.

　　종종 헬만은 자신의 시에서 사선으로 구두점을 표시하곤 하는데, 이는 어느 정도는 탱고의 리듬을 닮았다. 탱고는 그의 고향인 부에노스아이레스의 음악이다. 하지만 그 사선은 또한 거짓이 되기를 거부하는 침묵의 표시이기도 하다.(이 사선들은 검열에 대한 저항이며, 검열이란 거짓으로 이루어진 체계를 지키기 위해 반드시 작동해야만 하는 것이다) 이 사선은 고통을 통해 발견한 것, 심지어 고통으로도 입에 담을 수 없는 것들을 떠올리게 한다.

　　나의 말을 들었을까 / 심장은? / 우리는
　　패배를 어딘가 다른 곳으로 데리고 가지 /
　　우리는 이 짐승을 어딘가 다른 곳으로 데리고 가지
　　우리의 죽음 / 어딘가 다른 곳 /

　　아무 소리도 나지 않게 / 최대한 소리 없이 / 심지어
　　그 뼈에서 울리는 침묵조차 들리지 않게 /
　　그 뼈, 파란 눈의 작은 동물들 /
　　식탁 앞에 얌전히 앉은 아이들 같은 /

　　자신들의 총상에 대해서는 한마디도 하지 않으며 /
　　고통을 어루만지는 이들 /
　　입에 황금빛 별과 달을 문 채 /
　　사랑하는 이들의 입에 떠오르는 이들[2]

　　이 시는 칼로의 회화가 지닌 또 다른 특징, 그녀의 작품을 리베라는 물론 동시대 멕시코의 그 어떤 화가들의 작품과도 다르게 만들어주는 특징들을 볼 수 있게 한다. 리베라는 자신이 완벽히 통제하는 공간, 미래에 속한 어떤 공간에 그림 속 인물들을 배치했다. 그 공간에서

456

인물들은 마치 기념물처럼 서 있다. 그들은 미래를 위해 그려진 것이다. 그리고 그 미래는(비록 그가 상상했던 미래는 아니지만) 왔다가 가 버리고, 인물들만 홀로 남게 된다. 칼로의 회화에는 미래가 없다. 오직 모든 것을 강변하는 한없이 겸손한 현재만 있을 뿐이다. 그림 안에 있는 것들은 그렇게 그려지기 전부터 이미 기억이었던, 살결의 기억들이지만, 우리가 그 그림을 바라보는 동안 순간적으로 다시 현재가 된다.

이렇게 우리는 프리다가 자신이 선택한 매끈한 표면에 물감을 칠하는 단순한 행위로 돌아온다. 침대에 누운 상태로 혹은 의자에 앉아 통증으로 괴로워하면서, 손가락 마디마다 반지를 낀 손으로 작은 붓을 쥔 채, 그녀는 자신이 손끝으로 느꼈던 것들, 고통이 사라졌을 때 거기에 있었던 것들을 떠올렸다. 예를 들어 그녀는 조각나무 마루의 매끈한 표면을 그렸고, 자신이 탄 휠체어 바퀴 고무의 질감을 그렸고, 닭들의 부드러운 깃털을 그렸고, 결정(結晶)이 만져지는 암석의 표면을 그렸다. 그때까지 아무도 시도하지 않았던 것들이었다. 그리고 이 조심스러운 능력이 바로 내가 이중의 촉각이라고 부르는 것, 자기 자신의 살결을 그리고 있다는 상상의 결과로 탄생한 것이다.

1943년에 그린 자화상에서 그녀는 바위가 솟아 있는 땅에 누워 있다. 그녀의 몸에서 풀이 자라고, 그녀의 혈관은 풀의 잎맥과 하나가 되어 있다. 그녀 뒤로, 지평선까지 이어지는 평평한 암반지대는 고요한 바다의 잔잔한 파도를 닮은 것 같기도 하다. 하지만 그 암반지대는 그녀가 거기 누웠을 때 등과 다리로 느끼는 촉각을 **그대로** 닮았다. 프리다 칼로는 자신이 묘사하는 모든 대상과 볼을 마주한 채 누워 있다.

그녀가 세계적인 전설이 된 것은 부분적으로는 지금 우리가 살고 있는, 새로운 세계 질서의 새로운 암흑시대에, 고통을 나누는 것이 품위와 희망을 다시 발견하는 핵심적인 전제 조건이 되기 때문이다. 많은 고통이 함께 나눌 수 없는 것들이다. 하지만 고통을 나누려는 마음은 나눌 수 있다. 그리고 부적절할 수밖에 없는 그 나누려는 의지에서 저항이 생겨난다.

다시 헬만의 시를 보자.

희망은 가끔 우리를 좌절시키지만

슬픔은, 절대.

그래서 사람들은 생각하지

알려진 슬픔이

알려지지 않은 슬픔보다 낫다고.

그들은 희망이 환상이라 믿지.

슬픔이라는 망상에 사로잡힌 사람들.[3]

칼로는 망상에 사로잡히지 않았다. 마지막 작품이라 할, 사망하기 직전에 그린 그림에 그녀는 이렇게 적었다. "비바 라 비다(Viva la Vida)."

1. Juan Gelman, "Cherries (to Elizabeth)," *Unthinkable Tenderness*, translated from the Spanish by Joan Lindgren (University of California Press, 1997).
2. "Somewhere Else," 위의 책.
3. "The Deluded," 위의 책.

프랜시스 베이컨

Francis Bacon

1909-1992

그동안 나를 혼란스럽게 한 것은 프랜시스 베이컨의 작품이 아니라, 그의 엄청난 유명세였다. 이제, 하노버갤러리에서 전시되고 있는 여섯 점의 신작에 대해 오랫동안 생각해 본 후에야, 문제를 조금 분명하게 볼 수 있게 된 것 같다.

여섯 점 중 세 점은 교황(벨라스케스의 초상화에 등장하는 이노센트 10세)이 왕좌에 앉은 모습인데, 검은색 배경의 방에 놓인 유리 상자 안에 있다.(세 점 중 두 점에서 교황의 얼굴이 비명을 '지르고' 있다) 네번째 작품은(역시 유리 상자 안에 있는) 루치안 프로이트의 초상이고, 다섯번째 작품은 회색 커튼 앞에서 두 겹으로 보이는 석기시대 인간이고, 여섯번째 작품은 (다른 큰 작품들보다는 작다) 동물원의 원숭이에게 무언가를 하고 있는 인간의 모습이다.

이 그림들이 정말로 인상적인 것은 그것들이 **존재한다**는 점이다. 하나 마나 한 말인 것 같지만 사실은 그렇지가 않다. 많은 현대 회화 작품들이 분절적이고 우상파괴적이기 때문에, 주위들은 말처럼, 그런 작품들의 힘은 맥락에 달려 있다. 그 자체의 힘으로 존재하는 작품들은 드물다는 것이다. 하지만 베이컨이 그린 이 작품들은 자체의 힘만으로 존재한다. 이 작품들은 강렬하면서도 독특한 존재감을 가지는데, 그 충격적인, 있을 법 하지 않은 소재에 의해 그 강렬함은 더욱 증폭된다. 이 작품들을 보다 보면, 마치 교령회(交靈會)에서 사물을 통해 드러나는 유령의 모습에 도취된 무신론자처럼 무언가에 홀리는 듯한 기분이 든다. 어두운 배경에서 서서히 드러나는 형상, 어느 부분은 상세하고 어느 부분은 흐릿한 그 형상을 보면 그런 종교 모임이 떠오르는 것도 사실이다.

하지만 그런 강력한 존재감을 지니게 된 이유가 바로, 종합해 보면, 베이컨이 아주 주목할 만하지만 결국 중요한 예술가는 될 수 없는 이유, 그가 사실은 주요 전통 밖에 존재하는 이유와 같은 것이라고 나는 생각한다. 이 작품들이 사람들을 사로잡는 것은 베이컨이 독창적인 시각예술가라기보다는 훌륭한 무대연출가이기 때문이며, 이 작품들에 담긴 감정이 아주 집중적으로 또한 절박할 정도로 사적인 것이기 때문이다.

내가 베이컨이 독창적인 시각예술가라기보다는 훌륭한 무대연출가라고 하는 것은, 그의 작품에서는 그 어떤 시각적 발견도 찾아볼 수 없기 때문이다. 상상적인 면뿐 아니라 배열의 기술에 있어서도 그렇다. 작품 속의 대상들은 그들이 이미 지니고 있는 의미 때문에 선택되었고, 그다음에는 기이한 배치를 통해 그 의미가 뒤틀린다. 그 대상들을 그리는 과정에서 새로운 의미가 전혀 더해지지 않는다. 교황 그림을 보는 관람객은, 인간 두상의 구조에 대해서나 두 색상의 울림에 대해 새롭고 생생한 방식으로 인식하지 않는다. 대신 그는 특정한 극적인 집중력에 매혹된다. 관람객의 눈은 곳곳에 빈자리가 그대로 있는 캔버스의 검은색을 가로지르다가, 무섭게 노려보는 듯한 얼굴, 담뱃재 같은 거친 질감을 표현하기 위해 모래와 섞은 회색 물감으로 칠한 얼굴을 마주하게 된다. 관람객이 커튼과 옷감의 주름을 알아차리는 것은, 그것들이 실제로 그 아래 놓인 대상의 질감을 전달하고 있기 때문이 아니라, 그 그림자가 놀랄 만큼, 때로는 두렵게 느껴질 정도로 무언가를 암시하고 있기 때문이다. 하지만 그 모든 것은, 그림에 즉각적인 도취의 효과를 주기 위해서는 필요한 것들이었다. 예를 들어 유리 상자의 모서리를 실제 유리 상자처럼 표현해서 그 안에 담긴 공간을 강조했더라면, 유리 상자와 그것이 지닌 마술적 효과 사이의 연관은 흐트러지고 말았을 것이다.

그렇다면 모든 것은 그림 안에 담긴 내용에 달린 셈인데, 그 내용이 대부분은 두려운 대상이기 때문에 결국 모든 것은 두려움과 역겨움, 외로움에 달렸다고 할 수 있다. 여기서는 독단적인 말을 하는 것도 불가능해 보이지만, 적어도 내 입장에서는, 그런 고통이나 해체에 대한 베이컨의 해석은 지나치게 자기중심적이고, 어떤 공모(共謀) 하에 두려움을 묘사하고 있는 것 같다. 그의 묘사는 감정이입이라는 확대된 관점을 결여하고 있을 뿐 아니라, 거기에는 분노에 대한 작은 관점도 보이지 않는다. 내가 느끼기에 교황이 비명을 지르는 것은 세상에 대한 의식 때문에 괴로워서가 아니라, 그저 베이컨의 유리 상자에 갇힌 자신의 처지 때문인 것처럼 보인다. 그리고 다시, 그것이 사실이라면, 그 점이 작품이 지닌 도취의 효과를 설명해 준다. 그랑기뇰(Grand Guignol, 그로테스크한 공연을 주로 했던 파리의 공연장—옮긴이)의 관객처럼, 관람객이 매혹되는 것은 어떤 의미에서는 편안하기 때문이다. 그 두려움이 자극적인 이유는 그것이 멀리 있기 때문에, 일상의 세계가 제거된 어떤 삶에 속하기 때문이다.

베이컨의 회화가 우리 시대의 실제 비극을 다루기 시작하면, 그 그림들은 덜 소름 끼칠 것이고, 작품 안의 두려움에 대해 질투를 덜 느낄 것이며, 우리를 도취시키지도 못할 것이다. 왜냐하면 의식이 뒤흔들린 듯 우리 관람객들이 그림에 너무 몰입한 나머지 그런 것을 느낄 사치를 가지지 못할 것이기 때문이다.

피투성이 남자가 침대에 누워 있다. 널빤지 사이로 사체가 보인다. 남자가 의자에 앉아 담배를 피우고 있다. 그의 작품을 지나치는 사람은 마치 거대한 시설에 들어와 있는 듯한 기분이 든다. 의자에 앉은 남자가 돌아본다. 남자가 면도날을 들고 있다. 남자가 똥을 눈다.

우리가 보고 있는 이 사건들의 의미는 무엇일까. 그림 속 인물들은 하나같이 다른 사람의 존재나 그가 처해 있는 곤경에는 무관심하다. 그림 사이를 지나치는 우리도 같은 걸까. 소매를 걷어붙이고 찍은 베이컨의 사진을 보면 그 팔뚝이 그가 그린 그림 속 인물들의 팔뚝과 꽤 닮았다는 것을 알 수 있다. 여인이 어린아이처럼 난간 위를 기어간다. 1971년, 『코네상스 데자르(Connaissance des Art)』 잡지에 따르면, 베이컨은 생존한 가장 중요한 열 명의 화가 중 일위를 차지했다. 발가벗은 남자가 찢어진 신문을 발밑에 둔 채 앉아 있다. 남자가 밧줄을 멍하니 응시한다. 상의만 입은 남자가 얼룩진 붉은색 소파에 누워 있다. 움직이는 얼굴들이 꽤 많은데, 그 움직임에서는 고통이 느껴진다. 이런 회화는 단 한 번도 없었다. 그것은 우리가 살고 있는 세계와

프랜시스 베이컨, 〈두상 VI〉, 1949.

관련이 있다. 하지만 어떻게?

우선 몇 가지 사실을 정리해 보자.

1. 프랜시스 베이컨은 20세기에 국제적인 영향력을 갖춘 유일한 영국 화가다.
2. 첫 작품부터 최근작까지 놀랄 만큼 일관적이다. 관객은 충실하게 표현된 세계관을 마주하게 된다.
3. 베이컨은 뛰어난 기술을 지닌 화가 즉 대가다. 유화로 구상 회화를 그릴 때의 문제를 알고 있는 사람이라면, 그가 제시한 해결책에서 깊은 인상을 받지 않을 수 없을 것이다. 이러한 빼어난 솜씨(이는 드문 자질이다)는 대단한 헌신 그리고 자신이 활용하는 수단에 대한 분명한 태도에 따른 결과이다.
4. 베이컨의 작품에 대한 호평들이 유난히 많았다. 데이비드 실베스터, 미셸 레리, 로렌스 고잉 같은 이들은 그의 작품에 드러난 내적 암시에 대해 유창한 글을 남겼다. '내적' 암시란, 그의 작품만의 언어로 제시하는 명제가 암시하는 것들이라는 의미이다.

베이컨의 작품은 인간의 몸에 집중한다. 그 몸은 대개 뒤틀려 있는 반면, 입고 있는 옷이나 주변 환경은 상대적으로 덜 뒤틀려 있다. 상반신에 걸친 레인코트나 손에 들고 있는 우산, 입에 문 담배꽁초 같은 것들과 한번 비교해 보라. 베이컨 본인의 말에 따르면, 뒤틀린 얼굴이나 몸은 '신경체계를 곧장 가로지르는' 그림을 그리기 위한 탐색의 결과이다. 그는 반복적으로 화가와 관람객의 신경체계에 대해 언급한다. 그가 생각하는 신경체계는 뇌와는 구분되는 독립적인 것이다. 뇌에 호소하는 구상 회화는 삽화 같아서 지루하다고 그는 판단했다.

"나는 대상들을 가능한 한 직접적으로, 날 것 그대로 표현하고 싶었습니다. 그리고 대상이 직접 전해지는 경우, 그것들은 두려운 감정을 불러일으킵니다."

　신경체계에 곧장 말을 거는 날 것에 이르기 위해, 베이컨은 자신의 표현에 따르면 '사고(事故)'에 크게 의존했다. "나의 경우에, 내가 좋아했던 것들은 모두 어떤 사고의 결과였고, 나는 그 사고들을 놓고 작업했습니다."

　그림 안에서 '사고'가 벌어지면 그는 캔버스 위에 '비자발적인 표시들'을 남겼다. 그러고 나면 그의 '본능'이 그 표시들 사이에서 이미지를 만들어낼 방법을 찾았다. 그렇게 형성된 이미지는 신경체계에 충실한 동시에 어떤 암시도 담고 있었다.

　"사람들은 대상을 가능한 사실적으로 보고 싶어 하면서 동시에 뭔가 깊은 암시를, 화가가 보여 주기로 한 대상을 그저 제시만 하는 것 외에 어떤 감각의 영역을 열어젖혀 주기를 바라는 것 아닐까요? 그런 게 예술 아닐까요?"

　베이컨에게 그 '열어젖히는' 대상은 언제나 인간의 몸이었다. 그의 그림에 등장하는 다른 대상들(의자, 신발, 블라인드, 램프의 스위치, 신문 등)은 단순하게 제시된다.

　"나는 대상들을 외양에서 훨씬 벗어나게끔 왜곡하길 원하지만, 그 왜곡의 과정에서 외양에 대한 기록들을 다시 불러오려고 합니다."

　하나의 과정으로 보자면, 우리는 이제 이 말의 의미를 다음과 같이 해석할 수 있다. 인물의 몸이라는 외양이 원치 않은 사고를 겪으며 거기에 표시가 남는다. 그렇게 왜곡된 이미지는 관람객(혹은 화가)의 신경체계에 직접 다가가고, 이제 그 관객은 그 몸에 남은 표시 사이로 혹은 그 아래에서 원래 몸의 외양을 재발견한다.

　그림을 그리는 행위-사고로 인해 생긴 표시 외에, 몸이나 매트리스에 **그려 넣은 표시**도 종종 등장한다. 이 표시들은 정도에 따라 다르기는 하지만, 대부분 체액(피, 정액 혹은 똥)의 흔적이다. 캔버스에 남은 그 흔적들은 인간의 몸에 직접 닿는 물건들에 묻은 흔적처럼 보인다.

464

베이컨이 작품에 대해 이야기할 때 늘 사용하는 단어들(사고, 날 것, 표시)이 지닌 이중의 의미, 심지어 그의 이름 자체에 담긴 이중의 의미는 어떤 강박에서 생겨난 어휘의 일부이며, 이 강박은 아마도 자의식이 처음 생겨나던 시기의 경험에서 비롯되었을 것이다. 베이컨의 세계에서는 대안이 제시되지 않고, 출구가 없다. 시간이나 변화에 대한 의식도 존재하지 않는다. 베이컨은 종종 사진 이미지로 작업을 시작하기도 한다. 사진은 순간을 기록한 것이다. 그림을 그리는 과정에서, 베이컨은 그 순간을 모든 순간으로 변환시켜 줄 사고를 찾는다. 실제 삶에서, 그 전에 있었던 순간들이나 뒤에 이어질 순간들을 모두 지워 버리는 순간은 보통 신체적 고통을 느끼는 순간이다. 그리고 고통은 아마도 베이컨의 강박이 열망하는 이상일지도 모른다. 그럼에도 그의 회화에 담긴 내용, 그 작품들이 가진 호소력을 구성하는 내용은, 고통과는 거의 관련이 없다. 종종 강박은 그저 관심을 다른 곳으로 돌리는 역할을 할 뿐, 진짜 내용은 다른 곳에 있다.

베이컨의 작품은 서구 남성의 불안함과 외로움을 표현한 것이라고 알려져 있다. 그림 속 인물들은 유리 상자나 온통 색밖에 없는 경기장, 익명의 방, 심지어는 자기 자신 안에 격리되어 있다. 하지만 그렇게 고립되어 있으면서도 그들은 관찰의 대상이 된다.(삼면으로 구성된 형태, 각각의 인물은 하나의 캔버스 안에 격리되어 있지만, 서로가 서로를 볼 수 있는 그 배치는 어떤 징후를 드러낸다) 그의 그림 속 인물들은 홀로 있지만, 사생활이라는 것은 전혀 없다. 그들 몸의 표시들, 그 상처들은 자해의 흔적처럼 보인다. 하지만 그것은 아주 특별한 의미의 자해이다. 그것은 개인에 의한 자해가 아닌, 인간이라는 종에 의한 자해인데 왜냐하면, 그런 보편적 고독이라는 환경에서는 개인과 종 사이의 구분이 무의미해지기 때문이다.

베이컨은 최악의 상황을 상상하고 표현하는 묵시록적인 화가의 정반대 위치에 서 있다. 베이컨에게 최악의 상황은 이미 벌어졌다. 이미 벌어진 최악의 상황이란 피나 얼룩, 내장 같은 것과는 관련이 없다. 최악의 상황이란 인간이 정신을 놓아 버린 모습으로 보이는 상황이다.

그 최악의 상황은 〈십자가 처형〉(1944)에서 이미 벌어졌다. 붕대와 절규가 자리를 잡았고, 이상적인 고통을 향한 열망도 마찬가지다. 하지만 인물들의 목이 입으로 바로 이어지고, 얼굴의 위쪽 절반은 존재하지 않는다. 그리고 두개골도 사라지고 없다.

후기 작품에서 최악의 상황은 좀 더 미묘한 형태로 드러난다. 해부적 구조는 그대로지만, 생각하는 능력을 잃어버린 인간의 모습은 그를 둘러싼 환경 혹은 그의 표정(무표정까지 포함해서)을 통해 제시된다. 친구들이나 교황이 들어가 있는 유리 상자는 동물의 행동패턴을 연구할 때 사용되는 유리 상자를 떠올리게 한다. 소도구들, 줄에 매달린 의자, 난간, 밧줄 등은 모두 동물을 가두는 우리에 어울리는 것들이다. 인간은 불행한 원숭이다. 하지만 그 사실을 아는 인간은 원숭이가 아니다. 따라서 인간이 그것을 알 수 없다는 것을 보여 줄 필요가 있다. 인간은 자신이 불행한 원숭이라는 사실을 모르는 원숭이다. 인간과 원숭이를 구분하는 것은 뇌가 아니라 지각이다. 바로 이 점이 베이컨의 예술이 기반하고 있는 핵심 명제다.

1950년대 초, 베이컨은 얼굴 표정에 관심을 보였다. 하지만 본인도 인정했듯이 그 표정이 표현하는 것에는 관심이 없었다.

"사실, 나는 두려움보다는 절규를 그리고 싶었습니다. 만일 내가 정말 누군가를 절규하게 만드는 이유, 그러니까 절규의 원인이 되는 두려움을 생각했다면, 절규를 좀 더 성공적으로 그렸을지도 모릅니다. 사실, 그 절규들은 지나치게 추상적이니까요. 그 그림들이 처음 시작된 건 제가 입의 움직임이나 입과 치아의 모양에 관심이 많았기 때문입니다. 말하자면 나는 입에서 나오는 어떤 광택과 색을 좋아했다고도 할 수 있습니다. 나는 어떤 의미에서는 모네가 석양을 그리듯이 입을 그릴 수 있기를 늘 희망했습니다."

이사벨 로손 같은 친구의 초상화 혹은 몇몇 자화상의 경우에 관

466

람객은 한쪽 눈 혹은 양쪽 눈 모두에서 표정을 읽을 수 있다. 하지만 그 표정들을 곰곰이 들여다보고, 아무리 읽어 봐도 그것들은 자아를 반영하지 않는다. 그 눈들은 지금 자신이 처한 조건에서 멍하게 자신을 둘러싼 것들을 바라볼 뿐이다. 그 눈은 자신에게 무슨 일이 일어났는지 모르고, 그 날카로움은 무지에서 비롯된 것이다. 그런데 정말 그들에겐 무슨 일이 일어난 걸까. 얼굴의 나머지 부분은 자신의 것이 아닌 표정들로 뒤틀려 있다. 그것들은 표정이라고 할 수도 없고(그 뒤에 표현할 무언가가 전혀 없기 때문에), 차라리 어떤 사고가 화가와 충돌해서 만들어낸 사태라고 해야 할 것이다.

하지만 전적으로 사고 때문만은 아니다. 유사성은 남는다. 그리고 베이컨은 이 점과 관련하여 대가다운 솜씨를 최대한 발휘했다. 보통 외관은 성격을 규정하는데 인간의 성격이란 정신과 분리하여 생각할 수 없다. 그것이 바로 미술사에서 전례를 찾아볼 수 없는 이런 초상화들이 절대 비극적이라고 할 수는 없지만, 보는 이를 사로잡는 이유이다. 우리는 비어 버린 의식을 담고 있는 공허한 틀에 불과한 어떤 성격을 마주하고 있는 것이다. 다시 한번, 최악의 상황이 벌어졌다. 살아 있는 인간이 정신을 잃어버린 자신의 유령이 된 것이다.

좀 더 큰 인물-구성 즉 한 명 이상의 인물이 등장하는 작품들에서, 인물들의 무표정은 자신을 제외한 다른 인물들을 전혀 받아들이지 못하고 있는 상황과 맞아떨어진다. 이들은 서로에게, 언제나, 자신들은 표정이 없다는 것을 증명해 보이고 있다. 남는 것은 쓴웃음뿐이다.

부조리에 대한 베이컨의 견해는 실존주의나 사뮈엘 베케트 같은 작가의 작품과는 관련이 없다. 베케트가 절망에 접근할 때, 그것은 질문하기, 관습적으로 주어진 대답의 언어를 파헤치는 과정의 결과로 나타난 절망이다. 베이컨은 어떤 질문도 던지지 않고, 아무것도 파헤치지 않는다. 그는 최악의 상황을 그냥 받아들인다.

인간이 처한 조건에 대한 그의 견해에 아무런 대안이 없다는 것은, 그가 평생 동안 만들어낸 작품들 안에서 주제의 발전이 없다는 사실에서도 그대로 드러난다. 삼십여 년 동안 발전이 있었다면, 그것은 최악의 상황에 좀 더 예리하게 초점을 맞추어 가는 기술적인 발전뿐이었다. 그는 그 작업에 성공했지만, 동시에 같은 이야기를 반복함으로써 최악의 상황에 대한 신뢰는 떨어질 수밖에 없었다. 이것이 그가 처한 역설이었다. 방을 하나씩 지날 때마다 관람객은 최악의 상황에서도 살아갈 수 있음을 알게 된다. 그런 상황도 반복해서 그릴 수 있고, 그런 상황을 더 우아한 예술로 만들어낼 수 있으며, 작품에 금빛 액자를 두른 다음 그 앞에 벨벳을 깔아 놓을 수 있고, 다른 사람들이 그 작품을 사서 식탁이 있는 방의 벽에 걸어 놓을 수도 있음을 알게 된다. 베이컨이 사기꾼이 아닐까 하는 생각도 들기 시작한다. 하지만 그는 사기꾼이 아니다. 그는 자신의 강박에 충실하기 때문에, 그의 예술이 지닌 역설은 하나의 일관성있는 진실을 보여 준다. 하지만 그 진실이 그가 의도했던 진실은 아닐 것이다.

베이컨의 예술은, 요컨대, 순응적이다. 그의 비교 대상은 고야나 청년기의 아인슈타인이 아니라 월트 디즈니다. 베이컨과 디즈니는 둘 다 우리 사회의 소외된 행동들에 대한 명제들을 제시했고, 둘 다 다른 방식이긴 하지만, 관람객들이 그 명제들을 받아들이게끔 설득했다. 디즈니는 소외된 행동을 웃기고 감상적으로 보이게 했고, 결국 받아들여지게 했다. 베이컨은 최악의 상황이 이미 벌어졌으니 거부하거나 희망을 품는 것은 무의미하다는 식으로 그런 행동들을 해석했다. 두 사람의 작품에서 느껴지는 놀랄 만한 형식적 유사함(팔다리가 뒤틀린 모양, 몸의 전체적 형태, 인물들이 배경이나 다른 인물들과 맺는 관계, 깔끔한 맞춤옷을 활용한다는 점, 손동작, 사용하는 색상의 범위 등)도 동일한 위기에 대해 상호 보완적인 접근 태도를 지니고 있었던 결과라고 할 수 있다.

디즈니의 세계도 무의미한 폭력으로 가득하다. 마지막 장면에서는 언제나 최후의 대혼란이 펼쳐진다. 그가 창조한 캐릭터들은 개성도 있고, 예민한 반응도 보인다. 그들이 결여하고 있는 것은 (거의) 정신이다. 디즈니가 그린 만화 앞에서는 마치 **'아무것도 없습니다'**라는 말풍선을 보고 있는 것만 같은 기분이 든다. 그의 영화 역시 베이컨의 회화만큼이나 두려움을 느끼게 한다.

베이컨의 회화는, 종종 지적되었듯이, 외로움이나 불안 혹은 형이상학적 의심 같은 실제 경험에 대해 언급하지 않는다. 사회적 관계나 관료주의, 산업 사회 혹은 20세기 역사 등에 대해서도 언급하지 않는다. 그런 것들을 언급하려면 의식에 대해 신경을 써야만 한다. 그 그림들이 하는 일은 자신만의 절대적 형식, 곧 정신을 놓아 버린 상태를 갈망하는 소외된 자의 모습을 보여 주는 것이다. 이것이 베이컨의 작품을 통해 볼 수 있는 (그 작품들이 표현한 것이 아니다) 일관된 진실이다.

〜〜

파리 마욜미술관에서 열린 프랜시스 베이컨의 전시회를 찾았다. 수전 손택의 『타인의 고통』도 읽었다. 전시회는 화가의 평생 동안의 작품들을 간략히 소개하고 있었다. 책은 전쟁과 신체 절단, 전쟁 사진의 효과에 대한 놀랄 만큼 깊은 사고를 보여 주었다. 내 머릿속에서는 이 책과 전시회가 서로에게 해 줄 말이 있는 것 같았다. 어떻게 그럴 수 있는지는 아직 확실치 않다.

구상화가로서 베이컨은 프라고나르만큼이나 영리했다.(베이컨 본인도 이런 비유는 반가워할 것이다. 두 화가 모두 신체의 감각을 표현함으로써 성공을 거둔 화가이다. 한쪽은 쾌락이었고, 다른 한쪽은 고통이었다) 베이컨의 영리함은 당연하게도 두 세대 정도에 걸쳐 화가들에게 자극을 주고, 숙제를 던져 주었다. 지난 오십여 년 동안 내가 베이컨의 작품에 대해 비판적이었던 것은, 그가 충격을 주기 위해 그림을 그리는 것이 틀림없다고 확신했기 때문이다. 자신은 물론 다른 사람들에게 말이다. 내 생각에 그런 동기는 시간이 지나면 희미해지기 마련이다. 지난주, 그레넬 가(街)에 있는 미술관에 전시된 그림 앞을 서성이며, 나는 지금까지 이해하지 못했던 것을 알게 되었고, 그렇게 오랫동안 나 스스로 의심을 가져 왔던 화가에게 갑자기 감사하는 마음이 들었다.

1930년대부터 1992년 사망할 때까지 베이컨의 비전은 무자비한 세상에 대한 것이었다. 그는 불편하거나, 뭔가를 필요로 하거나, 불안한 상태에 있는 인간의 몸 혹은 몸의 일부를 반복적으로 그렸다. 종종 그 고통은 외부에서 가해진 것처럼 보일 때도 있지만, 그보다는 몸의 내부에서, 신체의 내장에서부터 혹은 신체를 가지고 있다는 불행함 자체에서 기인하는 것처럼 보일 때가 더 많았다. 베이컨은 자신의 이름을 가지고 의식적으로 신화를 만들어내려 했고, 그 점에 있어서는 성공했다. 그는 동명의 인물, 즉 16세기 영국의 경험주의 철학자의 후손임을 자처했고, 인간의 살을 그릴 때는 마치 얇게 저민 베이컨이라도 되는 양 표현했다.

하지만 그의 작품세계가 이전의 회화보다 더 무자비해진 것은 그런 이유 때문만은 아니다. 유럽 예술은 암살과 처형 그리고 순교로 가득하다. 최초의 20세기 화가라고 할 수 있는 고야(그렇다, 20세기다)의 작품에서, 보는 이들은 화가의 분노에 귀를 기울인다. 베이컨의 비전이 고야와 다른 점이 있다면 거기에는 증인도, 애도도 없다는 점이다. 그가 그린 그림 속 인물들은 다른 인물들에게 무슨 일이 일어나고 있는지 전혀 알아보지 못한다. 그렇게, 어디서나 볼 수 있는 무관심이 그 어떤 신체 절단보다 더 잔인하다.

거기에, 그가 인물들을 배치한 배경에서 풍기는 침묵이 더해진다. 그 침묵은 마치 냉장고의 냉기, 내용물에 상관없이 늘 일정한 상태를 유지하는 그 냉기를 닮았다. 베이컨의 무대는, 아르토의 무대와 달리, 의식(儀式)과는 아무 관련이 없는데, 이는 인물을 둘러싼 공간이 그 인물의 몸짓을 전혀 받아 주지 않기 때문이다. 행동으로 드러나는 모든 불행은 그저 부수적으로 따라오는 사고로 제시될 뿐이다.

평생 동안 그런 비전은 아주 협소한 보헤미안 모임 안에서 벌어지는 통속적인 사건들을 통해 양분을 취하고 거기에 얽매여 있었다. 그런 모임에서는 바깥세상에서 일어나는 일 따위는 아무도 관심을 두지 않았다. 하지만… 하지만 베이컨이 조합해낸 그리고 귀신을 내쫓듯 몰아내려 한 그 무자비한 세계는 결국 예언적인 것으로 밝혀졌다. 한 예술가의 개인적인 드라마가 반세기 만에 문명 전체의 위기를 반영하는 것이 되었다. 어떻게 그렇게 되었을까. 수수께끼다.

세상은 항상 무자비하지 않았던가. 오늘날의 무자비함은 아마도 더 쉴 새 없고, 더 포괄적이며, 더 지속적이다. 지구의 어느 곳도 혹은 그 위에 살고 있는 그 누구도 예외는 없다. 또한 그것은 이윤 추구라는 단일한 논리(냉장고처럼 차가운)에서 파생된 것이기 때문에 추상적이며, 다른 신앙 체계는 모두 낡은 것으로 만들어 버리려고 위협하는데, 거기에는 삶의 잔인함을, 품위를 지닌 채, 일말의 희망을 품은 채 마주하려는 전통도 포함된다.

베이컨으로 돌아가 그의 작품이 드러내는 것들을 살펴보자. 그는 벨라스케스, 미켈란젤로, 앵그르, 반 고흐 같은 이전 시대 화가들의 회화 언어와 주제를 강박적으로 언급한다. 이 '연속성' 때문에 그의 비전이 지닌 처참함이 완성된다.

인간의 알몸에 대한 르네상스 시기의 이상화(理想化), 부활에 대한 교회의 약속, 영웅주의에 대한 고전적 개념, 19세기 화가 반 고흐의 민주주의에 대한 열렬한 믿음 등이 모두 그의 비전 안에서는 무용지물이 되고, 그 무자비함 앞에서 아무런 힘도 쓸 수 없게 된다. 베이컨은 그 찢어진 조각들을 모아서 상처를 닦는 면봉처럼 활용한다. 내가 이전에 알아채지 못했던 점이 바로 그것이었다. 거기에는 어떤 계시가 있었다.

그 계시는 어떤 직감을 확인해 준다. 오늘날 다시 전통의 어휘들을 사용하는 일은, 권력을 쥔 자와 그들의 미디어에서 활용하는 것과 마찬가지로, 기존의 막막함과 황폐함을 가중시킬 뿐이라는 직감. 하지만 이것이 반드시 침묵을 의미하는 것은 아니다. 그것은 자신이 함께하고 싶은 어떤 목소리를 고르는 것을 의미한다.

역사적으로 볼 때 지금의 시기는 벽의 시기라고 할 것이다. 베를린 장벽이 무너졌을 때, 세계의 다른 곳에 벽을 세우려는 준비된 계획들이 펼쳐졌다. 콘크리트 벽, 관료주의의 벽, 감시의 벽, 보안을 위한 벽, 인종차별주의자들의 벽. 어디서든 벽이, 절박할 정도로 가난한 이들과 상대적으로 부유하게 남으려고 끊임없이 희망하는 이들 사이를 갈라놓았다. 벽들이 곡물 수확에서 건강보험까지 모든 영역에 걸쳐 전 지구를 가로지른다. 벽은 세계에서 가장 부유한 대도시에도 존재한다. 벽은 오래전 계급투쟁이라고 불렸던 전쟁의 최전선에 있다.

벽의 한쪽에는 상상할 수 있는 모든 군사력이 있고, 시체를 담을 필요가 없는 전쟁에 대한 희망, 미디어, 풍요, 청결함, 매력적으로 될 수 있는 비결 같은 것들이 있다. 벽의 다른 쪽에는 돌멩이, 부족한 물자, 사기, 폭력적인 복수, 창궐하는 질병, 받아들여야만 하는 죽음 그

프랜시스 베이컨, 〈방 안의 두 사람〉, 1959.

리고 하룻밤만(어쩌면 일주일만) 함께 지낼 수 있는 마음 같은 것들이 있다.

오늘날 세계에서 의미의 선택이란 바로 여기, 벽의 양쪽 사이에 있다. 벽은 우리들 각각의 안에도 있다. 지금 우리가 처한 상황이 어떠하든 상관없이, 우리는 우리 안에서 어느 쪽에 맞춰야 할지 선택해야 한다. 그것은 선과 악 사이의 선택이 아니다. 양쪽 모두에 선과 악이 존재한다. 자기 존중과 자기 혼란 사이의 선택이다.

권력을 가진 쪽에는 두려움에 따른 순응주의와 (그들은 절대 벽을 잊지 않는다) 더 이상 아무 의미도 없는 말들의 웅얼거림이 있다. 그런 침묵이 바로 베이컨이 그렸던 주제이다.

반대편에는 다수의, 이질적인, 종종 사라져 가는 언어들이 있다. 그런 언어들의 어휘를 통해 삶에 대한 의미들이 만들어진다. 비록, 유난히 비극적인 의미라고 해도 말이다.

> 내 말이 밀알이었다면
> 나는 대지였지.
> 내 말이 분노였다면
> 나는 폭풍이었지.
> 내 말이 바위였다면
> 나는 강이었지.
> 내 말이 벌꿀로 바뀔 때
> 파리들이 내 입술을 덮었지.
> —마흐무드 다르위시

베이컨은 아무 두려움 없이 그 침묵을 그려냈다. 그러면서 그는 벽의 다른 쪽에 있는 사람들에게 더 가까이 다가갔던 것 아닐까. 둘러가야 할 또 하나의 장애물로 그 벽을 느꼈던 사람들에게? 그럴지도 모르겠다….

레나토 구투소

Renato Guttuso

1911-1987

"사람은 의무감을 통해서만 성장할 수 있다"는 생텍쥐페리의 말은, 팔레르모로 진군하는 가리발디와 그의 군사 수천 명이 겪은 전투를 묘사한 구투소의 대형 작품을 요약하는 말이다. 베니스 비엔날레에 처음 소개되었을 때, 다른 점잖은 작품들 사이에서 이 그림이 눈에 띄었던 것은, 의무감에 따르는 야망과 거기에서 느껴지는 거부할 수 없는 어떤 느낌을 노골적으로 암시하는 작품이기 때문이었다. 편견 없는 관람객이라면 이 작품이 화가 본인의 유명세보다 큰 무언가에 봉사하기 위해 그린 그림임을, 또한 그의 예술적 재능이 (작품 자체의 **존재 이유**가 아니라) 제대로 활용되었음을 인정할 수밖에 없었을 것이다. 물론 잘 만들어진 신병 모집 포스터에 대해서도 같은 이야기를 할 수 있겠지만, 모든 전통이나 걸작들은 무언가에 대한 봉사의 마음 없이는 탄생하지 않았다는 것 역시 사실이다. 예를 들어 피카소는 〈게르니카〉를 넘어서는 작품을 그리지 못했고, 헨리 무어 역시 전쟁 시절 지하대피소에서 그렸던 심오한 드로잉을 넘어서는 작품을 만들어내지 못했다. 지금 우리가 살고 있는 시대보다 덜 혁명적이었던 시대에, 예술가들은 그저 일반적인, 다양한 삶의 방식에 봉사할 수 있을 뿐이

474

었다. 하지만 오늘날, 만약 어떤 예술가가 예술과 삶 사이의 필연적인 상호 관계를 인정할 만한 태도가 (의식적으로든 직관적으로든) 있다면, 그는 자신의 목적이 매우 다급한 것임을 인정할 수밖에 없을 것이다. 심지어 보나르처럼 안정된 생활을 했던 화가도 감각적인 가정 안의 정경에 대한 자신의 믿음을 표현하기 위해서는 샤르댕이나 벨라스케스의 표현 방식보다 상대적으로 불편하게 느껴지는 (물론 놀랄 만한 섬세함에도 불구하고) 방식을 활용해야 했다.

내가 이 점을 강조하는 것은 오늘날의 예술 환경, 즉 미학적 고려만이 아무런 의심 없이 받아들여지고 있는 이런 환경에서 그 점을 망각하기가 쉽기 때문이다. 내가 강조하는 특징들이 구투소의 작품이 그저 무명의 병사들을 위한 선전물에 불과하다는 피상적이고 지나치게 세속적인 평가에 대한 반박이기 때문이며, 또한 그런 특징을 감안할 때에 비로소 이 그림이 가진 힘과 약점을 설명할 수 있기 때문이다.

1911년 팔레르모에서 태어난 구투소는 예술과 정치 사이의 필연적인 관계를 인식하고 있었고, 정치란 넓은 의미에서 보자면 모든 사회적 질서의 기반에 있는 힘들 사이의 투쟁임을 알고 있었다. 1931년 로마에서 작업 중이던 그는 파시스트들이 부추기던 신고전주의에 강

레나토 구투소, 〈암미랄리오 다리 전투〉, 1955.

하게 반발했다.(형식화와 추상화에 대한 다양한 미학 이론들, 예를 들면 구투소의 초기 작품에서 암시되고 있는 것들이 또한 당시에는, 공허하고 반동적인 양식에 대한 필연적이며 사회적으로 중요한 의미를 지닌 반응이었음을 다시 한번 지적하고 넘어가야 할 것이다. 한때 아방가르드로 인식되었던 운동들이 그 혁명적 활기를 잃어버리고 또 하나의 학풍이 되어 버린 건 최근 십 년 혹은 십오 년 사이의 일이다)

1942년 그는 유명한 반종교적인 십자가형 그림을 그렸고, 그 후에는 레지스탕스로 활동하면서 이탈리아에서 벌어진 나치의 학살을 고발하는 일련의 작품들을 그렸으며, 1944년, 그 작품들은 『우리 곁의 하나님』이라는 제목으로 출간되었다. 전쟁 후에 그는 그동안의 작품이나 신문에 쓴 글들 덕분에 이탈리아 사회주의 리얼리즘 운동의 공식적인 지도자가 되었다. 자세하게 논의할 여유는 없지만, 그 운동이 정점에 이르렀을 때 발표한 이 작품은 운동 자체의 본질적인 특징들을 잘 보여 주고 있다. 소재 선택에서는 해당 운동이 목적으로 하고 있는 대중적이고 동시대에 호소력을 지닐 수 있는 대상을 선택하였고, 카라바조와 쿠르베 그리고 (다양한 형태들을 간소화시켜서 보여 준다는 점에서는) 피카소의 영향이 명백히 드러나고 있는데, 이는 해당 운동의 역사적 기반을 드러낸다고 할 수 있다.

앞에 있는 **가리발디** 그림의 복제화만 보면 속기가 쉽다. 독자들이 비례에 대한 감각을 놓쳐 버릴 뿐 아니라 (전면에 등장하는 인물들은 모두 실물 크기로 그려졌다) 더 중요하게는, 화면 구성의 주된 리듬을 놓쳐 버리기 때문이다. 이는 기본적으로는 황갈색을 배경으로 빨간색 군복과 파란색 군복이 만들어내는 대조 때문인데, 색상의 톤들 사이의 대조가 아니라 색상 자체의 대조이기 때문에, 흑백으로 제시되는 복제화에서는 알아볼 수가 없게 되어 버린다. 반면, 칼날 혹은 저 멀리 보이는 바다의 환한 면과 전면의 지저분한 군복 사이의 대조는 실제보다 더 강하게 전달되어 혼란을 불러일으킨다. 뿐만 아니라 독자는 물감을 사용하는 방식에서 전해지는 인상적인 활력과 그 직접

성도 놓칠 수밖에 없다. 하지만 이런 약점들 때문에 나의 주된 주장이 혼란스러워지지는 않는다. 이 작품을 그해 비엔날레에서 돋보이는 동시대 작품으로 만들어 준 것은, 압도적이었던 화가의 목적의식이라는 주장 말이다.

첫째, 작품 자체의 복잡함이 있다. 확신과 야심이 있었던 구투소는, 한 명의 인물만을 표현하거나 최소한의 대상만을 정교하게 배치하던 당시의 유행을 무시하고, 서른다섯 명의 인물과 말 다섯 마리, 거기에 정교한 풍경까지 더하는 작업에 도전했다. 또한 원근법의 무시나 폭력적인 동작에 대한 묘사를 감수했고, 장면 전체를 하나의 면이 아니라, 움푹 들어간 벽면 같은 삼차원의 공간에 펼쳐 놓았다.

둘째, 활력. 즉 광범위하고, 너그러우며, 미신에 굴하지 않는 에너지가 있다. 이는 대상들의 형태에서 볼 수 있는데, 자세히 살펴보면 촘촘하게 배열된 커다란 형체들이, 공간적으로나 논리적으로 복잡한 경우라고 하더라도, 제멋대로 뭉개지거나 초라하지 않고, 오히려 단단하게 그리고 어렵지 않게 균형을 잡고 있다. 또한 작품을 보는 이의 관심을 지속적으로 고르게 유도하게끔 그려져 있기도 하다. 강박적으로 세세한 면에 집착하지 않았고, 특별히 대가의 솜씨를 드러내려 한 부분도 없다. 작품 속의 모든 것이(슬그머니 양식화되는 일 없이) 전체 주제 아래 하나로 이어져 있다.

마지막으로, 인간적 태도가 있다. 구투소는 작품의 대상과 스스로를 충분히 동일시하였지만, 결코 감상에 빠지지는 않았다. 육박전이라는 현실이 눈앞에 제시된다. 죽은 이들은 평화롭지도 영광스럽지도 않다. 그는 불가피한 희생을 감수하는 것이 바로 영웅적인 것임을 인식하고 있다.

하지만 이러한 특징들은 예술가의 목적의식과 직접적인 관련이 있으며, 그렇기 때문에 작품의 심각한 실패를 말해 주는 것이기도 하다. 구투소의 확신이 아직 온전한 미술 언어로 번역되지 않았기 때문에, 그의 열정(화가로서의 열정이 아니라 인간으로서의 열정)이 드로잉이나 구성의 많은 약점들을 무시하도록 만들었다. 구투소가 인물을 아주 섬세하게 표현할 수 있는 능력을 지닌 화가였음을 감안하면, 이런 약점들이 그대로 드러난 것, 예를 들어 다리 위에서 팔을 머리 위로 들고 있는 인물을 수정하지 않고 그대로 둔 것은, 능력이 부족해서가 아니라 조급했기 때문일 것이다. 인간 구투소와 화가 구투소의 확신이 하나로 융합되지 않는 한 이러한 미숙함은 계속 그의 작품에 오점을 남길 것이고, 그런 오점이 있는 한 그의 작품은 신병 모집 포스터를 떠올리게 한다는 비판을 피하지 못할 것이다. 하지만 신병 모집 포스터에 불과할지라도 그런 작품이 그저 '예술품'이기만 한 작품들보다는, 모든 면에서, 훨씬 더 많은 것을 성취할 수 있을 것이다.

〰

베니딕트 니컬슨 많은 사람들이 레스터갤러리에서 구투소의 신작 이십 점을 관람했습니다. 그중 몇 점은 꽤 큰 작품이었는데요. 그 작품들에 대한 반응이 호의적이든 호의적이지 않든 상관없이, 모두들 뭔가 새로운 것이 있다고는 분명히 느낀 것 같습니다. 형식주의자들의 식상한 작품들만 소개하던 단조로운 전시회들에서 뭔가 변화가 이루어진 것은 환영할 일입니다.

존 버거 동의합니다. 하지만 이 전시회는, 당연하게도, 그저 새롭기만 한 것은 아닙니다. 예전부터 있어 온 사회주의 예술 이론의 실천을 보여 주는 전시회이자 또한 유럽 인본주의 전체와도 이어져 있습니다. 구투소의 작품이 새로운 예를 보여 주었다는 선생의 평가는 옳습니다. 그리고 이것은, 제가 보기에, 그가 의식적으로 의도한 것입니다. 그는 르 코르뷔지에가 건물을 짓듯이, 즉 가르치기 위해, 다른 예술가들을 도발하기 위해 그림을 그립니다.

베니딕트 니컬슨 가르치려는 욕망 외에, 그는 대중 관객들과 소통하려는 욕망도 확실히 가지고 있습니다. 제 생각에 그는 늘 관객을 염두에 두고 있고, 그 점이 그의 작품의 특징을 결정하는 조건입니다. 이 점이 중요한 것은, 지난 칠십여 년 동안 나왔던 최고의 미술 작품들에 대해서는 그렇게 이야기할 수 없기 때문입니다. 화가들이 인정받는 걸 감사하는 경우는 있었지만, 인정을 얻기 위해 자신의 스타일을 수정하는 일은 한 번도 없었죠.

존 버거 확실히 대중과의 소통을 가장 크게 신경 쓰는 이들은 상업적 '문화'를 다루죠. 제가 구투소의 작품에서 발견한 중요한 혁명적 요소는, 그가 대중 관객과 소통하려는 욕망을 가졌을 뿐 아니라, 현대의 대가들에게서 발견한 것들을 수용하고 있다는 점입니다.

베니딕트 니컬슨 한 발 더 나아가서, 만약 구투소가 현대의 여러 사조들을 흡수하지 않았다면 진지한 예술가가 되지 못했을 것이라고까지 이야기할 수 있을 것 같습니다. 전시 도록의 서문에 실린, 그는 우리 시대의 두 가지 중요한 생산적 양식 즉 입체파와 표현주의에서 뻗어 나온 화가라는 선생의 강조는 아주 정확한 표현이었습니다. 한 가지 사조에서 나온 화풍이 아니죠.

존 버거 동시대의 현실을 표현하기 위해서는 당연히 현대적 형식이 필요합니다. 하지만 그의 작품이 의미심장한 이유는 단지 스타일 때문이 아니라, 그가 바로 그 현실을 포착하고 있기 때문입니다. 구투소는 우리의 역사적 사회적 조건을 이해하고 있기 때문에, 결국 자신의 분노와 동정심, 인간 존엄성에 대한 자신의 지각을 정당화시켜 주는 소재에 적용할 수 있는 것입니다.

베니딕트 니컬슨 의미심장한 인간적 주제를 구성하는 것이 무엇인지에 대해서 선생은 저와는 다른 생각을 가지고 계신 것 같군요. 선생은 그런 소재를 노동 계급의 영웅적 행위에 국한시키는 것 같습니다. 당연한 이야기지만, 예술의 소재라는 측면에서 노동 계급의 투쟁이 다른 계급의 투쟁보다 더 마음을 울리는 것은 아닙니다.

존 버거 다른 계급의 투쟁은 없습니다. 노동 계급의 투쟁에 대한 저항이 있을 뿐이죠. 지금 우리가 겪고 있는 사회적 위기는 상류 계급과

중간 계급의 지위와 가치들이 무너져 버린 결과입니다. 그리고 저는 선생이 말씀하신 것처럼 대다수 동시대 예술들이 모호하고 소원해진 것도 그런 몰락과 밀접하게 관련이 있다고 생각합니다. 저는 자신들의 위치를 차지할 수 있는 계급의 활력에 스스로를 동화시킬 수 있는 사람들만이 어떤 확신과 관점을 지니게 되고, 그런 것들을 통해 자신들의 인간적 감정을 계발할 수 있다고 믿습니다. 그렇게 계발된 감정이라면 어떤 소재에든 적용될 수 있겠죠.

베니딕트 니컬슨 하지만 바로 그 점이 구투소가 실패한 지점입니다. 〈로마의 부기우기〉를 한번 보시죠. 부르주아 계급의 청년들이 춤판을 벌이고 있는 장면입니다. 관람객은 그가 열정적인 젊은이들에 대해 어느 정도의 공감을 표현할 걸로 기대하겠죠. 하지만 전혀 그렇지 않습니다. 그는 이 젊은이들의 좌절과 타락을 그렸습니다. 그는 벽에 걸린 몬드리안의 그림을 통해 미국 문화의 침투를 풍자하고 있죠. 제가 보기에는 그들이 굳건한 계급에 속하지 못한 건 그들이 불행했기 때문인데, 구투소는 이렇듯 암울하게 그들에게 공감하지 않고 있습니다.

존 버거 말도 안 됩니다. 젊은이들의 얼굴을 보면 (예를 들어 남자를 만나지 못한 아가씨 같은 경우에요) 그가 그들이 처한 곤경에 공감하고 있으며, 그 젊음의 활기도 인식했음을 알 수 있습니다. 그가 풍자하고 있는 것은 그들을 잘못된 길로 이끌고 또한 선생도 제대로 지적하셨듯이, 그들을 좌절시키는 것들입니다.

베니딕트 니컬슨 네, 하지만 구투소는 노동자들의 타락은 절대 묘사하지 않았겠죠.

존 버거 이쯤에서 사실들의 유형을 고려해야만 합니다. 의도적으로 떼어낸 사실들을 가지고 이야기하자면 예술에서 사소한 것밖에 말할 수 없습니다. 어떤 화가가 자신의 시대를 표현했다는 것은, 우연적인 것이 아니라 전형적인 것을 포착했다는 의미입니다. 당연히, 개인적으로 타락한 노동자들도 있겠죠. 당연히, 품위있는 부르주아도 있습니다. 하지만 그럼에도 이탈리아에서 제대로 먹지 못하고 있는 사람들은 농민이라는 사실, 자신들의 권리를 위한 투쟁을 벌이다 총을 맞은 노동자 계급이 있다는 사실, 그리고 부르주아들이 그런 점을 묵인했다는 사실에는 변함이 없습니다.

베니딕트 니컬슨 선생은 과장을 하고 있는 것 같습니다. 그 점에 대해서는 우리가 분명히 다르군요. 제가 선생보다 개인들의 도덕성에 좀 더 중요성을 두고 있다는 단순한 이유 때문입니다. 하지만 구투소의 그림들이 지닌 새로움과 위엄이 그가 지녔던 정치적 사회적 확신의 직접적인 결과물이라는 점에 대해서는 동의합니다. 이 점이 핵심입니다. 〈노동자의 죽음〉을 한번 보지요. 침대에 누운 노동자는 마치 만테냐의 작품 〈죽은 그리스도를 애도함〉을 떠올리게 합니다. 이는 보는 즉시 마음을 움직이는 작품인데요, 화가가 그림 속 남자의 고통과 완전히 동일시되었기 때문입니다.

존 버거 사람은 자신과 완전히 동화된 대상에게만 온전히 자신을 내줄 수 있습니다. 구투소가 사망한 노동자와 자신을 완벽하게 동일시할 수 있었다는 사실이, 그가 자신의 도덕성을 사적으로 또한 개인적으로 받아들였다는 증거입니다. 하지만 이 동일시는 그의, 그리고 우리의 마음을 움직이는 수단일 뿐이죠. 최종적으로 마음을 움직이는 것은 이 장면에 담긴 진실입니다. 고통의 대부분을 가리고 있는 축 늘어진 시트, 남자의 동료와 가족들이 느끼는 슬픔 같은 것이죠. 예술작품의 감동은, 그 작품이 의미심장한, 그리고 객관적인 사실들에 대한 우리의 경험을 얼마나 확장시켜 주는가에 달린 것입니다.

베니딕트 니컬슨 인정하지 않으시는군요! 선생이 느끼기에 '의미심장' 하지 않은 사실들, 그리고 순전히 개인적인 감정들도 예술의 풍성한 소재가 될 수 있습니다. 중요한 것은 예술가가 그것들을 믿고, 자신이 감각한 것들의 실감을 우리에게 확신시켜야 한다는 것이죠. 반 고흐가 강렬한 개인적 감정을 표현했을 뿐, 그 감각을 어떤 사회

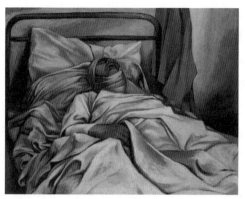
레나토 구투소, 〈영웅의 죽음〉, 1953.

적 이상에 적합하게 제시하지 않았기 때문에 그가 화가로서 덜 중
요하다고 말하는 건, 매우 어리석은 주장입니다.

존 버거 전혀 동의하지 않습니다. 반 고흐의 작품들 중 가장 감동적인
축에 속하는 작품들은 그의 강렬한 감정이 객관적 현실에 반영된
작품들입니다. 그가 자살한 것도, 지나치게 개인적인 감각들이 결
국 그의 비전을 숨 막히게 했기 때문입니다. 언젠가는 그의 작품들
이 이런 사실에 기반한 관점에서 재평가될 겁니다. 그러나 반 고흐
가 시골길을 걷는 우체부의 눈에 비친 풍경들을 그리고 싶다고 말
했을 때, 그의 태도는 구투소의 태도와 매우 유사합니다. 구투소는
세상을 객관적으로 보았지만, 표현하려는 자신의 열망에 대해서만
낭만적이었죠. 그가 축복했던 것은 이탈리아의 일상이었습니다. 수
확 철에 무거운 곡식들을 나르는 일, 광부들의 결기, 풍경 속에 세워
진 전신주, 언덕의 계단식 밭 같은 것들이요.

베니딕트 니컬슨 하지만 그런 축복의 질적인 측면들에 대해서는요?
간혹 드로잉이나 색상과 관련해서, 숙달된 작가의 솜씨라고 말하
기 어려울 정도로 미숙한 부분들이 보입니다. 〈토지 투쟁의 여성 영
웅〉에서 느껴지는 어떤 거슬림은 수틴의 작품에서 거슬리는 면과
비슷하다고 인정할 수 있을 것 같습니다. 하지만 구투소의 광부들

그림과 그 그림이 부분적으로 인용한 제리코의 원화를 한번 비교해 보세요. 아니면 그의 풍경화나 야수파 드랭의 작품들을 한번 비교해 보세요. 능력이 부족하다는 설명 외에 그의 작품들에서 보이는 미숙함을 설명할 다른 이유가 있을까요?

존 버거　몇몇 부분이 미숙하고, 마무리가 불완전한 건 사실입니다. 하지만 거기에는 많은 이유가 있습니다. 예민하기만 하고 뭔가를 읽어내지 못하기가 쉬운데요. 미술관에서 잠자고 있던 현대 미술의 전통을 거의 혼자 힘으로 끄집어내는 문제, 다급함과 긴박함이 사라지기 전에 동시대의 사건들을 해석하고, 단순한 보고에 그치지 않고 심오한 무언가를 덧붙여 그것들을 전설처럼 만들어내는 문제, 과도한 단순화를 피하면서 동시에 설득력있고 명쾌한 그림을 그리는 문제 등, 어마어마한 문제들이 있었습니다. 〈홍수〉에서 사다리에 올라선 마냐풍 여인의 팔뚝을 한번 보세요. 구투소의 작품을 옆 전시실에서 전시 중인 모이니한의 작품들과 비교해 보시죠. 단순히 드로잉 문제만 놓고 보자면, 동그란 담배 연기 정도를 그리는 일과 굴러가는 바퀴를 장식하는 마차 짐꾼의 노력 사이의 차이만큼 격차가 있습니다.

베니딕트 니컬슨　우리 두 사람의 해석이 아무리 다르다고 해도, 이 전시회가 예술이 다시 태어나고 있음을 알리는 긍정적인 전시회라는 점에 대해서는 합의를 한 것 같습니다.

잭슨 폴록

Jackson Pollock

1912-1956

문화적 분열의 시기에 (지금 우리가 살고 있는 서구 사회 같은) 개인의 재능이 지닌 가치를 측정하기는 어렵다. 어떤 예술가는 분명 다른 예술가보다 재능이 많기 때문에, 특정 미디어를 깊이 이해하고 있는 사람이라면 재능이 많은 사람과 그렇지 않은 사람을 구분할 수 있어야 한다. 대부분의 현대 비평은 이 구분을 짓는 일에만 지나치게 관심을 두고 있다. 오늘날의 평론가들은 예술가들의 의도를 그대로 인정한 후에(그들이 평론가 고유의 기능에 도전하지 않는 한) 해당 예술가가 그 목적을 추구하는 데 있어 풍부한 재능을 보여 주는가, 아니면 그런 재능이 결여되어 있는가에만 집중한다. 하지만 이런 접근은 중요한 질문을 빠뜨리고 있다. 재능이 있는 예술가는, 자신이 속한 문화적 상황에 내포된 퇴폐성에 대해 질문하거나 그것을 넘어서 생각하지 않아도 되는 것인가, 하는 질문 말이다.

어쩌면 재능과 반대되는 개념인 천재에 대한 강박 때문에, 우리는 그런 질문에 대해 본능적인 반응을 보이는지도 모른다. 천재는 그 정의상, 어떤 식으로든 그가 물려받은 상황보다 더 큰 사람을 의미한다. 예술가 본인에게 이 문제는 종종 아주 비극적으로 다가온다. 내 생각에는 딜런 토머스나 존 밀턴 같은 사람들이 그 질문에 사로잡힌 사람들이었다. 어쩌면 잭슨 폴록 역시 그 질문에 시달렸을지 모른다. 삶의 마지막 시기에 그가 사실상 그림 그리는 일을 그만두었던 이유도 그 때문일 것이다.

폴록은 아주 재능이 많았다. 어떤 사람들은 이런 사실에 놀랄지도 모르겠다. 우리는 폴록의 유명한 혁신이 가지고 온 결과들[제멋대로 미숙하게 물감을 바르거나 혹은 물감의 '공격을 받은' 타시즘(Tachisme, 물감을 흘리거나 뿌리는 추상화법―옮긴이) 혹은 행위예술가들의 작품이 수천 점이나 된다]을 보았다. 폴록의 작업 방식에 대한 전설 같은 이야기도 들었다. 캔버스를 바닥에 놓고, 그 위에 통에든 물감을 흘리거나 뿌린다는 둥, 미지의 영역으로 나아가는 동안 화가가 무아지경에 빠진다는 둥. 그가 창시한 회화 양식에 대해 주문처럼 떠들어대는 글들도 읽었다. 이런 상황에서 그가 대단히 섬세하고, 예민하고, '매력적인' 장인이었다는 사실은 얼마나 놀라운가. 그는 분노한 우상파괴자보다는 비어즐리(A. Beardsley, 19세기 영국의 삽화가―옮긴이)에 가까운 예술가였다.

그가 그린 최고의 작품들은 대부분 크다. 그 앞에 서면 관람객의 시야를 모두 차지할 정도다. 은색과 분홍색, 새로운 황금색, 창백한 파란색으로 이루어진 성운(星雲)이, 급하게 휘갈긴 어둡거나 밝은 선들 사이로 보인다. 이 그림들이 르네상스적인 의미에서 '구성된' 그림이 아닌 건 사실이다. 그 그림들에는 시선이 갈 만한 혹은 출발할 중심이 되는 초점이 없다. 그것들은 끊임없이 이어지는 표면상의 패턴으로 구상되었고, 눈에 띄는 반복적 모티프 없이도 완벽하게 일체되어 있다. 그럼에도 색이나 일관성있는 움직임, 색조의 무게감에서 느껴지는 균형감이 자연스럽게 화가의 재능을 증명하고 있다. 그런 특징들은 또한, 폴록이 자신만의 작업방식을 통해 자신이 하려는 작업을 적절하게 통제할 수 있었음을 보여 주는 것이기도 하다. 마치 인상주의자들이 인상주의 기법을 통해 그랬던 것처럼 말이다.

폴록은 유난히 재능이 많은 화가였고, 그의 작품들은 섬세한 눈에 즐거움을 줄 수 있는 셈이다. 만약 이 작품을 섬유 디자인이나 벽지에 활용한다면 그리 섬세하지 않은 눈에도 즐거움을 줄 수 있을 것이다. (일반적인 맥락에서 벗어나 그 자체만으로 제시된, 독립된 단 하나의 어떤 가치, 이 경우에는 추상적 장식이라는 가치를 즐기는 일은 섬세한 사람들에게만 가능하다) 하지만 거기까지만 해도 되는 걸까.

그럴 수 없다. 부분적으로는 그런 단순한 가치 이상의 무언가를 대변하는 인물로서 그가 미치는 영향이 무시하기 힘들 정도가 되어 버렸기 때문이며 또 부분적으로는 그의 그림들을 이미지로 보아야 할 필요가 (어쩌면 그렇게 의도되었을지도 모른다) 있기 때문이다. 이 작품들에 담긴 내용, 그 의미는 무엇일까. 전시회에서 만났던 유명 미술관의 큐레이터는 "아주 의미가 많죠"라고 했다. 하지만 그런 말은, 모든 사람들이 평범한 어휘들로 자신만의 고유한 개인적 경험을 표현하게 되면서, 질적인 평가를 내리는 단어들도 바보같이, 그리고 끊임없이 엉뚱하게 사용하는 예라고 할 수 있다. 폴록의 그림들에는 의미가 없다. 하지만 그렇게 의미가 없게 되는 과정이 아주 의미심장하다.

하얀 방에서 태어나 자신의 몸이 자라는 것 이외에는 아무것도 본 적이 없는 남자를 상상해 보자. 그에게 갑자기 막대기 하나와 밝은색 페인트가 주어졌다. 균형감과 색의 조화에 대한 감각을 타고났다면, 나는 그 남자가 하얀 벽을 폴록의 캔버스처럼 칠했을 거라고 생각한다. 그는 성장이나 시간, 에너지, 죽음에 대한 생각과 느낌을 표현하고 싶었을 테지만, 그것을 표현할 수 있는 시각적 이미지는 본 적도 없고, 따라서 떠올릴 수도 없다. 그에게는 하얀 벽에 페인트로 흔적을 남기는 동안 발견하게 될 몸짓밖에 없다. 그 몸짓은 열정적이고 어쩌면 광적일 수도 있지만, 그럼에도 귀먹고 말 없는 자가 말을 해 보려고 애쓰는 비극적 광경 이상의 의미는 없다.

나는 폴록이 자신의 상상 안에서 주관적으로는, 그 정도에 이를 정도로 스스로를 고립시켰을 거라고 믿는다. 폴록의 작품들은 자신

486

의 정신의 벽 안쪽에 그린 그림들 같다. 그의 작품이 지닌 호소력, 특히 다른 화가들에게 주는 호소력도 같은 성질의 것이다. 그의 작품은 거의 초대라고 할 수 있다. 모든 것을 잊어버리고, 모든 것을 잘라내버리고 당신만의 하얀 방 안에서 (굉장히 역설적이지만) 여러분의 자아 안에서 우주를 발견하라는 초대, 한 명 뿐인 세계에서는 당신이 바로 우주가 되니까 말이다!

서구의 예술가들을 지속적**으로** 괴롭히는 문제는 예술을 통해 자신과 대중들 사이를 이어 줄 수 있는 주제를 찾는 일이다.(여기서 주제란 그저 소재만을 말하는 것이 아니라, 그 소재에서 찾아낸 어떤 의미심장함을 뜻한다) 처음에 폴록은 멕시코 예술과 피카소의 영향을 받았다. 그는 그들의 스타일을 빌려 왔고, 그 열정을 본받아 자신의 활동을 유지했지만 그들의 주제까지 물려받지 않기 위해 노력했다. 그 주제는 그가 처한 사회적 문화적 상황에는 적용될 수 없는 것이었기 때문이다. 결국 절망에 빠진 그는 주제를 찾을 수 없다는 그 불가능성을 주제로 삼았다. 말을 할 수 있었음에도, 그는 벙어리 행세를 했다.(이 점에서는 제임스 딘과도 비슷하다) 자유를 얻고, 이야기를 할 수 있는 사람들도 있었지만, 그는 하얀 방 안에 스스로를 가두어 버린 셈이다. 이미 바깥 세계에 대한 기억과 수많은 참조할 것들이 있었지만, 그는 그것들을 잊어버리려고 애썼다. 버릴 수 있는 것들을 모두 버린 후에, 그는 그림을 그리고 있는 순간에 일어나는 일에 대한 의식에만 집중하려고 노력했다.

그가 재능이 없었다면 그 작업은 분명하지 않았을 것이다. 재능이 없었다면 그저 불완전한, 가짜의, 부적절한 작품만이 남았을 것이다. 하지만 보다시피, 잭슨 폴록은 자신의 재능으로 그 작품들을 매우 적절하게 만들어냈다. 작품을 통해 사람들은 우리 문화의 분열을 볼 수 있다. 당연하지만 지금까지 내가 묘사한 것은 의식적인 것도, 개인이 의도적으로 정한 방향도 아니기 때문이다. 그것은 개인의 역할이니, 역사의 본성이니, 도덕의 기능이니 하는 것들에 대한 우리의 뿌리 깊은 환상을 인정하고, 거기에 따라 살아온 결과이기 때문이다.

이제 내가 맨 처음 던진 질문에 대한 답이라고 할 만한 것을 얻은 것 같다. 재능있는 예술가가 자신이 속한 문화적 상황에 내포된 퇴폐성을 직시하거나 그것을 넘어서 생각할 수 없다면, 그 상황이 지금 우리가 처한 상황처럼 극단적인 것이라면, 그의 재능은 그러한 퇴폐성의 본질과 그 범위를 부정적으로만, 하지만 비범한 정도로 생생하게 드러낼 수 있을 뿐이다. 다른 말로 하면, 그의 재능은, 그 재능이 얼마나 낭비되고 있는지를 드러낼 것이다.

잭슨 폴록과 리 크래스너

Jackson Pollock | Lee Krasner

1912-1956 | 1908-1984

예술의 자살이란 낯선 개념이다. 하지만 잭슨 폴록과 역시 화가였던 그의 아내 리 크래스너의 이야기를 하려면 거기서부터 시작할 수밖에 없다. 크래스너는 남편이 사망한 후에도 1984년까지 거의 삼십 년 정도 독자적으로 활동했고, 화가로서의 경력을 만들어 갔다. 하지만 이 글에서 나는, 두 사람이 함께 살며 작업했던, 그리고 폴록이 당시 현대 예술의 정규과정이라고 여겨졌던 것들에 도전했던 십오 년 정도의 시기에만 집중하고 싶다.

폴록은 삼십오 년 전, 뉴욕 롱아일랜드 스프링스의 자택 근처에서 자동차 사고로 사망했다. 그건 자살이 아니었다. 당시 그는 마흔넷이었고, 이미 미국 최초의 위대한 화가로 칭송받고 있었다. 그리고 그의 비극적 죽음이, 비록 예측 가능한 것이었다고 해도 예술의 자살을 대부분 흐릿하게 만들어 버렸다.

폴록은 1912년 아일랜드-스코틀랜드 출신 장로교 집안의 다섯 형제 중 막내로 태어났고, 대부분 애리조나에서 살았다. 그는 미숙하기는 했지만 일찍부터 아주 열정적인 재능을 보여 주었다. 재능이라는 것이 꼭 능숙함을 의미하는 것은 아니다. 그것은 기질 안에 있는 어

489

떤 동력, 일종의 에너지다. 폴록의 재능은 즉시 그의 선생님이었던 시골 풍속화가 토머스 하트 벤턴의 눈에 띄었다.

폴록은 날씬하고, 잘생겼으며, 공격적이고 생각이 많았다. 그는 자신이 낙오자가 아님을 증명하려는, 그리고 아마도 엄했던 어머니에게 언젠가 인정받고야 말겠다는 야심에 불탔다. 그가 하는 모든 일에는 카리스마의 흔적이 느껴졌고, 그가 일을 마치고 나면 어디서든 의심이 남았다. 그는 스무 살이 되기도 전에 이미 어느 정도는 알코올 중독자였다.

십대 때부터 그는 첫번째 이름 폴을 버리고, 가운데 이름 잭슨만 사용했다. 그런 변화가 이미 그가 어떤 인물이 될지에 대해 많은 것을 시사한다. 잭슨 폴록은 링에 올라가 싸울 때의 이름이었다. 챔피언의 이름.

나중에 얻게 된 화가로서의 유명세 덕분에 그가 마음 깊은 곳에 카우보이의 기질이 있었다는 전설이 만들어졌다. 그의 첫번째 후견인이었던 페기 구겐하임이나 맨 처음 지지자였던 클레먼트 그린버그, 그를 위해 '행위 미술'이라는 용어를 처음 만들어낸 미술평론가 해럴드 로젠버그의 눈에는 그가 진짜 이방인이나 무식한 노동자처럼 보였을 것이다. 그는 이론적인 설명을 싫어했고, 많이 읽는 사람도 아니었다. 미국 밖으로 여행한 적도 없으며, 사람들과 주먹다짐을 했고, 파티에서 술이 취하면 벽난로에 오줌을 싸는 사람이었다. 카우보이들이 올가미 밧줄로 기적 같은 묘기를 보여 줄 수는 있겠지만, 어떤 카우보이도 폴록이 했던 것만큼 통제력있는 그림을 그려내지는 못할 것이다. 이 점은 여러 번 강조할 필요가 있는데 그 유명한 '흘리기 기법' 때문에 어떤 사람들은 폴록을 그저 물감을 떨어뜨리거나 흘리는 사람, 혹은 들이붓는 사람 정도로만 생각하기 때문이다. 그건 사실과는 너무나 다른 이야기다. 예술의 자살은 대가다운 솜씨로 이루어졌으며, 그의 절망은 아주 정확했다.

폴록은 1940년대에 화가로서의 자신을 발견했다. 당시 미국의 아방가르드 예술가들은 대부분 피카소와 초현실주의, 융의 무의식, 내적 자아, 추상화 작업 같은 것에 관심을 보였다. 눈에 보이는 객관적인 세계를 직접적으로 그린 그림은 보통 '설명적'인 작품이라며 무시당했다. 여정은 내면을 향한 것, 영혼을 찾으려는 불편한 모험이었다.

1943년 유명한 화가였던 한스 호프만(Hans Hofmann)이 젊은 폴록에게 그의 예술에서 자연이 얼마나 중요한지 물었다. "제가 자연입니다"라고 그는 대답했다. 노(老)화가는 대답에 담긴 오만함에 놀랐고, 그걸 알아차린 폴록은 "당신의 이론에는 전혀 관심이 없습니다! 집어치우고 닥치세요! 당신 작품이나 좀 봅시다!"라는 말로 상처에 소금을 뿌렸다. 그건 오만한 대답이었을 수도 아니었을 수도 있겠지만, 이 일화는 다가올 운명을 암시하고 있다는 점에서 의미심장하다.

그로부터 육 년 후, 해럴드 로젠버그(Harold Rosenberg)는 폴록에 대해 다음과 같은 칭찬의 말을 했다. "현대 화가는 무(無)에서 출발한다. 그가 보고 그릴 수 있는 것은 그것뿐이다. 나머지는 자신이 만들어내야 한다."

그때, 바깥 세계에서는 무슨 일이 벌어지고 있었을까. 문화적 환경이란 사건들과 절대 구분될 수 없다. 미국은 전쟁 이후 세계 초강대국으로 부상하는 중이었다. 첫번째 원자폭탄이 투하되었다. 냉전이라는 묵시록이 의제로 자리잡았다. 맥카시가 배신자들을 만들어내고 있었다. 이차세계대전에서 가장 적은 피해를 입은 나라의 분위기가 공격적이고, 폭력적이며, 무언가에 홀린 것 같았다. 그 시기에 가장 어울리는 희곡은 「맥베스」일 것이다. 유령은 히로시마였다.

'자유'라는 단어가 당시 널리 퍼졌지만, 의미는 제각각이었다. 그 중 세 가지 정도 의미를 살펴보는 게 좋을 것 같은데, 그 셋을 하나로 묶으면 그 시기의 삐걱거림을 볼 수 있을 것 같기 때문이다. 미국에서는 시간이 짧았다. 인내심은 거의 없었고, 판돈은 줄어들고 있었다. 뭔가 콕 집어 말할 수 없는 상실감이 있었고, 그건 종종 화나 폭력으로 드러나기도 했다. 베트남은 이러한 불안정에 필연적으로 따를 수밖에 없는 역사적 비극들 중 하나였다.

시장의 자유가 있다. 뉴욕의 예술가들은 자유 시장을 확장하기 위해 그 어느 때보다 미숙하게 일하고 있었다. 그들은 정확히 자신들이 원하는 것을, 자신들이 원하는 크기로, 자신들이 원하는 재료를 가지고 그렸다. 그렇게 완성된 작품들은, 채 마르기도 전에 매장에 전시되고 홍보되고 가끔씩 판매가 되었다. 수집가들(작품이 마르기도 전에 팔려 나가는 건 유례가 없는 일이었다)이나 미술관들이 그 작품들을 샀다. 하지만 경쟁 역시 무자비하고 공격적이었다. 최신작이 늘 최고의 가치를 지녔다. 미술관의 유행도 빨리 바뀌었다. 유명세(『라이프』지에 실리는 일)는 극적이었지만, 오래가지 못했다. 위험이 컸고, 희생자들도 속출했다. 고키(A. Gorky)와 로스코(M. Rothko)는 자살했다. 클라인(F. Kline), 라인하르트(A. Reinhardt), 뉴먼(B. Newman)은 요절했다. 거의 모든 화가들이 버티기 위해 폭음을 했는데, 결국 그들의 작품은 투자가치가 높은 재산으로 변질되었고 이익을 남기는지 여부는 화가로서 그들의 삶보다는 안보상황에 더 크게 좌우되었다. 그들은 성공과 실패를 동시에 살아야 했다.

다음으로, 예술가의 자유는 그들 안에서 찾아야만 했다. 당시 전시회 카탈로그에 이런 말이 적혀 있었다. "지난 십여 년은 미국 회화에서 대단히 창조적인 시기였다. 이제야 대상의 폭정과 자연주의를 통해 의식으로 들어가려는 질병을 버리려는 노력이 집중적으로 생겨나고 있다." 의식으로 들어간다는 것(모호한 표현이다)은 그림 안에서 자기 자신이 된다는 뜻, 다른 어떤 참조사항도 없이, 즉 수사법이나 역사, 관습, 다른 사람, 안전, 과거 같은 것들을 없애 버린다는 뜻이었다. 만약 오염된 세상이었다면 이들은 순수를 찾는 이들이 되었을 것이다.

그리고 '미국의 소리(미국 정부에서 운영하는 국제방송―옮긴이)'가 전하는 자유, 자유세계의 자유가 있었다. 1948년 당시 미국은 자신들의 군사적 정치적 권력에 걸맞은 국제적인 문화적 위신이 필요했다. '양키 고 홈!'에 맞설 수 있는 정교한 응답이 필요했던 것이다. 바로 그 점이 오십년대와 육십년대에 시아이에이(CIA)가 새로운 미국 예술을 미래에 대한 약속으로 전 세계에 전파하는 활동을 은밀히 지원한 이유이다. 그런 작품들이(데 쿠닝을 제외하고는) 추상화였기 때문에, 그에 대한 해석들도 다양했다.

이런 식으로 가장 절박했던 일군의 예술작품들, 가장 먼저 미국 대중들을 놀라게 했던 작품들이 연설이나 기사 혹은 그것이 전시되는 맥락을 통해, 개인주의를 방어하고 자신을 표현할 권리를 대변하는 이념적 무기가 되었다. 폴록은 이런 기획을 몰랐을 거라고 나는 확신한다. 다만 그는 너무 일찍 죽어 버렸고, 그의 사후, 선전도구들이 그의 예술을 둘러싼 혼돈을 만드는 데 일조했다. 절망의 외침이 민주주의에 대한 선언으로 바뀌어 버린 것이다.

∿

1950년 한스 나무스(Hans Namuth)가 폴록의 작업과정을 영화로 제작했다. 폴록은 페인트가 묻은 부츠(마치 반 고흐에게 경의를 표하는 것처럼 보인다)를 신은 채, 바닥에 놓인 깨끗한 캔버스 주위를 어슬렁거리다가, 깡통에 든 페인트를 막대기로 흘리기 시작한다. 물감들이 만들어내는 선, 서로 다른 색들, 그물이 만들어지고 매듭이 만들어진다. 그의 동작은 느리지만, 동작과 동작은 신속하게 이어진다. 다음으로 그는 같은 동작을, 촬영감독이 촬영할 수 있게, 가대(架臺)에 놓인 유리판 위에서 해 보인다. 덕분에 우리는 유리판 위에서 물감 덩어리와 선들이 겹치는 과정을 볼 수 있다. 그림의 관점에서 화가를 보는 셈이다. 우리는 모든 것이 이루어지는 캔버스의 뒤쪽에서 본다. 그의 팔과 어깨 동작은 저격수와, 벌 떼를 벌집에 부어 넣는 양봉업자의 중간쯤 되는 어떤 동작을 떠올리게 한다. 눈부신 공연이다.

'행위예술'이라는 표현이 더욱 유행하게 된 것도 아마 이 영상 때문이었을 것이다. 캔버스는, 행위예술에서의 정의에 따르면, 예술가의 자유로운 움직임을 위한 운동장이 되고, 관객은 예술가의 움직임이 남긴 흔적을 통해 그 경험을 다시 살게 된다. 예술은 더 이상 생각이 아니라 행동이다. 더 이상 무언가에 대한 추구가 아니라 도착점이다.

우리가 서서히 이르게 되는 곳은 로젠버그가 말한 '무(無)' 그리고 숙명이 이끄는 회화적 결말이다.

∿

리 크래스너와 잭슨 폴록이 함께 찍은 사진을 보면 그들의 결혼이 두 화가의 결혼임을 잘 알 수 있다. 바로 두 사람의 옷 때문인데, 마치 사진에서도 물감 냄새가 나는 것 같다. 리 크래스너의 첫사랑은 이고르 팔투호프라는 러시아 화가였다. 그녀는 그와 십일 년을 함께 살았다. 처음 폴록을 만났을 때, 그녀는 서른넷이었고 폴록 자신보다 더 많이 알려진 화가였다. "제 꼬리에 혜성이 하나 붙은 느낌이었어요"라고 그녀는 훗날 말했다. 그녀가 끌렸던 것은 당연히, 화가로서 폴록의 미래에 대한 본인의 예감이었다. 그는 영감으로 가득했는데, 아마 그녀가 이전에 만났던 그 누구보다도 영감에 차 있었을 것이다. 거꾸로 챔피언 잭슨 폴록, 늘 지는 것을 두려워했던 그에게는, 마침내 리 크래스너가 믿을 수 있는 판정관이 되어 주었다. 그가 그린 작품이 통하겠다고 그녀가 말해 주면, 그는 그 말을 믿었다. 적어도 결혼 초기에는 그랬다. 두 사람 사이에서 최고의 칭찬은 "통하겠다"는 말, 전문가들 사이에서만 할 수 있는 그 말이었다.

1943년에서 1952년까지 (폴록이 가장 놀랄 만한 작품들을 생산해내던 시기였다) 두 사람은, 부분적으로는, 서로를 위해, 서로의 놀라는 모습을 보기 위해 그림을 그렸다. 그것은 소통의 한 방식, 손길을 내밀고 상대의 손길을 받는 방식이었다.(아마 폴록에게는 소통의 방식이 많지 않았을 것이다) 그 시기에 리 크래스너는 이전이나 이후보다 그림을 덜 그렸다. 두 사람이 스프링스에 구한 집의 작업실은 폴록이 차지했고, 그녀는 침실에서 작업했다. 하지만 폴록을 위해 크래스너가 자신의 예술을 희생했다는 주장은, 누가 누구에게 영향을 주었느냐를 따지는 것만큼 어리석은 짓이다.(1953년 폴록은 〈부활절과 토템〉이란 작품을 그렸는데, 누가 봐도 크래스너의 작품이라고 여길 만한 것이었다) 진실은, 화가로서나 남녀로서 두 사람은 그 시기 동안 같은 모험에 관여했고, 그 모험은 두 사람이 당시에 느꼈던 것보다 훨씬 더 운명적이었다. 오늘날 두 사람의 작품이 그렇게 말하고 있다.

리 크래스너의 작품은 처음부터 육감적이고 질서가 잡혀 있었다. 색이나 움직임은 자주 사람의 살과 몸을 암시했고, 그 질서는 정원을 떠올리게 했다. 비록 추상화지만, 보는 이는 그 안에서, 그 색과 콜라주 너머에서 일종의 환영 인사를 느낄 수 있다.

그와 대조적으로 폴록의 회화는 형이상학적인 목적을 가지고 있으며, 폭력적이다. 몸과 살은 거부되었고, 그림은 그것들을 거부한 결과였다. 보는 이는 그림에서 화가의 존재감을 느낄 수 있는데, 처음에는 장난스러운 몸짓의 어린이를, 나중에는 자신의 에너지와 물감을 비워내고 있는, 힘이 센 성숙한 남자를 느끼게 된다. 그 남자는 자신의 몸이 존재했다는 흔적을 남기려는 듯하다. 어떤 작품에서 그는 자신의 손자국을 남기기도 했는데, 마치 추방당한 몸이 있었음을 알아달라고 캔버스에 호소하는 것처럼 보인다. 물론 그런 작품들에도 질서가 있지만 그것은 폭발의 중심에서 느껴지는 질서와 비슷하며, 표면적으로는 감각을 지닌 것들에 대한 철저한 무관심만이 드러나고 있다.

둘의 그림을 나란히 놓고 보면, 두 사람의 대화는 분명히 드러난다. 그는 폭발을 그렸고, 그녀는 거의 똑같은 회화적 요소를 활용해서 일종의 위안을 구축했다.(어쩌면 이 시기 동안 두 사람의 그림이, 실제로는 입 밖에 낼 수 없었던 말들을 서로에게 하고 있었는지도 모른다) 하지만 크래스너의 작품이 주로 위안을 주기 위한 작품이라는 인상을 주어서는 곤란하다. 둘 사이에는 아주 위태롭고도 근본적인 문제가 있었다. 반복해서 그녀의 그림은, 그의 그림이 향하고 있던, 두 사람 모두 감지하고 있던 그 벼랑 끝이 아닌 대안을 제시했다. 반복해서 그녀의 그림은 자살해 버리겠다는 예술의 위협에 저항했다. 내 생각에 그러한 대화는 그림을 통한 것이었고, 그사이 한 인간으로서 리 크래스너는 폴록의 무모함이 지닌 광채에 사로잡혀 있었을 것이다.

그 점을 가장 잘 보여 주는 그림은 문제의 교통사고가 나기 일 년 전에 그린 〈대머리 독수리〉(1955)다. 크래스너는 폴록이 작업을 하다 만 캔버스(여기저기 검은색 줄이 그려진 천 캔버스)를 이어받아서, 가을과 이제 막 날아오르려는 독수리를 암시하는 다채로운 콜라주 작품을 만들어냈다. 이런 식으로 그녀의 그림은 잃어버린 그의 몸짓을 구해냈다. 하지만 이런 예는 전형적이지 않았는데 이미 예술이 자살해 버린 후에 벌어진 일이기 때문이다.

자살 이전에는, 그가 물감들을 뿌리고 나면 그녀가 똑같은 페인트와 똑같은 색을 활용해 흩어진 것들을 다시 모았다. 그가 매질을 하고 나면, 그녀가 상처를 찾아 꿰매 놓았다. 그가 불꽃을 그리면 그녀는 화로 안에 담긴 불꽃을 그렸다. 그가 물감을 부어 혜성을 표현하면 그녀는 은하수를 그렸다. 매번 회화적 요소(목적과 구별되는)는 똑같다고는 할 수 없지만 비슷했다. 그는 대홍수에 몸을 맡겼고 그녀는 욕조 안으로 쏟아져 들어오는 물을 상상했다.

하지만 그녀의 그림이 그의 그림을 향해 전하는 메시지는 길들이려는 의도가 아니었다. 그것은 지속성에 대한, 계속 살아가려는 회화의 욕망에 관한 메시지였다.

안타깝게도, 이미 너무 늦은 시점이었다.

폴록은 예술을 거꾸로 세우고, 뒤집고, 무효로 만들었다.

그 무효화는 기술이나 추상화와는 아무 관련이 없다. 그것은 그의 목적에(그의 작품들이 표현하고 있는 **의지**에) 내포되어 있었다.

그 작품들에서 눈에 보이는 것들은 더 이상 무언가로 향하는 입구가 아니라 버려지거나 남은 것들이다. 묘사된 드라마는 언젠가 캔버스 **앞에서**(화가가 자연이 되고자 했던 곳에서) 벌어졌던 일들이다. 그 안에 혹은 그 너머에는 아무것도 없다. 시각적으로 표현한 완벽한 침묵뿐이다.

역사에서 회화는 다양한 목적들에 봉사했다. 평면적일 때도 있었고 시점이 표현될 때도 있었다. 액자에 들어가기도 하고 그런 경계가 없을 때도 있었다. 노골적으로 뭔가를 드러낼 때도 있었고 신비감을 풍길 때도 있었다. 하지만 선사시대부터 입체파에 이르기까지, 틴토레토에서 로스코에 이르기까지 일관적으로 유지되었던 하나의 믿음이 있었다. 눈에 보이는 것이 숨은 비밀을 담고 있다는 믿음, 눈에 보이는 것을 곰곰이 들여다보면 그저 흘긋 볼 때보다 더 많은 것을 알게 된다는 믿음이었다. 따라서 회화는 외양 뒤에 있는 존재(그것이 성모든, 나무 한 그루든 아니면 그저 붉은색에 스미는 빛이든 상관없이)를 드러내는 작업이었다.

잭슨 폴록은, 부분적으로는 개인적 절망 때문에 또한 부분적으로는 그를 키운 시대의 절망 때문에, 그 믿음의 행위를 거부했다. 그는 자신의 눈부신 재능을 총동원하여 그 너머에 아무것도 없다고, **우리가 마주한 캔버스에 벌어진 일밖에** 없다고 주장했다. 이 간단하지만 끔찍한 전복이, 열광적인 개인주의에서 태어난 그 전복이 예술의 자살로 이어졌다.

아비딘 디노

Abidin Dino

1913-1993

가끔은 내가 마치 고대 그리스인들처럼 대부분 죽은 이들과 죽음에 대해서만 글을 쓰고 있는 것처럼 느껴질 때가 있다. 그게 사실이라면, 오직 삶에만 속하는 독특한 어떤 다급함 때문에 그랬을 거라고 덧붙이고 싶다.

아비딘 디노는, 언젠가 파리시에서 예술가들을 위해 지어 준 공공임대아파트 구층에 있는 작업실에서 사랑하는 귀진과 함께 살았다. 두 사람은 그곳에서 행복했지만, 작업실과 부속 침실들을 모두 합한다 해도, 장거리 여행을 떠난 여행객에게나 어울릴 것 같은 숙소 정도밖에 되지 않는 공간이었다. 번역된 책들, 시집, 편지, 조각상, 드로잉, 기하학 모형, 라키(터키의 독한 술—옮긴이), 코코아를 입힌 아몬드, 터키어로 녹음된 귀진의 라디오 프로그램, 우아한 옷들(두 사람 모두 다른 방식이긴 하지만, 흠잡을 데 없이 옷을 입었다), 신문, 조약돌, 캔버스, 수채화, 사진 등 모든 것이 쌓여 있었다. 하지만 나는 그곳을 찾을 때마다, 광활한 풍경(심지어 소아시아 지역 전체의 광경일 때도 있었다)을 머릿속에 담은 채 돌아오곤 했다. 그런 식으로 아비딘과 귀진은 그들이 살고 있는 집 안에서 여행을 다녔다.

이번 주에 아비딘 디노가 파리 빌쥐프의 병원에서 사망했다. 목소리를 잃어서 아무 말도 할 수 없게 된 지 사흘 만이었다.

일주일 전, 그가 거의 마지막으로 내게 했던 말은 다음과 같다. "새 책에서도 과장 같은 거는 하지 마시게. 사치 같은 건 필요 없잖아. 현실주의자로 남아 주시게." 그는 자신의 암에 대해서도 현실적인 자세로 대했다. 본인도 얼마나 심각한지 알고 있었다. 하지만 자신의 건강 상태를 말할 때 그가 사용했던 형용사는, 조금 작아서 발이 불편한 신발, 하지만 그걸 신고 먼 길을 가야 할 신발에 대해 이야기할 때 쓰는 형용사와 비슷했다.

생전의 그의 모습을 떠올릴 때 어쩔 수 없게 함께 떠오르는 것들은 길이나 여행지의 숙소, 여정 같은 것이다. 그는 여행자의 경계심을 지니고 있었다. 중세 페르시아 시인 사디(Saadi)가 적었듯이 말이다.

노숙하는 사람들은
모자 아니면 머리를 잃어버린다.

아파트의 작은 서재에서 혹은 밤에는 치워 두는 접이식 이젤 앞에서, 아비딘은 쉬지 않고 여행했다. 그는 행성이 되어 버린 여성들을 그렸고, 병원 환자들의 고통을, 지진을 기록하는 바늘로 그리듯이 그렸다. 얼마 전에 그는 고문 받는 사람들을 그린 자신의 드로잉을 복사해서 나한테 보여 주기도 했다.(친구들 대다수와 마찬가지로 그 역시 터키에서 수감된 적이 있었다) 한번 봐요. 그가 구층 엘리베이터까지 나를 배웅하며 말했다. 그럼 언젠가 멀리 있는 말들이 당신한테 전해질지도 모릅니다. 어쩌면 한두 마디에 불과할지도 모르지만, 그거면 충분하니까요. 그는 꽃을 그렸다. 관처럼 생긴 꽃의 목 부분, 사랑으로 가는 길목에 있는 보스포루스 해협.('throat'에는 '목'과 '해협'이라는 뜻이 모두 포함된다—옮긴이) 이번 여름, 그의 나이는 여든이었는데, 실제 보스포루스에 있는 얄리에서 머무르는 동안 알 수 없는 기호가 붙은 하얀색 문을 그렸다. 그 하얀 문은 알리가 아니라 어딘가 다른 곳에 있는 문이었다.

그가 사망하던 날 밤, 나는 이른 시간에 잠에서 깼다. 그가 죽었음을 직감했다. 어딘가에 있는 천사가 아비딘을 데리고 가는 동안 그를 잘 볼 수 있게 내가 망원경의 렌즈가 되어 주고 싶었다. 천사가 잘 볼 것까지는 없고, 그저 조금만 더 볼 수 있으면 좋을 것 같았다. 그런 다음 하얀 종이 한 장을 앞에 놓고 앉았다. 종이 위에 빛이 가득해서 버려진 색이 들어갈 자리라곤 없는 것 같았다.

다시 잠이 들 때까지, 전혀 불안하지 않았다. 다음날 아침 우리 둘을 모두 알고 지내던 셀축이 전화를 해서 이제 아비딘이 없다고 말했다.(그는 내가 깨어나기 두 시간 전에 병원에서 사망했다)

이번에는 나는 울었다. 마치 서러운 개처럼 흐느꼈다. 슬픔은 동물적인 것이다. 고대 그리스인들은 그 점을 알고 있었다.

고귀한 누군가가 죽었을 때 사람들은 종종 빛이 사라졌다고들 말한다. 그건 식상한 표현이지만, 누군가가 죽어 버려서 생긴 어둠을 달리 어떻게 표현할 수 있을까. 내가 봤던 흰색 종이가 짙은 회색으로 변했다. 검은색과 회색은 부재의 색이다.

부재? 아비딘이 올해 여름에 그린 하얀 문에 그려 넣은 기호를 보며, 그가 지난 몇 달간 그렸던 드로잉과 회화 연작이 떠올랐다. 그건 군중들을 그린 그림들이었다. 수없이 많은 얼굴들, 하나하나 다르지만, 함께 있을 때 그들이 내는 에너지는 분자의 에너지와 유사했다. 그 이미지들은 불길하지도, 상징적이지도 않았다. 처음 그가 그 그림들을 보여 주었을 때 나는 그 수많은 얼굴들이 알아볼 수 없는 필체로 씌어진 편지 같다고 생각했다. 그것들은 신비한 방식으로 유창했고, 아름다웠다. 이제야 나는 자문해 본다. 아비딘이 또 한 번 여행을 떠났던 건 아니었을까. 그 작품들은 이미 죽음에 대한 이미지가 아니었을까.

지금 이 순간 그가 대답한다. 갑자기 그가 인용했던 이븐 알 아라비(Ibn al-Arabi)의 말이 떠올랐기 때문이다. "나는 지금까지 살았던

모든 이들과 언젠가 살게 될 이들의 얼굴을 모두 보고 기록한다. 아담
부터 세상이 끝날 때까지….”

니콜라 드 스탈
Nicolas de Staël

1914-1955

오늘 드 스탈의 자살에 관한 글을 읽었다. 그는 스스로 생각하는 것보다 더 훌륭한 화가였다. 모든 자살은 타인들의 알아줌이 없었던 결과이다. 자살하는 이는 깊은 이해가 없는 이 세상은 아무 의미가 없다고 믿는다. 그런 이가 어쩌다 예술가였다면, 그런 알아줌의 결핍은, 적어도 부분적으로는, 자신의 작품에 대한 사람들의 반응과 관련이 있다. 드 스탈은 성공한 화가였고, 꽤 명성도 있었다. 이 점을 생각해 본다. 자본주의 사회는 예술가에게 보상할 수 있는 능력이 없고, 진정한 성공을 인정해 줄 능력이 없다. 자본주의에서 사회적 찬사란 빈센트 반 고흐의 권총에서 발사된 총알과 같은 정도의 울림을 가진다. "가장 지적인 결과물이라고 해도 물질적 부를 직접적으로 낳을 수 있는 것으로 제시될 경우에만, 혹은 그렇게 잘못 비춰질 경우에만 부르주아는 그것을 알아보고, 받아들인다." 나는 오래전에 이렇게 말한 적이 있다.

미켈란젤로에게 해부학이 있었다면 우리에겐 입체파가 있다.

당신의 붓놀림만큼 유창하게 글을 쓰고 싶지만, 할 수가 없습니다. 당신의 그림에 담긴 확신과 의심 앞에서 나는 망설이고, 말을 흐리게 됩니다. 당신의 거의 모든 작품에서는 즉시 당신을 알아볼 수 있습니다, 마치 옆방에서 들리는 친숙한 목소리처럼요. 동시에 후기의 많은 작품들은 부재를 나타내고 있죠. 모델 없이 그린, 1955년의 비스듬히 누운 파란색 누드 같은 작품이요. 여인은 산 반대편에 있고, 당신은 커다란 얼음덩어리 앞에 있습니다. 그로부터 두 달 후 당신은 자살했지요. 당신은 작업실 문을 잠그고, 옥상 테라스로 올라가, 몸을 던졌습니다.

미숙하게나마, 그로부터 오십 년이 지난 지금 당신의 작품을 다시 보는 일에 대해 적어 보고 싶었습니다. 당신이 했던 일, 당신이 이루어낸 성취들을 살피는 데 그만큼의 시간이 필요했습니다. 하지만 내가 적으려는 이 내용을, 당신 자신은 작업을 하며 이미 알고 있었겠지요. 이상하게도, 나는 지금 이 시대에만 해당하는 이야기를 하면서도 동시에, 반세기 전의 당신을 찾아가는 것 같은 느낌이 듭니다. 어쩌면 그런 동시성이야말로 운명이라는 것의 특징이겠지요.

짧았던 일생 동안 그는 하늘과 하늘의 빛을 그리려고 애썼다. 당연히 그는 필립스 더 코닝크(Philips de Koninck)를 존경했다. 17세기 네덜란드에서 활동했던 코닝크에게 하늘은, 그 아래 있는 어떤 것보다 중요한 대상이었다. 드 스탈은 페르메이르(J. Vermeer)도 존경했다. 하늘을 그리려는 드 스탈의 노력은 영웅적이었다.

하늘은 시시각각 변할 뿐 아니라, 계절에 따라 달라지고, 세기에 따라서도 달라진다. 하늘은 날씨에 따라 달라지고, 역사에 따라서도 달라진다. 왜냐하면 하늘은 창이고, 거울이기 때문에, 우주의 나머지 부분으로 향한 창이고 그 아래 지상에서 벌어지는 일을 비추는 거울이기 때문에 그렇다. 엘 그레코의 하늘이 반종교개혁자들과 스페인

니콜라 드 스탈, 〈정오 풍경〉, 1953.

종교재판소의 음모를 비추고 있다면, 터너의 하늘은 산업혁명의 혼란을 비추고 있다.

누구든 진짜 하늘을 일 분 이상 올려다본다면, 그 순간 마음속에 있는 두려움이나 희망과 관련한 소망을 떠올리지 않을 수 없을 것이다.

1945년에서 1948년 사이에 당신은 유럽의 폐허를 당시 혹은 그 이후의 어떤 예술가보다 심각하게 그리고 가까이서 그렸습니다. 그 작품들은 당시 추상화로 받아들여졌고, 당신은 그렇지 않다고 했지요. 지금 보면 (어쩌면 우리가 또 다른 질서가 무너진 폐허를 살고 있기 때문에, 새로운 전 지구적인 기업의 횡포가 만들어낸 혼란의 시기를 살고 있기 때문에) 그 그림들이 인간의 생존에 관한 것임을, 폭탄의 잔해와 대학살 속에서 비범한 기운과 한 조각의 희망을 지닌 채 계속 살아가는 일에 관한 것임을 분명히 알 수 있습니다.

이렇게 계속 살아간다는 것은 어떤 의미일까. 그것은 적응하는 것, 새로운 공간에서의 습관을 익히는 것, 낮은 자세를 유지하는 것이 저항의 행동이라고 믿는 것, 달라져 버린 환경에서 여전히 친숙한 것을 찾아서 그것을 소중히 여기는 것을 의미한다.

그 작품들은 결국 파괴된 벽과 무너진 지붕과 산산조각 난 석조 건물에 관한 것이 아니라, 영혼과 상상력과 기억을 지닌 인간이 폐허 속에서 길을 찾아가는 일, 피해를 받아들인 다음 손상된 것들에 맞춰 자신의 행동을 고안해내는 일, 그리하여 잔해들 틈에서 새로운 길을 찾아내는 일에 관한 것이다. 그렇게 고안된 행동의 흔적을 그림에서 보이는 시각적 동작에서 찾을 수 있다. 그림 한 점 한 점에는 한 조각의 빛이 있고, 손상된 행동들 사이로 따라야 할 길이 떠오른다. 그 작품들은 하늘의 빛을 향해 기어서 다가가는 행동에 관한 그림들이며, 매우 숭고하다.

그 그림들을 보고 있으면 드 스탈의 친구였던 르네 샤르(René Char)의 시가 떠오른다.

사람이 진정한 깨달음을 얻는 것은
계단의 끝,
문 앞에 이르렀을 때이다.

1948년에서 1952년 사이 드 스탈의 붓놀림과 그림의 형식은 기하학적으로 되어서, 마치 벽돌처럼 직사각형 모양의 차분함을 띠게 된다. 색상 역시 엄숙함을 조금 덜어냈다. 유럽이 재건되고 있었던 것이다. 이 시기 그의 작품은 파리의 지붕들을 묘사한 유명한 그림들에서 절정을 이루었다. 지붕들 위로 그림의 삼분의 이를 차지한 파리의 하늘이 펼쳐지고, 라일락의 회색을 닮은 그 하늘색은 비둘기의 깃털색이었다. 칠 년 동안 하늘을 향해 기어온 끝에, 마침내 그는 그곳에 이른 것이다.

그 후로 세 가지가 달라졌다. 먼저 그의 작품이, 명목적으로나마, 좀 더 구상적이 되었다. 그는 축구선수나 풍경, 해안선, 바다의 배, 욕망의 대상이 되는 여성의 몸, 자기 작업실의 내부 등을 그렸다. 둘째,

그의 팔레트가 변했다. 그는 색상을 점점 더 경쟁적으로 활용하며, 재즈 콰르텟의 악기들처럼 색들이 때로는 서로 협조하고 때로는 맞서기도 하게 만들었다. 그리고 셋째, 절망이 작품 구석구석에 스며들었다.

마침내 그가 도달한 하늘은 기대와는 다른 것으로 판명되었다.

1952년까지 삼차세계대전(냉전)이 지속되었다. 미국은 소련에 대한 예방 차원의 핵 공격을 고려하고 있었고, 첫번째 수소폭탄을 터뜨렸다. 1937년 이래 케이지비(KGB)의 공포 통치는 절정에 달했다. 1945년의 승리 이후 십 년 동안의 역사에 대한 유럽의 실망도 매우 깊었다. 1944년엔 아무도 1952년의 하늘을 그렇게 상상하지 않았다.

드 스탈은 정치적인 예술가가 아니었다. 당시 예술을 둘러싼 정치적 논쟁(가장 유명한 예로는 추상과 구상 사이의 대립 같은 것)에 대해 그는 부분적으로만 관심을 보였다. 그에게는 그림을 그리는 **실천** 외에는 아무것도 중요하지 않았다.

화가로서 그의 자세는 어땠는가. 그는 마음을 먹고 붓질을 한 다음엔 한 발 물러섰다. 방금 칠한 색의 정확한 색조와 위치를 확인하기 위해서였다. 그의 자세는 마치 운동선수 같아서, 뒤꿈치를 든 채, 언제든 다시 튀어 나갈 준비를 하고 있었다.

하지만 그 시기의 분위기, 즉 이전 시기에 있었던 정치적 희망들에 비추어 본 그 시기, 또한 그 시기 자체가 미래와 관련해 제시하고 있던 두려움 같은 것들이 하늘에 스며들었고, 열정있는, 그리고 알아볼 수 있는 눈을 지닌 이들은 그것을 보았다. 그런 상황에 대한 드 스탈의 감수성은 어린 시절의 경험 때문에 더욱더 예민해졌다.

1914년 상트페테르부르크에서 그가 태어났을 때, 그의 아버지는 차르 체제의 장군이었고, 정치범들이 수용되어 있는 요새의 지휘관이었음을 감안하면, 아마도 사람들이 두려워하는 인물이었을 것이다. 혁명과 내전을 거치며 어머니의 계획에 따라 가족 전체가 1921년에 폴란드로 이주했다. 아버지는 이주 직후에 심장발작으로 사망했고 한 달 후에는, 어머니가 세 자녀를 프랑스로 안전하게 피신시킨 후에 아버지의 뒤를 따랐다. 니콜라는 신분증명서가 없는 이들을 위한 벨기에의 시설에서 열두 살까지 지냈다. 어린 시절 도피 과정에서 고아로서 보고 느꼈던 일에 대해 그는 한 번도 이야기하지 않았다. 하지만 그는 그것들이 자기 운명의 핵심적인 부분이라고 여기고 있었다.

1952년부터, 하늘에서 사라져 버린 희망을 찾아보려는 고투가 시작되었다. 어둠 속을 기어 다녔던 시절로 돌아갈 수는 없었다. 대신 그는 가장 순수한 색, 길들일 수 없고 총알도 거의 뚫을 수 없을 것 같은, 회색에 맞서는 색을 찾으려고 애썼다. 어느 날 저녁, 파르크 데 프랑스 축구장의 조명을 받은 프랑스 축구대표팀의 셔츠와 반바지에서 그런 색을 발견했다.(1952년 3월 26일, 스웨덴 대표팀과의 시합이었다. 이 경기에서 프랑스 팀은 0:1로 졌다)

축구선수들을 그린 그림들에는 완벽한 시점에 포착한 반사 신경들이 담겨 있다. 마치 화가 본인이 볼을 다루거나 슛을 날리고 있는 것만 같다. 하지만 이 그림들은 또한 폴라로이드 사진(아직 폴라로이드가 세상에 나오기 전이었다) 같아서, 아무런 미래도 약속하지 않은 채, 영원히 사라져 버린 순간의 표면만 전달하고 있다. 시합이 끝나면 축구장은 다시 칠흑 같은 어둠에 휩싸일 것이다.

얼마 후, 그는 정복되지 않는 색을 버리고 다시 풍경으로 돌아가, 잿빛 북해의 해안선과 그 위의 하늘을 그렸다. 보는 이를 환각에 빠뜨릴 것 같은 정확함으로 그는 대상들, 등대와 배와 절벽 끝에 난 길 같은 것들 사이의 거리를 그렸다. 하지만 이 그림들에서 보이는 대상들은 바다의 엄청난 격변, 대참사로 이어질 수도 있을 것 같은 어떤 변화에 직면해 있는 듯한 인상을 준다. 이것은 고통이라고 부를 수밖에 없는 어떤 것, 그림으로 남은 표시에 담긴 갑작스러운 고통에 따른 결과이다. 색상은 더없이 아름답고 동작들도 정확하지만, 물감이 칠해진 속도를 보면 거기에 그려진 것들이, 대상들 사이의 거리까지 포함해서, 고심 끝에 그려진 것임을 알 수 있다.

부드러움보다 더 폭력적인 것은 없다고, 당신이 언젠가 말했습니다.

잡힐 듯 가까운 고통이 바다 안개와 하얀 구름을 (오비디우스도 예측하지 못했던 방식으로) 상처 위의 드레싱과 붕대로 변신시킵니다! 이제 당신은 상처받은 하늘을 그리고 또 그렸습니다.

그러는 와중에도 드 스탈은 과도한 자기 탐닉에 빠져들지 않았고, 오히려 헤르쿨레스 세헤르스의 동판화에 대한 남다른 존경심을 그대로 유지하고 있었다. 세헤르스는 버려진 돌덩이 하나까지 정성껏 표현했던 작가였다.

망자의 감은 눈 위에 동전을 올려놓기 전에 보이는 안구의 흔적 같은 섬세한 선.(몇몇 문화권에서는 사망한 사람의 눈 위에 동전을 올려놓는 관습이 있다―옮긴이)

잡힐 듯 가까운 고통을 알아본 사람은 거의 없었습니다. 당신은 성공의 정점에 있었지요. 이미 그림상과 수집가들에 의해 망가진 상태였습니다. 1954년 한 해에만 당신은 이백팔십 점의 그림을 그려야 했지요. 대안을 찾으려는 모색은 절박했고, 당신은 이미 알고 있었습니다.

마지막으로 시실리(특히 아그리젠토)에서 그린 그림들이 있다. 색들이 만들어내는 선이 너무 팽팽해서 곧 끊어질 것만 같다. 대상들 사이의 공간은 자로 잰 듯 정확하다. 하지만 대상들 자체는 사라지고 없다. 아무런 실체도 없고 있는 것은 먼지뿐이다. 하늘과 땅 사이의 구분도 없다. 하늘이 사라져 버렸다. 남은 것은 부재뿐이고, 짙은 색조의 색들이 울음을 막으려는 듯 그 입을 막고 있다.

이런 희망 없는 그림들(비판적인 의미에서가 아니라, 묘사적인 의미에서 희망이 없다는 뜻이다) 외에, 같은 시기에 그려진 그림으로는 마치 바늘로 그린 것만 같은 드로잉 소품들이 있다. 하늘이 아직 희망을 담고 있던 시절 그가 그사이로 기어 다녔던 폐허를 떠올리게 하는 드로잉들이다.

나머지는 제가 말하겠습니다. 당신이 자살하기 한 달 전에 목탄으로 그린, 서 있는 인물의 실물 크기 누드를 보고 또 보았습니다. 잔 (드 스탈의 연인이었던 잔 마티외—옮긴이) 이야기는 하지 않겠습니다, 그녀가 이 그림들의 모델은 아니었으니까요. 모델은 없었습니다. 호프만슈탈(H. Hofmannsthal)이 어디선가 이런 말을 했지요. "사람이 죽으면, 그와 함께 그가 정신적으로 삶을 유지할 수 있게 해 주었던 비밀, 오직 그만의 것이었던 비밀도 함께 사라진다." 당신의 비밀도 하나의 비밀이겠지요. 하지만 나는 부재를 그렇게 정확히 표현한 드로잉은 본 적이 없습니다. 마치 당신의 상상 속 여인이 거기 서 있다가 떠나며 한때 그녀의 몸이었던 것의 그림자만 남겨 놓은 것 같습니다. 그래서 당신의 상상력을 계속 두드리는 것이겠지요. 사라짐을 표현한 드로잉. 감은 눈 위에 동전을 놓기 전에 보이는 완벽하게 계산된 망막 위의 자국.

그러다 그 그림들에서 뭔가 다른 것을 발견했습니다. 고개를 기울여 그림이 수직이 아니라 수평이 되게 해 놓고 보니, 이 여성의 몸 그림자 자체도 사라지는 중이더군요. 그렇다면 이 그림들은 어두운 구름과 눈부시게 빛나는 하늘을 그린 드로잉이 됩니다. 이제 막 열리고 있는 빛이요. 그것 말고는 아무것도 없습니다.

니콜라 드 스탈은 하늘을 찾는 작업을 멈추지 않았던 화가였다. 오늘날 그는 끊임없이 새로운 모습으로 등장하는 순환에 갇힌 우리에게, 현재의 어둠 안에서 출구를 찾기 위해 분투하고, 그럼에도 불구하고 결국은 그것을 찾게 될 우리에게 용기를 준다. 그는 자신의 용기를 통해 그리고 빛을 향해 기어가는 동안 자신이 남겨 준 특별한 지도를 통해 우리에게 용기를 준다.

전쟁 기간 동안, 그러니까 드 스탈을 만나기 전에, 르네 샤르는 이렇게 적었다.

"등에 성냥을 갖다 대지만 거기선 아무런 빛도 나오지 않는다. 불이 밝혀지는 곳은 멀리, 아주 멀리 떨어진 곳이다."

프루넬라 클라우

Prunella Clough

1919-1999

그 노선의 이름은 브로드 스트리트선(線)이었다. 런던 시내의 시티 (런던의 상업과 금융의 중심지—옮긴이)에서 큐 가든(Kew Garden) 까지 운영되는 전철이었다. 꽃을 사랑하는 많은 이들과 정원사들이 그 전철을 타고 와서는 식물원에 있는 꽃들을 보며 감탄하곤 했는데, 큐 가든은 19세기 대영 제국 전역에서 볼 수 있는 이국적 식물들을 연 구하기 위해 설립된 곳이었다. 1950년대 초, 나는 당시 시간제 미술 강사로 일했던 리치먼드 대학에 가기 위해 일주일에 몇 번씩 그 전철 을 타야 했다. 브로드 스트리트선은 어느 지점에선가 윌즈덴의 어마 어마한 철도차량기지를 지나쳤다. 스코틀랜드를 비롯한 북서부로 가 거나, 그곳에서 오는 기차들을 정리하고 연결해서, 출발 준비를 하는 곳이었다. 여객용 차량, 일등석과 이등석, 화물, 상업용품, 석탄 등을 실은 차량들이 레이턴 버저드, 크루, 프레스턴, 칼라일, 글래스고와 런 던 사이를 정기적으로 오갔다. 매번 전철을 탈 때마다 나는 차량기지 에 가까워지다 잠시 멈추는 때, 그래서 바깥 구경을 할 수 있는 때를 기다렸다. 나는 창에 딱 붙어 앉았다. 사람들이 망원경을 통해 밤하늘 을 처음 보았을 때, 자신들이 아주 작아진 것처럼 느꼈다는 이야기를

511

들은 적이 있다. 나에게는 월즈덴 차량기지를 보던 때가 그랬다. 이른 아침에, 해 질 녘에, 비 내리는 어둠 속에서, 눈 내리는 날에, 뜨거운 여름 햇살 아래, 그리고 평범했던 수많은 날들에 그랬다. 그로부터 오 년 전, 영국의 철도가 국유화되었다. 해당 철도 기지를 소유하고 있던 '런던 미들랜드 앤 스코티시 레일웨이', 엉망으로 끊임없이 확장되기만 하던 그 회사는 이제 '브리티시 레일'의 일부가 되었고, '브리티시 레일'은 시민들의 소유가 되었다. 철도 국유화의 결과로, 석탄 운송 화물차는 이전보다 두 배 더 많은 석탄을 운송했다. 많은 것이 방치되어 있던 전후 시기에, 차량기지에는 뭔가 장엄함이 있었다.

어느 날 아침, 작은 기차를 타고 월즈덴에서 내렸다. 아틀라스 로드와 커먼 레인, 노스폴 철도차량 정비소를 찾아가서, 차량기지의 모습들을 드로잉으로 그리기 시작했다. 그리고 또 그렸다. 매일 저녁 같은 여인을, 고개를 숙인 채 램프 아래 뜨개질을 하는 여인을 반복해 그리는 사람처럼 말이다. 가끔은 차량기지가 밧세바라도 되는 것처럼 그렸고, 가끔은 십자가에서 내려지는 예수를 그리듯이 그렸다. 과장일까. 그렇기도 하고 아니기도 하다. 그곳은 과장을 위한 장소였다. 하나의 차량을 다른 차량과 잇고 또 이어 나가는 곳. 두 개의 짐칸에서 기관차를 떼어내는 곳, 긴 차량을 떼서 오십 개의 화물차량에 연결하는 곳. 정확함과 과장이 필요한 작업이 밤낮으로, 조명등과 대낮의 햇빛 아래서 이루어지는 곳. 정확함과 과장.

그 드로잉들을 동판화로 만들고 싶었다. 그중 몇 점을 프루와 함께 찍었고, 한두 번인가 그녀와 함께 월즈덴에 간 적도 있었다. 우리 둘은 히스 로드를 걷다가 퍼머넌트 웨이의 거의 버려지다시피 한 구역을 발견하곤 했다. 동판에 산이 스며들 수 있게 선을 긋는 작업은 철도 레일과 공통점이 있다. 프루는 선로 보수 작업을 하던 인부들이 놓고 간 면장갑을 발견하고는, 그걸 껴 보며 웃음을 터뜨렸다. 커다란 장갑에 비해 그녀의 손목은, 다리와 마찬가지로 너무 가늘었다. 그녀는 자기 세대에서 최고의 화가였다. 그녀는 소비에트 구성주의자가 될

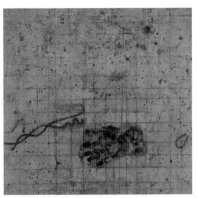

프루넬라 클라우, 〈올가미와 장갑〉, 1980.

수도 있었다. 그녀는 1990년대에 사망했다. 이제 그녀는 내가 기억할 수 있게 도와주고 있다, 한때, 내 볼을 그녀의 어깨에 기대고, 코를 그녀의 겨드랑이에 묻었을 때, 내가 잊을 수 있게 그녀가 도와주었던 것처럼. 우리는 장갑이 도드라져 보이게 감속 레버 위에 놓았다. 동판에 잉크가 스며들고 나면 프루는 손바닥 측면으로 깔끔하게 닦아냈다. 나는 절대 그렇게 할 수 없었다.

그 동판화들 때문에 그림이 그리고 싶어졌다. 당시 나는 유아 심리학에 대한 깊은 통찰로 세계적으로 유명했던 위니콧 박사의 집 꼭대기 층에 있는 가정부용 방을 작업실로 쓰고 있었다. 박사는 종종 거실에서 엎드린 자세로 아이들과 함께 놀며 그들을 관찰했고, 나는 꼭대기 층에서 윌즈덴 그림을 그렸다. 오 일 중 사 일은 성과가 없었다. 인생은 너무 거대했다. 우리는 계단 양쪽 끝에서 서로를 위로하곤 했다. 날카로운 색과 깊은 공황 앞에서 좌절한 우리 둘은, 하지만 다음 날 아침이면 같은 캔버스와 같은 아이 앞에서 계속 해 나갈 수 있는 자극을 받을 수 있었다. 내 그림들 속에서 차량기지는 여름이고, 해 질 녘, 조명이 들어오기 몇 분 전이다. 선로가 만나고, 갈라지고, 멀어지면서 만들어내는 선들, 잘라 놓은 대황(大黃) 줄기색 같은 그 선들이 지평선을 향해 이어지며, 여름의 더위에 익어 가고 있다. 그 그림들 중

몇 점은 팔렸고, 몇 점은 내가 사랑하는 사람들에게 주었다. 하나도 남지 않았다. 그중에 꼭 다시 보고 싶은 작품이 하나 있다. 가로 60센티미터, 세로 50센티미터의 작은 그림, 좀 더 야심차게 도전했던 큰 그림들을 끝낸 다음에 후다닥 그려냈던 그림이다. 그날 오후엔 화가로서 감사하는 마음으로 기도를 했다. 그게 어떤 작품인지 알 것 같았다. 1953년, 내가 스물일곱 살 때의 일이다.

그 작품은 지평선을 향해 달려가 충돌한다. 희미해지는 빛이 철도 기지의 땅에 채찍질을 하듯 상처를 남긴다. 보이지 않는 작업 인부들이 객차의 바퀴를 보며 고장 난 부분을 점검한다. 모든 것이 고장 나 있고, 모든 것이 점검을 받고, 모든 것이 그렇게 또 한 번의 밤을 무사히 넘기고, 다음 날 아침, 그랜드 유니언 운하 너머의 동쪽에서부터 밝아 올 또 하루의 근무일을 무사히 넘긴다. 아멘. 녹, 혀에서 느껴지는 쇠의 맛, 핸드브레이크를 내리는 손동작, 선로 사이의 단단한 자갈을 걷는 부츠 소리, 다른 도시에 살고 있는 녹색 눈의 여인, 새로 생긴 거리에서, 새로 깐 시트에 누워 있는….

그 그림에선 아주 작은 부분의 물감까지 모두 정치적이지만, 당시엔 아무도 그걸 알아차리지 못했다. 심지어 나 자신도 몰랐다.

정치는 전국철도노조(National Union of Railwaymen) 같은 것이다. 엔유아르(NUR), 지평선을 향해 뻗은 선로처럼, 아무 환상도 없이, 다만 힘과 자존심을 지닌 이 세 글자 말이다. 길게 둘러 가는 선로, 다가오는 선로, 비탈, 높은 경고음을 내는 신호등, 창고, 전차대(轉車臺) 같은 것들이, 그 규칙적인 일상, 지침 그리고 질서가 매 순간 하늘을 보며 고개를 끄덕이게 한다. 그러면 역사가 우리에게 부여한 어떤 확신을 인정할 수 있다. 매주 이곳에 모여드는 수백 대의 기차가, 매일매일, 안전하게 제시간을 지키며, 비록 개똥 같은 것들을 담고, 피할 수 없는 인간의 의심을 실어 나르면서도, 지평선 너머의 미래로, 그 미래에 담기게 될 무언가를 전하고 있는 것이다. 그 무언가 덕분에 (내 생전에 그것을 볼 수는 없겠지만) 미래에는 철도 기지와 그것을 둘러싼 세계에 정의가 조금 더 담길 것이다.

오늘밤에야, 그 작은 그림을 찾을 수 없게 된 지금에야, 나는 그 그림의 작은 부분까지 정치적이었음을 깨닫는다. 나폴리 노란색, 검은색처럼 보이지만 교묘하게 검은색은 아닌 대여섯 개의 톤, 장미색, 그렇지 장미색, 타오르는 황갈색, 날 것 그대로의 적갈색, 가스 불꽃의 짙고 창백한 파란색, 근무를 마친 선로 작업 인부들 엄지손가락의 회색, 콧물의 티타늄 흰색, 핏줄의 빨간색. 아무도 속일 수 없는 그런 색들, 계속 자신으로 남은, 고집있는 색들.

스벤 블롬베리

Sven Blomberg

1920-2003

프랭탕 호텔은 14구에 있었다. 프런트가 있는 입구는 복도보다 그리 넓지 않았다. 19호 방은 삼층이었다. 계단이 가팔랐고 엘리베이터는 없었다. 스벤과 나는 천천히 그의 방으로 올라갔다. 그는 전날 파리에 도착했고, 우리는 사십 년 된 친구 사이였다.

19호 방은 작았고, 창문 하나가 좁고 긴 마당 쪽으로 나 있었다. 빛은 화장실이 더 잘 드네, 스벤이 말했다. 창문 옆에 옷장 하나가 있고, 침대를 사이에 두고 움푹 들어간 부분이 화장실인데, 옷장이랑 비슷한 크기의 화장실이 바닥 면적의 대부분을 차지하고 있었다.

폭신폭신한 분홍색 이불 위에 테이프로 묶은 그의 작품들이 있었는데, 테이프 두 개가 떨어졌다. 노란색 벽지는 낡았지만 친숙한 느낌이다. 마치 방 전체가 잘 때도 벗지 않는 조끼 같은 벽지라고 할까.

우리 둘의 나이나 경력을 감안하면, 스벤이나 내게는 당연히 성공한 예술가 친구들이 있다. 베네치아에서 특별전 초대를 받고 다니엘리 호텔에서 묵는 화가나 컬러 도판이 들어간 논문의 주제가 되는 화가들. 좋은 친구들이고, 만나서 이야기를 하면 매우 즐거운 친구들이다. 하지만 우리 둘은 각자만의 방식으로 꾸준히 인기가 없었고 (좀 더 씩씩하게 말해 보자면) 작품을 많이 팔지 못했다.

함께 있을 때 스벤과 나는, 그것을 영광으로 생각했고, 거의 음모로 받아들였다. 우리를 향한 음모라는 뜻이 아니다. 그럴 리가. 우리가 음모의 주체였다. 반항심은 우리의 기질이었다. 그는 그림에서, 나는 글에서. 우리는 성공과 실패 사이의 어디쯤에 있지 않았다. 우리는 다른 곳에 있었다.

한두 해 전부터 스벤은 파킨슨병을 앓고 있었다. 붓을 쥐고 있을 때가 아니면 그의 손은 쉬지 않고 떨렸다. 나는 그해 여름 건초를 나르다 허리를 다쳤고, 덕분에 신경통으로 고생하고 있었다.

그렇게 우리 둘이었다. 쭈글쭈글한 복장에, 손도 그리 깨끗하다고 할 수 없는 두 노인이 19호 방의 침대 옆 좁은 통로를 게처럼 옆으로 움직이고 있었다.

벽에 붙은 등에는 이십오 와트 전구가 있고, 전등갓은 멜론색이다. 삼십 년 전 이맘때(팔월 말) 우리는 보클뤼즈의 멜론 밭을 함께, 스벤은 화구 상자를, 나는 보이그랜더 카메라를 들고 돌아다니곤 했다. 날씨는 더웠고, 그가 알고 지내는 농민 친구들이 말을 걸곤 했다. 아무 때나 멜론을 하나 따서 목을 축일 수 있었다.

그는 창문 커튼을 조금 더 젖혀 빛과 공기가 들어올 수 있게 했고 나는 그의 작품 묶음을 풀었다. 스벤이 최근에 템페라로 그린, 팽팽하게 펴지지 않는 그림들이 나왔다. 그렇게 펼쳐 놓으니 그의 그림들이 침대를 거의 다 차지했다. 나는 그중 한 점을 집어 들고는 침대 발치에 있는 의자에 비스듬히 세워 놓았다. 스벤은 계속 서 있었다. 나는 베개 근처로 가서 조심스럽게 앉았다.

왼쪽이라고 했나, 신경통이? 스벤이 물었다.

응.

이게 첫번째 그림인가? 내가 바다와 바위를 그린 그림을 턱으로 가리키며 물었다.

아니, 마지막에 그린 것들 중 하나야. 순서대로 챙겨 오지 않아서.

그는 불안하기보다는, 궁금하다는 표정을 지어 보였다. 그건 내 의견에 대한 궁금함 때문이 아니라, 그 그림을 그리는 동안 있었던 일이 정확히 기억나지 않았기 때문에 떠오른 표정이었을 것이다.

우리 눈이 마주쳤다. 방 안은 아주 더웠고 우리는 땀을 흘리고 있었다. 입고 있던 셔츠가 벽지처럼 몸에 딱 붙었다. 잠시 후 (하지만 시간은 멈춰 있었다) 내가 일어났다. 허리 조심해! 스벤이 말했다. 나는 의자에 세워 둔 그림을 좀 더 가까이 보기 위해 다가갔다가, 다시 침대로 돌아와 눈을 가늘게 뜨고 바라보았다.

19호 방에서 했던 일을 우리는 그의 작업실에서 혹은 해변에서, 가족과 함께 묵었던 텐트 안에서, 시트로엥 되 셰보의 앞유리 앞에서, 벚나무 아래에서 수백 번 했다. 우리가 했던 일은 그가 가지고 온 그림을 함께, 집중해서, 비판적으로, 말없이 바라보는 일이었다. 캔버스에 담긴 색들, 빛과 어둠, 그리고 짧고 굵은 붓질의 흔적들(누가 봐도 스벤의 작품임을 알 수 있게 하는 특징이었다)이 일종의 음악을 만들어 냈다. 그때 우리는 그 음악을 호텔 방에서도 들을 수 있었다.

시간이 지나면서 완성된 그림들이 그가 살았던 집 다락방이나 지하실에 차곡차곡 쌓여 갔다. 침대에 쌓인 그림의 높이는 5센티미터도 되지 않았다. 내가 생각하고 있던 지하실 그림들은 2미터쯤 되는 높이였다. 그의 그림들은, 일단 완성된 후에는 방치되었다. 어쩌면 그렇게 그림 뭉치 안에서 자기들끼리 사이좋게 지내고 있는지도 모른다.

어쨌든 그 그림들이 밖으로 나와 세상에 소개된 적은 한 번도 없었다. 예외가 몇 번 있었는데, 가끔 그가 친구들에게 자기 그림을 줄 때도 있었고, 개성이 강한 수집가가 한 점을 산 적도 있었다. 마르세유에서 물감 공장을 하고 있던 한 수집가가 기억난다. 나머지 그림들은 모두 잊었다. 나는 그렇게 되는 것이 옳았다고 생각한다. 결국 그림들은 그 출발이 되었던 평원이나 기름 탱크, 교통이 번잡한 거리, 개 한 마리 등에 속했던 것이니까 말이다.

사십 년이 지난 지금 우리 둘은 그러한 운명을 받아들이고 또한 그것이 행복이었음을 인정했다. 그렇게 치워 놓고 보면 그림들도 참 편해 보였다. 액자도 없고, 미술상이나 미술관도, 이런저런 글들도, 걱정거리도 없었다. 그저 멀리서 들리는 듯한 음악뿐이었다.

우리 둘 다 그 점을 알고 있었지만, 그럼에도 새 그림을 볼 때면 영원히 보관할 그림을 고르는 판정관처럼 비판적인 시선으로 집중해서 바라보았다. 우리 그림이 팔릴 일이 없으니, 우리는 무슨 영향을 받을 일도 없었다.

두번째 그림을 의자에 세워 본다. 나는 가까이서 보기 위해 일어났다. 허리 조심하라니까! 스벤이 말했다.

하늘에서 바라본 젖은 바위다.

전에는 알 수 없었던 무언가를 알아본다. 스벤은 세잔이나 피사로처럼 외부에 있는 대상을 응시하는 화가다. 스벤이 그들처럼 그림을 그렸다는 뜻은 아니다. 그런 시도는 하지도 않았다. 하지만 그는 거기 **서서**, 그들처럼 한 손에 붓을 쥔 채, 똑같이 눈을 크게 뜨고, 생각 없이 관찰했다. 생각 없이? 그렇다, 이유를 묻지 않고 그저 따르기만 했다. 바로 그 점이 그들을 조금은 성인(聖人)처럼 보이게 하는 특징이며, 그것이 또한 그들의 겸손함에 가식이 없는 이유이다.

햇빛이 바위와 닿는 부분의 빛은 몇 겹으로 표현되었는데, 마치, 불가능하겠지만, 그 빛을 제일 먼저 그렸던 것처럼 보인다.

우리는 그림을 한 점 한 점 꼼꼼하게 살폈다. 땀을 흘리는 중간중간에 미지근한 생수를 마셨다. 프랭탕 호텔의 19호 방에서 누군가 그렇게 집중해서 무언가를 보았던 적은 없었을 것이다. 가장자리의 흰색이 그대로 보이는 캔버스는, 그 그림들이 그려진 벨 일에서 무언가를 바라보았던 몇 주 동안의 시간을 담고 있었고, 우리 둘은, 마치 잘못된 것은 하나도 그냥 넘기지 않겠다는 자세로 붓놀림 하나하나를 면밀히 살폈다. 그리고 19호 방에 대해서도 똑같은 이야기를 할 수 있을 것이다. 한두 가지는 판정에서 실수를 했을 수도 있다.

스벤은 한 번도 앉지 않았다. 딱 한 번 화장실에 가서 세수를 했을 뿐이다.

창백한 오렌지빛 하늘 아래 녹색 언덕들이 쟁기의 날처럼 비스듬히 늘어선 그림이 있었다. 정확한 각도 때문에 풍경 전체가 밭고랑처럼 보였다.

항상 여분으로 계란을 하나씩 가지고 다니거든, 스벤이 생각에 잠긴 듯 말했다, 물감을 좀 더 섞어야 할 때를 대비해서 말이야.

프리소 텐 홀트

Friso Ten Holt

1921-1997

프리소 텐 홀트는 서른여덟 살이다. 그는 평생 화가로 살았고, 동판화
와 서판화도 제작한다. 그의 판화 작품은 동시대 네덜란드의 다른 어
떤 판화가의 작품보다 상상력이 풍부한 것으로 인정받고 있다. 뿐만
아니라, 그는 거대한 스테인드글라스 작품도 몇 점 기획하고 제작했
다. 나는 그 창들이야말로 내가 본 다른 어떤 작품보다 더 성공적으로
현대적인 것을 표현한 작품이라고 믿고 있다. '현대적'이라고? 예술가
로서 텐 홀트의 위대함은, 그의 작품을 곰곰이 연구하면 그 질문에 대
한 답을 얻을 수 있다는 사실, 바로 '현대적'이라는 단어의 정의를 얻
을 수 있다는 사실에서 기인한다.

 팔 년 전까지만 해도, 그의 작품은 아주 형식화되어 있어서 그중
몇몇은 입체파 시절 브라크와 피카소의 영향을 받은 추상화처럼 보이
기도 한다. 그는 역시 화가였던 아버지에게 어린 시절부터 드로잉을
배웠다. 당시 드로잉과 관련해 그가 스승으로 여겼던 인물은 풍경화
에서는 렘브란트, 인물화에서는 세잔이었다. 지극히 형식화되어 있던
팔 년 전의 작품들을 그리며 텐 홀트는 커다란 캔버스의 표면 전체를
구성하고, 조직화하는 법을 익혔다. 그건 정비공의 견습 기간 같은 시

절이었다. 그의 눈은 이미 훈련을 마친 상태였지만, 자신이 활용할 수 있는 기관들을 조합해서 입체파 화가나 몬드리안처럼 속도를 내는 법을 배워야만 했다.

그에게 다음 단계는 캔버스에(가로 4.8미터, 세로 3미터 크기였다) 천사와 씨름하는 야곱의 모습을 그리는 일이었다. 그 자체로 감정적인 힘을 지닌 소재, 말하자면 이미 그 자체로 유명한 소재였지만, 이 드로잉에서 그는 '구조'와 관련해 자신이 익혔던 것들을 모두 활용했다.(마찬가지로 피카소는 〈게르니카〉를 그릴 때 입체파의 기법을 활용했다) 하지만 아직 자신만의 독창성을 지닌 예술가는 아니었던 그는, 형태와 관련한 표현력을 익히기 위해 유명한 조각가 립시츠(J. Lipchitz)를 찾아가기도 했다. 사람들이 오늘날에는 서사적 예술이 불가능하고, 위대한 주제를 해석해낼 예술가도 없다는 말을 할 때면 나는 이 커다란 그림을 떠올린다. 이 작품은 서사적 그림이며, 들라크루아의 〈민중을 이끄는 자유의 여신〉과 같은 전통에 속한 작품이다. 물론 양식상의 분류에만 정신이 팔려 있는 미술관에서는 두 작품 사이의 연관성을 절대 알아볼 수 없을 테지만 말이다. 또한 이 그림은 성공한 작품이다. 야곱은 마치 풍차 날개와 싸우는 돈키호테처럼 천사와 씨름을 벌인다. 하지만 동시에 이 그림은 회전 불꽃처럼 정적이고 차분하다. 관람객은 나이 많은 화가의 작품일 거라고 짐작한다. 이 그림에서는 자신의 예술 외에 다른 활동은 하지 않는 성숙한 화가의 엄격함이 느껴진다. 그는 자신의 활동을 통해 사람들에게 영향을 미칠 수도 있지만, 그런 활동 언저리에서 미소를 짓고 다니며 이런저런 암시를 하지는 않는다. 그럼에도 내가 말했듯이, 이 작품은 독창적인 작품은 아니다. 하지만 원근법으로 표현된 천사의 모습에서, 그만의 독창성이 시작되었다.(독창성! 너무 자주 쓰이는 반면, 실제로는 아주 드물기 때문에 단어 자체가 조금은 뒤틀려 버렸다) 하늘에서 지상으로 내려오는 천사의 모습에서 한 영역을 벗어나 다른 영역으로 뛰어드는 인물에 대한 생각이 나왔고, 그렇게 수영하는 사람을 그린 일련의 작품들이 탄생했기 때문이다. 그 그림들을 보고 있으면 독창성이라는 것이 때로는 놀랍지 않을 수도 있음을 알 수 있다. 하지만 이 그림들은 분명 독창적이다. 적절한 비교 대상을 집어 말하기가 어렵다. 그림에 담긴 정신은 베로네세(P. Veronese)를 떠올리게 한다. 색은 분명 반 고흐의 영향이고, 질감은 어딘가 세잔을 닮았다. 하지만 이 그림들은 1950년대가 아니면 절대 그려질 수 없는 것이었다. 불가능해 보이는 혈통이며, 사생아이다. 그래서 독창적이다.

이렇게 압축적으로 텐 홀트가 지나온 경력을 소개하는 것은, 화가로서 훈련 과정에 있었던 일들의 의미를 보여 주기 위해서다. 그 훈련은 그가 거의 마흔이 다 됐을 때야 끝이 났다. 지금의 화가가 되기 위해 그에게는 그렇게 오랜 시간이 필요했던 것이다. 물론 그는 내가 언급하지 않은 다른 그림들도 많이 그렸다. 하지만 그는 느리게 작업했고, 최종 결과물은 많지 않았는데, 그가 택한 길이 오늘날 화가가 택할 수 있는 가장 어려운 길이었기 때문이다.(드 스탈 역시 같은 길을 택했지만, 오래가지는 않았다) 그 길이란, 20세기 미술에서 있었던 모든 실험들을 완벽히 이해한 후에, 그것들을 삶에 적용시키는 길이었다. 그 길은 낭만주의를 경계했으며, 목적은 자연주의가 아닌 객관성이었다. 그 정신은 이성적이었고, 예술 자체에 대한 믿음을 지니고 있었지만, 예술을 위한 예술이라는 개념에는 반대했다. 예술가의 비범함이 그가 지닌 열정의 부산물로 드러나는 경우도 있다. 우리 시대에는 구투소 같은 화가가 그랬다. 하지만 텐 홀트는 직접적인 의도에 따라 모든 것을 만들어내야 하는 부류의 화가였다.

그의 태도는 사실 〈수영하는 사람들〉에 훌륭하게 드러나 있다. 그림에는 발가벗고 바다에서 수영하는 두 인물이 있다. 한 명은 남자, 다른 한 명은 여자다. 깊은 탐색의 결과로 나온 이미지들이 그렇듯이, 이 그림에도 많은 의미가 담겨 있다.(탐색 없이도 많은 의미가 표현될 수 있다는 믿음은 현재 비예술 분야에 널리 퍼져 있는 환상이다) 그들은 바다에서 수영한다. 그들은 자신들의 꿈 안에서 몸을 뒤튼다. 섹스를 하며 두 사람의 몸이 겹친다. 모든 빛과 무게는 상대를 쓰다듬는 손길과 보이지 않는 반응을 표현하고 있다. (조지 바커: "오, 바다로 향하는 회오리바람 / 그 바람 안에 섬들을 품은 / 그를 내게 주세요, 그를 내게 주세요, / 내가 그림자 안에 그를 감싸 안을 테니") 이들은 이카루스처럼 날아다니고, 아이들처럼 놀고 있다. 이들의 속도가 이들이 느끼는 **삶의 기쁨**이다.

하지만 그림 전체를 놓고 보면 또 다른 의미심장함이 있다. 물과 공기 그리고 인물을 분리할 수가 없다. 팔다리의 형상과 물의 색깔 혹은 빛의 세기를 **따로 떼어서** 구분하는 것이 불가능하다. 그 안에 인물들이 없다면 이 바다는 또 다른 대양처럼 보일 것이다. 인물들 입장에서 그들을 담고 있는 물이 없다면 이들은 다른 연인처럼 보일 것이다. 인물들의 맨살과 물과 공기, 각각의 요소들이 서로를 포함하고 있는데, 이는 모든 것들이 그림 속 어떤 요소의 하부 요소가 되고 있기 때문이다.

이 연작 안에, 한 영역을 벗어나 다른 영역으로 뛰어드는 인물들에 대한 생각이 있다고 말을 했을 때, 나는 그저 수영하는 두 사람이 바다에 뛰어드는 것만을 의미했던 것은 아니다. 이 그림들은 두 인물이 그림 자체를 구성하는 요소의 일부가 되는 과정을 보여 준다. 텐 홀트는 회화가 자체의 법칙과 조건을 지닌 독립적인 요소라고 믿었다. 그는 또한 그 요소 안으로 들어온 어떤 이미지가 그림이 요구하는 조건을 충족시키지 못하면, 그 이미지는 삶이라는 또 다른 요소가 요구하는 다양한 조건들에 대해 언급할 수 있는 힘이나 확신이 없는 거라고 믿었다. 다른 말로 하자면, 예술은 삶의 복제나 연장이 아니다. 예술은 독립적이다. 하지만 평행하게 진행되는 한에서, 마치 물이 공기라는 요소와 나란히 나아가는 것처럼 삶과 나란히 나아갈 때에만 독립적이다.

이 모든 것은 텐 홀트가 고전적인 예술가라는 말로 요약할 수 있다. 물론 앞의 설명이 없었더라면 이 표현이 그리 많은 의미를 담지 못했을 것이다.(낭만주의 예술가는 예술과 삶의 관계가 그런 평행 법칙에 따르는 것이 아니라고 믿는다. 그에게 그 관계란 자기 마음에 따라 양쪽 어느 곳에도 머무를 수 있는 예술가의 자유에 따른 것이다) 고전적인 예술가가 되는 것은 쉬웠다. 오늘날에는 매우 어렵지만 또한 매우 필요한 일이기도 하다. 개성이 예술을 파괴하고 있다. 현대의 위대한 발견들이 사용되지 않은 채 방치되고 있다. 하루하루 해야 할 일들이 한쪽 발목을 잡고, 겁쟁이나 호사가들이 다른 쪽 발목을 잡고 있다. '소통 불가'가 우리 시대의 주제가 되고 있다. 그런 소란의 한가운데에서, 의무감을 지닌 동시에 확신도 잃지 않는 것은 얼마나 어려운 일인가! 구식이라는, 학구적이기만 하다는 평가를 받아들이는 것은 또 얼마나 어려운 일인가! 하지만 그것이 오늘날 독창적인 화가의 운명이다. 독창적인 화가가 해야 할 일은 자신이 속한 전통을 개선하는 것이다. 19세기에는 모두가 전통에 대해 향수를 품고 있었기 때문에 독창성은 무례한 것이라고 여겨졌다. 오늘날 문화계가 느끼는 것은 향수 정도가 아니다. 절망에 빠진 문화계는 폭력적이고 원초적인 것을 제외하고는 모든 것을 혐오하게 되었고, 독창성은 그들에게 해를 끼치는 어떤 신념에 따른 행위가 되어 버렸다. 독창성이 전통으로부터의 자유라는 그들의 환상에 대해 질문을 던지기 때문이다.

언젠가, 새로운 시각 미디어가 등장하면 또한 소외에 기반하지 않은 사회가 등장하면, 그때 현대의 전통은 다시 이어질 것이다. 그때 텐 홀트 같은 화가(그를 포함해 현재 유럽에 대여섯 명 정도 있는 것 같다)가 영웅으로 여겨질 것이다. 그들이 새로운 사회의 도래를 정치적으로 의식하고 있었기 때문이 아니라(그건 삶을 살아가는 다른 방법일 뿐이다) 대부분의 사람들이 자신들의 삶에 연속성이라는 것이 없어진 상황에서, 모든 연속성이 파괴되던 시기에 **예술의 연속성**을 고집스럽게 믿었기 때문이다. 그렇게 연속성을 믿는 것이 현대적인 것이며 또한 그 외의 어떤 것도 존경할 수 없는 우리 같은 이에게는 혁명적인 것이다.

피터 드 프랑시아

Peter de Francia

1921-2012

롤랜드, 브라우즈 앤 델방코에서 열리고 있는, '예술의 죽음'이라는 웃을 수만은 없는 제목의 전시회는 1910년대부터 현재까지의 현대 미술을 보여 주고 있다. 전시회 서문에서는, 초상화가 죽어 가고 있는데 그 이유는 "인간이 우주에서 최상의 존재라는 믿음을 스스로 잃어 가고 있기 때문이며… 이는 19세기의 자유주의에서 20세기의 순응주의로 변화한 결과…"라고 적고 있다. 묵시록적인 울부짖음이다! 사실 (전시회에 전시된 최고 수준의 작품들이 보여 주듯이) 죽은 것은 공식 초상화일 뿐이다. 이는 지배 계급이 자신들의 진실과 관련해서 더 이상 뽐낼 것이 하나도 없게 되었다는 단순한 이유 때문이다.

실없는 소리에 불과한 서문에 비해, 전시회 자체는 대단히 흥미로웠다. 그 전시회를 통해 이 나라에도 코코슈카(O. Kokoschka)에 버금가는 초상화 화가가 있음을 알 수 있다. 피터 드 프랑시아가 코코슈카보다는 더 외향적인 사람이긴 하지만, 그 역시 엄격한 장인정신을 충실히 지키고 있고, 역시 코코슈카와 마찬가지로 모델의 특징에 대해 아주 드물게 열린, 너그러운 상상력을 지니고 있다.

피터 드 프랑시아, 〈에릭 홉스봄〉, 1955.

∾

칵테일의 체리처럼 자신들의 의견을 툭툭 내놓던 우리의 비평가들이 피터 드 프랑시아의 가로 1.8미터, 세로 3.6미터짜리 대작 〈사키에트 폭격〉(워딩턴갤러리)을 보고는 웅얼웅얼 '게르니카'를 입에 올렸다. 이는 피카소의 그림 앞에서 고야의 이름을 입에 올리는 것 만큼이나 어리석은 짓이다. 하지만 따지고 보면 그런 비교가 가능한 것도, 이런 작품이 등장하는 일이 아주 드물기 때문이다.

　사키에트 그림은 프랑스군의 폭격을 받은 튀니지의 가옥 한 채의 잔해를 보여 준다. 조각난 판자, 찢어진 옷, 부서진 고리버들 바구니, 넘어진 재봉틀, 뒤집힌 지붕, 죽은 사람, 살아남았지만 삶이 돌이킬 수 없게 망가져 버린 사람들. 전체 구도가 비스듬히 누운 십자가를 떠올리게 하는데, 마치 그 사선이 폭발이 진행되었던 방향인 것만 같다. 폭격이 가지고 온 대파괴는 그림에서 묘사되고 있는 상황에서 명백히 드러날 뿐 아니라 (여기에서 그쳤다면 이 작품은 그저 끔찍한 묘사에 불과했을 것이다) 실제 그림 자체에도 담겨 있다. 대상들의 형태 자체가 도끼로 쪼갠 장작처럼 산산조각 난 채 날아다니고 있다. 죽어서 누워 있는 소년 옆에는 녹색과 빨간색 줄무늬의 기저귀가 구겨진 채 놓여 있다. 서로 뒤엉킨 두 색의 줄무늬가, 죽어서도 주먹을 꼭 쥐고 있는 소년에게 가해진 폭력만큼이나 많은 것을 말해 준다. 붓놀림은 매우 빠른 편인데, 인물의 몸을 표현할 때는 일부러 느슨하게 움직이며 그 물리적인 연약함을 강조하고 있다. 아주 정확한 드로잉으로 그려진 발이나 손목, 머리는 바람에 날리는 갈대 같다. 관람객은 그림의 소재를 알아보기 전에 찢어지고 갈라진 형상들의 세계, 온전한 것이라고는 파란 하늘밖에 없는 세계를 본다. 그런 다음, 그림 속의 사건을 차근차근 읽어 가는 동안, 실제로 있었던 일의 끔찍함이 관람객을 덮친다.

이 그림은 정치적 저항을 표현한 작품이다. 하지만 또한 유럽 전통에 속한 그림이기도 하다. 들라크루아의 〈시오의 대학살〉이나 (드 프랑시아 작품의 드로잉은 명백히 들라크루아와 유사하다) 제리코의 〈메두사의 뗏목〉처럼, 이 그림도 실제 사건을 소재로 삼았다. 이 그림은 회화가 문학적으로 혹은 연극적으로 되지 않고도 그 자체로 충분히 자신만의 가치를 유지할 수 있다는 가정하에 그려졌다. 그리고 그 가정은 증명되었다.

이 그림에도 약점들은 있다. 그림 자체는 사키에트에서 그려진 것이 아니며, 거기서 그려질 수도 없었다. 이 그림은 현장에서 3,200킬로미터쯤 떨어진 조용한 화실에서 그려졌다. 포탄은 한 인간의 의식과 상상 안으로 날카롭게 파고들었고 거기서, 들라크루아와 제리코가 결코 용납할 수 없었던 현대의 비인간성에 대한 상징이 되어, 그림 속 형상을 난타하며 그것을 부풀리거나 과장된 방식으로 쓰러뜨리고 말았다. 임신부의 배나 후폭풍에 날아가는 소년의 몸 같은 부분은 심하게 뒤틀려 있는데, 이는 화가의 상상력이 폭격 소식에 두려움을 느꼈고, 그의 감정이 시각화를 하는 그의 능력보다 더 예민하게 반응했기 때문에 벌어진 결과이다. 하지만 그런 약점들조차 그림의 전체적인 구성에서는 잘 통합되고 있다. 그 약점들은 현실성과 관련해서만 실패했을 뿐이다. 바로 그러한 능력이 드 프랑시아의 가장 큰 장점을 잘 보여 준다. 바로 그의 지성 말이다.

아마추어들의 시대에 그를 프로로 만들어 준 것이 바로 그 지성이었다. 그 프로 정신이 어떤 의미인지는 같은 전시회에 소개된 다른 작품들(초상화, 채석장 풍경, 드로잉 등)을 보면 알 수 있다. 그는 스스로를 단련시켰다. 그는 드로잉을 할 수 있었고, 색을 다룰 수 있었으며, 구성할 수 있었다. 조각조각 흩어지지 않는 그림을 그릴 수 있었다. 훈련을 잘 받은 도제가 훌륭한 스승 밑에서 십 년쯤 배우고 나면 할 수 있는 일들을 그도 할 수 있게 되었다. 놀라운 일 아닌가. 예술가들이 자신들의 무능력을 장점으로 홍보하게끔 부추기던 시대, 도제 시스템도 없었던 당시에 누군가 스스로를 단련시키기 위해서는 아주 현명하고 헌신적으로 연구에 몰두해야 할 뿐 아니라(드 프랑시아의 스승은 루벤스, 할스, 들라크루아, 쿠르베, 피카소, 레제였다) 그림을 그리는 행위의 고귀함에 대한 믿음도 갖고 있어야 했다.

그의 작품에 독특한 특징을 심어 준 것도 역시 그의 지성이었다. 그는 자신의 지성을 통해 세상에 무슨 일이 벌어지고 있는지를 알 수 있었다. 그의 예술은 사건들을 다룬다. 사키에트는 폭격을 당한다. 사람들이 태양 아래서 일을 하고 있다. 인디언 화가가 아내와 함께 런던에 온다. 아프리카 소녀가 〈게르니카〉의 복제화에 등을 기댄 채 생각에 잠겨 있다. 이 모든 그림들의 소재는 당연히 사건이라 할 만하다. 하지만 프란시아의 모든 작품 안에는 어떤 바람이 불고 있다. 사키에트에 불었던 것만큼 강하지는 않지만 그렇다고 그보다 덜 확실하다고 할 수 없는 그 바람이 시간과 거리와 소식들이 전하는 약속들을 담고 있다.

초상화 작품들에서(말하기 좋아하는 사람들의 의견 외에 다른 소리에 귀를 기울인다면, 테이트갤러리는 이 초상화들 중 한 점을 반드시 구입해야만 할 것이다) 이 사건성은, 할스의 붓놀림을 닮은 다급한 붓놀림을 통해 드러난다. 그런 붓놀림으로 표현된 색들이 바다를 비추는 햇빛처럼 여기저기서 눈을 찌르고, 특히 인물의 얼굴에서 표현된 밀도와 선명함에서 가장 돋보인다. 마치 자신이 전할 것들을 꿈꼼히 살펴는 배달부의 손길 같다. 이는 심리학적 초상화라는 단어의 일반적 의미와는 다른 것이다. 그 작품들은 사람들이 미소를 짓는 것처럼, 우리 시대의 표정을 짓고 있는 남녀를 그린 그림이다. 채석장 풍경에서 이 사건성의 의미는 시각적으로 가장 직설적인 방식으로 담겨 있다. 남유럽의 빛이 덩어리진 흰색 바위들을 어떻게 비추는지를 보여 주는 그림들. 이 빛은 작업장 인부들이 하는 것과 똑같은 방식으로 바위를 쪼개고 다듬는 것처럼 보인다. 그런 식으로 인간의 노동이 햇빛마저도 하나의 사건으로 만들어내는 것이다.

드 프랑시아의 작품들 중 다수가 혼란을 겪었고, 또 혼란을 불러일으켰다. 그의 작품은 늘 떠들썩했다. 전혀 고요하지 않았다. 그는 고전적인 화가의 정반대였다. 그렇다면 낭만적이었을까. 아니다. 그는 20세기 중반에 속했고, 낭만주의는, 그 단어의 일반적인 의미에 따르면, 20세기에 속할 수 없기 때문이다. 그에게 가장 중요한 것은 자신의 감정이 아니었다. 그것은 그의 눈앞에 떠오르던 새로운 세계, 또한 그가 그림을 통해 빨리 도달할 수 있게 도움을 주려 했던 그 세계였다.

〰

피터는 쉽게 동화되지 않는다, 그렇지 않은가. 왜일까.

나의 대답은 그가 아주 크기 때문이라는 것이다. 그는 아주 분명하고 독특한 방식으로 그 거대함을 육화했다. 물론 그는 몸집도 크지만, 지금 내가 생각하고 있는 것은 그런 특징을 훌쩍 넘어선다.

그가 그림을 그리는 방식, 그의 에너지, 속도, 그가 그린 선들을 한번 생각해 보라. 그것들은, 심지어 비교적 작은 작품에서도, 어떤 거대함을 보여 주고, 표현한다. 그는 정물화 화가와 정반대, 지평을 그리는 화가이다. 의자 하나 혹은 사람의 발 하나를 관찰할 때에도 그의 시선과 엄격함은 여전히 파노라마를 보고 있다. 그의 비전이라는 공간에서는 쉴 곳이 없다. 그는 지붕 없는 배를 타고 항해하는 조타수의 비전을 지니고 있다. 홀로 말이다.

피터에 비견할 화가를 찾아보자면, 시에나시청의 프레스코화 〈좋은 정부와 나쁜 정부〉를 그린 암브로조 로렌체티가 떠오른다. 육세기라는 시간이 둘을 갈라놓고 있고, 둘의 기법이나 그림 속 형상들도 아주 다르다. 그럼에도 두 예술가가 공유하고 있는 것이 바로 거대함이다. 둘 다 하늘이라는 어마어마한 지붕 아래에 있는 사람들의 모습을 표현하려 했다. 그 하늘은 부분적으로는 영원한 하늘이면서, 또 부분적으로는 역사였다.

오늘날의 세상에서 계속되고 있는 투쟁과 그러한 투쟁 속에서 예술의 역할에 대한 피터의 견해, 판단 그리고 질문들에도 비슷한 특징이 반영되었다. 그는 어떤 다른 곳, 늘 또 다른 전선이었던 어떤 곳에서 새로 도착한 전령처럼 말했다. 따라서 그와 함께 있는 일은 자극이 되고, 혼란스럽고, 깨우침으로 이어지고, 재미있었다. 가끔은 아주 재미있었다. 그는 단 한 순간도 특정 지역에 머무르지 않았다.

피터 드 프랑시아는 지평을 그리는 화가다.

프란시스 뉴튼 수자

Francis Newton Souza

1924-2002

20세기 미술사에서 매우 중요한 발전들 중 하나는 인본주의적인 아시아 예술의 새로운 등장이 될지도 모른다. 아니면 정반대의 일이 벌어져도 놀랍지 않을 것이라고 해야 할까. 처음으로 독립을 맞은 아시아의 국가들이 절박하고 실제적인 필요들 때문에 반세기 정도는 예술을 배척하게 될까.(이 글을 쓴 1954년의 시점에서 20세기 후반의 상황을 예견하는 부분임—옮긴이) 일단 정립되었을 때 그 예술은 그들 고유의 전통에 얼마나 빚을 지고 있을 것이며, 유럽에는 또 얼마나 빚을 지게 될까. 이런 질문에 대한 대답은 아시아에서 살아온 예술가들에게서 비로소 나올 수 있을 것이다. 바로 그런 이유 때문에 현재 리치필드가(街)의 갤러리 원에서 열리고 있는 인도 화가 수자의 전시회는 흥미로우면서 동시에 혼란을 불러일으킨다. 분석은 온데간데없고 직감만이 그 자리를 대체하고 있다. 이 그림들을 좋아하는 사람이라면 그저 그 즐거움을 받아들이기만 하면 된다. 하지만 우리가 받아들이는 것은 화가가 의도했던 것일 수도 있고, 아닐 수도 있다.

상대적으로 젊은 작가에 속하는 수자는, 현재는 런던에 거주하고 있지만, 인도의 포르투갈령 고아 지방에서 태어났다. 가톨릭 집안에서 성장했지만 현재는 정통 교인이라고 하기 어렵다. 뭄바이에서 그는 화가이자 작가로 유명했다. 그의 회화가 서양 예술에서 얼마나 영향을 받았고, 또 조국의 종교예술 전통에서는 얼마나 영향을 받았는지 나는 알 수 없다. 그가 탁월한 디자이너면서 좋은 데생 화가라는 점은 분명하다. 그가 그리는 소재는 풍경, 누드 그리고 성직자처럼 보이는 인물들이다. 그가 사용하는 색은 어둡고 풍성하며, 그림 속 형체들은 보통 굵은 외곽선으로 표현된다.

나는 비교적 관점에서 그의 작품에 접근하는 것은 불가능하다는 것을 깨달았다. 그는 몇 가지 전통에 다리를 걸치고 있지만 그 어떤 것에도 종속되어 있지는 않기 때문에, 그의 작품에는 우아함이 없고, 확실성 역시 결여되어 있어서 투박한 개인적 능력으로 보완해야만 했다. 하지만 내가 보기에 그의 작품은 진정 감동적인 상상력의 비전을 담고 있다. 물론 그의 작품이 지닌 호소력을 형식적인 관점에서만 설명하면 그 작품의 의미를 파악해야 하는 문제를 피할 수 있다. 캔버스의 표면을 더 풍성하게 표현하기 위해, 벽을 긁어서 그린 벽화처럼, 캔버스를 파내듯이 표현한 선들, 무늬가 들어간 짙은 색 비단을 표현하는 데 활용한 패턴, 부드럽고 아주 단순하지만, 꽉 찬 느낌이 드는 청동상처럼 단단해 보이는 인물들을 표현하기 위해 색조를 말 그대로 반들반들 광이 날 때까지 다듬는 방식, 가끔씩 사용하는 선명한 색들이 지닌 불꽃처럼 가볍고 날카로운 효과, 인간의 몸이 지닌 무게(인물들의 배는 늘 땅에 닿은 채 처져 있다)에 대한 인식, 이 모든 것들이 그의 작품이 지닌 효과에 영향을 미친다.

하지만 인물의 목에 꽂힌, 그럼에도 전혀 폭력적으로 보이지 않는 화살은 어떻게 해석해야 할까. 아주 당당하지만 전혀 다듬어지지 않은 여성들의 성(性)은? 비잔틴 양식을 생각나게 하는 건물들과 입체파의 분석을 거친 것 같은 형상들은? 그런 현상들의 의미에 대해서 무지한 우리는 그저 직감적으로 반응할 수 있을 뿐이다. 아니면, 이런 고려들이 모두 가공의 것일까. 전시회에 소개된 스물한 점의 작품은 그저 절망적으로 혼란스러운 상태에서, 이쪽저쪽 되는 대로 움직이는 한 남자를 표현한, 투박한 그림들에 불과한 것일까. 그 작품들에서 보이는 몇몇 장점들도 이제는 조각나고 용도 폐기된 전통의 자투리에 불과한 것일까. 나는 모르겠다. 내가 할 수 있는 말은 내가 이 전시회에 끌렸고, 매혹되었으며, 거기서 즐거움을 느꼈다는 것뿐이다. 나를 감동시킨 것이 무엇이었는지 정의하려면, 그것은 종교적인 것이 진부한 것에게 내주는 어떤 너그러움, 혹은 그 반대라는 결론에 이르게 된다. 그의 풍경화에 등장하는 수염을 기른 사람은 최고의 성직자이면서 동시에 허울만 좋은 행려이다. 나체로 등장하는 여성은 탐욕스런, 부정할 수 없는 여신이면서 시장의 과일처럼 평범한 대상이다. 한 쌍의 연인은 아브라함과 사라이면서 동시에 뭄바이의 상점 주인 부부다. 역시, 이와 가장 유사한 예는 구약에서 찾을 수 있을 것이다. 한 번의 외침이 도시의 성벽을 무너뜨릴 수도 있다.

이본 발로
Yvonne Barlow

1924-2017

상처에 바르는 드레싱. 의미가 분명한 의학 용어이다. 하지만 그 행위는 어딘가 ('드레스'라는 용어 때문일지도 모른다) 극장 혹은 연극과 관련한 행위들을 떠올리게 한다. 연극 의상, 드레스 리허설(배우들이 의상을 모두 갖춰 입고 하는 예행연습—옮긴이) 같은 것들. 하지만 둘 사이의 연관은 그보다 깊다. 연극의 시초는 삶의 신비, 고통 그리고 열망에서 어떤 의미를 찾으려는 행위였다. 그리고 그 과정에서 연극은 거기에 참여하는 이와 그것을 지켜보는 이 모두에게 **카타르시스**를 준다. 카타르시스의 첫번째 의미는 **정화(淨化)**이고, 상처에 '바르는 드레싱'도 전통적으로 깨끗하게 하는 것을 의미한다.

이본 발로의 작품들을 보면 그런 생각들이 떠오른다. 그녀의 작품(거의 육십 년 동안의 작업 결과이다)은 절대 같은 이야기를 반복하지 않으면서도, 그 접근법에 있어서는 놀랄 만큼 일관성을 보여 준다. 그 접근법이 매우 회화적이면서 동시에 연극적이다. 그 작품들에서 묘사되는 행위들, 삶에서 관찰하고 상상으로 떠올린 후 다시 묘사해낸 그 사건들은 모두 무대에서 재연되는 행위들을 떠올리게 한다.

그녀의 그림들은 이 역할을 차분하게, 확신을 가지고 수행한다.

이본 발로, 〈친구 혹은 적?〉, 1987.

그 작품들은 절대 통속극으로 빠지지 않는다. 십대 시절, 이본 발로는 화가가 될지 피아니스트가 될지를 놓고 고민했고, 결국 그림을 계속 그리기로 결심했다. 하지만 화면 구성에 대한 그녀의 감각은 기하학적이라기보다는 음악적이다. 거기에는 쇼팽을 떠올리게 하는 어떤 것이 있다. 그녀의 구성은 (바로크 양식이나 피에로 델라 프란체스카처럼) 시간을 초월한 것에 관한 것이 아니다. 그림 전체가 진행 중인 어떤 행위를 담고 있고, 거기에는 지속 혹은 흐름 속의 어떤 순간이 포함된다. 구성의 이런 음악적 요소는 또한 무대라는 공간을 채운다.(조금 다른 방식이긴 하지만 바토나 쿠르베의 작품에서도 그런 요소가 보인다)

이본 발로의 그림을 보는 이는 작품을 꼼꼼히 살피는 동시에 무언가를 기다리고, 기대한다. 꿈, 기억, 두려움 같은 것이 그녀의 그림 속 공간으로 관람객을 안내한다. 지피에스(GPS)로는 할 수 없는 방식으로.

나는 1942년에 이본을 만나 사랑에 빠졌다. 우리는 런던 센트럴 미술학교의 학생이었다. 런던 대공습은 지났지만, 아직 밤에는 최초의 무인폭격기 '개미귀신'이 폭격을 계속하고 있었다. 우리는 재주껏 삶을 이어가며 대가들의 작품과 함께 지냈다. 구체적으로 어떻게 되었는지는 기억나지 않지만, 그녀가 내셔널갤러리에서 처음 발견하고 나도 나중에 알게 된 그림 한 점이 우리만의 우상 혹은 은밀한 상징이 되었다. 피에로 디 코시모(Piero di Cosimo)의 〈님프의 죽음을 애도하는 사티로스〉(현재 제목이다)였다. 그 작품에서는 개 한 마리도 님프의 죽음을 애도하고 있는데 나는 스스로를 그 개라고 생각했다.

지금 여기서 그 이야기를 하는 것은, 이 작고 세밀한 그림이 이본의 유창하고, 다양하며, 신비스러운 작품들을 안내하는 머리말 역할을 해 줄 수 있을 것 같아서이다.

홀로 지켜보는 동물이 있고, 전령처럼 하늘을 나는 새들이 있고, 사람들이 떠나고 도착하는 해변과 해안선이 있고, 이제 막 출발하려는 빈약한 배들이 있고, 인간의 몸이 보여 주는 수많은 동작들, 손, 손가락, 어깨, 발이 보여 주는 유창하면서도 고요한 그 동작들이 있고, 빈 공간에는 하나의 영원한 질문이 떠 있다. 정확히 무슨 일이 있었던 걸까 하는 질문. 거기 각각의 윤곽선이 보여 주는 정확함이 있고, 각각의 사건이 품은 신비로움이 있고, 꽃이 있고, 피가 있고, 카타르시스가 있다.

숲속에서의 마주침을 묘사한 이본의 그림에서는 종종 인물들이 입은 흰색 셔츠가 붕대처럼 은은한 빛을 띠고 있다. 상처에 바르는 드레싱….

평생의 작업이다.

에른스트 네이즈베스트니

Ernst Neizvestny

1925-2016

사정은 이랬다. 모스크바 화가 조합에서 지난 삼십 년간 조합원들의 작품을 소개하는 전시회를 계획했다. 전시회는 '자유로움'을 강조하고 공식 미술계의 편협함을 사람들에게 알리기 위한 것이었다. 네이즈베스트니도 초대를 받았는데, 공식 미술계에 맞서 왔던 그의 활동이 조합의 주장에 힘을 실어 줄 것으로 기대했기 때문이다.

네이즈베스트니는 젊은 실험적 작가 몇 명과 함께하는 것이 아니라면 참여하지 않겠다고 했다. 조합은 거절했지만, 당시 교육용 화실을 운영 중이던 빌류틴이라는 사람이 실험적 작가들의 비공식적인 작품을 모아 전시회를 연다는 생각에 매혹되었다. 그가 어찌어찌해서 모스크바 시의회의 지원까지 받으며 전시회를 여는 데 성공했다. 전시회에는 빌류틴의 제자들과 네이즈베스트니의 작품, 거기에 네이즈베스트니가 추천한 젊은 작가들의 작품이 소개될 예정이었다. 그 전시회가 왜 그리고 어떻게 열릴 수 있었는지를 밝혀내기는 어렵다. 공식 미술계에서 일부러 그런 도발을 허용함으로써 정부로 하여금 '허무주의(이는 비순응주의를 지칭하기 위해 다시 꺼낸 말이었다)'가 더 널리 퍼지는 일을 막으려 했던 것일 수도 있다. 혹은 관료주의의 비효

율성이나 관련 기관들 사이의 불통 덕분에 전시회의 진짜 의미를 아무도 모르고 있었던 것일 수도 있다.

그렇게 전시회는 열렸고[1] 큰 소동이 벌어졌다. 부분적으로는 전시회에 소개된, 지난 이십 년간 대중들에게 공개된 적 없었던 작품들 때문이었지만, 그보다는 그 작품들을 받아들이는 젊은 세대의 열광적인 태도 때문이었다. 전시회에 길게 늘어선 줄은 모두의 상상을 초월했다. 불과 며칠 만에 전시회는 공식적으로 문을 닫았고, 작품을 전시했던 예술가들은 자신들의 작품을 크렘린 궁 옆의 승마장 건물로 가져오라는 통보를 받았다. 그 작품들이 불러일으킨 문제들에 대해 정부와 중앙위원회가 면밀히 검토할 예정이었다.

이러한 공식적인 반응, 어떤 선입관에 따른 결론을 미리 정해 놓지 않은 채, 논의를 해 보겠다는 반쯤의 약속은 이미 스탈린 시대의 절대주의 독선에서 상당히 진보한 태도였다. 하지만 그와 동시에 공식적으로 정책의 변화가 발표된 적도 없었다. 조금은 관용적인 것처럼 보이는 정부의 새로운 태도가 어디까지 확장될지는 아무도 알 수 없었다. 참여했던 예술가들도 자신들이 얼마나 무거운 처벌을 받게 될지 알 수 없었다. 불안함과 기대가 함께 있었다. 모든 것은 흐루쇼프(N. Khrushchyov)가 개인적으로 설득당할 것인지 여부에 달려 있었다. 개인의 특징이라는 수수께끼가 여전히 가장 핵심적인 결정 요소였다.

빌류틴은 화가들에게 극단적인 작품은 숨겨 두고 좀 더 전통에 가까운 작품들만 제출하라고 조언했다. 하지만 네이즈베스트니는 그런 속임수에는 아무도 넘어가지 않을 거라며 반대했다. 뿐만 아니라, 그 일은 적어도 자신들의 작품 같은 예술이 있다는 것을 공식적으로 인정받을 기회이기도 했다.

예술가들이 작품을 승마장 건물에 걸었다. 바로 전날 밤에 급히 그린 작품들도 몇 점 있었다. 그리고 그들은 기다렸다. 건물 주위는 보안요원들이 둘러쌌다. 건물에 대한 철저한 수색이 있고, 창문과 커튼까지 검사했다.

일흔 명쯤 되는 남자들이 들어왔다. 흐루쇼프가 어느새 계단 맨 위로 올라가 소리쳤다. "이런 개똥 같은! 수첩니다! 전시회 책임자가 누굽니까? 누가 지도잡니까?"

한 남자가 앞으로 나섰다.

"이름이 뭡니까?"

남자의 목소리는 거의 들릴 듯 말 듯했다. "빌류틴입니다."

"뭐라고?" 흐루쇼프가 소리쳤다.

정부 관료 중 한 명이 말했다. "이 사람은 진짜 지도자가 아닙니다. 이 사람은 필요 없어요. 저 사람이 진짜 지도잡니다." 그는 네이즈베스트니를 가리켰다.

흐루쇼프가 다시 소리를 질렀다. 하지만 이번에는 네이즈베스트니도 맞고함을 질렀다. "당신이 수상이고 의장이긴 하지만 내 작품 앞에서는 아닙니다. 여기서는 내가 수상이니까 동등한 입장에서 논의합시다."

그의 친구들 대다수에게는 흐루쇼프가 화가 났다는 사실보다는 네이즈베스트니의 대답 자체가 더 위험해 보였다.

흐루쇼프 옆에 있던 장관이 말했다. "지금 누구한테 하는 이야기요? 이분은 수상이십니다. 당신 같은 사람은 우라늄 광산으로 보내 버릴 수도 있다고."

보안요원 두 명이 네이즈베스트니의 팔을 잡았다. 그는 장관은 무시하고 흐루쇼프에게 직접 말했다. 그리 크지 않은 두 사람의 키는 비슷했다.

"지금 당신은 완벽하게 자살할 능력을 갖춘 사람과 이야기하고 있는 겁니다. 당신들의 협박 따위는 아무 의미도 없습니다."

공식적인 어투 때문에 그 말에 설득력이 느껴졌다.

네이즈베스트니를 잡으라고 했던 무리 속 사람이 한 번 더 손짓을 하자 보안요원은 그의 팔을 놓아주었다.

자유로워진 네이즈베스트니는 뒤로 돌아 자신의 작품 앞으로 걸어갔다. 잠시 동안, 아무도 움직이지 않았다. 그는 태어나서 두번째로, 자신이 패배에 아주 가까이 있음을 직감했다. 다음 순간의 행동이 아주 중요했다. 그는 계속 걸음을 옮기며, 귀를 바짝 세웠다. 예술가와 구경꾼들은 쥐 죽은 듯 조용했다. 마침내 아주 무겁고, 느린 숨소리가 뒤에서 들렸다. 흐루쇼프가 그를 따라오고 있었다.

두 사람은 전시된 작품들에 대해 논쟁을 벌였고, 종종 목소리를 높였다. 다시 수상 옆으로 모여든 사람들이 자주 네이즈베스트니의 말을 끊었다. 경찰청장이 말했다. "당신이 입은 코트를 보세요. 미국의 비트족들이 입는 거 아닙니까."

네이즈베스트니　이 전시회를 준비하느라 밤을 샜습니다. 아내가 아침에 새 셔츠를 갖다 주려는 걸 당신들이 막았잖습니까. 부끄러운 줄 아세요, 노동을 신성시하는 이 나라에서 그런 발언을 하시다니요.

네이즈베스트니가 동료 예술가들의 작품을 언급하던 중에 누군가 그에게 동성애자가 아니냐고 비난했다. 그는 다시 한번 흐루쇼프를 똑바로 바라보며 대답했다.

"그런 문제라면 니키타 세르게이에비치 동무, 스스로를 증명하는 게 좀 난처하기는 하겠지만 말입니다. 지금 당장 이 자리에 여자를 한 명 데리고 오면 내가 증명해 보이겠습니다."

흐루쇼프가 웃음을 터뜨렸다. 잠시 후, 다시 한번 그와 의견 대립을 보이던 흐루쇼프가 물었다. "그나저나 작품에 쓴 청동은 어디서 구한 겁니까?"

네이즈베스트니　훔쳤습니다.
장관　암시장 같은 곳에서 밀매를 하고 있습니다.
네이즈베스트니　그 말씀은 정부 관료가 제기하는 아주 무거운 혐의가 되겠습니다. 철저히 조사해 주십시오. 조사 결과를 기다려야 하겠지만, 제가 말씀하신 그런 방법으로 재료들을 구하지 않았다는 건 분명히 말씀드릴 수 있습니다. 제가 사용한 재료들은 고철입니다. 어떻게든 작품을 계속 제작하기 위해서 불법적인 방법을 동원할 수밖에 없었습니다.

시간이 흐르며 두 사람 사이의 대화는 조금 부드러워졌다. 이제 전시된 작품들에 대한 이야기 이외에 다른 이야기도 했다.

흐루쇼프　스탈린 시대의 예술에 대해 어떻게 생각하십니까?
네이즈베스트니　썩었다고 생각합니다. 당시와 똑같은 부류의 화가들이 여전히 수상을 속이고 있습니다.
흐루쇼프　스탈린이 사용한 방법이 잘못된 것이지, 예술 자체는 아니지 않을까요?
네이즈베스트니　우리 마르크스주의자는 그렇게 생각해서는 안 됩니다. 스탈린이 사용한 방법이 개인 우상화 작업에 기여했고, 바로 그

에른스트 네이즈베스트니, 〈니키타 흐루쇼프의 무덤〉.

것이 그가 허용한 예술의 내용이 되었습니다. 따라서 그 예술 또한 썩은 것이라고 할 수 있습니다.

그렇게 한 시간가량 대화가 이어졌다. 실내는 무척 더웠다. 모두들 서서 기다려야 했다. 긴장감이 높아졌다. 한두 명이 정신을 잃고 쓰러졌다. 하지만 아무도 감히 흐루쇼프를 말릴 생각을 할 수는 없었다. 대화를 끝낼 수 있는 사람은 오직 네이즈베스트니뿐이었다. "이제 그만 끝내시죠." 정부 관료 중 누군가가 뒤에서 말하는 걸 들었다. 그는 흐루쇼프에게 공손하게 손을 내밀었고 이쯤에서 마쳐야 할 것 같다고 말했다.

관료들 무리는 입구를 지나 다시 계단을 올라갔다. 흐루쇼프가 뒤를 돌아보며 말했다. "당신이 마음에 듭니다. 하지만 당신 안에는 천사와 악마가 함께 있네요. 천사가 이긴다면 함께 잘해 나갈 수 있겠지요. 하지만 악마가 이긴다면 우리가 당신을 무너뜨릴 겁니다."

건물을 나온 네이즈베스트니는 고리키 가(街)에 도착하기 전에 자신이 체포될 걸로 예상했다. 그는 체포되지 않았다.

나중에 네이즈베스트니가 요구했던 조사가 이루어졌다. 문제를 제기했던 장관은 자신의 발언을 취소하고, 네이즈베스트니가 정직하지 않은 인물임을 증명할 증거는 없다고 발표했다. 그 조사에서는 네이즈베스트니가 정신병자가 아님을 증명하기 위한 검사도 포함되었다.

승마장 건물에서의 만남 뒤, 아직 정식 조사가 시작되기 전에 흐루쇼프가 (둘은 어느새 몇 번의 긴 대화를 나눈 사이가 되어 있었다) 네이즈베스트니에게 물었다. 어떻게 그렇게 오랫동안 국가의 억압을 버틸 수 있었는지.

1. 1962년.

리언 코소프

Leon Kossoff

1926-2019

리언 코소프는 1926년 런던에서 태어났다. 그가 중간은 가는 세련된 작가들보다는 훨씬 훌륭한 작품을 보여 준다는 점에 대해서는 의심의 여지가 없다. 어쩌면 나중에는 그런 안전한 표현들이 암시하는 것보다 훨씬 좋은 화가가 되어 있을지도 모른다.

그는 런던의 풍경과 개인들을 그렸다. 그가 사용하는 색에는 흙색이 섞여 있다. 물감 자체는 놀랄 만큼 두껍게 칠해졌는데, 원래 캔버스의 표면에서 6센티미터 정도나 높은 부분도 있을 정도다.'놀랄 만큼'이라는 표현을 쓴 이유는, 그런 혁신은 성공하든 못하든 상관없이 우선은 놀랍게 느껴질 수밖에 없기 때문이다) 그가 형상들을 그리는 방식은 부분적으로는 색상과 색조에 의존하지만, 다른 한편으로는 두껍게 바른 물감을 파헤치며 부조(浮彫)에서처럼 윤곽선을 만들어내는 방식에도 의존하고 있다. 질감만 놓고 이야기하자면 그의 그림은 색깔이 있는 엔진 그리스로 그린 다음 굳혀 놓은 것처럼 보인다. 드로잉 역시 매우 묵직하게 표현되었고 아주 짙은 검은색이다. 그는 표현주의자로 분류되지만, 예를 들어 루오(G. Rouault)나 수틴(C. Soutine)에 비해서는 공간적 구조에 있어 좀 더 분석적이다. 아마 봄버그(D. Bomberg)를 연구하는 과정에서 이런 식의 분석적인 태도를 익혔을 것이다. 코소프는 오늘날 영국의 젊은 화가들에게 가장 건설적인 영향을 미친 이가 봄버그라는 나의 주장을 방증하는 또 한 명의 화가라고 할 수 있다. 코소프의 작품이 풍기는 분위기는 매우 비관적이며, 베케트의 작품이 풍기는 분위기와 비슷하다. 그의 작품도 베케트의 글만큼 감각적 즐거움을 경멸하고, 똑같이 점잖으며, 절망의 평등함에 대한 믿음을 지니고 있다. 마지막의 이 믿음은 무자비하고 자신만을 추구하는 사회에서는 위안처럼 보이기도 하지만, 사실은 그렇지 않다.

그럼에도 나는 깊은 인상을 받았다. 두꺼운 물감이나 재료가 전하는 불쾌함은 잠시 잊고, 화가가 활용하기로 한 방법들에 주의를 빼앗기지도 말고, 그림을 가장 잘 볼 수 있는 자리에 한번 서 보자. 그러면 관람객은 그가 창조해낸 이미지가 횅하고 재미없지만, 권위를 지니고 있음을 알 수 있다. 왜일까. 그의 드로잉과 구성에 상당한 힘이 담겨 있기 때문이다. 물감을 마구 휘저어 놓은 것 같은 그림들이지만, 핵심이 되는 형상의 덩어리나 면이 그려진 방식을 보면 단정치 못하거나 어중간하게 마무리한 부분이 전혀 보이지 않는다. 생각에 잠긴 채 웅크린 그림 속 인물들은, 중세 그림 속에서 인물들 각각이 자신에게 주어진 자리에 있는 것처럼, 딱 알맞은 자리에 자리잡고 있다. 인물의 두상은 돌로 만든 조각처럼 단단해 보이고, 두꺼운 물감 때문에 손상된 부분은, 마치 시간이 지나며 그림이 닳은 것처럼 보인다. 이 그림들이 기념비적으로 보이는 것도 그림 자체가 커서가 아니라, 바로 그런 이유 때문이며, 그 점은 드로잉을 통해서 다시 한번 확인할 수 있다. 그 그림들에서는 탁자가 움푹 들어간 부분이나 머리를 돌릴 수 있는 공간 같은 것들이 절대적으로 확보되어 있다. 이는 마사초나 만테냐의 특징인데, 나는 코소프가 두 사람을 존경했을 거라고 확신한다. 혹은 건축 현장을 부감(俯瞰)으로 내려다본 그림을 한번 보자. 이런 공간을 만들어내고 통제할 수 있는 사람이라면 (척도의 기준이 될 만

리언 코소프, 〈옥스퍼드 거리의 건축 현장〉, 1952.

한 대상 혹은 구체적으로 확인할 수 있는 세부 사항 없이) 진정한 데 생 화가라고 할 수 있다.

코소프가 처한 곤경은 내 생각에는, 넓은 의미에서 이념적인 곤 경이다. 그는 물질의 우선성을 강조하기 위해 그림을 그린다. (기념비 같은 특징, 덩어리에 대한 강조, 특별한 기법 같은 것은 모두 그 강조 를 위한 것이다. 하지만 동시에 그는 물질세계 앞에서 인간들이 겪는 무력함에 압도되었다) 그래서 깊은 비관주의다. 너무 솔직한 그는 종 교에 호소할 수 없었고 따라서 그런 고통의 폭력적인 무게를 도무지 설명해낼 수가 없었다. 그런 그의 비극적 감각을 다른 평론가들은 불 편해했다. 나는 아니다. 나는 공감한다. 하지만 비극적 감각을 비극적 예술로 만들어내기 위해서는 행복한 대안의 가능성을 믿어야만 했을 것이다. 따라서 코소프가 그런 이해를 통해 (모순이지만) 자신의 비 관주의를 딛고 일어설 수 있다면, 그는 진정 의미심장한 비극적 예술 가가 될 수 있을 것이다.

리언에게,

처음 선생의 작업실 혹은 선생이 작업실로 쓰고 있던 방을 찾았던 때를 아직도 기억하고 있습니다. 거의 사십여 년 전이었지요. 작업의 잔해들과 방 안 어디에나 있던 희망이 생각납니다. 낯선 희망이었습니다, 그 본질이 뼈다귀 하나, 개가 땅에 묻어 두는 뼈다귀의 희망과 비슷한 것이었으니까요.

이제 그 뼈는 다시 나왔고, 희망은 인상적인 업적이 되었습니다. '업적'이라는 단어는 잘못된 것 같죠, 어떻게 생각하시나요? 업적이나 그것을 알아보는 일 따위는 될 대로 되라고 합시다, 그건 언제나 너무 늦으니까요. 하지만 구원의 희망은 현실이 되었습니다. 선생은 선생이 사랑했던 많은 것들을 구해냈습니다.

이 모든 것은 말로 표현하지 않는 것이 나아 보입니다. 그건 마늘의 향이나 홍합의 냄새를 묘사하려는 것과 비슷할 테니까요. 내가 선생에게 물어보고 싶은 것은 작업실과 관련한 것입니다.

화가가 작업실 공간을 구할 때 가장 먼저 고려하는 것은 빛이죠. 따라서 작업실이라 하면 온실이나 전망대 심지어 등대 같은 곳을 떠올리게 됩니다. 물론 빛은 중요합니다. 하지만 내 생각에 작업실은, 일단 거기서 그림을 그리기 시작하면, 배 속이랑 비슷할 것 같습니다. 소화, 변화 그리고 분비가 이루어지는 곳, 이미지들이 형태를 바꾸는 곳, 모든 것들이 규칙적이면서 동시에 예측 불가능한 곳, 겉보기로는 아무 질서가 없지만 거기서 건강한 생활이 생겨나는 곳. 배불리 먹는 것은, 안타깝게도, 세상에서 가장 오래된 꿈이죠. 그렇지 않나요?

어쩌면 나는 선생을 자극하기 위해 이렇게 말하는 것인지도 모릅니다. 왜냐하면 작업실(이미지가 만들어지는 곳)이 선생에게 어떤 이미지인지를 알고 싶으니까요. 작업실에서 홀로 오랜 시간을 보냈던 선생 같은 사람에게요. 일단 작업실에 들어가면 우리는 더 잘 보기 위해 눈이 멀게 되죠. 말씀해 주십시오….

애정과, 숭배에 가까운 존경심을 담아

존

ᜰᜰ

존에게,

편지 감사합니다. 사십여 년 전 선생은 '무게'라는 제목으로, 나의 작품에 대한 너그러운 글을 쓰셨죠. 오랫동안 그 글이 나의 작품에 대해 건설적이고 긍정적으로 평가해 준 유일한 글이었는데, 제대로 인사를 드리지 못했네요. 그래도 잊지는 않았고, 지금 내가 살고 있는 이 낯선 시기에, 처음 해 보는 회고전을 위해 내 작품을 (그리고 어쩌면 내 인생을) 정리하고 있는 이 시기에, 그 글을 자주 떠올립니다.

작업실에 대한 선생의 말은 사실이고, 내가 작업을 하는 공간은 언제나 같은 모습입니다. 집 안의 방 하나요, 물론 지금은 훨씬 더 큰 집이죠. 벽은 각종 잡동사니와 페인트로 엉망입니다. 바닥도 마찬가지고요.

라디에이터 앞에서 붓을 말리고, 벽에는 아직 완성되지 않은 그림과 현재 내가 관심을 가지고 있는 대상들의 드로잉이 세워져 있습니다. 모퉁이에는 모델이 앉을 수 있는 의자가 있고, 내가 평생 동안 지니고 있는 복제화 몇 점이 벽에 걸려 있습니다. 빛은 크게 신경 쓰지 않습니다. 방이 정남향이어서 종종 빛이 거북할 때가 있지만, 그럴 때면 그림을 돌리고 새로운 작업을 시작합니다. 나는 끝없이 반복되는 활동들을 하고 있는 것 같네요. 지난 사십여 년 대부분을 혼자 지냈지만, 최근에는, 여기저기 알려지고 사람들이 찾아오면서, 작업실이 마치 난파선처럼 되어 가고 있습니다.

1950년대에, 브란쿠시와 자코메티의 작업실을 찍은 놀랍고도

감동적인 사진을 처음 봤을 때를 선생은 기억하시나요? 당시는
특별한 시기였죠. 요즘은 모든 예술가에 대한 책에 그 사람의 작업실
사진이 포함됩니다. 작업실은 예술가의 작품을 위한 익숙한 무대
장치가 되었죠. 예술가의 활동이 그 결과로 나온 이미지보다 더
중요해진 걸까요. 아니면 이미지가 작업실이나 예술가를 둘러싼
신화에 의해 확인을 받아야 하는 걸까요. 이미지 자체로는 충분히
강하지 못하기 때문에?

작품이 최종적으로 테이트갤러리에 걸렸을 때 어떻게 보일지
나는 알지 못합니다. 최근에 나로 하여금 계속 작업하게 하는 주된
동기는 아직 드로잉을 더 익혀야 한다는 강박입니다. 내가 드로잉을
잘한다는 느낌은 한 번도 가져 본 적이 없고, 그 느낌은 지금도
마찬가지입니다. 그러니까 나의 작품은 독학을 위한 실험이었던
셈입니다.

이제, 그 모든 드로잉을 마친 지금, 베로네세의 커다란 작품
앞에서 나는 회화란 어떤 것을 탐사하기 위해 물감으로 하는
드로잉이라고 생각해 봅니다. 혹은 현재 내셔널갤러리에 있는
벨라스케스의 〈교황 이노센트 10세〉를 보고 또 근처에 있는 그의
초기작 〈채찍질 당한 그리스도〉를 보면서, 물감으로 드로잉을 해내는
그의 능력이 달라졌음을 보았습니다. 최근에 파이윰 초상화(이집트
미라의 초상화)에 관한 책을 보면서는 그 그림들이 세잔이나
피카소와 아주 가깝다고 생각했지요. 그러니까 문명의 초기에서부터
모든 예술에서 드로잉은 참 중요했구나 하는 생각을 했습니다.

회고전의 첫 작품은 선생이 언급했던 그 두꺼운 그림입니다.
후기의 그림들, 상대적으로 가볍고 물감이 더 얇은 그림들이
독학으로 드로잉을 함으로써 외부 세계에 반응하려 했던 나의
필요에서 나온 것으로 받아들여질 수 있을까요?

친애하는,

리언

〰

리언에게,

당연히 나는 드로잉에 대한 선생의 생각이 '단순하지'
않다고 생각합니다. 나 또한 파이윰 초상화에 대한 뛰어난 책을
본 적이 있습니다. 가장 먼저 나를 놀라게 한 것은, 모두들에게
놀라움이었겠지만, 그 그림들의 존재감이었습니다. 그들은 거기 우리
앞에, 바로 지금 여기에 있습니다. 그 그림들이 그려진 이유도 그
때문이었겠지요. 떠난 후에도 여전히 여기에 남기 위해서요.

그런 특징은 드로잉에서 나오는 것입니다. 말하자면 그림 속의
머리와 그것을 둘러싼 공간 사이의 공모 혹은 상호 침투에서 나오는
것입니다.(어쩌면 사람들이 세잔을 떠올리는 것도 부분적으로는
이런 이유 때문일 겁니다) 하지만 다른 요소(어쩌면 이 점이 우리가
드로잉이라고 부르는 신비한 과정의 비밀에 다가가는 작업일 수도
있습니다)도 있지 않을까요. 그건 모델과의 협력과도 관련이 있는 것
아닐까요. 어떤 모델은 생전에 또 어떤 모델은 사후에 그렸겠지만,
거기에는 참여하려는 마음이 있었음을 감지할 수 있습니다.
보여지려는 의지 혹은 아마도, 보여지기를 기다리는 의지요.

제가 보기에 위대한 대가의 작품에서도, 놀랄 만큼 뛰어난
그림과 나머지 그림들의 차이는 언제나 그림의 대상, 혹은 대상의
부재와 가지는 협업 관계의 문제로 귀결되는 것 같습니다.

창조자로서의 예술가라는 낭만적 개념은(오늘날 유행하는
스타로서의 예술가라는 개념 역시) 받아들이는 역할, 예술가의 열린
태도를 지워 버립니다. 이것이 바로 그러한 협업의 전제 조건임에도
말입니다.

소위 좋은 데생 화가란 늘 어떤 대답을 제시하는 사람입니다.
훌륭한 대답일 수도 있고(피카소가 종종 그랬지요), 혹은 어리석은
대답일 수도 있습니다(공인된 미술학회의 사람들이 대다수

그렇습니다). 진정한 드로잉이란 끊임없는 질문이고, 서투름이며, 그려지고 있는 대상에 대한 환대입니다. 그리고 일단 그런 환대가 주어지면, 종종 협업이 이루어지기도 하지요.

"드로잉을 더 익혀야 한다는 강박"이라는 선생의 말을 보고, 그런 강박을 낳은 고집과 의심이 어떤 것인지 알 것 같았습니다. 내가 드릴 수 있는 답은, 선생이 절대 드로잉을 배우지 않았으면 한다는 것입니다!(그러고 나면 더 이상의 협업은 없을 테니까요. 오직 하나의 대답만이 존재할 테니까요)

선생의 동생 체임 역시 (1993년에 그린 그 커다란 초상화에서요) 마치 고대 이집트의 사람들처럼 거기에 있습니다. 정신은 다르겠죠. 다른 삶을 살았기 때문에, 그가 기다리는 것은 다릅니다.(아니! 틀렸습니다. 그는 같은 것을 기다리지만, 기다림의 방식이 다른 것이겠지요) 어쨌든 그는 똑같이 거기에 있습니다. 누군가 혹은 무언가가 거기에 있을 때, 그림을 그리는 방법 같은 건 세부 사항에 불과해 보입니다. 그건 대상을 잘 발효시킨 후 자신은 사라져 버리는 좋은 숙주 같은 것이겠지요.

〈필라〉(1994) 역시 모든 세부 사항을 잊어버리게 할 만큼의 존재감을 보여 줍니다. 그녀의 몸을 통해 그녀의 삶이 보여지기를 기다리고 있고, 그 몸이 당신과 협력하고, 색으로 그린 선생의 드로잉이 그 삶이 몸 안으로 들어올 수 있게 해 줍니다.

선생이 색으로 드로잉을 하는 방식은 벨라스케스의 방식과는 다릅니다. 그건 시대가 변했기 때문만이 아니라, 시간 또한 변했기 때문입니다. 대상에 열려 있는 태도 역시 같지 않지요.(벨라스케스의 그것이 냉소적인 개방성이라면, 선생의 경우에는 가까이 다가가려는 뜨거운 열망입니다) 하지만 대상과의 협업에 담긴 수수께끼는 동일합니다.

어쩌면 **선생의** '열려 있음'이라는 나의 표현은, 지나치게 단순한 혹은 개인적인 평가일 수도 있겠습니다. 네, 그것은 선생에게서 흘러나와, 다른 대상 안으로 스며듭니다. 필라를 그린 그림에서, 물감의 표면, 마치 평생 집안일을 해 온 어머니의 몸짓처럼 하나씩 하나씩 겹친 그 붓놀림, 방 안의 공간 이 모든 것이 필라와 보여지기를 기다리는 그녀의 몸을 향해 **열려** 있습니다. 아니면, '알아봐 주기를 기다리는'이라고 해야 할까요?

선생의 풍경화에서, 주변에 있는 것들을 받아들이는 공기의 수용성은 더욱 분명히 드러납니다. 하늘은 그 아래 있는 것들에 열려 있습니다. 〈스피탈필즈의 크라이스트교회, 1990년 아침〉에서 하늘은 그것들을 감싸기 위해 몸을 숙이고 있습니다. 〈비바람 부는 날의 크라이스트교회, 1994년 여름〉에서는 교회 역시 하늘을 향해 열려 있지요. 선생이 같은 소재를 반복해 그린다는 사실 덕분에, 이 협력은 점점 더 가까워집니다. 회화에서의 친밀함이란 이런 것이 아닐까요? 선생은 그 자세를 극단으로, 선생만의 빈틈없는 방식으로 밀어붙였습니다. 하늘이 첨탑이나 기둥을 '받아들이게' 하는 일은 간단하지 않지만, 뭔가 분명한 일이기는 합니다.(지난 몇 세기 동안, 첨탑이나 기둥은 그런 목적으로 만들어졌죠) 하지만 선생은 초여름 햇살에 물든 풍경이 디젤기관차마저 '받아들일' 수 있게, 거기에 열려 있도록 하는 데 성공했습니다!

바로 그 지점에서 나는 선생이 어떻게 해냈는지 모릅니다. 어쨌든 해냈다는 것만 알 수 있죠. 여름의 열기와 관련 있을까요? 그렇다면 어떻게 그 열기가 드로잉이 될 수 있었을까요? 그런 빛은 어떻게 색으로 드로잉을 할 수 있었을까요? 결국 그렇게 되었지만, 나는 어떻게 되었는지 모릅니다. 내 말이 복잡하게 들리시겠죠. 사실 내가 하는 말은 선생이 붙인, 아주 근사하면서도 단순한 제목 〈들어오는 기관차〉에 이미 담겨 있습니다.

편지에서 선생은 작업실 벽에 오랫동안 걸어 둔 복제화들이 있다고 했죠. 어떤 그림일지 궁금합니다. 어젯밤 꿈에서 적어도 하나는 본 것 같은데, 아침이 되면서 잊어버렸네요.

이제 곧 선생의 작품들이 테이트갤러리에 걸리겠죠. 나는 그런
전시를 해 본 적이 없지만, 꽤 힘든 시간일 것 같습니다. 작품들이
경쟁적으로 **존재감**을 드러내기 때문에 함께 걸어 두기가 어렵겠죠.
보이스(J. Beuys) 같은 경우는 관람객과 협업하는 화가였기 때문에
그런 전시가 괜찮았습니다. 하지만 선생의 작품처럼 성상(聖像)
같은 성격을 지닌 그림이라면, 그런 전시는 제자리를 벗어난 그래서
어떤 면에서는 폭력이 될 수도 있을 거라 짐작합니다. 하지만 걱정은
마세요. 아마 작품들이 자신의 존재감을 온전히 지켜낼 겁니다.
그 그림들은 자신들의 자리로부터 오는 것이니까요, 킬번에서
윌즈덴그린 사이를 운행하는 기차처럼 말이죠.

애정과 존경을 담아

존

～

존,

지금까지 드로잉과 회화 작업에 대해, 선생이 내게 보낸
편지에서만큼 직접적으로 그리고 이기적이지 않게 통찰한 사람은
없었습니다. 선생이 쓴 글의 대상이 '나의' 작품이라는 사실은, 선생이
선생의 문장을 통해 밝힌 사실 즉 이미지들의 개별성과 독립성을
인정하고 있다는 사실에 비하면 그리 중요하지 않다고 하겠습니다.

'존재감'은 무엇에 따라서 나오는 것이 아니지요. 미리 생각하는
것은 불가능합니다. 선생이 말씀하셨듯이 모델과의 협업에 달린
것이지만, 또한 이미지가 나타나는 바로 그 순간에 모델이 사라져
버리는 것과도 관련이 있습니다. 선생도 그런 뜻으로 "자신은 사라져
버리는 좋은 숙주"란 표현을 쓰신 것 아닐까요? 파이윰 초상화는
물론 삶과 죽음에 대한 어떤 태도, 지금 우리의 태도와는 아주 다른
태도에서 나온 것입니다. 피라미드 내부에는 사후의 삶이 있었고, 그

삶은 초상화의 '존재감' 안에 있는 것이었겠지요. 필라의 그림에서도
그와 비슷한 어떤 특징이 전해진다면 그건, 어떤 그림을 그리려는
나의 노력보다는, 내가 관여했던 작업 자체와 관련이 있을 것입니다.

몇 년 전, 필라가 와서 모델을 서 주었습니다. 일주일에 두 번,
오전에 찾아왔죠. 처음 이삼 년 동안 저는 그녀를 보며 드로잉만
했습니다. 그런 다음에 물감을 써서 그리기 시작했죠. 회화는 그림
전체를 빨리 구성하는 작업입니다, 그림 안에서 일어나는 일들을
내가 보고 있다고 생각하는 것과 연결시켜 가면서요. 물감은
시작하기 전에 미리 준비해 놓습니다. 그리고 언제든 다른 그림을
시작할 수 있게 캔버스를 하나 이상 준비시켜 놓지요. 그 과정이
아주 오래 걸리는데, 가끔은 일이 년이 걸리기도 합니다. 인생에서
있었던 많은 일들이 나에게 영향을 미쳤겠지만, 결국 내가 남기게
될 이미지는, 물감을 바르고 나서 보면 아주 작은 빛의 변화에
대한 반응일 것 같습니다. 풍경화의 경우도 비슷합니다. 대상을
자주 찾아가서 드로잉을 많이 합니다. 아주 빨리요. 실제 그림은
작업실에서 하는데요, 새 드로잉 한 장 한 장이 각각 새로운 시작이
되고, 그러다가 어느 날 어떤 드로잉이 대상을 새로운 방식으로
드러냈다는 생각이 들면, 모델을 앉혀 놓고 작업할 때와 마찬가지로,
그 드로잉을 바탕으로 작업을 합니다. 그러니까 중요한 것은 내가
작업하는 방식이지요.

작품의 전시에 대해서는 크게 걱정하지 않습니다.
테이트갤러리는 그런 일을 아주 잘하니까요. 하지만 낯선 경험이
될 것 같습니다. 오랫동안 내 그림들을 보지 않았는데, 전시가
다가올수록 그 작품들이 삶에 있어서의 어떤 실험들을 대변하게
될 거라는 생각이 듭니다. 흥미진진하고, 재미있고, 확장되는
실험이었지요. 그래서 전시회의 성공이나 실패에 대한 걱정보다는,
내가 계속 실험을 해 나갈 수 있을 만큼 스스로를 지킬 수 있을 것인가
하는 걱정이 더 큽니다. 그게 더 어려운 일일 것 같네요.

학생 시절부터 내가 작업실 벽에 걸어 두고 있는 복제화는
렘브란트의 〈밧세바〉와 미켈란젤로의 후기 드로잉, 필라델피아에
있는 세잔 그림 그리고 역시 세잔의 〈아쉴 앙페레르〉 그리고 프랑크
아우어바흐(Frank Auerbach)의 초기 작품을 찍은 사진 몇 장입니다.
이십여 년 전에 벨라스케스의 두상(이솝)과 들라크루아의 초상화도
추가했고요. 요즘 그 그림들을 자주 보지는 않지만 어쨌든 걸려
있습니다.

　　당신의 리언

　　들라크루아의 초상화는 아스파지의 초상화입니다. 푸생의
〈솔로몬의 재판〉도 빠뜨렸네요.

⌁

　　리언에게,
　　네, 어떤 순간 모델이 사라지죠. 이미지가 그 자리를 차지합니다.
그리고 선생의 경우에 이미지는 물감과 캔버스, 굳히기, 드로잉
그리고 물감을 긁어내는 변화를 통해 드러납니다. 그 변화는
감동적일 정도로 인생의 부침과 비슷한 무언가를 만들어내죠. 따라서
그 이미지는, 선생이 말했듯이, 짐작할 수 없는 방식으로 모델의
자리를 대체합니다. 거기에 있는 무언가를 방해하지 않으면서 그것을
발견해 가는 느린 과정이, 그렇게 시작되죠. (우리 대화를 듣고 있는
사람은 우리가 미쳤다고 할지도 모르지만, 그것은 사실입니다)
그리고 그 모든 과정이 끝나면 혹은 그 과정이 이루어지는 동안,
다른 무언가도 벌어지는 것 아닐까요. 모델(그게 기차든, 교회든,
수영장이든)이 캔버스를 통해 다시 나타나는 일 말입니다. 마치
모델이 모습을 감추고 사라졌다가, 나머지 모든 것과 함께 다시
떠오르는 것만 같습니다. 작품 안에서 어떤 순환을 거친 후에(이

리언 코소프　555

과정은 몇 달 혹은 일 년이 걸릴 수도 있죠), 그 시간 동안 선생이
고심했던 그 모든 것들 안에서 다시 모습을 드러낸다고 할까요. 내가
지나치게 단순화시키고 있는 걸까요?

'모델'은 처음에는 바로 지금 여기에 있습니다. 그런 다음 그녀는
사라졌다가 (가끔은) 되돌아옵니다. 그림 안의 모든 표지와 떼어낼
수 없는 존재가 되어서요.

그녀가 '보이지 않는 동안' 한두 점의 드로잉만이 그녀가 있는
곳을 암시합니다. 당연히 그것만으론 부족하겠죠, 어쩌면 그녀는
영원이 돌아오지 않을지도….

네, 우리 정도 나이가 되면, 가장 중요한 일은 '함께 붙잡아
두는 것', '실험을 계속 해 나가는 것'이겠죠. 그것이(대부분의 시간
동안은) 조금씩 어려워집니다.

말씀하신 밧세바 그림은 편지를 들고 있는 그 그림일까요?
그녀는 오른 팔뚝에 장신구를 하고 있는데, 그게 그림 전체의
중심으로 보입니다. 그 이유를 나는 이해할 수 없지만, 선생은
이해하시겠지요. 그리고 그림자에 가린 오른쪽 다리를 보세요,
그녀의 몸을 제외하고는 그림 안의 모든 것이 영원하지 않습니다.

내 친구인 스페인 화가 바르셀로가 맹인들이 손가락 끝으로
읽을 수 있는 점자 책 한 권을 만들었습니다. 그 책을 보다가 어떤
생각이 떠올랐습니다. 만약 맹인들이 밧세바 그림을 만져 본다면
혹은 선생의 필라 그림이나 캐시 그림을 만져 본다면, 정확히
그녀들의 맨살을 만지는 듯한 느낌을 받지 않을까 하고요. 그
유사성은 그림을 그린 방식의 유사함에서 온 것이 아니라, 맨살과
물감 그리고 그 둘의 변화에 대한 존경심에서 온 것입니다. 그 끝없는
변화요. 벨라스케스의 〈이솝〉 역시 내가 몇 년간 함께 살다시피 한
작품입니다. 기이한 우연의 일치죠, 리언? 그렇지 않습니까?

그리고, 역시 그림의 기법과는 아무 상관없이, 〈이솝〉과 선생이
그린 동생 〈체임〉의 초상화(1993) 사이에도 유사함이 느껴집니다.

그 존재감에 대해 누군가 이렇게 적었죠. "그는 자신을 둘러싼
것, 자신의 바깥에 있는 것들을 관찰하고, 지켜보고, 알아보고,
귀 기울인다. 그와 동시에 그의 내면은 깊은 생각에 잠겨, 자신이
받아들인 것들을 끊임없이 정리하고, 자신이 갖고 태어난 오감을
넘어서는 또 다른 감각을 찾으려 한다. 자신이 본 것 안에 담긴 감각,
아무리 불확실하고 모호한 것이라고 해도, **오직 그만이** 지닌 그
감각을."

지난주에 나는 마드리드에서 〈이솝〉을 봤습니다. 사슴 머리가
있는 그 방에서, 월즈덴이나 어린이 수영장의 활기와 똑같은 활기를
띤 그곳에서요.

선생은 어떤지 이야기해 주세요.

선생에게 찬사를 보냅니다!(구제불능인 나의 라틴 기질입니다.
어둠 속에서도 뭔가로 충만한 이런 느낌이요)

존,

추신: 음악은 어떤 걸 들으시나요?

⌇

존,

편지 감사합니다. 나는 지금도 '존재감'과 벨라스케스의
〈이솝〉을 생각하고 있습니다. 벨라스케스에 관한 어떤 책에서
저자는 이렇게 적었더군요. "이 그림은 초상화가 아니라, 문학적
재료와 시각적 재료를 뒤섞은 다음 리얼리즘으로 치장한 것에
불과하다." 미술사가들은 무슨 말을 해도 괜찮은가 봅니다!
결국 다시 파체코의 글로 돌아왔습니다. 본인 역시 화가였고
벨라스케스의 장인이기도 했던 그는 이렇게 적었습니다. "나는 모든
면에서 자연을 따르려 한다. 역시 이 길을 따르고 있는 내 사위에
대해 말하자면, 그는 늘 삶에서 작업의 소재를 찾기 때문에 다른

화가들과 다르다는 것을 알 수 있다." 나중에는 이런 말도 했습니다.
"장인으로서 기량이 뛰어난 사람은 이 분야(초상화)에서도 뛰어날
것이다."

파체코를 읽어 보면, 벨라스케스는 끊임없이 드로잉을 하고
있었음을 알 수 있습니다. 그리고 이솝의 이미지도, 온종일 다른
그림을 그린 후에 화가가 하고 있던 작업을 멈추고, 작업실을
찾은 놀라운 손님을 맞이하던 순간에 떠올랐을 거라고 짐작할 수
있습니다. 벨라스케스는 극단적으로 빠른 속도로 그림을 그렸던
화가입니다. 후대의 드가나 마네처럼, 그 역시 하나의 드로잉에서
얼른 회화를 완성해내곤 했죠. 삶에서 마주친 대상을 그린 드로잉,
그 드로잉이 회화가 되었을 때 '존재감'은 드러납니다.

다른 요소도 있겠지요. 선생의 친구 바르셀로 씨가 맹인들을
위해 노력하는 이야기를 들으니, 최근에 라디오에서 어떤 맹인이
출연해 본인이 경험한 빛에 대해 이야기하는 것을 들었던 일이
생각납니다. 그 사람이 이런 말을 했어요. "확신과 용기를 주지요,
사람도 일종의 빛이 되는 것 같습니다."(선생이 말했던 게 정확히
이런 것이 아니라는 건 알지만, '촉각' 역시 일종의 빛을 만들어내는
것 아닐까요?) 이 맹인은 빛이란 외부 세계와의 관계가 깊어지는
과정에서 생겨난다는 것을 알고 있었던 것이지요. 회화에서도
그렇습니다. 자리를 잡고 앉아 빛을 그리는 일 같은 건 불가능합니다.
회화에서 빛은 스스로 드러나는 것이지요. 작품 안에서 이루어지는
관계의 해결책으로서 그것은 생겨납니다. 작업을 계속 끌고 가는 건
불안함일 수도 있지만, 최종 완성된 작품에서 빛은 (여기서는 세잔을
떠올리게 됩니다) 화가 본인에겐 놀라운 것이 되고, 보는 우리에겐
즐거움입니다. 어떻게 보면 작품에서 해결책이 제시되기 전까지
화가는, 어떤 방식으로든, 맹인이라고 할 수 있습니다.

나이가 들면서 '라틴' 기질이 더 강해질 수도 있겠지요. 내
경우에는 반대였으면 좋겠다고 바라고 있습니다. 아니겠지요.

요즘은 내가 지중해에 좀 더 가까운 곳에서 태어났더라면 좋았겠다는
생각을 합니다.

　　　당신의 리언

앤서니 프라이
Anthony Fry

1927-2017

〈벽 너머로 보이는 것〉. 캔버스에 유화, 가로 113센티미터, 세로 117센티미터. 무엇으로 된 벽일까? 돌? 벽돌? 시멘트? 초벽(初壁)? 아니면 그저 열기만 느껴지는 벽? 출입구와 사람이 걸어가는 바깥 부분은 벽의 **이쪽**일 수도 있다. 벽에 비스듬히 세워 둔 거울에 비친 형상처럼.

그림을 이런 식으로 읽다 보면, 벽은 없어지고, 하늘 혹은 석양의 일부와 비슷한 무엇이 된다. 이와 유사한 일은 프라이의 다른 작품들에서도 일어난다. 예를 들어, 어느 오후 침대에 누운 나체의 여인이 있고 이젤 앞에 앉은 화가가 창문을 통해 보인다. 그녀는 방의 푸른색 그림자 안에 누워 있는가, 아니면 주름진 파란 하늘에 누워 있는가. 이 그림에서 파란색은 어디의 파란색일까. 혹은 첫번째 그림에서 빨간색은? 프라이 정도의 기술과 경험을 지닌 화가라면, 이러한 모호함이 서투른 솜씨나 우유부단함, 실수의 결과라고는 할 수 없다. 그것은 의도적인 것이다.

내 생각에 그는 이 그림들에서 땅과 창공 사이 구분이 없음을 보여 주려고 의도했던 것 같다. 거리라는 것이 가까이 있는 대상에 따라 끊임없이 달라지고, 그 느낌도 달라지는데, 이 모든 것은 어떤 종류의 열(熱)이 그것을 느끼는 이로 하여금 평면이 아니라 구면 위에 있는 것 같은 착각을 불러일으키기 때문이다.

이 그림들에서 열은 그것이 닿는 모든 대상의 표면을 변화시키고, 그러한 접촉은, 낯선 방식으로 욕망과 포만감을 동시에 불러일으킨다.

혹은 문제의 벽은 그저 그런 열을 받은 어떤 특정한 **날**에 불과한 것인지도 모른다. 갑자기 계절이 바뀌기 전에는 그 전날이나 다음 날과 거의 구분할 수 없는 특정한 날. 아마도 벽이란 같은 계절 안에 있는 달력의 날짜 같은 것 아닐까. 아마도 우리의 영원함을 지켜 주는 것일지도 모른다. 그 영원함에는 색깔도 없을 것이다.

우리 시대에는 예술적 자유에 대한 이야기가 너무 많고, 그에 비해 실현 가능한 예술이 부여하는 제약에 대해서는 거의 이야기가 없었기 때문에, 사람들은 예술이 열린 분야라고 생각하게 되었다. 사실, 예술은 담장 안에 있는 저수지와 훨씬 비슷하다. 그것은, 본성상 삶의 나머지 영역에 열려 있지 않다. 오히려 예술은 그 자체의 평형상태를 유지하기 위해 높은 담을 세운다. 예술이 늘 직면하고 있는 문제는 자만감이다.(충격을 좋아하는 최근의 추세에도 이 점은 변함이 없다) 예술은 언제나 문을 닫아 왔는데, 이는 예술 자체의 목소리를 듣기 위해 조용한 공간을 만들어야 했기 때문이다. 하지만 그렇게 문을 닫는 것, 배제가 또한 쉽게 자만감으로 이어질 수 있고, 그런 다음에는, 에너지가 감소할 수도 있다. 따라서 그러한 예술의 주기는 활력을 필요로 한다.

예술이 정기적으로 활력을 얻는 것은, 현대의 게으른 평론가들의 생각처럼 형식적 '혁명'을 통해서가 아니라, 인간의 경험에서 지금까지는 닫혀 있던 어떤 영역을 소개**함으로써** 가능해진다. 그렇게 소개하는 것은 물론 간단한 일이 아닌데, 새로 인정된 경험에 수반되는 새로운 예술적 수단 또한 찾아야 하기 때문이다. 예를 들어 농민들의 영적인 삶에서 생산적인 경험을 발견했던 브란쿠시는 파리로 돌아와 돌이나 나무를 깎아내고 광을 내는 완전히 다른 방식을 찾거나 재발견해야만 했다. 예를 들어『율리시스』에서 조이스는, 소위 평범한 사람들이 차마 입 밖에 꺼내지 않는 영웅 판타지를 문학예술의 영역으로 끌어오기 위해, 전혀 새로운 서사 형식을 고안해내야 했다. 진정한 형식적 혁명이란 그런 것을 말한다.

나의 경우에 새로운 예술가의 일련의 작품에 깊은 인상을 받고 그 작품들이 잊히지 않았던 경우를 생각해 보면, 그것이 그림이든, 영화든, 시든 앞에서 말한 그런 의미에서의 새로움을 담고 있었다. 그 새로움이 정확히 어떤 것인지 이름 지을 수는 없지만, 어떤 새로운 영역에 들어간다는 느낌이 있었다. 아주 작은, 인간이 경험할 수 있는 정말 작은 세세한 면이었을 것이다.(예를 들면 다른 이의 허벅지 안쪽에 닿는 허벅지 안쪽의 감각 같은 것이다. 이 경우엔 보나르가 그랬다) 다행스럽게도 예술의 영역에서는 경험들 사이의 위계가 없다.

지금 스스로에게 물어 본다. 앤서니 프라이의 남부 인도 그림들이 왜 그렇게 잊히지 않는 걸까. 왜 삶의 어느 순간에 그의 작품들이 느닷없이 떠오르는가. 이 그림들이 유럽 예술이라는 저수지에 최초로 밀어 넣은 것은 무엇인가.

비밀은 특정한 기후에서 살았던 경험, 전통적으로 열기가 느껴지는 지역에서 살았던 경험과 관련이 있다. 이 작품들은 단연코 날씨에 대한 그림은 아니다.(어떤 의미에서든 인상주의도 아니다) 그것들은 어떤 문화, 특정 기후에서 지내는 사람들의 끊임없이 이어지는 일상이 스며 있는 어떤 문화에 대한 그림들이다. 이 그림들에 쓰인 물감은 모두 체액과 섞여 있고, 그 체액이 마르면서 함께 날아간 것 같다고 말하고 싶을 정도다. '땀'이라는 단어를 일부러 피한 것은, 부드럽게 말하기 위해서가 아니라, 그 단어가 어떤 노력을 암시하고 있기 때문이다. 하지만 이 그림들은 인내와 힘들이지 않는 어떤 상태를 다듬어 온 문화의 일면을 보여 주고 있다.

그럼에도 우리가 마주하고 있는 것은 주장들이 아니라 그림들이다. 프라이의 그림은 (좋은 시각예술이 모두 그렇듯이) 말을 필요로 하지 않는다. 말을 통해 그림들에 가까이 다가가려는 시도는 지도를 들고 풍경에 다가가는 것보다도 부질없는 짓이다. 일단 그림 안으로 들어서면 눈이 피부에게 무언가를 말해 줄 것이다. 일단 들어서면, 눈을 감은 상태에서도 뭔가를 볼 수 있을 것이다.

열기를 지닌 문화에서 외양은 얼룩이 된다. 열기는 모든 실체를 누르는 막이 된다. 그런 열기 속에선 모든 것이 다른 모든 것과 접촉한다. 그런 열기 속에서 '홀로'라는 단어와 '함께'라는 단어는 같은 의미를 지닌다. 그런 열기 속에서 각각의 색이 남긴 얼룩은 파블로 카살스(Pablo Casals)가 연주한 음악처럼 보인다.

다른 지도를 한 장 보자. 앞서 보았던 지도는 지나치게 수사적이었다. 지도를 하나씩 비교하는 동안 우리에게 의심이 생긴다. 그리고 이런 경우에는, 확신보다는 의심이 우리가 가려는 곳에 더 적합한 안내자가 된다.

그런 열기 속에서는 온 세계가 하나의 천막이 된다. 가장 두꺼운 벽도 흔들리고, 손을 뻗으면 하늘에 닿을 수 있다. 한낮의 빛은 테이프 두 개로 고정해 놓은 천막의 입구다. 어느 모퉁이를 고르든 그곳이 밤이다. 한 조각의 비단은 천막 안의 천막이다. 몇몇 금속을 제외하면 모든 것의 온도는 어느 정도 비슷해진다. 헤엄치는 물고기와 접시에 놓인 과일과 긴 의자에 던져 놓은 허리띠가 똑같이 따뜻하거나 차갑다. 눈에 보이는 색들이, 그 밀도가 다름에도 불구하고, 비슷해 보이는 것도 서로 다르지 않은 (거의 다르지 않은) 온도 때문일 것이다. 똑같기 때문에 역시 모두가 같은 말을 하고 있는 것처럼 보인다. 무슨 말일까? 속삭이는 손끝이 해주는 말, 확신을 담아 전하는 한마디, "기다려

봐… 기다려 봐"라는 한마디. 부드럽지도 잔인하지도 않은 말, 하지만 무한한 앎을 담고 있는 말. 그건 열기가 지닌 암호다.

사이 트웜블리

Cy Twombly

1928-2011

사이 트웜블리의 회화는 글쓰기 혹은 일종의 **기록**을 닮았다는 이야기가 있다. 몇몇 평론가는 그의 작품을 그라피티(graffiti)에 비유하기도 했다. 이런 평가는 납득이 된다. 하지만 나의 경험으로 볼 때 그의 회화는 내가 도시에서 지나치다 눈길을 주는 벽들, 혹은 나 자신이 욕을 적고 그림을 그려 넣었던 그런 벽들 이상의 무언가를 말하고 있다. 그의 회화는, 내가 볼 때, 작가가 자신의 언어에 대해 가지는 관계에서 핵심이라고 할 수 있는 무언가에 닿아 있다.

작가는 자신이 사용하는 언어에 **맞서**, 더 정확히 말하자면, 그 언어의 일상적 사용에 맞서, 명료함을 찾기 위해 끊임없이 투쟁한다. 그는 활자화된 글의 가독성과 명료함을 기대하며 언어를 대하지 않는다. 그는 차라리 판독 불가능한 것, 숨은 길, 막다른 길, 갑작스러운 놀람, 모호함 등이 가득한 영역으로 언어를 보고 있다. 언어의 지도는 사전이 아니라 문학 전체 혹은 지금까지 말해진 것 모두일 것이다. 언어의 모호함, 사라진 의미, 스스로 사라지는 일 등이 발생하는 이유는 다양하다. 각각의 단어들이 서로를 조정하고, 다른 단어 위에 자신의 의미를 씌우고, 서로를 무효화하기 때문에, 말해지지 않은 것들이 언제나 말해진 것들만큼이나 혹은 그것들보다 더 중요하기 때문에, 그리고 언어는 절대 그것이 전하는 것을 완전히 담지는 못하기 때문이다. 언어는 언제나 하나의 축약이다.

프루스트는 언젠가 진정한 시란 외국어로 씌어진 단어들로 이루어져 있다고 말했다. 우리는 모두 모국어를 지닌 채 태어난다. 하지만 시에는 어머니가 없다.

이 이야기를 조금 더 간단히 해 보자. 종종 나는 스페인 친구와 편지나 드로잉을 주고받는다. 나는 (불행하게도) 스페인어를 할 수 없다. 단어 몇 개는 알고, 사전을 활용할 수는 있다. 가끔 편지에서 스페인 시인들의 시에서 인용한 구절들을 볼 때가 있다. 보르헤스, 후아로스, 네루다, 로르카 같은 시인들의 문장. 그럴 때면 나는 답장에 내가 찾아낸 스페인 시인들의 다른 시들을 적어 보내곤 한다. 편지는 손으로 직접 쓰는데, 내게는 외국어인 그 낯선 단어들을 조심조심 따라가다 보면, 그 어느 때도 느낄 수 없는, 시들로 이루어진 어떤 영역 안에서 한 편의 시로 이루어진 작은 고랑을 걷고 있는 느낌이 든다.

내게는 사이 트웜블리의 그림들이, 이렇듯 낯설지만 친숙한 어떤 영역을 그린 풍경화이다. 어떤 그림은 눈부신 한낮의 태양 아래 펼쳐지고, 또 다른 그림은 밤에 촉각만으로 짐작한 풍경이다. 어느 경우든 단어들의 뜻을 적어 놓은 사전은 소용이 없는데, 빛이 그것을 허용하지 않기 때문이다. 이 신비한 그림들 앞에서 우리는 다른 종류의 정확함에 의존해야 한다. 촉각의 정확함, 갈망의, 상실과 기대의 정확함.

단어와 단어 사이의 혹은 단어들을 둘러싼 침묵의 공간을 이렇듯 생생한 색감으로 시각화한 화가를, 나는 서양 시각예술에서는 찾아볼 수 없다. 사이 트웜블리는 언어적인 침묵을 시각화한 대가이다!

프랑크 아우어바흐

Frank Auerbach

1931-

다른 일은 모두 제쳐 두고 보자르갤러리에서 전시하고 있는 프랑크 아우어바흐의 신작 열다섯 점을 가서 보시기 바란다. 그중 여섯 점은 발가벗은 채로 침대에 누운 여인 그림이고 또 다른 여섯 점은 런던의 공사장, 나머지 세 점은 리젠트파크 북쪽의 프림로즈 힐을 그린 그림이다. 그림들은 모두 아주 공들여 작업했고, 덕분에 물감이 두껍고, 고르지 않으며, 반들반들 광이 난다. 그 그림들에 영향을 준 화가를 생각해 보자면, 간접적으로는 렘브란트, 직접적으로는 봄버그다. 이 독창적인 작품들을 그저 지저분하고 엉망인 실패작으로 치부해 버리고 싶은 사람들이 많을 것이다. 그런 사람들은 하지만, 회화의 본질을 모르는 사람들, 자신들의 현대 예술 카탈로그에 끼워 넣을 수 있는 유행에만 익숙한 사람들이다.

이 모든 그림들은 남다른 물질적 존재감을 지니고 있다. 내가 '누드'라는 말 대신 '발가벗은'이란 표현을 쓴 것도 그 이유 때문이다. 그녀는 자신의 침대 위에 그렇게 있다. 관람객은, 그녀를 바라볼 뿐 방해하지는 않는 관람객은 더 이상 낯선 사람이 아니다. 공사장은 음습하다. 여기저기 진흙이 묻어 있고, 습기를 먹은 방수포는 무거워 보인

567

다. 하늘빛은 차 한 잔만큼의 위안도 줄 수 없을 것 같다. 내가 그림을 너무 있는 그대로 묘사하고 있는 걸까. 당연히 나는 그렇게 하고 있다. 이런 맥락에선 말이 저주가 될 수도 있다. 이 그림들은 문자적이지 않다. 이 그림들이 물질적으로 존재감을 지니는 것은 부분적으로는 아우어바흐가 드로잉을 통해 무언가를 탐색하는 법을 익혔기 때문이며, 부분적으로는 그가 회화라는 매체가 가진 압도적인 한계를 이해하고 있기 때문이다. 이게 무슨 의미인지 설명해 보자. 왜냐하면 그것이 진정한 화가들이 오늘날 고심하고 있는 문제이며, 우리가 보고 있듯이, 아우어바흐가 지난 몇 년간 고심한 문제의 핵심과 관련이 있기 때문이다.

그의 초기 작품 역시 흙빛이었고, 물감의 두께도 2.5센티미터나 될 만큼 두꺼웠다. 그것들은 마치 어두운 방에서 촛불을 켜고 막대기로 그린 그림처럼 보였다. 처음 그 작품들을 봤을 때 나는 그림에서 전해지는 드로잉의 힘은 알아볼 수 있었지만, 그림 자체에 대해서는 확신이 없었다. 이제, 이번 전시회의 작품들을 보고 나니, 이전의 작품들이 아우어바흐의 경력에서 꼭 거쳐야 할 단계였음을 알겠다. 이제 모든 화가들은 자신만의 예술이 탄생하는 어떤 지점에 자리를 잡아야만 한다. 예를 들어 어떤 화가에겐 그것이 기하학이었다. 아우어바흐는 자신의 물감들이 맞이할 운명에 걸어 보기로 했다. 그는 화가가 대상의 실체에 다가갈 수 있는 가장 빠른 길에서부터 시작했다. 예술가가 자신의 예술이 탄생하는 지점을 어디로 잡든, 처음에 그것은 부적절해 보이게 마련이다. 그것은 성냥개비로 집을 지으려는 시도처럼 느껴진다. 하지만 그는 이 부적절함에 맞서 자신의 작업을 밀고 나아갔다. 아마 몇 년이 걸렸을 것이다. 삶의 풍성함을 그리고 상대적인 예술의 가난함을 늘 염두에 두었을 것이다. 그러다 갑자기, 부적절함이 이점이 되었다. 그는 자신의 목표에 맞춰 그 부적절함을 바꾸어 놓았다. 아우어바흐의 초기 작품에서 죽은 듯한 무기력을 전하던 그 흙색이, 이제는 공사장의 분위기와 구덩이의 깊이를 유창하게 전하고 있다.

여인의 누드에서 그 색은 맨살의 실체를 유창하게 전한다. 예술가가 어떤 전통을 이어받으면, 예술가로서 그의 발전은 훨씬 더 쉬워진다. 하지만 이따금씩 예술가들은 어떤 전통도 물려받지 못한다. 그 결과로 그는 두 가지 위험에 직면하고, 그를 도와줄 것이라고는 자신의 고집밖에 없다. 그는 삶을 모방하려고 애쓰는 잘못된 길로 접어들 수 있다. 그 모방은 물건을 팔려는 영업사원의 잔기술에 불과한 것이 될 수도 있다. 그것은 진짜를 향한 사람들의 욕망을 자극할 수 있을 뿐이다. 혹은 그는 주관성의 함정에 빠질 수도 있다. 자신의 눈에는 성냥개비가 통나무로 보인다고, 혼잣말을 중얼거리며, 행복한 상태에서 성냥개비를 가지고 놀면서 스스로를 위한 이야기를 만들어낸다. 그가 반드시 해야만 하는 일은, 정말 그 상황을 타개하려면, 불만족스러운 상태에서 무언가를 창조해내는 것이다. 불길한 용어. 하지만 그 의미는 그가 자신의 예술이 지닌 제약을 받아들여야만 한다는 것이다. 그 제약 안에서만 그는 무언가를 창조해낼 수 있다. 그때에야 비로소 그의 고심은 삶의 등가물로 보일 수가 있다. 그리고 자신이 마침내 이루어낸 무언가를 알아볼 때 그가 느꼈을 그 충격은, 보는 이에게도 저절로 전해진다. 그것은 삶에서 받는 충격만큼이나 생생하다. 이번 전시회는 그런 충격들을 많이 담고 있다.

비야 셀민스

Vija Celmins

1938-

직접 봐야만 한다. 말로는 에둘러 전할 수도 없다. 그리고 복제화는 그 작품들을 왔던 곳으로 되돌려 보낼 뿐이다.(그녀의 작품은 대부분 사진에서 출발한다) 그 작품들은 손이 닿을 듯 가까운 거리에서 봐야만 한다.

벨라스케스가 그녀에게 아주 중요한 화가였다고 (지금도 그렇다고) 한다. 그랬을 것 같다. 그녀에 대해 내가 하고 싶은 말 중 한두 가지는 벨라스케스를 비롯한 몇몇 다른 화가에게도 적용될 수 있다. 그들이 공통으로 취하고 있는 어떤 자세는, 특정한 형태의 익명성을, 옆으로 물러서는 것을 전제로 한다.

비야 셀민스는 예순셋이다. 그녀는 리가에서 태어났다. 그녀의 부모는 미국으로 이민을 택했다. 지난 삼십 년 동안 그녀는 베네치아, 캘리포니아에서 살았고, 지금은 뉴욕에 있다.

프라도미술관을 찾았을 때 그녀가 벨라스케스를 발견했을 거라고 확신할 수 있다. 한 작품이 그녀의 마음속으로 곧장 파고들었을 것이다. 바로 〈실 잣는 사람들〉이다.

그녀는 회화와 드로잉을 병행한다. 회화는 유화로 그리고, 드로잉은 흑연으로 한다. 작품들은 공들여 마무리했고, 물건들(예를 들면 전기난로, 텔레비전, 요리용 철판, 권총 같은 것들)의 생김새를 상세하게 보여 준다. 그 작품들은 사진을 바탕으로 한 것이 아니다. 그것들은 실물 크기이며, 벨라스케스가 〈거울을 보는 비너스〉를 그린 것과 똑같은 방식으로 그려졌다. 이렇게 말하는 건 두 천재를 비교하기 위해서가 아니다. 그건 어떤 종류의 관찰, 정확한 색조가 아주 중요하고 인내심과 아주 정교한 탐색의 기술을 암시하는 그런 관찰을 전하기 위해서다.

그녀가 다루는 다른 소재는 도로, 하늘에 뜬 이차대전 당시의 전투기, 달의 표면, 폭탄 투하 후의 히로시마, 사막의 표면, 망망대해 그리고 별이 빛나는 밤하늘 등이다. 단순히 소재라고 말하는 건 오해의 소지가 있다. 차라리 그것들은 어떤 장소, 사진을 통해서 새로운 소식들이 전해지는 그런 곳이다.(종종 바다 작품에서처럼, 그녀가 직접 찍은 사진인 경우도 있다)

무언가를 보기 위해 작업실에서 눈을 감고 있는 (그녀가 보고 싶어 하는 것 혹은 봐야만 하는 것은 늘 아주 멀리 있기 때문에) 그녀의 모습을 그려 본다. 그녀는 자신의 드로잉을 확인할 때에만 눈을 뜬다. 눈을 감는 그녀의 행동은 사람들이 바다의 소리를 들어 보려고 소라 껍데기를 귀에 대는 행동과 비슷하다.

그녀는 먼 은하수를 그리지만 절대 밖으로 나가지 않고, 무한한 상상력이 멋대로 펼쳐지도록 내버려 두지도 않는다. 상상하는 것은 너무 쉽고, 너무 소모적이다. 그녀는 바로 그 자리에 몇 년 동안 머물러야 한다는 것을 알고 있다. 무엇을 하면서? 나라면, '기다리면서'라고 말하고 싶다.

바로 그 점과 관련하여 우리는 벨라스케스의 〈실 잣는 사람들〉에서 단서를 얻을 수 있다. 비야 셀민스는 페넬로페 같은 예술가였다. 먼 곳에서는 무자비한 트로이 전쟁이 진행 중이다. 히로시마는 폭격으로 지워져 버렸다. 몸에 불이 붙은 남자가 달린다. 지붕이 불탄다. 그러는 동안, 우리를 갈라놓는 바다와 모든 것을 내려다보는 하늘은 철저히 무관심하다. 그리고 여기 그녀가 있는 곳에서는, 있을 법하지 않고 터무니없어 보이는 그녀의 헌신을 제외하곤 모든 것이 무의미하다.

삼십 년 동안 그녀는 흐름이나 유행 그리고 예술적인 과장을 무시했다. 그녀는 온통 멀리 있는 것에만 헌신했다. 그런 헌신은 두 가지에 힘입어 유지될 수 있었는데, 바로 깊은 회화적 회의론과 대단히 단련된 인내심이었다.

셀민스의 회의론은 회화가 절대 외양을 더 나아 보이게 만들어 줄 수 없다고 말한다. 회화는 늘 뒤에 따라온다. 하지만 차이가 있다면, 일단 완성되면 이미지는 그대로 고정된다는 점이다. 바로 그것이 이미지가 가득 차 있어야 하는 (유사성이 아니라 탐색의 흔적으로) 이유이다. 모든 속임수는 너무 얇다. 요청하지 않았어도 찾아온 것들만이 희망을 담을 수 있다.

그녀는 '기억 속에서 이미지 바로잡기'라는 게임을 한다. 그녀는 바닷가에서 조약돌 열한 개를 주워 와 바라본다.(모든 사람들이 한가할 때 하는 일이다) 그런 다음 그녀는 돌을 청동으로 뜬 다음 그림으로 그린다. 어떤 게 어떤 건지 구분할 수 있을까. 당신은 할 수 있는가. 정말? 어떻게? 이것은 아주 정밀하게 실천하는 회의론이다. (또한 그것은 최초의 조약돌에 가치를 부여하는 하나의 방식이기도 하다)

원래의 페넬로페와 달리, 그녀는 세상의 구혼자들을 묶어 두기 위해 매일 밤 자신이 낮 동안 짠 천을 다시 푸는 일 같은 건 하지 않았다. 하지만 결과는 같았다. 다음 날이면 그녀는 흑연을 천천히 움직이며 반짝이는 물결을 그리고 있을 것이기 때문이며, 한 장의 그림을 마치고는 곧 다른 그림을 꺼내 들 것이기 때문이다. 혹은 그리는 대상이 밤하늘이었다면, 그녀는 그런 식으로 하나의 은하에서 다른 은하로 옮겨 다닐 것이기 때문이다. 그녀의 인내심은 자신이 가야 할 거리에 대한 인식에서 나온다.

"말보다 강한 재료를 가지고 하는 작업 혹은 조금은 신비한 어떤 장소에 대한 작업에는 일종의 심오함이 있다고 생각합니다"라고 그녀는 말했다.

　이 모든 것도 당신이 어쩌다 그녀와 아는 사이이거나 그녀를 좋아하는 사람이 아니라면 흥미가 없을 것이다.(나 자신으로 말하면, 나는 그녀를 모른다) 그녀가 어떤 기여를 했는지 논쟁할 수는 없다. 그것은 손에 와닿는 것, 액자 뒤에 넣은 신비한 이미지 안에 있다. 반드시 손이 닿을 듯 가까운 거리에서 보아야만 하는 이미지 안에.

　내가 그녀를 이해하기 위해 페넬로페를 인용한 것은, 그 이미지들이 직접 손으로 (집에 머물면서, 고개를 숙이고, 몇 년에 걸쳐) 작업한 것인 반면 그것들이 전하는 새로운 소식은, 전쟁, 견딜 수 없이 먼 거리, 사라짐, 방금 발사된 총에서 나는 연기 같은 나쁜 소식이거나 불길한 소식이기 때문이다.

　이 낯선 결합이 낯선 변화를 불러온다. 그녀는 바다 사진을 앞에 놓고, 단단히 마음을 먹고 센티미터 단위로 작업한다. 자신에 대해서는 까맣게 잊고 옮겨 그리기에만 열중한다. 사진을 그대로 모사하기에는 그녀가 너무 지적이고, 너무 회의적이다. 그녀는 있는 힘을 다해 헌신적으로 옮겨 그린다. 그리고 마침내 작업을 마쳤을 때, 거기에는 잔인한 바다의 이미지, 살상이 이루어지는 순간의 바다를 찍은 잔인한 사진이 있지만, 그 이미지 위로 우리는 사랑이 담긴 손길을 볼 수 있다. 그것은 시각적인, 또한 무한한 수작업이다.

　회화와 드로잉 모두 마찬가지다. 그 작품들은 단호하게 현실을 직시한다. 인간이 한 짓을 직시하고, 고독한 어떤 차원을 직시한다. 그런 다음 거기에 체계적으로 사랑의 손길이 더해진다.

　호메로스가 강약약의 육 보격(hexameter) 운율로 했던 작업을 셀민스는 자신의 손가락 끝으로 하고 있다. 연필로 표기하는 모스 부호라고나 할까. 그리고 그 쉼 없는 작업 덕분에, 먼 곳을 표현한 그녀의 서늘한 이미지가 우리에게 휴식을 주고, 우리의 궁금증을 불러일으킨다.

마이클 콴

Michael Quanne

1941 -

그는 사십삼 년 전 템스 강 남부의 서리(Surrey)에서 태어났다. 한 살
때 그의 가족은 이스트엔드의 베스널그린으로 이사했다. 전후의 런던
거리는 디킨스의 소설에 나오는 전형적인 런던과 다르지 않았고, 거
기서 그는 꿈꾸고, 달리고, 관찰하는 법을 배웠다. 삼십 년 후 그가 그
리게 될 바로 그 거리와 공동주택들이었다. 그는 중등학교 진학시험
에서 떨어졌다. "교육 제도는 주로 언어를 바탕으로 한 것이었는데,
집에서 말을 많이 듣지 못했거든요. 제가 말이 좀 어눌했습니다."

> 둘이 꼭 양쪽에 있는 책 받침대 같네, 어머니가 말씀하시곤
>   했다.
> 벽난로에 딱 붙어서, 말은 한마디도 않고, 앉은 채, 졸고, 멍
>   하니 바라보고….
> ―토니 해리슨(시 「책 받침대(Book Ends)」 중에서―옮긴이)

"학교에 다닐 때는 지도를 그린 다음 나라마다 색을 칠하는 걸 좋
아했어요. 제가 좋아했던 건 그것뿐이었죠. 각 나라의 수도 같은 건 몰

574

랐고, 제가 좋아했던 건 그 외곽선이었습니다." 이미 훗날의 화가가 자리잡고 있었던 것이다. 또한 지칠 줄 모르고 질문하는 학생이기도 했다. 하지만 그 시기엔 질문이 제대로 형성되지 않는다. 질문들은 그저 **있는** 것들의 주변을 살피는 일, 반대편을 보기 위해 이쪽을 떠나는 일, 관찰하고, 무단결석하는 일(이 경우에 '논다'라는 개념은 적용할 수 없다)이었다.

지난달에 파리의 지하철에서 그가 내게 물었다. "선생님, 자유 의지를 믿으시나요?" 나는 중얼중얼 애매한 대답을 했다. 그가 다시 말했다. "제가 사르트르의 책을 읽고 있는데요, 그 사람이 자유로운 선택에 대해 이야기하는 구절마다 돋보기를 꺼내 들고 정말 그런 것이 있는지 찾아봤거든요, 없더라고요."

열여섯 살 때 그는 절도 혐의로 처음 체포되었다. 그 이후로, 그가 가장 길게 수감되었던 기간은 삼 년이었다. 성인 시기의 대부분을 그는 안에서 보냈다. **안**이 이 글의 다른 제목이 될 수도 있겠다. 벽이나 창문, 창살이 보이지 않는 작품은 단 한 점(해변을 그린 작품)뿐이다. 나머지 그림들은 모두 어떤 식으로든 감금된 상태를 다루고 있다. 창문 하나를 통해 밖을 엿보는 얼굴이 몇 개까지 있을 수 있을까. 나는 서른 개까지 세 본 적이 있다.

"『전쟁과 평화』에서요" 그가 물었다. "피에르가 체포되어서 처형당하기 직전 장면 기억나시죠? 마지막에 가서야 처형을 면하는데, 바로 다음에 군인들이 이미 처형당한 사람들을 묻는 걸 보잖아요."

겁을 먹은 사람들이 마지막으로 총살당한 사체 옆에서 창백한 표정으로 바쁘게 움직였다. 근사한 콧수염을 기른 나이 든 군인이 밧줄을 풀었는데, 그러고 있는 동안, 그의 턱이 떨렸다. 시체가 구덩이에 떨어졌다. 나머지 사람들은 총살대 뒤로 가서 사체를 끌고 와 구덩이에 던졌다. 그들은 자신들이 살인자임을 알고 있는 게 분명했고, 그 죄를 가능한 한 빨리 덮어 버리려 했다.

"몇 년 전에 그 구절이 문득 떠오르더라고요." 그가 말했다. "판사가 저한테 칠 년 형을 선고할 때였거든요. 제 얼굴을 보려고도 하지 않고, 서둘러 형을 내리더라고요. 자기가 뭔가 잘못된 일을 하고 있다는 걸 안 거죠."

권력 기구는 눈을 감은 채 형벌제도가 효과가 있을 거라고 꿈을 꾼다.(그 어떤 권력 기구도 정의를 꿈꾸지는 않는다) 학생들을 벌주기 위해 교실 앞에서 춤추게 했던 파란색 원피스를 입은 선생님이 아이들이 춤추는 동안 눈을 감아 버린 것과 같다. 그 선생님은 아직도 그의 악몽에 등장한다.

마이클 콴이 살았던 세계에 들어가려면, 지상에 정의가 존재한다는 생각을 버려야 한다. 사람들은 대부분 자신의 행동에 대한 대가를 치른다는 생각, 돈이란 노력과 기술에 대한 대가라는 생각, 사람들은 모두 어느 정도 정신을 가다듬은 상태에서 결정을 내린다는 생각, 선하고 용기있는 자가 결국에는 명예를 얻는다는 생각, '사회적 선의'에 대해 논의를 하면 최상의 주장이 언제나 이긴다는 생각을 버려야 한다. 그런 자기만족이 주는 광활한 공간, 그곳에선 모든 지평이 도덕적인 그런 공간을 버리고 제멋대로 뻗은 건물의 복잡한 모퉁이로 들어가야만 한다. 문 열 개 중에 아홉은 잠겨 있는 곳, 전망도 지평도 없고 오직 추락(경사)만이 있는 곳, 당신이 있는 모퉁이에선 모든 일이 우연히 작위적으로 벌어지는 곳, 호소를 받아 줄 곳도 그걸 읽어 줄 담당자도 없기 때문에 어떤 호소도 불가능한 곳, 솔직한 말은 스스로에게 하는 말밖에 없는 곳. 그건 특권을 얻은 자들을 떠나 배제된 자들에게 합류하는 일이다.

누더기를 입으면 작은 죄악도 드러나는 법,
법복이나 털가죽 옷을 입으면 그 모든 걸 가릴 수 있지.

죄악을 황금으로 치장하면,
　힘센 정의의 창도 상처를 내지 못하고 부러지고 말 것임을
　누더기로 감싸면 난쟁이의 지푸라기도 그것을 뚫어 버리는
　　것임을
—「리어왕」, 4막 6장.

　'원초적인'이라는 단어는 마이클 콴 같은 화가에게 적용되면 이중으로 혼란스럽다. 콴은 자의식이 강하고 능숙한 화가다.〔예술에 대해서 그와 이야기를 하다 보면, 마치 선불교의 승려처럼 원초적인 라우리(L. S. Lowry)와 이야기를 나누고 있는 기분이 든다〕뿐만 아니라, 그런 평가 자체에도 어느 정도의 혼란은 있기 때문에 콴의 업적을 다루려면 이 점을 먼저 이해해야 한다.

　직업 화가라면 누구나 기존의 회화 언어를 익혀야만 하는데, 이 언어는, 멀리서 보면 항상 제한적이다. 왜냐하면 그 언어는 어떤 특정한 경험들을 표현하기 위해 개발된 언어이므로 다른 경험에는 맞지 않기 때문이다. 모든 예술 형식은 특정 유형의 삶의 경험과 밀접하게 관련이 있다. 실내악과 재즈의 차이는 질적인 차이거나 섬세함, 기교의 차이가 아니라 두 가지 삶의 방식의 차이다. 해당 예술에 관여하는 이들이 그 방식을 선택하는 것이 아니라, 그 방식 안에서 태어나는 것이다. 게인즈버러(T. Gainsborough)의 작업실에서 수습 화가가 익힌 전문 기술은 깃털이나 새틴을 그릴 때는 이상적이겠지만, 성모상을 그릴 때는 아무 소용이 없다.

　모든 예술 형식은 특정한 경험을 귀하게 여기며 다른 경험들은 배제한다. 누군가 기존의 혹은 전통적인 형식에서 벗어난 어떤 경험을 회화에 도입하려고 노력하면, 그는 언제나 전문가들로부터 **투박한, 미숙한, 기괴한, 순진한, 원초적인**과 같은 평가를 받는다.(쿠르베, 반 고흐, 케테 콜비츠 그리고 초기의 렘브란트에게 그런 일이 있었다)

　이런 현상을 전문가들이 잘못된 믿음을 가지고 있다는 식으로 설

명하는 것은 잘못된 일이다. 왜냐하면 그런 수식어들은, 어떤 의미에서 옳기 때문이다. 나중에 끼어드는 경험이 기존에 귀하게 여겨지던 경험의 문화를 공유할 수는 없다. 그 경험은 그 자체의 문화, 배제된 문화를 가진다. 그것은 본성상, 기존의 지배적인 취향에서 보면, 어딘가 어긋나 있고 뒤틀리고 혹은 서투른 표현이 될 수밖에 없다. 배제된 경험을 담고 있으면서 어떻게 동시에 매끈할 수 있겠는가.

그 점을 알고 마이클 콴의 그림들을 보면 그것들이 전하는 경험의 풍성함이나 섬세함이 놀랍다. 모든 인물은, 비록 주변 인물이라고 해도, 하나의 초상을 보여 준다. 전형적인 모습은 하나도 없다. (의심의 여지없이 콴은 이야기꾼이다. 그는 이야기꾼처럼 관찰하기 때문이다. 누군가의 얼굴을 보며 그는 운명을 감지한다) 그림 속의 동작은 모두 실제 경험에서 온 것들이다. 〈집단 탈출〉에서 벽을 기어오르는 인물들, 혹은 〈아침 식사〉에서 양동이를 드는 소년이나 〈우산〉에서 관람객을 향해 다가오는 한 쌍의 남녀를 보라. 굳이 '한 쌍의 남녀'라고 표현을 한 것은 이들은 비록 어린이들이지만, 이미 어른처럼 보이기 때문이다.

그의 그림에서 인물들의 나이가 애매한 것은(그는 현실의 어른들을 그림 속에서 어린이로 바꾸어 놓곤 한다), 내 생각에는, 화가 본인의 경험에 뿌리를 두고 있는데, 아마 세 가지 직관과 관련이 있을 것이다. 거리의 아이들은 일찍 성숙한다는 것, 죄수들은 벌 받는 아이처럼 취급당한다는 것, 그리고 법에 따르면 죄를 지은 사람들 중에 많은 이들이 깔끔하게 표현되지 않는 어떤 순수함을 주장하고 있다는 것이다. 이 순수함에 영적이거나 시적인 면은 전혀 없다. 그것은 단순히 **반대편에서 본 사태 혹은 그 사태를 불러온 환경**일 뿐이다. 그 반대편이란 깔끔하게 표현되는 것이 거의 없는, 하지만 사랑(사랑까지는 아닐지라도, 존중)에 대한 갈망은 줄어들지 않는 곳이다.

마지막으로, 그의 예술에서 특정한 사회적 환경이 아니라 보편적인 환경에서 기인한 면을 이야기하고 싶다. 바로 보이지 않는 것들이

지닌 존재감이다. 그의 그림들 각각은
창을 통해 자세히 관찰한 어떤 모습들
이다. 안에서 바라본 바깥 풍경 혹은
바깥에서 들여다본 모습들. 물론 모
든 그림들을 그런 방식으로 접근할 수
도 있다. 하지만 그의 그림에서는 '창'
이 있는 벽이 무언가를 숨기고 있음을
분명히 의식하게 된다. 관람객이 거
기서 보는 것은 틀 너머에 있는 무언
가에 대한, 좀처럼 잊을 수 없는 어떤

마이클 콴, 〈자유 의지〉, 1993.

감각이다. 롤러스케이트를 탄 인물이 향하는 언덕 아래. 최악의 상황,
(콴이 어지간하면 그리고 싶지 않다고 했던) 교도소의 문, 부두, 관목
덤불. 동물들이 나오는 신비한 공간, 연을 띄울 하늘. 벽돌 한 장 한 장
너머에서 (혹은 안에서) 이제 막 닥칠 어떤 일. 방 안에 있는 세발자전
거가 만들어졌을 바깥의 정원⋯. 이 책은(이 글은 마이클 콴의 작품집
에 실렸던 글임—옮긴이) 감금의 이미지 그리고 자유를 향한 꿈에 대
한 이미지들로 이루어져 있다.

매기 햄블링
Maggi Hambling

1945-

> 시인은 (다른 사람들과 달리) 오직 불행에만 충실하며
> 잘 지내고 있는 사람들은 버린다.
> —이보 안드리치, 「동요」, 1917.

이제 시작해 보려 한다, 나도 동의한 글이지만, 어떻게 해야 할지는 모르겠다. 이어지는 그림들이 각자의 이야기를 할 것이고, 그것은 숨 막힐 정도로 직접적이고 벌거벗은 이야기이다. 거기에 말을 덧붙이는 것은 옷을 입히고, 그 벌거벗은 모습에서 잠시 눈을 돌리게 해 줄 것이다. 조금 더 나아가자면, 말을 덧붙이는 것은 (그게 무슨 말이든) 일종의 검열이 될 위험을 감수하는 일이다.

사랑받고 있는 이를 제삼자에게 묘사하는 것은 불가능하다. 이는 사랑이 맹목적이어서가 아니라, 연인이란 발견되는 것이고, 보통은 숨겨져 있는 것을 보여 주기 때문이다. 연인들은 열망으로 서로의 옷을 벗기고, 그 신체적 열망에 담긴 약속은 부분적으로는, 영혼과 관련된 것을 불러올 수도 있다. 그 약속은 실현될 때도 있고, 실현되지 못

할 때도 있다. 하지만 그것이 실현될 때, 연인들은 나머지 세상에는 숨겨진 어떤 것을 서로에게 드러낸다. 그 드러남의 순간은 아주 짧고, 드러나는 즉시 가려지거나 거부될 수도 있지만, 그것은 분명 어떤 드러남이고 드러남이라는 것이 원래 그렇듯, 세상의 그 어떤 일상 언어로도 전달할 수 없다. 그래서 사랑은 고독한 것이다.

사랑받는다는 것은 누군가에 의해 가면이 벗겨지는 것이다. '가면을 벗다'라는 동사는, 일상적 의미에서는, 가면 아래 있는 무언가를 무시해도 좋다는 뜻을 암시한다. 가면이란 어떤 것, 그대로 보여지면 매력이 없는 어떤 것 위에 더 좋은 얼굴을 씌우는 것을 의미한다. 사랑이 그 가면을 벗길 때, 그러한 감정의 역전이 일어나고 결과도 정반대가 된다. 가면 아래 있는 것이 가면이 가장하고 있던 것보다 더 사랑스러운 것으로 밝혀진다.(아마도 더 고귀한 무엇일 것이다) 발가벗지 않으면 사랑은 없다.

가면을 구성하는 건 뭘까. 과장이 깃든 명성. 표정들을 담은 얼굴. 인정을 받은 생활 방식. 계산된 신호를 담은 한 쌍의 눈. 어떤 자세들을 취한 몸. 개인적인 것들이 세상에 제시될 때는 거의 전부 가면이 된다. 사회 생활이 그것을 요구한다. 어떤 문화에서는 가면이 지닌 연극적 요소가 공개적으로 인정되는 반면 또 다른 문화(지금 우리의 문화가 그렇다)에서는 매우 혼란스럽다. 하지만 어느 쪽이든, 가면은 필요하다. 연인들이 가면을 벗기는 행위는 필요 너머에 있다. 그래서 사랑이 전복적인 것이다.

1950년대 초 소호(Soho)에 있던 헨리에타(Henrietta M.)의 모습을 기억한다. 그녀와 개인적으로 아는 사이는 아니었다. 그녀와 말을 나누었을 수도 있지만, 정말 한두 마디에 불과했을 것이다. 하지만 종종 그녀를 바라보며, 매혹되는 순간들은 있었다. 그녀가 쓰는 가면은 정교하지 않아서, 술집의 반대편에 앉은 혹은 같은 공간의 멀리 떨

어진 안락의자에 몸을 파묻고 있는 나 같은 사람도 그 가면 아래 펼쳐
진 것을 흘긋 엿볼 수 있었다. '펼쳐진'이라고 말하는 건, 그녀의 가면
아래 놓인 것이 무엇이었든 그것이 풍경과 비슷했기 때문이다. 반면
에 등받이 없는 의자에 자리를 잡고 있을 때나 문을 향해 성큼성큼 걸
어가던 때의 그녀는, 안장 없이도 곧장 올라탈 수 있는 말 같았다.

좋다. 그 이야기가 여기서 왜 나오냐고? 헨리에타에 대한 나의 생
생한 기억은 그녀에 대한 전설 같은 풍문이나 언론에서 이야기하는
것과 일치하지 않는다. 전설에 따르면 유명한 모델이자 화가들의 우
상이었던 헨리에타, 1950대 소호의 상징적 여왕이었던 그녀는 최선
을 다해 그런 기대에 부응해서 살다가, 술과 마약, 방탕의 결과로 바닥
까지 미끄러졌고, 결국 예순일곱의 나이에 간경화증으로 사망했다.

사실은 잘못된 것이 없다. 내가 의문을 제기하는 부분은 그녀가
등장하고 또 몰락했던 '시점'이다. 헨리에타는 자신의 숭배자들과 만
나고, 여왕처럼 군림하고, 오만하고 대단히 멋있었다. 그러다가 몰락
이 시작되었다. 하지만 사람은 왕국이 아니기 때문에, 그녀의 운명은
왕국의 운명과는 다른 좀 더 신비한 법칙의 지배를 받았다. 그걸 한번
설명해 보자.

프랜시스 베이컨은 헨리에타에게 매혹되었고 여러 번 그녀를 모
델로 그렸다. 둘 사이에 친밀한 우정 같은 건 없었지만 (그는 그녀에
게 작품을 단 한 점도 주지 않았다) 일종의 공모는 있었다. 둘은 서로
를 확인해 주었는데, 내가 보기에 그럴 수 있었던 이유는, 두 사람 모
두 같은 조건, 즉 최악의 상황이 이미 벌어졌음을 받아들였기 때문이
었다.

베이컨에게 그것은 예술가로서 자신의 이념적 세계관의 기초가
되었고, 거기서부터 궁금증을 불러일으키는, 그리고 (내 생각에는)
비판할 만한 자기만족이 생겨났다. 헨리에타에게 그것은 자신만의 어
떤 눈부신 용기를 찾을 수 있는 주관적인 근거가 되었다.

그 눈부심에 대해 나는 몇 마디 덧붙이고 싶다. 헨리에타가 소호

582

에 나타났을 때, 아직 헨리에타가 되기 전, 열여덟 살의 오드리에게는 이미 최악의 상황이 벌어진 후였다. 어떤 일이었을까. 나는 알 수 없다. 어쩌면 그녀 스스로 그렇게 생각해 버린 것이 아닐까 짐작한다. 하지만 그 생각은 환상이 아니었고, 청소년기의 허세도 아니었다. 어떤 종류의 용광로를 지나오며 그녀라는 사람이 다시 만들어졌다. 그 어떤 것도 그것보다 더 나쁠 수는 없다고, 그녀의 경험이 말해 주었다. 그리고 아마 죽을 때까지 그만큼 나쁜 일은 다시 일어나지 않을 것이다.

나는 이런 글을 쓸 자격이 없다. 나는 그녀를 모르고, 그저 사람들이 가득한 공간에서 그녀를 지켜봤을 뿐이다. 내가 그녀에게서 본 것은 절망이 아니었다. 그것은 어떤 초조함, 대담함이라는 보호막을 두르기는 했지만 더 멀리 가고 싶고, 더 빨리 가고 싶어 하는 초조함이었다. 그런 초조함은 종종 자기중심적이고 강박적이다. 하지만 그녀는 그 초조함에 동반하는 대담함을 다른 사람에게도 전파하고, 공유하고 싶어 했다. 바로 그 점이 그녀를 눈부신 존재로 만들어 주었다. 카리스마, 황홀함, 성적 매력, 아름다움, 뭐라고 불러도 좋다. 하지만 그런 단어들은, 내가 관찰한 그 무언가를 표현하기에는 지나치게 일반적이다. 정확히 말하자면, 그녀의 눈부심은 다른 사람에게 무언가를 공여(供與)하려는 그녀의 대담함에서 나오는 것이었다.

하지만 그 공여는 공짜가 아니었다. 그것은 아주 느슨하지만 교묘하게, 다음과 같은 계약에 묶여 있었다. 두 사람이 무엇을 함께하든, 그건 다음번에 찾아올 삶의 잔인한 순간을 연기시킬 수 있는 속임수가 되어야 한다는 계약, 두 사람이 함께 찾는 것은 쾌락이 아니라 위로여야 한다는 계약이었다. 물론 이러한 계약은 무례한 것이라고 생각하는 사람들이 있었고, 특히 그저 쾌락만을 좇는 사람들이 그랬다. 또 어떤 사람들은 그런 계약을 오랫동안 유지할 정력이 부족했다. 하지만 헨리에타는, 내가 보기에는, 계속 버텼다.

1998년 2월, 매기 햄블링이 헨리에타와 마주 앉았을 때(두 사람

매기 햄블링, 〈헨리에타 모레이스 습작〉,
1998.

이 처음으로 만난 것은 아니지만, 이 만남이 가장 결정적이었다), 운
명이 세 장의 카드를 꺼내 놓았다. 첫번째 카드는 헨리에타가 죽는 날
까지 매기가 매일 그녀를 그린다는 것이었다. 두번째 카드는 자신이
죽기 전에 몇 초 동안이나마 안아 달라고 헨리에타가 매기에게 부탁
하게 된다는 것이었다. 그리고 세번째 카드는 두 사람이 사랑에 빠지
게 된다는 것이었다.

위의 세 가지 일은 모두 실제로 일어났다. 어떻게 그리고 왜 그런
일이 일어났는지는 우리에게 남은 드로잉들이 전하고 있다. 그림들
안에 담겨 있는 것이 아니라, 그림들이 이야기해 **준다.** 왜냐하면 그
이야기들은 드로잉의 선 하나하나에, 선과 선 사이에서 목탄이 잠시
망설였던 시간에, 모든 수정에, 종이 위에 남은 그 찰나의 사랑의 흔적
에 스며 있기 때문이다.

얼굴을 그리는 일은 하나의 전기를 쓰는 방식이다. 좋은 초상화
는 예언적이면서 동시에 회고적이다.(회화가 아니라 드로잉을 표현
할 때 이 점은 더욱 분명해진다. 왜냐하면 영원한 현존을 주장하는 경
향이 있는 색이 오히려 방해가 되기 때문이다) 시간을 가로지르는 길

은 화가가 의식적으로 찾아가는 무엇이 아니다. 그것은 드로잉의 과정에서 자연스럽게 모습을 드러낸다.

입이 완성되는 과정을 한번 보자. 튀어나왔다가, 쑥 내밀었다가, 물러나고, 살짝 벌렸다가, 혀가 나올 수 있게 열렸다가, 다시 닫히는 그 과정들, 그런 것들의 흔적을 따르다 보면 한 단계 한 단계를 거슬러 올라가, 그 입이 태어나던 시간으로 돌아갈 수밖에 없다. 마찬가지로, 미소를 지을 때 보이는 이와, 코에서 살짝 멀어지며 다시 자리를 잡는 모습을 보고 있으면, 그 입이 죽음을 맞이하는 순간에 다가가게 된다. 얼굴 안의 모든 특징들이 기억과 기대 사이의 어떤 지점에 걸려 있다. 세상의 어떤 것도 살아 있는 사람의 얼굴처럼 복잡한 떨림을 보여 주지 못한다. 그 떨림은 한 사람의 인생이라는 바다를 건너는 파도가 되고, 드로잉을 하는 이는 물가에서, 그 얼굴이 평생 지나온 해안들을 지켜보는 이가 된다. 그 파도들이 드로잉 안으로 들어오면 들어올수록, 남아 있는 가면은 그만큼 줄어든다. 그렇게 가면을 벗기는 드로잉들(매기의 작품 몇 점 그리고 렘브란트의 드로잉들)이 있다. 정말 렘브란트에 비유할 정도일까. 그렇다고 나는 생각한다.

드로잉을 하다 보면 가끔 내 손가락이 눈보다 더 밝고 섬세한 것 같은 느낌을 받는다. 나의 지성보다는 확실히 더 밝다. 손가락일 수도 있고, 손일 수도 있고, 어깨일 수도 있다. 최고의 순간엔 온몸으로 (성기까지 포함해서) 드로잉을 한다. 그럼에도 결국은 팔을 지나 손가락으로 내려와야 한다.

목탄이나 흑연 연필 그리고 지우개를 든 그녀의 손가락이 종이에 닿는다. 하지만 그게 다일까. 그 손가락은 얼굴에도 닿는 것 아닐까. 얼굴, 코, 머리칼 그리고 눈, (그래서 눈을 감은 걸까) 입가까지? 선을 긋는 것과 쓰다듬는 것은 어떤 관계가 있을까. 한 번의 지우개질과 애무 사이에는?

정확한 답은 나도 모른다, 하지만 거기에 담긴 미스터리는 알아볼 것 같다. 그 미스터리는 또 하나의 미스터리와 관련이 있다. 이 일련의 드로잉들, 자유분방했던 알코올중독자의 마지막 시간을 기록한 그림들이, 나의 의지와 상관없이 천사를 떠올리게 했다는 사실에 담긴 미스터리 말이다. 프라도미술관에 가면 안토넬로 다 메시나가 그린 성모상 그림이 있다. 죽어서 늘어진 그리스도의 몸을 연약한 천사가 받치고 있는 모습이다. 천사가 그리스도의 몸을 붙들고 있는 방식이 바로 이 드로잉들이 헨리에타를 붙들고 있는 방식과 같다. 말한 김에, 두 상황의 차이에 대해서도 이야기해 보자. 매기가 그린 드로잉 대부분에서 헨리에타는 아직 죽지 않았다. 몇몇 작품에서 그녀는 능동적으로 참여하고, 자신을 드러내고, 약속을 요구하고, 위로를 주고받는다. 이 드로잉들은 연애의 일부라고 할 수 있다.(어쩌면 그림들이 바로 연애편지라고 할 수도 있다. 두 사람이 함께 쓴 편지) 그런데 연애라는 과연 무엇일까. 통속 드라마에 묻지 말고, 자신 깊은 곳에 한번 물어들 보시라. 각각의 연애는 모두 다르지만, 모든 연애는 어떤 식으로든, 욕망 그리고 안쓰러움과 관련이 있다. 끌림이라는 것도 항상 그 안에 비밀스럽게 위로에 관한 구절을 숨기고 있다. 내가 주는 위로와 받는 위로. 나는 여기서 안쓰러움이라는 감정에 대해 생각해 본다, 자비와도 관련이 있는 그 감정. 안쓰러움이란 다른 감정이나 열망의 구성 요소가 되는, 어쩌면 그 근간이 되는 감정이라고 생각한다. 더 간단히 말하자면, 안쓰러움이 없으면 사랑은 없고, 이 점은 나이가 들수록 더 분명해진다. 매기와 헨리에타는 그 점을 알고 있었다.

이 드로잉들을 보고 있으면 섹스나 안쓰러움에 있어서도, 드로잉에서만큼이나 접촉이 근본적인 요소라는 생각이 든다.

마지막 생각: 영안실에서 혹은 헨리에타의 관을 내려다보며 그린 드로잉 열 점에서는 지운 흔적이 보이지 않는다. 죽은 이를 만질 때는 다른 방식으로 하게 마련이다. 마지막 드로잉들, 기억을 떠올리며 그린 그 그림들에서 다시 애무는 시작된다.

리안 번버그
Liane Birnberg

1948-

리안, 당신의 그림들을 삼인칭으로 해석하고 싶지는 않습니다. 그것들은 독립적이고 자유로우며, 누군가를 위해 그것들을 해석한다는 건 그것들을 제한하는 일이 될 테니까요. 그렇다고 그 그림들이 모호하다고, 사람들 각자에게 다른 의미를 가지게 될 거라는 뜻은 아닙니다. 그 그림들은 정확하고, 잠시 후 저는 그 정확함에 대해 이야기를 해 보려 합니다. 뿐만 아니라 '해석하다'라는 단어도 잘못된 것이지요. 그 말은 그림이 외국어로 되어 있음을 암시하는데, 그림들은 그렇지 않으니까요. 이 그림들의 언어는 친숙합니다. 가끔은 그림들이 이름 없는 것들에 대해 이야기하지만 말입니다, 음악처럼요.

작품에 제목이 없어서 마음에 듭니다. 왜냐하면 제목이 없기 때문에 관람객이 직접 자신에게 맞는 이름을 붙여 줄 수 있기 때문이죠. 구분할 수 있게 별명을 붙여 주는 것이지요. 이 그림들의 진짜 이름은 그림을 그리는 행위에 담겨 있었습니다.

매우 신중하고, 비밀스러운 작품들이지만, 또한 바라봐 줄 것을 요구하는 이미지들입니다. 그들이 바라봐 줄 것을 요구하는 이유는 빛이, 그림 **안의** 빛이 실재하는 어떤 것, 존재하는 어떤 것 위로 떨어

587

지고 있기 때문입니다. 그림 안의 빛이 나머지 것들을 입증하고 있습니다. 바로 그런 이유로 작품의 신비스러운 분위기에도 불구하고 이 작품들은 실체를 축복하는 그림들이 되는 것입니다.

당신은 빛이 사물들에 닿는 것을 평생 지켜보았습니다. 그렇게 지켜보았던 경험이 지금 이 그림들에서 손으로 만질 수 있을 정도로 전해집니다. 당신은 빛이 바닥(서로 다른 바닥들)에 놓인 긴 의자를 가로지를 때 내는 소리에 귀 기울였습니다. 당신은 빛이란 빗(comb) 과 비슷하다는 것을 알았습니다. 때로는 쇠로 만든 줄 같고, 망치나 입술 같았겠지요. 그건 어디서 나오는 빛인지에 따라, 빛이 닿는 곳이 어디인지에 따라 달랐습니다.

이 그림들의 신뢰성은 그림 속의 빛이 다른 대상들에 가서 닿는 방식으로 증명됩니다. 덕분에 이 작품들은 논의의 여지가 없이 명백한 그림이 됩니다.

그러면 무엇을 그린 그림일까요. 거기 무엇이 있을까요. 그것들은 과거의 이미지입니다. 과거를 불러일으키는 이미지, 바토의 몇몇 작품도 그렇지요. 그 이미지들은 바토의 팔레트와 공통점이 있습니다. 하지만 당신의 그림은 공연에 관한 것이 아니지요, 떠나 버린 배우들에 대한 이미지도 아닙니다. 그건 남은 것들에 관한 이미지입니다. 바로 그 때문에 이 그림들은 기억에 대해 뭔가 새로운 것을 말해 주는 것이지요.

과거란 보통 시간적인 범주로 여겨집니다. 선(線)적인 시간이 과거와 현재, 미래를 구성하는 것이라고요. 과거라는 공간에 대해 많이 생각하는 사람 혹은 과거를 **공간적** 범주로 생각하는 사람은 없습니다. 이는 물론 과거의 공간에 대해 생각하는 것과는 다릅니다. 고딕 성당이나 고고학 유적지에 가면 볼 수 있는 것들 말이죠.

당신이 보여 주는 것은 과거가 바로 지금도 자신만의 공간을, 현재의 공간과는 사뭇 다른 어떤 공간을 가지고 있다는 사실입니다. 당신은 그런 과거의 공간들의 실례를 제시합니다, 작품마다 조금씩 다른 그 공간을요. 당신은 우리가 과거를 어떻게 걸치고 있는지 보여 줍니다, 마치 과거가 하나의 옷이라도 되는 것처럼, 더 정확하게는, 현재가 자신의 피부 위에 과거를 걸치고 있는 모습이겠지요. 내 생각에 당신의 출발점은 늘 그 두 표면이 닿는 지점이 아니었을까 합니다. 현재의 피부와 과거라는 옷이 닿는 부분이요.

'리넨(linen)'이라는 단어가 떠오릅니다. 세탁, 다림질, 표백, 포갬 등 그것과 관련한 다른 단어들과, 면이나 양모, 비단과는 다른 그 냄새까지 모두 함께요. 리넨은 절대 몸에 달라붙지 않고, 공기도 빈틈없이 통과시키죠. 리넨과 그것을 걸친 몸 사이에는 늘 공기가 있습니다. 심지어 몸이 그 위에 누워 있을 때도요.

그 공기 덕분에 리넨에 스며든 과거가 피부에 속삭입니다.(회화에 가장 좋은 캔버스가 리넨을 섞어 짠 캔버스라는 건 놀라운 일이 아닙니다) 화가인 당신은 그 속삭임이 이끄는 곳으로 따라가고, 그다음엔, 만일 우리가 당신을 따른다면, 우리 또한 과거의 공간을, 과거의 지형학을 발견하게 됩니다. 거리가 어느 정도 투명한 무언가의 겹으로 대체되는 지형학, 어떤 지평도 없이, 기원만 있는 곳, 도로와 길이 마치 리넨처럼 끊임없이 접혀서 무언가를 거듭 쓴 양피지처럼 되는 곳.

당신의 그림은 말이 없는 이야기입니다. 이상하게 들리겠지요. 말이 없는데 어떻게 서사가 가능할까요. 개들은 그걸 잘 알고 있고 이야기꾼인 나 역시, 새로운 이야기는 아무런 말없이 시작된다는 것을 알고 있습니다. 이야기의 모양, 색깔과 냄새와 온도, 짧은 머리, 눈 그리고 무엇보다도, 대상들에 가닿는 이야기들의 손가락이 거기 있습니다. 맨 처음 단어가 말해지기 전에 그것들이 분명하게, 유일무이하게 있습니다. 말은 이야기를 낳는 것이 아니라 마무리 짓는 것이죠.

과거의 공간에서 (그곳에서 화가인 당신은 우리를 안내하는 여주인입니다) 색들은 마치 소리처럼 떠다닙니다. 이 공간의 비밀은 음향학의 신비에 가까운 것 아닐까요. 그렇지 않을까요? 아무튼 나는, 당신의 그림을 볼 때마다 귀를 기울입니다.

리안 번버그 589

피터 케나드

Peter Kennard

1949-

『가디언』 독자들이라면 피터 케나드의 작품에 익숙할 것이다. 그의 작품이 지면에 종종 등장했고, 그 존재감은 아직 남아 있다. 그 이미지들은, 말을 피하면서도, 잊으면 안 된다고 호소한다. 두 번의 전시회 그리고 이십 년 넘게 이어 온 케나드의 포토몽타주 작업을 담은 한 권의 책이 그의 작업을 무시해서는 안 되는 이유에 대해 생각해 볼 수 있는 기회가 되었다. 내가 부정문의 형태로 쓴 이유는 ('그의 작품이 깊은 인상을 남기는 이유'라고 쓰지 않았지만, 그런 표현도 물론 사실이다) 그가 하는 말은 근사하지 않고, 혼란을 불러일으키고, 강박적이기 때문이다. 나는 그의 작품이 순수했다고 말하고 싶다. 그 단어가 이미 더러워지지 않았다면 말이다. 상처를 소독하는 소금물 같은 작품이랄까.

그의 작품에는 두 개의 주제가 있다. 히로시마 이후 핵무기의 개발, 그리고 현대의 가난 문제인데, 이 둘은 전 세계의 국방비 예산이라는 문제를 통해 서로 연결된다. 어떻게 보면 케나드는 새로운 주장은 하나도 제시하지 않는다. 학생들은 모두 알고 있는 실상들이다. 즉 학생들이 모두 오염된 세상에서 살아가는 법을 배우는 것과 비슷하다.

전 지구적인 위협, 영양실조로 죽어 가는 수백만 명의 사람들. 이런 문제 앞에서, 가진 것은 한 뭉치의 사진과 가위와 풀밖에 없는 남자가 홀로 무엇을 할 수 있을까. 이런 질문을 해 본 후에야 우리는 케나드의 작업이 가진 실제 의미에 조금 가까이 다가갈 수 있다. 그것은 우리의 가정(家庭)과 훨씬 가까워진다.

그의 첫번째 주제는 실제로는 핵무기 자체에 관한 것이 아니라, **핵무기의 사용을 구체적으로 그려 보는** 정치 권력의 준비된 자세에 관한 것이다. 마찬가지로 두번째 주제 또한 굶주림 자체에 관한 것이 아니라, 굶주림이라는 사실을 마주한 정치, 경제 권력의 **무관심**에 관한 것이다. 그가 다루는 영역은 인간의 양심이다. 바로 그 점이 군사력 억제에 관한 논의나 선거 공약 혹은 세계 경제라는 현실에서 그의 작품을 언급하지 않는 이유이다. 말이 없기 때문에. 그의 주장은 기교나 전략에 관한 것이 아니다. 그 모든 과정에서 그가 던지는 질문은 한 가지뿐이다. 어떻게 이런 것들과 함께 살아갈 수 있는가라는 질문. 대답은 이렇다. 아주 엉망이다.

피터 케나드, 〈건강보험을 자르는 대처〉, 1985.

그의 상상력은 도덕론자를 자처하는 사람들의 상상력과는 다르다. 도덕론자들은 좋은 것과 나쁜 것에 대한 불변의 기준을 가지고 있다. 어떤 행동, 관습, 사람, 욕망, 체계 심지어 사람들 일반에 대해서도 그렇다. 하지만 선과 악은 특정한 도덕적 유형학 안에서 정의될 수 있는 것이 아니다. 그것들은 모든 행동이나 결정 안에서 어떤 경향으로 존재하는 힘이기 때문이다. 절대적인 악이 존재한다면 그것은 어떤 도덕적 일반화가 아니라, 특정 행위(이를테면 어떤 도시에 핵무기를 떨어뜨리는 행위 같은)의 구체적인 결과 안에 있을 것이다.

이렇게 말하는 이유는, 악의 문제를 상대화하기 위해서가 아니라, 오히려 악을 조금도 빠뜨리지 않고 있는 그대로 직면하기 위해서이다. 선에 대해서도 마찬가지다. 반면에 도덕론자들은 그런 질문들을 선반에 (혹은 감옥에) 가지런히 정리해 두기를 바란다. 그래서 본인들이 거기서 자유로울 수 있게, 그런 다음 저녁을 먹으러 나갈 수 있게 말이다. 자신들이 만든 도덕적 정의를 통해 그들은 어떤 순수의 영역을 만들어내기를 희망한다. 하지만 그런 영역은 존재하지 않으며, 바로 그 점을 피터 케나드는 알고 있다.

그가 다루는 인간의 양심이라는 영역에는 죄의식, 억압된 두려움, 선을 향한 갈망이 포함되어 있다. 그곳은 우리의 악몽과 꿈이 있는 영역이며, 그 악몽이나 꿈은 원자폭탄의 사용을 구체적으로 그려 보는 정부를 우리가 선출했다는 사실, 그리고 전 세계 인구 절반의 삶을 망치고 있는 경제에 우리도 기여하고 있다는 사실의 결과로 나타난 것이다.

케나드의 이미지가 종종 아주 독창적이면서 동시에 아주 친숙하게 느껴지는 이유는 그 때문이다. 휴지 조각처럼 불타는 영국. 돈이 가득 든 깔때기처럼 생긴 기구가 작은 구멍으로 탄두를 떨어뜨리는 이미지. 배고픈 아이를 마주하고 있는 지구. 자물쇠가 채워진 세계. 핵폭탄의 버섯구름이 사람의 얼굴을 지워 버리는 이미지.

그의 이미지를 말로 전하는 것은 불가능하다. 왜냐하면 첫째, 엑스레이 사진, 위성사진, 광물의 느낌이 나는 특별한 재료가 지닌, 오직

시각적으로만 전해지는 질감 때문이다. 둘째, 그 시각적 조합이, 미술
사의 관점에서는 초현실주의에 많은 것을 빚지고 있는 그 조합이, 이
나라 국민들의 꿈속에 있는 어떤 공통의 악몽들을 떠올리게 하기 때
문이다. 몇몇 악몽은 일차대전까지, 자신들이 무슨 짓을 하는지 모르
는 장군들의 명령을 따라야 하는 트라우마가 시작된 그 시절까지 거
슬러 올라간다. 어떤 악몽에는 1945년 8월 6일(히로시마)의 사악한
불꽃이 등장하고, 또 어떤 악몽은 어쩌면 미래에는 다를지도 모른다
고 호소한다.

그의 책 『세기말을 위한 이미지(Images for the End of the Cen-
tury)』의 부제는 '포토몽타주로 쓴 등식'이다. 책은 열네 개의 장으로
되어 있고, 각각의 장이 하나의 등식이 된다. 작품 설명은 없지만, 대
신 이미지 사이사이에 더하기, 빼기, 등호 같은 부호들이 있다. 그 말
없는 장치들이 꿈들의 불가피한 흐름을 정확히 제시한다. 꿈에서 깨
어난 이들은 저항할 것이다.

그만큼 잘 보이지는 않지만 다른 등식도 있다. 그 등식이 예술가
피터 케나드를 움직이는 힘 혹은 그의 동기와, 그의 작품을 필요로 하
는 우리의 상황을 잘 보여 준다. 그것은 우리가 알고 있는 것 그리고
(자주) 억압하는 것과 권력을 휘두르는 사람들의 거짓말 사이의 등식
이다. 케나드는 보이지 않는 것을 보여 주는 일을 했다. 바로 이 점이
그가 포토몽타주라는 매체를 택한 이유이기도 하다. 혹은 의도적으로
든 무의식적으로든 숨겨져 있는 것들을 폭로하는 일을 했다. 그런 폭
로는 점잖지 못한 일이면서 동시에 고귀한 일이었다.

그 일이 고귀한 이유는, 무엇보다도, 그 작업이 미래에 호소하
고 있기 때문이다. 책의 마지막 이미지는 지구 안에 있는 태아의 이미
지다.

이 순간, 우리는 단기적 이익에 지나치게 사로잡힌 나머지 이미
미래를 망각해 버린 문화에 살고 있다. 미디어의 즉각적인 수다. 신용

카드의 즉각적인 약속. 표를 받기 위해 우리가 눈이 멀기를 바라는 정치인들.

미래 (오랫동안 권력을 쥐고 있는 사람들에게 피비린내 나는 수사학을 제공하는 광맥 같은 단어였다), 오늘날의 미래는 자신의 일생을 넘어서 무언가를 바라볼 것을 주장하는 사람들에게 달려 있다. 그리고 그러기 위해서는, 피터 케나드처럼, 우리의 악몽과 억압된 희망을 꼼꼼히 살펴야 한다.

안드레스 세라노

Andres Serrano

1950-

오늘은 성금요일(聖金曜日), 그리스도교 교회에서 그리스도의 고통과 십자가에서의 죽음을 기억하기 위해 제정한 기념일이다.

엿새 전 아비뇽에서는, 지역 주교와 몇몇 가톨릭 근본주의자들 그리고 국민전선(National Front, 지난 선거에서 아비뇽 지역에서만 27퍼센트의 득표율을 기록했다)의 지원 아래, 도시 내의 한 미술관을 강제로 폐쇄했다. 뉴욕에서 활동 중인 예술가 안드레스 세라노의 사진 작품 〈그리스도에게 오줌 싸기〉를 전시했다는 게 폐쇄 이유였다. 문제의 작품은 이십여 년 전에 제작된 것으로, 피와 소변이 담긴 것으로 추정되는 병 안에 담긴 그리스도의 모습을 보여 주고 있다.

폐쇄 다음 날, 몇몇 사람들이 박물관에 침입해 작품을 훼손했다. 문화부 장관은 표현과 창작의 자유라는 근본 원칙에 대한 공격이라고 비난했고, 많은 매체에서 이 사건을 무절제한 야만적 행위라고 보도했다.

나는 궁금했다. 이 사건에 관련된 면면은 보이는 것보다 더 아프고 더 복잡한 것 아닐까, 또한 현재 지속되고 있는, 무언가를 비난하려는 광범위한 경향을 잘 보여 주는 것은 아닐까. 그랬다.

세라노는 문제의 작품을 비롯해 그와 비슷한 작품들은 에이즈가 처음 창궐했을 무렵에 제작한 것이라고 설명했다. 혈액 검사가 갑자기 근심스러운 일이 되었고, 많은 대기업에서 직원들에게 소변 검사를 요구했다.

그리스도가 두 체액 안에 잠겨 있다. 이 이미지는 또한 로마 가톨릭에 대한 공격으로 여겨지기도 했다. 교리와 이교도에 대한 박해 그리고 종교재판 등을 통해 그리스도가 몸소 보여 주고 설파했던 동정심과는 반대되는 모습을 보였던 교회 말이다. 그리스도 본인이 에이즈가 유행하는 사태에 직면했다면, 그는 반드시 희생자들의 편에 섰을 것이다.

논쟁적인 면에서 (작품의 미학은 완전히 다른 문제다) 세라노의 실수는 그 제목이었다. 만약 제목이 '피, 소변 그리고 그리스도'나 '소변과 피에 잠긴 그리스도'였다면, 전하려는 의도는 분명해졌을 것이다.

하지만 그는 '그리스도에게 오줌 싸기'라는 제목을 붙였고, 그 노골적인 표현은 하나의 공격, 과격한 도발이었다.(이런 비아냥거림은 반격과 소란을 불러오게 마련이다) 뿐만 아니라 제목에 담긴 도발은, 성스러운 것을 모욕하는 신성모독이기도 했다.

앞에서 이야기한 주교가 이 작품이 **신성모독**이라고 공언했지만, 우리는 그 용어 자체에 대해 생각해 볼 필요가 있다. 어떤 단어든 교회가 그 의미를 독점할 권리는 없다.(맹목적 광신은 단어들을 모두 독점적으로 소유하는 일에서 시작된다) 아비뇽 교구의 아베 르지 드 카크리 같은 인물을 보면 나는 톨스토이가 『부활』에서 분노에 가득 차 상세하게 묘사했던 성직자들이 생각난다.(책이 출간된 후 톨스토이는 정교회에서 제명당했다)

그리스도가 실천한 본보기는, 교회의 영향력 밖에서 살고 있는 수많은 사람들에게도 어떤 지침으로, 혹은 가능성이 실현되었던 사례로 받아들여지고 있다. 그것은 희망을 낳았고, 성모상 같은 훌륭한 예술품을 낳았다. 성스럽게 여겨야 할 것, 이유 없이 모욕을 당해서는 안 되는 것은 교회의 상징이나 공식 발표가 아니라 믿음 자체이다. '그리스도에게 오줌 싸기'라는 표현은 (그 이미지가 아니라) 바로 그런 모욕을 표현한 것이었다.

잘난 척하는 언론에서 이미 그 의미를 잔뜩 과장해 놓은 이 사소한 사건을 나는 왜 다시 이야기하는 걸까. 왜냐하면 이 제목이, 단어를 영리하게 사용함으로써 낮은 곳에서 현실이 작동하는 방식에 대한 무지를 희석시키려는 행위를 보여 주는 좋은 예이기 때문이다. 세라노는 이런 조롱 섞인 제목을 활용함으로써, 내가 위에서 말한 그런 신앙의 범위나 그 복잡성을 망각해 버린 것이다. 망각? 아니면 그는 그런 믿음에 대해 무지한 걸까.

오늘날 의사소통의 홍수 속에서, 말장난 혹은 점잔 빼는 태도는 종종 수많은 사람들이 여전히 살고 있는 현실을 배제해 버린다. 그리고 바로 그 점이, 최신 **정보**라고 하는 것들이 오히려 어떤 **무지**를 드러내곤 한다는 역설로 이어진다.

지난주 텔레비전에 출연한 신자유주의 경제학자가 전 세계적인 차원에서 투자란 어떤 의미인가라는 질문을 받았다. 그의 대답은 이랬다. 투자란 무언가를 얻으려는 희망이라고.

오늘은 성금요일이고, 거의 자정이다.

후안 무뇨스

Juan Muñoz

1953-2001

금요일

나짐, 지금 나의 애도를 당신과 나누고 싶습니다. 당신이 그동안 많은
희망과 애도를 우리와 함께 나누었으니까요.

한밤에 도착한 전보,
단 두 단어
"그가 사망했습니다".

나는 내 친구 후안 무뇨스를 애도하고 있습니다. 뛰어난 예술가
로서 조각 작품과 설치미술 작품을 남긴 그 친구가 어제 스페인 해변
의 자택에서 사망했습니다. 마흔여덟 살이었죠.

혼란스러운 게 있어서 당신께 물어보고 싶었습니다. 누군가 고통
의 피해자가 되거나, 살해당하거나, 기아로 사망한 것이 아니라 자연
사를 했다면, 그 사람이 오랫동안 앓다가 사망한 경우가 아니라면 남
은 이들은 먼저 충격에 빠집니다. 그다음엔 끔찍한 상실감이 찾아오
겠죠, 특히 망자가 젊은 사람이라면 말입니다.

날이 밝았지만
나의 방은
긴 밤으로 가득한 것을.

그리고 고통이 따라옵니다, 절대 사라지지 않을 것임이 자명한 고통이요. 그리고 그 고통과 함께, 아주 은밀하게, 다른 무언가가 찾아오는데 그건 농담과 비슷하지만 농담은 아닙니다.(후안은 농담을 잘 하는 사람이었지요) 사람을 홀리는 어떤 것, 마술사가 속임수 후에 펼쳐 보이는 손수건 같은, 당사자가 느끼는 고통스러운 감정과는 완전히 반대되는 무엇입니다. 내가 무슨 말을 하고 있는지 아시겠지요? 이 가벼움은 경박함일까요, 아니면 새로운 어떤 가르침일까요?

당신에게 질문을 하고 오 분쯤 지났을 때, 내 아들 이브에게서 팩스가 한 통 왔습니다. 후안에게 보내는 추도사가 적혀 있네요.

당신은 언제나
웃음과
새로운 속임수를 가지고 왔습니다.

당신은 항상
탁자 위에 손을 남겨 둔 채
떠났습니다.
당신은 우리 손에
당신의 카드를 남겨 두고
떠났습니다.
당신은 다시 오겠지요
새로운 웃음을,
속임수일 그 웃음을 지닌 채.

후안 무뇨스, 〈모퉁이 쪽으로〉, 1998.

토요일

나짐 히크메트(Nazim Hikmet)를 만난 적이 있는지 확실치 않다. 만난 적이 있다고 맹세할 수 있지만, 당시 정황과 관련한 증거는 없다. 아마 1954년 런던에서였던 것 같다. 그가 석방된 지 사 년 후였고, 사망하기 구 년 전이었다. 그는 레드라이언 광장에서 열린 정치토론회에서 연설했다. 간단한 연설을 마친 그는 시를 낭독했다. 몇 편은 영어로, 몇 편은 터키어로 낭독했다. 강하지만 차분한 목소리, 아주 개성이 강하고, 대단히 음악적인 목소리였다. 그 목소리는 그의 목에서 나오는 것 같지 않았다, 적어도 그때 그 자리에 있는 그의 목은 아니었다. 마치 라디오가 그의 가슴속에 있어서, 살짝 떨리던 커다란 손으로 스위치를 켰다가 끄기를 반복하는 것처럼 보였다. 내가 당시 상황을 형편없이 묘사하고 있는 것 같은데, 왜냐하면 당시 그의 존재감이나 진지함은 분명했기 때문이다. 어떤 장시에서 그는 1940년대 초, 라디오에서 흘러나오는 쇼스타코비치의 교향악을 듣고 있는 여섯 명의 터키 사람들을 묘사했다. 여섯 명 중 셋은 (그와 마찬가지로) 수감된 사람들이었다. 방송은 생방송이었고, 수천 킬로미터 떨어진 모스크바에서 연주되고 있는 실황이었다. 레드라이언 광장에서 자신의 시를 낭독하는 그를 보며, 나 역시 그가 하는 말들이 세상의 반대편에서 전해지고 있는 것 같은 인상을 받았다. 그 말들이 이해하기 어려웠기 때문도 아니고(이해하기 어렵지 않았다), 표현이 흐릿하거나 무기력했기 때문도 아니었다.(인내력으로 충만한 표현들이었다) 그건 그 말들이 어떻게든 거리를 극복하려고, 언제 끝날지 모르는 이별의 상황을 넘어서려고 애쓰는 말들이었기 때문이다. 그의 시에서 말하는 **여기**는 언제나 다른 어딘가이다.

> 프라하에서 수레 하나가
> 말 한 마리가 끄는 짐수레가
> 오래된 유대인 묘지를 지난다.
> 다른 도시를 향한 열망이 가득한 그 수레를,
> 나는 몰고 있다.

연설을 시작하기 전 연단 옆에 앉아 있는 것만 봐도 그가 아주 키가 크고 덩치가 좋은 사람이라는 걸 알 수 있었다. '눈이 파란 나무'라는 별명이 그냥 나온 게 아니었다. 그런 그가 자리에서 일어날 때면, 그런 몸집에도 불구하고 아주 가벼워 보인다는 인상을 받는다, 너무 가벼워서 자칫하면 허공으로 날아가 버릴 것만 같았다.

어쩌면 나는 그를 실제로는 보지 못했던 것일 수도 있다. 국제평화주의 운동 단체가 런던에서 마련한 모임에서, 그가 날아가 버리지 않게 밧줄로 연단에 계속 묶어 둘 수는 없었기 때문이다. 하지만 내게는 생생한 기억이다. 그의 입에서 나온 말들이 하늘로 솟아올랐고 (옥외 집회였다) 그의 몸은 마치 자신이 쓴 그 말들을 따라갈 것만 같은 자세를 취하고 있었다. 그가 한 말들은 광장 위로, 삼사 년 전부터 테오볼드 가(街)를 따라 멈춰 선 전차의 불꽃 위로, 높이 더 높이 흘러갔다.

너는 산골 마을
아나톨리아에 있는
너는 나의 도시,
가장 아름답고 가장 불행한.
너는 도움을 요청하는 외침, 그러니 너는 나의 조국
너를 향해 달리는 나의 발소리

월요일 오전

평생 동안 내가 소중하게 생각하는 현대 시인들의 시는 모두 원어가
아니라 번역으로 읽은 것 같다. 20세기 이전에는 이런 말 자체가 불가
능했을 것이다. 시를 번역할 수 있는가 하는 논의는 몇 세기 동안 계
속 되고 있지만, 그건 마치 실내악이 그런 것처럼, 실내에서만 의미 있
는 논의였다. 20세기를 지나며 대부분의 실내는 해체되었다. 새로운
통신 수단, 전 지구적인 정치학, 제국주의, 세계 시장 같은 것들 덕분
에 수백만 명의 사람들이 한곳에 모이기도 하고, 역시 수백만 명의 사
람들이 무차별적으로, 그리고 전례가 없던 방식으로 격리되기도 한
다. 그리고 그 결과 사람들이 시에서 기대하는 것도 달라졌다. 멀리 있
는 독자들, 멀어져 가는 독자들에게 최고의 시가 점점 더 중요해지고
있다.

우리의 시들이
이정표처럼
길을 따라 늘어서야 한다.

20세기 내내, 벌거벗은 많은 시구들이 서로 다른 대륙 사이에, 버
려진 마을과 멀리 있는 수도 사이에 걸려 있었다. 그들은 알고 있었다.
히크메트, 브레히트, 바예호, 아틸라 요제프, 아도니스, 후안 헬만 같
은 시인들은….

602

월요일 오후

나짐 히크메트의 시를 처음 읽었을 때 나는 십대 후반이었다. 그 시들은 영국공산당의 후원으로 런던에서 발행되는 모호한 국제 문학잡지에 발표되었다. 나는 그 잡지의 정기구독자였다. 시에 대한 당의 정책은 형편없었지만, 정작 실리는 시나 이야기들 중에는 영감을 주는 작품들이 종종 있었다.

당시는, 메이예르홀트가 이미 모스크바에서 숙청당한 시점이었다. 특별히 메이예르홀트가 생각난 이유는 히크메트가 존경한 인물이었고, 1920년대에 처음 모스크바를 방문했을 때 많은 영향을 받은 인물이었기 때문이다.

"나는 메이예르홀트의 연극에 많은 것을 빚지고 있습니다. 1925년, 터키에 돌아와서 최초의 **노동자들**을 구성했습니다. 이스탄불의 공업지구에 있는 그 극단에서 작가 겸 연출가로 활동하면서, 나는 관객들을 위한, 그리고 관객들과 함께하는 작업에 대한 새로운 가능성을 열어 준 것이 바로 메이예르홀트였음을 느꼈습니다."

1937년 이후, 그 새로운 가능성이 메이예르홀트의 목숨을 앗아 갔지만, 런던에서 『리뷰』〔영국공산당의 기관지 『커뮤니스트 리뷰(Communist Review)』를 일컬음—옮긴이〕를 보는 사람들은 그 사실을 모르고 있었다.

히크메트의 시를 처음 발견했을 때 나를 가장 놀라게 한 것은 공간이었다. 거기에는 그 어떤 시보다 많은 공간들이 담겨 있었다. 그 시들은 공간을 묘사하고 있지 않았다. 그 시들은 공간을 지나고, 산을 넘어온 것들이었다. 그 작품들은 또한 행동에 관한 시이기도 했다. 그 시들은 의심, 고독, 이별, 슬픔 같은 감정들을 전하지만 이런 감정들은 행동을 대체하기보다는 행동에 따라오는 것이다. 공간과 행동이 함께 간다. 그것과 대조되는 곳이 감옥이다. 히크메트는 자기 작품의 절반 이상을 터키의 감옥에서, 정치범의 신분으로 썼다.

후안무뇨스 603

수요일

나짐, 내가 글을 쓰고 있는 테이블에 대해 이야기하려 합니다. 흰색의 정원용 철제 테이블, 보스포루스 해협의 **연안주택**에서 흔히 볼 수 있는 그런 테이블입니다. 이 테이블은 파리 남동부 교외의 작은 집에 있는, 지붕을 얹은 베란다에 놓여 있습니다. 이 집은 1938년, 예술가와 장인, 기능공들을 위한 주택 지구를 만들 때 함께 지어진 것입니다. 1938년에 당신은 감옥에 있었지요. 침대 위 못에는 시계가 하나 걸려 있었습니다. 당신이 있던 수용실 바로 위 수용실에는 산적 세 명이 손발이 사슬에 묶인 채 사형 집행을 기다리고 있었지요.

이 테이블 위에는 늘 종이가 너무 많습니다. 매일 아침, 내가 커피를 내리며 가장 먼저 하는 일은, 그 많은 종이들을 순서대로 정리하는 것입니다. 테이블 오른쪽에는 화분이 하나 있는데, 아마 당신이 좋아할 것 같은 화분입니다. 화분의 풀은 잎이 짙어요. 아랫면은 서양자두 색인데, 빛을 받은 맨 윗부분만 짙은 갈색으로 **얼룩**이 져 있습니다. 잎은 세 개씩 모여 있는데, 마치 같은 꽃에 붙어 있는 밤의 나비 세 마리처럼 보입니다. 잎의 크기도 꼭 나비만 하지요. 식물 자체의 꽃은 아주 작은 분홍색 꽃인데, 초등학교에서 노래를 배우는 아이들의 목소리처럼 순수합니다. 화분에 담긴 식물은 크기가 좀 있는 클로버 종입니다. 이 화분은 폴란드에서 왔는데, 거기서는 '코니치나'라고 부르는 식물입니다. 지인의 모친께서 우크라이나 국경 근처의 집 정원에서 직접 기르는 걸 주셨죠. 눈이 아주 파란 분인데, 정원을 거닐거나 집 주변을 산책하는 동안 늘 식물들을 만지고 다니시는 분입니다. 마치 어린 손주들의 머리에서 손을 떼지 못하는 할머니들처럼요.

나의 사랑, 나의 장미,
폴란드 평원을 가로지르는 나의 여정이 시작되었네
나는 행복하고 놀란 작은 소년
자신의 첫번째 그림책을 들여다보는,

작은 소년
사람들
동물들
물건들, 식물들의 그림

이야기에서는 무엇 다음에 무엇이 오느냐에 모든 것이 달려 있습니다. 가장 진실한 순서라는 건 좀처럼 분명히 보이지 않지요. 시행착오를, 아주 자주 거치곤 합니다. 내 테이블 위에 가위와 스카치테이프가 있는 것도 그런 이유에서입니다. 테이프를 적당히 자르기 쉽게 끼우도록 돼 있는 기구가 있지만, 이 테이프는 거기에 맞지가 않았습니다. 그래서 가위로 잘라야만 하죠. 다시 뜯을 수 있게 테이프의 잘린 자리를 찾는 일이 쉽지가 않습니다. 그래서 인내심을 가지고, 손톱 끝으로 조심해서 찾아야 하죠. 마침내 테이프의 잘린 자리를 찾으면, 테이프 끝을 테이블 옆면에 붙인 다음 테이프가 바닥에 떨어질 때까지 그대로 둡니다.

가끔 베란다에 딸린 방에 들어가 수다를 떨거나, 식사를 하거나, 신문을 봅니다. 며칠 전에는, 그 방에 앉아 있을 때 뭔가가 움직이면서 내 눈길을 끌더군요. 반짝이는 아주 작은 폭포가 테이블 앞의 비어 있는 의자 다리 근처로 흘러내리며 잔물결을 일으킨 거예요. 알프스 산맥의 개울들도 하나의 실개천에서 시작되었겠지요.

창문으로 불어온 바람에 흔들리는 스카치테이프 한 줄만으로도, 가끔은 산들을 움직이기에 충분한 것입니다.

목요일 저녁
십 년 전 나는 이스탄불 하이다르 파샤 역 근처의 어떤 건물 앞에 서 있었다. 경찰이 피의자들을 조사하는 곳이었다. 그 건물 꼭대기 층에서 정치범들이 몇 주 동안 갇힌 채 가혹한 심문을 받았다. 히크메트는 1938년 그곳에서 조사를 받았다.

그 건물은 원래 감옥이 아니라 행정부의 거대한 요새로 쓸 계획이었다. 도저히 무너뜨릴 수 없어 보이는 그 건물은 벽돌과 침묵으로 지어졌다. 감옥으로 쓸 목적으로 지은 건물은 물론 불길한 기운을 품고 있지만, 가끔은 그와 함께 신경질적인, 임시로 지은 것 같은 분위기도 풍긴다. 예를 들어 히크메트가 십 년간 수감되었던 부르사 감옥의 별칭은 '벽돌 비행기'였는데, 건물 자체가 불규칙적으로 생겼기 때문이었다. 그와 대조적으로 이스탄불의 기차역 앞에서 내가 바라보았던 그 건물은 침묵의 기념비처럼 확신과 고요함을 풍기고 있었다.

건물 안에 누가 있는지 그리고 안에서 어떤 일이 벌어지고 있는지는 (건물은 계산된 목소리로 이렇게 공언하고 있었다) 잊힐 것이고, 기록에서 지워질 것이며, 유럽과 아시아 사이의 깊은 틈에 묻힐 것이다.

그 순간 나는 그의 시에 있는 독창적이고 불가피한 전략을 이해했다. 그의 시는 쉬지 않고 자신을 가두고 있는 것 너머로 손을 뻗어야 했다! 어디서든 수감자들은 대탈출을 꿈꾸지만, 히크메트의 시는 그러지 않았다. 그의 시는, 시작하기 전에, 감옥을 세계 지도 위의 작은 점으로 놓는다.

가장 아름다운 바다는
아직 아무도 건너 보지 못했습니다.
가장 아름다운 아이는
아직 자라지 않았습니다.
우리의 가장 아름다운 날들을
우리는 아직 보지 못했습니다.
내가 그대에게 하고픈 가장 아름다운 말들도
아직 말하지 못했습니다.

그들이 우리 수감자들을 잡아,

우리를 가두었습니다.
나는 높은 담 안쪽에,
당신은 바깥쪽에.
하지만 그건 아무것도 아니죠.
최악의 상황은
사람들이, 의식적으로든 무의식적으로든
수감자들을 자신 안에 가두는 것임을….
대부분의 사람들은 그렇게 되고 맙니다,

정직하고, 근면하고, 선한 사람들
당신을 향한 나의 사랑만 한 사랑을 받아 마땅한
　사람들입니다.

　그의 시는, 기하학에서 사용하는 컴퍼스처럼 동그라미를 그려 나
간다, 어떤 때는 친밀한 원을, 또 어떤 때는 넓고 세계적인 원을 그리
지만, 한쪽 다리의 뾰족한 끝은 감방에 꽂혀 있다.

금요일 오전
한번은 마드리드의 호텔에서 무뇨스를 기다리고 있었습니다. 그는 약
속에 늦었는데, 밤늦게까지 작업을 할 때면 그는 자동차 밑에 들어간
수리공처럼 시간을 까맣게 잊을 때가 있었거든요. 마침내 그가 나타
났을 때 나는, 자동차 밑에 들어가는 비유를 들며 농담을 했지요. 나중
에 그가 팩스로 농담을 적어서 보내 줬는데, 그걸 당신께 들려드리고
싶습니다, 나짐. 이유는 나도 모르겠습니다. 어쩌면 이유라는 건 내가
신경 쓸 일은 아닌 것 같기도 합니다. 나는 그저 죽어 버린 두 사람 사
이의 연락책 역할을 하고 있을 뿐이니까요.
　"선생님, 제 소개를 드릴까 합니다. 저는 스페인의 수리공입니다.
(자동차만 수리합니다, 오토바이는 못 해요) 대부분의 시간을 바닥에

누워 엔진을 들여다보며 지내죠! 하지만 (이게 중요한 문제인데요) 이따금씩 미술을 하기도 합니다. 제가 예술가라는 뜻은 아니에요. 절대요. 그냥 가끔 기름 묻은 자동차 밑에서 기어 다니는 말도 안 되는 짓을 멈추고, 미술계의 키스 리처드가 돼 보는 걸 즐길 뿐이죠. 그것이 허락되지 않는 날은 성직자처럼 일합니다, 딱 삼십 분만, 와인을 마시면서요.

선생님께 이렇게 연락을 드리는 이유는 제 친구 둘이서(한 명은 포르토에, 다른 한 명은 로테르담에 있습니다) 저와 선생님을 보이만 자동차 박물관과 포르토 구(舊) 시가지에 있는 와인창고(술이 더 있기를 바랍니다)에 초대를 했다는 소식을 알려드리기 위해서입니다.('보이만 자동차 박물관'은 로테르담의 보이만스 반 뵈닝겐 미술관을 말하는 듯하다. 무뇨스가 미술관에 함께 가자는 이야기를 농담처럼 전하고 있는 것으로 보임—옮긴이)

그 친구들이 무슨 풍경 이야기도 했는데, 저는 무슨 말인지 모르겠습니다. 풍경이라니요! 차를 몰면서 주변을 돌아본다는 이야기인지, 정처 없이 차를 몰면서 주변을 살펴본다는 이야기인지….

죄송합니다, 손님이 왔네요. 이야! 트라이엄프 스핏파이어(Triumph Spitfire, 1960년대 영국의 스포츠카—옮긴이)입니다."

후안의 웃음소리가 들립니다. 말이 없는 인물상과 함께 있는 작업실에 울리는 그 소리가.

금요일 저녁
가끔은 20세기에 나온 최고의 시들 (남성뿐 아니라 여성도 쓴 것들이다) 중 많은 작품이 지금까지 씌어진 어떤 시들보다 형제애를 강조하고 있는 것처럼 보인다. 그렇다고 해도, 그 특징은 정치적 구호와는 아무 관련이 없다. 그 점은 릴케 같은 비정치적이었던 시인, 보르헤스처럼 보수주의자였던 시인, 그리고 평생 공산주의자였던 히크메트 같은 시인에게 공통된 특징이다. 20세기는 유례가 없을 정도로 대량학살이 만연했던 시기였지만, 그 시대가 상상했던 (그리고 가끔은 그를 위해 싸웠던) 미래는 형제애를 제안했다. 과거에 그런 제안을 했던 시대는 거의 없었다.

> 이 사람들은, 디노,
> 누더기가 된 빛의 단편을 쥐고 있는 이 사람들은
> 어디로 가는 걸까
> 이 어둠 속에서, 디노?
> 너도, 나도 함께
> 우리도 그들과 함께 있는 거야, 디노.
> 우리도 디노
> 파란 하늘을 흘긋 보았으니까.

토요일

어쩌면, 나짐, 나는 이번에도 당신을 보고 있는 것이 아닐 수 있습니다. 하지만 맹세코 당신을 보고 있다고 하겠습니다. 당신은 베란다에 있는 나의 테이블 건너편에 앉아 있습니다. 종종 머리의 모양새를 보면 그 머릿속에서 어떤 생각이 습관적으로 진행되고 있는지 짐작할 수 있다는 걸, 당신도 알아차리셨나요?

지칠 줄 모르고 빠르게 계산하는 머리가 있습니다. 오래된 생각들을 단호하게 밀고 나가고 있음을 암시하는 머리도 있지요. 당신의 머리를 보고 있으면, 그 큰 머리와 용기를 북돋우는 파란 눈을 보고 있으면 그 안에 수많은 세계가 공존하고 있음을 짐작할 수 있습니다. 서로 다른 하늘을 가진 세계가 서로를 담고 있지요. 그 광경은 두렵지 않고, 차분하지만 붐비는 그런 광경입니다.

오늘날 우리가 살고 있는 세계에 대해 당신에게 물어보고 싶습니다. 역사에서 일어나고 있는 일이라고 혹은 일어나야 하는 일이라고 당신이 믿었던 것들이 환상으로 밝혀졌습니다. 사회주의는, 당신이 상상했던 그런 사회주의는 어디에도 세워지지 않았지요. 기업자본주의가 (비록 끊임없이 시험을 거치기는 했지만) 거침없이 나아갔고, 쌍둥이 무역센터 건물은 폭발했습니다. 붐비는 세계는 해마다 더 가난해지고 있습니다. 당신이 디노와 함께 보았던 그 파란 하늘은 오늘날 어디에 있는 걸까요?

당신이 대답합니다. 네, 그 희망들은, 누더기에 있습니다. 그렇다고 뭐가 달라지는 걸까요? 정의는, 지금 당신의 시대에 활동하는 가수 지기 말리(Ziggy Marley)의 노랫말처럼, 기도와 다름없는 단어에 불과합니다. 역사는 온통, 희망을 유지하다가 잃어버리고, 다시 새롭게 하는 과정에 다름 아닙니다. 그리고 새로운 희망과 함께 새로운 이론이 탄생하는 것이지요. 하지만 붐비는 세상의 사람들에게, 가진 것이 거의 없거나 용기와 사랑을 빼면 아무것도 가지지 못한 사람들에게, 희망은 다른 식으로 작동합니다. 그때 희망은 꽉 물어야 하는 것, 이 사이에 꼭 붙들고 있어야 하는 것입니다. 이걸 잊으시면 안 됩니다. 현실주의자가 되어야 합니다. 이 사이에 희망을 물고 있어야, 털어낼 수 없는 피로를 안고서도 계속 나아갈 수 있는 힘이 생기고, 필요한 경우에는 잘못된 순간에 소리치지 않을 수 있는 힘이 생기고, 무엇보다도 울부짖지 않을 힘이 생깁니다. 이 사이에 희망을 물고 있는 사람이 존중을 실천할 수 있습니다. 희망이 없는 이들은 현실 세계에서 혼자일 수밖에 없습니다. 그들이 줄 수 있는 건 기껏해야 동정뿐이죠. 어두운 밤들을 살아남고 새로운 낮을 상상하는 사람들에게, 이 사이에 물고 있는 희망이 새로운 것인지 누더기인지는 중요한 문제가 아닙니다. 커피 좀 있을까요?

끓여드릴게요.

나는 베란다를 나옵니다. 주방에서 커피 (터키식 커피입니다) 두 잔을 끓여서 들고 다시 돌아왔을 때 당신은 떠나고 없습니다. 테이블 위, 스카치테이프가 붙어 있는 자리 근처에 책 한 권이 펼쳐져 있고, 거기 당신이 1962년에 쓴 시가 있습니다.

내가 만일 한 그루의 플라타너스라면 나는 그 그늘에서
  쉬겠어요
내가 만일 한 권의 책이라면
잠 못 드는 밤에도 지루해하지 않고 읽겠어요
연필은 되고 싶지 않아요 내 손가락 사이의 것이라고 해도
내가 만일 하나의 문이라면
선한 것만 들이고 사악한 것은 막겠어요
내가 하나의 창문, 커튼도 없이 활짝 열린 창문이라면
온 도시를 내 방 안으로 들이겠어요
내가 한마디 말이라면
아름다운 것, 정의로운 것, 진실한 것을 부르겠어요
내가 한마디 말이라면
부드럽게 내 사랑을 말하겠어요

로스티아 쿠노프스키

Rostia Kunovsky

1954-

로스티아 쿠노프스키는 내 친구다. 그는 체코 태생이고, 지금은 파리에 살고 있으며, 화가다. 지난 이십오 년 동안 나는 그와 알고 지냈고 그의 작품을 지켜봤다. 그의 비전과 화가로서의 실천은 독창적이고 한결같다. 가끔 그에게서 직접 작품을 구매하는 사람들이 한둘 있지만, 그의 작품이 전시장에 걸리거나 홍보된 적은 없다. 그의 그림들은 사람들에게 알려지지 않은 채 살아남았다.

세계 언론에서 종종 나를 두고 시각 예술에 대해 글을 쓰는 사람들 중 영향력이 큰 사람이라고 말하곤 한다. 하지만 그런 나도 미술관이나 전시회 큐레이터를 설득해 쿠노프스키의 작품에 대해 뭔가를 해줄 수는 없었다. 투자나 홍보 관련해서는 나는 아무런 영향력이 없다. 뭐, 상관없다.

지금부터 그의 최근작들을 전시하는 상상의 전시회에 대해 써 볼까 한다. 도시는 여러분이 마음대로 정하시면 되겠다. 전시회는 지난 수요일에 시작되었다. 내가 톰 웨이츠(Tom Waits)를 초대했고 그는 개막식에서 「토킹 엣 더 세임 타임(Talking at the Same Time)」을 불렀다. 벤 제프(Ben Jaffe)가 트롬본을 연주했고 기타도 몇 대 있었다.

그들은 액자에 넣지 않은, 가로세로 각 2미터의 커다란 그림 앞에서 노래했다.

직장을 구하고, 저축하고, 제인의 말에 귀 기울여야지
비가 오면 모두들 우산 가격을 잘 알게 되지 그리고 모든
　뉴스는 나쁘지
다른 뉴스가 있기는 한 걸까?

로스티아는 최근에 작업한 연작에 '글자들의 창'이라는 제목을 붙였다.

로스티아 쿠노프스키, 〈무제 1〉, '글자들의 창' 연작, 2011.

제목에 사용된 '글자'는 편지가 아니라 알파벳 문자다. 그 글자들이 단어를 구성하지는 않는다. 스텐실로 찍은 그 글자들은 차라리 원래의 의미를 잃어버린 혹은 이제는 잊혀 버린 어떤 단어들의 약어처럼 보인다.

모두들 동시에 말을 하지
누군가에게 힘든 시절이
누군가에겐 달콤한 시절이라고
거리에 피가 뿌려지는 때에도 누군가는 돈을 벌고 있겠지

최근작에서 보이는 창은 버려진 땅에 세워진 직사각형 건물들에 난 사각 구멍들이다. 그 건물에 사는 혹은 그 건물을 무단점거한 채 비좁게 살고 있는 정착민들을 상상할 수 있지만, 그림에서는 보이지 않는다. 하지만 생생한 색상 덕분에 우리는 고동치는 그들의 삶과 관련한 무언가를 느낄 수 있다.

모두들 동시에 말을 하지.

빽빽하게 배치된 건물들 때문에 마치 쓰레기처럼 보이지만, 색상

로스티아 쿠노프스키, 〈무제 2〉, '글자들의 창' 연작, 2011.

만은 정성스레 준비한 꽃다발 색깔이다.

텅 빈 창이 있는 건물들은 아마 빈 건물들일 것이다. 버려진 건물들일까, 아니면 아직 짓고 있는 건물들일까. 새로 지어졌다가 이제는 버려진 건물들일까.

약어로 적힌 글자들은 건물들과 같은 크기이다. 뒤집힌 글자들도 많고, 몇몇 글자는 거울에 비친 것처럼 좌우가 바뀌어 있고, 세로로 씌어진 것까지, 뒤죽박죽이다.

이 이미지들은, 예상치 못했던 면모에도 불구하고, 우리가 이미 보았던 어떤 것에 상응한다. 그것들은 수많은 언론에서 사건을 보도하는 기사에 따라오는 전형적인 보도 사진들을 닮았다. 우리가 한 번도 가 본 적 없는 먼 도시의 외곽 지역에서 그저께 발생한 (필연적으로 폭력적인) 어떤 사건들 말이다.

우리는 삶이 위기를 겪고 누군가 목숨을 잃기도 하는 빈민가, 변두리, 난민 수용소를 보고 있다. 표정 없는 담장이나 도로의 연석 혹은 텅 빈 주차장만이 지금 벌어지고 있는 일들에 대한 시각적 기념물이 되고 있다.

이 그림들은 그런 환경을 떠올리게 한다. 하지만 언론에서 사용하는 이미지가 버려진 느낌이나 멀리서 느끼는 절망감을 주로 담고 있다면, 쿠노프스키의 이미지는 그와 대조적으로 친밀한, 가까이서 지켜본 이미지이다. 이 이미지들을 가까이서 지켜본, 친밀한 것으로 만들어 주는 것은 바로 리듬이다. 이 이미지들은 랩처럼 집요한 리듬을 지니고 있다. 상상의 전시회 첫날 네 점의 그림이 팔렸다. 이 작품들은 지금 우리가 살아가고 있는 동시대에 말을 거는 그림들이다. 약 이십 년 전부터 언어와 관련해 뭔가가 달라지기 시작했고, 그 결과 우리가 세상을 보는 방식도 달라졌다. 그전에는 개념이나 사물을 묘사하거나 거기에 이름을 붙이는 데 사용하는 말들이 어떤 연속성에 대한 약속을, 따라서 생존의 약속을 담고 있었다. 말과 사회적 혹은 물리적 세계 사이에 일종의 동지적인 관계가 있었다. 물론 그때도 거짓말

로스티아 쿠노프스키, 〈무제 3〉, '글자들의 창' 연작, 2011.

은 있었고, 과장과 환상도 있었다. 하지만 말과, 그 말이 나타내는 것 사이에 어떤 친밀함이 있었다. 기표와 기의 사이에는 오래된, 복잡하지만 연속적인 혈연관계의 역사가 있었다.

그리고 세계화와 금융 투기자본의 독재가 시작되었다. 소위 시장 권력의 방향을 결정하는 사람들, 커뮤니케이션 전문가와 거기에 부록처럼 붙은 언론들, 아무런 구체적인 대상도 없이 세계화와 관련한 예언들을 쏟아내는 마취 상태의 국내 정치가들에 의해, 그 단어들은 살아 있는 경험과는 아무런 관련이 없는 것이 되어 버렸다. 감시카메라에 기록된 영상만을 조합해서 만들어낸 어떤 역사 혹은 이야기(인간의 조건에 관한 단조로운 설명)를 한번 상상해 보자. 이것이 지금 우리를 둘러싼 지배적 언어의 모습이다. 쿠노프스키의 글자들은 이 의미 없는 언어에 대한 언급이다. 대조적으로 그가 그린 창들은 명랑하고, 우연히 마주치는 거리의 이야기들처럼 활달하다. 그 창들은 주변을 지켜보고, 그들이 본 것을 서로에게 이야기한다. 개막식이 끝날 때쯤 나는 톰에게 「텔 미(Tell Me)」를 불러 달라고 요청했다. 돈 함스가 바이올린을 연주했다.

로스티아 쿠노프스키, 〈무제 4〉, '글자들의 창' 연작, 2011.

말해 주세요 내가 알 수 있게 왜 새들이 그렇게 높은 곳에 둥
지를 짓는지 왜 우는 새끼들을 그렇게 높이 올려놓는지 강물
에 잠기지 않게 고속도로에 휩쓸리지 않게 먼지에 뒤덮이지
않게 햇빛에 익어 버리지 않게 바람에 날아가지 않게

오늘날 산문은 우리가 살고 있는 삶을 전할 수 없다. 노래는 할 수
있다.

전시회가 끝나기 전에 '글자들의 창'을 한 번 더 보시기 바란다.
그림들을 볼 때 종종 느끼는, 숨이 찰 정도의 놀라움을 느낄 수 있다.
어떻게 순교 혹은 죽음이나 투쟁이 이런 아름다움을 창조해내는 순간
들로 이어지는 걸까. 어떻게 이 그림들이, 명목상으로는 버려진 것들
을 그린 그림들이 꽃들을 약속할 수 있는 걸까.

하우메 플렌사

Jaume Plensa

1955-

조각은, 적어도 나의 조각은, 방금 찍힌 발자국보다는 화석
이 된 발자국이 되려는 경향을 가진다.
—하우메 플렌사

살아 있는 것들이 죽은 것들을 몰아낸다는 것은 자명하다. 살아 있는
사람들이 밀집된 곳에서, 죽은 이들은 자리를 내어 준다. 이와 대조적
으로, 세상에는 다른 지역도 있다, 인구가 아주 희박한 곳, 죽은 이들
이 모이는 곳이다.

그런 지역들은 종종 척박하거나 가난하고, 그 이유 때문에 살아
있는 이들을 지원할 수가 없다. 사막과 극지방이 가장 극단적인 예이
다. 죽은 이들에 대해 가장 잘 아는 사람들은 아마 베두인 족과 에스키
모 인들일지 모른다.

가난한 지역 중 많은 지역이 유목 지역이다. 그곳은 유목민의 삶
을 촉발(사실상 강요)한다. 뿐만 아니라, 양치기나 사냥꾼들이라면
모두 아는 사실이지만, 어떤 지역을 헤매다 보면 길 자체가 우리를 향
해 다가오기도 한다. 그런 땅을 기차를 타고 지나듯 가로지를 수는 없

다, 우리가 우리 자신의 길을 찾거나 혹은 길이 우리를 찾아오는 것이다. 바로 그것이 유목 지역이 지닌 두번째 삶의 방식이다. 유목민들은 끝없이 나아간다. 장애물은 있겠지만 최종적인 장벽은 없다.

스코틀랜드 서부의 하일랜드(Highlands)도 이런 지역이다. 모든 것이 이동 중이며 어디에도 멈출 곳은 없다. 소작인들의 오두막은 밤을 보내기 위해 대지에 웅크리고 쉬고 있는 동물들 같다. 야영지는 있지만 정착을 위해 모인 곳은 없다. 모든 것은 움직이는 중이다. 낙엽송, 고사리, 칼레도니아 소나무, 히스, 향나무, 관목까지. 그리고 그 땅에 물이 들어온다. 강은 바다로 흘러들고, 바다가 조류에 따라 작은 만으로 밀려든다. 그리고 그런 땅과 물 위로 바람이, 특히 북서풍이 분다. 가끔 바람 사이로 야생 거위 떼가 날고, 그 울음소리는, 땅 위의 모든 움직임을 순간적으로 다시 보게 하고, 다른 차원에서의 계산을 해보게 한다.

이 움직임들 역시, 한때 그곳에서 살았던 호전적인 부족들과 마찬가지로, 경계 따위는 존중하지 않는다. 그 움직임은 모든 것을 뒤섞고 흐트러뜨린다. 어두운 언덕을 돌아 흐르는 물에서 청어가 잡히는 것도 그런 이유 때문이다. 어떤 날에는 땅보다 하늘이 더 만져질 것 같고, 더 호의적으로 보이는 것도 그 때문이다.

정착민들이 생기기 전까지 그곳에서 시간은 측정되지 않았다. 이곳에서 하늘과 땅 사이의 공간은 해안과 비슷하다. 해안에서 해초 냄새가 나듯, 그 사이의 공간에서는 측정되지 않은 시간의 냄새가 난다.

하일랜드를 지나 바람이 불어오는 서쪽으로 계속 가면 헤브리디스 제도에 도달한다. 맨 처음 만나게 되는 섬들 중에, 길이가 10킬로미터가 채 되지 않는 작은 섬 기가(Gigha)가 있다. '기가'라는 이름은 '신에게 속한'이란 뜻이다.

섬을 둘러싼 해협은 믿을 수가 없었다. 오백 년 전, 주민들이 섬의 남쪽 끝에 예배당을 지었고, 건물은 삼 세기 동안 자리를 지키다 허물어졌다. 하지만 예배당 주변에는 묘지도 있었고, 이 묘지에는 오늘날까지 여전히 죽은 이들이 묻혀 있다.

많은 묘비에는 몇 세대에 걸친 죽음들이 기록되어 있다. 이름, 태어난 해, 사망한 해, 만약 섬에서 사망한 사람이 아니라면 그 장소가 적혀 있다. 바다에 나갔다가 죽은 경우에는 사망 이유도 밝힌다.(나머지 이유들은 생략이다)

이름과 두 날짜, 사망 날짜는 정확히 적는다. 기록되는 건 그것뿐이다. 두 날짜 사이에 있었던 일들은, 그 사람이 살아 있었다는 단순한 사실 이외에는, 단 한마디도 적혀 있지 않다. 가장 짧게 살다 간 사람이라고 해도 그 삶을 모두 적을 수 있을 만큼 큰 묘비는 불가능할 것이다. 채석장에서 가장 큰 돌판을 구해 온다 한들, 그걸로는 한 살짜리 아기의 삶을 기록하기에도 부족하다.

그렇다면 이름과 두 날짜는 왜 기록해 두는 걸까. 소금기, 비, 이끼 그리고 바람 때문에 한두 세기만 지나면 아무리 깊게 판 글씨도 지워지게 마련이다. 그 어떤 묘지에서든 떠오르는 질문이지만, 기가 섬에서라면 그 대답을 분명히 알 수 있다. 그렇게 새겨진 이름은 살아 있는 이들을 위한 것이 아니다.(죽은 이를 기억하는 사람들이라면 망자를 떠올리게 하는 표식 같은 건 필요로 하지 않는다) 그것들은 일종의 호명이며, 그 호명은 다른 죽은 이들을 향한 것이다. 이름의 주인이 이제 막 합류한 그 무리 말이다.

묘비명의 글씨가 추천사인 셈이다. 그렇게 새겨진 글씨와 숫자가 내리는 비의 귀에 속삭이고, 바람의 눈 앞에서 손짓한다. 시적인 표현이 아니다. 기가 섬에서 그것은 그저 지금 일어나고 있는 일을 전하는 행위일 뿐이다.

기가 섬에서 해협 건너를 본다. 바다와, 그 위의 하늘과, 혹은 반대편의, 다시 동쪽으로 이동을 시작하고 있는 어두운 산들을 본다. 인적이 드문 본토의 해안은 바깥세상에 태어나기 위해 거쳐야 하는 길처럼, 서쪽 지평선으로 이어지는 자궁처럼 생겼다. 그리고 바로 그 탄생의 장소를 향해, 죽은 유목민들이 길을 나선다. 이제 그들은 묘지에,

서로의 이름을 부르면 들을 수 있는 거리에 함께 있다.

하지만 우리는 그들에게 말을 거는 법을 모른다. 그래서 이름이 새겨진 묘비를 매개체로 활용해야만 한다. 우리를 떠난 이들의 이름을 알려 주는 매개체. 그렇게 하면 죽은 이들이 **새 이름**을 얻을 필요가 없으므로, 그렇게 우리는 조금은 안심할 수 있다.

크리스티나 이글레시아스

Cristina Iglesias

1956-

누구와도 비교할 수 없는 스페인의 설치미술가 크리스티나 이글레시아스의 영국 내 첫 전시회에 여러분이 가도록 설득하려면 어떻게 해야 할까. 그녀가 다른 나라에서 거두었던 성공과 유명세를 인용해야할까. 그건 그녀의 작품이 담고 있는 겸손함과 모순되는 일이다. 그녀는 궁전이나 사무용 건물의 예술가가 아니라, 시장과 뒷골목의 예술가다.

그녀의 작품을 복제하는 건 불가능한데, 왜냐하면 사진기는 걷거나, 망설이거나, 돌아가거나, 의심하거나, 뒤에서 손가락으로 쿡 찌르는 일을 할 수 없기 때문이다. 그것들을 말로 설명하면 실제보다 더 지적이고 거창한 작품처럼 만들 위험이 있고, 어쨌든, 그녀의 작품은 침묵해 줄 것을 간청하고 있다. 작품 하나하나가 경청(도망자의 공간 혹은 이제 막 도달한 빛에 귀를 기울이는 일)에 관한 것이기 때문이다. 동상들이 나무나 돌로 된 주추 위에 설치되는 것처럼, 그녀의 설치물들은 침묵으로 세운 보이지 않는 천막 안에 남겨진다.

그녀의 작품이 어디에서 온 것인지를 밝히는 것부터 (그녀의 작품에 무엇이 담겨 있는가가 아니라) 시작해야 할 것 같다. 그것들은 설명할 수 없다는 느낌, 실망감과 혼란 그리고 상실감에, 또한 종종 그런 감정들에 수반되는 놀라움에 그 근원을 두고 있다. 작품이 그런 감정들을 표현하고 있다는 말이 아니라, 그런 감정으로부터, 어떤 수사학이나 감상적 태도에 의존하지 않은 채 벗어나는 출구가 되고 있다는 뜻이다. 그 작품들은 무의미한 상황에서 벗어나는 출구를 찾으려는 인간적 요구에서 나온 것이며, 또한 그 요구에 말을 걸고 있다.

우리는 무의미한 상황이 유난히 많은 시절을 살고 있다. 오늘날 벌어지고 있는 범죄와 같은 부조리한 전쟁들 때문에 그런 상황은 더욱 악화되었지만, 그 막막함은 십 년 넘게 쌓여 오고 있었다. 기업들이 주도하는 새로운 세계 질서와 B-52 폭격기는 도로나 철도, 항로를 짓는 것이 아니라 벽들을 세웠다. 부자와 가난한 자를 물리적으로 나누는 벽, 잘못된 정보의 벽, 배제하는 벽, 사실상의 무지의 벽. 이 모든 벽들이 하나로 뭉쳐 전 지구적인 무의미를 교묘하게 주입시키고 있다.

이글레시아스는 가르치려 드는 예술가가 아니다. 그녀는 듣는 이들을 어딘가 다른 곳으로 데리고 가는 조용한 가수이다. 그 다른 곳은 숨어 있지만 익숙한 곳, 개인들이 각자의 의미를 찾아 나설 수 있게 독려하는 곳이다. 그녀의 노래는 그녀가 만드는 장소들이다. 가끔 그 노래가 탄식일 때도 있다. 가끔은 두려움을 노래하기도 한다. 하지만 각각의 노래 안에는, 마치 연대하며 뒤에서 내미는 손길 같은 신호들이, 차곡차곡 접힌 채 은밀히 담겨 있다. 그 신호들은 스며드는 빛을 통해 표현된다.

그녀는 거리의 모퉁이나 골목을 재현한다. 가난한 자들을 몰아내는 벽 너머에 있는 것들이다. 그녀는 작은 종이 상자를 해체한 후 그것들로 문과 복도가 있는 하숙집을 만들어낸다. 그런 다음 모델들을 찍은 사진을 구리판에 실크 스크린으로 인쇄하면 이제 그녀가 설치한 장소는 실물 크기로 보인다. 말도 안 되는, 임시로 만든 거주 공간에, 인간의 따뜻함을 암시하는 구릿빛이 가득하다. 그 공간은 부조리를 더욱 강조하지만 동시에 거기서도 가능한, 작은 위안을 또한 생각하게 한다.

그녀는 나뭇가지로 격자를 만들어 구불구불한 둥지를 만든다. 관람객은 둥지에 든 새처럼 그 안에 들어가 볼 수도 있고, 거대한 망토처럼 둥지를 몸에 걸칠 수도 있다. 격자에는 글씨들도 포함되어 있는데, 거의 완결된 문장이 되려다가 결국 되지 못했다. 무엇이 중요한지 더 이상 설명할 수 없는 언어. 하지만 그 틈과 빈 공간을, 이름 붙일 수 없는 욕망이 담긴 상상의 문자들이 채운다. 아마도 무언가 자신을 감싸주기를 바라는, 안에 있기를 바라는 욕망일 것이다. 어머니의 배 속에 있는 것처럼 그렇게 순수한 상태가 아니라, 경험을 지닌 채, 지금까지 살았던 모든 것, 고통스러웠던 모든 것을 지닌 채 안기는 상태. 우리 자신의 지평을 지닌 채 평범한 지평의 맨 끝에 그렇게 안기는 상태.

그녀는 합성수지 패널에 식물을 빽빽하게 꽂아서 죽음과 부패, 증식의 숨 막히는 이야기를 전한다. 하지만 똑같은 이야기 안에는 셀 수 없이 많은 신경 말단을 지닌 인간의 손끝이 진화해 온 과정도 포함되어 있다. 그 섬세한 신경 말단 덕분에 손끝은 그 어떤 잎의 모양도 정확히 쫓을 수 있고, 사랑하는 이를 쓰다듬을 수도 있다. 쓰다듬음을 받는 이가 그 시간 동안 만큼은 자신의 삶 전체가 축복임을 느낄 수 있는 그런 쓰다듬음을.

그녀는 어떻게 하면 공간이 그 안에서 일어나는 일들을 품을 수 있을지 궁금했다. 만약 벽이 말을 할 수 있다면… 하지만 벽은 말을 할 수 없다. 벽의 기억은 말이 없다. 미술관의 벽에 그녀는 살짝 기울어진 또 하나의 벽을 세웠다. 마치 두번째 벽이 첫번째 벽에서 벗겨져 나오려는 것처럼 보인다. 그리고 둘 사이, 그 숨은 접촉면에 압축된 정원의 기억을, 걸개그림으로 표현했다.

그녀는 라피아 야자 섬유로 양탄자를 만든다. 그것들을 바닥에 두는 대신 천장에서부터 엇갈리게 흘러내리도록 배치하면, 레이스 같은 틈 사이로 빛이 스며든다. 양탄자가 흔들리면, 바닥에는 빛과 그림자가 물결 같은 무늬를 만들어내고, 관람객은 침묵 속에서 그 무늬를 직접 보고 살결로 느끼고 싶어진다. 말 없는 초대, 세상에서 가장 앙상한 가재도구가 전하는 그 초대가, 적대적인 세상에서의 집이라는 공간을 제시한다.

무의미한 상태에서 벗어나는 출구, 다양하고 정교한 그 출구가 침묵 속에서 발견된다.

화이트채플에서 열린 전시회를 보고 나서, 나는 트래팔가의 내셔널갤러리를 찾았다. 32번 전시실에 살바토르 로사(Salvator Rosa)의 자화상이 있다. 크리스티나 이글레시아스의 남편 후안 무뇨스가 2001년 8월 갑자기 사망했을 때에도, 나는 32번 전시실에 들렀다. 그때 갑자기 그 그림이 나를 사로잡았다. 그 그림이 후안을 떠올리게 했기 때문이다.

표정은 조금도 비슷하지 않지만, 태도나 타협하지 않는 자세 그리고 삶을 직면하고 거부하는 방식이 똑같았다. 그걸 다시 한번 확인하고 싶어서 이번에도 방문했다. 여전했지만 그림 아래 적혀 있는 금욕적인 문구에 대해서는 까맣게 잊고 있었음을 깨달았다. "네가 하려는 말이 침묵보다 나은 게 아니라면, 그냥 침묵하라."

마틴 노엘

Martin Noel

1956-2008

진정한 예술이란 대단히 설득력 있지만 완전히 이해할 수는 없는 어떤 것을 다룬다. 설득력이 있는 이유는 그것이 뭔가 근본적인 것에 닿아 있기 때문이다. 어떻게 그걸 알 수 있을까. 알 수 없다. 우리는 그저 알아볼 뿐이다.

예술이 신비한 것을 **설명**하는 데 쓰일 수는 없다. 예술이 하는 일은 그것을 조금 더 알아차리기 쉽게 만드는 것이다. 예술은 신비한 것을 드러낸다. 그렇게 알려지고 드러났을 때, 그것은 더욱 신비한 것이 된다.

예술에 대해 글을 쓰는 것이 허영은 아닐까 하는 의심이 든다. 위에 쓴 것 같은 문장들 말이다. 시각예술을 말로 설명하다 보면, 양쪽 모두 정확함을 잃게 된다. 교착 상태.

다른 방식으로 한번 해 보자. 나는 신비함이, 마틴 노엘의 예술이 다가가려는 그 신비함이 어디에 있는지는 육감으로 알 수 있다. 그게 무엇인지는 차치하고, 그 행방만 고려해 보자.('행방'이라고 쓰고 보니, 그가 어떤 지역의 엽서 혹은 지도 위에 그림을 그리는 걸 좋아한다는 사실이 떠올랐다. 그의 선은 늘 어딘가 다른 곳으로 향하고, 그런 의미에서 이론적으로 존재하는 모든 것을 하나로 모으는 기하학의 선과는 반대이다)

마틴 노엘의 작품이 다가가려는 신비함을 찾아 그것을 지식이라는 대륙의 올바른 자리에 위치시켜 보자. 예를 들어, 그것은 형이상학이라는 대륙은 아니다. 그 대륙에는 로스코를 놓으면 될 것이다. 심리학의 대륙도 아니다, 거기는 발튀스나, 아주 다른 방식이긴 하지만, 워홀을 놓을 자리다.

노엘의 작품은 물리학의 대륙, 그러니까 신체적인, 거의 해부학적인 의미에서의 물리학의 대륙에 있다. 나는 그가 레오나르도를 존경했을 거라고 짐작한다. 레오나르도는 단순히 해부학적인 연구를 하는 것에 그치지 않고, 거기에 담긴 **예언**들에 매혹되었다.

하지만 마틴 노엘의 비밀이 물리학의 대륙에 있다는 나의 주장은 미술사에서 유추한 것은 아니다. 그것은 우표만 한 작품이든 훨씬 큰 작품이든, 그의 회화나 목판화에서 즉각적으로 보이는 것들 때문인데 즉 그가 드로잉을 하는 방식 때문이다.

그가 그리는 선들은 모두 긴장하고 있다. 저항에 부딪히고, 출구를 찾고, 마찰에 싸우고, 필요에 직면하고 있기 때문인데, 그런 것이 없으면 물리적 세계는 존재하지 않는다.

그의 드로잉 방식은 가상의 것, 좀 더 쉽게 말하자면, 미끄러운 것과 대척점에 있는 무언가에 대한 모색이다. 그의 회화에서 드러난 선을 보고 있으면, 어떤 초상, 즉 유일무이한, 단 한 순간에만 존재했던, 물리적 현존을 보고 있는 듯한 기분이 종종 든다. 그가 자신의 이미지에 이름('제목'이 아니라)을 붙인다는 사실이 이 점을 확인해 준다. 하지만 사실 거기에는 아무도 (그 어떤 일상적인 몸도) 없다! 어찌됐든, 우리가 알아볼 수 있는 어떤 척도가 없다.

그저 삐뚤삐뚤하고, 자르고, 휘두른 것처럼만 보이는 이 선들이 어떻게 물리적 현존에 버금가는 권위를 갖는 걸까. 이 권위는 물리학이라는 대륙의 어디에서 오는 걸까.

유사성이나 재현에 관한 이론으로는 이 점을 설명할 수 없다. 물론 꽃이나 식물의 줄기, 나무, 팔다리 혹은 얼굴의 면모를 떠올리게 하는 선들은 있다. 하지만 그러한 빈약한 일치로는 그 선들의 권위를 설명할 수 없다.

아마 '접합(articulation)'이라는 단어가 단서가 될 것이다. 이 단어의 어원은 '예술(art)'에서와 마찬가지로, '하나로 모으다' '잇다' '맞추다'라는 의미를 가지는 'ar'이다.(라틴어 'Artus'는 '팔다리'를 뜻하고, 그리스어 'Arsis'는 '들어 올리기'라는 뜻이다) '접합'은 우선, 해부학적 관절들을 의미하고, 그다음으로는, 말 혹은 그 밖의 언어체계를 통한 표현을 의미한다. 접합은 대상들을 잇는 행위와 방향을 바꾸는 행위를 동시에 담고 있다.

그의 드로잉을 다시 보자. 그 드로잉이 가지는 권위는 쉴 새 없는 접합의 에너지를 (또한 어려움을) 기록한 정확함에서 오는 것 아닐까.

나무의 접합은 그것이 자라 온 역사와 미래를 동시에 재현한다. 나무가 가지를 뻗어 가는 일, 뿌리를 내리는 일, 적응, 그리고 빛과 물을 향한 그 움직임들 말이다. 마틴 노엘이 가장 먼저 택한 또한 선호했

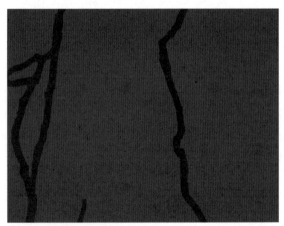

마틴 노엘, 〈크로이〉, 1996.

던 소재가 나무라는 사실은 그래서 의미심장하다.

톱으로 켠 나무판의 입자는 나무 자체의 성장과 접합이 남긴 흔적으로 이루어져 있다. 오래전에 있었던 사건들을 배경으로 삼아, 그는 가지를 뻗어 가는 것과 똑같은 질서에 속한 새로운 사건들을 그려 나간다.

나는 산속 집의, 천장과 벽이 소나무 판자로 된 방에서 몇 년간 잠을 잤다. 잠들기 전의 많은 밤에, 그리고 가끔은 아침에 침대에서 나오기 전에도, 나는 판자의 입자들이 꼬불꼬불 이어진 선을, 그 선들이 시작되고 끝나는 자리를 멍하니 바라보곤 했다. 그럴 때면 그 모든 것들이 내 옆에 누운 이와 나의 몸에서 반향을 만들어내는 것 같은 인상을 받았다. 유사한 흐름을 보이는 연결들 사이의 비교에 관한 문제일 것이다.

언어의 발화와 관련하여 쓰일 때 접합이라는 단어는, 특히 오늘날에 이르러서 레오나르도의 시대보다 더 해부에서의 접합이라는 의미에 가까워진 것 같다. 나무의 가지 뻗기가 어떤 식으로든 무릎의 관절과 유사하다면, 뉴런(그리스어로 '힘줄' 혹은 '인대'를 뜻한다)으로 이루어진 신경 체계, 시냅스를 가로지르며 전달 역할을 하는 그 체계는, 언어와 유사하다고 할 수 있을 것이다. 디엔에이(DNA) 코드도 마찬가지다.

물리학의 대륙에서, 장애물을 피하는 방향감각을 제시하기 위해 메시지와 감각이 끊임없이 접합하고 있다. 그 과정이 없으면, 생명은 발달할 수 없다. 그런 (생존을 위한) 방향감각은 일종의 기억을 암시한다. 우리가 알기로는, 식물도 지각을 한다. 어쩌면 물도 기억을 갖고 있을 것이다.

마틴 노엘의 예술은 자연 자체가 **그린** 것처럼 보이는 어떤 영역에 가까이 있다. '그렸다'라는 표현을 쓸 수 있는 건, 살아 있는 것은 스스로 휘거나 어떤 힘에 의해 구부러질 수 있기 때문이다. 그의 드로잉은 그런 휨에 가깝다. 나머지는 수수께끼다.

장 미셸 바스키아

Jean-Michel Basquiat

1960-1988

그에게 다가가기 위해서는 뜨거운 열기를 지나야 한다. 그는 지역의 명사를 거쳐 세계적인 전설이 되었기 때문에, 그의 작품을 취급하는 탐욕스러운 장사꾼들의 말도 무시해야 한다. 만약 그의 쉰번째 생일을 축하한다는 명목하에 전시회가 열린다면(사실 그는 1988년, 스물일곱의 나이로 사망했다), 그는 분명 전시회가 시작되고 며칠 후에나 모습을 나타냈을 것이다.

하지만 장 미셸 바스키아가 만든 작품들을 대면하면, 그것은 하나의 계시로 다가올 것이다. 최근 현대미술관에서 열린 그의 전시회를 보기 위해 한 시간씩 줄을 서야 했던 수천 명의 파리 시민들이 직접 경험했다. 관람객들의 연령은 다양했지만, 대다수가 젊은이들이었다.

그의 작품을 마주하는 것 혹은 그의 작품 앞에 자신을 드러내는 것은 고급문화나 귀빈들과는 아무 관련이 없다. 그것들은 매 순간 우리에게 강요되는 거짓말(시각적, 언어적, 음향적)을 간파하는 일과 관련이 있다. 거짓말이 해체되고, 들통나는 것을 보는 일이 바로 계시이다.

그의 전설적인 **이력서는** 그라는 존재가 겪었던 경험들에 대해 뭔가를 말해 준다. 아이티-푸에르토리코 출신의 뉴욕 거주 흑인, 벽에 낙서를 하다가 나중에는 회화를 했고, 그 작품들이 장사꾼들을 거쳐 전 세계에 전시되고 팔려 나갔다. 앤디 워홀과 공동 작업을 했고, 같은 캔버스 위에서 아주 대담하고 순수하게 그림을 그렸던 청년. 십여 년 동안 수천 장의 이미지를 생산한 후에 헤로인 과용으로 사망한 청년. 이 이야기와 함께 그를 찍은 수많은 사진들이 바스키아의 삶을 어떤 식으로든 재구성할 수 있게 해 주지만, 그런 것들은 그의 예술에 담긴 비밀에 대해서는 거의 아무것도 드러내 주지 못한다.

사람들이 자신들을 둘러싼 혹은 자신들에게 떨어진 거짓말에 맞설 때, 보통은 숨어 있는 진실을 그 거짓에 대한 반증으로 내세운다. 제임스 볼드윈(James Baldwin)이나 앤절라 데이비스(Angela Davis) 같은 인물들이 모두 처음부터 그런 활동의 본보기를 보여 주었다. 둘 다 흑인이었고, 둘 다 같은 거짓말에 맞서 싸웠다.

바스키아는 다른 전략을 택했다. 그는 거짓말을 퍼뜨리는 데 일반적으로 활용되는 언어로는 숨은 진실을 묘사할 수 없음을 직감했다. 그는 공식적 언어는 모두 잘못된 메시지를 전달하는 암호라고 보았다. 화가로서 그가 구사한 전략은 그런 암호들을 무시하고, 해체함

장 미셸 바스키아, 〈조니펌프의 소년과 개〉, 1982.

으로써, 활기차고 눈에 보이지 않은, 은밀한 진실이 들어올 수 있게 하는 것이었다. 파괴를 즐기는 자처럼, 화가로서의 그의 전략은 의도적으로 손상된, 존재론적으로 손상된 언어로 세상에 대해 말하는 것이었다.

잠시 맹인들에 대해 한번 생각해 보자.(바스키아는 아주 예리한 눈을 지니고 있었지만, 이 비유가 우리에게는 도움을 줄 수 있다) 공공장소를 돌아다니는 맹인들. 거리를 걷고, 도로를 건너고, 에스컬레이터를 타고, 지하철을 타고, 승강장에 내려서고, 계단을 오른다. 맹인들은 시각을 제외한 모든 감각을 동원해 질문하고 대답을 얻으며 자신들의 길을 조정해 나간다. 그들은 소리와 공기의 흐름, 온도, 더듬이 같은 지팡이에 닿는 촉각 그리고 손발의 감각을 통해 전해지는 정보와 시점을 받아들인다. 그들에게 각각의 감각은 그 자체로 세상을 알아보고 정의하는 독립된 언어라고 할 수 있다. 하지만 맹인과 시각을 지닌 사람들을 구분해 주는 차이는, 맹인들은 존재하는 것들 중 많은 것들이 묘사할 수 없는 것임을 받아들이고 있다는 사실이다. 익숙하고, 일정하고, 싫지만, 혹은 사랑스럽고, 꼭 필요한 것이지만, 그럼에도 그 대상들은 묘사할 수는 없다. 왜냐하면 그들에게는 그 대상이 보이지 않기 때문에.

화가로서, 그가 직면했던 세상 앞에서 바스키아는 마치 맹인처럼, 현실의 많은 부분은 묘사할 수 없다는 것을 강하게 인식하고 있었다. 그가 희망했던 그림의 목표, 그 성스러운 임무는 보이지 않는 것들이 내는 울림에 귀를 기울이는 것이었다. 해부도가 살아 있는 몸의 기능, 보이지 않은 그 기능에 집중하는 것과 같은 식이다. 그는 왜 이런 작업을 원했던 걸까. 왜냐하면 보이지 않는 것에 대해서는 거짓말을 할 수 없기 때문이다.

그의 자화상들 중 〈자동초상〉(1983)은 셔츠 한 장과 양팔, 무릎, 머리, 그리고 부츠를 한데 끼워 맞춘 것 같은 작품이다. 한 인간으로서 그가 차지하는 공간은 분명 거기에 있지만, 그는 그 공간 안에서 보이지 않기 때문에, 어떤 공식적인 거짓말이나 식상한 표현으로도 포착할 수 없다.

그의 작품 〈조니펌프의 소년과 개〉(1982)에서 흩뿌린 듯한 물감은, 찌는 여름날, 브루클린의 소화전에서 뿜어져 나오는 물살에 흠뻑 젖은 소년과 개의 흥분, 분노, 재미를 표현하고 있다. 하지만 개와 소년이 구체적으로 누구인지는 알 수 없다. 그 둘은 아주 강렬하고 또한 구체적인 면모를 지녔지만, 그런 면모 중 어떤 것도 신분증에 쓰기에는 적합하지 않다. 신분증에 필요한 요소들은 지워졌거나, 덧칠에 가려 버렸다. 이 개와 소년이 실체가 없는 대상이라는 의미가 아니다. 그건 그저 두 존재가 자유롭다는 의미이다.

바스키아는 자신의 그런 전략을 어떻게 실천에 옮겼을까. 시각적으로, 회화적으로 그는 어떤 방식을 택했는가. 그는 자신만의 알파벳, 스물여섯 개가 아니라 수백 개의 기호로 이루어진 알파벳을 고안했다. 거기에는 로마 알파벳과 숫자, 기하학적 기호, 그라피티에 쓰이는 상징, 로고, 지도에서 쓰이는 상징, 픽토그램, 윤곽선, 다이어그램, 드로잉 등이 포함되었고, 그는 그 모든 것을 활용해 세상을 표현했다. 종종 기호들이 서로를 확인해 주는 경우도 있다. 그래서 콧구멍이 달리고 툭 튀어나온 형상 옆에 로마 알파벳 'N O S E'라고 적혀 있는가 하면, 〈할리우드 아프리칸〉(1983)에서는 인물의 왼손에 'P A W'라고 적혀 있다.

이렇듯 생생하고, 재미있고, 분노에 차 있으며, 다양한 알파벳을 활용해 그는 자기 주변에서 일어나는 일, 자기 안에서 일어나는 일을 표현했다. 혹은 그런 일이 있었음을 몸으로 알고 있지만, 절대로 완벽하게 확인할 수는 없었던 어떤 일들을 표현했다. 예를 들어 가로 3미터, 세로 2미터 규모의 〈노예 경매〉(1982)에는 열네 장의 다른 종이가 콜라주처럼 붙어 있다. 각각의 종이에는 대충 그린 우스꽝스러운 남자의 얼굴이 있다. 이 콜라주들이 노예이고, 그 앞에 짙은 청색의 실루엣으로 표현된 인물이 경매인이다. 팔을 들고 있는 그는 익명이며, 기중기 혹은 크레인의 역할을 한다. 왼쪽에는 역시 같은 청색을 칠한 바탕 위에 해골이 하나 그려져 있고, 그 위에, 해골과 같은 색으로 후광이 표현되어 있다. 이는 그리스도에 대한 언급일 수도 있다.

자신만의 광범위한 알파벳을 활용해 그는 모든 대상에 이름을 부여하지만, 그 이름은 어떤 공식 언어에도 속하지 않고, 따라서 어떤 공식 기록에도 남지 않는다. 그에게 영감을 주었던 사건들이 그가 붙여준 이름에 대답하고, 거꾸로 이름들은 사건과 공모한다. 거기엔 상호 인정이 있다. 그림들은 대단히 표현적이며, 동시에 절대적으로 발화 불가능하다. 침묵 속에 읽힐 수 있고, 아무 말 없이 기억될 수 있고, 다른 그림이나 다른 직접적 행동을 통해 응답받을 수 있지만, 공식 담론에서 발화될 수는 없다. 그리고 그러한 위법성은 그 생생한 이미지들이 보이지 않는 것을 기리고 있다는 사실과 밀접한 관련이 있다. 따라서 어떤 거짓말도 그것들을 낚을 수 없고, 그것들은 자유롭다. 과연 이 작품들은 자유를 표현한 본보기라고 할 수 있다! 자유를 선동하는 작품들.

장 미셸 바스키아가 상상한 그림 속 인물이나 동물 혹은 대상들은 잡히지 않고, 보이지 않고, 자유롭기 위해 죽음으로부터 티셔츠를 빌려 입었다. 작품의 활기는 거기서 나온다. 'M A N D I E S('사람이 죽다'라는 뜻—옮긴이)'라는 일곱 글자가 그의 마지막 작품들에 반복해서 등장한다. 까마귀 발톱 옆에 씌어진 그 글자들이 또한, 바스키아가 느꼈을 어마어마한 외로움의 증거다.

마리사 카미노
Marisa Camino

1962-

세워 둔 차 안에 앉아서 마리사 카미노의 낯선 전시회를 생각하고 있다. 전시회는 이달 초 독일 카셀 근교의 쇠렌발트에서 열렸다. 카미노는 스페인, 특히 갈리시아 지방에서 십오 년 넘게 활동해 왔지만, 전시회는 거의 열지 않았다. 사실 그녀는 자신의 드로잉이나 회화를 액자에 잘 넣지도 않았다.

이러한 신중함은, 내 생각에, 화가 개인의 겸손과는 아무 관련이 없다. 오히려 그것은 보기 드문 확신에서 오는 것으로, 예술가로서 그녀의 전략에서 핵심적인 부분이다. 그런 신중함이 없었다면 그녀는 자신이 만들어낸 그런 이미지를 만들어낼 수 없었을 것이다. 이런 생각을 하는 사이, 초 모양의 밤나무 꽃잎 하나가 가벼운 바람에 날리다 자동차 앞 유리에 떨어져, 그대로 붙었다. 나는 그 꽃잎을 가만히 바라보았다.

카미노의 드로잉과 회화는 현재 베네치아 비엔날레에서 전시되고 있는 대부분의 작품들보다는 이 꽃잎에 더 가깝다. 이 작품들은 전시를 위해 제작되었다기보다는, 어딘가 다른 곳에서 온 듯한 인상을 준다. 오늘날 예술 창작의 개념(모더니즘이든 포스트모더니즘이든 상관없이)에 수반하는 허영의 흔적을 이 작품들에서는 찾아볼 수 없다. 그녀의 작품은 그 자체로는 아무것도 주장하지 않지만, 그 안에서 붓놀림을 타고 스쳐간 것들을 통해, 그 사이로 흘긋 보이는 것들을 통해 모든 것을 말한다.

그와 동시에 그 작품들은 순진하거나 단순하지 않다. 각각의 드로잉(2미터에서 20센티미터까지 크기는 다양하다)은 끈기있게 그리고, 수정하고, 지우고, 머뭇거리다, 다시 작업한 결과다. 화가 본인은 중국의 대가 석도(石濤, 1641-1717)의 다음과 같은 말을 인용했다. "내게는 산이 곧 바다고, 바다가 곧 산이다. 산과 바다도 내가 알고 있음을 알고 있다." 국제심사단이든 산이든 거기에 말을 할 수는 없다. 선택할 수 있을 뿐이다. 카미노는 분명 선택을 받았다.

이 작품들에서 붓놀림을 타고 스쳐 간 것들은 무엇인가. 이 작품들은 무엇을 그리고 있는가. 대부분의 작품에는 제목이 없다. 작은 드로잉 한 점에 이런 말이 적혀 있다. "나는 물고기, 새 그리고 해와 달 사이의 한 사람." 그 작품에는 아무것도 묘사되어 있지 않다.

그 작품들은 모든 면에서 불규칙적이다. 그것들은 자연 속의 대상들이 자신들을 위협하는 힘을 견뎌내는 (그를 통해 생존하는) 방식을 시각적으로 보여 준다. 그리고 그러한 보여 줌을 통해 산 하나가 살아남는 방식이 씨앗 하나 혹은 입 속의 혀 하나가 살아남는 방식과 유사하다는 점을 발견한다. 그 드로잉들을 보고 있으면 관람객은 생존이란 거대한 계획이 아니라 어떤 교활함임을 기억하게 된다. 속임수. 속임수는 종종 빠른 움직임을 암시한다. 카드 마술사나 여우의 경우처럼. 하지만 이 작품들은 디엔에이의 이중나선처럼 느린 (혹은 순간적인) 속임수에 관한 것이다. 예를 들면, 소라게의 생존에서 보이는 속임수 같은 것.

각각의 드로잉 안에서, 서로 다른 생존들이 만나, 자신들의 생존을 가능케 한 각자의 적응력을 비교한다. 산이 바람을 맞으며 견뎠던 일에 대해 깃털에게 말해 주고, 반대도 마찬가지다. 가재가 나무에게 나뭇가지와 그 이음매에 대해 물어본다. 돌멩이와 해골이 만나 갈라진 틈에 대해 토론한다. 동물이 기후의 변화를 피해, 똑같은 날씨의 변화 때문에 침식당한 언덕에 새로운 보금자리를 만든다.

이 드로잉들에 묘사된 '대화'는, 고맙게도, 어떤 상징이나 초현실주의적 시도를 보이지 않는다. 그것들은 단지 흔적들의 엮임과 겹침 그리고 병치만으로 구성되어 있을 뿐이며, 그 흔적들은 화가가 자신의 촉각과, 자연 세계의 외양에서 끊임없이 볼 수 있지만 숨어 있는 유사함을 알아보는 열린 자세를 통해 발견한 것이다. 그것들은 개념이 아니라, 손에 잡히는 것들에서 출발한다. 종종 그녀는 자신이 직접 제작한 종이를 활용한다. 종이 자체가 흔적인 셈이다. 그리고 그 종이를 찢고 다른 종이에 붙이는 행위는 또 다른 종류의 흔적이 된다. 그 위에 그녀는 기름이나 안료를 바르고, 흑연이나 목탄, 검은 잉크, 펜으로 그린 선 그리고 종종 실제 깃털이나 식물 섬유로 표지들을 남긴다.

신비로운 것 그리고 내가 완전히 이해할 수 없는 것은 이 드로잉들이 결코 아무렇게나 그린 것처럼 보이지 않는다는 사실이다. 반대로 이 작품들은 식물도감이나 해부도에서나 느낄 수 있을 정도의 신뢰할 만한 정확함을 보여 주는 것만 같다. 그것은 무엇에 대한 정확함일까.

마치, 어떤 공생의 과정을 통해, 화가가 자신이 밝혀낸 화석 흔적에 손가락을 (인간의 손가락이 지닌 그 모든 정확함을 담아) 내 주었고, 그 손길을 받은 흔적들이 화석으로 고정된, 그렇게 멈춰 있던 생명을 다시 움직이게 (정확함은 바로 이 과정에서 드러난다) 한 것만 같다. 그녀의 손길, 더 이상 그녀 자신의 것만은 아닌 그 손길이 그녀가 묘사하고 있는 삶의 경계에 표지를 남긴다. 각각의 드로잉에서 그녀는 작가가 아니라 한때 존재했던 숨결의 흔적이 된다.

다른 많은 예술가들, 가장 심오한 인물로는 요제프 보이스 같은 예술가도 흔적이 전하는 유창한 메시지에 매혹되었다. 마리사 카미노의 작품을 그렇게 예외적으로 만들어 주는 것은 흔적 이면에 놓인 무언가에만 온전히 충실하고 있다는 점, 우리의 입장에서 본 어떤 형태를 단호히 거부하고 있다는 점이다. 다른 말로 하자면, 그녀의 작품에서 예외적인 것은 그 순수함이다. 그 결과, 그녀의 작업은 호르헤 루이스 보르헤스의 다음과 같은 문장을 진정성있게 확인해 준다.

존재하지 않는 것은 하나뿐이다. 망각.

크리스토프 핸슬리
Christoph Hänsli

1963-

첫째, 프로젝트, 이벤트. 둘째, 창작자. 셋째, 놀라움.

프로젝트. 작은 모르타델라(mortadella) 소시지를 준비한다. 지름 16센티미터에 길이는 22센티미터다. 모르타델라 소시지는 17세기 초 볼로냐 지방에서 처음 만들었다. 막자 사발(mortar)에 넣고 간 다음 은매화 열매로 향을 냈다고 해서 그런 이름이 붙었다. 고기는 반드시 돼지고기만 써야 하고, 다른 향으로는 고수와 화이트와인이 반드시 들어갔다.

모르타델라 소시지를 166 조각으로 썬다, 각 조각의 두께는 1.5밀리미터다. 조각에 번호를 붙이고, 각각의 조각을 양쪽에서 살핀다. 양쪽이 동일한 조각은 하나도 없는데, 왜냐하면, 1.5밀리미터라는 두께를 거치는 동안 소시지 안의 살코기와 지방, 곡물들이 변하면서 가장자리의 모양새가 달라지기 때문이다. 각각의 조각 양면을 컬러 사진으로 찍는다. 332장의 사진이 나온다. 빳빳한 종이 카드 위에 모르타델라 소시지 조각의 양면을(사진을 보조 기억으로 삼아) 실물 크기로 그리는 프로젝트다. 사람들은 한때 이어져 있던 조각들의 양면을 펼쳐 놓으면 두 이미지가 정확히 일치할 것이라고 가정하지만, 그렇

크리스토프 핸슬리, 〈모르타델라〉, 2007-2008.

지 않다. 칼날이 지나가면서 양쪽의 모양이 미세하게 달라졌다. 화가
는 그런 변형을 어느 정도까지 반영할지까지 결정해야 한다. 회화 작
업은 먼저 아크릴을 입히는 것으로 시작해, 유화 물감을 입히고, 바니
시(varnish)를 바르는 것으로 마무리된다. 각각의 회화는 거의 열 가
지 작업을 순차적으로 요구한다.

소시지 조각 그림의 표면은 카드의 표면과 일치해야 한다. 그보
다 높거나 낮아서는 안 된다. 따라서 흰색 카드 그림이 한 장 한 장의
소시지 조각과 완전히 일치하도록 따로 그려야 한다. 프로젝트를 완
성하는 데 열다섯 달이 걸렸다. 완성된 그림들은 목제 판에 자른 순서
대로 진열한다. 프로젝트는 웃기고, 관료적이고, 환상적이다.

둘째, 창작자 크리스토프 핸슬리. 예술가로 활동하는 동안 핸슬
리는 이런저런 주제에 맞춰 다양한 기술과 작업 과정을 활용했다. 작
업 과정을 선택하는 기준은 단 한 번도 자의적이지 않았다. 언제나 끈
기있게, 은밀한 작업을 수행했고, 그 주제는 사람들을 놀라게 했다. 그
의 작업은 연구해 볼 가치가 충분하고, 확신하건대, 언젠가 총체적인
연구가 이루어질 것이다. 이 글에서는 〈모르타델라〉를 만든 핸슬리에

대해서만 집중하기로 한다.

작업 중인 이 예술가의 모습을 묘사하려면, 후세페 데 리베라의 〈시각의 알레고리〉(멕시코시티, 프란츠 마이어 미술관 소장)라는 유명한 그림이 먼저 떠오른다. 그 그림에서는 눈빛이 아주 총명해 보이고, 거친 일을 하는 손을 지닌 남자가 망원경을 들고 있다. 남자는 창가에 서 있는데, 창밖으로 자연이, 땅, 바다와 하늘 그리고 우주의 축소판이 보인다. 남자의 앞에 놓인 탁자에는 휴대용 거울과, 가까이 있는 것을 읽을 때 쓰는 코안경 그리고 렌즈가 상하지 않도록 보호하는 안경 주머니, 메모를 위한 깃털 펜이 있다.

이 그림은 전체적으로, 그 차분함과 밀도 덕분에 사람의 시각이란 가까이서 살피려는 욕망, 비교하고, 눈에 보이지만 숨어 있는 것들을 찾아내려는 욕망과 (혹은 요구와) 뗄 수 없음을 말하고 있다.

〈모르타델라〉의 작가도, 선택에 따라서는, 가짜를 그럴듯하게 그려낼 수 있었다.(프라고나르, 들라크루아, 코로 같은 작가의 위작이라면 훌륭하게 그려낼 수 있었을 것이다) 그는 놀랄 만한 인내심과 훌륭한 손재주를 지니고 있다. 색조를 대비시키는 데 있어서도, 마치 절대음감을 지닌 가수처럼, 타고난 감각을 지니고 있는 것 같다. 붓질 하나하나가 다른 붓질과 일치한다. 그는 회화에 쓰이는 재료들(표면, 매개물, 물감, 희석제, 바니시, 광택제 등…)에 대해서도 엄청난 지식을 가지고 있다. 무엇보다도, 그는 조화에 대한 직감(뭔가 제자리에 있지 않은 것을 알아채는 감각)이 있고, 그 직감은 작업이 길어지면서 더욱더 정교해진다.

하지만 그는 위작 화가가 되는 길을 택하지 않았다. 작업의 시각적 결과, 작업 방식, 작품들이 거래되는 시장은 그 자체로는, 그의 관심사가 아니었기 때문이다. 그의 관심사는 신비함이었다. 시각이라는 것 자체의 신비함. 시각은 최초의 눈보다도 앞선 것일까. 그림으로 그려진 이미지의 수수께끼도 관심사였다. 그림으로 그려진 이미지는 절대 가짜인 척하지 않는다. 살결, 벨라스케스가 그린 살결은, 피부과 의

사들의 범주에 속하지 않는다. 그것들은 함께 그려진 땅이나 하늘, 옷 그리고 백랍(白鑞) 등과의 관계 안에서만 의미를 갖는다.

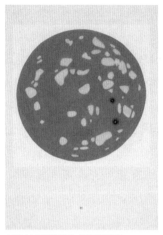

크리스토프 핸슬리, 〈모르타델라〉,
2007-2008.

핸슬리의 모르타델라 소시지 조각은, 어떤 식으로든, 원래의 소시지 조각을 복제한 것은 아니다. 그는 복제화, 직접 손으로 만져 보기 전에는 알 수 없는 복제화를 그릴 수도 있었지만, 그런 일에는 관심이 없었다. 그건 일종의 속임수가 되었을 것이다. 그를 사로잡은 (열다섯 달 동안 매일 작업하게 한) 것은, 그림으로 그려진 모르타델라 소시지가 (각각의 조각 그림은 각각의 소시지를 충실히 모사한 것이지만) 흰색 카드 위에 그려졌을 때 무엇이 될 것인가 하는 의문이었다! 그것은 예측 불가능한 방식으로, 변모를 겪었다.

셋째, 놀라움. 완성된 작품에서 사람들이 느끼고 또한 보게 되는 것이다. 놀라운 변모. 이런 종류의 놀라움을 설명하기 위해, 나는 이탈로 칼비노(Italo Calvino)의 마법 같은 책『보이지 않는 도시』를 인용하려 한다. 작가가 도시 안드리아에 대해 쓴 부분이다.

642

"우리 도시와 하늘은 완벽하게 일치합니다", 그들은 대답했
다. "안드리아에서 변화가 일어나면 별들에서도 새로운 일
이 생기죠." 천문학자들이 안드리아에서 변화가 일어날 때
마다, 망원경을 들여다보며 새로운 별이 폭발했다거나, 먼
곳에 있는 행성의 빛이 주황색에서 노란색으로 영원히 바뀌
었다거나, 어떤 성운이 커졌다거나, 은하수의 나선이 휘었다
거나 하는 보고를 한다. 각각의 변화는 다른 곳에서 일어난
또 다른 변화를 암시한다, 안드리아에서의 변화에 대응하는
별들 사이의 변화. 도시든 하늘이든 절대 같은 상태로 머물
지 않는다.

우리가 보고 있는 작품은 밤하늘과 비슷하다. 바로 그 점이 모르
타델라 소시지가, 그림으로 그려지는 동안, 서서히 하지만 체계적으
로 변모하게 된 이유이다. 창작자는 자신만의 망원경을 사용했다. 한
때 돼지고기였던 것이 창공이 되었다!
  그러한 변모는 가장자리 하나하나까지, 두 개의 서로 다른 실체
가 닿고, 만나고, 다듬어져서 그렇게 될 수밖에 없는 모습이 될 때까지
매일매일 그림을 그려 나간 행동 덕분에 가능했다. 그 결과, 그림의 표
면은 자연에 있는 어떤 대상과도 다른데, 그건 그 표면이 기억을 담고
있기 때문이다. 후고 폰 호프만슈탈(Hugo von Hofmannsthal)이 말
했듯이 "깊이는 반드시 숨어 있게 마련이다. 어디에? 표현에". 이것이
살코기의 분홍색과 그림의 분홍색 사이의, 그리고 지방의 흰색과 그
림의 흰색 사이의 차이이다. 그림으로 그려진 쪽에는 깊이와 기억이
있다.
  뿐만 아니라, 그림들은 이제 일련의 어떤 과정으로 제시된다. 그
결과, 166 조각과 332개의 서로 다른 면들이 우리로 하여금 불투명한
모르타델라 소시지를 꿰뚫어 볼 수 있게 한다. 그리고 우리의 관심은
각각의 조각들 사이에 달라진 것에 집중된다. 우리는 다른 방법으로

는 볼 수 없었던 확장과 축소를 면밀히 살핀다.

우리는 점점 커지는 무엇, 점점 작아지는 무엇, 끊임없이 움직이는 무엇을 본다. 우리는 그렇게 무한한 변모가 가능함을 보고 놀라고, 동시에 각각의 실제 변모를 표현해낸 정확함에 다시 한번 놀란다.

이처럼, 어떤 사건이든 그 안에 담긴 형이상학적 신비함이 있기 마련이고, 우리의 상상력과 질문들은 그 신비함을 향한다! 그리고 갑자기 (마술처럼) 우리는 다시 아주 작은 모르타델라 조각으로 돌아온다!

이쯤에서 (다른 설명 없이) 스피노자의 다섯 공리(公理)를 소개하고 싶다.

실존은 실체의 본성에 속한다.
각각의 실체는 필연적으로 무한하다.
어떤 실재가 현실이나 존재를 많이 가지면 가질수록, 더 많은 속성들이 거기에 속하게 된다.
하나의 실체가 가지는 각각의 속성은 그 자체로 받아들여야만 한다.
영원하고 무한한 본질을 표현하는 각각의 속성을 무한하게 지닌 신 혹은 실체는, 필연적으로 실존한다.

이제 이 작품이 주는 놀라움에 가까이 다가왔다. 그리고 그 놀라움 뒤에는, 웃음이 있고, 농담이 있다. 고통스러웠을 작업을 마친 화가 본인도 변해 버렸기 때문이다. 그는 스스로 익명의 존재가 되었다. 볼로냐 소시지와 밤하늘 사이에 선 우리 관람객이 화가 본인에 대해서는 잊어버리기 때문이다. 그리고 그는 이제 자신의 코안경을 쓴 채, 그러한 광경을 보며 그것을 고마움의 표시로 읽는다.

마이클 브라우턴

Michael Broughton

1977-

지난 삼사 년간 마이클 브라우턴이 제작한 회화들은 그 독창성 덕분에 깊은 인상을 남겼다. 예술에서 진정한 독창성이란 목표가 아니라 보상이다. 대단히 고단했을 작업을 거친 이 그림들은 (대부분이 캔버스가 아니라 하드보드에 그린 것들이다) 내가 한 번도 본 적이 없는 무언가를 성취했다. 그 '무언가'를 설명해 보고 싶다. 아마 실패할 것이다. 회화를 통해 성취한 것은 말로 설명할 수 있는 것이 아니니까.

17세기 네덜란드의 건축화가 피터르 산레담(Pieter Saendredam)으로 이야기를 시작해 보자. 그의 전문 분야는 교회 실내 장식이었다. 그가 장식한 실내는 놀랄 만큼 빛으로 가득했다. 빛은 외부에서 들어오는 것이 아니라, 그 안에 머물고 있었다. 빛은 그 공간에 살고 있는 존재 같았다. 이와 비슷하지만, 또한 다르기도 한 어떤 일이 브라우턴의 작품 안에서도 일어난다.

브라우턴은 교회가 아니라 팰머스에 있는 자신의 작업실과 낡은 당구장을 그린다. 네덜란드 회화사에서 산레담은 페르메이르 직전 세대에 속한다. 최근의 영국 미술사에서 브라우턴은 코소프와 아우어바흐 등과 이어져 있는 것으로 여겨진다. 따라서 브라우턴과 산레담의 연관성은 형식적인 것도 아니고 그림의 유사성도 아니다. 당구대와 교회 제단 사이의 거리를 생각해 보면 된다. 두 사람이 공유한 것은 실내의 빛이 자리를 만들고, 그곳을 자신의 집처럼 만들어내는 방식에 대한 매혹이었다.

작업실과 당구장, 벽이나 나무 바닥에는 물건이나 가구들이 있다. 의자, 책상, 당구대(종종 당구대에는 하얗게 먼지가 앉아 있기도 하다), 책상, 이젤, 그림 더미, 문, 창틀, 골동품, 옷가지 그 외에 일상의 습관이 남긴 흔적들. 그의 그림에선 빛이 (먼지가 앉지 않게 덮어 놓은 천처럼) 그런 물건들을 아껴 준다. 빛이 그 물건들 하나하나의 정체를 알아봐 준다. 물건들의 형체를 드러내거나 그것들을 재현한다는 뜻이 아니라, 그 물건들이 전기(傳記)를 발견한다는 뜻이다. 그렇다. 가재도구들에도 전기가 있다.

브라우턴의 작업 방식을 고려하면 이 점은 좀 더 분명히 알 수 있다. 이 그림들이 어떻게 만들어졌는지, 어떻게 그것들이 존재하게 되었는지를 말이다.

이 그림들은 실내를 바라보면서 그린 것이 아니라, 매일 작업을 시작하기 전에 새로 그린 드로잉을 따르는 식으로 그려졌다.

예를 들어, 작업실을 그린 커다란 그림은 예순 번의 드로잉과 예순 번의 회화 작업을 반복한 결과이다. 작업을 할 때마다 브라우턴은 방 안 광경 전제를 그리고 또 그렸다.

이는 그가 그리는 대상들이 이미 드로잉 작업을 통해 한 번씩 해체되었던 것들임을 의미한다. 대상들의 관습적 외양에 대해 여러 번 의문을 제기하고, 꼼꼼히 살피는 과정에서 각각의 대상이 지닌 놀랍고 독창적인 면모가 드러나기 시작했다.

그림 속 나무의자에는 처음 목수의 공방에서 만들어졌을 때의 모습을 떠올리게 하는 면모가 있다. 그림 속 당구대 위의 철제 조명 갓에는 그 물건을 천장에 달았던 전기 기사의 계산이 담겨 있다. 당구대를 덮어 놓은 하얀 천의 크기는, 녹색 펠트 천 위를 지나간 당구공의 흔적, 지울 수 없는 그 흔적을 떠올리게 한다.

이 작품들에서 그림으로 표현된 빛은 이성의 빛도 아니고, 천체 물리학에서 말하는 빛도 아니다. 그것은 친밀함의 빛이다. 그리고 친밀함은 시계나 달력과는 다른 그 자체의 시간 단위를 지닌다. 어떤 순간을 더 늘리기 위해 천천히 흐르기도 하고, 그 외의 움직임을 상관없는 것들로 치부하며 속도를 내는 불규칙한 시간 단위. 그런 이유로 빛은 '영원(eternal)'이라는 개념과도 어울린다. 소문자 이(e)로 시작하는 영원. 이 그림들에 사소한 것은 하나도 없지만, 치장의 흔적도 전혀 보이지 않는다.

이 그림들은 외부의 빛을 포착하지 않고, 그저 빛을 기다리고 있다. 그리고 천천히, 희미하게, 기다림의 행동이 그 자체로 빛이 된다, 내부의 빛.

여기서 '내부'라는 단어의 온당한 의미가 수수께끼를 불러일으킨다. 우리는 건물 내부를 그린 그림을 보고 있고, 그 친밀한 공간에는 내부의 빛이 가득하다.

전시회에는 작은 자화상도 한 점 소개되고 있다. 그림을 구성하는 회화적 요소(색, 색조, 자세 등)는 작업실을 그린 커다란 그림의 요소와 완전히 일치한다. 두 그림은 정확히 똑같은 재료로 만들어졌다. 생각에 잠긴 남자의 머리와 남자가 화가로서 자신의 재주를 펼치는 장소. 두 작품 모두 조심스럽게 우리에게 말을 건다, 들어오라고….

란다 마다

Randa Maddah

1983-

최근까지 미래의 팔레스타인 국가가 될 것이라고 생각했던 지역에서 돌아오고 며칠 뒤 꿈을 꾸었다. 이제 그 지역은 세계에서 가장 큰 감옥〔가자 지구(Gaza Strip)〕이자 세계에서 가장 큰 대기실(요르단 강 서편)이 되었다.

나는 혼자였고, 바지만 입은 채, 사막에 서 있었다. 잠시 후 누군가의 손이 흙을 한 줌 집어 내 가슴을 향해 던졌다. 그건 공격적이라기보다는 의도적인 행동이었다. 흙 혹은 작은 돌멩이들은 내 몸에 닿기 전에 (아마도 면으로 만든) 낡은 천 조각으로 변해 그대로 내 몸에 감겼다. 그리고 그 누더기는 다시 한번 변하여 단어와 문장이 되었다. 그건 내가 아니라 그 장소가 쓴 말들이었다.

이 꿈을 떠올리는 동안 '휩쓸린 땅(landswept, 사전에는 없는 단어임—옮긴이)'이라는 새로운 단어가 생각났다. '휩쓸린 땅'이란 모든 것이, 물질적인 것이든 아니든, 한쪽으로 밀려나 버린, 약탈당하고, 쓸려 나가고, 폭파되고, 물에 떠내려 가 버린 곳, 손으로 만질 수 있는 땅을 제외하고는 모든 것이 사라져 버린 장소 혹은 장소들이다.

라말라 서쪽 외곽, 도쿄 가(街)의 끝에 알 라브웨(Al Rabweh)라는 작은 언덕이 있다. 언덕 꼭대기 부근에 시인 마흐무드 다르위시(Mahmoud Darwish)의 무덤이 있다. 공동묘지는 아니다.

길 이름이 도쿄가 된 것은, 길 끝 언덕 아래에 일본의 지원을 받아 세운 도시의 문화센터가 있기 때문이다.

다르위시는 그 문화센터에서 마지막 낭송회를 가졌다. 당시에는 아무도 그것이 마지막이 될 거라고 짐작하지 못했다. 황량함이 느껴지는 순간에 '마지막'이라는 단어가 무슨 의미가 있겠는가.

우리는 그 무덤을 찾았다. 묘비가 있었다. 무덤의 흙에는 아직 풀이 자라지 않았고, 애도객들이 남긴 푸른 밀 다발이 (다르위시가 어느 시에선가 썼듯이) 있었다. 빨간 아네모네와 종잇조각, 사진도 보였다.

그는 갈릴리에 묻히고 싶어 했다. 그가 태어나고 그의 어머니가 지금도 살고 있는 땅이지만, 이스라엘은 그의 무덤을 허락하지 않았다.

장례식 날 수천 명의 사람들이 이곳 알 라브웨에 모였다. 아흔여섯의 노모가 손님들에게 "마흐무드는 여러분 모두의 아들입니다"라는 말로 인사했다.

사랑하는 사람이 이제 막 사망하거나 살해당했다면, 우리는 정확히 어떤 장(場)에서 이야기하는 걸까. 그때 우리의 말은 일상적으로 살고 있는 시간보다 더 실감이 나는 어떤 현재에 울려 퍼지는 것처럼 보인다. 그건 사랑을 나누는 순간, 급박한 위험에 직면한 순간, 되돌릴 수 없는 결정을 내리는 순간, 탱고를 추는 순간 등에 비견할 만한 순간일 것이다. 우리의 애도의 말이 울려 퍼지는 공간이 영원의 장은 아니겠지만, 영원의 장에 속한 어느 작은 전시실 정도는 될 것이다.

이제는 황량한 그 언덕에서 나는 다르위시의 목소리를 다시 불러오고 싶었다. 그는 벌을 기르는 사람의 목소리를 갖고 있었다.

돌로 된 상자
벌집에 갇힌 벌 떼처럼

산 자와 죽은 자들이 메마른 땅 위에서 움직이고
전투가 과열될 때마다
꽃을 든 채 단식 시위를 하며
비상구를 알려 달라고 바다에게 묻네.

그의 목소리를 떠올린 나는, 단단한 땅 위에, 잔디가 있는 땅 위에
앉아야 할 것 같았다. 그렇게 했다.
알 라브웨는 아랍어로 '잔디가 있는 땅'이라는 뜻이다. 그의 말들
은 처음 출발했던 곳으로 돌아갔다. 다른 것은 없다. 사백만 명의 사람
들이 공유하는 무(無).
다음 언덕, 500미터 떨어진 곳에 있는 언덕은 쓰레기 처리장이
다. 까마귀가 언덕 위를 맴돈다. 몇몇 아이들이 쓰레기를 뒤진다.
새로 흙을 덮은 그의 무덤 옆 잔디밭에 앉아 있는 동안, 예상치
못했던 일이 일어났다. 그 의미를 밝히려면, 다른 사건을 이야기해야
한다.
며칠 전이었다. 나는 아들 이브가 운전하는 차를 타고 프랑스 쪽
알프스의 클뤼즈에 가는 길이었다. 눈이 내리고 있었다. 산등성이와
밭, 나무들이 온통 흰색으로 뒤덮였는데, 종종 첫눈이 내릴 때면 그 흰
색이 새들을 혼란에 빠뜨려, 녀석들의 거리나 방향감각을 흐트러뜨리
곤 한다.
갑자기 새 한 마리가 자동차 앞 유리에 부딪혔다. 백미러로 녀석
이 도로가에 떨어지는 걸 본 이브가 브레이크를 밟고 차를 돌렸다. 작
은 울새였다. 놀랐지만 아직 살아 있었던 녀석은 눈만 깜빡거리고 있
었다. 내가 눈에 묻힌 녀석을 집어 들었다. 따뜻했다. 아주 따뜻했고
(새의 체온은 우리 인간들의 체온보다 높다) 그렇게 녀석을 손에 든
채 다시 차를 몰았다.
가끔씩 녀석을 살폈지만, 삼십 분 후에 그 새는 그만 죽고 말았다.
나는 녀석을 뒷좌석에 놓기 위해 집어 들었다. 나를 놀라게 한 것은 죽

은 새의 무게였다. 처음 눈 위에서 집어 들 때보다 가벼워져 있었던 것이다. 확인하기 위해 양쪽 손으로 옮겨서 들어 보았다. 살아 있을 때는 녀석의 에너지가, 살아남으려는 그 투쟁이 몸무게에 더해져 있었던 것만 같았다. 지금은 거의 무게가 느껴지지 않았다.

알 라브웨 언덕의 잔디밭에 앉아 있는 동안에도, 그와 비슷한 어떤 일이 일어났다. 마흐무드의 죽음이 그 무게를 잃어버린 것이다. 남은 것은 그의 말뿐이었다.

불길한 징조와 침묵만이 가득했던 몇 달이 지났다. 이름 없는 삼각주에 재앙들이 흘러들어 와 쌓이고 있었다. 그 이름은 오직 지리학자들만이, 그것도 아주 먼 훗날에야 붙여 줄 수 있을 것이다. 지금 할수 있는 일은 그 이름 없는 삼각주의 쓰디쓴 물을 직접 두 발로 걸어보려 애쓰는 일밖에 없다.

세계에서 가장 큰 감옥인 가자 지구는 도살장으로 변하고 있다. '해협(가자 해협에서 온 말이다)'이라는 단어는 피로 물들고 있고, 육십오 년 전 '게토(ghetto)'라는 단어에도 똑같은 일이 벌어졌다.

이스라엘 방위군이 하늘과 바다, 육지를 가리지 않고 백오십만 명의 민간인을 향해 폭탄과 포탄, 지비유(GBU) 방사능 무기, 자동소총을 쏴 대고 있다. 국제기자단의 보고가 새로 들어올 때마다 부상자와 사망자의 숫자는 늘어나고 있는데, 이스라엘 정부는 기자들이 해협에 들어가는 것을 금지시켰다. 하지만 가장 중요한 숫자는 이스라엘 사람 한 명이 사망할 때마다 백 명의 팔레스타인 희생자들이 나오고 있다는 점이다. 이스라엘 사람 한 명의 목숨 값이 팔레스타인 사람 백 명의 목숨 값과 같다. 이스라엘 측 대변인은 그 점이 일상적인 규칙처럼 받아들여질 수 있게, 끊임없이 암시를 흘리고 다닌다. 학살 다음에는 전염병이 이어질 것이다. 대부분의 숙소에는 물과 전기가 없고, 병원에는 의사와 약, 발전기가 부족하다. 학살 다음에는 봉쇄와 습격이 이어질 것이다.

전 세계에서 점점 더 많은 항의의 목소리가 들려오고 있다. 하지만 부자 나라의 정부들은, 세계적인 미디어와 스스로 자랑스러워하는 핵무기를 가진 그 정부들은, 이스라엘 방위군이 저지르고 있는 일을 눈감아 줄 것임을 이스라엘 정부에 확인해 주고 있다.

"어떤 장소는 흐느끼며 우리의 잠으로 스며든다"라고 쿠르드 족 시인 베잔 마투르(Bejan Matur)는 적었다. "어떤 장소는 흐느끼며 우리의 잠으로 스며들어서는, 절대 떠나지 않는다"라고.

'휩쓸린 땅'을 제외하곤 아무것도 없다.

몇 달 전, 라말라를 다시 찾았다. 한 무리의 팔레스타인 시각예술가들이 버려진 지하주차장을 작업 공간으로 쓰고 있었다. 그 예술가들 중에 조각가 란다 마다도 있었다. 나는 그녀가 계획하고 제작한 〈꼭두각시 극장〉을 가만히 응시했다.

얕은 돋을새김을 한 가로 3미터, 세로 2미터의 판을 벽처럼 세우고, 그 앞에 세 명의 인물상을 배치한 작품이다.

돋을새김 판에는 전선, 폴리에스터, 유리 섬유, 찰흙 등으로 어깨, 얼굴, 손 등을 표현했는데, 판의 표면은 짙은 녹색, 갈색, 붉은색으로 채색되어 있다. 돋을새김의 높이는 기베르티가 제작한 피렌체 세례당 청동문의 돋을새김 높이와 비슷하고, 축약되고 뒤틀린 시점 역시 대가에 버금가는 솜씨를 보여 준다.(이 작품을 제작한 조각가가 그렇게 젊은 사람일 거라고는 생각 못했다. 그녀는 스물아홉 살이었다) 그 돋을새김 벽은 일종의 '울타리'처럼 보인다. 종종 무대에서 관객들을 보았을 때 보이는 모습과도 비슷하다.

바닥에 있는 실물 크기의 인물상은 두 명은 여자, 한 명은 남자다. 돋을새김과 같은 재료로 제작되었지만, 조금 더 바랜 색으로 채색이 되었다.

세 인물 중 한 명은 관객과 손이 닿을 듯한 거리에 있고, 두번째 인물은 2미터쯤 뒤에, 마지막 인물은 그보다 두 배쯤 떨어진 위치에 있다. 인물들은 평상복, 당일 아침에 고른 것 같은 옷을 입고 있다.

인물들의 몸은 천장으로부터 차례대로 매달린 세 개의 가로대에

란다 마다, 〈꼭두각시 극장〉, 2008.

서 내려온 줄에 매달려 있다. 이들은 꼭두각시이며, 가로대는 부재(不在)하는, 혹은 보이지 않는 곡예사를 위한 인형을 조종하는 막대기다.

돋을새김한 벽에 있는 군중은 자신들의 눈앞에 펼쳐진 광경을 지켜보며 주먹을 움켜쥐고 있다. 그들의 손이 마치 가축 떼처럼 보인다. 그들은 무력하다. 주먹을 쥐고 있는 건, 눈앞의 상황에 간섭할 수 없기 때문이다. 돋을새김으로 표현된 그들은 삼차원이 아니기 때문에, 실제 세계에 들어오거나 간섭할 수가 없다. 그들은 침묵을 대변한다.

손에 잡힐 듯한 세 명의 인물은, 보이지 않는 곡예사의 줄에 묶인 채 바닥에 고꾸라져 있다. 머리가 땅에 닿아 있고, 발은 허공을 향하고 있다. 그렇게 머리가 쪼개질 때까지 반복해서 고꾸라진다. 그들의 손과 몸통과 얼굴은 고통으로 일그러졌다. 아직 끝나지 않은 존재. 발에서 그 사실을 확인할 수 있다. 반복해서.

무력한 부조(浮彫) 속 구경꾼과 바닥에 쓰러진 희생자들 사이를 걸어 볼 수도 있지만, 그렇게 하지 않는다. 이 작품에는 그 어떤 다른 작품에서도 보지 못했던 힘이 있다. 이 작품은 자신이 놓인 그 자리에 대한 권리를 주장한다. 이 작품은 입을 벌린 채 놀라고 있는 구경꾼과 고통받는 희생자 사이의 살육의 땅을 성스러운 곳으로 만들었다. 이 작품은 전시장 바닥이나 주차장을 '휩쓸린 땅'으로 바꾸어 놓았다.

이 작품은 가자 지구에 대한 예언이다.

알 라브웨 언덕에 있는 마흐무드 디르위시의 무덤 주변에는 현재 팔레스타인 자치구의 결정에 따라, 울타리가 세워졌고, 유리 피라미드도 세워졌다. 이제 그의 옆에 멋대로 앉는 일은 할 수 없다. 하지만 그의 말은, 여전히 우리 귀에 울리고, 우리는 그의 말을 반복하고, 또 반복할 수 있다.

화산의 지리에 대해 해야 할 일이 있지
쓸쓸함에서 폐허까지
롯의 시대에서 히로시마까지
마치 내가 한 번도 산 적이 없었던 것처럼
아직 더 알아야 하는 열망을 지닌 채
어쩌면 현재가 멀리 사라지고
어제가 가까이 다가오겠지
그렇게 현재의 손을 잡고 역사의 옷깃을 따라 걷겠지
산 위의 양 떼처럼 혼란한
순환하는 시간을 피할 수 있겠지
어떻게 나의 내일을 구할 수 있을까?
전자 시대의 속도로,
아니면 사막을 달리는 내 마차의 느린 속도로?
끝까지 열심히 일해야지
마치 내일을 맞이하지 않을 것처럼
여기에 있지 않은 오늘을 위해 일해야지
그래서 귀 기울여야지
부드럽게 부드럽게
내 심장박동에 맞춰서….

수록문 출처

이 책에 실린 글들은 과거에 발표한 글과 여러 책에서 발췌한 글을 한 편으로 엮은 것이다. 각 글의 출처는 다음과 같다.

1. 쇼베 동굴벽화 화가들(The Chauvet Cave Painters, 기원전 30,000년경)
   "The Chauvet Caves" (1996), *The Shape of a Pocket* [2001] (London: Bloomsbury, 2002), pp. 35–42.

2. 파이윰 초상화 화가들(The Fayum Portrait Painters, 1세기–3세기)
   "The Fayum Portraits" (1988), *The Shape of a Pocket*, pp. 53–60.

3. 피에로 델라 프란체스카(Piero della Francesca, c. 1415–1492)
   "The Calculations of Piero" (1959), *Permanent Red: Essays in Seeing* (London: Methuen, 1960), pp. 157–162.

4. 안토넬로 다 메시나(Antonello da Messina, c. 1430–1479)
   "Resistance Is Fertile", *New Statesman* (9 April 2009).

5. 안드레아 만테냐(Andrea Mantegna, 1430/1–1506)
   From *Lying Down to Sleep*, with Katya Andreadakis Berger (Mantua: Edizioni Corraini, 2010).

6. 히에로니무스 보스(Hieronymus Bosch, c. 1450–1516)
   "Against the Great Defeat of the World", *The Shape of a Pocket*, pp. 209–215.

7. 대 피터르 브뤼헐(Pieter Bruegel the Elder, c. 1525–1569)
   "The Case Against Us", *Observer* (7 October 1962).

8. 조반니 벨리니(Giovanni Bellini, 1459년경에 활동, 1516년 사망)

"John Berger on Four Bellini Madonnas", *Monitor: An Anthology*, ed. Huw Wheldon, (London: Macdonald, 1962), pp. 174-178.

9. 마티아스 그뤼네발트(Matthias Grünewald, c. 1470-1528)

"Between Two Colmars" (1976 - not 1973 as listed in some places), *About Looking* (London: Readers and Writers Publishing Cooperative, 1980), pp. 134-140.

10. 알브레히트 뒤러(Albrecht Dürer, 1471-1528)

"Dürer: A Portrait of the Artist" (1971), *The White Bird: Writings*, ed. Lloyd Spencer (London: Chatto & Windus, 1985), pp. 33-40.

11. 미켈란젤로(Michelangelo, 1475-1564)

"Michelangelo" (1995), *The Shape of a Pocket*, pp. 97-101.

12. 티치아노(Titian, 1490?-1576)

With Katya Berger Andreadakis, *Titian: Nymph and Shepherd* (London: Bloomsbury, 2003), as extracted in 'Titian as Dog', *The Threepenny Review* 54 (1 July 1993): 6-9.

13. 한스 홀바인 2세(Hans Holbein the Younger, 1497/8-1543)

"A Professional Secret" (1979), *Keeping a Rendezvous* [1992] (London: Granta Books, 1993), pp. 124-131.

14. 카라바조(Caravaggio, 1571-1610)

From *And Our Faces, My Heart, Brief as Photos* [1984] (London: Bloomsbury, 2005), pp. 79-86.

15. 프란스 할스(Frans Hals, 1581?-1666)

"Frans Hals" (1966), *The Moment of Cubism and Other Essays* (New York: Pantheon, 1969), pp. 124-132; 'The Hals Mystery' (1979), *The White Bird*, pp. 106-117.

16. 디에고 벨라스케스(Diego Velàzquez, 1599-1660)

"A Story for Aesop" (1992), *Keeping a Rendezvous*, pp. 53-81; 'Through the Peephole of Eternity' (2010), *The Drawbridge* 17 (also in *Bento's Sketchbook*).

17. 렘브란트(Rembrandt, 1606-1669)

"Three Dutchmen" [review, Wilhelm Reinhold Valentiner, *Rembrandt and Spinoza*, and David Lewis, Mondrian], *Spectator* 6729 (1957): 788; from John Berger, Mike Dibb, Sven Blomberg, Chris Fox and Richard Hollis, *Ways of Seeing* (London: BBC, 1972), pp. 109-112; 'Once in Amsterdam'

(1984) from *And Our Faces, My Heart, Brief as Photos*, pp. 23-25; 'Rembrandt and the Body' (1992), *The Shape of a Pocket*, pp. 103-111; 'A Cloth Over the Mirror' (2000), *The Shape of a Pocket*, pp. 115-119 (pp. 115-116); 'On *The Polish Rider*' (2005), from *Here Is Where We Meet* (London: Bloomsbury, 2006), pp. 165-172.

18. 빌럼 드로스트(Willem Drost, 1633-1659)
From *Bento's Sketchbook* (London: Verso, 2011), pp. 24-32.

19. 장 앙투안 바토(Jean-Antoine Watteau, 1684-1721)
"Drawings by Watteau" (1975), *The Look of Things*, pp. 103-106.

20. 프란시스코 데 고야(Francisco de Goya, 1746-1828)
Extract from *A Painter of Our Time* [1958] (London: Verso, 2010, p. 13; 'The Honesty of Goya', *Permanent Red* (1960), pp. 180-184; 'The Maja Dressed and the Maja Undressed' (1964), *The Moment of Cubism*, pp. 86-91; extract from *Corker's Freedom* [1964] (London: Verso, 2010), pp. 127-128; from John Berger and Nella Bielski, *Goya's Last Portrait: The Painter Played Today* (London: Faber, 1989), pp. 31-34, 93-104.

21. 오노레 도미에(Honoré Daumier, 1808-1879)
"'The Painter Inside the Cartoonist: Daumier's Silver Screen', *Observer* (11 June 1961): 37; paragraph in *Daumier: Visions of Paris* (London: Royal Academy, 2013).

22. 터너(J. M. W. Turner, 1775-1851)
"'Turner and the Barber's Shop" (1972), *About Looking*, pp. 149-155.

23. 장 루이 앙드레 테오도르 제리코(Jean-Louis-André-Théodore Géricault, 1791-1824)
"A Man with Tousled Hair", *The Shape of a Pocket*, pp. 173-180.

24. 장 프랑수아 밀레(Jean-François Millet, 1814-1875)
"Millet and Labour" (1956), *Permanent Red*, pp. 189-191; 'Millet and the Peasant' (1976), *About Looking*, pp. 76-85.

25. 귀스타브 쿠르베(Gustave Courbet, 1819-1877)
"'The Politics of Courbet" (1953), *Permanent Red*, pp. 196-198; 'Courbet and the Jura' (1978), *About Looking*, pp. 141-148.

26. 에드가 드가(Edgar Degas, 1834-1917)
"On a Degas Bronze of a Dancer" (1969), *Permanent Red*, pp. 11-12; 'Degas', *Die Weltwoche*, 18 April 1997, in *The Shape of a Pocket*, pp. 63-68; 'The Dark Side of Degas's Ballet Dancers', *Guardian* (15 November 2011).

27. 페르디낭 '우체부' 슈발(Ferdinand 'Le Facteur' Cheval, 1836-1924)

"The Ideal Palace" (c. 1977), *Keeping a Rendezvous*, pp. 82-91.

28. 폴 세잔(Paul Cézanne, 1839-1906)

"Cézanne: Paint It Black", *Guardian* (12 December 2011).

29. 클로드 모네(Claude Monet, 1840-1926)

"The Eyes of Claude Monet" (1980), *The White Bird*, pp. 189-196; 'The Enveloping Air: Light and Moment in Monet', *Harper's* (January 2011): 45-49.

30. 빈센트 반 고흐(Vincent van Gogh, 1853-1890)

"Vincent", *Aftonbladet*, 20 August 2000, in *The Shape of a Pocket*, pp. 87-92.

31. 케테 콜비츠(Käthe Kollwitz, 1867-1945)

From *Bento's Sketchbook*, pp. 41-47.

32. 앙리 마티스(Henri Matisse, 1869-1954)

"Henri Matisse" (1954), *Permanent Red*, pp. 132-136.

33. 파블로 피카소(Pablo Picasso, 1881-1973)

"Erogenous Zone" (1988), in *El Pais*, 8 April 1988, in *Keeping a Rendezvous*, pp. 203-211.

34. 페르낭 레제(Fernand Léger, 1881-1955)

"Fernand Léger" (1963), *Selected Essays and Articles: The Look of Things*, ed. Nikos Stangos (London: Penguin, 1972), pp. 107-121.

35. 오시 자킨(Ossip Zadkine, 1890-1967)

"Zadkine" (1967), *The Look of Things*, pp. 66-70.

36. 헨리 무어(Henry Moore, 1898-1986)

"Piltdown Sculpture", *New Statesman and Nation* 48, no. 1199 (27 February 1954): 250; extract on Moore from 'Round London', *New Statesman* 56, no. 1245 (5 July 1958): 15; 'Infancy' (1989), from *Keeping a Rendezvous*, pp. 154-161.

37. 피터 라슬로 페리(Peter Laszlo Peri, 1899-1967)

"Impressions of Peter Peri" (1968), *The Look of Things*, pp. 61-64.

38. 알베르토 자코메티(Alberto Giacometti, 1901-1966)

"Alberto Giacometti", from *The Moment of Cubism*, pp. 112-116.

39. 마크 로스코(Mark Rothko, 1903-1970)

From a correspondence with Katya Andreadakis Berger, *Tages Anzeiger* (1 June 2001).

40. 로버트 메들리(Robert Medley, 1905-1994)
From *Robert Medley: A Centenary Tribute* (London: James Hyman Fine Art, 2005).

41. 프리다 칼로(Frida Kahlo, 1907-1954)
"Frida Kahlo" (1998), *The Shape of a Pocket*, pp. 157-164.

42. 프랜시스 베이컨(Francis Bacon, 1909-1992)
"Francis Bacon", *New Statesman* (5 January 1952): 10-11; 'Francis Bacon and Walt Disney' (1972), *About Looking*, pp. 118-125; 'A Master of Pitilessness?' (2004), *Hold Everything Dear: Dispatches on Survival and Resistance* (London: Verso, 2008), pp. 85-89.

43. 레나토 구투소(Renato Guttuso, 1911-1987)
John Berger, 'A Social Realist Painting at the Biennale', *Burlington Magazine* 94 (1952): 294-297; with Benedict Nicolson, 'Guttuso: A Conversation', *New Statesman* (19 March 1955): 384.

44. 잭슨 폴록(Jackson Pollock, 1912-1956)
From *Permanent Red* (1958), pp. 66-70.

45. 잭슨 폴록과 리 크래스너(Lee Krasner, 1908-1984)
"A Kind of Sharing" (1989), *Keeping a Rendezvous*, pp. 105-116.

46. 아비딘 디노(Abidin Dino, 1913-1993)
"A Friend Talking (for Guzine)", *Photocopies* (London: Bloomsbury, 1996), pp. 127-130.

47. 니콜라 드 스탈(Nicolas de Staël, 1914-1955)
From *A Painter of Our Time* (1958), pp. 126-127; *The Secret Life of the Painted Sky*, *Le Monde Diplomatique*, June 2003.

48. 프루넬라 클라우(Prunella Clough, 1919-1999)
From John Berger and Anne Michaels, *Railtracks*, with photography by Teresa Stehlikova (London: Go Together Press, 2012), pp. 28-31.

49. 스벤 블롬베리(Sven Blomberg, 1920-2003)
"Room 19" (1997), from *Photocopies*, pp. 165-170.

50. 프리소 텐 홀트(Friso Ten Holt, 1921-1997)
From *Permanent Red*, pp. 100-105.

51. 피터 드 프랑시아(Peter de Francia, 1921-2012)
From "Brill and De Francia", *New Statesman and Nation* 58, no. 1250 (21 June 1958): 804-5 ; "News from the World", *New Statesman* 57, no. 1451 (24 January 1959): 105-6.

52. 프란시스 뉴튼 수자(Francis Newton Souza, 1924-2002)

"An Indian Painter", *New Statesman and Nation* 49, no. 1251 (26 February 1954): 277-278.

53. 이본 발로(Yvonne Barlow, 1924-2017)

"To Dress a Wound", cattalogue text for an exhibition in London c. 2000, provided by the Berger family.

54. 에른스트 네이즈베스트니(Ernst Neizvestny, 1925-2016)

Extracts from *Art and Revolution: Ernst Neizvestny and the Role of The Artist in the U.S.S.R.* (New York: Pantheon Books, 1969), pp. 81-85.

55. 리언 코소프(Leon Kossoff, 1926-)

"The Weight", *New Statesman* 58, no. 1488 (19 September 1959): 352, 354; with Leon Kossoff, "A Marathon Swim through Thick and Thin", *Guardian* (1 June 1996): 29.

56. 앤서니 프라이(Anthony Fry, 1927-2017)

"Some Notes Played for Tony", *Anthony Fry* [exh. cat.] (London: Turnaround, 2002).

57. 사이 트웜블리(Cy Twombly, 1928-2011)

"Post Scriptum" in *Audible Silence: Cy Twombly at Daros*, ed. Eva Keller and Regula Malin (Zürich: Scalo Publishers, 2002).

58. 프랑크 아우어바흐(Frank Auerbach, 1931-)

"A Stick in the Dark", *New Statesman* 58, no. 1498 (28 November 1959): 745-746.

59. 비야 셸민스(Vija Celmins, 1938-)

"Penelope", in *Tages Anzeiger*, 18 April 1997, reprinted in *Keeping a Rendezvous*, pp. 43-48.

60. 마이클 콴(Michael Quanne, 1941-)

"The Cherished and the Excluded", in *Michael Quanne: Prison Paintings* (London: Murray, 1985).

61. 매기 햄블링(Maggi Hambling, 1945-)

Preface to *Maggi and Henrietta: Drawings of Henrietta Moraes*, by Maggi Hambling (London: Bloomsbury, 2001).

62. 리안 번버그(Liane Birnberg, 1948-)

Catalogue text for exhibition in Berlin, supplied by the Berger family (1998).

63. 피터 케나드(Peter Kennard, 1949-)

"Global Warning", *Guardian* (15 June 1990): 36.

64. 안드레스 세라노(Andres Serrano, 1950-)
   "Vocabulary of Ignorance", *Le Monde and Clarin*, 27 April 2011; *Internazionale*, 6-12 May 2011.

65. 후안 무뇨스(Juan Muñoz, 1953-2001)
   "I Would Softly Tell My Love (January, 2002)", *Hold Everything Dear*, pp. 21-34.

66. 로스티아 쿠노프스키(Rostia Kunovsky, 1954-)
   "Rostia Kunovsky: Fenêtres Lettres", *OpenDemocracy*, 27 September 2013.

67. 하우메 플렌사(Jaume Plensa, 1955-)
   "Une lieu pour une sculpture de Jaume Plensa", in *Jaume Plensa*, ed. Françoise Bonnefoy, Sarah Clément, and Isabelle Sauvage (Paris: Éditions du Jeu de Paume, 1997), pp. 21-22. English version provided by the Berger Family.

68. 크리스티나 이글레시아스(Cristina Iglesias, 1956-)
   "Shh, This Is the Sound of Silence", *Observer*, 6 April 2003.

69. 마틴 노엘(Martin Noel, 1956-2008)
   "Branching Out", in *Martin Noël: Blau und andere Farben*, ed. Peter Dering (Ostfi ldern-Ruit, Germany: Hatje Cantz, 2003), pp. 45-51.

70. 장 미셸 바스키아(Jean-Michel Basquiat, 1960-1988)
   "Seeing Through Lies. Jean-Michel Basquiat: Saboteur", *Harper's* (April 2011): 45-50.

71. 마리사 카미노(Marisa Camino, 1962-)
   "Sola una cosa no hay", *El Pais*, 20 June 2001, to mark an exhibition in the Forest of Söhrewald, Germany.

72. 크리스토프 핸슬리(Christoph Hänsli, 1963-)
   "Mortadella", from *Mortadella* (Zürich: Edition Patrick Frey, 2008).

73. 마이클 브라우턴(Michael Broughton, 1977-)
   "Big Moments", catalogue essay, Art Space Gallery, 2012.

74. 란다 마다(Randa Maddah, 1983-)
   "A Place Weeping", *The Threepenny Review* 118 (Summer 2009): 31.

도판 제공

앞의 숫자는 페이지 번호임.

표지. Mummy portrait of a young woman, 3rd century, Louvre, Paris. © Erik
Möller, 2004. Wikimedia Commons.

28. Cuevas de las Manos, Santa Cruz Province, Argentina. 11,000-7,500 BC.
© Mariano Cecowski, 2005. Wikimedia Commons.

31. Painting in Chauvet Cave, c. 30,000 BC. (Replica) © Claude Valette, 2016.
Wikimedia Commons.

51. From *Bento's Sketchbook*. © John Berger 2011.

86. Workshop of Giovanni Bellini, *The Virgin and Child*, 1480-1490. © The
National Gallery, London.

87. Giovanni Bellini, *The Virgin and Child*, 1480-1500. © The National Gal-
lery, London. Mond Bequest 1924.

111. Sebastião Salgado, *Mussel Harvest*. © Sebastião Salgado/nbpictures 1988.

237. *From a Woman's Portrait by Willem Drost, from Bento's Sketchbook*. © John
Berger 2011.

384. Henri Matisse, *The Parakeet and the Mermaid (La Perruche et la Sirene)*,
1952-1953. Stedelijk Museum, Amsterdam, acquired with the generous
support of the Vereniging Rembrandt and the Prins Bernhard Cultuurfonds
1967. © Succession H. Matisse/DACS 2015.

397. Fernand Léger, *The Great Parade (Definitive State)*, 1955. © ADAGP, Paris
and DACS, London 2015.

449. Robert Medley, *Self Portrait after Watteau*, 1980. © The Estate of Robert Medley, courtesy James Hyman Gallery, London.

454. Frida Kahlo, *Diego and I*, 1949. © INBA Instituto Nacional de Bellas Artes/Banco de México/Fideicomiso Museos Diego Rivera y Frida Kahlo.

462. Francis Bacon, *Head VI*, 1949. © The Estate of Francis Bacon. All rights reserved. DACS 2019.

472. Francis Bacon, *Two Figures in a Room*, 1959. © The Estate of Francis Bacon. All rights reserved. DACS 2019.

475. Renato Guttuso, *The Battle of Ponte dell'Ammiraglio*, 1955. © Renato Guttuso / by SIAE-SACK, Seoul, 2019.

482. Renato Guttuso, *Death of a Hero*, 1953. © Renato Guttuso / by SIAE-SACK, Seoul, 2019.

504. Nicolas de Staël, *Landscape Noon*, 1953 © ADAGP, Paris and DACS, London 2015.

513. Prunella Clough, *Mesh with Glove*, 1980. © Prunella Clough / DACS, London-SACK, Seoul, 2019.

527. Peter de Francia, *Eric Hobsbawm*, 1955. © The Estate of Peter de Francia, courtesy James Hyman Gallery, London.

536. Yvonne Barlow, *Friend or Foe?*, 1987. © Yvonne Barlow.

546. *Building Site, Oxford Street*, 1952. Leon Kossoff, b. 1926, purchased 1996, Tate. www.tate.org.uk/art/artworks/kossoff-building-site-oxford-street-t07199

579. Michael Quanne, *Free Will*, 1993 (oil on canvas). Michael Quanne (b.1941)/Private Collection/Photo © Christie's Images/Bridgeman Images.

584. Maggi Hambling, *Study of Henrietta Moraes*, 1998. © Maggi Hambling.

591. Peter Kennard, *Thatcher Cuts Healthcare*, 1985. © Peter Kennard / DACS, London-SACK, Seoul, 2019.

600. Juan Muñoz, *Towards the Corner*, 1998. © Juan Muñoz /VEGAP, Madrid-SACK, Seoul, 2019.

613. Rostia Kunovsky, *Untitled, Series: Fenêtres Lettres, Figure 1*, 2011. © Rostislav Kunovsky / ADAGP, Paris-SACK, Seoul, 2019.

614. Rostia Kunovsky, *Untitled, Series: Fenêtres Lettres, Figure 2*, 2011. © Rostislav Kunovsky / ADAGP, Paris-SACK, Seoul, 2019.

616. Rostia Kunovsky, *Untitled, Series: Fenêtres Lettres, Figure 3*, 2011. © Ros-

tislav Kunovsky / ADAGP, Paris-SACK, Seoul, 2019.

617. Rostia Kunovsky, *Untitled, Series: Fenêtres Lettres, Figure 4*, 2011. © Rostislav Kunovsky / ADAGP, Paris-SACK, Seoul, 2019.

628. Martin Noel, *Croy*, 1996 © Noel/DACS 2015.

631. Jean-Michel Basquiat, *Boy and Dog in a Johnnypump*, 1982. © The estate of Jean-Michel Basquiat / ADAGP, Paris-SACK, Seoul, 2019.

640. Christoph Hänsli, *Mortadella*, 2007–2008. © Christoph Hänsli. Mortadella is published as an art book: *Mortadella*, Edition Patrick Frey, Zurich, 2008.

642. Christoph Hänsli, *Mortadella*, 2007–2008. © Christoph Hänsli. Mortadella is published as an art book: *Mortadella*, Edition Patrick Frey, Zurich, 2008.

653. Randah Maddah, *Puppet Theater*, 2008. © Randa Maddah.

존 버거(John Berger, 1926-2017)는 미술비평가, 사진이론가, 소설가, 다큐멘터리 작가, 사회비평가로 널리 알려져 있다. 처음 미술평론으로 시작해 점차 관심과 활동 영역을 넓혀 예술과 인문, 사회 전반에 걸쳐 깊고 명쾌한 관점을 제시했다. 중년 이후 프랑스 동부의 알프스 산록에 위치한 시골 농촌 마을로 옮겨가 살면서 생을 마감할 때까지 농사일과 글쓰기를 함께했다. 저서로『피카소의 성공과 실패』『예술과 혁명』『다른 방식으로 보기』『본다는 것의 의미』『말하기의 다른 방법』『센스 오브 사이트』『그리고 사진처럼 덧없는 우리들의 얼굴, 내 가슴』『존 버거의 글로 쓴 사진』『모든것을 소중히하라』『백내장』『벤투의 스케치북』『아내의 빈 방』『사진의 이해』『스모크』『우리가 아는 모든 언어』『풍경들』 등이 있고, 소설로『우리 시대의 화가』『여기, 우리가 만나는 곳』『G』『A가 X에게』『킹』, 삼부작 '그들의 노동에'『끈질긴 땅』『한때 유로파에서』『라일락과 깃발』이 있다.

톰 오버턴(Tom Overton)은 예술·인문과학연구회(AHRC)와 런던 킹스대학의 박사과정 지원사업으로, 대영도서관의 존 버거 아카이브를 분류하고 정리했다. 헨리 무어 연구소와 런던 킹스대학의 생애사(Life-Writing) 연구센터의 연구원으로서 이 책을 엮은 그는 킹스대학 문화연구소, 서머싯 하우스, 화이트채플 갤러리의 큐레이터를 역임했다. 그의 글은『뉴 스테이츠먼』『아폴로』『화이트 리뷰』『베리어스 스몰 파이어스』, 테이트 갤러리와 영국문화원 등에서 출판한 책에 수록되었다.

김현우(金玄佑)는 1974년생으로, 연세대학교 영어영문학과를 졸업하고 동대학원 비교문학과 석사과정을 수료했다. 역서로『스티븐 킹 단편집』『행운아』『고딕의 영상시인 팀 버튼』『G』『로라, 시티』『알링턴파크 여자들의 어느 완벽한 하루』『A가 X에게』『벤투의 스케치북』『돈 혹은 한 남자의 자살 노트』『브래드쇼 가족 변주곡』『그레이트 하우스』『우리의 낯선 시간들에 대한 진실』『킹』『아내의 빈 방』『사진의 이해』『스모크』『우리가 아는 모든 언어』, 삼부작 '그들의 노동에'『끈질긴 땅』『한때 유로파에서』『라일락과 깃발』 등이 있다.

초상들

존 버거의 예술가론

톰 오버턴 엮음 | 김현우 옮김

초판1쇄 발행일 2019년 4월 1일
초판2쇄 발행일 2020년 9월 20일
발행인 李起雄 발행처 悅話堂
전화 031-955-7000 팩스 031-955-7010
경기도 파주시 광인사길 25 파주출판도시
www.youlhwadang.co.kr yhdp@youlhwadang.co.kr
등록번호 제10-74호 등록일자 1971년 7월 2일
편집 이수정 박미 김성호 디자인 박소영
인쇄 제책 (주)상지사피앤비

ISBN 978-89-301-0638-2

Portraits © John Berger 2015
Introduction © Tom Overton 2015

Korean Edition ⓒ 2019 by Youlhwadang Publishers
Printed in Korea

Korean edition is published by arrangement with John Berger
and Tom Overton through Agencia Literaria Carmen Balcells,
Barcelona, and Duran Kim Agency, Seoul.

이 도서의 국립중앙도서관 출판예정도서목록(CIP)은
서지정보유통지원시스템 홈페이지(http://seoji.nl.go.kr)와
국가자료공동목록시스템(http://www.nl.go.kr/kolisnet)에서
이용하실 수 있습니다. (CIP제어번호: CIP2019008504)